La maldición de Copérnico

Novela Histórica

Biografía

Philipp Vandenberg nació en 1941 en Breslau, y después del bachillerato estudió Historia del Arte y Germánicas en Munich. Ha escrito numerosos libros sobre la historia y la investigación de la antigüedad, entre ellos el éxito mundial *La maldición de los faraones* y *El secreto del oráculo*. Otras obras suyas publicadas en esta misma colección: *El inventor de espejos*, *El escarabajo verde* y *La conjura sixtina*.

Philipp Vandenberg

La maldición de Copérnico

Traducción de Joaquín Adsuar

Diciembre 2006

Planeta

Título original: *Der Fluch des Kopernikus*

Avinguda Diagonal, 662, 6.ª planta. 08034 Barcelona (España)

Diseño e ilustración de la cubierta: Opalworks
Primera edición en Colección Booket: mayo de 2006

Depósito legal: B. 17.207-2006
ISBN: 84-08-06707-9
Impresión y encuadernación: Litografía Rosés, S. A.
Printed in Spain - Impreso en España

CAPÍTULO PRIMERO

SEDUCCIÓN Y PECADO

Anno Domini 1554, 1484 años desde la destrucción de Jerusalén; 224 desde el descubrimiento de la pólvora; 110 desde la introducción de la imprenta; 62 desde el descubrimiento del Nuevo Mundo y 34 desde la Reforma del fatídico doctor en Teología de Wittenberg; en ese año totalmente insignificante dejó de ver la luz de este mundo el igualmente insignificante enterrador Adam Friedrich Hamann, de modo inesperado y mientras realizaba su trabajo, con la pala fuertemente asida como si fuera una valiosa posesión.

Como si hubiera sospechado que el destino le reservaba la tumba recién cavada, Hamann, por motivos no aclarados, había abierto una zanja estrecha pero más larga de lo normal, que no se correspondía en sus medidas a las de la viuda Gerber para quien originalmente estaba destinada. Por su parte Hamann tenía una estatura aventajada como los lomos de un caballo, de modo que durante toda su vida superó en una cabeza a la mayor parte de las personas. Y llamaba aún más la atención porque desde sus años jóvenes, cuando la lepra le robó todos sus cabellos, se tocaba con una capucha roja que, en lugar de disimular la falta de pelo, la hacía destacar más.

Se dijo que había muerto de un ataque de apoplejía, pero las lavanderas del río estaban mejor enteradas, como siempre, y decían que Adam *el Calvo*, así era conocido generalmente Hamann, había muerto con el corazón roto porque el día después de la Concepción de María tuvo que cavar la tumba de su propia esposa, Auguste, que había enfermado de viruela y murió a los pocos días.

Apenas sepultada Auguste, su piadosa esposa, Adam *el Calvo* escribió su testamento, menos para asegurar el reparto de sus modestos bienes entre sus dos hijos que debido a especiales circunstancias que deseaba no quedaran sin realizar si le llegaba la muerte. Su oficio y las excavaciones en tierra sagrada que con él iban ligadas, habían fortalecido su convencimiento de que son muchas las personas a las que se entierra víctimas de una muerte aparente. Hamann había encontrado los restos de esos desgraciados con las uñas rotas en la tapa del féretro; otros estaban de lado en vez de boca arriba como fueron enterrados.

Por miedo a ser víctima de un destino semejante, Adam *el Calvo* decidió ordenar en su testamento que se incorporara a su ataúd un tubo de hierro de ocho varas de largo para que, en caso de que fuera enterrado vivo, sus gritos se oyeran desde fuera de su tumba.

Estos deseos, expresados en su última voluntad por Hamann, encontraron tan poca comprensión entre el clero menor de la iglesia de San Miguel, en cuyo cementerio él había dado sepultura a innumerables difuntos, que se negaron a aceptarlos. Posiblemente los restos mortales de Adam Friedrich Hamann hubieran recibido, en el mencionado año, el mismo entierro que miles de otros antes que él, si el recto deseo del siempre devoto enterrador no hubiera llegado a oídos del coadjutor de su eminencia, en Domberg, que tenía fama de santidad, debida, por una parte, a que ayunaba todos los años, desde el Miércoles de Ceniza al domingo de Pascua, sin tomar más que agua, como hizo el Señor en el desierto; por otra parte, porque podía recitar de memoria todo el Pentateuco y los cuatro evangelios, una capacidad gracias a la cual cuando decía la misa mayor en la catedral podía prescindir del misal. Una palabra de sus labios tenía el mismo peso que una indulgencia comprada en las escaleras de San Pedro en Roma.

Ese hombre sabio y santo opinó, con la seriedad de un predicador cuaresmal, que no había una ley de Dios ni un escrito de la Iglesia que determinara cómo debían ser entregados a la tierra sagrada los restos mortales de un cristiano, en vertical o en horizontal. En la doctrina cristiana ni siquiera se prescribía el tipo de mortaja. Por lo tanto, podía cumplirse la última voluntad de Hamann, que había vivido en la fe con rectitud y que con su pala había dado pruebas de su cristiano amor al prójimo; sí, él y todas las almas cristianas católicas de Occidente deberían preguntarse si esa forma de entierro no era, tal vez, la más apropiada. En caso de muerte aparente, se preguntaba el santo varón, ¿qué caminos encuentra el alma? No podía llegar a Dios pues si así fuera el hombre estaría realmente muerto. Tampoco podía quedarse en el cuerpo pues en ese caso el cuerpo no podría carecer por completo de vida.

¡Oh, qué sufrimiento espiritual!

Por encima de esa discrepancia teológica, a Adam Friedrich Hamann lo enterraron con un tubo que salía del ataúd y emergía sobre el montículo de tierra de la tumba como la salida de humos de las cabañas de los pescadores junto al río. Y se les ofreció a Leberecht y Sophie, el hijo y la hija de Hamann, la oportunidad de acudir cada mañana al empinado cementerio y arrodillarse junto al tubo para escuchar o, con la boca pegada a él, decir algunas palabras misteriosas.

Leberecht, un muchacho bien desarrollado, tenía catorce años y era el fiel retrato de su padre, con la excepción del pelo que le caía rizado sobre los hombros. Sophie, su hermana, dos años mayor que él, no tenía el menor parecido ni con la madre ni con el padre, lo que sólo podía favorecer la belleza de la muchacha.

Al cabo de dos semanas, Leberecht y Sophie decidieron dar por terminadas sus visitas cotidianas al cementerio de San Miguel, no sin antes haberle dado un cariñoso adiós a su padre en la tumba. A su regreso, delante de su casa en el embarcadero, los esperaba un caballero arrogante y presuntuoso. Vestía con los colores chillones propios de un comerciante viajero, se tocaba con un llamativo cubrecabezas de terciopelo y estaba sentado en el banco de madera, junto a la entrada, mirando el apagado sol invernal.

Sophie lo reconoció de inmediato y no esperó nada bueno. El altanero petimetre era Jakob Heinrich Schlüssel, el mesonero de Sand, del que su madre comentó que estaba emparentada lejanamente con él... Sin añadir nada más.

Preocupada, casi con miedo, Sophie tomó a su hermano de la mano mientras el hombre se interponía en su camino.

—¡Yo no lo he buscado, por todos los santos...! Tenía cosas mejores que hacer. Pero el magistrado lo ha decidido así: soy vuestro tutor.

Sophie, a la que llamaban Violeta por la llamativa palidez de su piel, soltó la mano de Leberecht y comenzó a alisar su larga túnica como si quisiera mostrar que era una joven cuidadosa en su vestir; después miró a Schlüssel y dijo con timidez:

—Si la virgen María lo quiere así... —Se volvió a Leberecht, que estaba a su lado rígido, como una columna de sal en el desierto—. Dile que es un honor para nosotros. Lo es, ¿no te parece?

Leberecht asintió con el espíritu ausente. Le costaba trabajo darse cuenta de la situación. ¿Un tutor? ¿Para qué necesitaban ellos un tutor? Sophie y él eran ya lo bastante mayores para arreglárselas solos.

Finalmente respondió:

—Es un honor para nosotros, señor tutor.

La forma como lo dijo, el modo como apretó los ojos y alteró su voz no pasó desapercibido para el posadero de Sand, que conocía bien a los hombres. Schlüssel se limpió la nariz con la manga de su chaqueta, carraspeó con fuerza y, lo que sólo le estaba permitido a un hombre bien considerado, escupió en un amplio arco sobre la calle.

—Así —opinó, y su voz sonó un tanto desconcertada— ya está todo dicho. Os espero esta tarde en mi casa para continuar hablando. ¡Y poneos ropa limpia! ¿Entendido?

—Sí, señor tutor, lo hemos entendido —respondió Sophie tratando de quitar tirantez a la penosa situación.

El distinguido señor Schlüssel se levantó del banco y emprendió el camino hacia el ayuntamiento sobre el puente que cruzaba el río. Leberecht observó las mangas de su jubón. Era fácil ver que ya antes lo había llevado el padre del señor Schlüssel. Los bordes de sus mangas estaban deshilachados por el uso, las costuras a punto de romperse y la prenda en su conjunto casi imposible de arreglar. ¿Pero no iba vestido con limpieza, más limpio de lo que correspondía a su clase?

Sophie, que podía leer los pensamientos de su hermano, le hizo entrar en casa y lo empujó por la estrecha escalera de madera hasta hacerle subir al primer piso. Dos habitaciones, cada una de ellas con una ventana y un armario, cuya mitad estaba ocupada por una estufa de mampostería, habían sido el hogar de su niñez. El ruido de las grúas, donde descargaban las grandes barcazas fluviales, donde las vendedoras del mercado pregonaban sus mercancías dando voces que resonaban en los estrechos callejones, el untuoso olor del pescado frito, que se mezclaba con el cálido hedor del mondongo y las asaduras que se ofrecían a la venta, el mordiente humo del herrero del piso bajo, que llenaba la casa entera con una capa de hollín, el griterío de los niños en aquellas primeras horas de la tarde... Eran los recuerdos de una niñez sin preocupaciones... ¿Y todo eso iba a terminar ahora, de repente?

A través de la pequeña ventana entraba un tímido rayo de sol, que bastaba apenas para iluminar la mesa alargada y los bancos de madera a ambos lados de ella. Leberecht se dejó caer en su lugar acostumbrado en uno de los bancos, un lugar que significaba mucho para él, algo que tenía metido en el corazón como una posesión muy valiosa, dejó caer los brazos doblados sobre la mesa y ocultó la cabeza en las mangas de su chaqueta. Sollozó. Sólo ahora empezaba a darse cuenta de lo que las prematuras muertes de sus padres significaban para su vida futura. Leberecht había querido a su padre más que a su madre. Lo había admirado, adorado, porque siempre tenía una respuesta para todas las preguntas de la vida y, aunque nunca acudió a una escuela de latín, había sido un hombre de destacada instrucción, de docto saber, muy superior al que debía corresponderle a un simple enterrador.

Adam Friedrich Hamann, el enterrador del Michelsberg, había aprendido por su propia cuenta todo lo que sabía; era un visitante habitual de la biblioteca del convento, mucho más asiduo que los hermanos más estudiosos de la comunidad que con las manos en la cabeza y los brazos arremangados estudiaban las palabras del Señor o algún otro conocimiento o ciencia que a veces les hacía quedarse dormidos. Un enterrador que sabía leer y escribir, que tenía experiencia en las leyes de la geometría, como las habían enseñado Pitágoras y Euclides, era algo tan poco común como sospechoso, y alimentaba numerosos rumores y especulaciones, que calumniaban a Hamann al decir que era un jesuita renegado que le había vuelto la espalda a la santa madre Iglesia por la pasión que llegó a sentir por una mujer.

El principal motivo de esa calumnia se basaba en que Hamann leía los evangelios en latín, como tenía que hacer todo cristiano piadoso antes de los tiempos de Lutero si quería experimentar la palabra de Dios a su propia manera. Dado que no disponía del dinero necesario para enviar a sus hijos a la escuela y porque él se sentía inclinado hacia todo lo que estuviera relacionado con las ciencias y la enseñanza, permitió que, jugando y casi sin obligarlos a ello, aprendieran a leer y escribir e incluso los instruyó en la lengua latina y la religión cristiana.

Al mismo tiempo, o, para ser más exactos, como lo más importante para él, Leberecht comenzó su aprendizaje con el maestro cantero Carvacchi. Esto se correspondía con su verdadera vocación puesto que nada le impresionaba más que las columnas y las esculturas de piedra arenisca de fino grano que daban a la alta catedral su bendición artística. La piedra blanda, con sólo tres siglos, demostraba que estaba tan lejos de la dureza del mármol como lo estaba la pequeña ciudad junto al río de los primeros signos de decadencia de la Roma papal. Carvacchi con dos docenas de aprendices y un cambiante número de jornaleros se encargaba de los trabajos de reparación y conservación.

Carvacchi, que debido a lo difícil de pronunciar que resultaba su nombre para los alemanes, y también porque desde un punto de vista anatómico se correspondía a la realidad, era llamado el Cabezón, pertenecía a ese tipo de hombres, no demasiado escasos, que inspiraban, al mismo tiempo y por igual, desprecio y admiración. El Cabezón era de origen florentino, aunque hablaba la lengua franca mejor que la mayor parte de los arrogantes señores de la catedral, era un genio en lo que se refería a los trabajos de conservación, cuando se trataba de reconstruir la mano destrozada de una estatua, un mechón de pelo rizado o el resquebrajado borde de una túnica de piedra. De modo fácil, como si apenas le costara trabajo, Carvacchi conseguía imitar la técnica de la obra original con tal perfección que aunque apenas había dos obras de arte en toda la catedral que procedieran de la mano del mismo artista, su arte restaurador no dejaba el menor rastro. Pero, al mismo tiempo, Carvacchi era aficionado a la bebida, a las mujeres fáciles, a una forma de vida dispendiosa, a contraer deudas y meterse en peleas. De carácter tan quisquilloso como las lavanderas del Regnitz, no eludía las broncas si se cruzaban en su camino; más aún, parecía sentirse mágicamente atraído por ellas como el diablo por el pecado, sobre todo en su trato con los curas de los que dependía en su trabajo para ganarse el pan.

El valor del maestro había causado en Leberecht Hamann una profunda impresión. El muchacho había visto con sus propios ojos cómo el Cabezón, en su camino al Domberg, al cruzarse con el predicador doctor Athanasius Semler, que siempre lucía el cinturón púrpura que mostraba su rango, escupía y seguía su camino. Y eso frente a un hombre santo ante quien los señores de la magistratura, al encontrarse con él, inclinaban la rodilla y le besaban el anillo y las mujeres se santiguaban tres veces sobre la cotilla que cubría su pecho.

Leberecht sintió la mano de Sophie sobre el cabello y oyó su voz:

—Todo irá bien. ¡Schlüssel es un buen hombre, puedes creerme!

El joven se secó la cara con la mano. Hizo un gesto de asentimiento aunque no estaba convencido en modo alguno de lo que decía su hermana.

—¿Qué es un tutor? —Leberecht miró a su hermana mientras le hacía la pregunta.

Sophie alzó los hombros, dibujó con el dedo una cruz sobre la superficie de la mesa y respondió insegura:

—Una especie de padre adoptivo que cuidará de nosotros, pagará el dinero de tu aprendizaje y vigilará mi inocencia.

Leberecht miró hacia la ventana y volvió a preguntar:

—Pero ¿por qué precisamente Schlüssel, el posadero de Sand?

—El posadero de Sand es un hombre de buena posición, es honrado y está bien considerado. Y aunque podría permitirse tener más hijos que cualquier otro en la ciudad, sólo tiene un hijo único. ¡Deberíamos estarle agradecidos, me oyes!

Mientras decía estas palabras Sophie comenzó a recoger su ropa del interior de un armario empotrado en la pared y revestido de un ancho marco de madera. Metió sus escasas prendas en un cesto de mimbre alto, como el que llevaban a la espalda las mujeres del mercado, y requirió a su hermano, al que le arrojó una bolsa de lino:

—Tú también deberías recoger tu ropa.

El oscuro futuro con el que Leberecht se vio amenazado de improviso, se le apareció como un monstruo peligroso que hizo que la expresión se le helara en el rostro. Leberecht tuvo miedo, un miedo que superaba la pena causada por la muerte del padre. Se sintió abandonado, solo e indefenso como nunca antes en su vida. Como en un sueño reunió su ropa, la metió en la bolsa y cogió la correa de la caja de madera que guardaba sus herramientas de cantero, que eran al mismo tiempo su orgullo y su única posesión. Sin una última mirada al lugar feliz de su infancia, abandonó la oscura estancia, bajó la desgastada escalera y salió al aire libre. Sophie lo siguió disgustada, con la cesta de mimbre a la espalda.

Caminaron por la orilla del río en contra de la dirección de la corriente, hasta llegar a un puente situado más arriba y que unía el barrio pobre y trabajador con Sand, al otro lado del río. Leberecht marchaba lentamente y ensimismado, con la cabeza gacha y la mirada en el suelo, como un canónigo durante el Miserere; Sophie recordó una expresión de ánimo que su padre solía emplear cuando las circunstancias lo exigían.

—La cabeza alta, hermanito, ¿dónde has dejado tu orgullo?

Leberecht no pudo menos que echarse a reír, aunque sus ojos húmedos brillaban como bayas oscuras entre el rocío de la mañana. Sin esas palabras de ánimo, a Leberecht le hubiera resultado difícil desprenderse del manto que envolvía sus pensamientos y que le actualizaba lo miserable de su existencia. Leberecht esbozó una sonrisa, le hizo un gesto afirmativo a su hermana, y con aire desafiante levantó la cabeza.

Así, sonrientes y bromeando, llegaron a la posada de Sand, una casa amplia con tabiques entramados, de vigas pintadas de rojo y muros de obra blancos. A ambos lados de la entrada en forma de arco en punta había una puerta de dos alas, adornada con figuras de hierro romboidales, como el escudo de un cruzado, y a su lado una hilera de ventanas enrejadas con cristales combados.

Dos o tres escalones de piedra llevaban a una gran estancia abovedada, con suelo de ladrillos, a la derecha y a la izquierda de la cual había dos puertas de arco. Entre ellas, junto a las paredes, se extendían largos bancos ennegrecidos y toneles vacíos que servían de mesas.

Aunque todavía era de día el mesón ya estaba lleno del fuerte griterío propio de una taberna.

Leberecht nunca había estado en el interior de un mesón y, como es natural, Sophie aún menos. Un joven gordinflón que masticaba una salchicha de cecina de caballo y escupía la piel al suelo con aire de satisfacción, los libró de su turbación.

—¡Los huérfanos de Hamann! —exclamó con un tono de suficiencia impropio de un joven de su edad—. ¡Que Dios nos libre de los parientes pobres y de la chusma!

Con la seca salchicha en la mano dibujó en el aire un ambiguo signo de la cruz.

Leberecht dejó caer al suelo su bolsa de la ropa, y levantó la caja de madera de las herramientas con la intención de golpear con ella al desvergonzado montón de grasa, cuando en la puerta de la izquierda apareció la fuerte silueta del viejo Schlüssel y su voz poderosa resonó en la estancia:

—¡Christoph! *Silentium! Abitus!* (¡Silencio! ¡Márchate!)

El gordo bajó la cabeza, se dio la vuelta y desapareció como un chucho bien adiestrado.

Con una sonrisa de conejo y el entrecejo fruncido, el mesonero de Sand estaba allí frente a ellos. Vestía un jubón elegante de color rojo oscuro con las mangas anchas y abombadas. Mantenía las manos a la espalda y las gordas piernas apretadas. De vez en cuando alzaba sus talones como si quisiera parecer más alto. Su mirada no mostraba el menor interés y más bien parecía amenazadora.

—¡Martha! —gritó Schlüssel con voz alta.

En la escalera lateral apareció una mujer guapa de pelo rojizo. Su aspecto orgulloso era tan famoso en la ciudad como su virtud y su bondad. Dos veces al año, en las fiestas de la Aparición del Señor y el día de santa Marta, daba de comer a los pobres y se ganaba el reconocimiento de todos y la sospecha de que era una santa como la piadosa Elizabeth de Turingia, que durante un período de hambruna dio de comer diariamente a novecientas personas y que tras la muerte de su marido encontró refugio en casa de un obispo que era tío suyo. Sin duda, Jakob Heinrich Schlüssel y su esposa Martha personificaban esas contradicciones ya que eran tan antagónicos entre sí como el agua y el fuego, el cielo y el infierno, el bien y el mal; pues lo que Marta Schlüssel irradiaba en bondad, el posadero de Sand lo emitía en maldad.

Sólo se puede especular sobre qué disposiciones providenciales del cielo o de la tierra llevaron a unirse a estas dos personas. Sin duda detrás de todo esto estaba esa ley de la ciencia física que determina la atracción de los opuestos, mientras que la armonía y la concordia se rechazan entre sí como el mismo polo de dos imanes. Los que consideraban a Martha una bella santa definían al mesonero de Sand como un miserable rufián, vanidoso, petulante e indigno, para el cual su negocio sólo era una forma agradable de pasar el tiempo. Corrientemente iba de un lado a otro por el país en busca de los más diversos negocios, movido por la consigna de que sólo con dinero se puede ganar dinero. Por eso le gustaban el juego, los amigos de comilonas y el bello sexo; y la gente murmuraba que él había elegido a la noble y bella Martha sólo para lucirla como quien luce una joya. En todo caso, él enfriaba sus pasiones, eso no era un secreto, con una dama de la nobleza, licenciosa y libertina, llamada Ludowika, que también mantenía buenas relaciones con el príncipe-obispo, tal vez por los mismos motivos.

Schlüssel trató de ser amable en presencia de su esposa, fundamentalmente sin conseguirlo, cuando le dijo:

—¡Éstos son los huérfanos de Kranen!

En sus palabras había tanta arrogancia que a Leberecht le hubiera gustado más que nada dar media vuelta y dejarlo plantado. De todos modos, a partir de ese momento supo que no se quedaría allí. Era joven y fuerte y no le faltaba inteligencia, no necesitaba al viejo Schlüssel para sobrevivir.

Como saludo, la señora Schlüssel tomó las manos de Leberecht y Sophie y las apretó afectuosamente. Leberecht disfrutó con el calor que parecía emanar de Martha.

—No puedo ser una madre para vosotros —explicó la esposa del posadero—, pero os cuidaré como si fuera una hermana.

—Está bien así —intervino Schlüssel en la conversación—. Arriba hay un cuarto preparado para vosotros. Martha os lo enseñará.

Subieron cinco escalones por una empinada escalera. Junto al palomar, donde también tenían su dormitorio los sirvientes, había una habitación pequeña con una cama chirriante de madera sin barnizar y una pequeña ventana que daba al Domberg. La gran chimenea en el centro de la mezquina habitación despedía un agradable calor.

Leberecht y Sophie se miraron. ¡Una habitación para ellos dos solos! Ni siquiera en casa de sus padres habían tenido una habitación sólo para ellos. El padre, la madre y los dos niños habían dormido en la misma cama, una especie de caja de madera cuadrada con un techo también de madera por encima para protegerlos del frío que venía de arriba y de los parásitos que durante la noche se dejaban caer sobre ellos desde el techo.

—Verás como todo irá bien —comentó Sophie una vez que la mesonera se fue.

Leberecht movió la cabeza de un lado a otro, como si no pudiera creer por completo las palabras de su hermana. Después le dijo:

—Yo no creo en la bondad del viejo Schlüssel. Tiene que haber alguna razón para que haya aceptado tan fácilmente convertirse en nuestro tutor. ¡El posadero de Sand no es de aquellos que hacen algo que no sea en provecho propio!

—Pero tal vez su esposa sí. La mesonera es una mujer de buen corazón. Eso es algo que saben hasta los niños. ¡Demos gracias a Dios porque el posadero de Sand nos ha librado del orfanato!

La gran preocupación de Leberecht era la cuestión de su aprendizaje. ¿Cómo iba a poder reunir las doce *gulden* que Carvacchi exigía anualmente como pago de sus enseñanzas?

Por la noche, durante la cena que hicieron juntos, el mesonero de Sand, en presencia de su esposa Martha y de su hijo Christoph, les comunicó cómo veía el porvenir de sus pupilos. Sophie debía ocupar el puesto de una criada, sin sueldo, a cambio de manutención y un vestido nuevo al año. En cuanto a Leberecht estaba dispuesto a pagar su aprendizaje durante dos años, que se financiaría con el producto de la herencia del difunto Adam Friedrich Hamann, que el tabernero cifró en unas veinticinco guldens una vez deducidos todos los gastos.

Mientras que a Jakob Heinrich Schlüssel no era posible sacarle ninguna otra aclaración sobre la tutoría, Martha, un tanto violenta, movía la cuchara en su plato de sopa.

—Naturalmente —se decidió por fin a decir—, os habréis preguntado por qué razón el mesonero de Sand se ha hecho cargo de vuestra tutoría...

—Todos conocen vuestra bondad... —le cortó la palabra Sophie.

Martha bajó los ojos y continuó:

—Dios todopoderoso sólo quiso darnos un hijo. Fue su voluntad, para castigarnos por nuestros pecados, que no tuviéramos más descendencia. Todo el mundo puede ver el baldón de nuestros pecados, un hijo único, que pesa sobre la casa. Al aceptaros a vosotros como nuestros propios hijos nuestro deseo es borrar ese baldón. A partir de ahora vosotros formáis parte de nuestra familia.

Martha pareció aliviada después de haber aclarado la situación. Pero el posadero de Sand y su hijo parecían un tanto perplejos. Evidentemente, la declaración de la madre les resultaba penosa.

Finalmente Schlüssel acarició el cabello de su hijo obeso y declaró orgulloso:

—Pero en cambio este hijo único nos colma de alegrías. Christoph va al colegio de los jesuitas. Estudia latín, matemáticas y la teoría de los elementos de Euclides. —Se volvió hacia su hijo—. Dinos algo en latín para que se den cuenta de lo listo que eres. ¡Vamos, di algo!

Azorado, Christoph Schlüssel comenzó:

—«*Gallia omnis est divisa en tria partes...*»

—*Partes tres* —le interrumpió Leberecht—. «*Gallia est omnis divisa en partes tres...*(1)» Al menos así fue como lo escribió Gayo Julio César.

El posadero se echó a reír:

—¡Un aprendiz de cantero se atreve a corregir a un estudiante del colegio de los jesuitas...!

—¿Pór qué no si sabe mejor el latín? —le replicó Leberecht.

—¿Tú? ¿Tú? —el viejo Schlüssel se rió aún con más fuerza—. ¿Tú pretendes saber latín? ¿Y quién te lo ha enseñado?

—Mi padre —respondió concisamente Leberecht, y Sophie lo reafirmó con un orgulloso movimiento de cabeza.

—¿El enterrador?

—¡Sí, el enterrador!

Schlüssell se retorcía de risa.

—¿Y quién, con perdón, le enseñó latín a él, al enterrador?

—Los monjes del convento de Michelsberg, si no les molesta.

El posadero se detuvo sorprendido. En cuanto al gordo, al principio se mostró incrédulo, después enfadado y finalmente dijo con voz casi llorosa:

—Los monjes de Michelsberg no tienen escuela de latín.

—No —aceptó Leberecht— pero tienen una magnífica biblioteca con muchos libros en latín. ¡Yo mismo los he visto!

La voz de Christoph se enfureció:

—¡No está permitido que la gente inculta lea libros!

Leberecht arrugó la frente.

—¿Quién lo dice?

—La santa madre Iglesia. Sólo permite leer libros que hayan sido escritos dentro de la fe cristiana. Y para saber si un libro difunde la fe cristiana hay que ser un hombre culto.

—Como tú.

—Sí.

(1) «Las Galias en su conjunto se dividían en tres partes...» (De César, *De Bello Gallico*).

—¡Pero Gayo Julio César era pagano!

—Tienes razón.

—Y a pesar de todo has leído sus escritos.

—Lo hice, sí, pero consciente de que sus escritos son paganos. Una persona inculta los leerá sin sentido crítico. Y eso es perjudicial para la fe.

Leberecht alzó las cejas pero guardó silencio. A partir de ese momento sólo sintió desprecio hacia aquel barrigón bien alimentado y supo que, más temprano o más tarde, sus relaciones acabarían en disputa.

A la mañana siguiente, era el quinto domingo de cuaresma, Martha Schlüssel asistió a la misa de la catedral, con Christoph, su hijo carnal, y Leberecht, su hijo adoptivo. Sophie tuvo que quedarse en el mesón trabajando en la cocina.

La cordial decisión del tabernero de Sand de acoger en su casa a los dos huérfanos había corrido por toda la ciudad y, por ser algo inesperado en él, se ganó un amplio reconocimiento. Martha, tan predispuesta a mostrar su belleza como la piedad de su fe, se había puesto sobre los hombros un chal negro para protegerse del frío de marzo. Debajo llevaba un vestido de lana de color verde con amplias rayas verticales de terciopelo que despertaba por igual la admiración de las mujeres como de los hombres.

Al pasar por el portal de San Jorge contemplaron la catedral por la Puerta de la Merced frente a la ciudad. La misa la ofició el párroco de la catedral, mientras que el obispo asistía a la función religiosa, sin participar en ella, sentado en una especie de trono tapizado de rojo, situado en el coro de San Pedro, adornado con negros crespones.

Después de la lectura del evangelio correspondiente al quinto domingo de cuaresma subió al púlpito el predicador de la diócesis Athanasius Semler. La inquietud se extendió sobre los atónitos asistentes a la misa al ver la figura pequeña y enjuta que se alzaba sobre sus cabezas. Semler disfrutó con la piadosa expectación y dejó que su mirada se deslizara lentamente sobre el pueblo creyente, como si buscara entre ellos a un pecador.

Finalmente alzó su voz aguda y comenzó despacio:

—Que Dios tenga piedad de vosotros pobres pecadores, vosotros, miserables criaturas del pecado, instrumentos del diablo y de las potencias malignas —su voz se fue haciendo cada vez más fuerte— que en vosotros juegan con los dones de Dios, día tras día. Pero Dios todopoderoso os castigará con el fuego eterno del infierno. Los siervos de Satanás os asarán sobre el hierro al rojo vivo, os descuartizarán con afiladas espadas y vuestros gritos de dolor serán más fuertes que las trompetas de Jericó y no dejarán oír el fragor de los truenos celestes....

En la catedral se hizo un silencio sepulcral. Los asistentes estaban de pie con las cabezas gachas. Martha se había echado el chal sobre la cabeza y lo sujetaba de modo espasmódico bajo el mentón. Leberecht, en quien las ponzoñosas palabras del predicador causaban menos impresión, vio cómo Martha bajaba los ojos avergonzada. Con sorpresa observó que incluso Christoph mostraba un rostro arrepentido y compungido.

—Los tormentos —continuó Semler, que extendió el brazo como señalando a la muchedumbre entera—, los tormentos del infierno son inimaginables, infinitamente mayores que la cruz y las tribulaciones de la miseria, el sufrimiento y el dolor de los que está lleno este valle de lágrimas. Por grandes y diversos que puedan ser los tormentos de este mundo, al menos están divididos y suavizados y nadie los sufre todos y cada uno de ellos al mismo tiempo. Hay quien es pobre, pero no tiene el cuerpo enfermo; el enfermo no tiene que ser por ello objeto de burlas. Quien sufre de tribulaciones, no sufre al mismo tiempo de hambre y de sed. Quien es odiado y atormentado por un hombre, no tiene por eso que ser odiado y perseguido por todos; al que le duelen los ojos no le duelen forzosamente también las manos. La parálisis no causa dolor de muelas. El sufrimiento corporal no afecta al espíritu. Siempre, en todo caso, al ser humano, en este mundo, le queda algo que está libre del tormento. Y si un enfermo se engaña y cree que le duele todo, ciertamente que el mismo dolor que siente en una parte del cuerpo no puede estar al mismo tiempo en otras. Allí donde el calor causa dolor no se puede sufrir de frío. Aquel al que la comida le produce náuseas no puede sufrir de hambre al mismo tiempo. El cuerpo, el mismo cuerpo que ayer nos mantuvo vivos, puede ser que hoy deje de sentir por completo. Pero yo os digo a vosotros pecadores, delante de Dios que está por encima de todos nosotros: ¡Sobre vosotros caerán todos juntos y al mismo tiempo estos tormentos infernales, todos los dolores y sufrimientos caerán sobre vosotros al mismo tiempo y en su máximo grado...!

—... Trasladaos con vuestro pensamiento a los hospitales —continuó el predicador— y a las casas de acogida que están llenas de apestados, de enfermos crónicos, de heridos inválidos, y podréis oír cómo el pueblo desgraciado solloza y llora, gime y grita. Uno porque sufre de dolores de cabeza insoportables, otro por el dolor de muelas, un tercero porque le están cortando parte del intestino. Otro tiene rotos los brazos y las piernas, como ramas secas; al que está junto a él le han atravesado el vientre de una puñalada; al siguiente la congelación le ha comido la boca y la nariz. Algunos médicos cauterizan aquí y allá con hierros al rojo o cortan con afilados cuchillos en la carne viva. En un rincón a uno le sierran una mano y a otro le separan una pierna. Por todas partes reina el dolor, el sufrimiento y la miseria y casi no hay nadie que pueda ver ese horrible espectáculo sin desmayarse. Imaginaos en vuestro cerebro todas las torturas inventadas por el más cruel de los tiranos y que éste las aplica con furia diabólica, por venganza contra sus enemigos o bien por odio contra los mártires y testigos de la sangre de Cristo. Figuraos los potros de tortura, sobre los que son estirados como las temblorosas reses en el matadero, los patíbulos y las ruedas con las que son descuartizados vivos, las tenazas y los ganchos con los que sus carnes son desgarradas hasta dejar desnudos los huesos y echar sal sobre las heridas. Percibid el olor de carne asada de la parrilla en la que se asan cuerpos humanos; ved cómo a otros se les vierte plomo derretido en la boca, o cómo su cuerpo es embadurnado con pez a la que después se le pega fuego... Pensad en todo lo que podéis recordar sobre torturas y sufrimientos, pensad en todas las heridas y enfermedades juntas y suponed que habéis de sufrirlas todas de una vez y al mismo tiempo. ¡Así tendréis, por un breve instante, una idea de lo que es el infierno, del sufrimiento y el tormento que os espera a vosotros miserables pecadores!

Una mujer comenzó a sollozar fuertemente debajo del púlpito; otra perdió el conocimiento, una chica joven vomitó en las manos de su madre. Martha respiraba con dificultad. Leberecht observó que todo su cuerpo temblaba. La mujer ni siquiera se atrevía a levantar la vista para mirar al predicador.

Éste no parecía impresionado por el miedo y la repugnancia de sus oyentes y continuó su sermón de penitencia. Semler fustigó contra el placer carnal despertado por las miradas concupiscentes. La voz de Semler se superó a sí misma en potencia cuando empezó a hablar de las «Puertas de Satanás» o del «sexo diabólico», como a él le gustaba denominar a las mujeres. Sólo ellas eran culpables del vicio y la desvergüenza que reinaba por doquier. «*Ejicientur in tenebras exteriores; ibis erit fletus et stridor dentium!*» («Serán arrojadas a las tinieblas más extremas y allí será el gemir y el rechinar de dientes») —soltó su baboso veneno el predicador.

En la elevada nave de la catedral resonaron gritos obscenos:

—¡Putas!

—¡Brujas!

—¡Hijas de Satanás!

Con un violento movimiento de la mano, mientras involuntariamente extendía los dedos, Samler pidió silencio. Cuando predicaba no toleraba otra voz que no fuera la suya.

—¿Con cuánta frecuencia habéis pecado dirigiendo miradas lujuriosas al otro sexo? ¿Cuántas veces os habéis deleitado en pensamientos impuros contemplando vuestro propio cuerpo en el espejo? ¡Oh, qué tormentos sufriréis en el infierno donde sólo encontraréis a los seres más repugnantes y monstruosos, mujeres barrigonas, con las piernas zambas y flacas, con los senos lacios y caídos como trapos de fregar el suelo y sin pelos en la cabeza. Entonces os arrepentiréis de haber sido, en vida, esclavos de la belleza desnuda, reflejo del pecado que cubre su ruindad bajo el manto del arte.

Tras esas palabras, el predicador catedralicio guardó silencio. Estaba quieto, inmóvil, rígido como una estatua. Su brazo extendido señalaba en dirección a unas figuras talladas en pilares de piedra que llevaban nombres enigmáticos como Ekklesia, Synagoge o Porvenir y que representaban a mujeres tan ligeramente vestidas que apenas cubrían los encantos de su feminidad. Aun cuando la reconstrucción de la iglesia, tras el destructor incendio del antiguo templo, sólo databa de hacía unos trescientos años, nadie sabía ni el origen ni el significado de aquellas estatuas de mujer, que subrayaban la feminidad de su sexo con sus senos puntiagudos y una pecaminosa sonrisa en el rostro.

La representación alegórica del Porvenir excitaba a Athanasius de manera especial porque la mujer que representaba dejaba en la sombra, en lo que se refería a belleza y feminidad, a otra imagen que había en la catedral, la de María la madre de Dios. La forma como la estatua con su mano pequeña y de dedos delicados señalaba hacia el futuro y el modo en que su postura resaltaba el atractivo de su cuerpo delgado, podía excitar a un devoto cristiano y hacía dudar de si aquella obra de arte había sido creada para la catedral.

Desde que comenzó el aprendizaje de su oficio, Leberecht se había pasado muchas horas delante de la estatua. En presencia de la alegoría del Porvenir, Carvacchi le había explicado los conceptos del arte que los grandes maestros italianos habían elevado a ley: que la armonía es la mayor si la longitud del cuerpo es ocho veces y dos tercios la longitud del rostro, que el rostro de un ser humano debe ser como la palma de su mano, que la nariz y las orejas estarán siempre a la misma altura, así como la diferencia que debe haber entre la pierna sobre la que descansa el cuerpo y la que queda suelta, y entre la figura vestida y la velada. Como la alegoría del Porvenir estaba tan delicadamente vestida que parecía envuelta en una niebla otoñal, Leberecht había contemplado en aquella noble escultura la anatomía femenina que una mujer raramente muestra. Desde entonces juzgaba a todas las mujeres que aparecían en su vida comparándolas con la estatua.

Naturalmente al joven cantero le había llamado la atención de inmediato que Martha, la mesonera de Sand que debía ser su madre adoptiva, tenía en sus armónicas medidas mucho que ver con la mujer que simbolizaba el Porvenir: el rostro pequeño y proporcionado con sus manos pequeñas; y, sobre todo, la armonía de su actitud cimbreante, en la que su cuerpo no descansaba por igual sobre las dos piernas sino que éstas se alternaban para servir de soporte al cuerpo, sólo una de ellas cada vez mientras la otra quedaba suelta, como sucede en todas las estatuas de los clásicos griegos. Por esa razón afectaban cada vez más a Leberecht las fustigantes palabras del predicador que veía en la alegoría del Porvenir el pecado hecho piedra.

Semler apenas había dejado de hablar y ya muchas mujeres habían caído de rodillas, algunos varones ancianos se golpeaban la cabeza contra las columnas del templo para hacerse daño y que el dolor alejara los malos pensamientos. Desde el Coro de San Jorge resonaba el grito de «*Peccavi*» (he pecado), y en el mismo instante se oyó un griterío múltiple como si cien voces repitieran del modo más exacto las exclamaciones de dolor de las pobres almas en pena ardiendo sin consumirse en el fuego del infierno.

En Leberecht, el indigno espectáculo sólo provocó desprecio. Por los relatos de su maestro de oficio, Carvacchi, sabía que en otros lugares la época de las tinieblas hacía tiempo ya que había quedado atrás, que la Reforma del fraile de Wittenberg había abierto la puerta a un tiempo nuevo y había dejado espacio libre para nuevas ideas y pensamientos. Sólo aquí, en este lugar en la confluencia del Regnitz con el Main, el tiempo parecía haberse detenido y las nuevas ideas eran fustigadas como pecados. Sin embargo la Reforma estaba a las mismas puertas y el príncipe-obispo había ido perdiendo, poco a poco, la mitad de sus propiedades.

El sermón de penitencia de Semler no dejó de tener consecuencias. Martha y los dos jóvenes regresaron a casa en silencio. Aunque sólo faltaban dos semanas para la Pascua de Resurrección, el invierno aún no había dicho su adiós. El aliento de los que salían de la catedral dejaba blancas nubes de vapor en el aire helado.

En los escalones de piedra que descendían hasta el Sand, algunas mujeres asomaron la cabeza y en el momento en que Martha pasaba con sus jóvenes acompañantes, una de ellas gritó con voz chillona:

—¡Que Dios esté con nosotros, el hijo de Hamann, el hijo de Hamann!

Las mujeres gritaban y se agitaban entre ellas como las gallinas en el corral en el que acaba de entrar una zorra. Sólo dos matronas de aspecto serio permanecían un tanto retraídas.

—¿Qué es lo que pasa? —preguntó Martha dirigiéndose a una de las dos.

La interrogada puso cara de circunstancias y pasó varias veces la mirada de Martha al joven Hamann. Finalmente hizo de tripas corazón y respondió, al tiempo que señalaba a Leberecht con un movimiento de cabeza.

—Su padre, el enterrador del Michelsberg, se le ha aparecido a la tejedora Hussmann.

Martha pasó su brazo por la espalda de Leberecht como si quisiera protegerlo. Él miró a su madre adoptiva con mirada insegura y no fue capaz de decir una sola palabra.

—La tejedora dice tonterías —replicó la mesonera—. La vieja ve fantasmas.

—¡Es posible que sea así! —se excitó la otra—. Pero es seguro que la tejedora se encontró con Adam *el Calvo* en el cementerio de Michelsberg, cuando visitaba la tumba de su esposo. Reconoció perfectamente a Hamann, llevaba puesto su gorro rojo y la pala en la mano. Cuando la tejedora quiso dirigirse a él, Hamann desapareció como si se lo hubiera tragado la tierra.

Al oír estas palabras, Leberecht se separó de Martha y bajó a toda prisa los escalones de piedra que iban al Sand. Corrió como alma que lleva el diablo en dirección al puente de arriba, cruzó el río y, jadeante, hizo corriendo todo el camino hasta Kranen. Al llegar frente a la casa de su niñez, descorrió el cerrojo que cerraba las puertas del piso bajo, junto a las del herrero.

Subió de tres en tres los escalones de madera y, ya casi sin respiración, llegó a la pequeña puerta tras la cual se guardaban la mayor parte de los recuerdos de su niñez.

Leberecht recordó que la mujer había mencionado la pala, que él sabía que estaba siempre detrás de la puerta. Con ella, su padre había cavado la última morada de cientos de personas. Y, si recordaba bien, el gorro rojo debía estar en el arca negra al otro lado de la mesa.

La habitación estaba revuelta. ¡Por el esqueleto de San Otto! Los ladrones habían visitado la pobre vivienda. En el suelo había varios cajones. Las puertas de la paupérrima arca estaban abiertas, los bancos por el suelo y los ladrones ni siquiera habían respetado la estufa y removieron las cenizas como si buscaran entre ellas un tesoro escondido. ¡Como si Adam Friedrich Hamann hubiese sido un hombre rico!

Ni la pala ni el gorro estaban en su sitio. ¿Qué podía deducir de todo aquello?

Mientras Leberecht se dejaba llevar por sus pensamientos, su mirada se fijó en uno de los dos bancos de madera, el que siempre fue su preferido estaba volcado patas arriba en el suelo. Cuando quiso ponerlo derecho vio que en la parte de atrás del asiento, en la madera, alguien había grabado una inscripción:

FILIO MEO L. * TERTIA ARCA

Para uno que está en condiciones de leer a Gayo Julio César, la traducción de la inscripción latina no ofrecía la menor dificultad: «Hijo mío L. La tercera arca.» Adam Friedrich Hamann, que había enseñado latín a su hijo, siempre apreció esas frases enigmáticas, pero como tantas otras veces, tampoco ahora el muchacho sabía por dónde empezar.

Ese mismo día, Leberecht visitó la tumba de su padre en el cementerio de Michelsberg, sobre la que aún sobresalía el extremo del tubo de hierro. Dijo una silenciosa oración y con toda seguridad habría tomado el asunto de la supuesta aparición como una más de las bromas de mal gusto o de las murmuraciones malintencionadas que forman parte de la vida cotidiana de una pequeña ciudad si a su vuelta a la posada Sophie no lo hubiera sorprendido con la noticia de que Ortlieb, el mozo que hacía de cochero del mesonero de Sand, la noche anterior se había encontrado con Adam *el Calvo* en la ciudad.

—¿Crees esas habladurías? —le preguntó a su hermana una vez que se repuso del shock.

Sophie no le respondió. Tenía los ojos húmedos. También Leberecht luchaba por contener las lágrimas, que no estaban motivadas por el miedo a las apariciones sino por la rabia. El afán de las gentes por las apariciones no conocía límites. Mientras que en otros lugares, no lejos de las puertas de la ciudad, había comenzado con la doctrina de Martín Lutero una nueva era en la que los sermones de penitencia, las indulgencias y las torturas en nombre de Cristo pertenecían al pasado, aquí el príncipe-obispo extendía su mano para bendecir el tenebroso tiempo final, que según su opinión ya había comenzado. Ciertamente que el vaticinio de los profetas de que el juicio final llegaría un milenio y medio *post passionem*, es decir en el año 1533, no se había cumplido. En las creencias de los sabios piadosos, el error, y como tal fue llamado desde entonces el fallido fin del mundo, no estaba en el profeta, sino sólo y exclusivamente en que el joven Euclides que, Dios se apiadara de él, había utilizado en sus cálculos los signos y cifras paganos de los árabes.

Para que llegara el terrible año en el que, según las profecías de los sabios, llegaría el fin del mundo, las montañas vomitarían fuego, los ríos se desbordarían y los muertos saldrían de sus tumbas, sólo faltaban veintiún años; pero la conducta de los hombres seguía como si nada fuera a ocurrir y en ninguna otra parte podía contar la santa Inquisición con tal afluencia de consejeros, chivatos, delatores y testigos como allí.

Gracias a su padre, que en la abadía de Michelsberg había adquirido una gran sabiduría con sus lecturas, Leberecht aprendió muchas cosas memorables. Por ejemplo, de qué modo limpiaban las impurezas de sus almas e incluso trataban de comprar la salvación eterna, tanto los más honorables ciudadanos, como los simples labriegos o los riquísimos cerveceros. A partir de entonces, su fe religiosa, que a un muchacho de aquella época se le inculcaba ya en la cuna, quedó plagada de dudas cada vez más vehementes. Leberecht no creía, desde luego, que flagelar los propios miembros, la compra de indulgencias y oraciones y la incesante confesión de los pecados fueran el camino correcto para llegar al Paraíso.

Enfermos de fiebre a causa de los martirios y torturas que se aplicaron a sí mismos, fueron muchos los que vieron a la santa virgen María. Incluso Otto, el santo obispo, y la emperatriz Cunigunda, de la que todo el mundo sabía que estaba enterrada en la catedral junto al emperador Enrique, y que dieron muestras a veces de su desenfreno, se les aparecieron, según afirman honorables ciudadanos, no como espíritus sino que vieron sus almas en su forma terrenal en diversos lugares.

—¡La gente dice que nuestro padre era un brujo y que había firmado un pacto con el diablo!

Las palabras de Sophie volvieron a Leberecht a la realidad.

—¿Nuestro padre un brujo? ¡Por amor de Dios! —Leberecht movió negativamente la cabeza—. No, nuestro padre no era un brujo. Era demasiado listo para serlo.

Sophie sonrió con armagura.

—Satanás no se detiene ante los listos. Piensa sólo en Nikolaus von Kues. ¿No proclamó nuestro padre su agudeza y su talento, al hablarnos de sus libros? Y, sin embargo, predicó a los habitantes de Cusa la docta ignorancia, la ignorancia aprendida y aceptada a sabiendas, como el más elevado de los fines. No, el error que cometió nuestro padre fue otro totalmente diferente. No se adaptaba a la imagen del hombre cristiano piadoso. Un enterrador que dominaba el latín mejor que el príncipe-obispo y que enseñaba a sus hijos a conocer a los grandes escritores paganos de la antigüedad cae fácilmente bajo sospecha de ser un hereje.

—Tal vez... —Leberecht se quedó pensativo—. Quizá las apariciones de nuestro padre no sean tales, sino una comedia planeada por la curia de los canónigos catedralicios.

—¡No debes pensar una cosa así! —se indignó Sophie—. ¿Qué motivo pueden tener los eclesiásticos para hacer algo semejante?

En silencio ambos subieron las escaleras de su habitación.

—¿Por qué habrían de hacer algo semejante? —repitió su pregunta mientras se dejaba caer en el borde de la cama.

Indeciso, Leberecht se acercó a la chimenea que apenas daba calor y, finalmente, dio tres pasos hacia un pequeño agujero que había en el techo, tapado con trozos de ropa vieja. Estaba helado. Pero más que el frío lo que le hacía tiritar era pensar cuáles serían las intrigas que se estaban inventando contra su padre.

—Yo podría decirte inmediatamente varios motivos —comenzó Leberecht sin mirar a su hermana—. Nuestro padre sabía demasiado sobre los oscuros manejos de los canónigos de la catedral y no era de los que ocultan lo que saben. Además, como empleado a sueldo de los monjes del convento de Michelsberg, estaba protegido por su misma inmunidad; y lo que es más, se había ganado su respeto, como yo tuve ocasión de comprobar personalmente, y casi podría decirse que era como uno de ellos. Como todo el mundo sabe, los frailes de Michelsberg y los canónigos se llevan como perros y gatos. Me sorprendió mucho que el predicador de la catedral Athanasius Semler no condenara el tubo de hierro de la tumba de nuestro padre como una idea diabólica. Siempre se opone a todo lo que no sea citado literalmente en la Biblia.

Sophie sintió de repente que la sangre se le subía a la cabeza y que un fuego ardiente se apoderaba de todo su cuerpo. Fue como si el demonio, personalmente, tomara posesión de ella, como si un poder desconocido paralizara sus pensamientos. Espantada miró a su hermano y dijo:

—¿En qué pecado vivimos para que Dios nos haga esto?

Leberecht se echó a reír:

—Tú también te estás contagiando de tanta estúpida palabrería. Quizá te tranquilice saber que han registrado y revuelto nuestra casa. Y es seguro que no buscaban riquezas. Pero por extraño que parezca, la pala y el gorro de nuestro padre han desaparecido.

—¿Y? ¿Qué quieres decir con ello?

—Nada. Es posible que alguien por algún motivo se haya permitido una broma de mal gusto con los recuerdos del enterrador de Michelsberg.

—¿No crees en una aparición?

—¡No! —respondió Leberecht con voz clara—. He estado

hoy en la tumba de nuestro padre. ¡Nadie la ha tocado! ¿Crees que es posible que la pobre alma de nuestro padre haya salido por el tubo de hierro?

Leberecht y Sophie esperaban que el mesonero de Sand, su esposa Martha o el hijo de la casa les hablaran de los extraños sucesos. Pero no fue así y tuvieron la impresión de que no sólo la familia sino también los sirvientes se apartaban de su camino. Durante todo el día nadie quiso hablar con ellos de las misteriosas apariciones.

Cuando finalmente volvió la tranquilidad a la posada y se apagaron las luces, Leberecht y Sophie se fueron a la cama. La noche era excepcionalmente fría para la época del año. Del río subían jirones de una niebla húmeda y el aire helado de la noche penetraba por la ventana y las grietas de las paredes. Los dos se habían acostado con la ropa puesta para protegerse del frío y dormían estrechamente abrazados. Una manta hecha de retazos de tela cosidos entre sí apenas evitaba el aire gélido que bajaba desde el techo oblicuo.

¿Era el frío o sus pensamientos taciturnos lo que le impedía dormir? Leberecht se libró del abrazo de su hermana y en silencio salió de la habitación. No sabía qué le empujaba a levantarse a medianoche para ver qué pasaba en la casa. Le impulsaba la curiosidad. Cuidadosamente, evitando que crujiera la escalera de madera, a tientas, Leberecht bajó desde el cuarto donde dormía el servicio hasta el piso de abajo.

Una débil luz procedente de una de las habitaciones salía por entre los pliegues de la cortina que protegía una pequeña ventana e iluminaba apenas el final de la escalera, una especie de descansillo cuadrado en el que había cuatro puertas que llevaban a otras tantas habitaciones. Todo estaba tranquilo. Tan sólo de la ventana iluminada salían suaves gemidos y unos inexplicables sollozos apenas audibles.

Leberecht reconoció la voz de Martha. No tuvo que esforzarse demasiado para echar una mirada a la habitación iluminada. Un pequeño hueco en el centro de la cortina le permitió ver lo que estaba ocurriendo en el interior.

Martha estaba arrodillada en el suelo, de espaldas a la ventana. Llevaba una falda larga y áspera sujeta al talle con un cinturón. El torso estaba desnudo y los cabellos sueltos caían sobre sus hombros como llamas rojas. Mientras se inclinaba profundamente, al parecer delante de un crucifijo que Leberecht no podía ver, recitaba una piadosa letanía, cuyas palabras el muchacho no entendió. Apenas terminada la oración, Martha tomó un palo casi tan grueso como su muñeca, en uno de cuyos extremos había una serie de correas cortas llenas de nudos que formaban una especie de látigo, lo alzó por encima de los hombros y empezó a golpearse con él la espalda desnuda. El ruido de aquel látigo de varias puntas sonaba como la fusta de un cochero sobre la grupa de su caballo. A cada golpe Martha se erguía y dejaba escapar un débil sonido como el de un gato al que le dan un pisotón.

¡Virgen Santa! Leberecht estaba asustado de muerte. Pasaron unos minutos antes de que el observador secreto comprendiera que Martha se infligía aquel dolor de modo totalmente intencionado. Cuando entendió el alcance y trascendencia de aquella acción y Martha volvió a repetir el cruel juego con la fusta, por segunda y por tercera vez, Leberecht se dio cuenta que aquello le excitaba y le producía placer. Cada golpe de fusta, el sonido del cuero sobre la piel, los suaves gemidos de Martha y las marcas rojas que el instrumento de tormento dejaba sobre la espalda desnuda le producían un profundo deleite.

Leberecht jamás se había sentido tan atraído por una mujer como por Martha al verla entregada a aquel juego secreto. Ni en sus más sucios sueños en los que siempre aparecían frailes y monjas que levitaban llegó a sentir una excitación sexual tan intensa como la que le produjo lo que acababa de ver por la pequeña ranura de la cortina. Eso mismo debió de ser lo que sintió el rey David frente a Betsabé, Asuero al contemplar a Ester y Sansón al encontrarse con Dalila.

Para no perder el control de sí mismo, Leberecht se mordió el pulgar doblado y contuvo la respiración todo lo que pudo, pero su voluntaria mortificación no mostró el menor efecto y su impulso y el deseo de que Martha continuara azotándose se hicieron cada vez más fuertes. ¡Oh, qué placer si fuera él quien manejara el látigo para azotar el blanco cuerpo de aquella hermosa mujer! Qué seductora tentación...

En lo que a las mujeres se refiere, Leberecht sólo conocía con todo detalle el cuerpo de su hermana Sophie. Lo conocía desde los días de la infancia: como algo casto, púdico, puro, sin seducción ni pasión. Leberecht no había comprendido por qué, aquella mañana en el púlpito, el predicador había calificado al sexo femenino como algo diabólico y a todas las mujeres como «puerta de Satanás». Ahora, de repente, comprendía lo que quiso decir Athanasius Semler. El cuerpo de una mujer era lo más adecuado para hacer que un hombre perdiera el entendimiento, para apartar de él todo pensamiento noble del ser humano, para convertirlo en violador, seductor, adúltero y lujurioso, en instrumento del despotismo y del ansia de placer.

Al contemplar a aquella mujer que gemía mientras se flagelaba, Leberecht lo hubiera dado todo para que el espectáculo secreto, para que aquella visión embriagadora, hubiese continuado hasta el día del Juicio Final. Tuvo que hacer un gran esfuerzo para evitar un gemido y recoger sus pensamientos, pero sólo le pasaban por la cabeza las más locas fantasías. Estaba dispuesto a abjurar de la santa Virgen y de todas las mujeres santas, Apolonia, Irmhild, Bárbara, Katharina, Agnes, Hedwig, Roswitha, Hildegunde, Elizabeth, Tekla, Ermelindis y Martha. ¡Pero *no* de aquella Martha!

Leberecht no sabía cuánto tiempo pasó extasiado mirando por aquella ventana: cuando Martha tras decir un fuerte amén y santiguarse tres veces sobre la frente y el pecho dio por terminada la ceremonia, el muchacho se asustó como un niño al que se saca repentinamente del sueño. Martha se levantó y desapareció de su ángulo de visión. En el suelo quedó un montón de garbanzos sobre los que estuvo arrodillada para aumentar sus dolores. Seguidamente apagó la luz.

Desengañado y satisfecho al mismo tiempo, Leberecht se deslizó en silencio escaleras arriba hasta llegar a su buhardilla. Tenía mucho frío. Sophie, al parecer, no se había dado cuenta de su ausencia. Ni siquiera se despertó cuando su hermano se metió en la cama a su lado y, tiritando, se pegó a ella. Sophie lo dejó hacer cuando sus manos empezaron a tocar su cuerpo, como había hecho tantas veces con la mayor inocencia. Pero en aquella ocasión todo era diferente.

A la mañana siguiente, Leberecht se esforzó por evitar a su madre adoptiva. El desayuno, pan desmenuzado en leche, por lo general no lo tomaban todos juntos, sino que cada uno buscaba un rincón para comer sin ser molestado.

En los meses de invierno el trabajo de los canteros comenzaba más tarde por las mañanas. En primer lugar a causa del frío que entumecía los dedos pero también por la falta de luz del día. Leberecht tenía un aspecto ligeramente confuso aquella mañana al encontrarse con Carvacchi. El maestro de obras de la catedral era para él como un segundo padre y un ejemplo a seguir y, sin duda, se hubiera dado cuenta de la llameante inquietud que reflejaba el rostro de su aprendiz, de no estar viviendo unos días en los que él mismo se sentía tan confuso como el apóstol santo Tomás en presencia del Señor.

Carvacchi dejó escapar algunos gritos de enfado en una incomprensible jerigonza en la que se mezclaban el alemán, el latín y el italiano. Esto era contrario a su manera de ser y no auguraba nada bueno.

—¡Esas miserables criaturas, esos lameculos de los curas, esos beatos que calientan con sus pedos los bancos de la iglesia! —gritó indignado finalmente, cuando ya estaba rodeado de un puñado de aprendices y obreros, que cambiaban miradas extrañadas entre ellos sin saber qué diantres estaba pasando.

—¡Venid conmigo! —gruñó Carvacchi y señaló con un movimiento de cabeza a la catedral, a la que llegó por las escaleras de la puerta situada en la fachada norte.

Carvacchi avanzó furioso haciendo resonar sus pasos y atravesó la nave de la iglesia en dirección a la puerta de Adán. Se detuvo al llegar detrás de la cuarta columna que sostenía la cúpula. En el suelo yacían esparcidos grandes trozos de una estatua.

Asustado, Leberecht levantó la mirada. El pedestal sobre el que había estado la estatua del Porvenir estaba vacío.

Como si le llegara de muy lejos, a Leberecht le pareció oír la voz del predicador Athanasius Semler, que había condenado como pecaminosa la estatua del Porvenir; mentalmente vio el pequeño rostro de la estatua y el de Martha, su madre adoptiva, que tanto en común tenía con ella, y le pasó por la cabeza la absurda idea de que aquél era el castigo por su pecado de la noche anterior. Había amado a la estatua del Porvenir tanto como a la de la virgen María, si es que se puede amar a una escultura. En todo caso, Leberecht había descubierto en la gracia y el encanto de aquellos rasgos de mujer tallados en piedra esa belleza celestial que los hombres piadosos califican de digna de ser adorada.

Un día llamó la atención de Carvacchi que Leberecht, enfrascado en sus pensamientos, levantara los ojos para mirar la estatua y se sintiera como hechizado por los encantos que había sabido trasladar a la piedra una mano de hombre desconocida. Desde aquel día el maestro comenzó a tratarle como a un hijo, pues se dio cuenta de que el muchacho sentía lo mismo que él. A la pregunta de Carvacchi sobre qué sentía en presencia de la estatua, el aprendiz no supo hacer otra cosa que tartamudear azorado, hasta que el propio maestro dio la respuesta: el deseo, el ansia de poseer corporalmente a aquella mujer. Eso era exactamente lo que Leberecht había sentido con respecto a la obra de arte. Y Carvacchi añadió que a partir de entonces sólo buscaría entre las mujeres la copia de la alegoría del Porvenir y que mediría comparativamente a toda mujer con aquella figura que era para él la imagen original y auténtica de lo femenino. En aquel entonces Leberecht no comprendió correctamente las palabras de su maestro, pero ahora, desde la pasada noche, vio con claridad que Carvacchi tenía razón.

—¿Quién creéis vosotros —comenzó a hablar Carvacchi después de un interminable silencio, delante de los trozos de la estatua— que es más virtuoso entre los hombres, aquel que la creó o aquel otro que es responsable de la caída de su pedestal?

Ninguno de los aprendices y obreros se atrevió a mirar directamente al maestro y menos aún a replicarle, pues todos sabían que Carvacchi siempre contestaba por sí mismo a sus preguntas y le hubiera irritado ver que era otro quien se había hecho cargo de la tarea. El maestro comenzó a explicar:

—El nombre del artista que esculpió la estatua del Porvenir no nos es conocido, pues la obra data de un tiempo en que todo tipo de obra de creación artística se hacía para la mayor gloria de Dios. El artista era sólo un grano de arena en el extenso campo de la devoción. Pero aquel hombre de cuyas manos nació la figura que representaba el Porvenir, le dio forma a la obra de arte con la pureza de sus pensamientos. Afirmaba la realidad de la vida y creó una alegoría del futuro, de lo que estaba por venir, a la que dio la forma de una bella mujer lejana y sabia, una diosa a la que ni el propio Fidias hubiera podido dar mayor armonía y belleza, a la vista de su amada Phryne. Durante trescientos años, la estatua adornó esta catedral, hasta que llegó ese predicador despreciable, Athanasius Semler, que carece de la menor consideración por el ser humano y ha hecho suya la pretensión de ser más piadoso y justo que nuestro señor Jesucristo y más puro que la propia virgen María. Pero la verdad es que tiene un carácter tan corrupto que le basta la visión de una estatua de piedra para despertar en él malos pensamientos. Quien como él, que por su estado eclesiástico no debe satisfacer sus pasiones, piensa así, es porque sólo lleva el pecado en su cabeza. Incluso la piedra puede excitar su fantasía. El diablo rodea su espíritu de tinieblas. Se siente como el gran inquisidor ¡y ésta es su obra! ¡La obra del diablo!

¡Diablo, diablo! La palabra resonó por la catedral vacía y pareció como si el frío diera más fuerza al múltiple eco. Durante unos minutos más, Carvacchi se quedó quieto y casi inmediatamente después emprendió el camino de vuelta por donde había venido.

Sin decir una palabra los canteros empezaron a recoger en sus delantales de cuero los restos de la estatua destruida. Leberecht corrió a hacerse con la mano derecha que había visto desde lejos. El trozo de piedra iba desde la raíz de la muñeca hasta el dedo índice extendido y no había sufrido daño alguno. La palma de la mano y el dedo índice seguían una línea recta, mientras que el pulgar quedaba debajo del dedo medio, doblado hacia dentro. Era la mano de una señorita distinguida. O, al menos, así era como Leberecht se figuraba que debía ser la mano de una dama.

A causa de su caída desde una gran altura la estatua del Porvenir había quedado rota en muchos pedazos pequeños y, por lo tanto, era imposible pensar en su restauración. Durante todo un día y una noche, los trozos de piedra estuvieron delante de la puerta de la cabaña de madera a la que acudía Carvacchi una vez terminado su trabajo. El maestro encargó a Leberecht que cavara un hoyo delante de la cabaña, si la tierra helada lo permitía, para enterrar en él los trozos hallados.

Aunque el encargo le pareció raro, Leberecht hizo lo que se le había indicado, porque no se atrevió a contradecir a Carvacchi. Además, esto le permitía conservar para él la mano fascinante de la alegoría del Porvenir, sin que nadie se diera cuenta de ello.

Desde aquella noche en que Leberecht pudo observar en secreto a su madre adoptiva, sintió que había algo en él que ansiaba ver más de aquella pecaminosa desnudez. El deseo de volver a ver las mortificaciones que Martha se infligía a sí misma hizo que de nuevo, a la noche siguiente, saliera de su cama a la misma hora. Temía ser descubierto en sus salidas nocturnas, tanto por su hermana como por cualquier otro de los habitantes de la casa, pero su impulso era más fuerte. Leberecht había pensado de antemano las más diversas excusas para disimular si le sorprendían en la escalera; desde la urgencia de tener que satisfacer una necesidad, lo que no era muy creíble puesto que en cada habitación había un orinal, a la sed incontenible, lo cual tampoco era convincente pues también había un jarro de agua en cada dormitorio.

La segunda noche terminó para Leberecht de modo desilusionante, pues si bien la ventana que daba a la escalera estaba iluminada, la gruesa cortina no dejaba ningún hueco por el que ni el ojo más curioso pudiera ver algo de lo que ocurría en el interior de la habitación. Leberecht tuvo que dejar que fuese el oído el que sustituyera a sus ojos y trató de escuchar cómo Martha se entregaba a su devoto suplicio.

Ya desde la primera vez, el muchacho se preguntó cuáles podían ser los motivos que la llevaban a infligirse aquella tortura. Martha era considerada como una mujer piadosa y honesta, que se preocupaba por los pobres. Al principio tuvo la sospecha de que era posible que Martha utilizara el látigo por puro placer sexual —los canteros que trabajaban en la catedral solían hablar de este tipo de prácticas para él incomprensibles—, pero en esta ocasión tuvo que apartar esos pensamientos. Los suspiros y exclamaciones que se oían a través de la ventana eran, sin discusión alguna, expresiones de dolor. Y entre latigazo y latigazo Martha no cesaba de murmurar fervorosas plegarias, cuyas palabras no lograba entender salvo contadas veces, cuando su voz con mayor intensidad que nunca repetía: «*Jesu Domine nostrum.* Líbrame del vicio de la carne...»

—¡Oh, Jesús, no la libres en ningún caso del vicio de la carne! —le hubiera querido gritar Leberecht, porque ese vicio era el que a él le producía el mayor de los placeres, aun en esta ocasión cuando la penitente permanecía oculta a sus ojos.

Al día siguiente, en unos momentos en que él sabía que su madre adoptiva estaba fuera de casa, Leberecht se introdujo sin ser visto en el cuarto de Martha y tiró de la cortina de modo que quedara un pequeño desgarro en el lugar donde se unía a la pared; era un roto muy pequeño y apenas perceptible, pero suficiente para que la tela no cayera completamente a plomo sino que dejara un pequeño hueco que haría que la ventana fuera para él como un cielo.

La noche siguiente se sintió satisfecho, así que no dudó en acudir allí muchas otras más. Sin ser interrumpido ni una sola vez, consiguió poco a poco ir viendo el cuerpo pecador de Martha. A la cuarta noche logró ver sus senos, unos pechos tan espléndidos como jamás había visto. Al cabo de trece días, ya había pasado la Pascua, Martha dejó caer al suelo la falda que hasta entonces siempre llevaba atada a la cintura y dejó al descubierto sus genitales, lo que hizo que al oculto observador la sangre se le subiera a la cabeza y penetrara en su miembro viril como un chorro de fuego.

Ese día Leberecht tropezó varias veces, como si le fallaran los pies, lo que no dejó de ser peligroso cuando estuvo a punto de golpear el andamio que el maestro Carvacchi había hecho colocar sobre la puerta de Adán de la catedral y desde el que trataba de levantar con una polea una piedra desprendida del friso que rodeaba la parte alta del edificio. En otra ocasión, mientras estaba subido en el andamio se le cayó una pesada palanca de hierro que golpeó el suelo con estruendo ensordecedor. Finalmente cuando colocó mal la escalera, con la parte más ancha arriba, Carvacchi le reprendió en voz alta, era la primera vez que lo hacía desde que empezó su aprendizaje con él:

—¡Maldito inútil! ¿En qué demonios estás pensando?

Al mismo tiempo le soltó una sonora bofetada que le sacudió el polvo de la cara.

La bofetada no le hizo daño pues Leberecht se dio cuenta de que se la tenía bien merecida. Pero no era lo más apropiado para apartarlo de sus pensamientos, que ponían continuamente ante sus ojos los acontecimientos de las noches.

Lo peor de aquella situación era que no podía hablar con nadie de lo que le estaba ocurriendo. Ni con Sophie, a la que hasta entonces le había contado siempre todas sus preocupaciones, ni con el maestro Carvacchi al que respetaba como a un padre, y menos aún con Martha, su madre adoptiva, cuyo cuerpo adoraba cada noche como si fuera el de una diosa griega.

Esta desvergonzada adoración se estaba volviendo algo tan habitual, por no llamarlo manía, que Leberecht empezó a representar el papel del amante secreto que ofrece a su adorada claras muestras de su inclinación. En el trato familiar cotidiano buscaba más de lo que resultaba conveniente el contacto, el roce físico con ella. Siempre que tenía la ocasión de ahorrarle algún recado o algún trabajo, Leberecht se apresuraba a hacerlo por ella y Martha le daba las gracias con una mirada suave y cálida o una tierna caricia inocente. Leberecht se decía a sí mismo que Martha tenía un buen número de admiradores entre los cuales era, sin duda, el más joven y el que menos tomaría en serio.

Naturalmente la conducta de ambos no pasó inadvertida para los demás. Al mesonero le era indiferente. Le preocupaban mucho más los ingresos de su posada, las rentas de los bosques y el castillo de Lesau y los beneficios de las minas de plata de Sajonia, en cuya explotación participaba económicamente. Además, para satisfacer otras necesidades más bajas, contaba con la noble dama Ludowika. Pero, por el contrario, su hijo Christoph daba claras muestras de celos, lo que hacía más tensas las ya de por sí difíciles relaciones entre los dos muchachos.

El hijo del mesonero era un muchacho malhumorado y mohíno, y por causas desconocidas incluso amargado, cuya visión se estrechaba cada vez más pese a, o quizá a causa de, su educación en un colegio jesuita; y su espíritu estaba más cerca del de un anciano que del de un hombre joven. Su mayor interés estaba, junto con el latín, que aprendía más mal que bien, sobre todo en los números cuya cuadratura y multiplicación repetía continuamente para aprendérselas de memoria, como hacía con los cuatro evangelios. Ni lo uno ni lo otro lo estudiaba así por amor a la ciencia, sino movido por un ambicioso deseo de destacar por encima de los incultos.

A Sophie, que por naturaleza era casta de pensamientos, jamás se le hubiera ocurrido pensar que su joven hermano viese a la bella mesonera de otro modo que como a su madre adoptiva. Entendía la inclinación de Leberecht como algo completamente lógico y natural, y en el fondo hasta se alegraba de ver que su hermano parecía haber superado el duro golpe de la muerte de sus padres.

El día de san Felipe y san Jacobo del mismo año, la primavera había llegado con fuertes vientos y a orillas del río lucían las flores de las caltas, Sophie sufrió una terrible desgracia en la que Leberecht tuvo parte de culpa aunque el principal culpable fue aquel condenado aprendiz de jesuita, Christoph Schlüssel. Una desgracia que cambiaría la vida de la muchacha.

Leberecht y Christoph se enfrentaron violentamente porque

el jesuita, como solía llamarlo desde que empezó a cortarse la coronilla de clérigo, no hacía más que repetir insensateces que ni él mismo comprendía. Los rayos del sol, predicaba desde la barandilla de la escalera de la casa, eran la mayor alegría para el cuerpo, como la claridad de las verdades matemáticas lo eran para el espíritu. Y ésa era la razón por la cual la ciencia de la geometría debía ser preferida a cualquier otro conocimiento o investigación.

Leberecht, al oírlo lo calificó de palurdo con la cabeza vacía que en toda su vida no había contemplado una auténtica obra de arte. A una palabra siguieron otras y pronto se encontraron metidos en una pelea callejera, y se tiraron de los pelos y se golpearon hasta que corrió la sangre.

Sophie llegó atraída por los fuertes gritos e intentó interponerse entre ellos para poner fin a la pelea. Su hermano le dijo gritando que se mantuviera al margen de la disputa y que él solo se bastaba para acabar con aquel majadero. Pero Christoph, que era tan fuerte como él, cogió a la chica de los brazos para apartarla a un lado. Más tarde Leberecht afirmaría que el jesuita la había arrastrado intencionadamente hasta la escalera. El caso es que Sophie perdió el equilibrio y cayó de cabeza escaleras abajo, se golpeó varias veces y a cada golpe dejaba escapar un grito de dolor, como el de los cerdos cuando son sacrificados, y se quedó sobre el suelo de piedra al pie de la escalera, con las piernas envueltas en la falda y los brazos abiertos como Cristo en la cruz.

Leberecht siguió la escena con los ojos muy abiertos, observando todos y cada uno de los movimientos de su hermana al caer, como si hubiera echado raíces en el suelo, incapaz de correr en auxilio de Sophie, que quedó tendida en el suelo como si estuviera muerta.

CAPÍTULO II

INQUISICIÓN Y PASIÓN

Pese a que el médico consideró que nada podía hacerse, Sophie, para sorpresa de todos, pudo volver a hacer uso de sus piernas al año siguiente. Había sobrevivido a la caída como si fuera un milagro y al cabo de dos días recuperó el sentido. Pero pasó más de medio año antes de que se curaran sus siete fracturas diferentes y recuperase las fuerzas para poder moverse por sí sola.

La curación, sin embargo, trajo consigo una grave consecuencia, pues si bien la caída apenas dejó señales exteriores de sus heridas, durante la convalecencia apareció un extraño mal, del que Adreas Vesalius, el médico personal del emperador Carlos, informa en su obra *De humani corporis fabrica,* con la observación de que se trata de una enfermedad, si es que se la quiere llamar así, sin nombre, que sólo se presenta en uno de cada cinco millones de seres humanos. Adrian van Wesel, que éste era su verdadero nombre, durante la época en la que ejerció de cirujano en Padua se llevó el cadáver de un ahorcado para preparar su esqueleto, lo que en su caso no ocurrió para la diversión de otros, como era frecuente en Italia, sino para perfeccionar sus conocimientos de anatomía, y afirmaba con grandes palabras en latín que en el cerebro había una glándula que por sí sola determinaba el crecimiento. Una caída o una lesión externa podrían dar lugar a que un hombre o una mujer, nacido con proporciones normales, se transformara en un enano o, todo lo contrario, en un gigante.

Así ocurrió que Sophie, pese a todas sus oraciones a la pequeña virgen María, de repente comenzó a crecer incluso después de haber dejado atrás su juventud, que fue de duración normal. Sophie creció a lo largo y a lo ancho, como por un malvado capricho de la naturaleza. Sophie, la delicada jovencita, creció hasta convertirse en una mujer gigante, más alta y más fuerte que cualquier otro hombre en la ciudad y tan admirada como la tumba del emperador Enrique y su esposa Cunegunda.

Incluso Leberecht, que amaba a su hermana tanto como a su propia vida, se quedó horrorizado por aquel inexplicable crecimiento. A diferencia de antes de la caída, no le gustaba dejarse ver con ella e incluso se sintió contento cuando Martha le asignó su propia habitación, en la parte de atrás de la casa donde vivían los sirvientes, en la que hizo construir para ella una especie de cajón enorme que le servía de cama. Sin quejarse llevaba a cabo trabajos que antes fueron casi un suplicio para ella y vivía retirada en su cuarto como una monja.

Lo único que hacían juntos los dos hermanos era asistir a la misa de los domingos, que a Leberecht le resultaba repulsiva desde aquel domingo en que oyó el sermón de cuaresma de Athanasius Semler. Cuando la gente la veía murmuraba de ella a sus espaldas; los niños la seguían y se burlaban de ella, Leberecht repartía bofetadas cuando cruelmente la llamaban la mujer más alta del mundo y hacían cabriolas a su alrededor.

En la casa, Sophie realizaba el trabajo de un criado y una criada juntos; no protestaba ni se avergonzaba de las faenas más bajas, como por ejemplo echar a las ratas de las habitaciones y los sótanos, animales que a veces eran del tamaño de un gato y que se defendían con mordiscos mortales. A causa de la proximidad con el río, en las casas de Sand vivían miles de esos roedores. Sophie tenía órdenes de coger vivas el mayor número posible de ellas, atarlas por una pata y hacerlas pasar por un recipiente lleno de una mezcla de aceite de pescado y grasa para carro líquida hasta que su piel parecía más la de un pez que la de un roedor. Después las soltaban y las ratas corrían hasta la muerte, tan insoportable era para ellas el olor de su piel. Eso producía un efecto secundario positivo, pues todos los agujeros y corredores por los que pasaba uno de esos animales apestosos era evitado durante mucho tiempo por sus semejantes.

El peor de todos los trabajos humillantes que Sophie debía realizar era el cuidado de la gota del viejo Schlüssel con una receta que le había sido facilitada por la curandera Nüsslein y que se vendía por un gulden de oro y el juramento de no revelar el secreto. Un escrito que Leberecht había visto con sus propios ojos, además de instrucciones sobre el modo de fabricarla, contenía una maldición contra aquellos que sin permiso para hacerlo divulgaran la fórmula secreta. El medio podía parecer cuestionable y desde luego el producto no conseguía la salvación del posadero, pero sí cierto alivio a sus dolores. Llena de repugnancia, una vez a la semana, Sophie cogía del palomar de la buhardilla una paloma joven y tenía que frotarla con fuerza sobre el trasero previamente limpio del mesonero, de modo que el ojete de la paloma rozara exactamente el de Schlüssel. Sophie continuaba tratando con el ave el culo del enfermo hasta que ésta dejaba de dar señales de vida y moría en medio de convulsivos movimientos. Mientras hacía lo que hemos descrito, murmuraba las palabras: «Espíritu de la paloma, espíritu de la paloma ¡llévate el mal y los dolores!»

Ni la esposa de Schlüssel, Martha, ni ninguna de las criadas del mesón estaban dispuestas a realizar voluntariamente ese oscuro tratamiento. Debido a ello, Jakob Heinrich Schlüssel pasó a depender en cierto modo de Sophie y no le importaba en absoluto que la gente comentara que el mesonero de Sand tenía a una esposa de Satanás bajo su techo. Otros decían que se trataba de un hermafrodita, hombre y mujer al mismo tiempo, con la forma de un gigantesco demonio. Incluso cuando el predicador de la catedral, Athanasius Semler, dijo desde el púlpito que había que exorcizar a la novia de Satanás, así llamó a Sophie sin haber hablado ni una sola vez con ella, el influyente Schlüssel puso su mano protectora sobre la muy crecida muchacha y protestó contra Semler, al que llamó públicamente el embrujador del pueblo.

A partir de ese acontecimiento la piadosa ciudad quedó dividida en dos bandos, ninguno de los cuales era más piadoso que el otro, pues ambos eran igualmente corruptos, falsos, malvados y dados a la magia. Los milagros son las criaturas preferidas de los piadosos y, por lo tanto, no había en aquella ciudad ningún cristiano que no sucumbiera ante lo inexplicable como Herodes Antipas a las danzas de Salomé.

El crecimiento de Sophie ayudó en gran modo a que aumentaran los rumores sobre la relación de su difunto padre con el diablo y, finalmente, cuando una monja de un convento próximo anunció que se había tropezado en el claustro con el Maligno encarnado en la figura de un hombre calvo que llevaba una pala en la mano, se hicieron las primeras llamadas en voz alta pidiendo que interviniera la santa Inquisición.

Desde que se hizo pública la bula *Summis desideratis affectibus* por Inocencio VIII, hacía más de setenta años, la ciudad luchaba por librarse de la discutible fama de ser la primera en la quema de brujas; al menos intentaba ceder esa fama al principado de Sajonia o al ducado de Westfalia, Würzburg y Eichstätt. El dominico Bartolomeo, que ocupaba el puesto de inquisidor, un día visitó la ciudad, mostrando un escrito de la curia, y se instaló en el edificio próximo a la antigua residencia de la corte. El padre Bartolomeo, que comenzaba sus temidos procesos haciendo el signo de la cruz sobre todos los lugares asequibles del cuerpo y con las palabras: «Yo reconozco y creo que la santa Iglesia romana es la verdadera comunidad de los fieles fuera de la cual no existe la salvación del alma», era acusador y juez al mismo tiempo y ése era un motivo más para que sus investigaciones fueran tan temidas. Éstas podían dirigirse contra hombres y mujeres sabios y tampoco se detenía ante los libros impresos de Albrecht Pfister, ni los de Johann Senseschmid, que regentaba una imprenta cuya fama se extendía hasta más allá del otro lado del río, en la cual junto a los libros de misa y las biblias se imprimían también otros escritos, como el libro *Belial*, que, según Pablo, era uno de los nombres secretos del demonio.

Como Jakob Heinrich Schlüssel mostraba en las paredes de su mesón las cornamentas de los astados cazados por él, así el inquisidor Bartolomeo, para amedrentar a la gente había hecho colgar un tablero de madera en el que, con yeso rojo, había escrito la huella sangrienta de su actividad. Aunque la mayoría de los lectores eran ignorantes, bastaba la exposición escrita para meter el miedo y estimular la fe religiosa en el sentido de la santa madre Iglesia.

Quien sabía podía leer:

RELACIÓN DE BRUJAS Y BRUJOS
EJECUTADOS CON LA ESPADA O QUEMADOS
EN LA HOGUERA

En la primera quema cinco personas
Anne la bizca
La linda de Kranen
La vieja atadora de escobas

Dos viajeros de la magia de Satanás

En la segunda quema dos personas
El maestro naviero Gabriel que abjuró de su fe
El ama de llaves del señor preboste de la catedral

En la tercera quema cuatro personas
El mayordomo del señor preboste de la catedral
Un niño poseso de seis años
La criada del farmacéutico
Kolber, un hombre muy rico que afirmaba que la hostia era un alimento que entraba por la boca y volvía a salir por el culo

En la cuarta quema cinco personas
Dos guapas desconocidas que vendían imágenes del niño Jesús
Un muchacho noble de la ciudad de Lesau
La carnicera Roth que previamente se había clavado un puñal
Franziskus Baumgartner, vicario de la fundación de la catedral que fornicó con un alumno y le dijo que lo quería más que a Dios nuestro señor

En la quinta quema tres personas
Una lavandera de San Esteban
El maestro del hospital, quemado después de llevar medio año enterrado
El maestro de coro Krautwurst que tenía en secreto y al mismo tiempo dos mujeres de las cuales una era partidaria de Lutero

En la sexta quema cuatro personas
La bella monja Beatrix
La vieja monja Lacticia
Etelfrieda la monja gorda
La monja Genoveva que estaba poseída por el diablo con el que tenía contactos sexuales

Desde semanas antes, en la gran plaza de la catedral, las mujeres se lamentaban de la séptima quema sin saber a quién le iba a tocar ser una de ellas. Cuando el otoño teñía de dorado las ramas de los sauces llorones de las orillas del río se deslizaba perezosamente con sus ramas y el plazo fijado para el día del Nombre de María se aproximaba, empezaron a oírse los primeros rumores de que serían tres delincuentes, dos de los cuales ya estaban muertos.

Leberecht, que supo la noticia por su maestro Carvacchi, tuvo la premonición de que no había nada bueno en todo aquello, así que tan pronto como pudo se dirigió al cementerio de Michelsberg, donde vio confirmadas sus sospechas: la tumba de su padre estaba abierta y se habían llevado el ataúd a un lugar desconocido.

El día del proceso se levantó en la plaza de la catedral una especie de tarima elevada semejante a las que en las orillas del río servían para el amarre de las barcazas. Puesto que la superficie de la plaza no era horizontal, las traviesas de madera que soportaban la plataforma tenían sólo un pie de altura en uno de los extremos, mientras que en el otro, a unas quince varas de distancia, medían la altura de dos hombres. En ese lugar bien visible se alzaba el tajo de ejecución y un poste horizontal con cadenas, delante los verdugos habían preparado una hoguera con grandes troncos de madera resinosa. Durante toda la noche que precedió al juicio se mantuvo encendido un fuego delante de la tribuna y dos hombres vestidos con largas túnicas negras y que se cubrían la cabeza con altas capuchas puntiagudas montaron guardia junto a él.

Pese a que aquella noche no estaba prohibido, nadie se atrevió a hacer acto de presencia en la plaza de la catedral. Como si el diablo hubiera tomado el lugar, todo el mundo evitaba pasar por allí aunque tuvieran que dar un gran rodeo.

Poseído por una rabia inútil, entre la noche y la mañana hizo dos veces el camino por las escaleras que ascendían al Domberg manteniéndose a la derecha, y cada una de las veces subió la estrecha cuesta que llevaba al Michelsberg, donde desde una terraza que estaba por debajo del cementerio se ofrecía una vista de la plaza de la catedral donde ardía la hoguera. Ni él mismo sabía qué buscaba allí ni por qué se pasó horas y horas mirando ese lugar que tenía un aspecto fantasmagórico. Regresó, pero le resultó imposible conciliar el sueño porque en su habitación apenas podía respirar, volvió a emprender el camino por segunda vez y se sentó sobre un muro de piedra.

Leberecht temblaba de frío. Las cuatro torres de la catedral que destacaban sobre el firmamento nocturno y que normalmente le parecían cuatro dedos señalando al cielo, eran para él las puntas afiladas de cuatro dagas. Su mirada se deslizó sobre los tejados de la ciudad dormida, que estaba envuelta en un desgarrado manto de niebla y le pareció inhóspita y fría como el mármol. Igual que las casas de aquella ciudad cuyas ventanas abiertas a todos los lados estaban protegidas y tenían troneras para defenderse de cualquier ataque, así eran sus habitantes. La desconfianza se reflejaba en sus ojos y su búsqueda de calumnias hacía que sus bocas chismosas se convirtieran en fauces capaces de echar fuego, como las de un dragón. Leberecht sabía que el día siguiente estaba llamado a ser el más negro de toda su existencia. Nunca el inquisidor Bartolomeo había detenido un proceso una vez puesto en marcha. Y si no tenía reparos en condenar a un hombre vivo por una simple sospecha, ¿por qué iba a cambiar su actitud frente a un cadáver? Sería como si, él mismo, Leberecht, llevara en la frente para toda la vida la marca al fuego de ser el hijo de un brujo, lo que lo convertiría en una especie de leproso.

Enfrascado en tan oscuros pensamientos vio cómo llegaba la luz del amanecer a la ciudad isleña. Tímidamente comenzó a despertar la vida. De la chimenea del panadero, cerca del mercado, empezaron a salir nubes de humo. Desde la carretera que transcurría paralela al río llegaban los gritos de los arrieros y los carreteros. En el puerto comenzó el movimiento de la gente marinera que descargaba las mercancías de las bodegas de sus barcos a las barcazas de los hombres de negocios que las habían adquirido a través de los mercaderes locales... Un día que parecía el más indicado para cantar las alabanzas del Señor. Pero al mismo tiempo, en la plaza de la catedral, la realidad mostraba su rostro más horrible.

Los justicieros habitantes de la ciudad acudían formando un río de devotos, curiosos y otros que se acercaban movidos por el afán de sensacionalismo, la pereza y el aburrimiento y para quienes el juicio de la Inquisición no significaba otra cosa que un modo de pasar el tiempo. Por todos los rincones de la gran plaza se oían gritos que decían: «¡Quemadlos! ¡A la hoguera con ellos!»

Los primeros espectadores, que habían llegado tan temprano para asegurarse un sitio en la primera fila, no se interesaban realmente por el juicio sino por la sentencia que ya parecía estar asegurada: la hoguera.

Leberecht dejó su lugar de observación en la parte de abajo de los terrenos de la abadía y se dirigió despacio y por la parte de atrás a la plaza de la catedral tratando de no encontrarse con nadie. Quería estar presente cuando el inquisidor declarara culpable a su padre, ver el rostro del hombre que, en nombre del Todopoderoso, se otorgaba el derecho de decidir sobre el bien y el mal, la vida o la muerte.

Delante de la entrada de la sede de la Inquisición, un edificio que se alzaba detrás de la plataforma y bien visible desde la residencia del anciano príncipe-obispo, se apretaba la muchedumbre. Un servidor de la Inquisición con un largo hábito de monje le impidió el paso. Sólo permitió que la gente ansiosa de sensaciones pudiera entrar en la plaza después de que el reloj de la catedral dio las siete.

Sin llamar la atención de los asistentes, Leberecht consiguió acceder a la sala fantasmal iluminada apenas y se sentó en uno de los últimos bancos de madera. Frente a él, al otro extremo de la sala, había una mesa alargada sobre un podio y detrás de ella tres sillas con alto respaldo. En el centro de la mesa dos velas encendidas y un crucifijo y, delante de este último, un libro negro con el título: *Malleus Maleficarum*, el «martillo» de las brujas y los herejes, el código penal de todos los inquisidores.

Gritos de excitación anunciaron la llegada de la primera acusada, la curandera Afra Nüsslein. La gente que llenaba la sala, unas doscientas personas, se puso de pie y todos estiraron el cuello para poder dirigir una mirada a la mujer de aspecto miserable. Sabían que para poderla poner a disposición de la Inquisición a Afra Nüsslein le habían mostrado los instrumentos de tortura, que habían causado la muerte de no pocos de los que fueron sometidos a ellos.

—¡Quemadla! ¡Quemadla! —gritaba excitada una anciana cuyo rostro estaba casi oculto por un pañuelo de cabeza doblado y que fue coreada por otras voces de apoyo.

Dos esbirros de la Inquisición empujaron hacia delante a la acusada. Afra vestía un hábito de penitencia de burda tela ceñido a la cintura con un cordel.

Le habían cortado su cabello negro y mostraba profundas ojeras bajo sus ojos. Daba la impresión de ser una mujer entregada y vencida.

Afra estaba de pie delante de la mesa de los jueces, con un alguacil a cada lado y la cabeza baja, cuando se abrió una pequeña puerta lateral y por ella entró en la sala el inquisidor Bartolomeo, seguido por dos monjes dominicos con hábitos rojos. Desde fuera llegaba el tétrico sonido de las campanas tocando a muertos. En la sala se hizo un silencio total.

Bartolomeo alzó la voz:

—*Laudetur Jesus Christus!*

Los espectadores ansiosos de sensaciones se persignaron tres veces.

Impasible, como un confesor en el momento de la absolución, el inquisidor comenzó a exponer la acusación:

—Afra Nüsslein, curandera y comadrona por su propia cuenta, es acusada ante la santa Inquisición, representada por el inquisidor frater Bartolomeo y dos frailes de su orden, de diversos actos y actividades contra la santa madre Iglesia, todas las cuales ha reconocido y de las que ha abjurado bajo el signo de la cruz. Estos actos son, principalmente: haber ayudado a dar a luz a la tejedora Hussmann de pie y con ayuda de un cordel de telar en vez de hacerlo en la silla de parto como se viene haciendo desde hace generaciones en todos los países católicos; haberse entregado a la práctica de la brujería para conseguir, conjurando apariciones milagrosas como la del sol o la niebla y rezando no a Dios el Todopoderoso sino a Lucifer, unir huesos rotos, curar a los enfermos y enfermar a los sanos; haber vendido por oro fórmulas de curación y haber ayudado a practicar la fornicación por pura lujuria impidiendo que las mujeres concibieran mediante el uso de vejigas de pez y ungüentos venenosos.

El inquisidor levantó la vista. El público presente había escuchado la acusación del dominico con la boca abierta por el asombro y ahora todas las miradas estaban fijas en la acusada, que dejó caer la cabeza como si le faltaran las fuerzas. Y cuando Bartolomeo le preguntó si reconocía los hechos mencionados y su participación en ellos, Afra no se atrevió a levantar la vista y dijo en voz muy baja:

—Sí, señor inquisidor.

Se produjeron murmullos y cuchicheos entre el público.

El inquisidor tomó el libro negro y en rápida sucesión comenzó a hacer una serie de preguntas sin dar apenas tiempo a la acusada para que pudiera responderlas.

—¿Cuántas veces se te ha aparecido el demonio?

—Muchas veces.

—¿Cómo has podido reconocerlo? ¿Estaba sentado o de pie?

Silencio.

¿Había mantenido con él relaciones obscenas? y ¿qué sensaciones le habían producido?

—¡No!

¿Había hablado en voz alta o en voz baja?

—En voz baja.

¿Había hecho salir el demonio de otros cuerpos? y ¿con qué frecuencia?

—¡Nunca!

¿Había desenterrado a algún niño del cementerio y lo había cocido o asado para comérselo después?

—¡No!

¿Cuántas veces había hecho apuestas y quién le había ayudado?

Silencio.

¿Por qué nombres había llamado a nuestro Señor, a la santa virgen María y a los otros santos?

—Los mismos que les dan los otros cristianos.

¿Había hecho algo deshonroso con la santa hostia? y ¿la había sacado de su boca con manos pecadoras?

—Sí, una vez, pero...

¿A cuántos seres humanos o animales había matado con ungüentos, polvos o hierbas?

Silencio.

¿Sabía leer y escribir? y ¿había escrito algún pacto con el diablo?

—¡No!

¿Desde cuándo sabía que todos sus malos actos, pecados y vicios iban dirigidos contra la santa madre Iglesia?

La acusada no encontró palabras con las que responder. Se puso las manos delante de la cara y comenzó a sollozar fuertemente.

Un hombre viejo y ciego con un bastón en las manos gritó:

—¡Quemadla! ¡Quemadla para que el diablo salga de ella!

Fray Bartolomeo pidió silencio y se volvió hacia Afra para preguntarle:

—¿Te confiesas culpable?

La acusada se vio sacudida por un llanto convulsivo y no estuvo en condiciones de responder.

—¿Te confiesas culpable, Afra Nüsslein? —repitió el inquisidor con un tono amenazador en la voz.

La mujer, trastornada, aspiró profundamente y respondió en voz baja:

—Sí, en el nombre de Dios.

En el tétrico silencio se oyó un grito agudo y desgarrado. Todo el cuerpo de Afra tembló cuando el inquisidor se puso de pie y echó la silla hacia atrás. Los otros dos frailes lo imitaron. Con el rostro firme y severo, férreo, y movimientos secos Bartolomeo se santiguó mientras decía:

—En el nombre del Padre, del Hijo y del Espíritu Santo, encended la hoguera.

—¡Encendedla! ¡Quemadla! —resonó por toda la sala como un eco.

Afra Nüsslein perdió el conocimiento. Los alguaciles la sostuvieron antes de que acabara de caer al suelo. Una mujer mayor acudió con un cubo y le salpicó un poco de agua en el rostro. Afra volvió en sí.

Leberecht, que había seguido el proceso aterrorizado, miró el rostro de la acusada declarada culpable, mientras la llevaban fuera. Su mirada ya no reflejaba miedo alguno, sino más bien una indomable firmeza. Afra Nüsslein sabía lo que la esperaba.

Apenas la bruja salió de la sala sostenida por los dos esbirros, unos hombres entraron en la sala portando un ataúd sucio de barro. Un olor pútrido se extendió por toda la estancia. Durante un instante Leberecht creyó que su corazón iba a detenerse en su pecho. Buscó aire desesperadamente. No tenía la menor duda de que aquél era el cadáver exhumado de su padre.

También entre los espectadores que habían quedado en la sala, pues una gran parte de ellos la habían abandonado cuando se llevaron a la bruja, se extendió el malestar. Unas mujeres se marcharon a toda prisa cuando los portadores dejaron el ataúd sobre la mesa, delante del inquisidor.

Para Bartolomeo aquello pareció ser lo más natural del mundo, pues comenzó con el mismo ceremonial que utilizó con la condenada Afra Nüsslein y con el mismo aspecto indiferente y casi apático:

—Adam Friedrich Hamann, en vida enterrador de la abadía de Michelsberg y, como tal, muerto el día de la Candelaria del año de gracia de 1554, es acusado de modo póstumo por la santa Inquisición, representada por frater Bartolomeo y dos frailes de la misma orden, de brujería, de haber firmado un pacto con el diablo que se mantiene hasta el día de hoy y de haberse aparecido tres veces de modo corporal. ¡Si lo niegas —el inquisidor se levantó y desde el otro lado de la mesa, alzó el crucifijo por encima del ataúd— hazlo inmediatamente o calla para siempre!

Los espectadores que estaban en las últimas filas se levantaron de sus asientos con lo que impidieron que Leberecht viera lo que estaba ocurriendo. Parecía como si todos esperaran que del interior del ataúd, por el orificio hecho en su tapa para dar salida al tubo que el enterrador hizo colocar para asegurarse de que no era enterrado vivo, y que atestiguaba así su última voluntad, surgiera la voz de Adam *el Calvo* para responder al inquisidor. Pero Bartolomeo insistió inútilmente en su actitud conjuradora. Finalmente volvió a colocar en su sitio el crucifijo y habló con voz insistente:

—En el nombre del Padre, del Hijo y del Espíritu Santo, el cuerpo del fallecido Adam Friedrich Hamann es condenado a la hoguera para que su esqueleto en el que mora el diablo se volatilice en el aire como es propio de una pobre alma, y nunca pueda de nuevo tomar la naturaleza de los vivos. ¡Encended la hoguera!

Los presentes, gritando y cantando sin orden, se empujaron para acercarse más a la caja a la que algunas mujeres comenzaron a dar patadas hasta que los hombres vestidos de negro y con las caperuzas puntiagudas se acercaron, levantaron el ataúd, se lo pusieron sobre los hombros y en silencio salieron con él al exterior.

El proceso de la tercera persona, una monja que en la colegiata de San Jakob realizó actos lujuriosos y obscenos con los monjes y que avergonzada, al parecer, de haber cedido ante el placer carnal se tiró por una ventana, pareció no interesar a nadie pese a que, según se decía, la monja había muerto tres veces y vuelto a la vida tras haber conjurado al diablo.

Leberecht estaba ensimismado en sus pensamientos en el rincón más alejado de la sala. Creía ahogarse. Desde fuera llegó un grito penetrante procedente de mil gargantas. El verdugo acababa de realizar su cometido al decapitar a la curandera Afra Nüsslein y ahora la hoguera esperaba su cuerpo sin vida. Leberecht pareció no ver la caja de madera cuando los dos esbirros la sacaron al exterior. Su mirada se perdía en el vacío. Lo mismo pareció pasarle con el tercer proceso aunque se desarrollaba directamente delante de sus ojos. Leberecht tenía miedo de abandonar la sala, temía ser reconocido. Pero lo que le asustaba más que nada era el espectáculo que se le ofrecería fuera. ¿Debía ver cómo era quemado en la hoguera el cadáver de su padre?

En su desesperación Leberecht quería gritar para echar fuera su dolor y su furia. Pero hay ocasiones en la vida en las que fallan las lágrimas y la voz, los órganos parecen trastornados y cambian su proceder normal por el opuesto. Así, Leberecht no logró verter ni una lágrima y, por el contrario, comenzó a reír, a escondidas primero, tapándose la boca con las dos manos, para acabar dominado por un ataque de risa incontenible que le hacía temblar hasta el punto de que los espectadores que se habían quedado en la sala se dieron la vuelta para mirarlo y le pidieron silencio.

Quién sabe cuál hubiera sido el imprevisible final de aquella explosión de sentimientos de Leberecht, si de repente no hubiera sentido una mano sobre sus hombros. Al levantar la mirada reconoció a Martha, su madre adoptiva, que lo observaba con ojos tristes y expresión de amargura y, también, de desamparo. En aquellos momentos, ¿qué podía hacer por él? El simple roce suave de su mano volvió al joven a la realidad.

Finalmente, Martha le tendió la mano derecha y él se aferró a ella como el que se ahoga a la cuerda o la pértiga salvadora. Como despojado de toda su fuerza de voluntad, no hizo nada para oponerse cuando Martha lo atrajo hacia ella, lo abrazó y lo estrechó contra su pecho. Dominado por un sentimiento bienhechor de alivio y seguridad Leberecht apoyó la cabeza en el hombro de ella y trató atentamente de acompasar el ritmo de sus respectivas respiraciones.

No muy lejos de ellos, junto a la entrada, estaba Christoph, el hijo de Martha, que observó la escena con expresión petrificada. El juicio de la Inquisición parecía haber dejado de interesarle o, al menos, no le prestaba la menor atención. No podía recordar cuánto tiempo hacía ya que su madre no lo abrazaba tanto rato y con tanta vehemencia y así, mientras más se prolongaba aquel abrazo, más aumentaba la furia de Christoph hacia su madre. Que odiaba a su hermano adoptivo no era un secreto para nadie. ¿Cómo era posible que su madre le hiciera algo así? ¡Y delante de todo el mundo!

Cuando Martha rompió el abrazo y volvió la mirada hacia la puerta, Christoph había desaparecido. No se preocupó por ello, habría preferido salir para presenciar la quema de los cuerpos en la hoguera; además, en aquella circunstancia el estado de Leberecht estaba más cerca de su corazón. Sabía que en aquellos momentos no debía dejar solo al muchacho.

Bartolomeo apenas había acabado de pronunciar su tercera sentencia, que como podía esperarse, fue condenatoria, y terminó con la orden de prender la hoguera cuando los asistentes ansiosos de sensaciones fuertes se precipitaron para salir al aire libre. La plaza de la catedral estaba envuelta en un humo espeso que hacía escocer la garganta y los ojos. En vez de ascender, las nubes de humo blanco se mantenían al nivel del suelo y los espectadores tosían y trataban de buscar aire limpio. Parecía como si el Señor se negara a recibir a las víctimas como en el principio de los tiempos se negó a aceptar la que le ofreció Caín.

Para Leberecht, al que Martha sacó fuera de la sala de Inquisición, aquel fenómeno natural fue una gracia inesperada, pues debido a ello no pudo ver cómo el ataúd con los restos mortales de su padre era consumido lentamente por las llamas. Ya era lo bastante difícil de soportar el penetrante mal olor que flotaba en el aire. Con una mano, Leberecht se apretó la nariz y con la otra se tapó la boca; sin atreverse a levantar la vista, fue conducido por Martha fuera de la plaza.

Los curiosos que seguían en ella tosían y carraspeaban, y tenían dificultades para orientarse en medio de las espesas nubes. Las ancianas dejaban escapar exclamaciones de dolor, los niños lloraban y las monjas que habían llegado en gran número desde los conventos de los alrededores rezaban en voz alta sus letanías y sus conjuros contra Satanás.

Como un espíritu, apareció el inquisidor vestido de rojo fuera de la nube de humo. Agitó su aspersorio en dirección a la hoguera mientras decía sus santas plegarias: «*Erubescat homo esse superbus, propter quem humilis factus et deus*»; lo que venía a decir algo así como: Avergüéncese de su orgullo el hombre despreciable, ya que Dios tanto se humilló por él. O «*Aufer a me spiritum superbiae, et da nihi thesaurum tuae humilitatis*»; lo que quiere decir en nuestro idioma: Aparta de mi espíritu la soberbia y déjame el tesoro de tu humildad.

Al llegar a la terraza delantera de la catedral, donde se levantaba el coro de San Jorge, Martha tiró de Leberecht para hacerle descender las escaleras que les llevaban a la ciudad. Hasta entonces no habían intercambiado ni una sola palabra, lo que de hacerlo no hubiera servido de nada. Pero al aproximarse a las primeras casas de Sand, cuando ya el aire limpio les permitía respirar libremente, la bella Martha se apretó aún más contra el muchacho y, mientras andaban y sin mirarlo, dijo algo que Leberecht al principio no entendió:

—¡Malditos tiempos! ¡Maldita sea la especie humana!

—¿Qué queréis decir? —le preguntó Leberecht.

Martha se detuvo:

—Es imposible que sea el Todopoderoso quien inspira a la santa Inquisición.

Leberecht se quedó sorprendido. Miró a su madre adoptiva y vio lágrimas en sus ojos.

—¿Queréis decir con esas palabras —se informó precavidamente— que dudáis de la sentencia del inquisidor?

Martha no respondió y, mientras continuaban su camino hacia el mesón de Sand, el joven añadió:

—Perdonadme la pregunta. No tenéis que responderme. Nadie en esta ciudad podría hacerlo pues eso equivaldría a arrojarse él mismo en manos de la Inquisición...

Continuaron la marcha juntos y durante un rato guardaron silencio. De repente Martha dijo:

—Sí, sí. Creo que el inquisidor Bartolomeo no obra en justicia. Unas mujeres histéricas que afirman haber visto a tu padre... ¡Eso no son pruebas! ¡Es una gran injusticia!

Leberecht no podía creer lo que estaba oyendo. Las palabras de Martha bastaban para que ella misma ardiera en la hoguera. Si hablaba ante él tan abiertamente, eso era una prueba de confianza extraordinaria... Más aún, ponía su vida en sus manos con esa confesión. Esto cayó tan de sorpresa sobre él que sin poderse contener cogió su mano, se la llevó a los labios y la besó de modo tan impremeditado como apasionado. Rápidamente, con un movimiento enérgico, Martha retiró su mano de la del muchacho, pues temió que alguien los viera y una escena como aquélla podía desatar rumores maliciosos.

—¡Perdonad! —dijo Leberecht mientras seguían andando—. No he podido evitarlo, aunque sé que en nuestra situación no es lo más apropiado. Tomadlo como una muestra de agradecimiento.

Martha sonrió, con esa expresión de superioridad a la que sin duda tenía derecho en su situación.

A Leberecht no le molestó. Por el contrario, se sintió orgulloso de haber actuado así en público. Y añadió:

—¡Ahora sé que puedo confiar en vos!

—La verdad es que puedes hacerlo —respondió Martha, y miró largamente a Leberecht, que no pudo resistir la firmeza de la mirada y, confuso, bajó la vista.

—Mi padre era un buen hombre —dijo el joven sin levantar los ojos—. Su único delito fue ser demasiado inteligente para su posición social, saber demasiado y no ocultarlo. En cualquier otra parte, en Ansbach, Nuremberg o Bayreuth hubieran admirado a un enterrador que se sentía en su propio terreno en el campo de la lengua y la filosofía de los griegos y los romanos... Pero aquí han quemado su cuerpo en la hoguera. Si verdaderamente mi padre hubiera estado poseído por el diablo, yo también lo estaría. ¡Bartolomeo tendría que quemarme a mí también!

—¡Chist...! ¡Silencio! Con esas palabras no se juega. Tú sabes cómo los hombres buscan el mal sin poder resistirse. Buscan y ven en todo la obra del diablo. Cuando el obispo en su residencia sufrió el ataque de apoplejía, las lavanderas murmuraron en el río que su eminencia se había asustado ante una aparición de la que no podía hablar con nadie. Cuando murió el cervecero Bernhard y uno de sus ojos no pudo ser cerrado, se dijo que había hecho un pacto con el diablo para que le permitiera morir con un ojo abierto para así poder ver las infidelidades de su esposa Gunda. Y el prelado de la catedral afirmó haber visto un determinado día cómo los párpados de la virgen que está en el altar se agitaron y temblaron como hojas de papel al viento. Y eso ocurrió precisamente el mismo día en que Lutero se casó con la monja Katherina. Nadie más que el prelado vio el fenómeno...

—... Y sin embargo la Inquisición no le quemó.

Martha asintió con la cabeza.

—No —continuó Leberecht—, yo no creo que las apariciones de mi padre tengan nada de sobrenatural. Fueron una mala jugarreta... o tal vez escenificadas adrede con la peor intención. ¡Yo lo vengaré!

—Chist... —intervino Martha—, no sabes lo que dices.

Él desvió la mirada sin decir nada.

Llegaron al mesón. Martha le preguntó:

—¿Hoy no tienes que ir a trabajar?

—No podría —respondió el joven—. Me tiemblan tanto las manos que no podría sostener el mazo y menos aún el cincel. Carvacchi lo entenderá.

—Aprecias mucho al maestro Carvacchi, ¿verdad?

Leberecht afirmó con la cabeza.

—Sí, lo aprecio mucho. Es casi como un padre para mí.

Apenas había terminado de decir estas palabras cuando se dio cuenta de que la observación era poco apropiada en presencia de su madre adoptiva.

—No te preocupes por eso —replicó Martha, a quien la turbación de su hijo adoptivo no había pasado desapercibida—. Te comprendo tal vez mejor de lo que crees.

En aquellos momentos la sala de la posada estaba totalmente desierta. Martha le sirvió a Leberecht una copa de aguardiente y se puso un poco para ella; en aquel preciso instante Christoph entró inesperadamente en la sombría estancia. En actitud provocadora se sentó en uno de los bancos con respaldo de madera alineados junto a tres de las paredes de la taberna, mordiendo nervioso la corteza de una rama de tilo que llevaba en la mano y que masticó antes de escupirla a corta distancia sobre el suelo de piedra. Miraba alternativamente a su madre y a Leberecht, hasta que con aire ceremonioso y una sonrisa de circunstancias en la comisura de los labios, comenzó a hablar:

—«*Ecce sto responsum expectans*» (aquí estoy yo y espero una respuesta). ¿Por qué yo, en todo el mundo, tengo que compartir mi techo con el descendiente de un hombre al que la santa Inquisición ha quemado por brujo? ¿Por qué?

El rostro del gordinflón enrojeció y en su frente apareció una vena de color azul pálido, como una marca de Caín.

Leberecht no había esperado una observación amable por parte de Christoph y por lo tanto sus palabras no le alteraron el ánimo. Martha, por el contrario, se levantó de un salto, furiosa dio unos pasos hacia donde estaba su hijo y le amenazó con darle una bofetada en la cara. Pero Leberecht se le adelantó y le sujetó la mano con fuerza.

—Reconciliaos, nos os manchéis con el pecado. Vuestro hijo dice la verdad. Adam Friedrich Hamann ha sido condenado en causa póstuma y yo me declaro su hijo carnal, Leberecht Hamann. Cuando vuestro esposo nos aceptó a mi hermana y a mí como hijos adoptivos, no podía saber que nuestro difunto padre acabaría en la hoguera.

Las palabras del joven sorprendieron a Martha. Por el contrario, Christoph se mostró confuso y se vio claramente que había esperado otro tipo de reacción. No sabía cuál era el juego de Leberecht, pero estaba claro que aquel tipo lo superaba casi en todo. Apenas se repuso de su asombro empezó con nuevas insinuaciones maliciosas.

—He oído decir a la gente que estaba junto a la hoguera que, antes de que el cuerpo fuera quemado, el diablo había huido. Siempre lo hace antes de que la sangre empiece a hervir. Pero si el poseído por el demonio ya ha muerto cuando lo llevan a la hoguera, el maligno está en las venas secas y allí se queda hasta que éstas se reducen a ceniza y así huye con el humo de la hoguera. Al menos esto era lo que decía la gente en la plaza de la catedral.

Hasta ese momento Leberecht había sabido guardar la compostura, pero no pudo seguir aguantando más. Se levantó de un salto, bebió de un trago el vaso de aguardiente que aún estaba por la mitad y salió de la taberna cerrando tras él de golpe la puerta.

Una vez al aire libre, el joven respiró profundamente. Entre las viejas casas de Sand todavía colgaba en el aire el penetrante olor de la hoguera. Comenzó a correr, al principio río abajo en dirección norte. Después recapacitó, sólo Dios sabe por qué, dio la vuelta y siguió corriendo ahora en dirección opuesta. Empezaba a oscurecer y los curiosos que habían estado en la plaza de la catedral comenzaban a dispersarse por toda la ciudad, unos comentando piadosamente lo ocurrido, otros pronunciando obscenos anatemas y, tras ellos, los plañideros, hombres ancianos que gemían y se lamentaban de lo ocurrido. Y el siempre repetido grito: «¡Quemadlos!, ¡quemadlos!»

Ese grito le dolía en los oídos como clavos al rojo vivo. Leberecht se los tapó con las manos y así cruzó el puente superior. De repente alguien se interpuso en su camino. Cuando levantó los ojos reconoció a Carvacchi.

Como siempre a esa hora, el maestro ya había bebido y en ese estado repartía regocijo. Le dio un golpe afectuoso en la espalda y le recitó un pareado jocoso: «Las mujeres viejas y los curas aún más, peores son que Satanás.» Después se llevó con él a Leberecht en dirección a la parte de la ciudad que formaba una isla en el río. El muchacho lo dejó hacer.

Como sombras, los plañideros pasaban a su lado lloriqueando y con gemidos que recordaban los aullidos de los perros en las noches de luna llena. Carvacchi vio en esto una buena oportunidad para imitar sus lamentaciones. Se detuvo delante de la entrada del Krug, una taberna situada en uno de los callejones que daban al mercado, y acercó sus labios al oído de Leberecht:

—Ya sé lo que te hace falta, ¡ven!

Aquella tasca un tanto apartada era famosa por su buena cerveza y también por sus «bañadoras» y mujeres de la vida que entraban y salían continuamente. Dentro se estaba tan apretado como en un barril de arenques. Olía a verdura hervida y las antorchas de tea que colgaban de sus paredes daban por igual un humo que rascaba la garganta y una débil luz temblorosa. En uno de los rincones de la taberna un hombre tocaba un laúd de cuerdas desafinadas.

La entrada de Carvacchi y Leberecht no pareció interesar a nadie salvo al tabernero, que se tocaba con una gorra adornada con una borla. Como la cosa más natural del mundo, los clientes de una de las mesas, sin interrumpir sus conversaciones, se apretaron un poco más para dejar sitio a los recién llegados. Apenas éstos se sentaron, el tabernero puso en la mesa delante de ellos dos grandes jarras.

—¡Mañana será otro día! —opinó Carvacchi y levantó su jarra. Leberecht también alzó la suya y bebió un buen trago de la cerveza negra. Vio cómo su maestro se bebía media jarra de un trago.

—Un cantero tiene que beber, beber y beber. Toma nota, jovencito. Si no lo haces así, el polvo de la piedra te destruirá los pulmones. Por lo tanto, ¡salud! —Carvacchi volvió a levantar la jarra.

Leberecht sabía que el maestro cantero podía beber cantidades enormes y que la cerveza negra le daba alas a sus pensamientos como una oda de Horacio. Cualquier otro día el muchacho apenas habría tomado un pequeño trago y dejado la jarra, pero esa mañana creyó tener razones suficientes para imitar a su maestro. Y así, bebió un trago y después otro y otro... Antes de que su jarra estuviera a la mitad empezó a sentir un extraño efecto. Le pareció que la cerveza no se detenía en su estómago para esperar allí que otros órganos entraran en acción. Pero no, no era así, o al menos ésa no era la sensación que tenía, sino que corría hacia sus pantorrillas para asentarse allí y hacerlas pesadas como si fueran de plomo. Su mente, su entendimiento, seguía claro y despejado y entendía cada una de las palabras de Carvacchi que, como de costumbre, comenzó a hablar en tono doctoral como si estuviera explicando una lección.

—El ser humano —comenzó al tiempo que hacía con la cabeza un gesto afirmativo— es el rey de todas las bestias, «*re delle bestie*», ¿comprendes? Es más cruel que el lobo, más sangriento que el león e incluso más despiadado que el águila ansiosa de hacerse con su presa, porque ninguno de esos animales se ceba con su propia especie. Sólo el hombre, *bestia bestiarum*, mata a sus semejantes. ¡E incluso llega a considerarlo justo! Y lo hace en nombre de la ley o en nombre de la santa madre Iglesia... ¡Qué vergüenza!

Leberecht miró a uno y otro lado temeroso de que alguien pudiera oír y ser testigo de aquella conversación. Carvacchi se dio cuenta de ello, puso la mano sobre su brazo y le dijo:

—No temas, los que aquí vienen no tienen nada en común con los que calientan con sus culos y con sus pedos los bancos de la iglesia, con los adamitas y apocalípticos que se reúnen en el mesón de Sand. Aquí cada uno puede decir su opinión, hasta un protestante.

Leberecht tuvo que reírse. Ya había notado que los clientes de la posada de Sand decían todo tipo de desatinos y hacían buen uso de la capacidad de gritar de sus gargantas; pero cuando uno sin darse cuenta empezaba a hablar de la fe, todos guardaban silencio como los frailes en el refectorio. Eso era normal en tiempos como aquéllos, en los que cada uno desconfiaba de los demás, aunque la ley divina decía que todos debíamos ser como hermanos.

Carvacchi pareció leer los pensamientos de su discípulo. Vació la jarra y golpeó con ella sobre la mesa con la misma fuerza con que usaba el mazo para hundir el cincel en la piedra arenosa. Al mismo tiempo gritó:

—¡Al diablo con la fe! No hay ninguna fe verdadera. Sólo supersticiones. ¿Lo comprendes, muchacho?

—Sí, maestro —respondió Leberecht.

Sabía que era imposible llevar la contraria a Carvacchi cuando había bebido. Pero sabía, también, que incluso borracho dominaba sus ideas y pensamientos aun cuando entorpeciera su lengua. Carvacchi solía decir que las mejores ideas estaban escondidas en el fondo de una jarra de cerveza.

—Es realmente así —repitió Carvacchi hablando con cierta dificultad—. La fe y la superstición son realmente dos cosas opuestas. Pero gracias a la santa madre Iglesia, al predicador de la catedral, a los cardenales, arzobispos y prelados, así como al Santo Oficio, les ha sido posible unir las creencias y las supersticiones como las dos mitades de una concha y son pocos los que hoy día saben cómo distinguir lo que es fe de lo que es meramente superstición. Cazadores de ratas como este Athanasius Semler se aprovechan de la condescendencia de su rebaño; pintan en la pared los tormentos del infierno como una horrible pesadilla y, como consecuencia de ello, los hombres viven en un miedo permanente: detrás de cada calvario se ocultan fantasmas. Los chillidos de un sapo le parecen los gritos de dolor de un alma en pena. Liebres y urracas nos hacen temblar de terror, como una escoba cruzada delante de la puerta. Cualquier cometa es portador de mala suerte, como los gatos negros. Una luz oscilante que vemos desde la distancia en la oscuridad de la noche, un pequeño montón de materia en descomposición que en medio de una ciénaga o una turbera despide un débil vapor fosforescente, una luciérnaga que baila en la noche o una silueta extraña, mate, que de repente es iluminada por la luz, predisponen al ser humano, en contra de toda razón, al sufrimiento del alma y a la penitencia voluntaria. No, esta santa madre Iglesia no vive ya de la fe de sus hijos, sino de sus miedos. Y son estos miedos los que la llevan a veces a quemarlos vivos y —añadió bajando la voz— ... a veces después de muertos.

Pudo ser la voz de Carvacchi o la cerveza negra, pero lo cierto es que la charla del maestro le hizo bien a Leberecht. La explicación de lo execrable le hacía perder su aguijón. Animado por el ejemplo de su maestro, Leberecht volvió a tomar la jarra y bebió otro trago de la amarga cerveza, más de lo que jamás había bebido en su vida. Las personas amables y ruidosas que lo rodeaban hicieron que pronto olvidara su desgraciada situación. Desde las escaleras le llegó el sonido acompasado de los pasos de una muchacha. La verdad es que Leberecht supo que se trataba de una mujer joven cuando ésta entró en la taberna, puesto que iba vestida con las ropas frívolas de un caballero de la nobleza rural. Quizá sus ropas parecían frívolas porque así sólo se vestían los hombres: calzones estrechos, con la pierna izquierda de color rojo y la derecha verde y por encima una casaca ceñida y con amplias mangas que apenas si le cubría las rodillas.

Los bebedores de la tasca, entre los cuales, en contra de todas las costumbres, había algunas mujeres bien vestidas, aplaudieron y gritaron entusiasmados:

—¡Una canción, Friederike, cántanos algo!

Friederike, que llevaba su cabello oscuro oculto bajo una gorra a juego con su atuendo, se acercó al músico del laúd, le dijo algo al oído y éste comenzó a tocar una melodía acompañada de compases rítmicos. La joven cantó con una voz delicada que parecía la de un mozalbete:

El orgullo a Lucifer
Le hizo perder la conciencia
y ahora a Dios envidia él.

Rompió el pacto de lealtad
y de sus muchos dones orgulloso
quiso ser igual al Todopoderoso
sin aprender la humildad.

El orgullo hace perder la conciencia
y cuando el obsequio es lo bastante grande
lo mismo lleva a cometer un fraude
al que injustamente dicta una sentencia,
como al que faltando a todo derecho
envidioso es capaz de romper un juramento
y los bienes ajenos hace suyos en un momento.

La ambición nos vuelve inclementes,
y hay quien trata de ensalzar la ambición
para día y noche buscar el doblón
sin importarle que pertenezca a otras gentes.
Y esos tiranos a nadie dejan a su lado
vivir en paz y sin ser atacado.

Donde ganó bienes excesivos un cristiano y se los guarda
anidan las cucarachas y la fe se tambalea.
Y nadie puede dudar de ejemplos de esa ralea
de un hombre justo y sincero,
y aunque no sea su deseo,
pronto nacerá un ateo.

Apenas había terminado su canción cuando estallaron los aplausos entusiastas de los espectadores. Gritaron el nombre de Friederike y estiraron sus brazos deseosos de poder tocarla. La muchacha llevaba una pícara sonrisa en los labios pero sus ojos tenían una expresión acongojada. Un hombre barbudo con los ojos enrojecidos cogió a Friederike y la hizo sentarse en el banco, a su lado, y allí trató de convencerla de que bebiera de su jarra. Leberecht no podía apartar los ojos de ella. Aunque la muchacha apenas era mayor que él, al parecer podía resistir mejor la cerveza negra.

Un hombre con el pelo corto y un rostro muy pálido, que hasta entonces estuvo sentado en el extremo opuesto de la mesa y que había estado observando a Leberecht con mirada vigilante, se acercó y se puso a su lado mientras Carvacchi, como la mayoría de los clientes, sólo tenía ojos para la guapa Friederike. El hombre vestía un jubón negro con el cuello redondo que sin duda había visto tiempos mejores, como su dueño, al que le daba la apariencia de tener una edad que todavía tardaría mucho en alcanzar.

—¿Eres tú el joven Hamann? —le preguntó sin mirarlo a la cara.

—Ciertamente, Leberecht.

El desconocido seguía con la mirada fija al frente.

—Aunque lo cortés sería que yo ahora me presentara y te dijera mi nombre, no voy a hacerlo. Pero te ruego que no me creas un enemigo.

—¿Por qué habría de consideraros un enemigo? —preguntó el joven—. Soy demasiado poco para poder ser enemigo de nadie.

Éstas fueron sus palabras pero ante sus ojos apareció la imagen del inquisidor y en las paredes iluminadas por las antorchas le pareció ver la gran hoguera.

—Puedo entender que hoy no tengas ganas de hablar con nadie —opinó el hombre vestido de negro que por primera vez lo miró de costado.

Leberecht, animado y fortalecido por el efecto de la cerveza negra, sacudió la cabeza y respondió a la mirada. El forastero tenía un mella negra donde antes hubo un diente. Debía de tener unos treinta años, y sin duda era un artista o un profesor de los que recorrían el país, cosa rara en aquella ciudad, adonde llegaban de improviso y pronto se iban como habían venido.

—No, no —replicó Leberecht—, precisamente hoy me siento contento de estar entre la gente y poder hablar con ella. Solo, hoy acabaría por volverme loco.

En el momento en que decía esas palabras le vino a la mente su hermana Sophie, con la que no había hablado en todo el día, y se avergonzó de ello.

El hombre vestido de negro comenzó a hablar de los acontecimientos del día de modo tan enigmático como directo.

—Es un necio el que se figura que los predicadores de cuaresma y los inquisidores defienden la verdad de la fe cristiana. ¿Necesita una luz fuerte la ayuda de otra más débil? ¿O el juicio final la condena anticipada de un inquisidor? ¿Quién eres tú, hombre, para creerte capaz de juzgar anticipándote a Dios?

—Pablo a los romanos —observó Leberecht escuetamente.

—Un hombre culto —añadió el forastero sin preguntarle dónde había adquirido esos conocimientos.

Esto disgustó un poco a Leberecht, que se sentía orgulloso de la educación que había recibido de su padre.

—No sé adónde queréis ir a parar con vuestra charla. ¿Sois protestante o un espía del príncipe?

—¡Por la virgen María, claro que no!

El hombre vestido de negro se llevó el dedo índice a la boca, como indicándole a Leberecht que debía tener cuidado con sus palabras. Y seguidamente continuó:

—Creo que te consolará en un día como éste si te digo que Adam *el Calvo* no era un hereje y, mucho menos, un brujo. Sólo era un hombre inteligente, demasiado instruido para un hombre de su posición social, y no ocultaba sus conocimientos. Como dice el refrán: «Hablar inteligentemente es difícil; callar inteligentemente aún más.»

—¿Conocisteis a mi padre? Sí, tuvisteis que conocerlo, si no ¿cómo podríais hablar de él del modo como lo hacéis? ¿Quién sois vos, forastero?

El hombre vestido de negro murmuró como si hablara consigo mismo:

—«*Nomina sunt odiosa*», dijo Cicerón. Los nombres están prohibidos. Atengámonos a ello y dejemos así las cosas.

Leberecht bebió un trago sin dejar de mirar disimuladamente a la guapa muchacha de la mesa de enfrente.

—¡Por Dios que está en el cielo que habláis igual que mi padre!

—Aquí todos hablan como tu padre —respondió el desconocido—. Ésa es la razón por la que estamos aquí todos nosotros y, posiblemente, también tú. Todo tipo de defensores de ideas nuevas, discípulos de Aristóteles, alquimistas y astrólogos, que ven en el arte a su Dios, e incluso algún que otro protestante engreído y ateos ricos.

Al oír esos comentarios comprendió Leberecht el sentido de la canción de Friederike. Seguía con la mirada puesta en la muchacha, que se esforzaba inútilmente en sonreír rodeada de un puñado de hombres, entre los cuales estaba Carvacchi, que la agasajaban y halagaban.

—Soy un discípulo del maestro Carvacchi —dijo Leberecht tratando de explicar así su presencia en la taberna.

Ahora que sabía en qué ilustre compañía había ido a parar, su presencia tenía para él un mayor peso. Miró los rostros de los clientes y se dio cuenta de que con la excepción de su maestro jamás había visto a ninguno de los otros. Los clientes del mesonero de Sand eran otros totalmente diferentes, menos habladores y mucho más dados a las pendencias.

—No es fácil vérselas con él —comentó el hombre vestido de negro, refiriéndose al maestro Carvacchi—, pero ha viajado por todo el mundo y se ha forjado su propia religión. Sólo cree en la belleza y la bondad. Según él, todo lo demás viene del diablo.

—¡Cuánta razón tiene! —murmuró Leberecht. Después de las aclaraciones del desconocido sabía que no tenía nada que temer. El hombre conocía bien a su maestro—. La destrucción de la imagen en la catedral —continuó Leberecht— lo puso enfermo. La vista de los pedazos tirados por el suelo le dolió. Me pidió que los recogiera y los enterrara como si fueran los huesos de un ser humano. Para un cristiano devoto eso no es fácil de entender.

El desconocido se extrañó de las palabras de Leberecht.

—No dudo que tú seas cristiano devoto, ni siquiera podría pensar otra cosa.

Leberecht tenía la mirada fija en la superficie de la mesa y dijo en voz baja:

—Sí, desde hoy para mí todo es diferente. Sólo desde hoy creo conocer bien al maestro Carvacchi: él trata de encontrar en la belleza la naturaleza divina. Allá arriba, en la catedral, Dios está mucho más lejos de los hombres que en esta taberna.

Sus ojos se llenaron de lágrimas y de repente volvió a sentir miedo, un miedo inconcreto, imposible de definir. ¿Había confiado demasiado en el forastero? Tal vez era uno de los múltiples espías de la Inquisición que husmeaban en la vida cotidiana de los hombres, confiando en la recompensa de Dios si delataban sus palabras de crítica al dominico Bartolomeo.

Impulsado por ese temor, Leberecht se levantó de su asiento y fue a reunirse con Carvacchi. Si el desconocido sabía tanto de su maestro éste debía de conocerlo. Pero cuando el muchacho se volvió para señalar a su maestro, el lugar en el que se había sentado el hombre vestido de negro estaba vacío.

Carvacchi, no obstante, pareció adivinar su intención.

—No debes tener miedo de él sea lo que sea lo que le has dicho. Se dará por satisfecho si tú guardas el secreto de su presencia aquí.

—¿Quién es ese hombre? —preguntó Leberecht extrañado y aliviado al mismo tiempo.

Carvacchi se llevó el dedo a los labios, pero el gesto realmente era más bien una broma que una verdadera indicación de que no quería ser oído, puesto que los demás, como daban a entender sus gestos, también conocían muy bien al extraño.

—El hombre se llama Luitger —le respondió el maestro con aire de estar bien informado—. O, mejor dicho, así es como se hace llamar ahora, pues su nombre de nacimiento es Jakob Bazco y vio la luz de este mundo en las cercanías de Cracovia. En la actualidad es monje benedictino en la abadía de Michelsberg. Es uno de los cerebros más inteligentes de todo el convento y, a veces, sus muros se le hacen demasiado estrechos.

¡El hermano Luitger! Ahora comprendía. Su padre había mencionado con frecuencia el nombre de su maestro. ¡Cuántas veces se refirió lleno de admiración a aquel monje muy culto e instruido, que utilizaba la filosofía como un refugio contra la estúpida santurronería de los curas! Día tras día, a veces semana tras semana, se pasó el padre de Leberecht reflexionando sobre las enseñanzas de Luitger y compartiéndolas con él, con su hijo, de modo que lo que Leberecht aprendió de su padre procedía realmente de aquel hombre.

—¡Por todos los santos! —exclamó Leberecht—. ¡Ahora que vos lo decís, debí reconocerlo por su forma de hablar! Sus palabras sonaban como si procedieran de los labios de mi padre.

Carvacchi retiró sus manos de la muchacha. De un momento a otro se puso serio.

—Chico —dijo—, puedes estar seguro de que hoy él ha sufrido tanto como tú.

—Pero es un monje y ha jurado retirarse de la vida mundana. Por otra parte, sus palabras no sonaban como las de un ciego amigo de la santa madre Iglesia.

Carvacchi recuperó su amplia sonrisa y añadió:

—Puedes estar seguro de una cosa: los mayores herejes y enemigos de la Iglesia están en los conventos y en los capítulos catedralicios, o sea, en sus propias filas. La orden de los Templarios, que ha hecho votos de pobreza y castidad y ha jurado luchar contra los infieles, como llevan escrito en sus capas blancas, fue prohibida por el papa Clemente y sus integrantes combatidos a muerte por los caballeros de la orden de Malta, que perseguían exactamente los mismos fines. Lutero, antes de dividir la Iglesia en dos bandos irreconciliables, era un fraile agustino. Y Copérnico, del que se dice expresó sus dudas sobre el Antiguo Testamento y afirmó que la Tierra no era más que una estrella como muchas otras y que giraba alrededor del Sol, era doctor en Derecho Canónico y capitular de la catedral de Fraunburg. Los muros con que los curas y frailes protegen sus sinecuras no sirven sino para proteger a los hombres contra ellos.

Esto hizo que todos se echaran a reír y algunos pidieron a Friederike que cantara una estrofa más. El hombre del laúd le dio el tono y la guapa tonadillera improvisó:

Se burlan de los derechos del hombre,
erróneamente, como Nerón,
y hasta reprueban con tesón
lo que la naturaleza nos enseña.
Pues ni Dios ni sus mandamientos
son honrados como su ley les ordena
por esa banda que olvida su salvación eterna.

Leberecht, que ahora estaba sentado al lado de la joven, había observado todos los expresivos gestos de sus bellas facciones mientras cantaba, las delicadas aletas de su nariz, las atrevidas arruguitas al filo de los párpados y las hinchadas sienes que parecían temblar al ritmo de la música como el delgado pellejo de un tamboril.

Cuando terminó de cantar, los hombres aplaudieron y echaron algunas monedas por el escote de su jubón. La joven dio las gracias cortésmente y antes de que se dieran cuenta de ello, salió por la puerta.

Leberecht, todavía excitado por los acontecimientos del día, se sintió atraído por aquella singular figura, como si fuera una aparición extraterrenal. ¿Era un ángel o la copia hecha carne de una de aquellas bellas imágenes de la catedral? ¿No mostraba su cuerpo gran parecido con la Eva de piedra que decoraba la Puerta de Adán? La nariz, la boca pequeña y saliente, la sonrisa muda, ¿no eran las mismas? Verdaderamente, pensó Leberecht, si existían criaturas celestiales, Friederike tenía que ser una de ellas.

Sin decir una palabra a nadie, Leberecht se levantó y salió del Krug. Faltaba poco para la medianoche y aquellos callejones estaban tan tranquilos y silenciosos que los cascos de un caballo se hubieran oído a mil pasos de distancia. No había ni rastro de la muchacha. Una voz interior le aconsejó que siguiera el camino a la derecha, hacia el puente de Arriba, por el callejón Färber, donde del río llegaba un olor apestoso, porque era allí donde la alcantarilla, que como un arroyuelo cruzaba la ciudad y arrastraba todas las aguas negras procedentes de las necesidades de sus habitantes, desembocaba en el Regnitz.

Sin las dos jarras de cerveza negra que llevaba entre pecho y espalda, Leberecht no se hubiese atrevido a correr tras los talones de una jovencita guapa a la que ni siquiera conocía, de la que no sabía si era de noble linaje o tal vez una de esas señoritas distinguidas que en vísperas de entrar en el convento, tomar el velo y abjurar del pecado, aprovechaban los últimos días, o mejor dicho las últimas noches, para entregarse al vicio y perder la virginidad en los brazos de hombres totalmente desconocidos antes de que pasara su última oportunidad.

Leberecht no sabía lo que hacía, tan sólo sentía un extraño impulso como la misteriosa fuerza de un imán y él se limitaba a seguir esa atracción sin saber por qué.

Lo que había visto, y eso era todo lo que sabía de ella, no hablaba precisamente en favor de un origen distinguido de la muchacha. Todos conocían a Friederike de nombre, le habían metido monedas por el escote y sus canciones eran frívolas y vulgares como las de las cocineras de un mesón. ¿Por qué no se le ocurrió preguntarle a Carvacchi antes de salir detrás de ella? Leberecht apartó de sí todos estos pensamientos.

Al llegar a los conductos de desagüe donde a mano derecha los comerciantes dejaban sus barriles y bultos delante de sus casas, constituyendo un peligroso obstáculo para aquellos que pasaban por allí sin llevar una linterna o una antorcha, Leberecht creyó oír un pequeño ruido. A un tiro de piedra le pareció ver entre las sombras lo que podía ser la silueta de un caballero joven, pero la misma voz interior que le había llevado hasta allí le dijo que debía tratarse de Friederike. La reconoció por sus pasos cortos y rápidos con los que andaba pegada a las casas tratando de no ser vista. Una joven que fuera vista a esas horas sin la compañía de un hombre no sólo perdería para siempre su buena fama y reputación sino que se exponía a un grave peligro.

Una vez que Friederike cruzó el puente, torció a la izquierda en dirección a Kranen. Parecía conocer bien el camino, su paso se hizo más lento y hasta se giró una vez, como si se hubiera dado cuenta de que alguien la seguía. Después desapareció detrás de los bajos puestos del mercado viejo que parecían dormidos en la oscuridad de la noche.

Leberecht conocía el laberinto de calles y callejones sin salida de aquel lugar como el bolsillo de su chaleco por lo que no tuvo dificultad en seguir más de cerca a la joven. Si Friederike era la hija de uno de los muchos comerciantes que vivían cerca del río, pensó el silencioso perseguidor, ¿por qué nunca antes la había visto? La ciudad no era tan grande como para que una muchacha tan guapa pasase inadvertida durante mucho tiempo.

Su pregunta tendría una pronta respuesta. La sombra que perseguía saltó desde la orilla del río a una barcaza de carga que estaba atracada detrás del mercado. Hacía tres meses que no llovía y debido al escaso caudal del río media docena de barcos permanecían atracados desde hacía muchos días sin poder salir. La barcaza en la que desapareció Friederike era más vieja que todas las demás. Suspiró y dejó escapar en intervalos irregulares una risa sorda que recordaba más el canto de una rana en primavera.

En un primer momento Leberecht pensó en saltar al barco, pero la empresa le pareció demasiado arriesgada. No sabía qué podía esperarle allí. La noche era tranquila. Sólo dos perros ladraban más arriba siguiendo el curso del río. El aire frío del río se mezclaba con el olor del fuego que aún llegaba desde la otra orilla y eso hizo que Leberecht volviera a la realidad. Se dio la vuelta y emprendió el camino de regreso a su casa.

A la mañana siguiente Leberecht se encontraba espantosamente mal y Martha tuvo que sacudirlo varias veces para despertarlo. Sentía náuseas y la cabeza le hervía como si dentro de ella tuviera un avispero. El joven tuvo que hacer un esfuerzo para poner orden en sus recuerdos. No sabía cómo había llegado a la cama pero vio que todo estaba igual que siempre a su alrededor, la misma habitación, y eso le devolvió la confianza. De pronto las palabras de Martha le hicieron recuperar la conciencia por completo.

—¡Sophie ha desaparecido! ¿Sabes dónde puede estar?

Él no había visto a su hermana desde la noche anterior al juicio de la Inquisición. Ahora se lo reprochaba.

—¿Desaparecido? ¿Qué significa eso? —tartamudeó.

Martha se lo aclaró. Habían visto a Sophie por última vez el día anterior a primeras horas de la mañana. Desde entonces era como si se la hubiera tragado la tierra. La cama estaba sin deshacer y sus pocas cosas seguían en el arca.

Leberecht se levantó de un salto. ¡Dios mío! ¿Por qué no estuvo junto a ella en todo el día de ayer? ¡Le constaba que aparte de él no tenía a nadie con quién hablar!

¡El río!, fue su primera reacción. En sus días felices de niños, había observado que Sophie, con frecuencia, se detenía en el puente que cruzaba el río frente al ayuntamiento, para desde allí contemplar los remolinos que formaba el río, como si lo removieran los espíritus de las aguas que poco más abajo, a un tiro de piedra, se tranquilizaban de nuevo para seguir su curso apacible. A sus preguntas, Sophie le respondió que dialogaba con las ninfas que en aquel lugar salían del río en algunas ocasiones. Leberecht, como es natural, tomó sus palabras por pura fantasía, los sueños locos de una jovencita. Pero en aquellos momentos el recuerdo volvió a su memoria.

La búsqueda de Sophie duró todo el día. Provistos de largas pértigas de madera los hombres inspeccionaron la orilla, se adentraron en el río con una barcaza... Todo resultó inútil. Leberecht permaneció durante todo el día en aquel mismo lugar, donde de niña Sophie creía hablar con los espíritus de las aguas, sin moverse de allí. Quería mucho a su hermana, pero desde que comenzó a tomar la apariencia de una gigante se había ido apartando de ella y ahora se lo reprochaba.

Sentía pena por Sophie pero personalmente no se compadecía de sí mismo, aunque tenía sobrados motivos para ello. Creía en la inevitabilidad del destino, como antaño predicaron los griegos, sí, e incluso no le parecía rechazable admitir el poder absoluto de los astros que pregonaba Nostradamus, el médico de cabecera de Carlos IX.

Sumido en la contemplación de la corriente del río, de la que parecía surgir la imagen de su hermana cuando todavía era apenas una muchacha, Leberecht oyó una voz y reconoció su tono delicado como el de un adolescente.

—Lo siento mucho —dijo la voz.

Leberecht se giró. Detrás de él estaba Friederike. La reconoció en seguida pese a que su aspecto había cambiado totalmente con respecto al de la noche anterior. Lo que más le llamó la atención fue su pelo oscuro, que se peinaba con raya en medio y recogido en un moño sobre la nuca. Un vestido suelto y largo, sobre el que llevaba una capa verde lisa, no dejaba adivinar nada de la delicada figura que Friederike lució la noche anterior.

—Lo siento mucho —repitió al tiempo que volvía la cabeza a un lado.

En aquellos momentos, Leberecht era incapaz de expresar con palabras sus sentimientos, pero estaba seguro de que la compasión de Friederike era sincera.

—¿Cómo sabes que...? —tartamudeó turbado y, al mismo tiempo, feliz de que la joven se dirigiera a él.

—Todo el mundo habla de la gran desgracia y al verte aquí en seguida me acordé de tu nombre. Carvacchi me lo dijo anoche. Me contó lo que le había pasado a tu padre... —al decir estas últimas palabras hizo con disimulo la señal de la cruz.

Desde el puente podía verse la barcaza de carga en la que entró Friederike la noche anterior. Leberecht, para cambiar de tema, hizo un movimiento de cabeza en aquella dirección y le dijo:

—Tú vives en esa barcaza de ahí.

Friederike se echó a reír.

—Carvacchi es peor que una comadre. No puede guardar un secreto.

—No me lo ha dicho Carvacchi.

—¿Entonces?

El joven reflexionó sobre si debía decirle la verdad o no, pero puesto que ya había empezado respondió a la pregunta:

—Anoche, cuando saliste del Krug te seguí por la ciudad, pero me faltó el valor para hablarte.

La guapa Friederike se echó a reír descubriendo sus dientes deslumbrantemente blancos.

—No tengo más remedio que reírme. Tú eres el único hombre tímido con el que me he encontrado en mi vida —miró a un lado y a otro para asegurarse de que nadie los observaba y cogió su mano—. Me gustas, Leberecht. Si quieres podemos ser amigos.

¡Santa virgen María! Leberecht sintió un escalofrío. ¡A su lado tenía a una chavala bellísima, que le sonreía y le decía que podían ser amigos! ¡No, Leberecht no quería ser su amigo, sino su amante! Él quería abrazarla y besarla pero, ¡por todos los santos!, no ser sólo un amigo como Carvacchi o todos los otros que se echaban a sus pies cuando cantaba en el Krug.

Leberecht no estaba preparado para una situación así. Retiró su mano y, lleno de turbación, bajó la mirada al suelo.

—Tú... tú tienes muchos amigos, ¿verdad?

—Sí, muchos, en todas partes río abajo, en Würzburg, en Frankfurt, en Mainz, en Koblenza, en Colonia, incluso en los Países Bajos. En todas partes adonde llega nuestra vieja barcaza.

La sencillez con que hablaba Friederike, que Leberecht tomó por desconsideración, lo puso furioso. Tuvo la impresión de que le estaba tomando el pelo. ¿No se daba cuenta de que los sentimientos que él sentía por ella iban mucho más allá de la simple amistad?

En aquella situación, lo natural era que Leberecht le declarara su amor, pero no lo hizo porque temió ser rechazado. No quería quedar frente a ella como un joven necio, no quería que se riera de él y menos aún que lo compadeciera. No, de ningún modo. Él podía soportar el dolor, pero no la compasión. Eso hubiera herido su orgullo. Y ese orgullo, que era la única gala de su pobreza, lo había heredado de su padre.

—¿Y cuándo continúas tu viaje? —preguntó Leberecht acentuando su tono de indiferencia.

Friederike alzó los ojos al cielo y respondió:

—Mi padre espera que llegue la lluvia. Hace tres meses que no cae ni una gota. El río lleva tan poca agua que no nos deja salir. Si yo no hubiera hecho algo para ganar un poco de dinero hace tiempo ya que nos habríamos muerto de hambre.

—¿Cuántos vivís en el barco?

—Sólo mi padre y yo. Mi madre murió al nacer yo. Eso significa que muchas veces es difícil salir adelante.

Leberecht miró a la jovencita que tenía ese aire tan delicado y le costó trabajo imaginársela realizando las faenas de a bordo, manejando los pesados cabos, reparando el duro lienzo de las velas o barriendo y fregando la cubierta de la barcaza de carga.

Mientras tanto, en el puente era cada vez mayor el número de curiosos que seguían con ojos ávidos la búsqueda en el río. Tal vez sería mejor que no los vieran juntos, opinó Friederike, y se despidió de él con un gesto amistoso.

En ese mismo instante llegaron gritos desde el río:

—¡Aquí, aquí!

Dos hombres que desde una barcaza a vela registraban el agua con largas pértigas, empezaron a hacer señales pidiendo ayuda. Al fin llegó junto a ellos otra barca con tres hombres dispuestos a prestársela.

Entre los gritos de ánimo de los curiosos, los cinco hombres se esforzaban en sacar del agua un pesado cuerpo que habían localizado en el fondo del río. Pero cuando estuvo fuera vieron con desilusión que se trataba del cadáver de una vaca que por su aspecto debía llevar ya más de un año en el agua.

Algunas mujeres dejaron escapar gritos de desencanto y apartaron de su pecho las cabezas de sus hijos que habían estrechado contra su cuerpo para evitarles el terrible espectáculo del cadáver de la vaca que, por su propio peso y el del agua que había empapado, se partió por la mitad cuando intentaron subirlo a bordo de una de las barcas y dejó sobre el agua sus tripas e intestinos, que volvieron a hundirse casi inmediatamente.

En ese mismo momento, Leberecht salió huyendo de allí y durante los dos días siguientes se negó a tomar cualquier alimento. Se pasaba los días en el andamio de la Puerta de Adán de la catedral. Con ayuda de una palanca, un mazo de gran tamaño y una larga alzaprima, trató de soltar del muro el dentellón de la dovela del arco de piedra. El húmedo invierno del año anterior y las heladas tardías habían hecho saltar la piedra porosa en aquel lugar y la posterior sequía había empeorado más las cosas.

—La piedra de gres —opinó Carvacchi cuando desde la altura del andamio miró a la derecha— no es un material de construcción para la eternidad. Y si es de Franconia mucho menos.

No creo que esta catedral sobreviva quinientos años más, a no ser que se sustituya cada piedra por otra nueva.

Leberecht no se dejó interrumpir y mientras hablaba el maestro siguió trabajando en el muro con su escoplo. Desde hacía algunos días apenas habían intercambiado algunas palabras entre ellos, lo que no era normal, sobre todo en lo que hacía referencia a Leberecht, que siempre hasta entonces había buscado la conversación con su maestro. A éste, como es natural, no le pasó desapercibido el silencio de su aprendiz.

Carvacchi se daba cuenta del sufrimiento de éste. Él mismo sabía bien cuál era la fuerza del golpe del mazo con el que uno se quería liberar de sus anhelos, y también sus sufrimientos y temores para dejarlos en el mármol, o la piedra caliza, por lo que lo dejó hacer sin interrumpirlo. Pero cuando la penumbra del atardecer empezó a caer sobre la obra y el joven descendió del andamio, lo esperó al pie de la escalera de mano y le preguntó:

—¿Qué puedo hacer para ayudarte, muchacho? Creo que cualquier palabra de consuelo está de más. El consuelo es algo que sólo podrás encontrar dentro de ti. Tienes que olvidar. Nuestro destino no está determinado por nuestras vivencias sino por nuestros sentimientos.

Leberecht miró a su maestro cara a cara. Apreciaba la inteligencia de aquel hombre. Y aunque no podía estar de acuerdo con algunas de las peculiaridades de su carácter, tampoco podía negarle su conocimiento y experiencia de la vida.

—Tienes que tratar con la gente y no esconderte allá arriba en el andamio. Eres joven y tienes toda la vida por delante. ¡Enfréntate, pues, cara a cara con tu destino!

—¡Tenéis razón, maestro! —respondió Leberecht después de un momento de reflexión—. ¡Pero me han pasado tantas cosas! ¡Tal vez demasiadas!

Carvacchi hizo un gesto de asentimiento.

—¡Quién sabe! Quizá fue una suerte que Sophie decidiera poner fin a su vida. Si así lo ha hecho ha sido por decisión propia porque no quería seguir viviendo abandonada de todos y para ser objeto de burlas y desprecios.

—También es posible que se haya marchado porque no podía aguantar más.

—¿Lo crees así? Una criatura monstruosa como Sophie llamaría mucho más la atención en cualquier otra parte que en esta ciudad donde todo el mundo sabe lo que le trajo el destino.

Todas las cosas que aquí le son inaguantables, a las que no puede hacer frente, serían aún peor en otros lugares donde nadie la conoce. ¡No te hagas falsas ilusiones!

Sus palabras no eran un consuelo y la verdad era que Carvacchi no pretendía consolarlo. Buscó en uno de sus bolsillos, sacó una moneda y la puso en la mano de Leberecht.

—Lo que necesitas —le dijo— es una mujer que te haga olvidar todo lo demás. ¿Conoces la casa en el brazo derecho del río donde se desvía el camino hacia San Gangolf? Allí siempre hay muchas chicas guapas y alegres. Diles que te manda el maestro Carvacchi y pregunta por Amanda. ¡Ya verás cómo se te alegra la vista!

Leberecht miró un tanto turbado la moneda y después volvió la vista a su maestro sin saber si se estaba burlando de él. Con mayor turbación todavía, añadió:

—Se trata de Friederike. La he vuelto a ver. Siente aprecio por mí... o al menos eso es lo que creo. ¿Qué opináis vos?

Carvacchi carraspeó como si no supiera qué responder. Y no lo hizo, sino que cogió del brazo al joven y se lo llevó hasta el estrecho callejón, bordeado a ambos lados por muros de piedra de la altura de un hombre, que conducía a la abadía de Michelsberg. El maestro vivía a la mitad de camino entre la catedral y el monte de San Michael en una pequeña casa de alquiler de sólo un piso y un pequeño hueco como ventana, pero a la derecha de la entrada había un edificio bajo, con un montante de poca altura, en el que Carvacchi había instalado una especie de taller donde, para disgusto de los vecinos y de los curas, los domingos y fiestas de guardar llevaba a cabo una enigmática actividad tan ruidosa como la de la obra de la catedral. Y nadie, ni sus obreros ni sus aprendices, había logrado ver lo que allí hacía.

—Debes saber —le dijo a Leberecht mientras entraban en la casa cuyo techo era tan bajo que podían tocarlo con las manos— que Friederike no es una chica corriente. Es tan hermosa que nunca podrá pertenecer a un hombre sólo... ¿comprendes lo que quiero decir?

No, Leberecht no entendía adónde quería ir a parar su maestro y, sobre todo, no comprendía por qué para decirle eso lo había llevado hasta allí. Interesado vio cómo el maestro abría una alacena en la pared en la que guardaba velas y el aceite para los candiles. Tomó una llave y una linterna.

—En seguida lo entenderás —gruñó entre dientes y le hizo señas de que lo siguiera.

El taller estaba protegido por una puerta grande y sólida y la cerradura, rodeada de adornos de forja, llevaba a pensar que antaño aquello debió ser el taller de un herrero. Carvacchi abrió la puerta, iluminó el interior con la linterna e hizo entrar al muchacho que se mostraba vacilante.

La sorpresa de Leberecht fue tan grande que no pudo decir ni una palabra. En la penumbra del taller había media docena de estatuas desnudas y blancas, colocadas formando un semicírculo, como si esperaran el juicio de Paris. Su actitud era más frívola que la de todo lo que Leberecht había visto con anterioridad en una figura de piedra. Incluso la estatua que había simbolizado el Porvenir, que ahora estaba hecha pedazos, y que a él le había parecido la representación máxima de la belleza y el encanto femeninos, no habría podido resistir la comparación con aquellas gracias que con los brazos en alto mostraban sus senos y arqueaban las piernas para que pudiera apreciarse mejor la redondez de sus caderas.

Cada una de las estatuas era una representación notoria de la anatomía de una mujer, pero sus rostros tenían los rasgos casi infantiles de una muchacha, como la Eva de piedra de la Puerta de Adán o... Friederike.

—¡Friederike! —gritó Leberecht.

¡Por la santa Virgen! Todas las estatuas representaban a la misma persona: Friederike. Aquélla no era simplemente la obra de un artista que dominado por la admiración que siente por su modelo le da la eterna belleza de la piedra; era más bien el trabajo de un poseso que sabe que nunca podrá conseguir de su modelo todo lo que quisiera. Friederike no era sólo su modelo, tenía que ser su amante.

En aquellos momentos hubiera deseado maldecir a su maestro, odiarlo y detestarlo, pero había algo que no tenía más remedio que concederle: no podía haberle aclarado la situación de modo más concreto y convincente. Resignado miró a Carvacchi y le dijo:

—Lo comprendo.

Carvacchi hizo un gesto de turbación.

—Si te sirve de consuelo, Leberecht, te diré que no soy el único. Como ya te dije, una muchacha tan bella no pertenece a un solo hombre.

El joven buscó la moneda en su bolsillo, la sacó y la dejó sobre la mesa, saludó a su maestro, atravesó la pesada puerta y salió al aire libre.

A su tristeza se añadió el desencanto, y a éste la rabia. La existencia en su ciudad se le antojó indigna, asquerosa, insoportable. De pronto, su monótono trabajo en la catedral, repugnante y aburrido. A partir de entonces, Leberecht se esforzó en aprender más, en saber más, en hacer más, pero en aquella ciudad todo eran limitaciones e impedimentos. Por si eso fuera poco, no tenía ni un amigo con el que hablar, al que pedirle consejo. Incluso Carvacchi, en quien hasta entonces confió sin reservas, de pronto le pareció indigno de esa confianza. Desde luego podía entenderlo, cualquier hombre desearía tener a una mujer tan hermosa como Friederike. ¿Pero acaso Carvacchi no se miraba al espejo? ¿No veía en él reflejado el rostro de un hombre envejecido? Por el contrario, Friederike apenas era más que una niña. ¿Cómo podía hacerle a él una cosa así? Cuando las largas noches de otoño que siguieron a las fiestas de la consagración se le hacían interminables, se retiraba a su habitación en la ruidosa posada de Sand y estudiaba los libros que le había dejado su padre. Siguió estudiando latín en los escritos de Cicerón, de César y de Ovidio; estudió prácticamente la aritmética, sobre la pizarra, con la ayuda de un infolio que tenía ya más de cuarenta años y que se titulaba *Rechnung auf der Linien*, procedente de la pluma del maestro de cálculo Adam Riese, y la astronomía con el escrito *Commentariolus*, en el cual el capitular catedralicio Nicolás Copérnico hacía maravillosas afirmaciones como que no era el Sol el que se movía girando alrededor de la Tierra, como cada día podía verse fácilmente en el cielo, sino que era la Tierra la que lo hacía en torno al Sol; y que la Tierra, contrariamente a lo que afirmaba la Biblia, no era el centro del Universo, sino un simple cuerpo celeste como muchos otros.

Ideas como ésas eran las más propicias para quitarle el sueño tanto como la secreta contemplación del cuerpo desnudo de su madre adoptiva, que seguía observando como antes siempre que se le presentaba la ocasión. Ya casi había dejado de pensar en Friederike, cuya barcaza desapareció de la noche a la mañana. Así, poco a poco, se fueron cicatrizando las heridas que le había causado el destino. Hasta aquella noche, hacia la

Candelaria del año siguiente, en la que en la casa de Schlüssel se produjo un duro y ruidoso altercado que cambiaría la vida de Leberecht de manera inesperada.

Ludowika, la licenciosa señora en la que buscaba distracción el mesonero de Sand, se atrevió un día a entrar en la taberna de su amante luciendo delante de todo el mundo las joyas y los costosos vestidos que el mesonero le había regalado en pago de sus servicios. Martha, que no ignoraba las relaciones de su marido y a la que, en cierto modo, le eran indiferentes en tanto que se mantuvieran discretas, quiso echar de la casa a la damisela y ésta no sólo se negó a marcharse sino que llamó en su ayuda al viejo Schlüssel y le pidió que interviniera. Como consecuencia de ello se produjo la violenta y escandalosa discusión en la que participaron todos los de la casa.

Cuando bajó Leberecht, Jakob Heinrich Schlüssel estaba en el centro de la taberna entre Martha, a un lado, y Ludowika, al otro de la oscura sala.

Martha insultó a Ludowika llamándola puta y le ordenó que saliera de la posada inmediatamente; ésta acusó a Martha de ser una beata hipócrita e incapaz de cumplir sus deberes conyugales.

Esto enfureció a Martha de tal modo que se lanzó sobre Ludowica con los dedos estirados como si quisiera arrancarle los ojos. Al mismo tiempo, con la mirada llena de una rabia furiosa que Leberecht jamás había visto en su madre adoptiva, lanzó un grito que no tenía nada que ver con los que el muchacho había escuchado en sus noches al otro lado de la ventana.

—¡Miserable aborto del infierno, puta del diablo, bruja repugnante, te voy a sacar los ojos para que nunca más puedas volver a ponerlos lascivamente sobre ningún hombre!

Schlüssel se interpuso entre ambas con los brazos extendidos para impedir que Martha hiciera realidad su amenaza. Ludowika aprovechó la ocasión para gritar una serie de palabras malsonantes desde detrás de las anchas espaldas de su amante.

—¿Qué diablos le importa a nadie lo que yo hago con mi piel blanca y suave en tanto que los hombres paguen por ello? ¡Y el tuyo es uno de los que mejor pagan!

Al decir esto, se subió la falda por encima de las calzas y las medias y gritó dirigiéndose a Martha:

—Todo pagado con tu dinero, mesonera, todos estos regalos de agradecimiento.

Al ver que el viejo Schlüssel no hacía nada para obligar a callar a la mujerzuela y menos para echarla de la casa, Martha se volvió contra su propio marido.

—Tú, maldito cobarde, ¿no tienes valor para echar a la calle a esa puta? ¿Te importa más esa ramera que la madre de tu único hijo?

—¿Su único hijo? —se burló Ludowika—. Jakob ni siquiera puede decir con seguridad que él sea el padre de Christoph.

De repente la voz de Martha bajó de tono:

—Heinrich, ya has oído lo que ha dicho esa puta. ¿Qué tienes que decir a eso? —la pregunta sonó como un ultimátum.

Jakob Heinrich Schlüssel se volvió con el rostro atormentado por el dolor como si la gota le atacara con toda su fuerza, tartamudeó unas palabras ininteligibles y trató de poner paz entre aquellas mujeres que más parecían dos gallos de pelea. Christoph, que había presenciado la discusión desde un rincón junto a la estufa, aprovechó la ocasión para desaparecer sin ser visto por la puerta trasera.

Cuando parecía que la bronca se había apaciguado, Ludowika comenzó de nuevo:

—Tú crees que Jakob te ha comprado dos hijos ajenos por pura bondad. Pero también te equivocas en eso. Tu marido no ha recogido a los huérfanos de Hamann por espíritu piadoso sino por puro interés.

—¿Qué significa eso? —gritó Martha furiosa y se volvió hacia su esposo—. ¿Qué es lo que quiere dar a entender?

Leberecht, que ya empezaba a cansarse de la bronca, se sintió como alcanzado por un rayo. Por su cabeza pasaron miles de pensamientos pero ninguno de ellos le pareció acercarse a una explicación plausible. Era cierto que no sólo él sino la ciudad entera había encontrado raro que precisamente el mesonero de Sand, del que se podía decir todo menos que fuera un hombre piadoso, se ofreciera como padre adoptivo de los dos hermanos y se hiciera cargo de su tutela.

La insinuación de Ludowika hizo que Leberecht no pudiera seguir en la taberna sin intervenir. Se acercó a la ramera y le dijo con voz firme:

—No has contestado a la pregunta de la mesonera. ¿Qué quieres decir con eso de que el señor Schlüssel aceptó la tutoría sólo por su propio beneficio?

El mesonero de Sand, al que no era fácil sacar de sus casillas, se enfadó en serio. Dirigió una mirada despreciativa a su amante y con un enérgico movimiento de cabeza le señaló la puerta. Ludowika obedeció como un perro apaleado, pero antes de cerrar la puerta detrás de ella con un portazo, le gritó:

—¡Adiós, polla floja!

Así, la pregunta de Leberecht se habría quedado sin respuesta si el señor Schlüssel no se hubiera sentido obligado a dar una explicación. El sorprendido hijo adoptivo se enteró por boca de su tutor, en aquella noche próxima a la Candelaria, de que había heredado del tío abuelo de su madre, Werinher Spielhahn, la casa del tendero, en Sand número 9, que estaba al lado del mesón, puesto que la verdadera heredera, su madre Auguste, había fallecido.

Martha, cuya furia parecía haberse calmado, se indignó de nuevo.

—Entonces, has aceptado la tutela sólo por afán de lucro. ¡Y yo que creía que habías obrado movido por la fe y para comprarte una bula permanente! Ya veo que me había equivocado.

—¡Calla, mujer! —Schlüssel dominó a su mujer. Después se volvió a Leberecht—: Puedes creerme, hijo mío, te lo hubiera dicho el día de tu mayoría de edad, ya no falta mucho para que llegue.

Leberecht asintió con la cabeza. Dentro de cinco meses cumpliría los dieciocho años y sería dueño y señor de sí mismo, y propietario de una casa respetable que Schlüssel, mientras tanto, había habilitado como albergue.

—El precio de compra lo recibirás el mismo día que cumplas dieciocho años —aclaró el mesonero, que parecía haber leído los pensamientos de Leberecht.

Martha sonrió amargamente.

—Y ese precio lo has fijado tú mismo, ¿no es así?

—Sí —respondió el marido que no pareció dar muestras de mala conciencia—. Setecientos gulden de oro me parecen un precio justo y honesto.

—¿Y si Leberecht no quiere vender?

Schlüssel vaciló.

—¿Por qué no va a vender la casa? ¿Crees tú que tiene la intención de poner una tienda?

Leberecht, que todavía no se había hecho cargo de toda la trascendencia del suceso, negó con un gesto.

—Ya lo ves, mujer. Leberecht es un artista y no un tendero.

Un día se marchará a buscar fortuna lejos de aquí. ¿Para qué iba a querer una casa tan grande como ésa? Recibirá de mí su dinero, podrá ver mundo y un día volverá convertido en un gran hombre y me dará las gracias a mí, su tutor, por mi amplitud de miras.

La conducta de Schlüssel le parecía mucho menos reprobable al sorprendido heredero que a su esposa Martha, a la que lo sucedido le sirvió de pretexto para, a partir de entonces, distanciarse aún más de un hombre al que no amaba. Sus relaciones, ya tirantes, quedaron reducidas desde ese momento a compartir el techo del hogar común, pero por lo demás cada uno de ellos siguió sus propios intereses y conveniencias sin ocuparse del otro: Jakob, sus provechosos negocios y Martha, sus obras piadosas, o al menos eso es lo que parecía desde fuera.

En quien lo acontecido pareció causar un efecto más profundo fue en Christoph Schlüssel. El hecho de que su padre compartiera el lecho con una prostituta y que su madre estuviera enterada de ello llenó de excitación los sentimientos piadosos del joven. Durante todo un día y una noche se encerró en su cuarto y al siguiente acudió a los jesuitas. Le hizo saber a sus padres que deseaba dedicar su vida a la Compañía de Jesús, hacer suyo el compromiso «*Omnia ad majorem Dei Gloriam*» («Todo por la Gloria de Dios») y que rezaría por ellos. Unos días después hizo los votos. No quería volver a ver nunca más ni a su padre ni a su madre.

En cuanto a Leberecht, sus sentimientos estaban divididos. Naturalmente sabía con toda claridad que su tutor lo había engañado y se había aprovechado de él desvergonzadamente. Pese a ello, ahora sentía por él menos odio que antes, pues le había mostrado una meta que le parecía merecedora de todos sus esfuerzos. Además, a partir de entonces y como confirmación de sus buenas intenciones, le prometió a su pupilo un gulden de oro mensual para sus gastos personales.

Ahora que Martha había perdido a su verdadero hijo en manos de los jesuitas, sus relaciones con Leberecht se estrecharon aún más y se hicieron más cariñosas de lo que siempre fueron. Leberecht comenzó a soñar con un futuro en el que su orgulloso padre adoptivo jugaba un papel mucho más secundario, si es que tenía alguno. En el silencio de su cuarto, que se adaptaba perfectamente a sus ensoñaciones, se agitaba en la cama sin poder apartar de su mente la visión del cuerpo de su Martha, más bello que la más magnífica de las custodias de oro.

Leberecht era consciente de lo que había de pecaminoso en sus pensamientos y, al principio, sus visitas nocturnas a la ventana de Martha sobre la escalera le llenaron de remordimientos de conciencia. Pero, entre tanto, todos esos reparos desaparecieron; en su joven vida había sido testigo de pecados de lujuria mucho mayores que el suyo que, como él creía seriamente, alcanzaría con facilidad la absolución en el cielo. Martha, por su parte, no dejó de azotarse aunque Leberecht tenía la sensación de que, desde hacía algún tiempo, su mortificación se volvía cada vez más refinada, como si quisiera brindar especial satisfacción a su observador secreto.

En una tranquila noche de luna, un regalo de la primavera, exactamente en la víspera de la Anunciación del Señor, Leberecht buscó una vez más el camino de la escalera delante de la habitación de Martha. Con ojos lujuriosos siguió con todo detalle el desnudarse de la preciosa mujer. Esta vez el proceder le pareció blasfemo teniendo en cuenta la pecaminosa ceremonia con la que Martha lo realizó.

A diferencia de noches anteriores, en esta ocasión su madre adoptiva se acercó tanto a la pequeña ventana, que Leberecht automáticamente se asustó y estuvo a punto de retroceder, pero la proximidad de sus pechos, que ya conocía hasta en su menor detalle, hizo que siguiera firme en su sitio.

Como en trance se dio cuenta de que Martha abría la puerta y sin el menor reparo le tendía las manos y le hacía entrar en su cuarto. Todo esto ocurrió de modo tan silencioso y natural que el muchacho creyó soñar. Pero adquirió conciencia de que todo era real poco después, cuando Martha lo estrechó contra su cuerpo en la cama, empezó a quitarle las ropas y le dijo dulcemente:

—¡Niño estúpido!, ¿creíste que no me daba cuenta de tus observaciones nocturnas?

¡Pero esto es un pecado mortal! ¡No debemos hacerlo! ¡Recemos una plegaria para vencer la tentación! Eso era lo que a Leberecht le hubiera gustado decirle. Pero cada una de esas observaciones le pareció más estúpida que las siguientes. Así que no dijo una sola palabra y dejó que los acontecimientos siguieran su curso.

La cabeza le ardía de excitación y pensó que iba a perder el conocimiento. ¡Dios del cielo! Nunca se le hubiera ocurrido pensar que hubiera algo tan infinitamente superior en lo placentero a sus miradas secretas a través de la ventana. Mientras

Martha intentaba desatar sus calzones, su pelo largo cayó sobre el pecho desnudo y el joven tuvo la sensación de que sentía el roce de sus cabellos uno por uno. Era como si miles de finos alfileres se clavaran en su cuerpo al mismo tiempo, como si yaciera en un lecho de clavos, pero disfrutaba aisladamente y por separado de cada uno de los pinchazos.

Cuando Martha acabó de quitarle los pantalones, su miembro se irguió en el aire como el asta de una bandera. Leberecht nunca lo había visto alcanzar ese tamaño. Se avergonzó y trató de cubrirlo con las manos pero Martha se le adelantó y, triunfalmente, lo cogió entre las suyas, y con una sonrisa de superioridad le dijo:

—Ya has podido disfrutar viéndome bastantes veces, ¡hoy me toca a mí!

Mientras decía estas palabras se apretó contra él. Leberecht sintió ganas de gritar.

¿Era aquella mujer su madre adoptiva? ¿Aquella Martha que con los ojos bajos oía los sermones de cuaresma del predicador en la catedral, que hacía el bien a los pobres, que se azotaba para obtener el perdón de los pecados y que, si creía lo que todos decían, estaba más cerca de la santidad que cualquier otra mujer de la ciudad? Leberecht había dejado de entender el mundo. Y no quería entenderlo, en tanto perdurara aquella lujuriosa sensación de placer.

—¡Tonto! —repitió Martha sin dejar de acariciar el «asta de la bandera» y apretarla contra su cuerpo—. Mi deseo por ti es tan viejo como el tuyo por mí. Yo he comprendido la forma como me mirabas, pero tú eras demasiado ingenuo para comprender la mía. ¡Te deseo! Quiero poseerte por completo, tu piel, tus cabellos... ¿Y tú?

—¡Sí, sí, sí...! —murmuró Leberecht que tenía que esforzarse en no gritar—. Yo también quiero tenerte.

Martha dio un salto y con las piernas abiertas se colocó sobre él como un jinete. Llena de ardor empezó a frotar la erecta virilidad contra el vello de su entrepierna.

—¿Por qué no haces nada tú? ¿No soy lo bastante excitante para ti?

—¡Oh, Martha, Martha..., tú eres la mujer más seductora del mundo! —respondió el joven entre gemidos y suspiros—. Eres bella como la Eva de la catedral y digna de adoración como una diosa griega. Es la excitación..., ¿lo comprendes?

—Eres un vago —se rió Martha y a continuación le preguntó—: ¿Nunca has estado con una mujer?

Leberecht negó con la cabeza. Se avergonzó porque estaba a punto de cumplir los dieciocho años, una edad en la que ya hacía tiempo que debió dejarse iniciar en los placeres del amor por alguna de las muchas mujeres que vivían de eso. Sin embargo, todos sus agitados pensamientos desaparecieron en el momento en que Martha tomó sus manos y las apretó contra sus grandes senos. ¡Qué cálidos, qué suaves y dóciles eran..., cómo temblaban ante la presión de sus manos!

Mientras él todavía seguía entregándose al éxtasis de la más dulce carga que jamás llevaron sus manos, mientras al que hacía ya mucho tiempo que le eran extrañas todo tipo de plegarias podría haber cantado un piadoso Te Deum o una Aleluya, tan grande era su júbilo, sintió como su miembro, sin que él pusiera nada de su parte, encontraba un camino angosto y ardiente y cómo su cuerpo parecía sufrir un calambre que le obligaba a combarse como el ojo de un puente.

Martha dejó escapar una pequeña exclamación de placer y hundió sus manos entre los cabellos largos del joven y le aferró como si tuviera miedo de que se le fuera a escapar. El cuerpo de Martha comenzó a moverse rítmicamente, como en una extraña danza, sobre el de Leberecht, que ya no veía nada de lo que estaba sucediendo y mantenía los ojos cerrados. Las convulsiones de placer de su cuerpo le robaban el sentido. Sintió la boca de Martha sobre la suya, su lengua bajo la de ella, y se dejó llevar como arrastrado por un poderoso huracán. Así debía ser la dicha eterna, de la que hasta entonces sólo había oído hablar a los predicadores.

Cuando recuperó sus sentidos, Martha seguía sentada sobre él, sonriente como una esfinge. Sus agitados movimientos se habían calmado como las olas en las orillas del mar. Leberecht vio que había lágrimas en sus mejillas. Martha comprendió su mirada de interrogación y le respondió:

—No debes interpretarme mal. Hace ya mucho tiempo que no había amado a un hombre como tú. ¡Ha sido casi como si fuera la primera vez!

Sin saber qué hacer, Leberecht cogió la mano de Marta y la cubrió de besos.

—¡Dios mío! —exclamó—. ¿Qué ha sucedido?

Martha no tuvo más remedio que echarse a reír.

—¿Y tú preguntas qué ha pasado? ¿De veras lo preguntas? Dos personas que se aman se han entregado a su amor. ¿No lo comprendes? ¡Te amo!

Leberecht puso su mano sobre los labios de ella.

—¡No tan fuerte! ¡Contrólate!

Hasta entonces, el muchacho no había oído un «Te amo» de labios de una mujer y fue sólo entonces, en aquel mismo momento, cuando tuvo plena conciencia de lo que había sucedido. No se atrevía a pensar lo que ocurriría mañana y menos todavía con el paso del tiempo.

—No es un amor natural —murmuró él—, es un amor contra la naturaleza, y hará que intervenga el inquisidor.

—¿Tú no me amas? —se inquietó Martha.

—¡Claro que sí! —respondió—. Te amo más que a la santa Virgen, pero es un amor contra natura. Dios no nos lo perdonará.

Apenas había terminado de hablar cuando se dio cuenta de lo absurdo de su situación: Martha, la piadosa Martha, no parecía reprocharse en absoluto por su pecaminosidad mientras que él, el espíritu libre, el agnóstico, el hombre lleno de dudas, llevado de un lado a otro por sus pensamientos, se comportaba como un pecador arrepentido.

Martha dejó que su cuerpo resbalara sobre el de su amante. Sus ojos estaban muy cerca.

—¿Puede un dios del amor —preguntó finalmente y sus ojos brillaron como dos piedras preciosas— prohibir el amor entre dos seres humanos?

Leberecht siguió callado y tomó las manos de Martha que continuó diciendo:

—Además el amor tiene sus propias leyes. Yo no puedo decir que no te amo cuando te amo. Podrás mentir a tu padre y a tu madre y a tu mejor amigo, pero es imposible negar el amor. ¿Lo negarías tú?

—¡Oh, no! —respondió riendo Leberecht procurando que las convulsiones de su cuerpo no lo separaran de Martha—. Si el amor es dicha y plenitud, entonces, hoy, el día de la Anunciación del Señor, he encontrado el amor.

Ambos se rieron de estas patéticas palabras. Después, felices de estar uno junto al otro, se quedaron en silencio hasta que los asustó un ruido que se oyó en la casa.

—Si nos sorprende el viejo nos mata a los dos —dijo Leberecht en voz baja.

—No tengas miedo. Hace ya quince años desde la última vez que Heinrich entró en este cuarto. ¿Por qué habría de hacerlo precisamente hoy? —Y tratando de darle una explicación añadió—: Puede decirse que a los dieciséis años yo ya era viuda, si entiendes lo que quiero decir.

Afirmó con un gesto, aunque sólo poco a poco se dio cuenta de lo que Martha le había insinuado. Seguidamente empezó a hacer cuentas y dedujo que si Christoph tenía su misma edad, Marta debía tener treinta y tres años. ¡Bendito sea el nombre de Dios!, pensó Leberecht. Es una vieja. Pero tiene el cuerpo de una virgen y yo la quiero, la deseo, y por ella cambiaría toda la eternidad en el Paraíso. Él ni siquiera había cumplido los dieciocho, pero ¿qué importancia tenía esa diferencia de edad cuando estaban el uno en los brazos del otro?

—¿Te preocupa mi edad?

El muchacho se sobresaltó. Martha parecía leer sus más íntimos pensamientos. Así que respondió rápidamente:

—No sé de lo que hablas, quiero decir que eso no tiene la menor importancia. Tú también podrías considerarme un niño inmaduro indigno de tu amor. Además, tú sabes excitar a un hombre joven hasta el punto de hacerle perder los sentidos y de que a veces llegue a desear que la mujer que está en su cama sea mayor y más tranquila.

—¿Soy demasiado ardiente para ti?

—¡Ah, vamos, Martha! Lo que más deseo es que todo siga igual entre nosotros.

Mientras él hablaba, Martha apagó con dos dedos el candil que ardía sobre un banquillo al lado de la cama.

—¡Chist...!

Ahora también Leberecht oyó pasos en la escalera. Por la ventana entraba la luz de la luna con suficiente claridad para que él, de puntillas, pudiera acercarse a la puerta y escuchar. Ni siquiera se atrevía a respirar. Al otro lado de la puerta oyó la respiración del desconocido visitante. Pasaron minutos interminables sin que sucediera nada. Después los pasos se alejaron por la escalera en dirección al piso superior.

Cuando después de esa noche de amor Leberecht subió sigiloso a su habitación, ya se arrullaban las palomas y los pájaros cantaban sobre el tejado. La noche pasada con Martha, su madre adoptiva, había encendido en él una verdadera hoguera de pasión. Era como si estuviera en las nubes. La certeza de poseer a una mujer como Martha le producía una sensación de agradable embriaguez y le hizo sentirse alegre como un fauno. El pasado empezó a parecerle muy lejano, los terribles acontecimientos que se había visto en la necesidad de soportar se transformaron en algo apagado y distante, difuminado en el fondo de su memoria. Leberecht nunca habría creído que las espantosas escenas de la Inquisición y la triste e inútil búsqueda de su hermana desaparecida, que estuvieron presentes a diario delante de sus ojos y que le atormentaron con su implacable dolor, pudieran olvidarse tan rápidamente. Sin embargo, aquella noche de amor con Martha fue suficiente para curar todas sus heridas y arrancar los penosos recuerdos que dejaron en su alma aquellos sucesos.

Aunque arrastrado por aquel torrente de sentimientos, a Leberecht no le pasó inadvertido que el misterioso visitante de la pasada noche había registrado su habitación y revuelto todos sus libros. Pero como no le faltaba ninguna de sus modestas posesiones e incluso sus pocas monedas seguían intactas en la caja donde las guardaba, el muchacho no le concedió demasiada importancia al suceso y pronto su mente se entregó a pensamientos más bellos y agradables.

Capítulo III

LOS LIBROS Y LA MUERTE

Hay hombres que durante décadas de su vida no están en condiciones de rendir cuentas, porque sólo saben de ese tiempo que comieron, bebieron, trabajaron, y detrás de una jarra de cerveza hablaron con sus compañeros de tonterías sin importancia. Eso no podría aplicarse a Leberecht Hamann, el cantero de Sand, porque ya de joven, apenas salido de la adolescencia, tenía más experiencia del destino que las que llegaban a oídos de un padre confesor durante la Semana Santa; además porque vivía su vida con los ojos bien abiertos y todos los sucesos de importancia los confiaba a un diario, un cuaderno que él mismo se había confeccionado con hojas de papel viejas y amarillentas que le regaló el impresor del otro lado del río.

Si hasta entonces Leberecht sólo había anotado los acontecimientos que creía que valía la pena recordar, a partir de la primera noche que pasó entre los brazos de Martha decidió escribir también sus pensamientos, sus proyectos y sus sueños, e incluso construía castillos en el aire, en las montañas del futuro envueltas en una niebla azulada.

Tuvo que pasar mucho tiempo hasta que, iluminado por el sol de la felicidad, reunió el valor suficiente para visitar el antiguo lugar de trabajo de su padre. La sepultura de Adam Hamann la habían trasladado a otro lugar, sin una cruz ni una lápida que recordara su existencia terrestre.

Leberecht se vio obligado a cerrar los ojos a causa de la luz solar cuando salió de la sombra del elevado muro que marcaba los límites del cementerio para entrar en el jardín de la abadía, un lugar que no estaba permitido a los laicos. En ese mismo momento, como antaño le ocurrió a Saulo, oyó su nombre como si le llegara del cielo, y cuando hizo pantalla con su mano sobre los ojos y miró hacia arriba, distinguió y reconoció casi en seguida a Luitger, el hombre vestido de negro, al que vio en la taberna Krug, que se inclinaba para asomarse a la balaustrada y lo saludaba amistosamente. Leberecht le devolvió el saludo contento con el reencuentro y el fraile le hizo señas de que se acercara a la gran puerta de hierro que había delante de la escalera estrecha y empinada que conducía a la terraza superior, donde se encontraba el jardín del convento.

Era el día siguiente de la festividad de la Santa Cruz y el verano había traído a aquel lugar el primer día de auténtico calor. El sol hacía brillar las piedras del muro sobre las que de vez en cuando corría alguna lagartija. Había un silencio de muerte. Luitger abrió desde dentro la puerta de hierro, que chirrió al moverse. Un ruido que parecía el grito de un gato al que han pisado el rabo rompió la paz del cementerio.

—No sabía quién erais —le explicó Leberecht. Luitger llevaba el hábito negro de la orden—. Ahora sé que sois el maestro que enseñó a mi padre y he oído hablar mucho de vuestra sabiduría.

El monje sonrió taimado.

—Demos gracias al Señor porque no me reconociste. Aparte de Carvacchi nadie en el Krug sabe con certeza quién soy y espero que me guardes el secreto.

—¡Lo prometo por lo más sagrado!

Luitger ascendió la empinada escalera de piedra hasta un descansillo a cuya mano derecha había una puerta que iba a la muralla, mientras que a la izquierda la escalera seguía ascendiendo hasta el jardín de la abadía. Plantas y flores de todos los colores extendían un olor adormecedor como el incienso. En el centro del patio cuadrangular había una fuente de surtidor y a su alrededor una serie de arriates en forma de estrella con plantas que Leberecht no había visto en su vida. Luitger, que advirtió la mirada de admiración del joven, hizo con la mano derecha un movimiento que abarcó aquel florido paraíso y le dijo en una mezcla de latín y alemán:

—*Anima Christiana hortus est,* tu alma también debe ser un jardín florido lleno de amor, adornada con las virtudes cristianas y embellecida con la gracia de las flores, un jardín en el que el esposo celestial *pascitur inter lilia* (pace entre lirios). ¿Entiendes lo que digo?

—Desde luego —afirmó Leberecht orgulloso—. Mi padre me transmitió casi todo lo que pudo aprender de vuestra sabiduría. Antes de que empezara a trabajar como aprendiz de Carvacchi mi padre me enseñó la *Consecutio temporum* (un manual de conjugación latina) y con el poco dinero que tenía me compró libros que hasta hoy son mi mayor riqueza.

El fraile de negro lo abrazó y exclamó lleno de entusiasmo:

—Está bien claro que eres hijo de Adam *el Calvo*, hablas como él y desearía que pensaras como él.

Leberecht hizo un gesto afirmativo como si quisiera decir: «Sí, desde luego que pienso como él», pero no le dio tiempo a hablar porque Luitger continuó su charla:

—Si mi deseo es que tengas las mismas ideas que tu padre, es sobre todo por esto: tú puedes amar a Dios pero odiar a la Iglesia, pues nuestra santa madre Iglesia está hoy tan lejos de la santidad como Roma lo está del Paraíso. Quema a seres humanos, y no digamos ya libros, en nombre del Señor. Los papas viven como cerdos, rigen como potentados orientales y no oyen las sugerencias del Altísimo sino sólo las de sus más bajos instintos. Ven la salvación de su alma en la acumulación de oro y de dinero; la lujuria y la satisfacción de sus instintos son su única salvación.

La sorpresa se reflejó en el rostro de Leberecht:

—¿Es así como debe hablar un monje?

Luitger miró al visitante como dudando de si debía confiarle sus pensamientos pero la mirada abierta y sincera alejó sus dudas y respondió:

—Sí, así es como habla un monje que está más cerca de la doctrina de la salvación que de la doctrina de la Iglesia.

En cada palabra Leberecht creía reconocer la voz de su padre y se preguntó si debería rogar al padre Luitger que siguiera instruyéndolo como hizo con su progenitor. Tan pronto como el viejo Schlüssel le pagara su herencia dispondría de suficiente dinero para costearse un maestro. Antes de que pusiera fin a sus reflexiones y ganara ánimos suficientes para proponérselo al fraile, éste interrumpió sus pensamientos.

—Mira estas flores. Cada una de ellas es como una alabanza al Creador. Cada una de ellas extiende con su aroma y con sus brillantes colores más loas al Señor que todo el clero de la catedral. Si con admiración llamas a tres de ellas por su nombre, tus indulgencias en el cielo serán mayores que todas las indulgencias que se venden en las puertas de las casas de Dios.

—Debo confesar —reconoció Leberecht avergonzado— que sólo conozco el nombre de muy pocas de las plantas de este jardín, así que tendré que seguir comprando mis indulgencias en la puerta de la iglesia si quiero alcanzar el cielo.

Esta observación hizo reír al fraile, que cogió del brazo a Leberecht y juntos pasearon por el estrecho camino entre los arriates de flores, mientras le hablaba del colorido mundo que tenían a sus pies:

—Esa flor roja es la clavellina de las rocas y representa la fe que debe ser firme como una roca. El nomeolvides, una flor que apenas llama la atención, simboliza la esperanza; las rosas rojas ofrecen misericordia, mientras que los gladiolos nos recuerdan el temor de Dios. La florecilla de los valles nos recomienda el desprecio por las cosas mundanas, mientras que la siempreviva y la anémona representan dos virtudes muy importantes: la constancia y la fidelidad. La agalia nos muestra los cambios ejemplares y la rosa púrpura la mesura; los jacintos son expresión de la alegría humana, los lirios blancos representan la pureza; la violeta, la servidumbre; la espuela de caballero es símbolo de la constancia en hacer el bien; los narcisos, el pudor; la flor de los equinoccios nos recuerda que hay que rezar tanto de día como de noche, y el leño de rey, de profundas raíces, evoca la constancia en la devoción. Como ves, no son necesarios el incienso ni las casullas doradas para alabar al Creador.

Las explicaciones de Luitger dejaron atónito a Leberecht. Tuvo la sensación de que allí, al otro lado de los muros de piedra, existía otro mundo.

Para llegar a la parte de atrás del jardín tuvieron que pasar por debajo de varios arcos en fila, desde los cuales las plantas trepadoras dejaban caer sus finos tallos.

Antes de cruzar el último de esos arcos, Luitger se detuvo a la sombra de la abadía. Leberecht arrugó la nariz. Los perfumes que embriagaron sus sentidos en la parte delantera del jardín, con sólo dar unos pasos adelante, habían cedido su lugar a un olor a putrefacción. Detrás de los arcos se abría otro jardín de dimensiones no menores que las del anterior; pero el olor que producía era repelente. Cardos, espinos y otras plantas de aspecto amenazador se mezclaban con arbustos y flores de escogida belleza.

Leberecht miró al monje con ojos interrogadores. Con la seriedad de un predicador, Luitger levantó el dedo índice y comenzó su sermón:

—Éste es el jardín del mal, puesto que donde hay luz hay también sombra, donde florecen los lirios crecen también los cardos. La mala hierba deja sus raíces en los arriates mejor cuidados. Aquí puedes ver la cerraja, llamada popularmente la flor del cerdo, símbolo de la impureza; la ortiga, del amor lascivo, el cardo del pecado, los zarzales del vicio. Fíjate en el diente de león que cambia su capa externa como el demonio, o la llave del cielo, como se suele llamar también a la valeriana griega, que detrás de su piadoso nombre oculta sus raíces venenosas. Como el mal, las plantas del mal se presentan con distintas vestiduras. Los cardos y los espinos no ocultan su malvada intención pero la belladona y la vilorita, que pueden matar a los niños pequeños y dejar paralíticos para siempre a los adultos, se presentan al ser humano con los seductores ojos de una bella mujer o con la delicada túnica de color azul claro de una muchacha. Lo mismo pasa con el mal. El mal no siempre es feo y de apariencia horrible, sino que muchas veces se oculta bajo la capa de la belleza y la bondad. Nada protege mejor al diablo que una sotana negra.

Estas palabras dejaron una profunda impresión en Leberecht. Y mientras buscaban el camino para volver al sol, el muchacho dijo lleno de admiración:

—Vuestras explicaciones, hermano Luitger son las apropiadas para ver un prado lleno de flores bajo una luz distinta. ¡Decidme algo más sobre las plantas y su significado!

El fraile murmuró algo entre dientes mientras seguían andando y metió las manos en las anchas mangas de su hábito. Cuando llegaron a un lugar en el que las sombras y la luz del sol se encontraban sobre los arriates, Luitger se detuvo y dijo con modestia:

—Hay muchas cosas en lo que se refiere a la vida de las plantas que también a mí se me oculta. No he estudiado la naturaleza, lo que estimo un error, porque entretanto he llegado a la conclusión de que el conocimiento de la historia natural supera en importancia al de la geometría. La naturaleza es creación de Dios mientras que la geometría es obra del ser humano, y con frecuencia muy confusa. Por suerte, cuando Dios creó al hombre a su imagen y semejanza dejó a un lado la geometría...

—Gracias le sean dadas —comentó Leberecht con sarcasmo—. ¡Cuando pienso en las estatuas de la catedral! ¿O tal vez no debí decir una cosa como ésa?

—Yo honro a los artistas que las crearon, pues son reflejo de Dios y sólo los tontos o los espíritus enfermos pueden pedir su destrucción —dirigió la mirada al luminoso mar de flores y, al mismo tiempo, dijo contento—: Quizá haya que ser ciego para amar; pero hay que ver para creer.

Llegaron al lugar del jardín donde las empinadas escaleras descendían al cementerio. Leberecht se disponía a despedirse cuando otro fraile se acercó a ellos por detrás. Se llamaba hermano Andreas, era de pequeña estatura pero enormemente gordo y exhibía una gran panza; tenía a su cargo el *skriptorium* y la biblioteca. Lo que lo hacía diferente de los demás monjes era que cada vez que había que elegir a un bibliotecario la elección recaía sobre él, puesto que estaba considerado como el fraile más inteligente de todo el convento. Cómo podía haber llegado a estar tan gordo constituía un verdadero enigma, como la cifra 666 en el Apocalipsis Secreto de San Juan. Andreas no comía más que los demás frailes, como fácilmente podía observarse durante las silenciosas comidas en el refectorio, y por el contrario había renunciado a la cerveza negra con la que los demás hermanos se ayudaban durante los cuarenta días de ayuno de la Cuaresma, y en todo ese tiempo sólo bebía agua.

Leberecht no se enteraría de esa notable peculiaridad hasta bastante después. Era algo muy distinto lo que en aquel fraile saltaba de inmediato a la vista de cualquier extraño: tan pronto como alguien tomaba la palabra, Andreas se ponía delante de él para poder seguir los movimientos de sus labios.

—El hermano Andreas es sordomudo —le aclaró Luitger a su visitante—, por eso siempre tiene un rostro tan serio. Sólo los más ancianos recuerdan haberlo visto sonreír una sola vez y eso fue antes de que Dios lo sometiera a tan dura prueba. Una mañana lo encontraron sin sentido en la biblioteca y desde entonces le faltan dos de sus sentidos.

—¡Cuánto me gustaría poder echar un vistazo a la biblioteca! —dijo Leberecht y sus ojos se iluminaron—. ¿O está prohibido que entre en ella un extraño?

—Claro que no —respondió Luitger—. Tu padre pasó en ella días y noches y nadie se molestó por ello. Los libros no se han escrito sólo para los frailes sino para todos los hombres que puedan entenderlos. Pero tendrás que pedírselo al hermano Andreas.

El joven se acercó al monje de rostro serio, al que superaba en altura casi dos cabezas, y le repitió la pregunta. El hermano Andreas leyó las palabras en sus labios, le respondió con un gesto afirmativo, se dio la vuelta y se puso a andar, seguido de Luitger y de Leberecht.

Entre la nona y las vísperas una abadía se convierte en el lugar más solitario del mundo, un refugio de calma y santidad; o al menos así le pareció a Leberecht, que era la primera vez que visitaba un lugar como aquél. Incluso a un agnóstico como él le vino a la mente en aquellos que instantes la frase de nuestro Señor: «Venid a mí todos aquellos que estáis agobiados y fatigados.»

El hermano Andreas cruzó la entrada; de las dos puertas que había a ambos lados, la que quedaba a mano izquierda daba paso a las celdas de los monjes, mientras que a la derecha se encontraba el refectorio donde los frailes comían juntos y el dormitorio, una gran sala con cinco docenas de cajones de madera llenos de paja en los que cabía un cuerpo humano.

Según se llegaba desde el jardín, detrás de la entrada había un patio interior en el que no crecía flor alguna y Leberecht supo que esa carencia era intencionada. La belleza de las flores podía apartar a los monjes de su recogimiento interior durante las horas de oración; para el paseo en las horas destinadas a ello, estaban los floridos jardines del exterior de la abadía.

La parte de atrás del edificio, en la que estaban la biblioteca, el *skriptorium,* el archivo y la sacristía, se extendía a todo lo ancho del muro exterior de la iglesia, cuyas torres se alzaban al cielo y eran visibles desde lejos. Cuando el hermano Andreas abrió la puerta del patio interior, les llegó a los visitantes un peculiar olor, mezcla de incienso, cera y encuadernaciones de cuero antiguo, que es común a todas las abadías y conventos y que parece aguzar la capacidad de percepción de nuestros sentidos.

Por una escalera cubierta con una bóveda de aristas llegaron al piso superior, dividido en *skriptorium* a la derecha y biblioteca a la izquierda. La puerta de gran altura se abrió como por la mano de un espíritu después de que el hermano Andreas corrió un pestillo decorado que estaba a la altura de su cabeza, y pareció ofrecerles la visión de un lugar pleno de misteriosos secretos.

Nunca en su vida había visto Leberecht tantos libros. Debían de ser cien veces mil, colocados en recias estanterías de madera de color negro que, formando arcos en punta, se alineaban unas encima de las otras hasta llegar al techo y causaban la impresión de formar una nave de iglesia. Para llegar a las estanterías de la parte más alta, donde principalmente se guardaban las obras impresas de más pequeño formato, había que usar una serie de estrechas escaleras de mano de madera que, separadas unas de otras unos veinte pasos, colgaban del techo como los hilos de una telaraña. Las estanterías de la parte baja contenían grandes infolios con brillantes encuadernaciones cuyas tapas tenían a veces el grosor de una mano y un peso total que hacía que fueran necesarios dos monjes para poder trasladar uno solo de ellos a los grandes atriles preparados para su lectura. Al menos una docena de estos atriles estaban situados en línea, como pesebres, en medio de la sala.

En el último atril, al que llegaba la luz exterior por dos pequeñas ventanas de arco gótico, estaba un anciano monje de barba blanca sentado detrás de un libro de gran formato y al que no pareció afectar la presencia de los recién llegados. Ni siquiera alzó la vista un momento y se veía profundamente sumido en la lectura o quién sabe si en sus pensamientos. Leberecht se dio cuenta de que el fraile utilizaba un vidrio de lectura, un nuevo instrumento de moda del que ya había oído hablar, pero de cuya eficacia dudaba tanto como de los milagros de san Ignacio de Loyola, del que se decía que en presencia de Dios podía levitar en el aire a cinco palmos del suelo.

Luitger, que se había dado cuenta del asombro de Leberecht, se aproximó al hermano Andreas y le explicó que el joven visitante era el hijo de Adam *el Calvo*, que había estado muy unido a la abadía y, sobre todo, a la biblioteca. El rostro del pequeño fraile se iluminó. De entre los pliegues de su hábito sacó una pizarra, escribió en ella unas palabras y se la mostró a Leberecht, que leyó: *Requiescat in pace!* («¡Que en paz descanse!»). Luitger se interesó también por lo escrito en la pizarra y le aclaró:

—Desde que perdió el habla, el hermano Andreas sólo utiliza la lengua latina; entiende el alemán pero todo lo que tiene que decir lo escribe en latín eclesiástico. ¡Dios sabrá sus motivos! —al decir estas palabras se había vuelto a un lado para que el hermano Andreas no pudiera ver sus labios.

—Antes mencionasteis unos libros cuyo contenido se refería al mundo de las plantas y de las flores —le dijo Leberecht al hermano Luitger—. Os ruego que me los enseñéis.

El fraile se acercó a la tercera estantería y señaló hacia arriba con la mano:

—Tú eres joven, pero no te bastaría la vida entera para poder leer todos los libros que se han escrito sobre botánica.

Leberecht se acercó a la pared, toda cubierta de cuero y pergamino, que se alzaba ante él como una torre. Tomó al azar uno de los libros y lo colocó en un atril. Su título era: *El jardín de la salud en latín Hortus Sanitatis. En el cual los maestros naturalistas nos enseñan todo aquello que puede servir para la salud del hombre, todo él leído, corregido y mejorado por el impresor Hermann Gülferich de Frankfurt.*

—Una de nuestras nuevas obras —observó Luitger.

Otro de los libros se destacaba por sus coloridas ilustraciones en las que las flores pintadas y coloreadas a mano apenas se diferenciaban de las que había en el jardín. Llevaba el título de *De Historia stirpium commentarii insignes* (*Comentarios insignes sobre la historia de las plantas*) y en él su autor, Leonhard Fuchs, médico de cabecera del conde de Ansbach, más tarde profesor en Tübingen y ennoblecido por el emperador Carlos, describía los efectos curativos de las plantas de modo tan exacto que ningún médico ni boticario podría pasar sin su obra.

Luitger comentó en voz baja:

—Realmente ese libro no debería estar aquí. No tiene el permiso de impresión del santo oficio y su autor es partidario de la Reforma. —Hizo un gesto burlón y añadió—: ¡La botánica cristiana, es decir, aquella cuya enseñanza está de acuerdo con la santa madre Iglesia, la encontrarás en esta otra obra!

Con estas palabras, le pasó a Leberecht otro libro que en su portada tenía el dibujo de una nuez abierta en dos y rodeada de diversas plantas dibujadas a color. Su título era: *Herbarium imagines vivae* (*Imágenes reales de las plantas*).

—Este libro —continuó el fraile— tiene el permiso de impresión del emperador y de la Iglesia. Así que puedes leerlo sin reparos.

De pronto, mientras hablaban, el hermano Andreas desapareció, sin decir nada, como si se hubiera disuelto en el aire. Leberecht se asustó al notar la ausencia del bibliotecario, pero Luitger lo tranquilizó y le explicó que el hermano Andreas vivía su propia vida y que apenas se relacionaba con la gente y el mundo que le rodeaba, por lo que resultaba difícil predecir y juzgar su comportamiento. Lo más posible era que se hubiese trasladado al *skriptorium*.

Leberecht no se cansaba de ver los valiosos libros sobre plantas y flores. Encontró, también, obras que trataban de alquimia y de plantas que obraban maravillas, así como los escritos sobre la vida secreta de las plantas o sobre su simbolismo en el Antiguo y en el Nuevo Testamento... ¡Y comprendió perfectamente por qué su padre, Adam, se había pasado noches enteras en aquella biblioteca.

—Mi padre me contó que en estas estanterías se guardaban muchos libros prohibidos. A mí siempre me interesó saber qué razones puede haber para prohibir un libro. ¿Son una blasfemia contra Dios?

—Peor —respondió el hermano Luitger—, son una blasfemia contra el papa y la Iglesia. El interminable Concilio de Trento ha preparado una lista de libros que no deben ser leídos por los cristianos creyentes; y lo que aún es peor, la impresión y posesión de esos libros debe ser prohibida y castigada con la excomunión.

—¿Son muchos esos libros? —preguntó curioso el aprendiz de cantero.

—Al menos igualan en número a los autorizados por la curia.

—Eso quiere decir que de esta biblioteca tendrían que desaparecer la mitad de sus obras.

—De acuerdo con la voluntad del papa, sí —murmuró el monje como si se diera cuenta de que estaba hablando demasiado, pero a continuación añadió—: Confío en ti y por lo tanto voy a descubrirte un secreto.

Con los ojos muy abiertos observó Leberecht cómo Luitger se acercaba a una de las estanterías, descorría un pestillo oculto y todo un panel de la librería giraba sobre su eje con un leve chirrido. Leberecht no sabía lo que podía esperar de todo aquel espectáculo y en principio se desilusionó al ver que aparentemente las estanterías volvían a quedar como antes.

El hermano Luitger movió la cabeza y le explicó:

—Los libros no son los mismos.

Leberecht comprendió que la cantidad de libros de la biblioteca debía ser el doble de lo que parecía y que cada una de las estanterías con libros con permiso eclesiástico que cubrían las paredes, debía tener una parte trasera, oculta, con la misma cantidad de libros que no habían pasado la censura eclesiástica.

—Ésta no es la única abadía que dispone de un arsenal oculto —le explicó Luitger—. En muchos monasterios hay cámaras secretas con libros que no habrían obtenido el permiso de la censura eclesiástica y que de acuerdo con la voluntad de la Iglesia deberían haberse entregado al fuego. Es muy posible que llegue el día en que los hombres nos estén agradecidos por nuestra desobediencia.

Leberecht tomó uno de los libros y leyó: *De la prisión babilónica de la Iglesia por Martín Lutero Wittenberg, con la gracia de la libertad concedida por el príncipe de Sajonia.* Lo dejó de nuevo en su sitio y cogió otro: Gerolamo Fracastoro, *Syphilis sive de morbo gallico* (*La sífilis o enfemedad gálica*).

—¿Qué reparos pueden ponerse a este libro? —quiso saber Leberecht.

—Fracastoro fue un médico de Verona que se ocupó de estudiar esta enfermedad que, según se dice, fue llevada al Nuevo Mundo por Cristóbal Colón. En el libro se describen los síntomas y la curación del mal, muy peligroso a causa de su facilidad de contagio.

—¿Y qué hay de malo en ello? ¿Por qué debe quemarse un libro como éste?

—El odio de la Inquisición, en este caso concreto, se dirige menos contra el libro que contra su autor. En otras obras suyas, Fracastoro afirmó que la mayor parte de los milagros se pueden explicar por causas naturales. Además, negó que todos los fósiles que se han encontrado en la Tierra sean reliquias del diluvio universal; o dicho en otras palabras, que las aguas del diluvio universal llegaran a las más altas cumbres de Alemania y de Francia.

—Una insensatez. ¿Adónde hubiera ido a parar tanta cantidad de agua?

—Tienes razón, pero hasta ahora ésa es la opinión de la santa madre Iglesia. Y quien la contradice corre el peligro de acabar en la hoguera.

—¿Y Frascatoro?

—La muerte se le adelantó al inquisidor.

—¿Y qué tiene un libro pequeño como éste que le lleve a merecer estar entre estos grandes infolios? —preguntó Leberecht.

Luitger cerró el libro y lo dejó sobre el atril delante de Leberecht.

—A veces los libros pequeños son los que tienen un contenido más profundo.

— ¡Bromeáis, hermano Luitger!

— Nada más lejos de mi intención. Imprimir un libro muy grande es una empresa complicada, costosa y casi imposible de mantener en secreto... para no hablar de conservarlo. Un libro pequeño, aunque contenga mucha pólvora entre sus tapas, por el contrario, puede ser impreso y conservado sin llamar la atención. Por eso un espíritu libre no busca grandes infolios.

—¿Y este ejemplar es uno de esos libros explosivos? —Leberecht leyó el título—: *Christianae religionis Institutio* de *Joham Calvin A.D 1536*. «Enseñanza de la religión cristiana.» ¿Qué hay de perjudicial en este tratado y quién es ese Joham Calvin?

—Un hombre inteligente, un conocedor del Derecho, de profesión. Ha estudiado los escritos de Lutero y ha hecho suya la idea de propagar el protestantismo. En Francia y en Suiza son multitud los seres humanos que lo siguen.

—Pero, ¿qué sabe de teología un profesor de Derecho?

—Consiguió su formación teológica de forma autodidacta. Se puede pensar lo que se quiera de su doctrina, pero es uno de los mejores conocedores de las Sagradas Escrituras.

Leberecht contempló con atención el pequeño libro. El espíritu contra la Iglesia y la religión que inspiraban todos estos libros confirmó su actitud crítica y vinieron a su memoria las palabras de Carvacchi según las cuales él, Leberecht, debía abrirse al mundo donde había otros hombres y otras doctrinas. Y mientras hojeaba aquellos libros herejes, le preguntó a Luitger:

—¿Me habéis dicho que ese Calvino se hizo teólogo estudiando por su cuenta?

—Eso dicen.

El joven permaneció callado un buen rato. Después, siguiendo un impulso de su corazón, dijo:

—Hermano Luitger, aquí hay muchos libros que nadie utiliza y que esperan extender sus doctrinas. Sé que no tengo formación escolar, como la que dan los jesuitas, pero mi padre me enseñó a leer y a escribir, geometría y latín. He leído *La guerra de las Galias* y las *Conversaciones* de Cicerón, con mayor rapidez que el hijo del viejo Schlüssel que es alumno del colegio de los jesuitas. Os lo pido por favor, dejad que estudie en vuestra biblioteca a los antiguos filósofos, Aristóteles y Platón, y geometría y astronomía; y si vos os sentís dispuesto a ayudarme respondiendo a algunas de mis preguntas, os recompensaría como un príncipe.

—Joven amigo —Luitger trató de calmar el entusiasmo de Leberecht—, la ciencia no es cuestión de dinero, y esto no es un colegio sino la biblioteca de un convento, que sirve para la formación de los monjes de esta abadía.

—¡Perdón! —insistió Leberecht—. Estoy dispuesto a entrar en vuestra orden, si eso es una condición necesaria para poder estudiar aquí.

Apenas había acabado de pronunciar esas palabras cuando se asustó de haberlo hecho.

Luitger miró a Leberecht en silencio, con aire severo, y vio el brillo que chispeaba en sus ojos y el fuego que enrojecía sus mejillas. Tuvo la impresión de que el muchacho hablaba en serio. Y precisamente por eso la respuesta del monje fue muy distinta de la que Leberecht había pensado.

—Hijo mío —dijo Luitger sin el menor acento eclesiástico—, tú has aprendido el oficio de cantero y tu maestro alaba por todas partes tu capacidad. Eres un espíritu libre con libertad de pensamiento. Éste, como cualquier otro convento, sería el lugar menos adecuado para satisfacer las aspiraciones de tu vida. Ya es bastante cuando uno mismo se ve atormentado por las dudas y, con la mirada puesta en la libertad, se arrepiente de haber dado ese paso. En espíritu estoy mucho más cerca de ti, que alabas la belleza divina de las imágenes de la catedral, de lo que lo estoy de mi abad, que define al cuerpo como un recipiente de podredumbre, estercolero y montón de basura. ¡Olvida tu idea! ¡Aquí no serías feliz!

—Pero mi padre consiguió aquí su sabiduría. ¿Por qué no queréis permitírmelo a mí?

Luitger cogió el libro de Calvino, volvió a ponerlo en su sitio y empujó la pared cubierta de libros, que giró media vuelta sobre su propio eje y con una serie de chirridos ocultó de nuevo los ejemplares prohibidos. Como si fuera la cosa más natural del mundo, Luitger no dio mayor importancia al hecho que resultó fascinante para Leberecht, pues era algo que conocía tan bien como las horas de oración que se repetían a diario y transcurrían con no menos monotonía.

—Tu entusiasmo por la ciencia y tu afán por conocerla —comentó— son realmente indomables y creo que sería un error no ayudarte a satisfacerlos. Por lo tanto le voy a pedir al hermano Andreas que te permita cumplir tu deseo, y no puedo pensar que se niegue a hacerlo. En lo que a mí respecta estoy dispuesto a enseñarte en todas las ramas del saber. Está claro que eso no podrá ser hasta después de que hayan terminado mis obligaciones cotidianas como monje. El resto del tiempo tendrás que estar solo con los libros y dedicarte a su estudio.

Como lo hizo su padre, así se cumplió el sueño de Leberecht de adquirir conocimientos, que incluso le estaban vedados a un alumno de los jesuitas. Al cabo de cuatro años, Leberecht terminó su aprendizaje con Carvacchi, que le dio su diploma de oficial de cantero, un certificado que atestiguaba sus buenos conocimientos del oficio y le ofrecía las mejores perspectivas de éxito. Empezó a trabajar con sueldo en las obras de la catedral pero dedicaba al menos el mismo tiempo a la biblioteca de la abadía donde a veces se pasaba en ella noches enteras. Su entusiasmo se ganó la mayor admiración entre los monjes.

Sus relaciones amorosas con su madre adoptiva, Martha, que en un principio temió podrían enfriarse por parte de su amada, resultaron duraderas; más aún, la pasión de su primer encuentro fue ganando mayor fuerza. Por lo visto, el corazón del joven latía acorde con el de la mujer amada y sus cuerpos se facilitaban mutuamente el mayor placer y deseo.

Dado que desde su pelea con Ludowika, la ramera, era cada vez menor el número de noches que Jakob Heinrich Schlüssel dormía en casa, y que su hijo Christoph se había retirado por completo al colegio de los jesuitas, Leberecht y Martha podían dar rienda suelta a su amor sin que nadie, o al menos así lo creían ellos, advirtiera sus relaciones prohibidas. Después de haber cobrado la inesperada herencia, el joven disponía de una considerable fortuna, de la cual no tocaba ni un gulden pues como oficial cantero de la obra de la catedral recibía un apreciable salario.

Su buena suerte habría sido casi completa si el demonio no hubiera enviado a la ciudad a un grupo de dos docenas de flagelantes y cofrades de la cruz, como se llamaban a sí mismos, unas figuras siniestras que escondían su rostro bajo altas capuchas puntiagudas y que marchaban encadenados unos a otros como si fueran grandes criminales. Delante de ellos iban dos tamborileros que se cubrían la cabeza con paños negros con dos agujeros para los ojos. Sus fúnebres redobles resonaron en la plaza del mercado, cerca de la cual, en un callejón, establecieron su campamento. Su presencia atrajo a un buen número de curiosos dispuestos a dar la bienvenida a cualquier acontecimiento que alterara la monótona cotidianidad.

Desde el Concilio de Constanza estaban prohibidas estas hermandades flagelantes y en los territorios protestantes de la región hacía ya tiempo que no se dejaban ver. Pero en una ciudad famosa por su fidelidad católica se atrevían a hacer acto de presencia a plena luz del día, y no precisamente como una hermandad piadosa sino como un grupo de bufones animados por el propósito de divertir a los habitantes de la ciudad de modo edificante. Los flagelantes no tenían domicilio fijo y vivían de las limosnas y de las dádivas voluntarias de los bolsillos de los ricos a los que atormentaba una mala conciencia o de pecadores arrepentidos que con sus donativos trataban de comprar la salvación.

Los flagelantes, que por los alaridos que lanzaban para placer del público eran llamados los «penitentes estridentes», pasaron la noche echados sobre las losas de la calle, entre dos carros de carga cuyos armazones estaban medio podridos y que ellos mismos arrastraban por todo el país puesto que no disponían de animales de tiro. En esos carromatos, junto a las cosas que necesitaban para su comedia, iban cuatro mujeres, siete niños y una jauría de perros cuyo número era difícil de calcular y de estado tan lastimoso que desgarraba el corazón de más de uno.

A la mañana siguiente, cuando amaneció, salieron los niños vestidos apenas con unos trapos que les servían de taparrabos y se repartieron por el mercado. Llevaban látigos y se flagelaban con ellos las débiles espaldas infantiles desnudas, en medio de gritos de dolor, y extendían las manos pidiendo algo de comer. Dos niñas de cabello oscuro y rizado sangraban por todo el cuerpo y su presencia cosechó tanta compasión que recibieron pan y frutas en gran abundancia.

Seguidamente, en medio del repicar de campanas, hombres y niños con fustas, flagelos, látigos con aguzadas estrellas metálicas en sus puntas y otros repugnantes instrumentos de tortura marcharon en dirección a la plaza de la catedral, mientras que las mujeres armadas con fustas de cuero y vergajos de toro emprendían el camino hacia la iglesia parroquial principal que estaba consagrada a la Virgen.

Uno de los penitentes, que como la tarde anterior iba vestido con un largo hábito negro y la alta capucha puntiaguda, se había adelantado un poco al resto de la procesión y animaba a los ciudadanos a que se unieran a ella y marcharan detrás de los penitentes, anunciando que se someterían a los azotes, como hizo Jesucristo, en presencia de todo aquel que fuera capaz de resistir el espectáculo. Antes de llegar al puente de Arriba la comitiva tenía una extensión de cerca de un kilómetro. Los obreros dejaban sus herramientas para unírseles, las mujeres abandonaron sus casas y se sumaron al cortejo, seguidas por los niños, que corrían y bailaban divertidos. Cuando la procesión llegó a la plaza de la catedral debían ser ya unas mil personas las que rodeaban en círculo al grupo de los flagelantes.

Cuando callaron las campanas, salió del grupo un hombre alto y flaco, vestido con un hábito que no pertenecía a ninguna de las órdenes conocidas, y anunció que iba a leer una carta de Jesucristo, que había sido bajada del cielo por un ángel que la dejó en Jerusalén y cuya autenticidad fue proclamada en Roma por el papa Clemente y por el Santo Oficio.

Se oyeron murmullos respetuosos. Muchos se santiguaron. Algunas mujeres se hincaron de rodillas y unieron las manos.

El hombre flaco sacó de entre los pliegues de su hábito un pergamino doblado y lo abrió con los movimientos teatrales de un vendedor ambulante que en el mercado alaba las virtudes de sus hierbas milagrosas. Entre los presentes se hizo un absoluto silencio. Los tambores acompañaron la ceremonia con sordos golpes acompasados. Después, el flaco empezó a leer la carta.

Su voz entonó una especie de cantinela de la que nadie entendió ni una sola palabra, pues el pergamino estaba escrito en una especie de latín o algo parecido que la gente podía tomar por latín, si no conocía esa lengua. Pese a ello la lectura causó una gran emoción y el desmayo de algunas mujeres que estaban en primera fila y tenían delante de sus ojos la carta escrita por la propia mano de Jesucristo, como si fuera la ropa interior de sus maridos. Unos cuantos hombres pidieron al flagelante que les tradujera la palabra de Dios a su propio idioma.

El hombre delgado comenzó con voz engolada:

—¡Oh, vosotros, humanidad digna de compasión! ¿A qué se debe que la mayoría de los hombres sean tan tontos como para vivir sin preocuparse por la salud de su alma y la salvación eterna; y que sean tan fríos y perezosos en servir a Dios y malgasten sus años en el pecado? ¿Por qué, aunque confiesan sus pecados, no se aprecia mejoría en ellos? ¿A qué se debe que las virtudes y la santidad cristianas sean tan raras y tan débiles mientras que el vicio se extiende por todo el mundo? ¿No creéis vosotros, humanidad descarriada y digna de compasión, que tras esta vida temporal nos aguarda otra vida futura y eterna? ¿Estáis faltos de ganas de conocer los placeres de la dicha celestial?

»¡Oh, tú, hombre o mujer... Piensa en esto último y no pecarás en toda la eternidad! Tienes que ser un tonto o un insensato, estar lleno de dudas o no creer en la eternidad. Este pensamiento ha llevado a muchos mártires a soportar con placer, paciencia y alegría las más terribles torturas que la tiranía puede inventar. Este pensamiento fue el que puso piedras aguzadas y cortantes en las manos de san Jerónimo, para que se destrozara y desgarrara el pecho golpeándose con ellas. O san Guillermo, fuerte como una caja acorazada de acero, o san Simón, colocado sobre un alto pedestal en el que resistió noche y día, con calor o con frío, con lluvia y con nieve. Esa idea de la eternidad mueve al santo servidor del Señor a abandonar sus bienes y posesiones y a perder mil vidas si las tuviera, antes que cometer un acto pecaminoso. Escucha mis palabras y síguelas. *In aeternum* (Para la eternidad). Amén.»

—¡Amén! —repitieron los espectadores todos a una.

Leberecht siguió con la mirada desde su andamio la marcha de la gente sobre el coro occidental de la catedral. Desde que presenció el proceso de la Inquisición, toda concentración multitudinaria le resultaba repulsiva, sobre todo si ocurría en aquel lugar. Cuando los flagelantes eligieron a uno de los suyos, comenzaron a desnudarle y lo ataron a un trípode de madera que llevaban con ellos, dejó el martillo y el cincel y bajó del andamio para presenciar el espectáculo más de cerca.

El atado ofrecía un aspecto lamentable en medio de la multitud que lo rodeaba formando un círculo. Su cuerpo escuálido y consumido estaba lleno de heridas. Leberecht se adelantó hasta ponerse en una de las primeras filas, que en su mayoría estaban formadas por mujeres, y casi en seguida se dio cuenta de que las heridas del hombre estaban llenas de suciedad y pus. Dos de los flagelantes colocaron una corona de espinas sobre la cabeza de aquella pobre criatura y la apretaron hasta que dos finos chorros de sangre oscura corrieron sobre sus ojos y sus mejillas. Los presentes gritaron y gimieron como si fueran ellos los que sufrieran el dolor en su propio cuerpo.

Casi de inmediato se adelantaron cinco hombres con látigos. Iban desnudos de cintura para arriba y se habían puesto anchos cinturones de cuero sobre la barriga y los brazos. También aquellos hombres presentaban en todo el cuerpo heridas que se habían infectado y estaban cubiertas por una capa de sangre seca que emanaba un olor pestilente. Uno de los espectadores se sintió enfermo antes de que los hombres comenzaran su cruel actuación.

Los verdugos comenzaron a azotarse mutuamente, dejando que sus látigos cayeran verticalmente sobre sus fajas de cuero y sus cuerpos con golpes secos. La sangre corrió abundantemente y el olor se hizo insoportable. A continuación se volvieron contra el hombre que en medio del círculo hacía el papel de Cristo y comenzaron a azotarlo hasta que la víctima comenzó a gritar de dolor. De pronto pareció perder el conocimiento y ni Leberecht ni los otros testigos que presenciaban el espectáculo pudieron saber si su desmayo era auténtico o fingido.

Entonces los verdugos dejaron de azotar a su víctima. Uno de ellos tomó un cubo de agua, lo arrojó sobre el hombre, que abrió los ojos, y lo libró de sus ligaduras. Con la actitud de un gladiador, los brazos abiertos y sacando pecho, recibió el aplauso de los espectadores, mientras los niños del grupo pasaban entre la multitud con vasijas de barro en las que recogían las limosnas y daban las gracias repitiendo con sus débiles voces infantiles:

—¡*Memento mori*!, ¡recordad que sois mortales!

Asqueado por la falsedad de la fe y el afán sensacionalista de sus conciudadanos, Leberecht se retiró de allí. Espectáculos tan crueles como aquél, que en otros lugares eran perseguidos incluso por la propia Inquisición, eran para él un auténtico suplicio. Lo que atraía a la masa no era un edificante sentimiento religioso, sino el ansia de ver correr la sangre. Y esa actitud le ponía enfermo.

En aquellos días, la ciudad entera se vio poseída por un vértigo religioso. Los flagelantes repitieron su cruel espectáculo en diferentes lugares de la ciudad y, como el número de espectadores que acudían a presenciar la representación era cada vez mayor, es de suponer que había muchos que no se saciaban de contemplar el correr de la sangre y que acudían a verlo más de una vez.

Mientras tanto, lo que ocurría en la iglesia de Nuestra Señora, a puerta cerrada, sólo lo sabían las mujeres que participaban en los hechos y esto motivó indecibles rumores. Pese a ello, o precisamente por ello, en los días siguientes unas tres veces quinientas mujeres de la ciudad se reunieron con las mujeres de los flagelantes en la iglesia cuya custodia estaba confiada a las monjas y no salieron al exterior hasta tres horas después de la puesta del sol. Muchas tenían que ser ayudadas para poder caminar; otras presentaban heridas en la cara y se dijo que algunas también tenían marcas semejantes en las partes bajas del cuerpo. Sin embargo, el silencio fue guardado por todas porque la santísima virgen había exigido de todas las presentes la promesa de que no hablarían con nadie de lo ocurrido. Para alcanzar la salvación, muchas de ellas se negaron a satisfacer los deseos sexuales de sus esposos durante toda una luna.

Leberecht sufrió también esa experiencia con Martha y ni las palabras de pasión más ardientes ni la amenaza de buscar en otra parte la satisfacción de sus deseos consiguieron que ella modificara su actitud. El gremio de los pescadores del río, un grupo de hombres que ya en muchas ocasiones había dado que hablar por la firmeza con que se apoyaban mutuamente, tomó la decisión de expulsar de la ciudad a los sangrientos flageladores, tan ansiosos de sangre como de dinero, pensando que si no lo hacían así serían el hazmerreír de todo el país.

Sin embargo, al día siguiente el destino, con despiadada dureza, se interpuso en el camino del bienintencionado propósito. Mientras se celebraba en la plaza que había delante del embarcadero otro de aquellos crueles espectáculos, uno de los verdugos torturadores cayó sobre las losas de la plaza y se quedó inmóvil en el suelo. Los otros cuatro azotadores y el hombre que había hecho el papel de víctima, que se libró rápidamente de sus ligaduras, se apresuraron a hacer saber a los espectadores que aquella escena no formaba parte del espectáculo y que el verdugo estaba realmente muerto. ¿Muerto? La noticia se extendió como el fuego en un rastrojo, lentamente al principio, después cada vez con mayor rapidez. Se llamó a un médico del otro lado del río y en el momento en que iba a examinar el cadáver, un segundo flagelante se arrodilló junto al muerto, se apretó el vientre con las manos y empezó a retorcerse presa de fuertes dolores. Asqueado a la vista de la sangre y de las sucias heridas, el médico se puso un pañuelo delante de la boca antes de reconocer al muerto.

Apenas había comenzado el reconocimiento cuando uno de los curiosos, tímidamente y más bien como quien hace una pregunta, dijo:

—¿La peste...?

Durante un instante fue como si todos los presentes se hubieran quedado helados y se hizo un silencio propio de la cripta de la catedral. Todos miraron al médico que tocaba con la punta de los dedos los bultos negros que cubrían el cadáver.

—¡La muerte negra! ¡Que san Roque nos ayude! —gritó una mujer que se llevó las manos a la cabeza.

De repente esos mismos curiosos que hasta poco antes parecían no darse por satisfechos con la vista del siniestro espectáculo representado por los flagelantes, empezaron a empujarse entre sí para alejarse de allí a toda prisa.

—¡La muerte negra! —resonó por los retorcidos callejones—. ¡Cerrad las puertas! ¡Bloquead las ventanas! ¡La muerte negra nos rodea!

Como perseguidos por la furia, hombres y mujeres corrieron hacia sus casas, empujándose unos a otros como bestias asustadas. Desde la catedral llegó el lento y tétrico sonido de la campana mayor. La campanas funerarias de los conventos de los alrededores pronto le hicieron eco. Los perros aullaban en las calles porque sus dueños no les dejaban entrar en las casas por miedo a que los animales pudieran extender la plaga.

—¡La muerte negra! ¡San Roque, ayúdanos!

Hacía cien años que la ciudad no había sufrido el ataque de la peste asesina. Incluso en los años del gran cometa, cuando la larga cola de fuego se extendió por el firmamento anunciando el fin del mundo, incluso entonces, el país se vio libre de la epidemia, gracias a los cuarenta días de fervorosas plegarias, ayunos y las promesas hechas al eremita Antonius, a los mártires Sebastián y Roque y a todos los catorce auxiliadores.

Ahora, hombres y mujeres maldecían a los forasteros intrusos que habían traído la peste, y encendieron hogueras delante de las puertas de sus casas, a las que arrojaron ramas de magnolias, enebros y valeriana, cuyos humos espesos debían protegerlos de la mortal pestilencia, como el incienso protege contra el aliento de Satanás.

Al llegar la oscuridad de la noche, los hombres de la ciudad, armados con horcas, estacas y látigos, se reunieron detrás del mercado donde habían establecido su campamento los flagelantes a los que, en medio de gritos y amenazas, expulsaron de la ciudad a golpes, sin darles tiempo para salvar sus enseres. Sus carros y ropas fueron incendiados y la casa que utilizaban para hacer sus necesidades, mientras estuvieron allí, fue cerrada a cal y canto.

Ya de noche, la ciudad quedó envuelta en una gigantesca nube de humo blanco entre la que ardían cientos de hogueras como los ojos de una hidra de múltiples cabezas. Cuando los hombres se negaron a dejar entrar en su casa a las esposas que se habían quedado fuera o los padres rechazaban a sus hijos por miedo a que con ellos entrara la peste, por todas partes se oían los llantos y las quejas.

Siguiendo la orilla del río en dirección oeste, se alejaron aprovechando la oscuridad de la noche dos carros tirado cada uno de ellos por cuatro caballos y en los que bajo grandes planchas de madera se ocultaba su carga. En el primero de ellos, escondido bajo las tablas, iba su eminencia el príncipe-obispo de la ciudad, que había decidido buscar protección contra la epidemia no en la fuerza de la oración sino en la fuga en dirección a Würzburg. En el segundo carro, además de provisiones para seis meses, iba su manto de armiño, un ciborio de oro y una reliquia sagrada, un dedo incorrupto del relicario del emperador Enrique II, gracias al cual ya anteriormente otro arzobispo-príncipe, Georg, que lo llevaba siempre consigo, se había librado de las desgracias y de la muerte que le habían anunciado los astrólogos.

La llegada de la peste sorprendió a Leberecht mientras se encontraba en el convento de los benedictinos, en Michelsberg, en cuya biblioteca se había entregado al estudio de los escritos de Cicerón sobre el arte de la profecía. Precisamente mientras leía la cita de Cicerón sobre un párrafo de *Kriton*, la obra de Platón, en la que Sócrates informa a Kritón de uno de sus sueños donde se le aparece una mujer muy bella vestida con una túnica blanca que le anuncia con palabras floridas su muerte en el plazo de tres días, el hermano Andreas entró precipitadamente en el silencioso reino del saber y cerró la puerta con fuerza como si quisiera hacer notar su presencia.

Leberecht levantó los ojos y vio que el pequeño monje agitaba los brazos una y otra vez y le señalaba la puerta, como si quisiera decirle que debía salir y alejarse de allí. Leberecht no comprendía lo que el fraile quería darle a entender y le indicó por señas que debía escribir qué ocurría en su pizarra.

En el rostro del hermano Andreas estaba escrita su agitación, pero sacó la pizarra de entre los pliegues de su hábito y con rápidos movimientos escribió una palabra de seis letras: PESTIS.

El sonido fúnebre de las campanas y la nube de humo blanco que envolvía la ciudad... Leberecht comprendió de inmediato lo serio de la situación. Se dispuso a dirigirse a la puerta del convento para emprender el camino a su casa, cuando en la escalera se encontró con Luitger. El fraile, siempre pálido, aún lo estaba más que de ordinario: el miedo estaba escrito en su rostro.

—¿Adónde quieres ir? —le gritó a Leberecht.

Leberecht, rápidamente, quiso pasar por el lado del monje, pero éste se interpuso en su camino.

—Tengo que ir a casa —replicó sin mirar a Luitger.

—¡Demasiado tarde! Todas las puertas están clavadas.

—¡Pero tengo que salir de aquí!

El hermano Luitger cogió del brazo a Leberecht.

—¡Compréndelo de una vez! Nuestra ciudad ha sido atacada por una epidemia de peste. No solamente son las puertas de la abadía las que están cerradas, sino las puertas de todas las casas. Aunque lograras salir de aquí no encontrarías cobijo en ninguna parte. Nadie abre voluntariamente su puerta a quien venga de la calle. Está prohibido bajo castigo.

Leberecht se quedó mirando los escalones de piedra como si no entendiera nada de lo que se le decía. En una situación como aquélla no podía dejar sola a Martha.

—¿Es que vos podéis permanecer encerrado y protegido tras los muros del convento mientras la peste azota la ciudad? —exclamó Leberecht excitado—. ¿Es ésa la caridad cristiana que predicó nuestro señor Jesucristo?

El hermano Luitger soltó el brazo del joven y le indicó que lo siguiera por la escalera.

—No es una cuestión de amor al prójimo, hijo mío. Cualquiera de nosotros que se atreviera a salir a la calle sería detenido por los hermanos de la cruz y conducido al lazareto que se ha abierto delante de la ciudad para alojar a los enfermos sobre los que la muerte negra ya dejó su marca de Caín. Y no hace falta que te explique lo que eso significa. En un hospital de apestados nadie sobrevive más de tres días.

¿Los hermanos de la cruz? Leberecht hasta entonces no había oído hablar de esa hermandad y, en respuesta a sus preguntas, supo que estaba formada por hombres que bien porque sobrevivieron a una enfermedad mortal, se salvaron milagrosamente o alcanzaron los favores que habían solicitado se comprometieron entre sí con el voto de que, en el caso de que una epidemia como la peste o la lepra atacase la ciudad, serían ellos quienes, en agradecimiento por la gracia concedida, se harían cargo de los servicios de asistencia a los enfermos y de controlar la observación de las medidas de seguridad ordenadas, como quemar los cadáveres de los muertos. En los períodos en que esa hermandad no se veía obligada a intervenir estaba altamente considerada y en ella no se admitía a más de dos personas que tuvieran la misma profesión, es decir que sólo podía haber dos médicos, dos sacerdotes, dos enterradores, dos boticarios y así sucesivamente.

A Leberecht no le quedó más remedio que someterse a lo irremediable del destino y durante los siguientes cuatro meses ocupó un cuarto en el corredor de las celdas de los monjes benedictinos. En principio, la simple idea de tener que pasar su vida en comunidad con los monjes le pareció insoportable, pero pronto vio con claridad que en toda la ciudad no había otro lugar en el que pudiera sentirse más protegido contra la muerte negra que en aquella abadía, situada en una colina un tanto alejada de la ciudad y rodeada por un alto muro.

Su cuarto estaba amueblado sólo con una mesa, una silla y un banco, al igual que las celdas diurnas de los monjes, pero además se había colocado un catre en el que dormía Leberecht, pues la presencia de un joven tan guapo en el dormitorio general de la comunidad les pareció a los monjes poco edificante dado que podía dar lugar a pensamientos impuros. Por lo demás, Leberecht se acomodó pronto a la vida conventual y vivía la jornada cotidiana de los benedictinos, que comenzaba a la salida del sol con oración y contemplación y terminaba del mismo modo cuando hacía ya mucho tiempo que el astro rey se había ocultado. Durante esas horas se vivía una existencia que dejaba al margen todo lo que ocurría fuera de los muros de la abadía; era un mundo propio y, por lo tanto, adecuado para fomentar el espíritu y la conciencia de la existencia después de la muerte, o al menos ésa fue la impresión que él tuvo desde el primer día de vida en el aislamiento conventual.

De no se por la nostalgia y el deseo de estar junto a Martha que le asaltaban principalmente en las horas nocturnas aquellas que se había acostumbrado a pasar en sus brazos y que estaban llenas del recuerdo de su cuerpo cálido y amable, y por las preocupaciones sobre su salud, Leberecht se hubiese sentido satisfecho con su forzado destino. El respeto y la admiración que sentía por la abadía y quienes habitaban en ella, le permitieron pasar ese tiempo sin perder ni un solo momento en pensamientos de crítica.

Pero tal y como estaban las cosas y a impulsos del fuego de su pasión, su descontento crecía de semana en semana. Observaba y seguía con ojos y oídos bien abiertos las diversas actividades cotidianas de los hermanos sin descubrirse como observador secreto, y apenas habían trascurrido cuatro semanas de vida en común, cuando hizo un descubrimiento sorprendente: el mundo tras los muros de la abadía, que a un extraño podían causarle la impresión de ser una imagen del reino de Dios en la tierra, no se diferenciaba en lo más mínimo del mundo de fuera de sus muros, salvo en lo que se refería a la ausencia de preocupaciones materiales. Al margen de esto allí convivían el bien y el mal, la inteligencia y la sandez, el autosacrificio y la vileza, la piedad y la soberbia, el ascetismo y la disipación, como en la vida normal. Y en lo que se refería al fervor piadoso, a la fe, Leberecht llegó a tener la impresión que era menos un asunto del corazón que pura costumbre. Entre los hermanos existían enconadas enemistades, así como pasiones secretas, y los denunciantes alternaban con los cobistas, los que a todo decían sí y los rebeldes.

Este reconocimiento necesitó cierto tiempo para poder ser digerido y despertó en Leberecht una verdadera fiebre por el saber y el conocimiento y, si llegó a alcanzar una perspectiva inteligente e importante, fue la de que nada en este mundo era lo que parecía ser. En la biblioteca se guardaban los frutos del árbol del conocimiento, del árbol del bien y del mal, listos para ser leídos y ordenados por categorías: medicina, filosofía, jurisprudencia, geografía, botánica, alquimia, astronomía y geometría; y sólo parecían esperar a que llegara alguien para recoger la cosecha.

Leberecht decidió aprovechar para el estudio las horas que los monjes se pasaban entregados a la quíntuple oración en la oscura iglesia. Durante ese tiempo estaba en la biblioteca a solas con el saber de la humanidad y su encuentro con los abismos y las revelaciones de la ciencia le hicieron olvidar el mundo que lo rodeaba y su situación en él. En lo que se refería a la situación fuera del convento, él sabía bien poco. Las hogueras que seguían ardiendo en las calles de la ciudad y cuyas llamas ascendían y le daban al cielo nocturno una luminosidad inusitada no le anunciaban nada bueno.

Los hombres de la capucha puntiaguda, los hermanos de la cruz, que una vez al día pasaban por delante del convento con incensarios que dejaban escapar una humareda que parecía quemar los pulmones, espolvoreaban cal delante de las puertas para que cualquiera que intentara salir dejara sobre ella sus huellas; se habían conjurado a guardar silencio, en primer lugar para no asustar aún más a la gente y, en segundo, porque temían que el vapor azul tras el cual se ocultaba el causante de la peste pudiera encontrar salida por las bocas abiertas. El hermano Andreas, que a fuerza de necesidad se había convertido en un maestro de la mímica, se entendía por señas desde el otro lado de la ventana con uno de los hermanos de la cruz y, de este modo, supo que la muerte negra ya se había llevado a quinientas personas. ¡Que Dios tuviera piedad de sus almas!

De hecho, la peste recogió una buena cosecha entre las siete colinas de la ciudad. Nadie podría decir con exactitud cuántas fueron realmente las víctimas, pues cuando en el interior de las casas cuyas puertas y ventanas seguían clavadas empezaron a faltar el agua y los alimentos, a las muertes causadas por la peste hubo que sumar la de aquellos que fallecieron de sed o de hambre. En su desesperación, muchos no vacilaron en sacrificar perros y gatos.

Aunque estaba prohibido salir de las casas y castigado con severas penas, durante las noches había una especie de correo. Niños, jóvenes y algunos adultos marginados, para los cuales la vida apenas si era algo más que una carga, se deslizaban en silencio, ocultos en las sombras de los callejones sin iluminar y, a cambio de una buena recompensa, transmitían noticias de unas casas a otras y, en casos de extrema necesidad, incluso alimentos, aunque todos sabían que con ellos la muerte negra podía entrar en sus casas. Realizando esta labor prohibida murieron algunos al cabo de sólo unos días pero otros, en ese mismo espacio de tiempo, reunieron más riquezas de las que, sin la epidemia, habrían conseguido a lo largo de toda su vida. Transcurridos tres meses, cuando muchos supervivientes ya se habían acostumbrado a la peste o habían encontrado medios y formas de combatirla, se extendió en el interior de las casas, tras las puertas y ventanas cerradas, una nueva enfermedad, la enfermedad de la curiosidad que para muchos resultaba tan insoportable como el hambre y la sed.

Está claro que al mencionar esta curiosidad no nos referimos a la lógica preocupación causada por el desconocimiento de la suerte que podían haber sufrido los parientes más próximos, los padres, los hijos o los nietos, sino a la de aquellos con los cuales no se estaba emparentado pero que interesaban por su fama como personajes públicos u otras circunstancias semejantes.

Incluso desde una perspectiva externa, la peste dejaba tras de sí una huella claramente visible, porque cada casa en la que había muerto alguien era marcada con una cruz pintada con cal blanca, aunque no se indicaba cuál era el nombre del fallecido. Las puertas de las casas en las que ya no quedaba ningún superviviente se señalaban con un grueso trazo en diagonal, pintado también con cal, o a veces se escribía en las puertas las tres letras enigmáticas R.I.P., *Requiescant in Pace*, que se escribían también sobre las lápidas de muchas tumbas y cuyo significado, que en paz descanse, era conocido por muy pocos.

Naturalmente, estos mensajeros nocturnos cambiaban sus informaciones entre ellos y de ese modo llegaron a tener conocimientos que hubieran hecho honor a la Inquisición. En lo que a la Inquisición se refiere de modo directo, hemos de decir que, ya al tercer día de haberse declarado la epidemia, perdió a su principal guardián en aquella ciudad, el dominico Bartolomeo. Las verdaderas circunstancias bajo las cuales cayó víctima de la peste nunca fueron aclaradas porque, como suele ocurrir en esos casos, los rumores sobre los detalles de su fallecimiento eran más diversos cuanto mayor era el número de los que hablaban de ellos.

Lo primero que se contó sobre el hermano Bartolomeo, naturalmente a cambio de un puñado de monedas, fue que el inquisidor tan pronto se enteró de que la enfermedad estaba en la ciudad, proclamó, lleno de júbilo, desde la ventana de su casa, situada detrás de la antigua residencia de la corte:

—Es el castigo del Señor. Debido a vuestros pecados os ha enviado el azote de su cólera.

Añadió que quien respetaba las leyes de Dios y de la Iglesia no debía temer a la muerte ni al diablo. Dos días después, su cadáver apareció delante de la puerta de su casa, con el cuerpo cubierto por los negros bultos característicos de la peste. En el interior de su casa se encontraba Sarah, una prostituta muy conocida en toda la ciudad. Cuando cargaron en el carro el cuerpo sin vida del inquisidor, todos los miembros del dominico estaban flácidos, salvo uno, el que es propio del hombre, que se alzaba al cielo como el cayado de Moisés. Cuando sus restos fueron entregados a las llamas, el miembro ardió como una antorcha de pez y dejó un olor nauseabundo. Al menos esto fue lo que contaron los mensajeros secretos.

Se dijo también que, de la noche a la mañana, a la estatua de Elisabet, que se veneraba en la catedral, se le pudrió la nariz como si hubiera sido alcanzada por la peste, que se abrieron numerosas grietas en los muros de la casa de Dios y que del monumento dedicado al emperador Enrique y a su esposa Cunegunda, brotaba un olor dulzón inexplicable.

Se contaba igualmente que el tintorero Reutinger y su esposa, que siempre estuvo muy delicada de salud, durante los primeros catorce días de la epidemia fueron perdiendo a sus catorce hijos a razón de uno por día y el día vigésimo quinto el propio tintorero siguió la suerte de sus hijos. Por el contrario Marga, la esposa, que cada vez que daba a luz un hijo parecía como si la muerte se le marcara en el rostro, había sobrevivido a toda su familia porque cada día se frotaba el pecho con un elixir que había recibido de la curandera Afra Nüsslein, la mujer que acabó en la hoguera por orden del difunto inquisidor.

Los mensajeros nocturnos creían conocer las causas de la epidemia. Los flagelantes portadores de la peste llegaron a la ciudad con la intención previa de contagiar el mal a sus habitantes y causar su muerte. Habían sido enviados por el conde de Kulmbach-Beyreuth, un luterano y enemigo mortal del arzobispo-príncipe, que le había arrebatado una buena parte de sus tierras y en más de una ocasión le había amenazado con la total destrucción de su condado. La intentona parecía llevar la marca diabólica del markgraf Alcibiades, hijo del markgraf Kasimir, fallecido el año anterior; las huellas de sus ataques contra el arzobispo podían verse por todas partes, como por ejemplo, las ruinas del castillo arzobispal en las puertas de la ciudad.

El invierno alivió notablemente la extensión de la epidemia y esto hizo que aquí y allá algunas personas se sintieran tentadas a salir de sus casas, pero con la llegada de los días templados de la primavera aumentó de nuevo la fuerza de la plaga. Nadie, ni siquiera los médicos, que vestidos con largas capas y con el rostro cubierto por máscaras protectoras cruzaban las calles de la ciudad, se atrevía a predecir cuánto tiempo iba a prolongarse aquel azote de Dios. Por si eso fuera poco, se extendió el rumor de que las tierras y los árboles también sufrían los efectos de la epidemia y serían estériles durante años, por lo cual la hambruna que se esperaba sería la mayor que el país había conocido en todo lo que alcanzaba la memoria humana.

En la abadía de Michelsberg, Leberecht estaba al margen de todos esos oscuros pensamientos. Aparte de la falta de satisfacción de sus necesidades carnales, no sufría ningún tipo de privación y los muros del convento, que ya se habían mostrado muy efectivos contra numerosos enemigos mundanos, fueron también en esta ocasión un baluarte inexpugnable contra la plaga. Al menos así fue hasta aquel fatídico quinto domingo después del día de Reyes.

En ese día, durante el desayuno, panecillos bañados en leche, el hermano Melchior, que era el encargado del suministro del convento, leía el evangelio del día, Mateo 13: «*Venit inimicus ejus et superseminavit zizania*» («Y llegó el enemigo y sembró la cizaña»).

Los frailes comían en silencio en la gran mesa en forma de herradura que ocupaba el refectorio. Cada fraile llevaba sujeta al cuello por una esquina una servilleta blanca para evitar que el hábito se manchara. Leberecht, al que se le había hecho el honor de autorizarlo a participar en la vida de los monjes, se sentaba en el extremo izquierdo de la mesa y hacía como ellos.

—Cuando el todopoderoso creador creó el mundo con su poder —comenzó el hermano Melchior la lectura de su *argumentum*— quiso que en lengua latina se llamara *mundus* (puro). El cristiano devoto puede sorprenderse de ello, pues este mundo ya era impuro aun antes de recibir su nombre. ¿Por qué debía llamarse puro un mundo en el que se dan todas las impurezas? ¿Por qué puro con todas sus carencias? ¿Por qué puro si está lleno de todos los pecados y vicios hasta el punto de que el propio san Juan evangelista ha dicho: «*Mundos totus in maligno positus est*» («el mundo entero está lleno de maldad y engaño»)? ¿Por qué puro si está lleno de espinas y ortigas, serpientes y culebras, de tempestades y tormentas, de guerras y epidemias?

Melchior hizo una corta pausa y después continuó:

—Sí, epidemias, pestilencias —repitió y miró con una expresión de miedo en sus ojos en dirección al abad que se sentaba en la parte donde se curvaba la mesa. Tomó aliento y gritó—: ¡Sí, la peste...!

Casi de inmediato se derrumbó en su silla. Su cabeza cayó sobre la escudilla y la sopa de leche del desayuno se derramó sobre la mesa.

Los monjes se quedaron atónitos. Ninguno de ellos se atrevió a ayudar al hermano. El charco blanco que se había formado en medio de la mesa se extendió, siguiendo la ley de la gravedad, hasta el lado opuesto de la mesa donde desde hacía siete años tenía su asiento el hermano Nikodemus. Éste, que vio que la desgracia se dirigía hacia él, se levantó de un salto con el hábito en desorden y gritó:

—¡La peste!

Sin hacer la preceptiva reverencia ante el abad Lucius o el crucifijo que colgaba sobre él, nadie supo nunca a quién de los dos se destinaba la reverencia, abandonó precipitadamente el refectorio.

El silencio que motivó el inesperado suceso se convirtió pronto en una especie de zumbido sordo, como el de un panal de abejas encerrado en un cesto, producido por el murmullo de los frailes, que se preguntaban entre ellos si la repentina muerte del hermano Melchior debía achacarse a la peste o tenía alguna otra causa. Por lo que se conocía en los anales del convento hasta entonces la mayor parte de los monjes murieron en sus camas; cuatro lo hicieron durante las últimas oraciones de la noche en la iglesia; dos durante el baño caliente que los monjes estaban obligados a tomar una vez al año y otros dos en el urinario. Sin embargo, hasta entonces, ningún fraile de la abadía de Michelsberg había muerto en el refectorio durante el desayuno.

El hermano Friedemann, que en la abadía tenía reservado el papel de médico, farmacéutico y botánico y cuya barba roja lo distinguía de sus correligionarios, se levantó y después de una inconfundible señal del abad, se acercó al difunto para sacarle la cabeza de la escudilla, una postura poco edificante para cualquier difunto cristiano y mucho más para el hermano de una orden religiosa.

Friedemann sujetó con ambas manos la cabeza del hermano

Melchior y tiró de ella hacia atrás para que el monje muerto quedara dignamente sentado en su silla. Al hacerlo, quedó al descubierto su cuello y en él pudo verse un bulto negro del tamaño de una ciruela del huerto del convento. Los frailes, casi unánimemente, empezaron a gritar:

—¡La peste! ¡La peste!

Y se dieron prisa en abandonar el refectorio; y el primero de todos fue el abad Lucius.

También Leberecht huyó del muerto y se refugió en su cuarto lleno de un miedo que le atenazó hasta el día siguiente. En el huerto interior del convento se encendió una hoguera en la que se quemó el cadáver, en contra de la costumbre de la abadía de enterrar a sus frailes en la cripta de la orden.

El demonio había introducido la duda y la desconfianza en el convento. De la noche a la mañana aquel refugio de paz y meditación se transformó en un lugar en que las virtudes quedaron ausentes. Por temor a la epidemia se vigilaban unos a otros, pero al mismo tiempo, evitaban todo contacto entre ellos. El hermano Friedemann preparó un elixir de piedras preciosas machacadas y mercurio, pero sólo lo recibieron los frailes que le habían mostrado a Friedemann una inclinación mayor a la adecuada entre hombres. El miedo a la peste desarrolló relaciones íntimas de amistad y enemistad que se mostraron abiertamente, y con ello colaboraron a que se hiciera aún más tensa la situación ya tirante en el interior del convento.

La tendencia hacia el propio sexo, que siempre existe disimulada en todos los conventos, adquirió formas grotescas en vista de la amenaza de una epidemia que podía hacer su presa en ellos en cualquier momento. Durante las horas de oración, mañana y tarde, los frailes intercambiaban entre sí miradas ardientes, ni siquiera se avergonzaban de hacer gestos obscenos para complacer a unos u otros mientras aún tenían en sus labios las palabras del Señor, e introducían sus *virga* (vergas) por los agujeros que había en la madera de las puertas de sus celdas para derramar su sagrado semen. Una observación más detenida mostró que aquellos agujeros no eran defectos de la madera sino *lignum perforatum,* es decir, hechos intencionadamente para ese propósito.

Leberecht no pudo mantenerse al margen de esas frivolidades. Sólo consiguió librarse y resistir las insinuaciones de los frailes negros amenazándolos con recurrir al uso de la fuerza física. Escapando de aquel ambiente de fin del mundo, muchos de los hermanos vivían como si cada día pudiera ser el último de su vida, Leberecht se refugiaba en la biblioteca para recolectar los frutos del árbol de la sabiduría, como había estado haciendo hasta entonces. Allí se quedaba solo días enteros.

En los numerosos libros que trataban del conocimiento humano Leberecht buscaba respuesta a la cuestión de por qué los frailes podían convertirse en bestias pese a estar más cerca de Dios nuestro señor que otros hombres. Repasó pergaminos y libros. En los tratados piadosos que se ocupaban de la vida de los mártires y santos no encontró la respuesta, pues sólo explicaban el camino en dirección opuesta, es decir, de la maldad a la bondad; pero no la senda que hace que el hombre que debía ser bueno se comporte como una bestia. En las sagradas escrituras esa posibilidad ni siquiera se tenía en cuenta. En vista de eso, Leberecht se echó en los brazos de los antiguos filósofos para ver si en ellos encontraba una explicación válida. Pero incluso Aristóteles, que parecía tener una respuesta para todas las cuestiones a este y al otro lado del horizonte parecía no saber nada sobre la maldad del hombre y le dedicó más atención a la investigación de los órganos humanos del sabor que a los problemas del espíritu. Incluso parecía dudar de que hubiera una respuesta a esa pregunta pues en otro lugar afirmaba que el conjunto de la vida terrestre era una enfermedad, una especie de existencia de los sentidos. Lo mejor de todo era no haber nacido siquiera, por lo tanto uno debía hacer todo por morir lo antes posible. Los libros que, como los de Aristóteles, estaban en contra de las doctrinas de la Iglesia se guardaban naturalmente en las estanterías secretas de la biblioteca y eran precisamente esos libros los que interesaban a Leberecht de modo especial.

Entre los libros prohibidos de la alquimia, el estudioso joven encontró los escritos llenos de secretos del monje benedictino Basilius Valentinus, que cien años antes había combinado la sabiduría de la fe con la de la medicina pagana. También halló las obras de Raimundo Llullio y le interesaron sobre todo los libros *Ars magna Lulli*, *Testamentum* y *Experimenta*. Lullio escribió quinientos escritos en los cuales se mezclaban la filosofía con la teología y la alquimia. Afirmó haber encontrado la piedra filosofal gracias a la cual se rejuveneció a sí mismo y pudo prolongar muchos años su vida. Con esto se dijo que había alterado la obra del ser supremo, lo cual despertó la atención del papa y provocó su excomunión. Había aspirado, con los medios de la lógica, a unir todas las formas de manifestarse en un sistema que lo abarcaba todo. Y sin embargo, tampoco el sabio catalán fue capaz de dar respuesta a la cuestión de con qué jugos entraba el mal en el alma de los monjes.

Leberecht siguió investigando y dio con *Das Buch Gebers von der Verborgenheit der Alchimia*, que fue publicado en Estrasburgo, *Anno Domini* 1530, con tapas de cuero, como solía hacerse con las obras bíblicas. Geber, un hombre de origen árabe que nació en Tarso con el nombre de Abu Musa Dschafar al-Sofi, fue instruido en La Meca en todo el saber de su tiempo y estaba considerado como el fundador de las ciencias secretas de la alquimia y la astrología.

El estudio de ese escrito duró muchos días y sin embargo Leberecht sólo logró aprender un parte pequeña del saber que contenía. Así supo que todos los metales eran materias modificadas en su substancia, compuestas principalmente de azogue y azufre y que, añadiendo a cada metal lo que le faltaba, o quitándole aquello que le sobraba, podían transformarse en cualquier otro. Ese descubrimiento fascinó a Leberecht casi tanto como el tema de la maldad en el ser humano y se preguntó si alguno de esos libros prohibidos contendría instrucciones para conseguir un *Aurum potabile*, un oro bebible como aquel al que los alquimistas calificaban de fuente de la eterna juventud y al que concedían incluso el poder de devolver las fuerzas agotadas.

Así, en corto tiempo, Leberecht maduró hasta convertirse en un adepto de la alquimia que no podía ignorar la tétrica obra *Physika et mystica* de la cual afirmaban los no iniciados que su autor Demócrito, nadie sabía cuál era su verdadero nombre, había encontrado la llave de la vida y llegó a tener poderes divinos.

Leberecht sólo entendía en parte algunos de esos escritos pero no porque fuera tonto o estuviera falto de instrucción sino porque muchos de los autores no habían digerido ni madurado sus propias obras y sin embargo las hicieron imprimir. No había ninguna ley contra ello.

Su última esperanza de hallar respuesta a su pregunta la puso en la hermética, una ciencia olvidada de la que, según se dice, en tiempos pasados llegó a haber unos dos mil libros que, por medio de la cadena hermética, transmitieron la sabiduría mística de los tiempos antiguos; la fuerza secreta de las piedras preciosas, talismanes y amuletos, los efectos de los jugos corporales, las leyes secretas de la astrología y de la geometría sobre la vida del ser humano, y también la clave para descifrar escritos e idiomas olvidados gracias a la cual se aclararon muchos otros enigmas de la humanidad.

Aunque Leberecht sólo descubrió medio centenar de escritos herméticos, eso por sí ya era un hecho increíble pues tales libros eran quemados en todas partes por la Inquisición, que los condenaba como el último baluarte de los paganos. El hallazgo de una sola de esas obras bastaba para que el lector y el libro ardieran en la hoguera y para que las cenizas de ambos fueran arrojadas al río más próximo.

Lo que hacía que los libros herméticos fueran una presa tan digna de ser perseguida eran los diálogos de los que se componía la mayor parte de esas obras, las conversaciones entre Hermes Trismegisto, de aquí el nombre griego del dios de la muerte egipcio, y su hijo o discípulo Asclepio, es decir dioses paganos. Éstos, en sus diálogos, se mostraban tan sabios e inteligentes que la Inquisición los consideraba adecuados para sembrar la duda entre los piadosos cristianos.

En estos escritos fue donde Leberecht se tropezó por vez primera con la ciencia de las estrellas, que unos llamaban astronomía y otros astrología, según sus gustos, lo que en el primer caso significaba: enseñanza de las leyes de las estrellas del cielo, y en el otro: leyes del movimiento de los cuerpos celestes, y cuya diferencia nadie sabía explicar con claridad.

Esos frutos prohibidos del árbol del conocimiento acabaron por parecerle más tentadores que sus fallidos intentos de investigar las causas de la existencia del mal en el alma de un monje. Consecuentemente, Leberecht se sumergió con apasionado afán en los abismos de la ciencia, que los hombres piadosos consideran obra del diablo, y aquellos que vagan entre la filosofía y la geometría, la coronación del espíritu humano. ¿Qué significa el conocimiento de las hierbas y pomadas o la doctrina de la anatomía del cuerpo en comparación con aquellas otras que tienen por meta la comprensión de la creación de la tierra y su fin, el día del juicio final, o el curso de las estrellas que influyen en nuestro destino?

Entre sus muros, sus libros y sus pergaminos, Leberecht tuvo como principal maestro a aquel doctor en filosofía, teología y jurisprudencia de Kusa del Mosela que llevaba el apellido de Krebs y que más tarde como prior, preboste, obispo, cardenal y *Legatus Urbis* del papa fue ennoblecido y añadió el «von» al nombre alemán de su lugar de nacimiento y pasó a ser llamado Von Kues. Leberecht ya había oído a su padre hablar de aquel hombre aunque más bien como defensor de la fe. Ahora, poco a poco, se iba dando cuenta de que los libros llenos de sabiduría que había escrito Nikolas von Kues, o Nikolaus *el Cusano*, podían ponerle los pelos de punta a un cristiano si llegaba a entender su contenido. Pero, por suerte, eran pocos los que entendían sus tratados filosóficos y, pese a estar escritos en latín, o tal vez por esta causa, su contenido permaneció oculto incluso para el papa y, sobre todo, para los miembros del Santo Oficio que no reconocieron la fuerza destructora para la Iglesia presente en la afirmación del Cusano de que el mundo se comportaba con respecto a Dios del mismo modo que la serie que se desarrolla a partir del número uno lo hace con respecto a este número. El mundo, según el culto doctor en filosofía, es la unidad de Dios desarrollada en su pluralidad; pero Dios es la incomparable esencia de la sencillez y por eso lo que no-puede-ser-otro, ni ser comparado con ninguna otra cosa que contenga en sí algo de otra especie.

Sobre eso podía reflexionar noches enteras y, por vez primera, Leberecht dudó de si llevaría razón, pues hasta entonces siempre entendió el contenido de todos los libros de la biblioteca. Tampoco los otros escritos del hombre del Mosela le condujeron a error, ni siquiera aquel librito que llevaba el título tantas veces citado, *De docta Ignorantia*, que resultó ser totalmente distinto de lo que había esperado. En él, Nikolaus entraba en el campo del problema general del conocimiento de la astronomía y de la explicación del cosmos y ponía sobre el tapete la excitante cuestión que versaba sobre la posibilidad de que la Tierra girara sobre sí misma y no fuera el centro del Universo sino simplemente una especie de aparición marginal. ¡Dios todopoderoso, eso lo había escrito hacía cerca de cien años un vicario general del papa, el representante de Dios en la tierra! ¡Y el científico papal no daba muestras de la menor reserva cuando animaba públicamente a astrónomos, físicos y geógrafos para que investigaran de nuevo la creación del mundo utilizando las normas y reglas de las matemáticas y la física en vez del viejo dogmatismo del Antiguo Testamento!

Veintisiete días, y no pocas de sus noches, los pasó Leberecht en la biblioteca, completamente solo, protegido de todos los ataques del mundo. En contra de los temores de los frailes, la muerte negra no había extendido sus manos por segunda vez, lo que a juicio del abad Lucius era una señal del cielo: el hermano Melchior había sido señalado por la furia del Señor, aunque nadie conocía cuáles podían ser sus pecados secretos.

En verdad, desde la muerte de Melchior los monjes se evitaban como el perro y el gato. Con ocasión de los rezos en común durante el día apenas llegaba a cuatro el número de los que se reunían en la sombría iglesia y no se sentaban en el coro como fue norma con anterioridad, sino cada uno de ellos muy alejado de los demás, cada uno en un rincón; una vez realizadas sus prácticas religiosas se separaban y cada uno se iba por su lado.

También se evitaba el refectorio donde el hermano Melchior había encontrado la muerte, pese a que entraba en el recorrido que realizaba el hermano Friedemann con el incensario a intervalos de tres días. En vez de eso, el hermano cocinero y el más joven de sus novicios dejaban la comida diaria en la puerta de la celda de cada uno. En comparación con los habitantes de la ciudad, en el convento los frailes no pasaban hambre. En sus almacenes y despensas la abadía contaba con reservas para varios años.

En esos días no podía hablarse de una vida conventual regular. Nadie sabía dónde gastaban su tiempo los demás. Con frecuencia Leberecht pasaba días sin cruzarse con nadie, y en los casos excepcionales en que no era así, el encuentro apenas se merecía ese nombre, pues los frailes eran como tétricas sombras que se deslizaban por los pasillos para desaparecer en silencio por alguna de las numerosas puertas.

En una ocasión, debió ser entre el día de la conversión de Pablo y el de la Purísima, Leberecht había perdido el exacto conocimiento del calendario, en uno de aquellos días interminables, un monje entró inesperadamente en la biblioteca. Era el hermano Emmeran, el anciano con barba blanca y el cristal de leer que conoció el día de su llegada pero con el que hasta entonces no se había dirigido la palabra.

Leberecht carraspeó con fuerza. Temió que el monje con su mala vista no lo viera y no quería pasar desapercibido.

—*Laudetur* —murmuró el hermano Emmeran cuando vio a Leberecht.

Entre los monjes era habitual ahorrarse la última palabra del saludo, Jesucristo, pues todo el mundo lo conocía.

—*In aeternum* —replicó Leberecht haciendo lo mismo.

Fue sólo entonces cuando Emmeran pareció reconocerlo, pues dijo sorprendido:

—¡Ah, eres tú, el forastero!

Azorado, Leberecht levantó la cabeza y se echó a reír.

—Vos sois la primera persona que se ha perdido por aquí desde hace un mes. Me he pasado todo ese tiempo aquí estudiando los más excitantes libros.

El anciano se llevó las dos manos a su barba blanca y la estiró sobre el pecho de su hábito negro mientras se reía como si ese gesto le proporcionara un placer corporal.

—Has sabido elegir lo mejor. Eres un joven listo. El hermano Luitger ha contado que conoces las lenguas antiguas y la geometría tan bien como tu padre, Adam. Era un hombre muy querido —al terminar de decir estas palabras se santiguó.

—¿Dónde está el hermano Luitger? —preguntó Leberecht—. Hace semanas que no lo veo.

—Dios sabrá... —respondió Emmeran—. Tú no eres el primero que ha hecho esta pregunta.

—¿Ha...?

—No lo creo —le cortó la palabra el anciano—. Desde el día siguiente al de la muerte del hermano Melchior, nadie toca la escudilla de comida que le dejan en la puerta de su celda. Pero una de las ventanas que dan al norte fue encontrada abierta pese a que había sido clavada pocos días antes.

—¿Se ha buscado su propia muerte?

—¿Luitger? ¿Precisamente él? Cuesta trabajo creerlo, joven amigo. El hermano Luitger no es el hombre que peca contra su propia vida. Para él la existencia terrenal tiene una gran importancia. No, no, Luitger siempre vivió una doble vida, una en la abadía, que llevaba de modo ejemplar, y otra fuera de ella. Pero eso es algo que no tengo que decirte...

—¿Qué...? ¿Vos sabéis...?

El anciano se rió. Es más, en esta ocasión Emmeran no utilizó sólo los labios para reírse sino que lo hizo también con los ojos y su rostro viejísimo y arrugado pareció adquirir por unos instantes una expresión juvenil.

—Mi edad es el doble de la de Luitger y, por lo tanto, también soy el doble de inteligente que él. En eso nos diferenciamos. Comprende bien lo que quiero decir, Luitger se cuenta entre los hermanos del convento por los que siento afecto. Es más inteligente que la mayoría de ellos y su fe no es beatería hipócrita. Pero eso no quiere decir que no haya otros más listos que él.

Dijo esto sin que ninguna señal en la voz delatara especial emoción, como de pasada, y se acercó a uno de los paneles llenos de libros de la parte izquierda para, con la ayuda de su cristal de leer, buscar un infolio en la sección de la biblioteca bajo la rúbrica «*Herbarium.*» Leberecht siguió al anciano y le preguntó si buscaba un libro determinado y podía ayudarle en la búsqueda, pues ya conocía bien aquel lugar.

—¡Exactamente como tu padre! —Se rió el hermano Emmeran—. Sabía de memoria dónde estaba cada uno de los libros mejor que el propio hermano Andreas que ocupaba el cargo de bibliotecario desde hacía varios años.

Se acercó a la estantería hasta casi meter la nariz en el lomo de los libros y movió su cristal de leer por todas partes como si el instrumento tuviera fuerzas mágicas que quisiera convocar. La verdad es que el misterioso utensilio, que había comprado a un universitario de Hessen a cambio del valor de su herencia materna, un tenderete de venta ambulante a unas veinte millas río Maine abajo, mejoraba la debilidad de su vista hasta el punto de que Emmeran pudo volver a leer y escribir, lo que llevaba mucho tiempo ya sin poder hacer. Pronto el monje encontró lo que buscaba sin necesitar la ayuda de Leberecht, un viejo manuscrito que llevaba el título de *Materia medica*, y que era una copia hecha por los monjes del *skriptorium*.

Leberecht se lo quedó mirando con aire interrogativo.

Emmeran levantó el dedo índice, como hace el maestro de escuela que va a explicar una lección, y dijo con el rostro muy serio:

—Si existe una hierba que esté a la altura de esta espantosa plaga tiene que figurar registrada aquí. No existe mejor libro de texto sobre los efectos curativos de las plantas que éste de Dioskurides, que vivió hace unos mil quinientos años, pocos años *post passionem,* en Kilikien, pero su estudio sobre la ciencia de los medicamentos no ha sido superado hasta nuestros días. Se dice que las mezclas preparadas por él no sólo curaban a los enfermos, sino que despertaban a los muertos. Casos de muerte aparente, como es lógico, pues Dioskurides no era un charlatán.

—Eso me lleva a preguntaros ¿por qué no recurristeis antes al libro?

El hermano Emmeran hizo un gesto con la mano como si diera por sabida la respuesta y dijo:

—En casos de necesidad y epidemia la gente está más dispuesta a creer cualquier tontería sin fundamento más que las experiencias de la ciencia. Y en un convento ocurre lo mismo. Todavía no hay una planta medicinal que cure de la superstición.

—¿Qué pensáis?

—He estado pensando qué podría hacerse para sacar de sus cubículos a los hermanos. Desde hace meses viven como ratas, escondidos en los más apartados rincones de la abadía. Todos se evitan unos a otros. Todo intento de hacerlos volver a la normalidad con palabras piadosas ha fracasado. En vista de eso he pensado en engañarlos con un truco.

—¿Con un bebedizo?

—No te burles de la sabiduría de un anciano.

—¡Perdonad, no era ésa mi intención!

—Prepararé la mezcla contra la peste que descubrió este Dioskurides. Se trata de un bebedizo ardiente, fuerte, que en seguida niebla los sentidos y hace su efecto. Si combate o no la enfermedad no es verdaderamente importante. Lo importante es el buen ejemplo y la fe en su fuerza curativa. Si uno solo de los monjes se decide a salir de su agujero todos los demás le seguirán por sí solos.

—Vos sois veraderamente listo, hermano Emmeran.

—Es sólo el fruto de la experiencia de una larga vida —mientras decía estas palabras empezó a escribir en un trozo de pergamino una receta que sacó del libro de Dioskurides.

—Puedo hacer el trabajo por vos —se ofreció Leberecht.

—Si estás dispuesto a ello...

—Ciertamente —Leberecht tomó asiento junto al monje detrás del atril, y empezó a copiar los ingredientes de la fórmula.

El anciano monje lo observó en su trabajo y como de pasada comentó:

—He oído decir que estás empleado en la obra de la catedral, ¿es así?

—Sí, soy cantero. Carvacchi ha sido mi maestro y, para ser más exactos, lo sigue siendo todavía. Él me enseñó a labrar la piedra. Su fama es conocida en todo el país.

—¡Como un borracho y mujeriego lleno de deudas!

Leberecht se puso a reír.

—Sí, eso también. Pero es un genio con la piedra, digno de compararse con los mejores tallistas italianos. Si vos me preguntarais os diría que vende su talento por debajo de su valor y me he preguntado con frecuencia por qué sigue aquí, trabajando en la reparación de la catedral, como un remendón que arregla los desperfectos, cuando tiene capacidad y talento suficiente para obras mayores de arquitectura y de arte.

Emmeran puso la mano en el brazo de Leberecht.

—Hijo mío, esa misma pregunta podría hacértela a ti. En ti hay la materia prima y el talento de un profesor o un erudito. Por tu propio afán y tesón te has hecho con una formación cultural extraordinaria para un joven como tú. Y con ello surge la pregunta de si no estarás arrojando perlas a los cerdos, si pierdes el tiempo cambiando piedras rotas por otras nuevas cuando tu talento te llama para más altas empresas.

Leberecht se asustó. El monje estaba exponiendo con palabras una idea que a él jamás le había pasado por la cabeza.

—Pero yo amo el arte —alegó Leberecht— y los esfuerzos que hago son para conservarlo.

—No voy a negarte que ésa sea tu intención. Pero ¿has pensado alguna vez que vivimos en una época de grandes cambios? —el fraile se levantó, se dirigió a la ventana y miró hacia fuera, donde un polvo espeso blanco lechoso caía sobre la ciudad; y continuó—: Ya lo sé, todo cambia continuamente, como bien sabían ya los antiguos griegos, pero es ahora, por primera vez, cuando el hombre parece haber llegado a un punto final.

—¿Un punto final? ¡No puedo seguiros, dignísimo padre!

—Bien. Hasta hace cien años el hombre se comunicaba por medio de sus obras de arquitectura. No tenía otra posibilidad, si quería que el pensamiento humano se conservara durante largo tiempo o quizá para siempre. Las pirámides de los antiguos egipcios no eran solamente mausoleos funerarios para sus reyes, sino que principalmente pretendían comunicarse y transmitirnos su cultura, su saber, su filosofía y sus religiones, la geometría y la astronomía. Esto ocurrió ya antes de que aprendieran a escribir. Los griegos antiguos tenían lo mismo en mente con sus templos clásicos, y nuestros más recientes antepasados con sus catedrales cuyos campanarios son como torres que se clavan en el cielo.

Leberecht estaba sorprendido.

—Tenéis toda la razón, hermano Emmeran, aunque yo no había contemplado el arte arquitectónico desde ese ángulo. Vos sois un hombre sabio.

El fraile barbudo se dio la vuelta y alzó las manos como si rechazara las alabanzas de Leberecht.

—Es posible que no te guste lo que voy a decirte ahora —le advirtió—, pero voy a hacerlo precisamente porque es de gran importancia para ti. Hasta hace un siglo iglesias y catedrales, fortalezas, templos y otras grandes obras arquitectónicas fueron las bibliotecas de la humanidad. Con ellas extendieron el saber, a veces con signos claros y otras con insinuaciones secretas; más aún, expresaban para la posteridad el espíritu de su tiempo y el estado de ánimo del ser humano. ¡Contempla las sombrías catedrales de la Edad Media! ¿No imponen miedo, no son opacas y misteriosas, a pesar de su aparente sencillez? ¿No se advierte en ellas por todas partes el poder superior que se ejercía sobre el ser humano, bien fuera por parte del emperador o del papa? Somete a observación la influencia de los estilos foráneos. De los romanos tomamos la redondez de los arcos, durante cientos de años construimos puertas, ventanas, portales, nichos y arcos que se alzaban al cielo con una redondez que recordaba la del firmamento. Pero de repente, de una vez, el viejo mundo cambió de rostro. La piedad y la devoción eran reglamentadas desde arriba, lo que no ocurría desde los tiempos de los egipcios. El papado ganó una influencia prepotente y este poder se manifestó en los edificios más elevados que jamás antes levantó la humanidad, construcciones más altas que las pirámides. Las naves de las iglesias se hicieron tan altas que era casi imposible ver el techo. Las antiguas bóvedas redondas que construyeron durante siglos tenían que suavizar los arcos puntiagudos, una apariencia de delicada belleza que parecía contradecir las leyes de la gravedad y que los cruzados trajeron del oriente como una plaga abominable.

—¿Y por qué cree usted, hermano Emmeran, que los monumentos arquitectónicos han perdido su significado?

—¿Y tú lo preguntas? ¿Precisamente tú? —El hombre de la barba blanca alzó las manos y giró sobre su propio eje como un payaso—. El arte de un Johannes Gensfleisch, llamado Gutenberg, el arte de la imprenta le ha quitado su rango a la arquitectura. Mira a tu alrededor. Lo que se guarda en esta estrecha sala desde el suelo al techo contiene más sabiduría que la que todas las catedrales del país podrían transmitirnos, tiene más fuerza y poderío que todos los ejércitos del emperador, se puede reproducir cuantas veces se quiera y se puede transportar a cualquier lugar deseado.

A Leberecht la idea le produjo escalofríos. Trató de ampliar en su mente el pensamiento de Emmeran, pero el anciano se le anticipó y dijo:

—Y la consecuencia de esto es que el hombre ya no construye catedrales sino bibliotecas, y no me sorprenderá que llegue el día en que los seres humanos dejen de ir a la iglesia para hacer sus plegarias y en vez de ello vayan a las grandes bibliotecas donde la palabra de Dios no les llegará desde el púlpito, sino que cada uno podrá leer lo que desee. Lo que me pregunto es si esto hará más felices a los hombres. La verdad es que no lo sé.

Las palabras de Emmeran hicieron reflexionar a Leberecht. Con rapidez acabó de anotar los componentes de la fórmula de la droga milagrosa y le entregó al fraile el trozo de pergamino.

—¿Queréis decir que el hombre no puede ser feliz entre paredes cubiertas de libros?

Emmeran mantuvo su cristal de leer en alto y miró por él como quien lo hace por el ojo de una cerradura al otro lado de la cual estuviera el cielo.

—No es a mí a quien debes hacer esa pregunta. *Tú* te has pasado aquí las últimas semanas. ¿Has sido feliz durante ese tiempo? —Bajó la lente y miró al joven a la cara.

Leberecht apenas se atrevió a responder porque sabía que al monje no le satisfaría su respuesta.

—Aun cuando esto me convierta en enemigo vuestro —replicó finalmente— he de decir que desde hace ya algún tiempo esta sala ejerce sobre mí una especie de atracción magnética. El impulso que me lleva a estar aquí es más fuerte que el deseo de expresar mi devoción en la catedral o en cualquier otro templo. Sí, para mí esta sala irradia mayor santidad y tiene más de sagrado que una catedral. Confío en que no penséis mal de mí porque os haya hablado así. Pero en los últimos meses esta biblioteca se ha convertido en mi segundo hogar e incluso temo que llegue el momento en que deba abandonarla.

Mientras hablaba, el monje barbudo lo observaba con los ojos apretados como si hiciera un esfuerzo para ver la expresión de su rostro. Y al cabo de una larga pausa, durante la cual jugueteó con su lente entre el pulgar y el índice, respondió con una risita astuta:

—Tú has hablado de hogar, hijo mío, y la verdad es que no has llegado a conocerlo. El hogar, como la patria, es aquello que uno conoce mejor. Pero esta biblioteca no puede ser el hogar de nadie, ni el tuyo ni el mío, ni siquiera el del hermano Andreas, que se ha pasado aquí casi toda su vida. Nadie puede leer en toda su vida todos los libros que hay aquí. Para ello necesitarías quizá cientos de vidas y un cerebro cien veces mayor. Entonces serías omnisciente.

—¡Dios no lo quiera! Ningún ser humano puede saberlo todo. Eso ya lo dijo Sócrates. Pero está en la naturaleza del hombre que unas cosas le interesen más y otras menos y que se ocupe preferentemente de las primeras. Mi interés principal son los filósofos clásicos, la alquimia y la astronomía.

—Ciencias todas ellas paganas...

Leberecht se encogió de hombros.

—¿Son por eso de menor importancia?

—No, ciertamente no. Más bien me siento inclinado a decir que todo lo contrario. La astronomía es más antigua que las pirámides, o sea, de origen pagano. Y sin embargo hoy día se le dedica la mayor atención —tomó su cristal de leer y miró hacia arriba, al espacio cerca del techo donde estaba la última fila de libros a los que sólo se podía acceder con una escalera de mano y añadió—: es posible que llegue el día en que los libros que están allá arriba estén aquí abajo y éstos se guarden arriba del todo...

Por la mirada de incomprensión del joven, Emmeran se dio cuenta de que no entendía bien adónde quería ir a parar.

—¿No te ha explicado nadie el sistema que se ha utilizado para ordenar los libros de esta biblioteca? —le preguntó.

—De acuerdo con la materia de que tratan. Encuentro en un determinado lugar todos los libros que tratan de plantas, en otro determinado los de geometría y los de historia. Jamás se me ocurriría la idea de buscar los libros de Lutero bajo el epígrafe de alquimia.

—Eres un pícaro, hijo mío. Naturalmente que encontrarás todos los libros que tratan de la misma materia juntos en un mismo lugar. Pero por encima de eso, todas y cada una de las bibliotecas son un mundo en sí y cada uno de esos mundos tiene un sistema mediante el cual funciona.

Las palabras de Emmeran llenaron de asombro a Leberecht. Hasta entonces había creído conocer a fondo la biblioteca de los frailes negros, o al menos saber el lugar donde se guardaba cada rama del saber, pero nunca se había dado cuenta de que ese orden estuviera supeditado a un determinado sistema.

—Fíjate en esto —comenzó Emmeran—, la base de todo lo

existente es la creación, que es también el fundamento de la existencia humana. ¿Y dónde se habla de la creación? ¡En el Antiguo Testamento! Así que encontrarás todas las ediciones del Antiguo Testamento y las obras que se refieran a él debajo de todo, como ocurre con los cimientos de cualquier edificio. Sobre éstos encontrarás el Nuevo Testamento y las obras de religión y teología —Emmeran se dio la vuelta e hizo un amplio ademán con los brazos abiertos—. Encima de estos libros está la filosofía con todas sus subsecciones. Sobre la filosofía se asienta la historia, sobre la historia la geografía. Encima de la geografía, la botánica, la alquimia y la medicina, que son seguidas por la geometría, la matemática y la arquitectura. Y encima de todo esto, ya cerca del techo, se guardan los libros que estudian el cielo, la astronomía y la astrología. Y detrás de todo se oculta un segundo mundo, un mundo prohibido. Pero esto ya lo sabes.

La mirada de Leberecht pasó sobre las estanterías llenas de libros que cubrían las paredes. En ocasiones se había preguntado si alguna vez surgía algún conocimiento nuevo y los libros eran cambiados de lugar. Ahora la cosa quedaba aclarada. Había pensado que las distintas ramas de la ciencia estaban ordenadas unas junto a otras de forma horizontal cuando la verdad era que lo estaban de manera vertical, en capas, como las piedras de un edificio.

—Ahora lo entiendo —dijo.

El anciano barbudo comenzó a reír.

—¿Por qué os reís, hermano Emmeran? Hacía ya mucho tiempo que no oía reír a nadie así.

—Puede ser, hijo mío, pero tiene gracia que tu padre se enfrentara también con el mismo problema. Era inteligente como un alumno de Aristóteles, pero no llegó a entender la estructura de la biblioteca. Para aclararse lo que hizo fue numerar por separado cada una de las *arcae*, empezando por las estanterías de la izquierda de la entrada, y llegó a la cifra de cincuenta y dos, el mismo número de las semanas que tiene el año.

Leberecht lo interrumpió:

—¿Cómo habéis llamado a las grandes estanterías en que se guardan los libros?

—*Arcae* —respondió el fraile—. *Arcae* es el plural de *arca*, una extraña palabra latina que significa baúl, cajón, cofre, gaveta, y también ataúd y cárcel. En una biblioteca se emplea con el significado de librería o estantería.

El anciano no entendió por qué el joven de repente se puso terriblemente pálido. Aquella palabra latina había agitado su cerebro con fuerza insólita. No había olvidado nunca la inscripción que su padre grabó en la parte de abajo del banco de su casa de Kranen, como un mensaje póstumo para él: FILIO MEO L. * TERTIA ARCA. Leberecht la había anotado en su diario y durante años de vez en cuando había intentado encontrar su significado, siempre inútilmente. El mayor problema se lo había planteado la palabra *arca*. Al principio la tradujo por ataúd y de forma figurada, tumba. Pero ¿qué sentido tenía la frase? Después pensó que su padre habría dejado dinero u oro escondido en un cofre o una gaveta que pudo haber llegado a sus manos mientras realizaba su trabajo en el cementerio. Finalmente tuvo que reconocer que su pobre familia no tenía tres cofres, ni siquiera un baúl con tres cajones. El hecho de que su padre se pasara gran parte de su tiempo en un lugar donde la palabra latina *arca* tenía un significado distinto arrojaba nueva luz sobre la enigmática frase.

Durante un rato se quedó sin saber qué decir: ¿Debía hacer al hemano Emmeran partícipe del secreto y preguntarle qué había en aquella estantería, en el *ARCA TERTIA*, qué tipo de libros contenía o si había en la abadía otras *arcae*, a las que pudiera referirse su padre?

Mientras luchaba interiormente con ese problema, Leberecht escuchó a lo lejos el sonar de campanas; no era el tétrico y flojo repicar a muerto que desde que empezó la epidemia se oía frecuentemente de la mañana a la tarde y que en los últimos tiempos parecía adormecido, sino que ahora tocaban la campana mayor y las demás campanas de la catedral y de las iglesias próximas. Era un repicar anunciador, un coro lleno de promesas que llegaba desde la ciudad. Pero sólo cuando las campanas de la abadía se unieron al coro y, casi en el mismo momento, se produjo un gran bullicio en los corredores del convento y el hermano Emmeran, pese a su mucha edad y a la gota que afectaba todos sus huesos, cayó de rodillas y se persignó, comprendió Leberecht lo que había sucedido: la ciudad estaba libre de la peste.

Leberecht ayudó al monje a levantarse y ambos se abrazaron emocionados como niños. Emmeran tenía lágrimas en los ojos y fue incapaz de decir una sola palabra. Tampoco Leberecht encontró ninguna que fuera apropiada para la ocasión. Finalmente estrechó la mano del fraile, se dio la vuelta y se dirigió a la escalera de piedra que cruzaba el patio, a cuyo lado estaba la iglesia de la abadía y que llegaba hasta el interior de la parte del edificio donde vivían los monjes negros; allí se encontró con un grupo de ellos. Los frailes tenían un aspecto desastroso, descuidado y sucio, y apestaban como una porqueriza. Pese a que lo saludaron con voces de bienvenida, Leberecht se alejó de ellos. Su meta era la salida de la abadía situada enfrente de la iglesia, pero estaba todavía cerrada con grandes vigas clavadas al portalón. Leberecht quería salir, así que volvió sobre sus pasos hacia la pequeña puerta de la que partía un camino que conducía al jardín. ¡Jesús!, la puerta estaba abierta para que entrara el aire puro, ya libre de las miasmas de la epidemia. Después de cruzar el huerto, bajó la pequeña escalera de piedra que, desde la gran terraza de la abadía, llevaba al camino de la ciudad. La cancela de hierro estaba cerrada pero Leberecht escaló el muro y saltó a la calle que estaba al otro lado. Era libre.

En efecto, se sentía como aquel que ha recuperado la libertad después de meses de cautiverio detrás de los muros del convento. Comenzó a andar. La imagen de Martha ante sus ojos aceleraba su paso. Hacía meses que no veía a una mujer pero si quería ser sincero debía confesar que había acabado por habituarse a ello. El miedo a la peste y el afán por el estudio habían contenido todos los demás deseos.

¿Y Martha? ¿Habría sobrevivido a la peste? Leberecht sintió que la sangre latía con fuerza en sus sienes. Presentía la proximidad de su cuerpo. Martha era la única persona que tenía y a la que amaba con toda su ternura y toda su pasión. ¡Martha!

Las calles mostraban un espectáculo espantoso. Por todas partes se acumulaba la basura que los habitantes de la ciudad encerrados en sus casas se habían visto obligados a lanzar desde sus ventanas. Bajo éstas se amontonaban también los excrementos cuyo nauseabundo olor subía hasta el cielo. Aquí y allá el fuego quemaba ropas y enseres que habían estado en contacto con las víctimas de la peste. Un hombre con un carro de mano de dos ruedas recogía en las puertas de las casas a los animales domésticos muertos y abandonados por todas partes. Las mujeres silenciosas se apresuraban a llenar sus cántaros y cubos en las fuentes y fregaban los suelos de las casas para hacer salir de ellas los malos olores dejados por la epidemia.

Casi no había un edificio sin una o dos cruces que anunciaban la muerte negra. Las personas que se cruzaban en su camino apenas encontraban palabras para saludarse, tan hondo habían llegado en las almas de los supervivientes el miedo y la desconfianza. Desde la plaza de la catedral surgía una música fuerte. Un tamborilero marcaba el ritmo y los bailarines vestidos de vistosos colores, con los pantalones muy ajustados y gorras amarillas y negras, seguían el ritmo con sus saltos y brincos, desmañados como niños pequeños, para hacer salir a la gente de casa y animarla de nuevo a reír y divertirse. Sin embargo, el interés que despertaban no era muy grande.

Los andamios de la fachada de la catedral se habían derrumbado y los pilares y tablones se habían utilizado como combustible para las hogueras de la muerte. En los callejones más estrechos, donde los habitantes de los pisos altos podían dar la mano a los vecinos de enfrente, se veía ropa tendida sobre la calle, como antes de que empezara la tragedia.

Aunque en el cielo lucía ya la suave luz de la primavera, en el corazón de los hombres y las mujeres parecía seguir reinando un invierno helado, una suma de sentimientos espantosos mezclados con tristeza, asco, desconfianza y miedo. Sí, el miedo reinaba en la ciudad como nunca antes se había conocido: miedo a que la epidemia pudiera volver, a que aún acechara emboscada en cualquier rincón; miedo a ser mordido o comido por las ratas que gruñían en manadas por las calles como perros furiosos; y miedo a un oscuro futuro.

Los rostros de las gentes con las que Leberecht se encontró en su camino de regreso a la ciudad eran, por lo que pudo ver, extraños y poco amistosos. Nadie respondió a su saludo, salvo un inválido que se arrastraba apoyado en una especie de soportes de madera para las manos y con los muslos envueltos en sucios trapos, que al ver a Leberecht le gritó:

—¡El diablo la trajo, el diablo se la ha llevado, al diablo con la peste!

El cojo no detuvo su marcha y al hablar se rió con una risa ronca que brotaba como a borbotones y que resonaba escalofriante por las estrechas callejas.

Mientras más se acercaba a su destino más abandonadas le parecían las casas y más solitarias las calles. Por allí no había hogueras. Las puertas estaban abiertas, como si hubieran saqueado las casas. Un macho cabrío vagaba sin dueño por las calles mugiendo incesantemente... ¡Ésa fue la única señal de vida que Leberecht encontró en aquel barrio, antaño por lo general tan animado.

Ahora, al ver las casas abandonadas, Leberecht se dio cuenta de la gran suerte que había tenido al pasar su exilio en el convento de los benedictinos: había evitado el sufrimiento, la necesidad y el hambre que la peste llevó a la ciudad.

—¡Jesucristo! —exclamó casi en voz alta al llegar frente a la posada de Sand, como una brevísima plegaria por la vida de Martha en la que ya apenas se atrevía a creer—. ¡Jesús! —repitió al apretar el negro picaporte de hierro de la puerta de entrada. La casa estaba cerrada.

¿Qué debía deducir de ello? No lo sabía. Golpeó la puerta con la palma de la mano y gritó:

—¡Abran la puerta! ¿Me oye alguien? Si es así, abridme.

Las lágrimas le nublaron la vista. Colocó el antebrazo derecho sobre los ojos y se apoyó en la puerta, incapaz de poner en claro sus ideas. Se estremeció: en el primer piso se abría una ventana. Leberecht retrocedió dos pasos y miró hacia arriba. Allí estaba el viejo Schlüssel.

Éste se quedó tan sorprendido como el propio Leberecht y cuando lo reconoció gritó:

—¡Por la santísima virgen! ¡Leberecht!

El posadero cerró la ventana y bajó a abrir la puerta con toda la rapidez que le permitió su gota.

—¡Leberecht! —repitió respirando con dificultad y lo apretó entre sus brazos... ¡En sus brazos!, sin que Leberecht supiera cómo—. Yo creí que... estabas...

—¿Muerto? —replicó Leberecht—. La mala hierba nunca muere. La llegada de la peste me sorprendió en el convento de los benedictinos, en Michelsberg. No pude volver, pero no lo he pasado tan mal allá arriba.

Schlüssel observó con detenimiento a su hijo adoptivo, de los pies a la cabeza, como si quisiera cerciorarse de que era él efectivamente. Al mismo tiempo sacudió la cabeza y sonrió. Parecía como si de verdad le alegrara su inesperado regreso. Finalmente le explicó:

—Christoph, tu hermano adoptivo está...

—Lo siento mucho —respondió Leberecht rápidamente, aunque sus palabras no reflejaban sus pensamientos.

Schlüssel lo interrumpió y le explicó con su voz alta y destemplada:

—¡No, no es lo que tú piensas! Christoph dejó la ciudad y partió hacia Roma con otros dos jesuitas dos días antes de que empezara la epidemia.

—¿A Roma? ¿Pero qué hay en el mundo que vuestro hijo pueda hacer en Roma?

Schlüssel se encogió de hombros:

—Me ha hecho saber que quiere estudiar teología o las matemáticas... o quizá ambas cosas, no lo sé.

—¡Teología y matemáticas! —repitió Leberecht pensativo.

—Sí, es un chico listo, dicen los jesuitas.

Leberecht guardó silencio. Mucho más que la suerte de aquel repulsivo tipejo le interesaba saber cómo le había ido a Martha. ¿Por qué Schlüssel no decía ni una palabra de su esposa? ¿Tan indiferente le era?

La cosa más natural del mundo habría sido que Leberecht se interesara por la suerte de Martha, pero a pesar de todo no se atrevió a preguntar por ella al viejo. Intranquilo y nervioso, no podía estarse quieto y tan pronto se apoyaba en un pie como en otro.

Todo lo que Schlüssel le contó sobre su hijo lo oyó como desde muy lejos. Casi tuvo la impresión de que su padre adoptivo intentaba atormentarlo adrede al no decirle nada de Martha.

Leberecht sintió ganas de coger al viejo por el cuello al ver lo poco que su mujer significaba para él. ¿Era posible que supiera algo de sus relaciones? ¿Sabía que Martha lo era todo para él? ¿Que era capaz de dar por ella un ojo de la cara? ¿Que él era su amante insaciable?

Mientras Leberecht trataba de sacar las posibles conclusiones de los gestos de Schlüssel, desde el descansillo de la escalera llegó a sus oídos el crujido de una de las maderas del suelo, que resonó en el inusual silencio de la casa como el restallar de un látigo.

Leberecht tuvo la sensación de que una argolla de hierro le oprimía el pecho. Miró hacia arriba y en el último tramo de la escalera reconoció a Martha.

¡Con qué gusto habría ido a su encuentro, la habría tomado en sus brazos para besarla y acariciarla! Pero Leberecht tuvo que fingir un indigno espectáculo: echó hacia atrás un pie, le hizo una profunda reverencia, fue a su encuentro y la saludó de modo convencional:

—Me alegro mucho de volver a veros en buen estado de salud.

Martha hizo su papel con la misma naturalidad. Por lo que Leberecht pudo ver en la semipenumbra de la escalera, la mujer no había perdido nada de su belleza. Pero incluso aunque hubiera cambiado en algo a él no le hubiese importado lo más mínimo. Su pelo rojo había crecido y lo llevaba suelto como la virgen que presidía el altar de la capilla de San Vito. Aunque sólo se había vestido con una bata sencilla y de tela tosca, abrochada del cuello a los pies como el hábito de un prelado, seguía estando tan seductora y digna de ser amada como la estatua que en su día representó la alegoría del Porvenir y fue destruida en la fachada de la catedral.

Sin embargo había algo que a Leberecht le llamó la atención y fue para él como un enigma: la mirada de Martha era más seria y la sonrisa que estaba acostumbrado a ver en sus ojos había cedido su lugar a una expresión de inexplicable vacío. Esa circunstancia no varió cuando la amada se acercó a él y le estrechó la mano.

Ese leve roce mutuo en presencia de Schlüssel fue reprimido, aunque, cuando Leberecht sintió en la suya la mano de Martha, de inmediato se apoderó de él la extraña embriaguez a la que estaba acostumbrado al verla mientras se aplicaba sus mortificaciones secretas. Apretó la pequeña mano con todas sus fuerzas como si quisiera obligarla a dejar escapar un leve grito de dolor que pasara inadvertido para su marido. Pero Martha permaneció serena, retiró la mano y le preguntó con el mismo tono de cortesía empleado por él:

—¿Dónde has estado todos estos meses? Estaba muy preocupada por ti.

Leberecht les contó la extraña historia de su supervivencia y supo que Martha se había pasado todo el tiempo sola en la gran casa de Sand, porque el viejo Schlüssel, según información propia, estaba de viaje en las minas de plata de Sajonia cuando fue sorprendido por la noticia. Se quedó allí, en Dresde, alojado en casa de un naviero. Martha, que a la luz del día mostraba una palidez artificial que dejaba al descubierto el pulsar de las delicadas venas azuladas bajo su piel blanca, lo que a los ojos de Leberecht no era un defecto, declaró que había tenido miedo de perder la razón, aunque no por temor a la peste sino por la crueldad de la soledad. Durante semanas, sus únicos compañeros de conversación fueron sus gatos y cuando ambos desaparecieron con cuatro días de intervalo para no volver más, habló con las ratas, que por las noches abrían agujeros en el techo y el suelo de su dormitorio. El leve temblor en la comisura de su boca delataba que todavía no había logrado superar lo terrible de aquellos meses espantosos que acababan de concluir.

Si hubiera dependido de él, el joven habría tomado en sus brazos a su madre adoptiva para consolarla, pero no debía hacerlo. La situación exigía cierta indiferencia, como la que mostraba Schlüssel. Lo que a éste le disgustaba más era la pérdida de casi la mitad de su personal y anunció que al día siguiente se pondría a buscar nuevos trabajadores.

Martha no había pasado hambre. Las reservas de la cocina y la despensa habrían bastado para sobrevivir el doble de tiempo. Todavía quedaba suficiente harina, almorejo, cereales, manteca de cerdo y carne adobada así como miel, cerveza y aceite. Sólo la leña habría llegado a escasear pero, según Schlüssel, no habría resultado difícil encontrar madera en la casa.

Al joven amante también le llamó la atención que su padre adoptivo mostrara una excepcional cortesía en el trato con su mujer. Por eso, al cabo de un rato, le pareció aconsejable retirarse a su cuarto. Al hacerlo dejó la puerta ligeramente abierta para que no le pasara desapercibido nada de lo que sucedía en el piso de abajo.

Poco después del ángelus, que por vez primera desde hacía muchos meses fue anunciado por las campanas de la iglesia, lo que le devolvió el correcto sentido del tiempo, oyó cómo Martha se iba a su cuarto y cerraba la puerta. Dormido a medias, Leberecht tuvo la esperanza de que su amada le dejara llegar alguna señal secreta. Pero no ocurrió nada.

A eso de la medianoche se levantó y en silencio bajó hasta el dormitorio de Martha. En la habitación había luz pero la ventana que daba a la escalera estaba cerrada de modo que no le dejaba ver nada de lo que sucedía dentro.

Precavidamente, casi con miedo, pero impulsado por un indomable deseo, Leberecht golpeó la puerta con suavidad.

—¡Martha! —dijo a media voz pegado a la madera—. Soy yo, Leberecht.

El tiempo pareció dilatarse infinitamente. Finalmente oyó unos pasos ligeros y suaves que se acercaban. La puerta se entreabrió sólo una pequeña franja y en ella apareció la silueta de Martha.

—Vuelve arriba, a tu cuarto —dijo apenas en un susurro, y

añadió—: hijo mío. —Y tras una nueva pausa—: Mañana te lo explicaré todo.

Martha se dispuso a cerrar la puerta, pero Leberecht insistió en sus intenciones y empujó contra ella. Martha acabó por ceder y lo dejó entrar en la alcoba.

Entonces se dio cuenta de que había estado llorando. Tenía los ojos enrojecidos y las lágrimas habían dejado claras huellas en sus mejillas.

—¿Qué te ocurre, corazón mío? —preguntó Leberecht en voz baja, y se acercó a ella con la intención de tomarla entre sus brazos.

Martha retrocedió. Cruzó los brazos sobre el camisón como si quisiera ocultarle a él la visión de su cuerpo, de sus senos que se agitaban llenos de excitación.

—Me siento —explicó la mesonera con un murmullo y la vista en el suelo— como si hubiera vendido mi alma al diablo y hubiera firmado el contrato con mi propia sangre. ¡Santa María, ruega por mí!

Leberecht miró con ojos de no entender nada a la que era su madre adoptiva y su amante al mismo tiempo. Tuvo la impresión de que estaba en medio de una horrible pesadilla en la que un demonio desconocido lo asaltaba con mil terribles tormentos. Era como si el mundo entero, que pese a todas sus confusiones le parecía tan digno de ser vivido, se derrumbara como un edificio decrépito. Inútilmente, Leberecht trató de descubrir en la mirada de Martha algo que explicara su actitud, pero la mujer volvió a un lado la cabeza y así levantó entre ellos una barrera invisible pero fría e insalvable.

Tras un largo silencio, Leberecht volvió a encontrar la palabra y tartamudeó desesperado:

—Lo que te pasa es que has estado demasiado tiempo sola y la soledad nos vuelve enfermos. Volverás a encontrarte bien y todo será como antes de la peste.

—¡Calla! —grito con expresión airada—. Nuestro señor Jesucristo no dejará que volvamos a faltar a sus santos mandamientos y a caer en el pecado del adulterio. ¡Nunca más!

—¡Pero nos amamos...! Y en lo que a mí respecta daría mi vida por tu amor. —Leberecht dio un paso para acercarse a su amada.

Ésta puso sus manos entre ambos con gesto defensivo de rechazo.

—¡No te acerques a mi cuerpo! Eso que tú llamas amor no es más que un pecado horrible merecedor de castigo. Un pecado ante Dios y ante los hombres. ¡La lujuria! Así es como Satanás deja su semilla en el corazón del ser humano, sin detenerse ante nada, ni frente a la muerte o al adulterio.

—¡Adulterio! —replicó Leberecht con amargura—. Tu marido rompió hace ya mucho tiempo vuestro matrimonio y te ha tratado como a una criada. En vez de amarte y respetarte, como prescribe el sacramento del matrimonio, colmó de los más caros vestidos a la prostituta amante del obispo. ¿Lo has olvidado ya? De acuerdo con la ley, como castigo y ejemplo expiatorio, Schlüssel debería ser condenado a permanecer en la puerta de la catedral durante tres domingos consecutivos, con velas encendidas, los brazos desnudos y atado con cadenas. Además de eso, tendría que ser desposeído de por vida de todo cargo y honores. ¡Y eres tú la que tiene remordimientos de conciencia!

Furiosa, Martha agitó la cabeza y señaló con el dedo a Leberecht:

—Hemos pecado ante Dios y ante los hombres. Y tú deberías hacer penitencia también, como yo estoy dispuesta a hacerla.

—¿Yo? —exclamó Leberecht—. ¿Que yo debo hacer penitencia porque te amo? Ésa no puede ser la voluntad de Dios todopoderoso.

—¡Así lo dice la Biblia!

—¡También se dice en la Biblia que el amor es el mejor don del ser humano!

Sin oír las palabras de su amante, Martha se arrodilló sobre el canto de banco que había al lado de su cama, aquella misma cama en la que habían gozado de tantas noches de ardiente pasión, y comenzó a rezar en voz baja. Leberecht cruzó las manos. Reconoció su impotencia, como si un abismo infranqueable se interpusiera entre ellos. Y aunque todavía se sentía atraído hacia ella no se atrevió a acercarse. Su rezo ininteligible sonaba en la habitación monótono y ferviente, casi amenazador, y concluyó con la plegaria:

—¡... y líbranos, Señor, del pecado de la carne!

A continuación Martha escondió el rostro entre las manos.

¿Qué va a pasar ahora?, pensó Leberecht. ¿El miedo y la soledad habían confundido los sentidos de Martha? ¿Iba a rezar una nueva plegaria de penitencia? El silencio de muerte que de pronto reinó en el dormitorio se llenó de dolorosa tristeza. El joven sintió como si un afilado puñal se clavara en su carne y casi ni se atrevió a respirar. Los ruegos y las quejas le parecieron fuera de lugar en aquella situación. Por las razones que fuera, Martha había tomado una decisión y a él no le quedaba otro remedio que aceptarla y someterse a ella. Le pareció que el destino ponía ante él un oscuro telón. Decidió marcharse. Como si fuera una despedida para siempre, Leberecht vio a Martha que, de perfil, no quería mirarlo. Una sombra extraña y dura se extendía sobre la palidez de su rostro. Sus ojos estaban fijos en el suelo, la boca apretada como obligada al silencio.

Leberecht se dio la vuelta y abandonó la habitación como un pecador arrepentido, sin atreverse a decir nada. En su cabeza resonaba todavía la frase: «¡... y líbranos, Señor, del pecado de la carne!»

Y lloró lágrimas amargas.

Capítulo IV

AMIGOS Y ENEMIGOS

En el curso de los siguientes días y semanas Leberecht vivió un infierno intentando aceptar la situación. Comprendió que había perdido en la vida, por circunstancias cómodas y porque las cosas habían salido así, más de lo que le correspondía en justicia. De pronto Martha se convirtió en una señora casada, de la clase rica, que, además, era su madre adoptiva; y él no era más que el hijo del enterrador Hamann, que estaba marcado por el delito de brujería, un cantero que sólo tenía la mitad de años que ella, un seductor desconsiderado que, como un intruso, se había interpuesto en un matrimonio extraño, y que con su comportamiento había mancillado el apellido de una mujer honrada y piadosa.

¿O era al revés? ¿No fue Martha, una mujer que vacilaba entre la lujuria, el deseo, y la piedad y las mortificaciones, la que lo había seducido a él y se había aprovechado de un muchacho al que le faltaba toda experiencia en el amor carnal?

La respuesta que se daba a esa pregunta cambiaba casi cada día y pasaba del arrepentimiento y la voluntad de hacer penitencia al convencimiento de que él, Leberecht, no tenía culpa alguna. Había días en los que creía haber superado la locura de sus sentimientos pero después, al día siguiente, cuando se encontraba con Martha, cosa inevitable viviendo como lo hacían en la misma casa, se creía el más desdichado de los hombres de fe católica romana al norte de los Alpes.

Leberecht era mayor de edad, se había convertido en líder y portavoz del movimiento de los canteros y no tenía por qué rendir cuentas a nadie, ni siquiera a su ex tutor Schlüssel, en lo que se refería a su futuro. Para no encontrarse continuamente a

Martha en su camino y contener en lo posible el rencor y la amargura que sentía en el alma, decidió abandonar la posada de Sand y hacerse con un domicilio propio.

Alquiló una habitación a tres calles de distancia de la posada, en el callejón de los Tintoreros, en la casa de la viuda Auerswald, una mujer bondadosa cuyo marido, por lo que se decía, se dejó matar por la bebida después de traer al mundo siete hijos e hijas que murieron en la infancia. La señora Auerswald, a la que de su pasado bienestar económico no le quedaba nada aparte de la casa, le cobraba dos gulden por alojamiento, manutención y lavado de ropa.

El movimiento de los oficiales de canteros que por votación había elegido a Leberecht como su líder, porque sabía leer y escribir y era más culto que la mayoría de los concejales de la ciudad, gozaba de gran consideración y su influencia era mayor que la de todos los demás gremios a causa de los intereses unitarios de sus miembros. A diferencia de los trabajadores de la piel, que se dividían en curtidores, zapateros, talabarteros, fabricantes de alforjas y bolsas y remendones; o de los herreros, entre los que había forjadores, fabricantes de cuchillos, herradores, constructores de dagas y espadas, caldereros de clavos y agujas, plateros y varios más, los canteros constituían un gremio artesanal único. Además, Dios sabe por qué, se les consideraba más listos y con mayor facilidad de palabra y eran temidas sus circulares, peticiones y escritos de reclamación, muchas de las cuales ponían en la picota o se burlaban de algún constructor explotador. Los canteros que recorrían el país llevaban esos escritos de un lugar a otro, así que pronto todo el mundo sabía en qué lugar se daban las mejores y las peores condiciones de trabajo. Los canteros eran duros de pelar y tercos pero también defensores de la justicia, tanto en lo que hacía referencia a sus propios derechos como en el apoyo de las peticiones y demandas de las clases más débiles y desprotegidas.

A su regreso del lugar al que se fue forzado por la epidemia de peste, el príncipe-obispo se negó a poner nuevos andamios a disposición de las obras de la catedral y exigió que se reparasen los pocos que aún quedaban. Esta actitud desconsiderada motivó una huelga de los oficiales canteros que trabajaban en las obras de la catedral. Como muestra más notable de su protesta, se negaron a tomar parte en la procesión del Corpus Cristi en la que, según una antigua tradición, precedían a los demás gremios artesanos, una provocación de alcance protestante.

Al día siguiente Leberecht fue convocado por el príncipe-obispo en la residencia de la antigua corte. La viuda Auerswald le lavó su mejor casaca y le recordó que debía hincar la rodilla y besar el anillo pastoral de su eminencia cuando compareciera ante él.

Leberecht entró en la residencia por una puerta lateral que daba a la catedral, donde fue recibido por una monja joven cuya túnica negra plisada y su pequeña capucha de tres picos se parecían más al atuendo de moda entre las señoras que al hábito de una monja. Aquella mujer encantadora permaneció callada como un pez, se comportó con la misma frialdad y con señas le indicó al visitante que debía seguirla por una escalera de piedra que conducía al primer piso. Por un largo pasillo con muchas ventanas pequeñas a su derecha y media docena de puertas a la izquierda, Leberecht llegó a una gran antesala alargada, con pinturas en gran formato de los anteriores príncipes-obispos bajo los cuales había una interminable fila de sillas tapizadas de terciopelo rojo.

Como si obedeciera a una orden secreta, se abrió la puerta de dos hojas que había en el extremo opuesto de la antesala y el prelado catedralicio Athanasius Semler salió al encuentro de Leberecht. Bajo el gran arco del portal pareció aún más pequeño de lo que era en realidad. Un intento de sonrisa falló en sus labios, mientras le tendía la mano derecha para recibir el beso protocolario. A disgusto, el cantero tomó aquella mano, hizo una pequeña reverencia y fingió el beso que no llegó a dar. Al igual que la monja, no perdió una palabra sino que se limitó a introducir al visitante en la sala de audiencias, que apenas estaba amueblada y cuyo gran tamaño parecía destinado intencionadamente a producir temor al que entraba allí por vez primera. El más llamativo de los muebles era una mesa de ocho varas semejante a las que Leberecht había visto en el refectorio de los benedictinos. Tras ella había un sillón de respaldo vertical cuyos brazos estaban adornados con dos cabezas de león, en el que se sentaba el príncipe-obispo. Éste se cubría la cabeza con un bonete de terciopelo rojo y vestía una sotana del mismo material. Sus manos estaban ocultas dentro de grandes guantes de color púrpura en cuya parte superior había sido bordada una cruz dorada.

—*Lidiador Jesus Christus* —saludó confuso.

—Eternamente, eternamente —respondió el obispo, mientras Semler se recogía la negra sotana para sentarse en una de las sillas apartadas que se alineaban junto a la pared.

—Es posible que te sorprendas de que te haya hecho venir —comenzó el obispo como si meditara atentamente sus palabras y le hizo señas de que tomara asiento.

Leberecht movió la cabeza afirmativamente.

—¡Eminencia! —dijo—. Los canteros que trabajan en las obras de la catedral están excitados y no hay forma de calmarlos. Vos no podéis exigir que hagan su agotador trabajo poniendo en riesgo sus vidas. Los andamios son viejos, están podridos, mal montados y una gran parte de ellos ha sido robada. Posiblemente se utilizaron durante la peste para las hogueras en las que se quemó a los muertos. ¿Cómo podemos hacer nuestro trabajo si estamos más preocupados por nuestra seguridad que por nuestra faena?

El obispo se volvió al predicador y le preguntó:

—¿Es eso cierto, Semler? ¿Por qué no se pone a disposición de los canteros la madera que necesitan para construir sus andamios?

Semler se levantó y con aire servil le respondió al obispo:

—La madera está más cara que nunca, eminencia. La epidemia ha hecho que los precios se multipliquen por tres y los canteros piden demasiada cantidad, nos costaría casi tanto como construir una iglesia nueva.

—Con permiso, señor predicador —interrumpió Leberecht al canónigo de pequeña estatura—, ¡pedimos la misma cantidad de madera que antes se ponía a nuestra disposición!

—¡Concedido! —ordenó el obispo, y se puso de pie detrás de su escritorio—. ¡Quiero que los canteros estén satisfechos!

Leberecht hizo una amistosa inclinación de cabeza. Se disponía a marcharse cuando el obispo comenzó a hablar de nuevo:

—Pero no queríamos hablar contigo sobre los andamios.

Leberecht lo miró extrañado.

—Tu padre, Adam, fue quemado en la hoguera de la Inquisición tras un proceso formal...

—¡Cuatro meses después de su muerte —gritó el cantero excitado— porque un par de viejas y un carretero que no está bien de la cabeza vieron fantasmas! ¡Que Dios tenga piedad de su alma!

El predicador catedralicio, que había vuelto a sentarse, saltó de su silla y dio unos pasos hacia Leberecht, pero el obispo le hizo señas de que se alejara.

—Comprendo muy bien tu excitación —continuó el obispo—, y está lejos de mí el poner en la balanza tus palabras herejes, pero debes saber que la santa madre Iglesia vigila con recelo a cada una de las ovejas de su rebaño.

¿Con recelo? Leberecht vaciló. Cuando nuestro señor Jesucristo descendió a la tierra, ¿no lo hizo para predicar el amor?

—No comprendo a vuestra eminencia —respondió Leberecht más bien con timidez—. ¿Qué queréis decir con eso, eminencia?

La que antes fue una expresión amistosa, de repente se transformó en una risa maligna.

—Como ya te he dicho, vigilamos con recelo a cada una de las ovejas de la Iglesia, sobre todo cuando están en tratos con herejes, subversivos y falsos profetas.

—¡Mi padre fue un hombre temeroso de Dios que respetaba sus leyes y las de los hombres!

—¡Pero su alma!... —prosiguió el príncipe-obispo con una sonrisa diabólica en el rostro— su pobre alma no ha encontrado reposo.

Leberecht deseó armar un alboroto, enfurecerse, defender a su padre, gritar, preguntar: «¿Quién es el que lo dice? ¿Qué pruebas pueden haberle llevado a hacer esa afirmación?» Pero contuvo su violencia y, aparentemente tranquilo, preguntó:

—¿Y por qué me lo explicáis precisamente a mí, eminencia?

El príncipe-obispo volvió a sentarse detrás de su mesa y puso sobre ésta su mano arrugada.

—No queremos —respondió y su voz adquirió un tono mesurado— que sigas el mismo camino que tu padre.

¿Adónde quería ir a parar el obispo? Durante unos instantes el joven receló de que se le hubiera atraído a una trampa y no volviera a salir con vida de aquel sombrío edificio. El miedo se apoderó de él. Pero en seguida pensó que el obispo no iba a perder su tiempo discutiendo con alguien que ya había sido condenado a muerte. No, aunque ciertamente no resultaba fácil aceptar las leyes de la lógica en las relaciones con la santa madre Iglesia, si pensaba con lógica todo parecía indicar que el príncipe-obispo quería algo de él.

No tuvo que esperar mucho. El piadoso eclesiástico volvió a tomar la palabra:

—Tu padre pasaba mucho tiempo con los benedictinos allá arriba en Michelsberg y alcanzó así un nivel de cultura que, en lo que se refiere a la ciencia moderna, difícilmente encontrará rival.

—Eso es verdad. Y me dejó como herencia gran parte de su saber. Me enseñó a leer y a escribir y aprendí latín a una edad en la que todavía se es demasiado joven para poder asistir a la escuela de latín de los jesuitas.

—¿Y ahora tú haces lo mismo que hizo tu padre y te ocupas en aprender con los frailes las ciencias secretas?

—¿Ciencias secretas? Perdón, eminencia, pero las ciencias con las que se ocupan los benedictinos de su abadía de Michelsberg no son más secretas que *La guerra de las Galias* o la *Metamorfosis* de Ovidio o el *Arte del Cálculo* de Adam Riese de Staffelstein. Ciertamente no son escritos piadosos, pero ¿qué ciencia lo es?

—Exactamente —el obispo le cortó la palabra al joven—. ¿Qué ciencia es devota? Todo el saber viene del diablo y por eso es despreciado por la Iglesia. La Iglesia ha sobrevivido un milenio y medio sin necesidad de la ciencia, ha crecido por encima de ella y ha dado santos y mártires... Sin la ciencia de los astros, sin la geometría y sin las enseñanzas de los filósofos griegos.

A Leberecht le habría gustado responderle que para conseguir que todos los templos se orienten hacia el este se necesita la ayuda de la astronomía, que cualquiera de las torres de una iglesia se habría caído ya hacía mucho tiempo sin la geometría; por no hablar de los conocimientos de los grandes filósofos de los cuales se sirvió el propio Jesús mientras estuvo en la tierra, pero calló.

El príncipe-obispo se apoyó hacia adelante en la mesa.

—Ha llegado a nuestros oídos que el tiempo que duró la peste lo pasaste con los benedictinos y lo dedicaste al estudio.

—No de modo voluntario —respondió Leberecht—, o al menos no al principio. Fui sorprendido por la epidemia cuando casualmente me encontraba en la abadía estudiando las plantas y las hierbas medicinales que crecen en sus huertos y jardines.

—Plantas del diablo —añadió el obispo desafiante—, todas ellas hierbas de brujería y del demonio. Quizá te han embrujado.

—Puedo jurar por los huesos de san Benedicto que no ha sido así. Los monjes son hombres devotos, que sirven al Señor con su trabajo y sus plegarias.

—Ya, ya —se indignó el prelado—. Hombres que se reúnen cinco veces al día para rezar en común, no tienen nada de santos. Todo lo contrario, sólo hablan en latín para que nadie ajeno a la comunidad pueda entender sus maldiciones secretas y pecan contra Dios. Créeme, en los conventos se aloja el pecado y la corrupción.

El predicador catedralicio, que seguía la acusación del príncipe-obispo con una tensión que le cortaba el aliento, hizo en silencio un gesto de aprobación y levantó los ojos al cielo. Leberecht se esforzó para recuperar la respiración. El ambiente sofocante en la sombría sala le provocó un nudo en la garganta.

—Sólo en un convento —continuó el príncipe-obispo con sus improperios— pudo plantarse la semilla de la Reforma. ¿Qué era si no ese doctor Martín Lutero? Un fraile agustino. ¿Por qué todos los conventos están rodeados de altos muros? Para que nadie vea lo que ocurre dentro. Los benedictinos de Michelsberg gozan de inmunidad conventual. Si tienen alguna ley, es la suya propia y ni un juez laico ni la Inquisición pueden impedir sus actos viles o lascivos, aunque violen monjas, seduzcan a los niños o pequen contra su propio sexo. *Sodomia ratione sexus* (homosexualidad), tú sabes lo que quiero decir. Habla, ¿qué es lo que has visto?

Leberecht no estaba a la altura de la situación. No sabía con seguridad qué pretendía el obispo con sus preguntas. En cuanto a él, si salía en defensa de los frailes de Michelsberg podía contar con ser perseguido; por otra parte, tampoco podía condenar al convento como sede del mal. ¡Por el amor de Dios! ¿Qué podía hacer para no chocar de frente con el príncipe-obispo?

—No he visto de la vida conventual nada que no sea lo que podía esperar un buen cristiano —mintió Leberecht—. He sido mudo testigo de sus letanías y, por lo demás, dediqué todo mi tiempo al estudio. Y aunque la biblioteca está abierta a todos los frailes, en todo el tiempo que estuve allí no vi que acudieran a ella más que tres de los monjes. Gracias a ello he podido leer en ese corto tiempo más que un sabio estudioso en el colegio.

—¿Y cuáles fueron los libros que más te interesaron?

—Todos los libros, eminencia. ¡Es un mentecato el que no estudia más que determinados libros! Pero principalmente obras teológicas que tenían por tema la mística de los santos, el sacramento de la penitencia, el ascetismo y las explicaciones bíblicas.

El príncipe contrajo el rostro en una mueca que quería expresar claramente su desprecio y añadió:

—Ha llegado a mis oídos que los benedictinos tienen también libros herejes como *Contra el papado de Roma, patrocinado por el Diablo*, de Martín Lutero, o *Las profecías*, de Nostradamus. ¿Qué puedes decirnos sobre ello?

Inseguro por la pregunta, Leberecht reflexionó sobre cuál era el mejor camino para escapar de la trampa en la que podía meterse de cabeza. ¿Qué sabía su interrogador de la biblioteca de los benedictinos? Y, sobre todo, ¿qué era lo que estaba buscando?

—Durante mis estudios —aclaró Leberecht— no he encontrado ningún escrito hereje, ni conozco ninguno de los libros que vuestra eminencia ha mencionado. Con ello no pretendo decir con seguridad que no los haya. En la biblioteca hay cien veces mil libros y ningún hombre por larga que sea su vida podría estudiar más que una mínima parte de los que allí se guardan.

El obispo no se dio por satisfecho con esa respuesta. Tamborileó con los dedos sobre la mesa y murmuró algo que sonó como una maldición.

—¿Y la ciencia de los astros? —preguntó entre dientes como si estuviera pronunciando una palabra pecaminosa—. ¿Has estudiado también la ciencia de los astros?

—¿Astronomía y astrología? ¡Ciertamente, eminencia!

Leberecht respiró aliviado porque no podía ver en esa pregunta nada comprometedor. Animado, comenzó a informar de lo que había aprendido, lo que sabía. Habló de aquel griego, Thales, honrado como omnisciente porque anunció el eclipse de Sol del año 585 antes de nuestro Señor. La verdad era que aquel Thales no era omnisciente sino sólo un buen matemático; o de Pitágoras, el primero que dijo que la Tierra era una esfera, como había probado Cristóbal Colón. Se refirió también a Aristarcos de Samos, que hacía ya mil ochocientos años había calculado el tamaño del Sol y de la Luna y sus respectivas distancias con la Tierra aunque, todo sea dicho, nadie había podido comprobar la exactitud de sus cifras. Habló también de «la Tabla Alfonsina» encargada por Alfonso de Castilla a unos sabios judíos, en la que se describían los movimientos relativos del Sol, la Luna y los cinco planetas. Y del devoto Nicolás de Cusa que en el Concilio de Basilea y tras estudiar la nueva doctrina de los astros pidió que se calculara de nuevo el antiguo calendario del romano Julio César, aunque no logró obtener la necesaria aprobación.

El príncipe-obispo se volvió a un lado y le preguntó al predicador:

—¿Todos esos libros están de acuerdo con la doctrina de la santa madre Iglesia?

Semler elevó humildemente la mirada al cielo, como si antes de responder él, pretendiera dejar que fuese el Todopoderoso quien lo hiciera.

—Mi razón no llega a comprender el movimiento de los astros, eminencia. Yo me atengo al libro primero de Moisés en el que se ha escrito: «E hizo Dios el firmamento y apartó las aguas que estaban por debajo del firmamento de las aguas que estaban sobre el firmamento. Y así fue. Y llamó Dios al firmamento cielo.»

—Y tú, hijo mío, ¿cuál es tu opinión de la historia de la creación del Antiguo Testamento?

El obispo dirigió a Leberecht una mirada penetrante. Sobre todo no des ahora una falsa respuesta, pensó el joven. ¡Una falsa respuesta y tu destino quedará sellado! Pero en su excitación no encontró la réplica adecuada y la pausa se fue haciendo cada vez más larga. De repente, no estaba en condiciones de pensar con claridad, se oyó a sí mismo expresando una respuesta tomada de uno de los muchos libros religiosos que había leído en la biblioteca de la abadía:

—Eminencia, las sagradas escrituras están por encima de toda duda. Por encima de todas las demás doctrinas y ciencias.

El prelado lo miró sorprendido. Lo mismo hizo Semler. Leberecht agachó la cabeza sonriendo y bajó la vista al suelo. Había aprendido cómo tratar con la curia.

Por su parte, el obispo tuvo la impresión de que difícilmente podría conseguir que el oficial de cantero de la obra de la catedral se comprometiera a sí mismo. No daba la impresión de ser un hereje, quizá porque verdaderamente no lo era, y había abjurado de los manejos de su padre; o quizá era un estudioso autodidacta, con las manos fuertes de un obrero pero con un gran don de palabra y tan refinado que sabía ocultar su verdadera actitud con respuestas inteligentes.

Así, despidieron a Leberecht con la seria advertencia de no dudar de la doctrina de la Iglesia con los cuestionables medios de la ciencia, vigilar las intrigas de los benedictinos en Michelsberg e informar a la curia del cabildo catedralicio de cualquier libro sospechoso que no llevara el *imprimatur* del Santo Oficio.

Leberecht lo prometió así y se alejó de allí, no sin antes dirigir a la joven monja del servicio de puerta una mirada de admiración.

Leberecht atravesó el viejo patio y en el momento en que salía al exterior por la gran puerta, le llegaron gritos desde la catedral, maldiciones e insultos que en parte se dirigían a él. ¿Era su jubón limpio y planchado o su aspecto de estudioso lo que se le reprochaba? Delante de la residencia del príncipe-obispo se habían reunido un centenar de trabajadores furiosos, descalzos, envueltos en harapos, pero armados con guadañas, horcas y bastones. Los que no llevaban armas le amenazaron con los puños cerrados y se dirigieron hacia la entrada de la residencia gritando: «¡Sanguijuelas! ¡Cerdos bien cebados! ¡Asesinos!» y otros insultos. Algunos arrojaron contra la puerta de la residencia vejigas de cerdo llenas de sangre.

Tal y como Leberecht iba vestido, y al verlo salir de la residencia, era fácil tomarlo por un miembro de la camarilla, lacayo o secretario del príncipe-obispo y esto tuvo como consecuencia que tres de los tipos más siniestros que se encontraban entre los manifestantes se lanzaran contra él y empezaran a darle de puñetazos. Fue inútil que Leberecht les gritara:

—¿Qué queréis? ¿Pero qué os he hecho yo?

—Pregúntaselo a tu obispo —fue la respuesta—, puedes devolverle a él lo que nosotros te damos.

Como consecuencia de un golpe por encima del ojo izquierdo, la sangre corrió por el rostro de Leberecht y manchó la valiosa prenda que había heredado de su padre. Se cubrió como pudo el rostro con los brazos y, cuando estaba a punto de perder el conocimiento, como por inspiración divina, gritó con un último esfuerzo:

—¡Basta, basta ya! Soy el cantero Leberecht. No os he hecho nada.

De repente todo quedó en calma y el que había dirigido el ataque de aquellos salvajes contra él se abrió camino hacia su víctima ensangrentada y le exigió con tono agresivo:

—¡Enséñame las manos!

Leberecht ofreció sus manos fuertes y callosas que, en verdad, no armonizaban con el resto de su apariencia. El cabecilla las observó detenidamente con desconfianza y las comparó con las suyas, bastante parecidas pues también él tenía un duro trabajo. En seguida gritó con voz fuerte que resonó por toda la plaza:

—¡Idiotas! Sois unos asnos que habéis dado una paliza a uno de los nuestros sólo porque salía por la puerta falsa. ¡Maldita sea!

El cabecilla, que dijo llamarse Ludowig, limpió con el brazo la sangre de la cara de Leberecht.

—Debes comprender su irritación —observó en voz más baja—. Su odio hacia el obispo no tiene límites. Y con tu elegante ropa parecías uno de ellos —hizo un ademán con la cabeza en dirección a la residencia del príncipe.

—Siempre pagan justos por pecadores —respondió Leberecht con amarga ironía. Le dolía la cabeza.

—¡Agua! —gritó Ludowig de nuevo con el fuerte tono de voz característico en él—. A ver si hay alguno de vosotros que busque un poco de agua y unos trapos para vendar al cantero. Casi lo matáis.

—Una boca menos —gritó alguien entre la multitud.

—¿Quién ha dicho eso? —gritó Ludowig furioso.

—Yo —respondió la voz descarada del que había hablado antes de la paliza.

Ludowig se acercó al hombre y le propinó un puñetazo en el estómago que le hizo caer al suelo como un saco de harina medio lleno.

Leberecht trató de intervenir conciliador y dijo que sus lesiones no eran tan graves, pero Ludowig lo apartó a un lado.

—La verdad es que todos nosotros somos campesinos de los alrededores de Würgau y nuestra vida es una dura lucha, pero conservamos toda nuestra dignidad y honor. Somos campesinos pero no un grupo de desalmados sin principios, ¿lo entiendes?

—¡A decir verdad, no! —respondió el cantero.

Aunque ya tenía veinte años de edad, no se había alejado ni a un día de marcha de su ciudad natal y no sabía nada de los problemas que afectaban a las gentes del campo de los alrededores. Por los pocos campesinos que había llegado a conocer en el pasado, sabía que era gente piadosa y temerosa de Dios, que no se habían mezclado en las rebeliones de campesinos que se produjeron hacía ya más de treinta años y que entre ellos la necesidad y la miseria se hacían cada vez mayores.

Treinta y tantos años antes, los campesinos siguieron las indicaciones de los «doce artículos» del curtidor Lotzer, el más difundido de los panfletos de aquellos días, que fue clavado en los árboles y en las puertas de las casas de los jornaleros y que con las palabras del evangelio pedía a la gente del campo que se revelara. Lotzer exigía la liberación de los siervos, un salario en vez de la obligación del servicio personal frente a los señores, participación en las cosechas y libre elección de los párrocos encargados de cobrar el diezmo. La revuelta no consiguió nada, aparte de la destrucción de numerosas fortalezas y conventos y la muerte de miles de seres humanos sin que se produjera cambio alguno. Por el contrario, incluso el reformador Martín Lutero, que al principio pareció apoyar a los campesinos, se distanció de ellos después de la difusión de los «doce artículos», alegando que los evangelios no debían ser utilizados por motivos terrenales; esto, a su vez, tuvo como consecuencia que muchos campesinos se apartaran de la nueva doctrina protestante.

—Te aclararé gustosamente por qué la gente está tan excitada —dijo Ludowig aproximándose a Leberecht. Alguien le acercó la manga de un vestido humedecida en agua y el jefe de los revoltosos empezó a limpiar el rostro ensangrentado de la inocente víctima—. No estamos satisfechos con que nuestros diezmos llenen los sacos cada vez mayores y endulcen la vida de los señores que no hacen nada, tanto si la cosecha es mala como si es buena, como el pasado año cuando la peste nos impidió sembrar. Y que allí donde la Iglesia, los conventos y las congregaciones eclesiásticas son los dueños de las tierras, estos dueños no se comporten mejor que los laicos. Sus abusos nos encienden más la sangre porque dicen obrar en nombre del Todopoderoso pero en vez de tendernos la mano nos desprecian como si fuéramos unos bichos miserables. Pero en las escrituras se lee que somos nosotros, los pobres, los bienaventurados y que nuestro es el reino de los cielos. Quizá piensan los príncipes de la Iglesia que deben dejarnos morir de hambre para que empecemos a disfrutar del paraíso lo antes posible.

Tan pronto como Ludowig curó la herida y vendó la frente de Leberecht con el ensangrentado trapo, este último dio su opinión que fue más una pregunta:

—¿No está escrito en el versículo 3 del libro de Moisés que a la superioridad le corresponde la décima parte de la cosecha?

—Naturalmente, lo sabemos —respondió el cabecilla de los

campesinos— y a ningún campesino se le ocurriría negarse a pagar ese diezmo y los dueños de la tierra tendrían sus buenos ingresos. Pero ahora, además, tenemos que pagar el pequeño diezmo y el diezmo de la sangre, y no sólo una vez, sino varias veces al año, cuando una tierra está dividida entre varios señores.

—¿Pequeño diezmo, diezmo de la sangre? Nunca oí hablar de eso.

—Vosotros, los habitantes de la ciudad, no tenéis idea de todo lo que le toca pagar al campesino. El pequeño diezmo se paga hasta por una fruta o un racimo de uvas, los huertos y los prados en que pasta el ganado y sobre todo lo que se guisa, las lentejas, los guisantes, los nabos e incluso las verduras. Si tu mujer te ha cocinado algo, cuando nos ponemos a comer es como si un invitado invisible se sentara a nuestra mesa; en unos casos es el príncipe-obispo, en otros un cura gordo y en otros un noble.

—¿Y por qué habéis venido aquí?

—¡Para protestar contra el diezmo de la sangre! Hasta ahora ni el más listo de los doctos en la interpretación de la Biblia ha podido encontrar en ella una referencia que diga que hay que pagar a la autoridad un diezmo por el ganado ni entregarle el producto de una de cada diez colmenas.

—¿Quieres decir que también tienes que repartir tus abejas con el obispo?

Ludowig afirmó con la cabeza, en silencio. En su rostro estaba escrita la rabia de la impotencia.

—¡Apártate a un lado! —le pidió a Leberecht y lo alejó de la gran puerta de entrada.

Dio un silbido con los dedos entre los labios y de las filas de los campesinos salieron cuatro de ellos que llevaban un tonel viejo y medio podrido. Lo levantaron tanto como les fue posible y seguidamente lo dejaron caer sobre el empedrado de la plaza de la catedral.

El tonel se rompió y de su interior surgió el estiércol de vaca y los excrementos que los campesinos habían sacado de sus propios estercoleros. El olor fue nauseabundo.

Pero no con eso terminó la protesta. Otros cuatro hombres aparecieron con otro gran tonel. En éste habían metido a los bichos más repugnantes, cucarachas, escarabajos, tábanos, moscardones y grandes moscas a las que les habían arrancado las alas. Todos esos asquerosos insectos cayeron sobre los excrementos apestosos. Y Ludowig gritó con su voz poderosa, que resonó sobre toda la plaza:

—¡El diezmo para el obispo! ¡El diezmo para el obispo!

Gritando y charlando entre ellos, los campesinos se separaron y poco a poco se fueron alejando de la plaza. También Leberecht decidió desaparecer por un estrecho callejón.

Por el amor de Dios y también porque se había asignado a sí misma el papel de madre, la viuda Auerswald cuidó a su huésped de modo que en pocos días éste volvió a encontrarse bien. Leberecht jamás había disfrutado de tanta atención y cuidados como en la casa de la calle de los Tintoreros. A solas consigo mismo y con sus pensamientos, no se podía quitar de la cabeza la inesperada ruptura de sus relaciones con Martha. Estaba convencido de que tardaría mucho en olvidarla si es que llegaba a hacerlo alguna vez. Pese a que ella lo había dejado a un lado sin la menor consideración por sus sentimientos y había sacrificado su amor a la hipocresía de curas y predicadores, él seguía amándola y le resultaban muy penosos sus esfuerzos por no cruzarse en su camino. Sabía que cualquier encuentro volvería a abrir la herida antes de que llegara a cicatrizar.

También ocupaba en gran parte sus pensamientos la extraña ofrenda que los campesinos dejaron delante de la residencia del príncipe-obispo, cuya razón seguía sin comprender del todo aun después de largas reflexiones. Su situación le parecía un tanto peligrosa pues de modo secreto se encontraba metido en el enfrentamiento existente entre el clero secular y las órdenes monacales que, como todo el mundo sabía, se llevaban como el perro y el gato y se acusaban recíprocamente de los peores vicios; además ésta era la acusación menos peligrosa que podría hacerse contra él. Como los príncipes-obispos no tenían forzosamente que ser sacerdotes ordenados, el clero común no encontraba razón para mortificarse con la castidad y el ascetismo. En la biblioteca secreta de la abadía, Leberecht había podido leer libros con informes en los cuales los autores se quejaban del indebido e insolente comportamiento de los sacerdotes, del gran número de concubinatos y del modo ambicioso como se ejercía el sacerdocio. La forma en que aquellos informes habían llegado a la abadía y el motivo por el que los frailes los conservaban era algo que no había querido saber. En aquellos libros se contaban no sólo las contravenciones y los delitos de los sacerdotes seculares, incumplimiento del ayuno, lujuria, visitas a las casas de trato, desvirgaciones e incestos, sino también la lista de los castigos que deberían ser impuestos por cada uno de estos delitos. La visita a una casa de prostitución era castigada con la más leve de las penas, mientras que enterrar en camposanto a un excomulgado se merecía la mayor de todas.

Por su parte, el clero secular echaba pestes contra el clero monacal y gritaba que para ser auténticamente piadoso no eran necesarios ni el hábito de una orden ni determinados votos. Ni san Agustín, cuya santidad estaba por encima de toda duda, ni el santo apóstol Pablo, ni Jesús nuestro señor llevaron nunca un hábito. Las faltas de Jakob Wimpferling, predicador catedralicio en Speyer y profesor de poesía en Heidelberg y, pese a sus críticas a las inconveniencias de la Iglesia, uno de sus más fieles servidores, preocuparon incluso a la curia romana sin que el papa interviniera con su censura.

Por encima de esto, las enemistades entre las distintas órdenes y conventos aparecían a la luz del día con mayor claridad de lo que sería conveniente para la Iglesia e incluso para los propios conventos. El conflicto más destacado se daba entre dominicos y franciscanos y se refería a la doctrina de la purísima concepción de la madre de Dios; los monjes se atacaban mutuamente con escritos injuriosos del peor estilo. Bajo la presión de su maestro Tomás, que negaba que la concepción de María fuera obra del Espíritu Santo, los dominicos seguían esta tesis con toda vehemencia. Los franciscanos, por el contrario, sabían que la masa del pueblo estaba con ellos y con su desprecio por los juicios por herejía de los dominicos cuando ellos predicaban la inmaculada concepción desde todos los púlpitos y calificaban de apestosa rosa perruna a todo aquel que la mencionaba en el rosario de la madre de Dios.

Leberecht se rompía la cabeza pensando qué pretendía el príncipe-obispo. Todo parecía indicar que existía una relación secreta entre la condena contra su padre y la biblioteca de los benedictinos. También el mensaje en clave de su padre, que él descubrió por pura casualidad y cuyo sentido todavía seguía oculto, podía tener una importancia inesperada en esta relación de continuidad. ¿Por qué lo atormentaba su padre después de su muerte con un enigma así? ¿Qué pretendía con ello? Por vez primera en su vida Leberecht le maldijo.

Apenas curado, una noche a hora tardía, acudió al Krug para beberse una cerveza negra y pensar en otras cosas durante un rato. En un rincón, una docena de compañeros de trabajo de las obras de la catedral se apretaba alrededor de una mesa demasiado pequeña para tanta gente; al verlo entrar lanzaron vivas a su presidente, al que trataron como a un héroe por haber conseguido imponer ante el obispo su petición, que haya había sido satisfecha, de material para hacer nuevos andamios, e hicieron que un gran jarro de cerveza circulara por el grupo.

Leberecht no consiguió hacerles entender que no necesitó el menor esfuerzo para convencer al obispo de la necesidad de esos nuevos andamios que tal vez les hubieran facilitado de todos modos. Estaba en ello cuando sintió que alguien desde atrás le ponía la mano en el hombro. Cuando volvió la vista reconoció al hermano Luitger, que vestía de negro pero no el hábito de monje sino las ropas propias de un profesor viajero.

—¡Por todos los santos! —exclamó Leberecht lleno de alegría—. ¿Dónde os metisteis durante tanto tiempo? En Michelsberg llegaron a creer que habíais emprendido en secreto el viaje al cielo.

Le hizo un guiño de complicidad y Luitger se rió alegre.

—Uno como yo no subirá directamente al reino de los cielos. Antes le espera el purgatorio.

Se apretaron en uno de los extremos del banco y el fraile le explicó que llegó un día en que no pudo resistir más vivir entre sus compañeros, no por las limitaciones que la peste había impuesto en la vida del convento, ya de por sí restringida, sino porque después de meses viendo a diario la misma expresión en el rostro de sus colegas no pudo soportarlo más.

—Incluso nuestro señor Jesucristo —opinó con expresión seria— se separó por algún tiempo de sus apóstoles.

Sin embargo Luitger no quiso revelar dónde había vivido durante todo aquel tiempo.

Mientras la gran jarra seguía dando la vuelta y los compañeros de Leberecht cantaban canciones burlonas y picantes más que aptas para hacer salir el rubor al rostro de un monje benedictino, Leberecht trató de explicarle a su maestro que el príncipe-obispo hizo todo lo posible para enterarse de cuáles eran los libros y manuscritos que se guardaban en la biblioteca de Michelsberg. Por una vez el hermano Luitger pareció sorprendido.

—¿Y qué le dijiste? —preguntó.

—No más de lo que ya sabía, estoy seguro.

—Está bien así. No esperaba otra cosa de ti.

—¿Por qué no me previnisteis de la posible curiosidad del obispo? Si lo hubierais hecho yo hubiera estado mejor preparado para la conversación.

—No tenía la menor idea de que su eminencia estuviese enterado de tu obligado exilio en la abadía —respondió Luitger, e hizo un enérgico movimiento de cabeza como si quisiera decir: «Tienes que creerme.»

En esos momentos le vino a la cabeza que Luitger era el único que conocía su estancia en el convento y que lo abandonó durante la plaga. Pero no podía creer en modo alguno que el fraile fuera un esbirro del obispo.

—Su eminencia sospecha que en la biblioteca se guardan también libros prohibidos —declaró Leberecht—. Incluso tengo la impresión dc que está interesado por un libro determinado.

—¡Jesús! —exclamó Luitger, que juntó las palmas de sus manos—. ¿Qué es lo que puede buscar en nuestra casa? Quizá la teoría de Johannes Duns Scotus o el *Almagest* de Claudio Ptolomeo. Éstos son libros muy valiosos y raros y desde luego no están en armonía con la doctrina cristiana, ¿pero es esto razón suficiente para hacer de ello un asunto tan importante? Para ser un cerebro tan inteligente tienes demasiada fantasía, hijo mío. Debías hacerte escritor o poeta, como Hans Sachs de Nuremberg, el francés Rabelais o el florentino Dante Alighieri, a cuyos pies se postraron los hombres más grandes de su tiempo porque sabía jugar por igual con los números que con las palabras.

Leberecht no estaba predispuesto a las bromas, sino poseído por la idea de que su padre podía haberle dejado un legado secreto cuya importancia iba mucho más allá de su propio espacio vital, tanto que había llegado a interesar al propio príncipe-obispo. El misterio con el que rodeó ese mensaje estaba de acuerdo con su personalidad. Adam ponía condiciones a su saber y a su inteligencia. Leberecht debía demostrar que era digno de él. Sí, así era como debía ser.

—Hermano —dijo Leberecht rompiendo un largo silencio tras beber un buen trago de la jarra de cerveza que seguía haciendo la ronda—, en la abadía se cuenta que el hermano Andreas perdió el habla después de haber leído un libro determinado. ¿Qué sabéis vos de ello?

—¡Nada, absolutamente nada! —se excitó Luitger, que tomó la gran jarra de cerveza negra de las manos de Leberecht—. Es una de las muchas leyendas que circulan por la abadía. Del hermano Humbert se dice que lleva la carga de su joroba desde el día en que el diablo le saltó sobre las espaldas desde el techo de la iglesia del convento. Y que el hermano Erasmus es cojo desde que ofreció su pierna a Satanás a cambio de pasar una noche con una novicia del convento de las dominicas. Pero, si quieres puedes preguntárselo al propio hermano Andreas. ¡Aunque no creo que te conteste más de lo que me respondió a mí!

—¿Vos le habéis preguntado?

Luitger, un tanto azorado, respondió con un movimiento de cabeza afirmativo.

—El hermano Andreas tiene una ventaja invaluable sobre aquellos de nosotros que gozamos del don del habla y del oído. Cuando no quiere oír, no oye nuestras preguntas. Por lo tanto sólo responde cuando le apetece hacerlo. ¡Un hombre afortunado ese hermano!

Se hacían cada vez más ruidosas las canciones burlonas de los canteros que, además, seguían el ritmo golpeando la mesa con los puños. El griterío era excesivo para Leberecht, cuya cabeza aún estaba dolorida, y decidió despedirse de sus compañeros.

En el camino de regreso a casa cruzó la calle de Curtidores, que apestaba como si mil diablos hubieran hecho en ella sus necesidades. Pese a que ya habían pasado dos meses desde que terminó la epidemia, por doquier todavía se podían ver sus consecuencias: en todas partes podían verse cadáveres de animales calcinados rodeados de montones de ratas. Delante de las puertas se amontonaban las ropas y la leña entre las que buscaban algo que comer jaurías de perros sin dueño. Los canales empedrados que desembocaban en el río y que conducían las aguas negras de la ciudad, excrementos y basuras, estaban embozados y se desbordaban debido a que durante el tiempo de la peste escaseó el agua. Algunos ciudadanos con inventiva se colocaron gruesas suelas de madera bajo los zapatos para proteger el valioso calzado del fango y la porquería.

Era ya tarde pero la ciudad seguía viva. El verano mantenía sus fueros y todo aquel que había sobrevivido a la peste cantaba, bailaba, comía, bebía y amaba más de lo que nunca hizo con anterioridad. Antes de que se declarara la epidemia, era difícil encontrarse a esas horas con una persona en las mismas calles que ahora hervían de viejos y jóvenes; y en muchas casas se bebía y se celebraba la vuelta a la vida.

Al pasar por el puente de Arriba, con el que Leberecht se sentía unido por tantos recuerdos, se le acercó por detrás un hombre que hacía tiempo que lo venía siguiendo.

—¡No tengas miedo, soy yo, Carvacchi!

Leberecht se dio la vuelta sorprendido. Hacía más de una semana que el maestro no se dejaba ver en los andamios de la catedral; había puesto como pretexto una vieja enfermedad, pero los canteros que trabajaban a sus órdenes murmuraban que había vuelto a darse a la bebida, que al cabo de unos días se manifestaba en un aumento de su capacidad creativa sobre la piedra.

—Creía que habíais sufrido una nueva recaída en el mal de la gota —exclamó Leberecht sorprendido.

—¿Gota? —se rió Carvacchi—. Este verano es capaz de sacar de los miembros el último resto de la enfermedad. No, no se trata de la gota.

—Lo entiendo —asintió Leberecht, que se llevó el dedo índice a los labios indicando que no hablaría con nadie del asunto.

—No, tú no entiendes nada —lo interrumpió Carvacchi—. ¡Escúchame!

Al pronunciar estas palabras miró a ambos lados para ver si alguien podía oírlos. Puso su mano a un lado de la boca y rezongó:

—¡Tengo que irme de aquí lo antes posible! Necesito dinero y tú eres el único en quien puedo confiar. ¿Puedes ayudarme? Si lo haces no perderás nada con ello.

Leberecht no comprendía por qué su maestro se comportaba con tanta cautela: lo había seguido en medio de la noche hasta el puente para allí hablarle de dinero. Carvacchi era bien conocido como jugador. El juego del chaquete y los dados eran su fatalidad. Leberecht lo sabía desde el primer año de su aprendizaje aunque nunca habían hablado de ello. Y éste era sin duda el motivo por el que el maestro jamás le había pedido dinero prestado hasta entonces.

—¡No perderás con ello! —repitió Carvacchi.

—¡Ah, qué importa eso! —respondió Leberecht—. ¡Naturalmente, os ayudaré!

Carvacchi estaba visiblemente emocionado y sujetó a Leberecht por ambos brazos.

—Pero necesito una suma verdaderamente grande.

—¿Cuánto?

—Cien gulden... si fuera posible.

—¿Cien gulden?

—O cincuenta. Cualquier suma me servirá de ayuda, ¿me oyes?

Leberecht escrutó a Carvacchi todo lo que la oscuridad se lo permitía. No causaba la impresión de estar borracho como al principio le pareció. Su mirada parecía más bien suplicante y Leberecht casi no podía negar ese ruego de su maestro. Carvacchi siempre fue bueno con él y siempre lo consideró su alumno favorito; le enseñó todo lo necesario para hacer de él un buen maestro cantero. Su herencia la guardaba el magistrado de la ciudad. ¿Por qué no iba a ayudar al hombre al que tanto tenía que agradecerle?

—Te juro por todos los santos y la santa virgen que te devolveré el dinero con sus intereses y los intereses de los intereses. ¡No te arrepentirás! ¡Puedes estar seguro de ello!

Carvacchi escupió en el río oscuro, como si con ello quisiera subrayar sus palabras.

—¿Qué queréis hacer con el dinero?

—Largarme de aquí. Volveré a Florencia.

—¿Florencia? —Leberecht gritó tan fuerte que el maestro hubo de advertirle que bajara la voz.

—La Inquisición me sigue los pasos. Quiere procesarme por blasfemia y ateísmo.

—¿A vos que le habéis devuelto al emperador su catedral con toda su anterior belleza? Permitid que me ría.

—Explícaselo a los celosos inquisidores... Desde que el hermano Cajetan de Regensburg pasó a ocupar el puesto de Bartolomeo, la hipocresía religiosa en nombre de Dios se ha vuelto aún peor de lo que ya era. ¡Que el Diablo se los lleve a todos ellos! —Carvacchi se apoyó en el pretil del puente y miró el río que se deslizaba a sus pies. En la lejanía podía oírse el rumor del agua en la esclusa situada a un tiro de piedra del ayuntamiento—. Antes de la llegada de la peste huí a Weismain —comenzó de nuevo Carvacchi—, donde conozco al párroco Johann Kuna, un hombre *bonae famae* pero sin breviario y abstemio. Cuando regresé, el cobertizo que me servía de taller había sido forzado...

—Puedo imaginar lo ocurrido...

—... y las esculturas, que para mí representaban el símbolo de la belleza de la feminidad, habían sido derribadas de sus pedestales y rotas a pedazos. Dios mío, si es que existe alguno, ¿cómo pudiste permitirlo? —La voz de Carvacchi temblaba emocionada.

—¿Y... quién lo hizo?

—¿Quién más podía ser? Los mismos hombres que llevaron a la hoguera el cadáver de tu padre; los mismos hombres que destrozaron la estatua de la catedral, los mismos hombres que pegan a sus mujeres y a sus hijos y compran indulgencias a la puerta de la catedral para poder hacer sus malas obras sin tener que pagar por ellas. Las mentes de esos devotos están llenas de los más bajos instintos. Ven en toda desnudez algo maligno que, aun siendo sólo de piedra, perturba sus sentidos. Ciertamente que la vida sería mucho más bella si, como las aguas de este río, pudiera deslizarse sin ser frenada entre la orilla del arte y la orilla de la ciencia. Pero tú sabes de sobra lo lejos que está de la realidad este sublime deseo y todo lo que tiene que sufrir un hombre al que el cielo le dio talento artístico.

—¡Cuánta razón tenéis, maestro! Verdaderamente éste no es lugar ni tiempo para el florecer de las musas. ¡Blasfemia! Me dan ganas de reír.

—Uno de los curas de la catedral, con el que me une una buena amistad, dice haber oído que al nuevo inquisidor le saltó a la vista el parecido de mis estatuas con la Eva de la Iglesia. ¡Y lo ha calificado de blasfemo!

¡Blasfemia! Leberecht vaciló. El parecido era innegable, ¿pero qué tenía eso que ver con hacer mofa de lo sagrado?

—Resulta difícil seguir creyendo —opinó Leberecht— en lo que la santa madre Iglesia enseña y hace.

Carvacchi guardó silencio. Estaba seguro de que no era un incrédulo pero tampoco hizo nunca un secreto de su rechazo de la Iglesia y del clero. Los curas y los monjes sólo encontraban su reconocimiento cuando eran inteligentes o abstemios y, mejor, cuando se daban ambas cualidades en uno de ellos. Pero, como en comparación con ellos Fidias era un santo y la cerveza una bebida de ayuno, había muy pocos con los que pudiera llevarse bien. En verdad, Carvacchi pregonaba la libertad de las artes y el pensamiento clásico que había aprendido en la Florencia de los Médicis y esto, forzosamente, tenía que provocar tensiones.

—¡Eso significa —Leberecht continuó su charla— que el hermano Cajetan en persona entró a la fuerza en vuestro taller!

—Eso es lo que parece, muchacho, eso es lo que parece.

El escultor seguía con la mirada fija en las aguas donde la luna dibujaba líneas serpenteantes. De repente dijo:

—Realmente ¿por qué no te vienes conmigo?

—¿A Florencia?

Leberecht se asustó. De repente su cabeza se vio invadida por mil pensamientos: ¡Florencia!

—Puedes confiar en mí —añadió Carvacchi.

Leberecht se mordió los labios.

—Créeme —susurró el maestro—, aquél es otro mundo e incluso otro tiempo. Antes o después tendrás que pasar por Florencia. ¡Un tipo como tú, con tus capacidades!

Sumidos en sus pensamientos miraron las aguas oscuras del río que corría bajo ellos. Tras una larga pausa dijo Leberecht:

—Ahora no, maestro. Aún necesito algún tiempo para solucionar varias cosas en esta ciudad que precisan ser aclaradas. Tal vez son más importantes para mi vida que toda la gran admiración que siento por vuestro país y sus artistas.

—Haces que me sienta curioso. No te andes con enigmas.

Leberecht se rió suavemente.

—En los malos tiempos el inteligente debe callar, dijo el profeta. Ahorradme más explicaciones. En lo que respecta a vuestras intenciones tendréis el dinero, cien gulden, en fe y confianza, pero con la creencia de que un día, cuando las cosas os vayan mejor, me devolveréis la suma.

Carvacchi tomó a Leberecht entre sus brazos y lo besó como a un hijo.

—No te arrepentirás de ello, Leberecht.

—Mañana le pediré al magistrado cien gulden de mi herencia. ¿Nos vemos aquí mañana a la misma hora?

—De acuerdo. ¡Adiós!

Y sin más, Carvacchi regresó a la parte de la ciudad que formaba una isla en el centro del río, de la que había llegado.

Los días siguientes, Leberecht los pasó sumido en el temor de que la Inquisición le hubiera tendido una trampa y sólo buscara un pretexto para asesinar a Carvacchi mientras intentaba la fuga. Éste le había confiado que, precisamente por esa causa, no emprendería directamente el camino en dirección sur sino que primero se detendría en las montañas Fichtel, Frankenwald y Vogtland, donde había reductos de la herejía bohemia y donde cien años antes los valdenses habían tenido numerosos seguidores. Allí podía sentirse seguro y esperar la oportunidad de unirse a una caravana de mercaderes para dirigirse a Venecia pasando por Regensburg y Salzburg.

La desaparición de Carvacchi produjo una gran consternación en la ciudad y dividió a sus habitantes en dos bandos. La mayoría, que consideraba al maestro como un artista genial, culpó de ella a los criminales de la Inquisición, sobre todo después de que se supo lo que había ocurrido con sus estatuas; mientras, una minoría de devotos influyentes consideraron a Carvacchi una víctima de sus propios actos de herejía e indigno de una sola lágrima.

A Leberecht le sucedió todo lo contrario. Nunca habría creído que la ausencia del maestro le causaría una inquietud tan honda. Tras la muerte de su padre fue Carvacchi quien le habló de cosas magníficas y misteriosas, y de un mundo que estaba tan distante de la estrechez mental y de lo que ocurría en Domberg como la magia de la luna de las tribulaciones terrestres. Carvacchi había despertado en él una virtud prohibida y, hasta entonces, desconocida: la curiosidad. Y esa curiosidad le había llevado a la conquista del saber y a conservar el botín en su cabeza. Lo que guardas en tu cerebro, solía decirle Carvacchi, es algo que nadie podrá arrebatarte.

Entre los múltiples rumores que rodeaban a la desaparición del maestro de las obras de la catedral había uno que decía que antes de que Carvacchi desapareciera en el aire había liquidado todas sus deudas hasta el último céntimo. El controlador oficial del azafrán de Krane, Oswald Pirckheimer, afirmaba que Carvacchi le había saldado de golpe una deuda de cien gulden. Esto hizo vacilar a Leberecht. ¿Había sido víctima de un enredo por parte del maestro? ¿Se había inventado la persecución de la Inquisición para conseguir su dinero? Conocía perfectamente cuáles eran las debilidades de Carvacchi: el dinero, las mujeres y la bebida. Y sabía también que el maestro no sabía controlar ninguna de las tres.

Para saber con certeza lo ocurrido, Leberecht visitó a Pirckheimer. Faltaba poco para la puesta del sol de un caluroso día de agosto. Delante de la casa de Pirckheimer, donde éste vendía aguardiente, lúpulo, miel y canarios, pero sobre todo especias, había mucho movimiento. Pirckheimer, cuya esposa Mechthild murió al dar a luz a su útimo hijo, estaba considerado como uno de los hombres más ricos de la ciudad y al mismo tiempo tenía fama de usurero. El bien pagado cargo de inspector de azafranes, encargado de comprobar la pureza y calidad de todas las especias que llegaban por el río, lo ocupaba desde hacía veinte años, pero aún llevaba más tiempo actuando como prestamista.

Su dinero le había dado a Pirckheimer tanto orgullo y espíritu de clase social que se consideraba por encima de las leyes de la ciudad e, incluso, de las del imperio, que desde hacía más de cincuenta años prohibían al ciudadano normal vestir ropas demasiado costosas. En el cambio de siglo el Reichstag o Parlamento Imperial, reunido en Augsburg, había prohibido, bajo multa de tres gulden que los vanidosos ciudadanos que no fueran nobles o doctores vistieran ropas de hilo de oro, terciopelo, tejido escarlata o seda y forraran sus abrigos con pieles de marta cebellina o armiño. Pirckheimer se burlaba de esa ley y vestía un jubón de terciopelo rojo y debajo de él una camisa de seda blanca. Y nadie sabía que hubiera pagado por ello ni un solo gulden de multa.

No puede sorprender, pues, que el orgulloso Pirckheimer se negara a dar información a Leberecht sobre la cuantía de la deuda que le había saldado Carvacchi. Con bruscas palabras le hizo salir de su oficina y, cuando ya Leberecht se marchaba, le gritó que no tenía tiempo que perder con chivatos.

Ya en la calle, Leberecht vio cómo una muchacha salía de la casa tras él. Se detuvo y se dio la vuelta. A la luz de la lámpara que ardía junto a la puerta vio los ojos azules más bellos que jamás había visto. La joven dijo llamarse Magdalene y era la menor de las hijas del prestamista. Al tiempo que hablaba se reía como si no quisiera tomarse en serio la actitud de su padre que, según dijo, siempre se comportaba de modo tan antipático con los desconocidos. Protegida por la oscuridad, Magdalene caminó un rato junto al joven en dirección al puente de Arriba. Charlaron animadamente y le dio a entender que le había caído bien. Después quiso saber si había ido a pedirle un préstamo a su padre. Leberecht le respondió negativamente, le contó sus reparos con respecto a Carvacchi y añadió que era para él muy importante saber la verdad. La guapa joven se detuvo. Le dijo que tenía que regresar a casa pero que, si le parecía bien, se informaría del asunto y respondería a sus preguntas al día siguiente a la misma hora. Se encontrarían en los jardincillos que había detrás del mercado de Krane, donde no podían ser vistos desde la casa paterna.

¡Vaya si le parecía bien! Como si lo hiciera de modo furtivo, Leberecht apretó la mano de Magdalene y ésta desapareció.

La tarde siguiente sobre las colinas de la ciudad colgaban nubes negras que presagiaban tormenta cuando Leberecht cruzó el estrecho callejón que no tenía nombre, pero que era llamado el callejón de los Tramposos porque permitía a los que le debían dinero a Pirckheimer seguir su camino hasta el ayuntamiento sin ser vistos desde la casa del usurero.

No tuvo que esperar mucho hasta que llegó una criada que le traía el recado: la deuda de Carvacchi era sólo de diez gulden, que fueron pagados de una vez, más otros tres de intereses. Magdalene le hacía saber, además, que se olvidara de ella lo antes posible, pues su padre los había visto y le había prohibido tener con él cualquier tipo de relación.

Las nubes negras empezaron a dejar caer gruesas gotas sobre las losas del callejón sin hacer desaparecer del todo el olor a polvo y tierra seca. No muy lejos, los relámpagos, seguidos casi de inmediato por los truenos, iluminaron el cielo y destacaron el contorno de la ciudad, las torres de la catedral y las de la iglesia de la abadía de Michelsberg, que eran como dagas puntiagudas que se clavaban en el cielo.

Leberecht trató de protegerse de la lluvia bajo el amplio cobertizo del mercado de Krane mientras seguía su camino hacia el río. El calor pegajoso y húmedo hacía que sudara por todos sus poros. Pensó que en lo que se refería a las mujeres la suerte no parecía ser para él una buena compañera. Magdalene, la muchacha de los bellos ojos azules, quizá le habría ayudado a olvidar a Martha.

El viento arrastraba consigo la lluvia. El chirriar de los gruesos cabos que sujetaban al muelle las barcazas de carga parecía un gemido prolongado que se repetía constantemente. El río, cuyas aguas normalmente se deslizaban tranquilas y perezosas, chocaba violentamente contra los muros de las orillas y hacía que las olas llegaran a salpicar la calle. De pronto, como obedeciendo a una orden común, se abrieron todas las nubes al mismo tiempo y empezaron a caer sobre la ciudad grandes cantidades de agua que no encontraron un cauce que seguir e inundaron las calles, amenazando penetrar en las casas.

Durante un instante en el que la luz de un relámpago iluminó a su alrededor como si fuera de día, Leberecht creyó distinguir un rostro conocido en el ojo de buey de una barcaza. Curioso, miró en la semioscuridad hasta que el siguiente relámpago le dio la certeza: detrás del tragaluz se ocultaba una mujer que parecía observarlo.

Fueron necesarios varios relámpagos más y un saludo amistoso con la mano para que Leberecht llegara a reconocerla: ¡Era Friederike! ¡Dios mío, Friederike!

Apenas amainó un poco el temporal, Leberecht saltó a la vieja gabarra y trató de abrir la puerta del pequeño camarote hasta que comprobó que estaba cerrada con llave.

—¡Vamos, abre! —gritó Leberecht junto al tragaluz y cuando vio que Friederike no reaccionaba, saltó sobre rollos de cabos, sacos y cajones hasta llegar a la parte delantera del camarote.

—¿Por qué no me abres? —preguntó Leberecht, que ya estaba totalmente empapado por la lluvia.

El pequeño tragaluz sólo le permitía ver la cara y la cabeza de la muchacha, que sacó una mano que Leberecht tomó y acarició tiernamente. Cuando de nuevo apareció el rostro de Friederike pudo ver que estaba llorando.

—¿Por qué no me abres? —repitió el joven su anterior pregunta.

La muchacha le respondió sollozando:

—No puedo, estoy encerrada.

—¿Encerrada? ¿Quién lo ha hecho?

—Es una larga historia —Friederike respiró hondamente como si le faltara el aire.

—¿Dónde está tu padre?

—Muerto —respondió Friederike y bajó los ojos.

—¡Por amor de Dios! ¿Qué ha ocurrido?

Sin esperar respuesta Leberecht se dirigió de regreso a la entrada del camarote, una puerta baja de tablas de madera por la que el viento entraba silbando. La cerradura estaba apenas sujeta con unos clavos oxidados de modo que no resultó difícil arrancarla. Leberecht abrió de un empujón la puerta y estrechó a Friederike entre sus brazos.

—¿Quién te ha encerrado aquí? —tosió Leberecht, que intentó sacudirse el agua que empapaba sus ropas.

Después de secarle los largos cabellos con un paño de lino, la mujer se sentó sobre la larga tarima de madera junto a la pared, que por las noches le servía de lecho. Leberecht lo hizo en la única silla que había en la cabina. Friederike comenzó a relatar con voz entrecortada:

—Cuando nos enteramos de que apenas abandonamos este muelle se declaró una epidemia de peste, le di las gracias a Dios nuestro señor por habernos librado de ella con su infinita bondad. Río abajo teníamos buena carga, lo que es bastante raro en estos tiempos, dejamos una parte de ella en Colonia y continuamos corriente abajo hasta Roterdam, donde mi padre tenía negocios con los vendedores de especias. Debíamos traer aquí trescientos sacos de pimienta y otras especias para Pirckheimer y cuatro barriles de aguardiente y otros tantos toneles de pescado seco, lo que es sin duda un buen cargamento. Pero el día anterior al que debíamos zarpar, llamé a mi padre para que viniera a comer al camarote. Al ver que no venía salí a buscarlo. Lo encontré en la proa, sentado en la caja del ancla como si estuviera descansando del trabajo. Estaba muerto. El corazón.

Friederike sollozó.

Leberecht se acercó a ella, que apoyó con fuerza su cabeza sobre el pecho del joven. La tristeza de la muchacha le afectaba muy de cerca, tanto que él mismo dejó escapar una lágrima.

—Debiste querer mucho a tu padre —dijo desamparado.

—Sí —confirmó Friederike—. Era para mí padre y madre al mismo tiempo. —Tras una pausa de silencio continuó—: Tuvo su tumba en el mar, como siempre deseó. Así fue como me encontré totalmente sola en Roterdam, con el barco completamente cargado. ¿Qué podía hacer? Fue entonces cuando llegó Endres, un marinero de cabotaje sin trabajo, que se ofreció para llevar la barcaza río arriba. Pronto nos pusimos de acuerdo en el asunto y levamos ancla.

Friederike se interrumpió y escondió el rostro entre sus manos.

—Aún no habíamos llegado a tierras alemanas cuando comprendí por qué Endres se había quedado sin trabajo —continuó—. Bebía, se aprovechaba de la carga y estaba casi siempre tan borracho que no podía llevar el timón, del que forzada por las circunstancias, yo tuve que hacerme cargo para no colisionar con otro barco. En tales circunstancias me pegaba y me amenazaba con saltar por la borda. ¡Ya vería entonces qué sería del barco y de mí! Finalmente acabó diciéndome que yo era legalmente su mujer, me trató con violencia y me dejaba encerrada en la barcaza tan pronto llegábamos a puerto mientras él se iba a emborrachar por las tabernas.

Friederike se desabrochó la blusa. A la luz de la lámpara que colgaba del bajo techo del camarote, Leberecht pudo ver manchas rojas sobre el cuello y los senos de Friederike.

—¿Por qué no echas a ese tipo? —preguntó Leberecht.

—No puedo. Afirma que es mi marido y que nos casamos mientras subíamos por el río, que tengo que darme por contenta con que no sea él quien me echa del barco. Dice que el barco es suyo y que yo soy su mujer. Así es de acuerdo con las leyes de navegación en virtud de ese matrimonio, que afirma se celebró.

Leberecht sacudió la cabeza.

Se había imaginado que su reencuentro con la muchacha sería muy diferente. Por ella habría renunciado con alegría a su amistad con todos los hombres, ahora que Carvacchi había desaparecido de la ciudad. Pero, ¿cómo podía ayudarla? ¡Qué mujer tan valerosa y alegre fue antes Friederike! ¿Y ahora? Triste como la muerte, humillada y desesperada.

Leberecht estaba tan enfrascado en sus pensamientos que no se dio cuenta de que Friederike se había colocado detrás de él, puso sus brazos alrededor del cuerpo y apartó a un lado su largo pelo para besarle en la nuca. El joven disfrutó del calor de sus labios suaves.

—Él ya no está aquí —dijo el joven sin saber por qué—. Carvacchi se ha marchado a Italia huyendo de la Inquisición.

La noticia no pareció inquietar a la muchacha, que continuó con sus caricias.

—Hum... —suspiró él. Después continuó—: Destrozaron las estatuas que tenía en su casa. El inquisidor dijo que se parecían como gotas de agua a la imagen de Eva que está en la catedral y que su desnudez era una blasfemia.

Leberecht se dio la vuelta y miró el rostro de Friederike.

—Él sólo amaba a sus esculturas, no a mí —dijo ella con tristeza—. Era un hombre para el que el arte está por encima de todo, incluso sobre sus propios sentimientos. Creo que ni siquiera estaba en condiciones de amar a una mujer. Sólo podía amar aquello que él mismo había creado. Eso era lo que adoraba.

Leberecht reflexionó. ¡Qué razón tenía Friederike! Aquél era el otro lado de Carvacchi, su maestro.

Había cesado la lluvia pero el río descendía agitado y revuelto. La vieja barcaza parecía gemir en todas sus cuadernas y la barra del timón chirriaba con un ruido que parecía el maullido de un gato al que han pisado la cola.

—Me dará un paliza de muerte si te encuentra aquí —dijo la muchacha asustada.

Leberecht se puso de pie.

—Mira mis manos. Podría retorcerle el cuello. ¡Si supiera cómo ayudarte!

Friederike rompió en llanto.

—¡Pero es mi marido!

Leberecht miró por el tragaluz. La plaza y el muelle estaban desiertos. En la otra orilla del río ladraban unos perros.

—¿Lo quieres? —le preguntó.

La muchacha no le respondió. Sollozaba sentada, mirando las planchas de madera del suelo sin atreverse a levantar la vista.

—¡Vaya, así son las cosas! —opinó.

De repente se sintió desesperado, desilusionado y abandonado. Si Friederike quería a aquel libertino borracho no podía hacer nada para ayudarla.

¡Qué extrañas criaturas de Dios son las mujeres!, pensó. Muchos hombres se postran a sus pies, les suplican y están dispuestos a bajar para ellas las estrellas del cielo... ¡y después se van con un golfo de mal vivir que las maltrata y las desprecia! Como dicen los romanos: *Amare et sapere vix deo conceditur.* («Amar y ser sensato no le es posible ni siquiera a un dios.»)

Leberecht miró a un lado mientras se despedía. No quería que Friederike viera sus lágrimas.

—¿Cuánto tiempo estarás aún aquí? —le preguntó cuando ya estaba junto a la puerta.

—No lo sé. Hasta ahora no hemos conseguido carga.

Seguidamente se volvió hacia él y le dijo:

—¡Vuelve, por favor!

CAPÍTULO V

CHANTAJE Y DESESPERACIÓN

Un sábado del mes de agosto, después de su trabajo, Leberecht se dirigió desde la obra a su casa para sacarse el polvo del cuerpo. La viuda Auerswald, que se ocupaba de él con todo cariño y lo trataba como si fuera su propio hijo, a veces a Leberecht esas muestras de cariño maternal casi le parecían excesivas, le había preparado junto a la cocina una especie de cuarto de baño, con un gran tonel de madera lleno de agua, naturalmente fría, que ella le cambiaba dos veces por semana, pese al esfuerzo que eso suponía pues cada cubo de agua tenía que ser traído de la fuente de Sand, que estaba a cien pasos de distancia. Limpio de polvo y refrescado por el baño, Leberecht emprendió el camino hacia el convento de los benedictinos, no sin tener que oír la advertencia cariñosa de su patrona de que no volviera demasiado tarde. Estaba claro que después de todo un día de trabajo, sus estudios en la biblioteca exigían un gran esfuerzo y muchas veces cuando regresaba de la abadía estaba tan cansado que se dejaba caer en la cama y, sin quitarse la ropa, se quedaba dormido. Pero ya en aquellos días antes habría dejado su trabajo de cantero que sus estudios.

Las agitadas emociones de las últimas semanas habían hecho que Leberecht tuviera que dejar de ir a la biblioteca de la abadía más de lo que a él le hubiera gustado, y no pudo investigar el legado de su padre. Como creía que tenía que existir alguna relación, era típico de su padre aquel misterioso juego del escondite, le atormentaba *in primis* (en primer lugar) la cuestión de por qué había elegido aquella extraña forma de transmitirle el mensaje, sobre todo porque había corrido el riesgo de que no encontrara la indicación grabada en el banco, y *se-*

cundo (segundo) le preocupaba cuál podía ser el contenido del mensaje.

Mientras tanto Leberecht había logrado establecer relaciones que casi podían calificarse de amistosas con los frailes de Michelsberg. Los hermanos trataban al inteligente cantero como a uno de los suyos y en secreto el abad Lucius tenía la esperanza de que Leberecht acabaría por decidirse a entrar en la *Ordo Sancti Benedicti* (orden de san Benedicto). Luitger, como lo hiciera antes, seguía instruyéndolo en los idiomas antiguos y en los filósofos de la antigüedad, mientras que el hermano Emmeran se había descubierto como un excelente profesor de las ciencias naturales, la geometría y el conocimiento de los astros.

Pero Leberecht no se atrevía a confiar ni en Luitger, con quien frecuentemente se pasaba las noches en el Krug discutiendo de lo humano y lo divino, ni en el anciano Emmeran, que según propia confesión no había salido de la abadía en toda una generación. Durante el tiempo de la peste, Leberecht había podido comprobar como algunos supuestos santos que llevan la cruz de Cristo se transforman en diablos de la noche a la mañana. Por eso no le engañaba la paz y la devoción que ahora parecían haberse restaurado de nuevo en los corredores y salas de la abadía.

Como es natural, Leberecht ocultó a los demás monjes la invitación del príncipe-obispo y sus preguntas. Además, contrariamente a su costumbre, ahora que se sentía vigilado no entraba en la biblioteca por la puerta de la entrada principal sino que había elegido hacerlo por el camino del río, subiendo los empinados y resbaladizos escalones que llevaban a la huerta para desde allí continuar por la puerta trasera del convento y, atravesando el patio interior, llegar a la biblioteca.

La búsqueda del misterioso libro fue lo más parecido a un viaje de aventuras que lo llevó, a través del espacio y el tiempo, desde la tierra al firmamento y de Adán y Eva hasta esos tiempos todavía por venir que constituyen el futuro. ¿Por dónde empezar? La *tertia arca,* a la que su padre se había referido, por los motivos que fuera, llegaba desde el suelo hasta el techo y debía contener unas quinientas obras ordenadas de manera parecida a como se hacía en las demás *arcae,* es decir, las distintas ramas de la ciencia y del saber no estaban ordenadas horizontalmente, unas al lado de las otras, sino formando capas, es decir, unas materias encima de las otras. Y en ese orden, la importancia del libro y su fecha de publicación no jugaban ningún papel, sino que el factor determinante era su formato, de modo que los volúmenes mayores quedaban en la parte inferior y los más pequeños arriba de todo.

Leberecht no tenía la menor duda de que su padre no solamente conocía la parte pública de la biblioteca, sino también la parte privada que se ocultaba en el lado de atrás de las estanterías. El aire de secreto con que había rodeado su mensaje le llevaba a pensar que el asunto al que se refería su padre debía estar en la parte oculta de la biblioteca. Y esta parte comprendía otros quinientos libros, tal vez más, porque allí los libros pequeños, que ocupan menos espacio, formaban la mayoría.

Leberecht, pues, hizo girar la estantería de la tercera arca para que la parte oculta quedara al descubierto y contempló, como ya había hecho antes repetidas veces, toda la ciencia y el saber que se ofrecían a su vista en cuero y pergamino. Al principio se limitó a buscar algún sistema u ordenamiento que se diferenciara del sistema oficial de clasificación. Para ello, también hizo girar sobre su eje las estanterías situadas a la izquierda y a la derecha con la idea de establecer una comparación entre ellas y ver si habían guardado los libros de algún modo especial.

Sin embargo, pese al mucho tiempo que Leberecht se pasó observando los lomos de los libros y manuscritos impresos o atados, y a veces en blanco, no pudo descubrir nada especial salvo aquellas peculiaridades que eran propias de cada arca o estantería. La observación detenida de los libros que más destacaban por los colores y formas de sus encuadernaciones o por estar colocados boca abajo o en diagonal, tampoco dio resultado alguno. Todos parecían inofensivos y poco apropiados para transmitir un mensaje secreto.

En primer lugar, tras reflexionar, Leberecht partió de la idea de dejar al margen de su búsqueda determinados temas y ramas de la ciencia como la botánica, la geografía, la geometría y la filosofía, pues a su juicio era poco probable que ocultaran secretos capaces de mover el mundo. Todas las plantas, tanto las venenosas como las medicinales, habían sido ya clasificadas y enumeradas en grandes obras. Desde que Cristóbal Colón desplegó sus velas en dirección oeste y Vasco de Gama en dirección este y ambos fueron a parar a las Indias, no quedaba ninguna mancha en blanco sobre el globo terráqueo. Las leyes de la geometría no habían cambiado casi en los dos últimos milenios, y se consideraba tan cierto como el amén en la Iglesia que dos líneas paralelas nunca se tocarían y que el tiempo y el espacio siempre serían magnitudes invariables. Y en lo que se refería a la filosofía ya había alcanzado su punto cumbre con Aristóteles, pues quién podría superar un conocimiento superior de la vida que el que se reflejaba en esta frase: «Se debe preferir lo imposible que es probable a lo posible que es increíble.»

Esa frase, que Leberecht discutió con el hermano Emmeran una noche entera durante el tiempo de la peste, por sí sola dio nuevas fuerzas a Leberecht en su propósito hasta entonces aparentemente estéril. Cada vez era más consciente de que su padre no solía unir las ideas por él elegidas con ninguna diablura insensata. Eso era ajeno a su carácter. No, estaba seguro de que su padre, el redomado Adam *el Calvo*, lo que quería era obligarlo a examinar toda la tercera estantería. Adam debía de haber considerado que si no lo hacía así, no era digno de participar en su legado.

En vista de eso, Leberecht comenzó su búsqueda por la parte más baja de la estantería, con las obras secretas de teología y medicina, en las que hombres sin dios, disidentes y apóstatas, herejes y excomulgados expresaban sus ideas sobre el reino celestial y los retorcidos caminos que llevaban a él, así como al fin de todas las cosas terrenales. Muchos de esos libros siguieron siendo enigmas para él, como el extraño trabajo del franco Pamphilus Gegenbach, que como partidario de la Reforma tuvo que emigrar a Basilea donde publicó algunas obras pretenciosas sobre el ocaso del mundo; u otros libros como aquel que llevaba el título *Der Nollhart* y en el que santa Brígida, la sibila de Cumae, se dirigía al papa y al emperador, a los turcos y a los franceses para anunciarles la llegada del Anticristo. O el *Traktat über den Methodius*, donde el sacerdote de Augsburgo Wolfgang Autinger expresaba su dolor sobre la realidad pervertida y anunciaba la llegada de un juicio de castigo, y el dominio del mundo por un gran príncipe, aunque sin mencionar una fecha.

Había muchos libros como aquéllos en la biblioteca pero tuvo la impresión de que en la *tertia arca* eran especialmente abundantes. Después de dos semanas de estudio nocturno, Leberecht había leído dos de aquellos libros que ni siquiera eran muy gruesos. Hizo un leve cálculo y dedujo que dedicando dos semanas a cada uno de aquellos quinientos volúmenes, a unos más y a otros menos, ese estudio le llevaría mil semanas, o sea, diecinueve años. Estaba desesperado, desanimado y tan agotado que apoyó la cabeza sobre el libro que tenía en el atril y se quedó dormido.

En sueños se le aparecieron todos los hombres sabios cuyos nombres estaban impresos en las páginas de aquellos libros. Vestían ropas talares largas y negras y birretes del mismo color, y se peleaban entre ellos por un lugar en las escaleras de mano de las estanterías, para ascender o descender a los libros que buscaban, que estaban colocados como si alguien los hubiera situado adrede en el lugar al que les era más difícil llegar. Mientras buscaban, se presentaban a sí mismos gritando en voz alta su nombre, para resaltar su persona y la doctrina que en el libro se exponía. Aparte de Lutero, Leberecht no reconoció ninguno de los rostros, pero la mayoría de ellos gritaban tan fuerte y su aspecto era tan resuelto que no le resultó difícil establecer su personalidad por separado.

Uno de los que voceaban era Matthias Flacius, un hombre bajito y delgado con un fino bigote negro y patillas rizadas y grises. Agitaba en su mano un *Catalogus testium veritatis (Catálogo de los testigos de la verdad)* y anunciaba que era discípulo de Lutero y, como historiador de la Iglesia, mucho más importante que todos los que le precedieron.

«¿Para qué necesitamos historiadores de la Iglesia?», gritó otro hombre igualmente pequeño y de aspecto insignificante, con una especie de corona de cabello en torno a su calva en el centro de la cabeza. Más importante que ellos era la salud del individuo. Agitaba un infolio con el título escrito en letras rojas, *De la Medicina*, y declaró ser Theophras Bombast, nacido en Hohenheim, que se había hecho famoso bajo el nombre de Paracelso. Además de aquel infolio, era autor de otros doscientos escritos que buscaban ofrecer a los hombres una vida más sana.

«¡Pamplinas!», dijo un hombre con aguda voz de falsete. «¡Pamplinas!» Su nombre era Heinrich Cornelius, más conocido como Agripa de Nettesheim y su obra llevaba, con justicia, el título *De incertitudine et vanitate scintiarum (De la incertidumbre y la vanidad de las ciencias)*, porque cada una de las ciencias afirma ser la más importante de todas, cuando la verdad es que sólo todas ellas juntas, unidas unas con otras, adquieren verdadera importancia. «¡Pamplinas!» intercalaba Agripa, siempre que alguien se atrevía a interrumpirlo. Entre el cielo y la tierra había cosas en número suficiente como para justificar la aplicación de una ciencia secreta que lo abarcara todo. Nadie antes que él difundió la teoría de que lo igual busca a sus iguales y que las propiedades que son inherentes a las cosas, son transferibles al ser humano como, por ejemplo, su propia voz melodiosa, que la debía a las lenguas de ruiseñor que llevaba en una ancha cinta alrededor del cuello. Él apenas necesitaba dormir porque guardaba en el bolsillo del jubón un murciélago vivo que en las horas en que duermen los demás se agitaba de un lado a otro sin cansarse jamás. Por lo tanto, quien desee alcanzar una edad muy avanzada deberá vivir bajo el mismo techo con una tortuga o un elefante, lo que le asegurará una edad bíblica. Como todo tipo de efecto tiene causas espirituales, la imaginación, la voluntad y la fe ejercen un misterioso poder. Un ágata en el bolsillo fomenta la locuacidad; el jaspe, el nacimiento, mientras que la esmeralda frena la lujuria de los pensamientos... Para que esto sea así sólo hay que creer en ello como en la purísima concepción de la Virgen.

«Eso es cierto», intervino un monje benedictino de hábito negro, con una brillante tonsura. Era Johannes Zeller, llamado Trithenius, abad del convento renano de Würzburg, llamado más tarde convento de los Escoceses, un hombre con experiencia en todas las obras de la ciencia y de la teología. Verdaderamente conocía a muchos hombres de espíritu, lo que él, *nota bene*, dio a conocer en su obra *De viris illustribus Germaniae (Hombres famosos de Alemania)*, pero Agripa de Nettesheim era ciertamente el más ilustrado de todos; pese a ello, él le recomendó que guardara en secreto sus libros y sólo confiara su doctrina a muy pocos, pues a un buey se le da heno pero no azúcar como a un ave canora. En lo que se refería al contenido de sus obras, estaba convencido de su razón por encima de toda duda y los grandes de su tiempo aceptaban su consejo. De ese modo, pese a su sentimiento de vergüenza monacal, le aclaró al marqués de Brandenburg las circunstancias bajo las cuales pueden las brujas robarles sus fuerzas viriles a los hombres honrados; al emperador supo darle respuesta a un gran número de cuestiones teológicas y, porque estaba muy triste por la muerte de su esposa, hizo que ésta se le apareciera como aquel ángel junto a la tumba vacía del Señor.

«Pero de los astros —resonó desde las alturas donde el final de la escalera se perdía en las profundidades de la bóveda del techo—, ¡de los astros no sabéis nada, no entendéis nada!» Sin esa ignorancia no sería posible exponer esa tontería de que el paso de los milenios dependía del dominio de las divinidades planetarias, que se relevaban unas a otras. Era ridículo introducir la historia bíblica en el transcurrir de la historia humana, dominada por el girar de los planetas. El que hablaba así era Nikolaus Koppernigk, conocido por Kopernikus, en español Copérnico. Era doctor en Derecho Canónico y en Medicina y además canónigo de la catedral de Frauenburg. Había escrito numerosos libros sobre el movimiento de los astros, que se basaban en la idea de que no era la Tierra el centro del Universo, como proclamaba la Biblia, sino el Sol. Su extensa obra *De revolutionibus orbium coelestum (Del girar de los cuerpos celestes)* no apareció hasta el mismo año de su muerte; desgraciadamente él no llegó a ver la impresión del más importante de sus trabajos. Mientras hablaba, dejó caer desde la altura en que se encontraba una flor seca, un lirio de los valles de doble tallo con cinco florecillas a cada lado, y gritó: «Leberecht.»

—¡Leberecht!

Éste creyó oír su nombre como desde la lejanía. Cuando abrió los ojos, el hermano Emmeran estaba frente a él y le golpeaba suavemente la espalda.

—Debes haberte quedado dormido. Terminó ya el Completo. Es cerca de la medianoche.

Leberecht se frotó los ojos para quitarse el sueño. Le costaba trabajo orientarse. Tenía frío. El fraile de la barba blanca se dio cuenta de ello y se aproximó a la parte delantera de la sala para cerrar la ventana.

Cuando regresó preguntó:

—¿Cuál de esos libros te ha fatigado hasta el punto de haberte quedado dormido?

La verdad era que Leberecht, aun queriendo, no podría decírselo. En su sueño había vivido demasiadas cosas como para acordarse del título. Al mirar la portada del libro tuvo un sobresalto: *Nicolaus Copernicus, De revolutionibus orbium coelestium.*

—Mira, mira esto —dijo fray Emmeran con los ojos brillantes.

—¿Qué queréis decir?

—Mira esto, aquí. El lirio de los valles —le señaló una flor seca prensada entre las páginas del libro—. Esta flor era la preferida de Copérnico.

—Pero no es posible...

—¿Por qué no habría de serlo? En este mundo, Dios bien lo sabe, hay enigmas mayores que una flor seca.

—Sí, ciertamente —concedió Leberecht.

Le hubiera gustado confiar en el anciano fraile, pero para poder hacerlo habría tenido que contarle toda la verdad, así que dejó pasar la oportunidad y añadió, como disculpándose:

—Es que me ha sorprendido encontrar una flor seca en un libro como éste que trata de un tema tan serio.

El hermano Emmeran se alisó la barba con ambas manos y se rió como quien lo sabe todo:

—*Ubi flores ibi ingenium* (Donde hay flores hay ingenio).

Mientras cerraba el pesado volumen y volvía a dejarlo en su lugar de siempre, Leberecht preguntó con tono más bien indiferente:

—¿Cuántos libros habéis leído ya en vuestra larga vida, fray Emmeran?

—¿Cuántos? Ésa es una pregunta poco corriente. Al fin y al cabo no se trata de cuántos libros uno ha leído, sino de qué libros y de cuál era su contenido.

—Ciertamente. Tenéis razón —Leberecht subrayó la respuesta del anciano fraile—. Es que se me había ocurrido pensar si sería posible leer todos los libros de un arca, desde el suelo hasta el techo.

Al anciano le divirtió la pregunta.

—¿Y por qué no había de serlo?

Apenas había dejado Leberecht el libro en su sitio cuando la estantería se giró sobre su eje, para que ningún intruso pudiera ver lo que no debía ser visto.

—No es necesario leer un libro de la primera a la última palabra. Lo importante es conocer su contenido.

Leberecht afirmó con la cabeza y continuó:

—El hermano Luitger, con el que ya hablé de este tema, opina que un espíritu libre casi nunca toma en sus manos un gran infolio, pues son los libros pequeños los que tienen un contenido más conmovedor e interesante.

—Eso no deja de ser cierto, hijo mío. Una idea importante es como una valiosa joya que no se guarda en un baúl grande donde está al alcance de todas las miradas, sino en un estuche pequeño. Los aldinos los puedes esconder en cualquier parte e incluso llevarlos siempre contigo, entre la camisa y el jubón.

—¿Aldines? ¿Qué misterio se oculta en esa denominación?

—No es ningún secreto, ¡nada de eso! Se llama aldinos a los libros más pequeños de todos, impresos por el veneciano Aldus Manutius, que hace sesenta años doblaba no una vez los pergaminos y los pliegos de papel, como en los infolios, ni tampoco dos veces, como en el formato de cuarta, sino cuatro veces. Así nació el formato de octava, libros tan pequeños que puedes metértelos tranquilamente en un bolsillo o esconderlos entre el jergón de paja.

—Pero, ¿qué secretos difundió Manutius entre las tapas de sus aldinos?

—¡Ni uno solo! —respondió Emmeran riendo.

Se dirigió a la quinta arca y tomó un libro de pequeño tamaño impreso en griego antiguo, *Galeomyamachia, La guerra de los gatos y los ratones*, del escritor bizantino Theodoros Prodromos, y continuó:

—Aldus gustaba de imprimir los escritos de los autores griegos y si eligió el formato pequeño fue para conseguir una mayor difusión de sus libros. Sólo después de su muerte descubrieron los discípulos de Gutenberg que de ese modo los libros podían transportarse sin llamar la atención de un lugar a otro e incluso de un país a otro.

El fraile apagó la luz. Leberecht decidió que dedicaría su atención a los aldinos de la tercera arca, el *arca tertia*.

Al día siguiente, era domingo, Leberecht, movido por un impulso inexplicable, asistió a la misa de la catedral. Esto no correspondía en modo alguno con su conducta usual; en honor a la verdad, desde que el cadáver de su padre, acusado de brujería, fue quemado por la Inquisición, había evitado toda práctica religiosa, incluso la misa dominical. El simple sonido del órgano lo llenaba de pánico, como si una tormenta le sorprendiera en pleno bosque. La visión de la procesión de Corpus Christi, en la que salían a la calle no la fe sino la vanidad y la ostentación, le provocaba un escalofrío en la espalda.

No, no era la devoción la causa de su vuelta a la iglesia, sino una persona a la que esperaba encontrar allí: Martha. Pese a lo mucho que había intentado apartarla de su pensamiento, por clara que estuviera ante sus ojos la nula esperanza de reanudar sus relaciones, la verdad era que no podía olvidarla. El hermano

Friedemann, de la abadía, con tanta experiencia en el mundo de las hierbas como en el de los instintos humanos, le había facilitado un elixir *contra concupiscentiam*, aunque sin que Leberecht le mencionara el nombre de la persona objeto de sus deseos. Pero cuando después de pasar siete semanas tomando las amargas gotas, servidas en un ancho recipiente de cristal, no notó que menguaran sus afanes, consideró fracasado el arte de Friedemann, que confesó que no podía hacer nada más. Salvo que estuviera dispuesto a vestir por las noches un sayal de penitencia de pelo de caballo y por el día se colocara debajo del ajustado calzón y cubriendo sus partes viriles, manojos de ortigas secas. Leberecht no quiso hacerlo así.

Leberecht no tardó mucho en descubrir a Martha en la catedral, un tanto apartada de la gente y casi oculta detrás del tercer pilar. Llevaba la cabeza cubierta con un largo pañuelo. Ella no advirtió su llegada pues escuchaba humildemente al predicador, que comentaba las palabras del padre de la Iglesia Tertuliano, según las cuales lo mejor para el hombre cristiano era evitar el menor trato corporal con mujeres, y alabó al camello como ejemplo de la sobriedad y la continencia, porque sólo lo hacía una vez al año, y a la hembra del elefante, que sólo cedía a la llamada de la carne una vez cada tres años.

Sin embargo, en esta ocasión el predicador sólo cosechó befa y burla y tuvo que escuchar algunos silbidos procedentes del coro de San Jorge. Unas dos docenas de asistentes abandonaron el templo con palabras de protesta como «¡hipócrita!» y «¡farsante!».

—¡Eso díselo a nuestro príncipe-obispo —gritó una de las mujeres que asistían a misa, una matrona metida en carnes y bien alimentada, que estaba directamente debajo del púlpito y que durante la epidemia de la peste había perdido a su marido y la fe en la santa madre Iglesia, la tejedora Hussmann. También fueron mencionadas por el predicador las vidas ejemplares del emperador Enrique y su virtuosa esposa Cunegunda, sin que con ello lograra tranquilizar a los excitados oyentes, porque eran bastante conocidas por todos las razones de la castidad matrimonial de la última pareja imperial sajona. Si Enrique y Cunegunda, el matrimonio ideal por voluntad de la Iglesia, dormían en lechos separados no era por motivos de castidad o penitencia sino sencillamente porque no se podían ver y en vez de amarse se odiaban. El que por ello hubieran sido declarados santos era causa de reflexión incluso para los fieles más devotos. Samler era el único que parecía no saberlo y, por eso, sus palabras hicieron que uno tras otro muchos cristianos abandonaran la catedral.

Martha, si embargo, no lo hizo; se quedó rígida, inmóvil como una estatua, y Leberecht se acercó tanto a ella que llegó a sentir el calor de su cuerpo. Ella fingió que no advertía lo que estaba ocurriendo detrás de ella, aunque sabía con certeza que sólo podía ser él quien de ese modo tan insistente se acercaba a ella.

Leberecht imaginó que Martha abandonaría la iglesia atropelladamente o, al menos, que buscaría otro lugar desde donde pudiera estar en mejor situación de ver qué sucedía, pero no ocurrió ninguna de las dos cosas. Se quedó quieta como si sintiera el mismo deseo que él. Y mientras Athanasius Samler predicaba los días de estricta continencia en el matrimonio, como son los domingos y fiestas de guardar, todos los miércoles y viernes, los días de penitencia y oración, así como la Pascua de Pentecostés y la de Resurrección, los cuarenta días de la Cuaresma y los del Adviento, Leberecht se dio cuenta de que, a causa del calor que emanaba el cuerpo de Martha, su pene crecía y crecía y se clavaba en la larga túnica que vestía su madre adoptiva y de que sentía un insaciable deseo. Martha se percató de ello, su respiración se hizo más profunda y sus senos, oprimidos por el corpiño, subían y bajaban al ritmo de su agitación. Sin embargo siguió inmóvil y en silencio.

—¡Martha! —suspiró Leberecht.

—¡Ni una palabra!

—Tienes que perdonarme, es simplemente que no lo he podido evitar.

—¡Ni una palabra! —repitió ella.

A hurtadillas el joven miró a su alrededor para ver si alguien había observado su vergonzoso comportamiento, pero en el tumulto que reinaba en la catedral, su actuación impropia de un creyente no llamaba demasiado la atención. Tuvo que hacer un esfuerzo para contenerse y no tomar a Martha por detrás, como había hecho tantas veces, cometiendo así un doble pecado como adúltero y como fornicador no *facies ad facies* (cara a cara) como la Iglesia prescribe el coito a sus fieles.

De pronto Martha se volvió hacia él y con la mano izquierda tomó su pene erecto y lo apretó como quien aprieta una patata.

El dolor de la presión estuvo a punto de hacer gritar a Leberecht pero cerró con fuerza los dientes, y no lo hizo por no delatarse sino para que Martha no disfrutara de su triunfo.

No le cabía duda de que había querido hacerle daño, vengarse de él, y de que estaba muy lejos de su intención el deseo de aumentar su excitación. Su intento desesperado de librarse de la mano que le atormentaba dándose la vuelta fracasó y contrajo el rostro en una mueca de dolor. Martha sólo lo soltó una vez que Semler dio por terminado su sermón con un «Amén» en voz alta; como si nada hubiera ocurrido, ella pareció dedicar toda su atención a la misa.

Leberecht hubiera sido capaz de retorcerle el cuello. La odiaba como sólo se puede odiar a alguien a quien se ama. Martha se dio cuenta de que Leberecht se disponía a abandonar el templo y le dijo:

—¡Espérame detrás de la caseta de la obra!

Leberecht salió de la catedral por la puerta de la Merced. Se encontraba mareado, lo que sin duda se debía en parte al calor del sol con el que se encontró de repente, un calor tan fuerte que amenazaba con destruir las cosechas en el campo; por otra parte la petición de Martha le inquietaba hasta el punto de que su paso fue vacilante cuando dio la vuelta para regresar hacia el coro de San Jorge.

¿Había cambiado Martha de opinión? ¿Había triunfado la pasión sobre la devoción? ¿La lujuria sobre la fidelidad? Aquella cita no podía significar otra cosa. En aquellos instantes no había nada que deseara más que una reconciliación. ¡Menos mal que no había enviado la carta de despedida en la que no le decía adiós demasiado amistosamente!

Hacía meses que no tenía relaciones sexuales con mujeres, no había sentido deseos ni tampoco tuvo valor para hacerlo porque Martha había sido y seguía siendo la primera y única mujer en su vida, la maestra que, como siglos antes hizo Diotima con el sabio Sócrates, le había enseñado lo que era el amor.

El que una vez pasada la peste lo echase de su lado como si fuera un jovenzuelo estúpido fue para él una humillación degradante pero que en aquel momento estaba olvidada a la vista de las tentaciones que se alzaban delante de sus ojos como imágenes de una tierra prometida. Trató de aparentar la tranquilidad propia de un asistente a la iglesia en las horas de la mañana, pero en seguida se sintió con ánimos de bajar de tres en tres los escalones de la escalera lateral y saltar sobre el muro bajo que rodeaba la caseta de la obra. Y se preguntó cómo había podido vivir todos aquellos días sin ella.

Cuando terminada la misa Martha se acercó al lugar donde él la aguardaba, Leberecht, que la vio venir desde lejos, salió a su encuentro con la intención de abrazarla, pero su propósito fracasó cuando Martha lo recibió con una sonora bofetada. Leberecht ni siquiera entendió lo que ocurría.

—¡Por tu comportamiento en la catedral! —le explicó con sequedad y de un empujón lo mantuvo a distancia.

Martha, por su parte, se detuvo detrás de un montón de piedras, donde antaño tantas veces se habían encontrado para iniciar uno de sus paseos secretos.

Leberecht la miró como si le quisiera preguntar a qué venía todo aquello. Martha inspiró profundamente y comenzó a hablar en voz baja:

—Dios castiga con la mayor dureza nuestros pecados. Hay un testigo de nuestras relaciones delictivas. Y amenaza con delatarnos.

—¡Imposible!

—¡Eso crees tú!

—¿Quién es el cerdo?

—¡Lo conoces bien!

—¿Ortlieb, el carretero?

Martha afirmó con la cabeza, tenía la mirada fija en las losas del suelo delante de ella. Permaneció callada unos minutos hasta que el silencio, poco a poco, pareció adquirir algo de amenazador.

—¿Te das cuenta de lo que eso significa? —preguntó la mujer finalmente con una voz aguda y llena de reproche.

—Que le fuiste tan infiel a tu marido como él te lo era a ti.

—Y sin embargo hay una gran diferencia, como tú bien sabes. De acuerdo con el ordenamiento jurídico, el adulterio puede significar la muerte o, si tengo suerte, el destierro, para una mujer como yo. Y si la Inquisición se encarga del caso es seguro que acabaré en la hoguera con las infanticidas y los sodomitas.

—Hay que hacerle callar —replicó Leberecht—. Y ese tipo callará. Puedes estar segura de ello.

Hay días en los que el mundo entero parece haberse conjurado contra uno. Y uno de esos días fue para Leberecht aquel domingo de agosto en el que el sol ardía implacable en el cielo y los hombres y mujeres trataban de escapar de él en las sombras de sus casas.

El joven estaba muy preocupado por Martha; si bien de momento ella seguía tratándolo con aire ausente, él estaba completamente seguro de que un día no demasiado lejano la pasión reprimida acabaría por imponerse. Se pueden contener los sentimientos pero no apagarlos.

Pero, ¿cómo podía conseguir que el miserable carretero guardara silencio? Estaba claro que sólo con dinero no se podía controlar a Ortlieb. Incluso si lograba comprar caro su silencio, un asqueroso chantajista como él nunca cesaría de amenazarle con revelar el secreto si no seguía pagando.

Atormentado por sus lóbregos pensamientos, Leberecht regresó a la casa del callejón de los Tintoreros, donde la viuda Auerswald lo recibió activa como siempre y le rogó que pasara al salón de las visitas de la casa, que sólo se utilizaba en los grandes días de fiesta y en ocasiones muy solemnes, pues quería tener una conversación con él.

La mesa de ocho esquinas de madera de abeto estaba rodeada de cuatro sillas de tijera con respaldo. En la pared, junto a la puerta, había un armario de estilo galés, adornado en la parte de arriba con una repisa en forma de almena, y frente a él un banco ancho y cubierto con cojines de terciopelo de Utrecht. Los paneles de cristal abombado de la ventana que daba al callejón, incluso en aquel día soleado, sólo daban paso a una luz matizada.

A petición de la dueña de la casa, Leberecht se sentó en los cojines del banco y, lleno de tensión, esperó a conocer las novedades que la viuda había decidido comunicarle.

—Esta casa —comenzó a hablar de carrerilla— es grande y desde la muerte de mi marido, que Dios tenga en su gloria, muchas habitaciones no son utilizadas...

—No querréis vender la casa...

—¡Oh, no! Pero he decidido admitir a otra persona que está tan falta de hogar y compañía como yo. Se trata de mi prima Magdalene.

La viuda Auerswald abrió la puerta y por ella, con una sonrisa de exagerada cortesía en los labios, entró Magdalene, la hija del controlador del comercio de azafrán, Pirckheimer, a la que Leberecht había conocido de modo tan extraño. Llevaba su largo pelo recogido con una redecilla y un caro vestido dominguero con mangas plisadas.

—¿Vuestra prima? —preguntó Leberecht sorprendido.

Magdalene sonrió... y los primeros en hacerlo fueron sus maravillosos ojos azules.

—El hermano mayor de mi padre fue el padre de la señora Auerswald.

—¡Así es! —confirmó la viuda—. La madre de Magdalene murió al dar a luz y la muchacha no ha tenido una vida fácil en casa de su padre, el rico Pirckheimer, que quería a toda costa que su hija tomara la toca. Pero Magdalene no ha nacido para vivir escondida tras los muros de un convento. Pirckheimer no conoce otra cosa más que sus negocios y jamás se ocupó de su hija. Sólo quería meterla en el convento para quedarse tranquilo y con la conciencia en paz. Es un hombre de un carácter muy duro.

—Ya lo he comprobado —subrayó Leberecht.

—¿Lo conoces? —se asombró la viuda.

—A él y a su guapa hija. Pero no sabía que estuvierais emparentada con Pirckheimer.

Magdalene, que parecía más dueña de sí misma que en la ocasión anterior, añadió:

—En una ciudad pequeña como ésta casi todos estamos emparentados —y sin pausa, añadió—: ¿Me perdonas el recado que te hice llegar aquel día? Mi padre es un tirano.

—¡Un monstruo! —añadió la viuda Auerswald.

—Sí, no conoce la misericordia cuando se trata de imponer su voluntad. Quería encerrarme en un convento y por eso vigilaba todos mis pasos. Yo creía que podía eludir esa vigilancia, pero siempre acababa por enterarse si saludaba a un hombre de la otra orilla del río. Finalmente, me encontré con la viuda Auerswald, a la que abrí mi corazón. Ella ha conseguido convencer a mi padre de que nunca pronunciaré los votos y de que necesito un hogar más que una educación severa.

Leberecht hizo un gesto de comprensión. La imprevista proximidad de la muchacha le producía casi tanta confusión como el ominoso encuentro anterior con Martha y provocaba en él una indeterminada sensación de vergüenza. Cuando contemplaba los luminosos ojos azules de Magdalene Leberecht se quedaba confuso, desconcertado, sin tener idea del motivo de su perplejidad. No sabía adónde mirar y se ruborizaba como un joven novicio de los jesuitas.

A la viuda Auerswald no le pasó inadvertido el comportamiento avergonzado de su inquilino y, tal vez por ello, puso el pretexto de algún trabajo en la cocina para dejarlos solos.

Leberecht y Magdalene guardaron silencio durante un rato hasta que la muchacha decidió romperlo y comenzó a hablar:

—Espero que no estés enojado conmigo —dijo, y bajó los ojos.

—¿Por qué habría de estarlo?

—Tal y como pasaron las cosas...

—Eso es lo que el destino tiene de inevitable —respondió con antigua sabiduría Leberecht—, lo que en la filosofía clásica se llama *Ananke*.

Magdalene se rió entre dientes.

—Ah, pero en honor a la verdad, y como no queremos mentiras entre nosotros, te diré que yo he hecho todo lo posible por ayudar un poco al destino.

Leberecht la miró sorprendido.

—Cuando te vi por primera vez, en casa de mi padre, me gustaste de modo excepcional, pero yo sabía que mi padre me prohibiría cualquier relación contigo. Así que recurrí a la magia. Puse en cada uno de mis zapatos un ramo de incienso y lo pisoteé, literalmente hablando. Se dice que el incienso combate la melancolía y hace que una mujer encuentre al hombre adecuado para ella.

—¿Quieres decir que no es obra de la casualidad el que nos hayamos encontrado aquí?

Magdalene unió las palmas de sus manos, las puso entre sus dos rodillas y se echó a reír un tanto cortada. Leberecht se acercó a ella y dijo con severidad:

—No, eso no es cierto. ¿Pretendes burlarte de mí?

—Desde luego que no —replicó Magdalene—, aunque a veces me ocurre que cuando tengo el corazón triste bromeo en vez de llorar. La verdad es que me he pasado el tiempo rogando a Dios y a todos los santos que tuvieran piedad de mí y me dieran al hombre con el que aquel día me encontré en Kranen. Me informé de ti y de tu vida, y he buscado un pretexto para estar cerca de ti, Leberecht. Te amo, te amo más que a todo lo de este mundo. Te lo suplico, no me rechaces ni tampoco a mi amor sincero.

Con estas palabras la joven cayó de rodillas y abrazó las piernas de Leberecht.

Éste se puso de pie como alcanzado por el rayo. No acababa de comprender lo que le estaba sucediendo y no sabía qué hacer, así que se quedó silencioso y ni siquiera se atrevió a acariciar el pelo rubio de Magdalene.

—¿No sabes qué decirme? —preguntó la muchacha, sin mirarlo, desilusionada y triste.

Para Leberecht todo aquello llegó de modo demasiado inesperado y consideró la explosión amorosa de Magdalene más como el fruto de un enamoramiento que de una seria declaración de amor. Sin embargo se sintió halagado. Nunca una mujer se le había declarado de ese modo.

Respondió a su pregunta, mientras la ayudaba a levantarse.

—¿Sabes que hay situaciones en las que las palabras pueden destruir más que aclarar?

Magdalene ordenó su redecilla y se sentó en el sofá de madera. Su rostro adquirió una expresión seria al tratar de comprender las palabras de Leberecht.

Al verla sentada así, delicada y decepcionada porque había esperado que la reacción del joven fuera totalmente distinta, más espontánea, incontrolada y, sobre todo, plena de amorosa excitación, Leberecht sintió lástima de ella. Magdalene era una mujer digna de ser amada, tenía la delicada belleza de una flor y la despreocupación de una niña. Y era precisamente eso, su edad, lo que hacía que le faltara a su presencia la sensualidad que tanto le atraía en Martha.

—¿Dónde está la magia del ramo de incienso? —se quejó Magdalene lloriqueando.

Leberecht puso una silla cerca del sofá donde estaba sentada Magdalene, se sentó en ella y comenzó a hablar:

—Has venido a mí con tanta sinceridad que no quiero ser menos sincero contigo. Eres una chica maravillosa y el hombre que un día te tome por esposa tendrá motivos sobrados para sentirse feliz...

—¿Y tú? ¿No podrías sentirte igualmente feliz?

Leberecht guardó silencio.

—Lo entiendo —dijo Magdalene—. Tú no me amas.

—No, no lo entiendes. Trataré de explicártelo.

—No tienes nada que explicarme. Eres un hombre libre y puedes hacer o dejar de hacer lo que te venga en gana. Pero deberías apartar tus manos de las mujeres casadas. Una adúltera pone en juego su vida. Y esas cosas no pueden guardarse en secreto para siempre.

Leberecht la miró irritado. No sabía lo que pasaba en el alma de Magdalene. ¡Dios mío!, su forma de hablar parecía dar a entender que estaba enterada de sus relaciones íntimas con Martha.

—¡No finjas conmigo! —la rabia hacía saltar chispas en los bellos ojos de la muchacha—. Tú amas a una adúltera, que además es tan vieja que podría ser tu madre. Está claro que necesitas ese amor y no estás dispuesto a dejarlo. ¡Puedes irte con ella!

—¡Cómo puedes hablar con tan poco respeto de una mujer honesta! Es cierto que Martha podría ser mi madre, pero no es vieja y sí mucho más guapa y digna de ser amada que la mayoría.

—Tienes que amarla mucho cuando así defiendes su honor. ¡Es una adúltera!

—Martha es una santa; ayuda a los pobres y vive con devoción.

—Tiene motivos para hacer esas obras piadosas. Es la penitencia por sus pecados.

Leberecht se puso en pie de un salto.

—¿Cómo es que sabes tanto de Martha Schlüssel?

Magdalene no le respondió, sino que se puso a sollozar como un niño pequeño. Finalmente volvió a echarse a los pies de Leberecht y le suplicó con voz entrecortada por las lágrimas:

—¡Tienes que olvidar a esa mujer! ¡Por la vida de la santa Virgen! ¿No ves que estás destrozando no sólo tu propia vida sino también poniendo en peligro la de ella? Tendrás que huir hasta el otro extremo del mundo, donde nadie conozca tu nombre ni tu destino. Y si quieres yo me iré contigo.

Leberecht no encontraba palabras. Se sentía descubierto por la joven, como atrapado y, en cierto modo, tan en las manos de ella como en las del chantajista Ortlieb, salvo que Magdalene lo amaba de verdad. Pero ¿cómo era que estaba enterada de sus relaciones con su madre adoptiva?

Le faltó el valor para hacerla hablar. Además estaba convencido de que no respondería con la verdad a sus preguntas, pues la honestidad no llegaba tan lejos. Se soltó de las manos de Magdalene y se alejó de allí.

Con veinte gulden en la bolsa, unos días después, Leberecht se puso a buscar al carretero Ortlieb. Como había esperado, lo encontró en el barrio de los ricos, donde el viejo Schlüssel tenía establo y pesebre para sus caballos y cochera para sus carros de transporte. Ortlieb se ocupaba de arreglar las riendas de un caballo con el que hablaba con las palabras propias de un carretero, cuando de improviso Leberecht se acercó a él.

—¡Oh, el distinguido señor cantero de las obras de la catedral! —se burló Ortlieb en cuyo rostro enrojecido por la bebida apareció una mueca de astucia.

Leberecht no reaccionó como el carretero había esperado, sino que lo cogió de un brazo y lo sacó fuera del cobertizo para tirarlo sobre unas balas de paja.

—No hay necesidad de muchas palabras. Ya sabes de qué se trata.

—No tengo la menor idea —mintió Ortlieb con desvergonzada sonrisa— de lo que me está hablando el distinguido señor cantero.

Leberecht le asentó un golpe en el pecho que le hizo gritar provocativamente:

—¿Estás buscando pelea? ¡Adelante, pues!

Aunque de baja estatura, su trato diario con animales de tiro le había dado al carretero una fuerza insospechada y Leberecht dudó si en una pelea podría estar a su altura.

—Tal vez podamos solucionar nuestro problema de modo más pacífico.

—Cierto. ¿De qué se trata?

—De la esposa de tu amo.

—Ah, ya. Martha Schlüssel. ¡Qué mujer más cachonda!

—No deberías hablar así de tu ama.

—¿No debería? Y tú, cantero, ¿deberías hacerlo? Tú la conoces bien —los ojos de Ortlieb brillaban furiosos y decididos—. ¡Es una adúltera!

—¿Y tú cómo lo sabes?

Ortlieb señaló con un dedo su propio rostro.

—Lo he visto con estos mismos ojos... ¡Y no sólo una vez!

—Como dices que vistes a mi padre después de muerto, ¿es eso?

—No sé de qué hablas, cantero. Pero el dormitorio de la mujer de mi amo tiene una pequeña ventana que da a la escalera y uno, al que Dios le ha dado ojos para ver, vio por allí algunas cosas maravillosas... Por ejemplo a una señora que copulaba con su hijo adoptivo como una amazona salvaje, o...

—¡Calla, asqueroso chivato! ¿A quién le has dicho lo que sabes?

—A nadie —respondió Ortlieb como si le extrañara la pregunta—. ¿Crees que soy el diablo? Lo que han visto mis ojos es mi capital, como antes, cuando vi a tu padre difunto. Entonces hablé, pero también puedo callar.

El tono malicioso de la respuesta del carretero estuvo a punto de hacerle perder los estribos a Leberecht, que tuvo que hacer un esfuerzo por no lanzarse al cuello y estrangularlo. Aunque todo en él estaba en contra de esta decisión, Leberecht metió la mano en el bolsillo, sacó la bolsa y la tiró sobre la paja, delante del cochero.

—¿Basta esto para comprar tu silencio?

Ortlieb abrió la bolsa y contó veinte gulden de oro que colocó delante de él.

—¡Oh, el distinguido señor cantero es muy espléndido! Puedes confiar en mí. Seré silencioso como una tumba. —Rápidamente hizo desaparecer el dinero en su bolsillo.

Sin saber a ciencia cierta por qué, Leberecht se arrepintió casi de inmediato de haberle dado tanto dinero. Veinte gulden era mucho dinero para un carretero.

—¡Bien, ni una palabra más sobre lo que has visto! —gritó Leberecht cuando ya se iba.

Ortlieb alzó la mano como si fuera a prestar juramento.

—¡Ni una palabra! Puedes confiar en mí. Hasta el día de la Candelaria. Ese día deberás venir de nuevo con la misma cantidad para recordarme mi silencio.

Desde que el destino había cambiado de modo tan inesperado, Martha no podía estar tranquila. Se enfrentaba a todo y a todos con desconfianza y era principalmente el personal del mesón de Sand el que más sufría su severidad. Los mozos y las criadas que siempre apreciaron a su ama por su bondad se mostraban desagradablemente sorprendidos por el cambio.

Martha había vivido ese estado de excitación interna que en ocasiones hace cambiar de la noche a la mañana el carácter de una persona. Si hasta entonces la mesonera se había distinguido por su generosidad y su buen corazón, ahora su trato con la gente que la rodeaba se había hecho frío, ausente y hasta rencoroso. Muchos se preguntaban si su personalidad estaba alterada. Como era de esperar esos cambios afectaron también a su aspecto externo, aunque a este respecto no podía decirse que el cambio fuera para peor. Las facciones finas y delicadas de su rostro adquirieron cierta dureza, que su nuevo peinado, el pelo estirado y recogido atrás en un moño, acentuaba más. Todo esto le daba cierto aire enérgico y firme que aumentaba su belleza.

No se sabe si fue el cambio de Martha o, simplemente, el hecho de que Ludowika, la prostituta del obispo, abandonara la ciudad de la noche a la mañana lo que hizo que de pronto Jakob Heinrich Schlüssel, el posadero de Sand, empezara a interesarse por su esposa.

Esto ocurrió de modo tan inesperado y bajo circunstancias tan poco corrientes, por la mañana temprano cuando la esposa se lavaba la cara en el cubo de madera junto al pozo, que Martha soltó un grito de terror porque pensó que su esposo quería atentar contra su vida. Ella ya no recordaba cuándo fue la última vez que Schlüssel se había acercado a ella con intenciones conyugales, así que sus torpes toqueteos y caricias fueron para ella más una carga que una prueba de ternura, y, cuando Jakob insistió en ellos, Martha salió corriendo y fue a refugiarse en su dormitorio.

Schlüssel la siguió con la respiración agitada y consiguió llegar a la habitación de su esposa y cogerla antes de que ésta hubiera podido cerrar la puerta por dentro.

—¡Tú eres mi mujer! —jadeó Schlüssel claramente excitado—. Es tu deber aceptar la voluntad de tu esposo.

—¿Y tu deber, señor? —gritó Martha que trató de librarse del abrazo—. ¿No es el deber de un hombre de bien honrar a su esposa y no ofenderla con su trato continuo con una ramera? ¿Dónde está ahora la prostituta del obispo? ¿Te ha abandonado?

—¡Calla! Eso a ti no te importa. Tú eres mi mujer y tienes que hacer mi voluntad. Y exijo mi derecho como me llamo Jakob Heinrich Schlüssel y estoy casado contigo por la Iglesia.

—¿Casados? —Martha se rió maliciosa—. Nuestro matrimonio se limitó a la ceremonia con el cura en la catedral. Ya al día siguiente seguiste tu propio camino. Desde entonces te has pasado más tiempo en la cama con Ludowika que en tu propia casa. ¿Crees que no sé por qué ha desaparecido? Toda la ciudad habla de ello. Sus vejigas de pescado empapadas en vinagre no han servido de nada y se ha quedado embarazada, del obispo, de ti o de cualquier otro inútil. El caso es que la vieron con una barriga como un sapo y de la noche a la mañana volvió a tener su figura de siempre. Ahora la Inquisición va detrás de ella. Se dice que estuvo con una «hacedora de angelitos».

Schlüssel soltó a su mujer y se sentó en el borde de la cama. Las palabras de Martha parecían haberle afectado profundamente. Escondió su rostro entre las manos, mientras Martha seguía vistiéndose.

—¿Y qué si es así?

Schlüssel miró a su esposa sin que ésta le devolviera la mirada.

—Entonces la espera la hoguera —respondió Martha—, y me temo que en ese caso ni el príncipe-obispo podrá ayudaros.

La mesonera estaba sorprendida de sí misma, de su valor al hablarle así a su marido que se encontraba en su misma situación. Estaba claro que se trataba del valor que da la desesperación, en su alma se había acumulado tanto desprecio que no podía ser de otra manera. Y continuó:

—Tu dinero, señor, te ha corrompido. Crees que todo lo puedes comprar: satisfacción, amor, felicidad. En verdad lo único que haces es aturdir tus sentimientos y cada día que pasa eres más desgraciado. La riqueza, dijo el padre agustino Lutero cuando todavía vivía devotamente en una celda de su convento, es el más pequeño de los dones que Dios puede darle a un hombre. Por eso se la da a los asnos más estúpidos a los que no concede otra cosa.

Schlüssel echaba espuma de rabia y le arrojó a la cara estas palabras:

—¿Es que tú no vives de mis riquezas como una puta? ¿Y no vives bien? ¡Yo no te obligué a que subieras conmigo al altar! ¡Lo hiciste voluntariamente!

Martha no pudo contenerse más y le gritó en el rostro:

—Tú sabes que nosotros, como es costumbre establecida entre los ciudadanos, fuimos comprometidos por nuestros padres. Yo tenía entonces doce años y no me quedaba más remedio que someterme a su decisión. Si en aquellos primeros años Dios no me hubiera dado un hijo, me hubiese ido de tu lado el primer año.

—Se trata de mi hijo y es el resultado de mi educación.

—Sí, eso es cierto. Por eso en sus primeros años de adolescencia se marchó de casa para entrar en el convento... —siguió atacando Martha, aunque asustada de sus propias palabras.

—... donde está haciendo honor a su padre. Las últimas noticias que tengo de Italia dicen que ha empezado a hacer una buena carrera en una universidad. Eso produce menos que la posada de Sand pero hará que, gracias a ello, su padre gane en prestigio y consideración.

Al oír hablar así a su marido Martha se sintió poseída de una furia desesperada. ¡Por la santa Virgen! Temió perder el dominio de sí misma y en ese estado cometer una tontería de la que después habría de arrepentirse. Martha estaba confusa y sólo sabía una cosa: no podía seguir viviendo con aquel hombre bajo el mismo techo.

La viuda Auerswald estaba muy excitada cuando Leberecht después de un paseo por los alrededores de la ciudad volvió a casa a primeras horas de la tarde. Un caballero del capítulo catedralicio con hábito negro y faja roja había preguntado por él y expresado su deseo de que le transmitiera un mensaje: Leberecht debería estar a la puesta del sol en el pequeño cementerio perteneciente a la fundación de San Jacobo, que estaba cerca de la residencia del obispo. No había querido dar más detalles.

Leberecht no esperaba nada bueno y al principio pensó en rechazar la extraña invitación, pero finalmente pudo más la curiosidad y decidió ir. A la hora fijada subió las escaleras que llevaban al Domberg y una vez detrás de la residencia de la corte tomó el estrecho camino que conducía a San Jacobo.

La iglesia, una basílica románica, pertenecía a la fundación del mismo nombre y, como la abadía de Michelsberg, gozaba de inmunidad, aunque en este caso bajo la mano protectora del príncipe-obispo.

Cuando Leberecht entró en el pequeño cementerio que bordeaba la entrada de la basílica, le llamó la atención ya desde lejos una nueva lápida de brillante piedra arenisca. Lo que aquella lápida tenía de extraño era que bajo la inscripción *Requiescat in Pace* no había ningún nombre, sólo las iniciales A. F. H. ¿Qué pecador era aquel que encontraba allí, en su última morada, la paz de la iglesia aunque sin nombre ni estado?

—En memoria del justo Adam Friedrich Hamann, fallecido en el año del Señor de 1554 —dijo junto a él una voz, como si estuviera leyendo la inscripción que faltaba en la lápida—. ¡Que sus cenizas descansen en paz!

A Leberecht se le heló la sangre en las venas. Sumido en sus profundas reflexiones no se había dado cuenta de que un caballero elegantemente vestido con la negra toga de un profesor universitario se había colocado a su lado.

—Esto se corresponde con tu deseo, ¿no es así? —dijo el desconocido al tiempo que se quitaba el birrete. Leberecht levantó la cabeza y exclamó sorprendido:

—¡Sois vos, ilustrísimo señor obispo y príncipe! ¡Casi no os había reconocido, eminencia!

—Tampoco debe saber nadie que nos hemos encontrado aquí. —Con una mirada a la lápida continuó—: Quería darte esta satisfacción, porque sé lo mucho que deseabas que tu padre tuviera una tumba digna.

—Pero, eminencia, vos sabéis bien que mi padre fue condenado por la Inquisición...

—Eso es cosa de la Inquisición —lo interrumpió— y esto es cosa del príncipe-obispo.

—Sois demasiado bueno conmigo, eminencia, pero si me permitís la observación, para mí es menos importante una buena tumba para mi padre que su rehabilitación. Mi padre no era un brujo. Era un hombre un poco raro, eso sí, pero pondría mi mano en el fuego que después de muerto nadie vio su rostro.

—Lo sé —aceptó el obispo.

—¿Qué decís? ¿Lo sabéis?

El príncipe afirmó con la cabeza.

—Yo no creo en ese tipo de apariciones, en tanto que no las haya visto con mis propios ojos.

—Los dos testigos que afirman haberlo visto son dudosos, personas miserables, ¡podéis creerme!

—Te creo, hijo mío, te creo.

—En ese caso podríais testificar en favor de mi padre. Y éste podría ser rehabilitado.

Sonriendo, el obispo movió la cabeza:

—Hijo mío, tu padre fue condenado por la santa Inquisición como brujo. Con arreglo a las leyes de la santa madre Iglesia eso significa que tu padre, Adam, era un brujo. La Inquisición no se equivoca. No ha errado nunca y nunca errará, puesto que pronuncia todas sus sentencias en nombre de Dios, que está sobre todas las criaturas.

«Amén», hubiera querido corear Leberecht, pero se calló. Creía asfixiarse de rabia. Sintió que la bilis le subía por la garganta al mismo tiempo que crecía su odio contra aquel cura hipócrita y todo lo que le rodeaba. Odiaba su rostro enrojecido siempre limpio, como si se lo acabara de lavar con agua fresca, sus movimientos estudiados a fondo, su paso leve como si al andar levitara ligeramente sobre este mundo, su santidad puesta en escena... Leberecht se prometió a sí mismo que si algún día se le ofrecía la oportunidad de poner sus manos duras por el trabajo sobre uno de aquellos asquerosos religiosos, no dejaría de hacerlo.

Como si pudiera leer sus pensamientos, el príncipe-obispo se quedó mirando al cantero y dijo:

—Comprendo tu enojo, pero es tan carente de sentido como una bula turca. Del mismo modo que existe el bien, también existe el mal, y mientras existan la maldad y la bondad existirán las leyes de la Iglesia. No sirve de nada levantarse contra ellas: ni a ti ni a nadie.

Leberecht movió la cabeza sin saber qué hacer. El obispo trató de congraciarse con él.

—Había creído darte una alegría, aun cuando la tumba y la lápida no lleven nombre. Aunque no lo creas corro un gran riesgo con ello.

El riesgo, pensó Leberecht, es más que limitado, bien lo sabe Dios. Aquí, una vez más, se mostraba la hipocresía de un alto dignatario de la Iglesia, que no defiende abiertamente lo que cree justo sino que prefiere hacerlo de modo tan anónimo como aquella lápida.

—Y yo os lo agradezco, eminencia —respondió excitado y, con un tono no exento de cinismo, añadió—: ¡Recibís las gracias del hijo de un brujo!

—¡Déjalo ya! —lo interrumpió el dignatario como si estuviera luchando por encontrar las palabras e indicó a Leberecht que lo siguiera en dirección a la iglesia—. No creas que todo lo que he hecho me ha sido tan fácil ni que ha sido por puro altruismo. He hecho lo que estaba en mis manos. Ahora deseo que tú me des muestras de tu agradecimiento, hijo mío.

—¿Yo, Leberecht Hamann, me debo mostrar reconocido

ante su eminencia? —el joven se rió en voz alta y estuvo a punto de atragantarse.

El obispo lo empujó hacia un nicho que había en el muro exterior para ponerlo al abrigo de miradas y oídos curiosos.

—Sobre lo que ahora voy a decirte —comenzó el príncipe-obispo como si de una conjura se tratara— callarás como una tumba. Lo guardarás para ti en tanto vivas y te cortarás la lengua antes de que se te escape ni una simple insinuación.

Entre las lápidas del pequeño cementerio los pájaros dejaron oír sus últimos trinos del día. Leberecht miró a todos lados, como si no quisiera creer lo que le estaba ocurriendo, que el príncipe-obispo había venido a verlo y que no debía haber testigo alguno de su extraño encuentro. Su eminencia lo había elegido precisamente a él para mezclarlo en un asunto tan importante como secreto.

Nada oprime tanto como un secreto, pensó Leberecht, pero quien lo traiciona, sólo conservará un secreto que ya se ha autodelatado a medias. Se dijo que el secretismo del obispo tal vez estuviera relacionado con Ludowika, la prostituta que compartía con Schlüssel... Pero se trataba de algo totalmente distinto.

—¿Conoces a Copérnico? —comenzó el príncipe-obispo. Su mirada pasó sobre el rostro de Leberecht y fue a perderse en el horizonte donde ya empezaba a oscurecer.

—¿El doctor de Ermland? —respondió con otra pregunta—. Si no me equivoco murió hace ya veinte años. No hace mucho tuve una obra suya en mis manos, pero hasta ahora no había tenido tiempo de leer ninguna.

El príncipe cogió a Leberecht del brazo y lo sacudió con violencia.

—¿Y recuerdas el título de esa obra?

—Sí, claro —respondió Leberecht con tranquilidad—. *De revolutionibus orbium coelestium*. La encontré en la biblioteca de los benedictinos en Michelsberg. ¿Qué reparos hay contra ese libro?

—¡No preguntes! ¿Hay otros libros de Copérnico en esa biblioteca?

Confundido porque no veía con claridad lo que se escondía detrás ese juego misterioso, Leberecht respondió tartamudeando que él creía que sí. La colección de la biblioteca de la abadía abarcaba casi todos los libros impresos en Europa. Por otra parte, él no había buscado otros libros de aquel autor, pese a que la teoría sobre los astros difundida por él resultaba muy interesante. Afirmaba que no es la tierra sino el sol el que está en el centro del universo, con lo cual contradecía las sagradas escrituras.

—Se dice —añadió el obispo, y se vio con claridad que las palabras no le resultaban fáciles— que los frailes de Michelsberg, junto a los libros permitidos por la Iglesia, guardan también otros que fueron impresos y difundidos en contra de la voluntad de la santa madre Iglesia, lo que ya bastaría para evitar que los no iniciados puedan verlos.

—¿Libros prohibidos? —Leberecht fingió sorpresa pero pensó para sí mismo: ten cuidado que no se escape alguna palabra inconveniente y continuó—: Honorable señor, el convento es un baluarte de la fe y los monjes son fieles servidores de Dios.

Durante unos segundos el príncipe-obispo estuvo a punto de perder el dominio de sí mismo y exclamó en voz alta:

—En todos los conventos habita el diablo. La mayoría de los monjes no son sino herejes vestidos con el hábito de los hombres justos. No debes fiarte de ninguno de ellos, ¿lo oyes? ¡De ninguno!

En su desesperación y llevado por el deseo de calmar al excitado príncipe y obispo, Leberecht afirmó con un movimiento de cabeza y esto animó al prelado a continuar hablando:

—Ese Nicolás Copérnico era algo más que un cerebro excepcionalmente inteligente. Doctor en Derecho Canónico y en Medicina y además un hombre piadoso, que tenía puesto todo su amor en la astronomía, fue, pues, lo bastante listo para no publicar su obra principal hasta después de su muerte, con lo que se evitó todo conflicto con la santa Inquisición. Por suerte, el escrito que has mencionado es tan novedoso y poco corriente que apenas lo ha leído nadie. Por esa razón no le ha causado a la santa madre Iglesia graves preocupaciones y lo más seguro es que acabará por pudrirse sin ser leído, lo que, por otra parte, no molestará a nadie.

¿Y qué pasa con la verdad?, pensó Leberecht. En la Iglesia nadie parecía tener verdadero interés por ella.

—Pero Copérnico —continuó el obispo— es autor también de otra obra mucho más peligrosa que lleva el título *De astro minante.*

—¿Del astro amenazador?

—Eso es. Un libro pequeño con veintidós capítulos como el Apocalipsis Secreto de san Juan y con un contenido igualmente explosivo. Copérnico sabía la importancia de este escrito y se lo mostró a muy pocas personas. Una de ellas fue el prior de la abadía de Bursfelde, que hizo una copia de él. Después de la muerte de Copérnico publicó una pequeña edición de ciento un ejemplares, un libro para cada una de las abadías de la Unión de los Bursfelder, un movimiento reformista de los benedictinos, a la que también pertenece este convento.

—Comprendo —dijo Leberecht.

—¡No, no comprendes nada! —Le interrumpió el príncipe-obispo—. ¡Nada! Desde entonces, la curia ha conseguido hacerse con cien ejemplares y destruirlos... ¡Todos menos uno!

Leberecht empezó a ver con cierta claridad.

—Y vos suponéis que ese libro está en la abadía de Michelsberg.

El obispo alzó ambas manos como quien ni niega ni afirma.

—No soy yo, hijo mío, quien va detrás del libro de Copérnico, sino el Santo Oficio de Roma. Los señores cardenales lo quieren a cualquier precio.

Leberecht tuvo la sensación de que le faltaba el aire y respiró profundamente. Sentía que la cabeza le daba vueltas, como si el suelo empezara a temblar bajo sus pies. Pero al mismo tiempo, y por primera vez en su vida, tuvo una sensación de poder. ¡Por la santísima trinidad! ¡La curia romana tenía que recurrir a él en busca de ayuda!

Pero no fue eso lo único que le pasó por la cabeza mientras se encontraba allí protegido por los muros de la iglesia. Una voz interior le decía que el mensaje apócrifo de su padre de repente adquiría sentido: FILIO MIO L. * TERTIA ARCA. Era como si tuviera la inscripción delante de los ojos. Y creyó descubrir en el mensaje una especie de señal a la que hasta entonces no había dado importancia. ¿Qué otra cosa podía significar aquella estrella en el centro del mensaje sino una referencia al astro amenazador?

Tenía que ser eso. Su padre conocía la existencia del libro y todo parecía indicar que se había ocupado de su lectura y de cómo seguir extendiendo el saber que la obra contenía. Quizá su padre había pensado que él, Leberecht, era demasiado joven o ignorante para poder confiarle su contenido; también era posible que Adam *el Calvo* deseara explicarle a su hijo que había leído por encima todos los libros del arca tercera antes de encontrarlo o que había dado con él de modo casual. Si hubiera sabido que el príncipe-obispo habría de ser quien pusiera a su hijo en el camino adecuado, no se le hubiese escapado la ironía de la situación. Incluso el propio Leberecht tuvo que echarse a reír.

—¿Te ríes? —gruñó el obispo despechado—. Me parece que no te tomas el asunto demasiado en serio.

Empujó a un lado a Leberecht y con las manos juntas detrás de la espalda, comenzó a pasear inquieto, arriba y abajo, delante de los nichos del muro.

—¿Y si mi precio por ello fuera —preguntó Leberecht al acecho— que en esa lápida sin nombre se grabara una inscripción como la que vos mismo dijisteis?

El prelado se dio la vuelta con acritud y se irguió frente a Leberecht.

—No debes creer que nos tienes en tus manos a mí o a la curia o incluso a la santa madre Iglesia y que puedes ofrecer el libro al mejor postor. Si intentaras hacer una cosa así pronto se presentarían una serie de testigos que declararían ante la Inquisición el adulterio de la bella posadera Martha Schlüssel.

Leberecht se quedó helado. La sensación de triunfo que había sentido momentos antes se derrumbó como un viejo muro corroído por el tiempo. De repente se dio cuenta de su impotencia y una rabia sorda se apoderó de él.

—Dignísimo señor, ¿sabéis cuántos libros guardan los benedictinos en su biblioteca? —su voz se quebró, tartamudeó y comenzó a temblar—. Es posible que sean cien veces mil y el orden con que están clasificados se parece más al caos existente antes de la creación. No sé cuánto tiempo pasará antes de que pueda encontrar el libro, si es que está allí. Dadme tiempo y haré lo que esté en mis manos.

—Puedes tomarte tiempo —replicó el príncipe-obispo, al que Leberecht sólo podía ver como una silueta oscura, y creyó percibir un tono de ironía en su voz baja pero decidida que a continuación añadió—. ¡Treinta días y ni uno más!

En vez de responder, Leberecht se apoyó de espaldas contra el muro de la iglesia, con la mirada perdida en un cielo sin nubes donde el lucero vespertino parecía un cometa que anunciara desgracias. Cada momento que pasaba se hacía más consciente de que él y, sobre todo, Martha, y tanto si encontraba el libro como si no, acabarían en manos del príncipe-obispo o de los esbirros de la Inquisición, y que su situación sólo tenía una salida: la fuga.

—Está bien —dijo Leberecht—, treinta días serán suficientes.

Capítulo VI

MALDICIÓN Y OLVIDO

A la mañana siguiente Leberecht se sorprendió enormemente cuando en su visita a la biblioteca de los benedictinos se encontró con un hombre que aunque en cierto modo llevaba en el corazón, hacía mucho tiempo que no había visto: el hermano Luitger.

También para éste el encuentro resultó igualmente inesperado. Estaba removiendo un montón de mapas desplegados, libros y manuscritos como si tratara de resolver un problema de gran envergadura como el de la desaparecida arca de la alianza, sobre cuyo paradero siempre se descubrían extrañas indicaciones en obras oscuras.

—Os hacéis caro de ver en los últimos tiempos, fray Luitger —lo saludó Leberecht amistosamente—. ¿Os he molestado u ofendido, quizá, con alguna palabra o con mi comportamiento? Si ha sido así, decidlo para que pueda pediros disculpas.

Luitger alzó la mano apaciguador sin interrumpir su trabajo y respondió:

—No, absolutamente no, amigo mío. Soy yo quien debe disculparse por haberte descuidado tanto en los últimos tiempos, pero no ha sido intencionadamente. El abad Lucius me ha encargado una tarea especial que exige grandes preparaciones y que me ha privado de la posibilidad de ayudarte en tus estudios. Pero, por lo que he oído, has encontrado en el hermano Emmeran un buen sustituto. Al fin y al cabo, es el más inteligente de todos nosotros.

—¿Estáis molesto por ello?

Leberecht se acercó a los mapas para ver qué región ocupaba el interés de Luitger.

—¡Por la santísima Virgen que no! ¿Por qué habría de estarlo? ¡Todos somos viejos amigos!

—En ese caso, ¿cuál ha sido la razón de vuestro silencio y reserva?

El mapa sobre el atril mostraba la región del principado del obispo de Salzburgo. En un pliego de gran formato, doblado varias veces, podía reconocerse la República de Venecia. Otra hoja, también de gran formato, orlada de un amplio margen, describía el reino de Nápoles.

—Podría pensarse que planeáis un largo viaje —comentó.

Luitger se volvió al joven y le respondió:

—Lo que ahora voy a decirte queda entre nosotros. Se trata en efecto de un largo viaje que se hará más peligroso mientras más sean los que sepan de él. La congregación de mi orden me envía en una misión secreta a Montecasino, en la Campaña, donde san Benedicto fundó un convento hace mil años.

—Eso explica tanto mapa. ¿Y el motivo secreto? ¡Dejadme adivinarlo! Si es tan secreto debe tratarse del traslado de algo muy valioso. ¿Un transporte de oro?

—No, no es oro, pero sí algo muy valioso. ¡No puedo decirte nada más!

Leberecht se golpeó la frente con la palma de la mano.

—Si un monje como vos viaja de un convento a otro y en su equipaje lleva algo tan valioso como el oro pero no es oro, sólo puede tratarse de una reliquia.

El fraile se sorprendió.

—¿Cómo lo sabes?

—El hermano Emmeran me ha informado de las tribulaciones que motivaron el hallazgo del hermano Melchior, que en gloria esté, cuando abrió la cajita dorada que había sobre el altar mayor de vuestra iglesia del convento, que debía contener un pelo de la barba de san Benedicto de Nursia, y no encontró más que algunas cagadas de mosca, pese a que parece probado que aquel relicario procedía de las pertenencias del santo emperador Enrique.

—Si estás tan bien informado, no creo que tenga que guardar contigo el secreto de mi viaje. Como has supuesto acertadamente, se trata de un viaje a Italia, para llevar a cabo un intercambio de reliquias...

—¿Un intercambio comercial?

—Así podemos llamarlo, si quieres. Pero es preferible que

dos conventos cambien entre sí sus reliquias a que éstas vayan a parar a los que se dedican a negociar con ellas, que a cientos viajan por Europa, ofreciendo lo que muchas veces no son más que huesos de vaca o intestinos de cerdo secos.

Leberecht tembló de risa hasta el punto de que se atragantó y tuvo que toser antes de pronunciar estas palabras:

—Por lo que veo, vuestra fe en el significado de las reliquias tiene sus límites.

Luitger se llevó el dedo a los labios en gesto que pedía silencio y reserva.

—Si las reliquias de los santos despiertan en algunos hombres y mujeres sentimientos piadosos, no hay nada que objetar a ellas. Lo que me parece sospechoso es la fiebre con que en algunas partes se lleva a cabo el culto a las reliquias, que hace posible que algunos comerciantes entusiastas sigan vendiendo las gotas de sudor que brotaron del cuerpo de nuestro señor Jesucristo en el monte de los Olivos, o migajas de pan procedentes de la última cena y pequeños trozos de la costilla de Adán con la que el creador formó a Eva. —Hizo señas a Leberecht para que se acercara y continuó en tono bajo—: Nuestra abadía se encuentra en precaria situación porque la consagración de nuestro templo no es válida de acuerdo con las leyes de la Iglesia, pues en el altar no hay ninguna partícula de los restos mortales de nuestro santo patrón. Gracias a Dios eso es algo que sólo lo saben el abad, mi humilde persona y fray Emmeran... Y fray Melchior, pero éste está muerto. Y ahora también lo sabes tú, amigo mío.

El relato sonaba extraño a los oídos de Leberecht, pero su curiosidad no por ello era menor.

—Y ahora vos vais a Italia para conseguir una reliquia de san Benedicto.

—El santo está enterrado en Montecasino y nos han asegurado la entrega del pulgar de su pie izquierdo.

—Algo notable. —Leberecht tuvo dificultades en ocultar un matiz burlón en su voz—. ¿Y qué esperan a cambio?

Luitger pareció cortado y revolvió en los mapas que tenía frente a él, como si buscara en ellos la respuesta. Sin embargo de repente se detuvo y dijo:

—¿Conoces el cuadro de la Virgen con el niño que está en el altar lateral de la derecha y que es obra de un maestro desconocido de hace dos siglos? En el pedestal de esta imagen se puede ver una reliquia que está enmarcada con piedras preciosas.

—Un trozo de piel seca y contraída. El verla me produce escalofríos.

—Según se dice se trata de un trozo de piel de nuestro Señor, que de acuerdo con el antiguo rito le fue cortada al octavo día de haber nacido a su vida terrenal...

—*O sanctus praeputium!* —dijo Leberecht, que añadió con el rostro enrojecido—: Perdonad mi estúpida observación, pero me cuesta trabajo oír cosas así con seriedad. Hay más de media docena de templos y conventos que presumen de poseer el santo prepucio. Son miles las mujeres embarazadas que se prometen un efecto vigorizante con la contemplación de esa puntita cortada del órgano del Señor. Pero ¿quién tiene la verdadera reliquia, si la propia santa Catalina de Siena, cuya santidad parece probada por encima de toda duda, llevaba el trozo del prepucio del niño Jesús en uno de sus dedos como invisible anillo?

El fraile negro afirmó con la cabeza y añadió:

—No puedo culparte por tus palabras. Dejando a un lado que el prepucio de nuestro salvador tenía que ser de enorme longitud si la mitad de todas las reliquias que se exhiben fueran verdaderas, cada ejemplar por sí mismo constituiría un gran problema teológico. Y ésta es una de las razones por las que el abad Lucius está dispuesto a separarse de la reliquia.

—¿Un problema teológico?

—Desde luego —opinó Luitger con rostro serio—, según la doctrina de fe de nuestra Iglesia, Cristo ascendió a los cielos en cuerpo y alma...

—Comprendo —lo interrumpió Leberecht—. Eso puede causar perplejidad en un cristiano devoto. De creer la doctrina de la santa madre Iglesia, también el prepucio de nuestro Señor tendría que haber sido recibido en el cielo, entero o separado en varios trozos. Además ningún prepucio puede quedar en la tierra. Por otra parte peca contra la fe todo aquel que dude de la autenticidad esta reliquia.

Luitger levantó el dedo como una advertencia.

—Puedes pensar así, pero no decirlo.

—Perdonad, no era mi intención molestaros.

—No es cuestión de que me molestes —respondió el monje—, sólo quería advertirte de que si empleas esas palabras públicamente podrías ser acusado de herejía... Y no es necesario que te diga lo que eso significa.

—¡Oh, no, no, no! —gritó Leberecht excitado—. Pero vos sois un amigo al que puedo decirle lo que pienso.

El fraile le tendió la mano y sonrió.

Mientras Luitger seguía ocupado con sus mapas y escribía en un gran trozo de papel enrollado la ruta de su viaje y las más importantes observaciones, Leberecht se aproximó a la tercera arca, como tantas otras veces en las últimas semanas, hizo girar sobre su centro la estantería y en la parte prohibida empezó a buscar en los lomos de los libros el título de aquel tan deseado por el príncipe-obispo.

Si ya de por sí resultaba difícil encontrar un libro en la parte oficial de aquella biblioteca, la búsqueda en la parte prohibida del arca era como tratar de dar con una aguja en un pajar, porque la mayor parte de los libros que allí se guardaban no llevaban escrito en su lomo su título ni el nombre de su autor. El único punto de partida que tenía Leberecht era el formato pequeño del libro buscado y que su contenido se relacionaba con la astronomía, tema éste que ocupaba la fila superior de la estantería, cerca del techo abovedado. Leberecht tomó la escalera de mano, trepó por ella y dejó atrás la geometría y la geografía hasta llegar a los libros que se ocupaban con la ciencia de las estrellas.

Desde abajo, le llegó la voz de Luitger:

—¿Qué buscas por encima de las nubes, amigo mío?

—Oh, nada importante —respondió Leberecht con fingida naturalidad—, un libro póstumo de Nicolás Copérnico, doctor en Derecho Canónico y en Medicina y astrólogo por méritos propios.

—A ese Copérnico lo encontrarás al otro lado de la estantería —gritó Luitger con la cabeza levantada para que su voz llegara arriba—. El título completo es *De revolucionibus orbium coelestium libri V*. Muy interesante, por cierto y aunque defiende la tesis de un universo heliocéntrico, lo que va en contra de la doctrina de la Iglesia, no ha sido prohibido por ésta. Esto se debe probablemente a que son muy pocas las personas que están capacitadas para seguir las explicaciones del señor Copérnico.

—No me refiero a ese libro —respondió Leberecht desde arriba de la escalera—. Busco otro libro del maestro. Se titula *De astro minante* y, por lo que he oído, no es del gusto de la curia.

Leberecht continuó su búsqueda esperando oír una respuesta de Luitger, pero éste siguió en silencio, en un misterioso silencio, de modo que al cabo de unos momentos Leberecht volvió a mirar hacia abajo. Se quedó espantado. El hermano Luitger se había quedado rígido, inmóvil en su silla, con la mirada hacia arriba, como si acabara de oír la voz de Dios anunciando el día del Juicio Final.

—¿Qué os pasa? —preguntó el joven asustado.

—¿Cuál es el título del libro?

—*De astro minante*.

—¿Cómo te has enterado de la existencia de ese libro?

—Mi padre Adam me ha dejado un mensaje —contestó Leberecht que creyó preferible no mencionar su encuentro con el príncipe-obispo—. Me decía que era un libro muy importante y que era necesario que yo conociera su contenido.

El fraile negro, por lo general una persona tranquila y segura de sí misma, a la que era difícil sacar de sus casillas, se mostró nervioso y exclamó excitado:

—Debes olvidarte lo antes posible de ese libro. Sólo trae desgracias.

—¿Desgracias? —Leberecht se rió descaradamente—. Los libros no pueden traer desgracias. Las desgracias sólo vienen con las consecuencias que pueden proceder de los libros.

Luitger levantó los brazos al cielo, como si su joven amigo hubiera dicho algo carente de sentido, y replicó:

—Piensa en tu padre, fue ese libro el que lo llevó a la muerte.

Leberecht, que había seguido esa conversación desde la escalera de mano, descendió de ella como quien cae al suelo desde la parte más alta de un andamio. En su cerebro surgió un horrible pensamiento y una cruel sensación se adueñó de su cuerpo, la sensación de que entraba en el hueco de un sótano putrefacto. Tuvo un escalofrío. Y puesto que Luitger parecía no tener intención de aclarar su insinuación, le preguntó:

—¿De qué habláis, hermano?

—¿De qué hablo? Me estoy refiriendo a ese libro portador de desgracias que sería mejor que nunca se hubiese escrito.

—¿Qué queréis decir con que ese libro trajo la muerte de mi padre? Que puede ser mortal el escribir un libro es algo sobradamente sabido pero ¿desde cuándo su lector puede ser castigado con la muerte?

El hermano Luitger se levantó, tomó a Leberecht del brazo e

hizo que se acercara a él, como si temiera que otros pudieran escuchar su conversación. De camino a la parte de atrás de la biblioteca, donde había grandes huecos en el muro que llevaban a las ventanas, declaró:

—No puedo probar que la muerte de tu padre esté en relación directa con ese libro, con el hallazgo de ese libro, pero el que tú ahora me preguntes por él confirma mi suposición de que no podía ser otra cosa.

—¿Y hasta ahora, y más bien de modo causal, no me habíais informado de ello?

—Amigo mío, ya te he dicho que me faltaban las pruebas y, por lo tanto, no quería intranquilizarte y, menos aún, verte mezclado en el asunto. Tu padre, que Dios se apiade de su alma, murió poco después de tener una reunión con el inquisidor Bartolomeo. De acuerdo con mis observaciones, son muchos los cristianos que dejaron este mundo terrenal poco después de haber tenido una conversación con él. Yo mismo fui citado por fray Bartolomeo como testigo en un caso que, dicho sea de paso, no se resolvió de manera satisfactoria para el inquisidor, y en aquella ocasión, durante la conversación, me ofreció vino en una jarra de cinc, cosa bastante rara en un interrogatorio.

—¿Estáis insinuamdo que fray Bartolomeo envenenó a sus víctimas? ¿Por qué habría de hacerlo si tenía la posibilidad de condenar a la hoguera a cualquier pecador?

—En el caso de que la acusación se sintiera insegura, y ésa parece ser una sencilla posibilidad, para librarse de toda crítica que pudiera resultar peligrosa para la Inquisición. Me parece que el caso de tu padre era uno de esos. Adam era inteligente, leído y culto y no vacilaba en manifestar sus opiniones sin tener en cuenta ni la opinión ni las doctrinas de la Iglesia.

Durante mucho tiempo ambos se quedaron silenciosos frente al hueco de la ventana, donde ya antes Leberecht se había pasado horas meditando sobre el contenido de los libros que había leído. La ventana, con sus paneles de vidrio abombado que transformaban de modo grotesco la visión que ofrecían del exterior, le pareció como un símbolo de lo difícil que resultaba llegar a conocer los límites entre teoría y realidad. La teoría, que había aprendido en los libros de la biblioteca, le pareció clara e inequívoca, pero detrás de los cristales se reflejaba la realidad deformada y esta realidad frecuentemente no tenía nada en común con el contenido de los libros. Una mirada a través de la ventana bastaba para transformar lo bueno en malo, lo sagrado en diabólico y a un idiota aparente en un filósofo... o la inversa.

Finalmente Leberecht planteó la pregunta:

—Pero ¿qué tiene que ver todo eso con el libro prohibido de Copérnico?

—¡El libro no está prohibido! —replicó Luitger excitado—. Es que no ha existido nunca. ¿Lo entiendes?

—No. Vos tendréis que explicármelo, hermano Luitger.

Luitger parecía muy excitado y con paso rápido se dirigió al arca tercera, se recogió el hábito negro hasta más arriba de la rodilla y ascendió por la escalera de mano subiendo los peldaños de dos en dos hasta llegar al techo abovedado. Del último cajón sacó un libro de pequeño tamaño. Seguidamente bajó al suelo con la misma velocidad con que había ascendido.

Al pie de la escalera lo esperaba Leberecht.

—¿Es éste el libro que no existía? —se informó Leberecht con tono no precisamente serio.

Luitger respondió con un movimiento de cabeza afirmativo.

—Este libro de Copérnico contiene tantas ideas diabólicas que la curia de Roma decidió, sencillamente, negar su existencia. Según ellos, nunca existió un libro obra de la pluma de Nicolás Copérnico que tuviera el título *De astro minante.* Por esa razón se siguió el rastro de todos los ejemplares impresos del libro y una vez encontrados se destruyeron. Menos uno. —Luitger miró a Leberecht, como si acabara de vender su alma al diablo—. ¡Éste que aquí ves!

Leberecht tomó el libro. Era un volumen poco llamativo pero cuando lo miró a contraluz vio que en una de sus tapas de cuero estaba estampada una estrella solitaria.

¡La estrella! La señal que le había dejado su padre. Por fin había alcanzado su objetivo.

Leberecht abrió el libro, su mirada se fijó en el texto en latín: *Aristotelis divini universum nec Iulii Caesaris calendarium protegere nos no possunt ab astro minante...* («El universo del divino Aristóteles y el calendario de Julio César no pueden protegernos de la estrella amenazante...»)

Tuvo que detenerse. Estaba demasiado excitado como para poder seguir leyendo y se limitó a tartamudear:

—Pero Copérnico era un hombre de iglesia piadoso y la Inquisición nunca se ocupó de él.

—¿Por qué habría de hacerlo si este libro ni siquiera existe?

—Comprendo —respondió Leberecht—, pero ¿qué es lo reprobable de su tesis? ¿Que la Tierra no es una superficie plana entre el infierno y el cielo? Eso ya se puede leer en los filósofos griegos de la antigüedad... cuando se entiende su lengua. ¿Que la Tierra gira alrededor del Sol? Eso se puede creer o no, pero ya lo afirmó anteriormente en su ensayo *Commentariolus* y nadie lo ha contradicho.

Luitger replicó:

—Copérnico afirma, contradiciendo la doctrina de la Iglesia, que la Tierra gira alrededor del Sol, que es el punto central del universo. El propio papa Clemente se hizo instruir en la materia, porque aquel escrito también contenía ciertas reflexiones sobre la necesidad de una reforma del calendario.

—Eso no suena a herejía.

—El doctor Copérnico era un hombre precavido. Nadie sabe qué fue lo que le llevó a exponer sus formidables conocimientos en su último escrito, el libro que nunca existió. ¿Fue un deseo de venganza porque no se le había tomado en serio? ¿Fue la coerción que se da en un sistema existente? Lo peor de todo era que Copérnico no se limitaba a afirmar sus ideas, como había hecho ya anteriormente, sino que las probaba con exactitud matemática.

—Hermano, ¿qué es lo que Copérnico demostró?

—Que las órbitas que recorren los planetas no son círculos perfectos como se correspondería a la perfección de la creación divina, sino que obedecen a otras leyes que se aclaran por sí mismas. Y el título del libro, *De astro minante,* así lo dice, que un cuerpo celeste, mayor que la Tierra, saliendo de lo más profundo del universo, se dirige sin pausa hacia ella. Se mueve a una velocidad inimaginable y en el año del señor 1528, el día 8 de octubre, hará que la Tierra se salga de su órbita y que choquen la Tierra y el Sol. Las consecuencias que Copérnico saca de ello, y que son difíciles de contradecir, es que el juicio final no tendrá lugar, o al menos no ocurrirá, como anuncian las sagradas escrituras. No habrá un nuevo cielo ni una nueva tierra. Según Copérnico el juicio final será una catástrofe natural inimaginable a la que no sobrevivirá ningún ser humano.

Leberecht calló. El libro que tenía en sus manos se hizo de repente tan pesado que tuvo que cerrarlo y dejarlo en el atril de lectura. No sabía qué decir o qué pensar de todo aquello y tuvo miedo.

—¿Y mi padre conocía su contenido como lo sabéis vos? —preguntó.

Luitger asintió con la cabeza en silencio.

De golpe y porrazo Leberecht se dio cuenta de en qué situación tan peligrosa se encontraba y de que tras la amenaza del príncipe-obispo se ocultaba una razón última mucho más seria de lo que había pensado hasta entonces. Y se preguntó si el predecesor del obispo se dirigió a su padre con la petición de que encontrara y le entregara el libro *De astro minante*.

—No sé —comenzó de nuevo el hermano Luitger— si te haces cargo de toda la trascendencia que se encuentra entre las tapas de ese libro. El Concilio de Trento, que acababa de terminar después de dieciocho años, no menciona en absoluto ese libro en el *Index librorum prohibitorum* (Índice de libros prohibidos) pero a puerta cerrada tuvo en suspenso durante años a un buen número de obispos y cardenales. Finalmente acabaron reunidos una docena de ellos, el mismo número de apóstoles que tuvo en vida el Señor, que tomaron la decisión de prohibir toda interpretación de las escrituras contraria a la interpretación de los padres de la Iglesia, de los salmos y de las exhortaciones de Salomón y Josué.

—¡Por lo tanto, Copérnico es un hereje!

—¡Nada de eso! Se podía probar que su obra más conocida sobre las órbitas planetarias estaba llena de errores y, por lo tanto, que de ella no era posible obtener un pronóstico exacto. Sólo este otro libro podría hacer temblar la doctrina de la Iglesia, y digo «podría» porque o bien ese libro no existía en absoluto para ellos o eran sólo muy pocos los que conocían su contenido y, por lo tanto, hubiesen estado en condiciones de acusar de herejía a Copérnico. Y estos pocos se guardarían muy bien de hacerlo. Creo que ninguno de ellos hubiera sobrevivido a esa traición.

A Leberecht le costaba trabajo ordenar sus pensamientos. Tenía dificultades en seguir al fraile pues cada una de sus explicaciones le planteaba nuevas preguntas. Por ejemplo, esta que le hizo de inmediato:

—¿Por qué no habéis querido hasta ahora entregar este libro al príncipe-obispo? Os hubiera dejado en paz para siempre.

Luitger negó con la cabeza.

—Este libro es para nosotros la garantía para poder seguir en este lugar. Desde hace mucho tiempo la abadía de Michelsberg es como una espina en el ojo para los príncipes-obispos.

Les gustaría poder librarse de nosotros de la noche a la mañana y así lo harían si encontraran nuevos pretextos para hacerlo, pese a que nuestra abadía cuenta con inmunidad conventual. En tanto que este libro esté en nuestro poder, no habrá un príncipe-obispo que se atreva a expulsarnos de sus tierras. Temen que divulguemos la maldición de Copérnico.

Leberecht se acercó a la ventana y miró a través de sus turbios cristales que alteraban la visión de la realidad hasta el punto de hacerla irreconocible. ¿Cómo podría hacerle comprender a Luitger que él necesitaba aquel libro, que su vida dependía de que se lo entregara o no al obispo?

—Es un verdadero milagro —se volvió hacia el monje— que hasta ahora nadie haya hecho desaparecer el libro y que siga guardado en el lugar que le corresponde.

—¿Dónde mejor podría esconderse un libro que entre otros libros? —El fraile negro se rió y, al hacerlo, mostró la mella en sus dientes—. Pero, además, ya hemos pensado en ello, naturalmente. Por esa razón el abad hizo copiar la obra en el *scriptorium* hace ya muchos años. Veinte monjes la copiaron, empezando por el final y hacia atrás, cada uno transcribió una página cada vez, como suele hacerse con los documentos secretos, de modo que ninguno de ellos pueda entender el texto. Todavía hoy se guardan la hojas por separado en el *scriptorium* y no resultaría nada fácil ordenarlas para formar un todo.

Tras esas palabras, Luitger tomó el libro de Copérnico y se dispuso a subir por la escalerilla de mano para devolverlo al mismo sitio de donde lo había cogido.

Leberecht saltó hacia él, lo sujetó con fuerza por su hábito negro y, con un tono de voz más enérgico, de lo que en él era normal, gritó lleno de excitación:

—¡Confiadme el libro a mí, os lo ruego por el amor de Dios! ¡He de tenerlo!

Enfadado, Luitger se libro de él y continuó subiendo mientras decía con un gruñido:

—¡Deja las cosas como están, hijo mío! Lo más razonable sería que te olvidaras de todo el asunto.

El monje siguió subiendo y, sin dejarse convencer, puso el libro en su lugar.

En los ojos de Leberecht brilló una rabia impotente. Apretó los puños como si fuera a abalanzarse sobre el monje, su aspecto causaba una impresión confusa.

—¡Ya os lo he dicho! He de tener ese libro. ¡Por favor!

Luitger no podía explicarse aquel extraño comportamiento. Sorprendido, miró a su discípulo y, finalmente, le puso la mano sobre el hombro y trató de apaciguarlo.

—Puedo comprender qué gran peso significa todo esto para ti y quizá hubiera sido mejor callar, pero ya no podemos evitar lo que se ha dicho y tienes que vivir con ello.

—¡He de tener el libro, ¿me oís?! ¡He de tenerlo!

La voz de Leberecht sonaba desesperada, entrecortada al principio y después cada vez más rápida. Empezó a contarlo todo, como si tuviera prisa por confesarlo, por hablar de su encuentro con el príncipe-obispo, del intento de éste de sonsacarle sobre la abadía de los benedictinos y de su chantaje amenazador. Aclaró que era la amenaza del príncipe-obispo y no el contenido del libro lo que le hacía estar tan desesperado.

Luitger lo escuchó petrificado. Aunque siempre creyó al obispo capaz de cualquier truco, le sorprendió el camino que había elegido para conseguir su propósito. Se dio la vuelta para poner orden en sus ideas. Con la mirada en el suelo dio unos pasos arriba y abajo, entre los grandes atriles de lectura. De repente se detuvo y alzó la vista.

—Hay algo de lo que debes estar seguro, hijo mío. Si cumplieras la voluntad del príncipe-obispo, eso te costaría la vida. Tan pronto tuviese el libro en su poder, acabaría contigo, pues te habrías convertido en un cómplice que sabe demasiado y no menos peligroso de lo que fue Adam, tu padre. Pero, por otra parte, si intentaras convencer a su eminencia de que no hay forma de encontrar el libro, también te convertirías en el objetivo de sus ataques; pues, por un lado, pasarías a ser su cómplice y, por el otro, siempre estarías en condiciones de chantajearlo.

—Eso significa que puedo elegir entre Esquilo y Charibdis: ahorcado o ahogado.

Se impuso una pausa cargada de opresión, larga como el silencio del predicador catedralicio antes de su amén final. Leberecht se sintió liberado cuando el fraile empezó a hablar de nuevo:

—Para ti sólo hay una salida. Tienes que marcharte de aquí, lejos, donde no llegue el brazo del príncipe. Y tienes que hacerlo lo antes posible.

El joven se quedó mirando a Luitger, se dio cuenta de que en aquel momento los dos estaban pensando lo mismo y le dijo:

—En vuestro viaje a Montecasino yo podría ser para vos un acompañante útil. ¿Qué opináis, hermano Luitger?

Éste no vaciló mucho tiempo.

—Entregarse a la muerte es contrario a la naturaleza humana. Y tú tienes que huir si quieres salvar la vida. Todo debe hacerse en secreto, sin que los demás lo sepan. Creo que el abad Lucius no tendrá inconveniente en darte un sayal de novicio si a cambio de ello sabe que la reliquia está más segura.

Leberecht cayó en los brazos del monje. De pronto Luitger fue para él un ángel que el Señor le enviaba del cielo en un momento de necesidad.

—¡Italia! —se entusiasmó—. ¡Italia, el país del arte! ¡Cuántas veces me habló de Italia, lleno de entusiasmo, mi maestro Carvacchi, afirmando que allí se vivía en otro mundo y en otra época! ¿Qué me retiene en esta ciudad, cuyo nombre ya no pronuncian mis labios desde que quemaron a mi padre dentro de sus muros y en donde a mí, antes o después, me espera la misma suerte?

El fúnebre estado de ánimo de fray Luitger también cambió notablemente. En realidad Leberecht podía serle de gran ayuda en su misión. Cuatro ojos vigilaban más que dos y, además, el joven cantero era un hombre fuerte que sabía defenderse si las cosas se ponían duras. Ahora sólo faltaba convencer al abad Lucius de que necesitaba su compañía. Éste conocía a Leberecht desde la epidemia de peste y apreciaba su afán de instrucción. Estaba convencido de que, por esa parte, no habría inconveniente en acceder a su petición.

—No le contaremos al abad Lucius la verdadera razón de tu huida —dijo el fraile—, cuantas menos personas lo sepan, mejor. Además, no quiero darle motivos para que lo medite demasiado.

Leberecht se comprometió a guardar silencio y ambos decidieron que se encontrarían allí mismo al día siguiente por la tarde para hablar de los detalles del viaje.

En su camino de regreso a casa por los oscuros callejones, la ciudad le pareció súbitamente extraña, como si hiciera ya mucho tiempo que hubiera dejado de ser su patria chica. Mientras cruzaba la plaza de la catedral, el reloj del campanario dio las ocho. Allí, donde a la izquierda los escalones de piedra llevaban al Sand, se detuvo un momento cuando Martha le vino al pensamiento. Hasta entonces, en todas sus reflexiones, se había olvidado del destino de Martha, tan íntimamente ligado con el suyo. Ahora se avergonzaba de ello.

Leberecht se sentó en el bajo muro que rodeaba la plaza como si quisiera enmarcarla y separar la catedral del resto de la ciudad, y reflexionó. Desde que Martha lo abofeteó su pasión había disminuido, o al menos eso creía, pero por el contrario su amor parecía haber aumentado. No, no podía, no debía dejar a Martha en la estacada. ¿No tenía él la mayor parte de culpa respecto a su precaria situación? ¿Sabía Martha que el príncipe-obispo ya estaba enterado de su adulterio? Tenía que decírselo, tenía que hacer un último intento y tratar de convencerla de que debía huir con él.

Pese al peligro de encontrarse con su tutor, Jakob Heinrich Schlüssel, Leberecht dirigió sus pasos escaleras abajo en dirección a Sand. Eran las primeras horas de la noche y él sabía que en aquellos momentos Martha estaría en su dormitorio. Para entrar en la posada no eligió la puerta principal de la taberna, que a aquellas horas estaba muy animada, sino que prefirió entrar por la puerta trasera que daba a las dos arcadas de un estrecho callejón, el pequeño Feuergasse. Desde esa puerta se llegaba con facilidad a la escalera de la casa donde estaba la habitación de Martha.

La luz estaba encendida y Leberecht llamó a la puerta. Nada. Lo intentó por segunda vez y al mismo tiempo dijo con voz baja:

—Soy yo, Leberecht. ¡Necesito hablar contigo!

La puerta se abrió precavidamente. Cuando Martha lo vio se retiró al interior de la habitación y cuando él la siguió le echó los brazos al cuello. Sollozó y su llanto convulsivo hizo que su cuerpo se estremeciera. Él mismo tuvo que hacer un esfuerzo para no romper a llorar.

—¡Huyamos de aquí! —suplicó Martha—. Vayamos a un lugar donde reine la honradez, donde los curas sean cuidadores de almas y no chivatos y espías; los obispos, pastores y no verdugos. ¡Quiero irme contigo adonde tú quieras!

Mientras hablaba, Martha se apretó contra él como si temiera volver a perderlo.

Leberecht ya no comprendía el mundo. ¿Acaso Martha no lo había rechazado poco antes, cuando le dijo que su comportamiento fue un grave error? ¿No había reconocido su propia pecaminosidad y por ella se había castigado con la penitencia? ¿Cuáles eran las causas que habían dado lugar a un cambio tan repentino?

Mientras aún seguían abrazados, Martha comenzó a contarle su humillante enfrentamiento con su marido y Leberecht, por su parte, le habló del misterioso encuentro y de las veladas amenazas del príncipe-obispo.

Martha estaba demasiado excitada para preguntarle cuáles podían ser los motivos y, en lugar de eso, cayó en desenfrenadas consideraciones sobre la discrepancia entre la fe y la doctrina de la Iglesia que era causa de tanta desolación entre los seres humanos.

Leberecht sólo la oía a medias. No sabía cómo hacerle entender a Martha que los preparativos de su fuga ya estaban en marcha. En su fuero interno dudaba de que la mujer hablara en serio. Contrariamente a ella, que como él también había nacido en la ciudad, allí él realmente nunca se sintió en casa. Martha era una burguesa bien considerada, respetada y envidiada, pese a que ya se empezaba a murmurar que llevaba un matrimonio tan casto como el de san José, cosa que, por otra parte, no era raro en aquel tiempo, y la Iglesia incluso lo presentaba como ejemplar. Martha nunca tuvo necesidades materiales y en eso se diferenciaba de la mayoría de los miembros de la burguesía, en la vida de los cuales el bienestar y la necesidad se alternaban con tanta frecuencia como las estaciones en el año. ¿Querría Martha renunciar a todo eso?

Si él se daba a la fuga, le pasó a Leberecht por la cabeza, y marchaba a Italia para no regresar jamás, no habría nada capaz de contener la furia del príncipe-obispo que, ciertamente, no vacilaría ni un instante en entregar a Martha a la Inquisición, pues lógicamente el obispo podría temer que Leberecht hubiera informado a Martha de su misteriosa misión. No, no podía dejar a Martha en la estacada.

Mientras Leberecht se dejaba caer en la dura mecedora que había junto a la pared de atrás de la habitación, observó con ojos llenos de curiosidad cómo Martha tomaba la lámpara que había sobre la mesa y la ponía a sus pies en el suelo. De la cómoda situada entre las dos ventanas, que estaba llena a rebosar de ropas de un lino tan fino que sería el orgullo del mejor de los comerciantes, Martha sacó un cuchillo largo y poco afilado, pero casi tan grande como una daga. Después le pidió a Leberecht que la ayudara a apartar la cómoda a un lado. Con la hoja del cuchillo Martha hizo palanca para sacar una de las piezas de madera del suelo. Todo ocurrió con tanta rapidez como si ella lo hubiera hecho ya muchas otras veces. A la luz de la lámpara Leberecht pudo reconocer el brillo del oro y de la plata.

—¡Por la Santísima Trinidad! ¿Todo eso te pertenece?

Martha se arrodilló. Sus ojos brillaban como la plata del tesoro y comenzó a mover las monedas como haría un panadero amasando la masa.

—Un posadero que nunca está en su posada —dijo Martha— no puede saber cuánto dinero deja el negocio. Yo comencé a apartar algo desde el primer año de nuestro matrimonio porque temía que un día Schlüssel acabase echándome a la calle. Lo que no podía suponer era que un día acabaría por desear huir siguiendo mi propia iniciativa.

La visión del dinero enmudeció a Leberecht. Miró a Martha con incredulidad y la expresó con un movimiento de cabeza. El tesoro constituía una fortuna más que suficiente para una fuga hasta el fin del mundo. Además, él mismo disponía de una buena cantidad procedente de su herencia, que estaba depositada en la oficina del magistrado de la ciudad. El dinero, pues, no les faltaría.

—Es una suma cuantiosa —dijo Martha—. Ducados y antiguos taleros, gulden de los Países Bajos y de Renania. Cuando superaron los mil, dejé de contarlos, pero no de reunirlos. Ahora podremos aprovecharlos.

Leberecht se arrodilló en el suelo, junto a Martha, y observó el dinero. Sin apartar la vista de él, preguntó con cautela:

—¿Has pensado ya adónde quieres huir?

—No —replicó la mujer, y le acarició la mano—. Tú eres muy listo y sabrás encontrar un lugar en el que nos sintamos seguros.

—¡Como si eso fuera tan fácil! No tenemos ningún papel que nos sirva de pasaporte ni ningún otro documento que demuestre la razón de nuestro viaje; tampoco somos comerciantes. Para cualquier soberano y su gobierno, sólo seremos viajeros sin destino, chusma a la que es mejor no dejar entrar en sus tierras...

Seguidamente, Leberecht le explicó que se había puesto de acuerdo con fray Luitger para acompañarlo a Italia con una misión de la abadía.

La noticia impresionó a Martha y, antes de darle tiempo al joven a decir que renunciaría a ese plan para emprender la fuga con ella, la mesonera le interrumpió y, como si fuera la cosa más natural del mundo, le dijo:

—Entonces viajaremos los tres a Italia. Por mi parte no tengo nada en contra.

—Martha, querida mía —comenzó a explicarle Leberecht—, yo mismo debo darme por contento si el abad del convento me acepta, a mí, como acompañante del hermano Luitger e incluso tendré que disfrazarme de novicio. Dos monjes benedictinos en compañía de una mujer, condenaría nuestra empresa al fracaso desde el principio y pondría en peligro a Luitger. Nadie creería que está en camino para cumplir una importante misión de su orden.

—Puede ser —dijo Martha en voz baja y comenzó a colocar en su sitio la tabla del suelo. Cuando terminó su trabajo, se puso de pie y miró a Leberecht, que aún seguía arrodillado en el suelo—. ¿Y si fueran *tres* los benedictinos que viajan?

Leberecht levantó los ojos para mirarla. Comprendió de inmediato lo que Martha pretendía. Se levantó y se acercó a ella.

—Eso es algo que ni el abad ni fray Luitger permitirían. Además, estoy convencido de que a mí mismo me costará mucho trabajo hacerme pasar por un novicio de la orden... ¿Y tú, Martha? Las mujeres no son buenas actrices. Cuando hace años, en Italia, las mujeres empezaron a representar en el teatro los papeles femeninos, que hasta entonces interpretaban los hombres, el público se moría de risa incluso cuando se representaban las mayores tragedias, porque las actrices actuaban en el escenario con el orgullo de un pavo real en un jardín. No, creo que eso no será posible. Debemos tratar de unirnos a una caravana de comerciantes para pasar la frontera. No podemos viajar con los coches de posta, puesto que no tenemos autorización oficial ni ningún documento que acredite nuestro nombre y nuestra religión, así como el motivo del viaje.

Mientras Leberecht hablaba, Martha ocupaba sus pensamientos en otras cosas. Hacía tiempo ya que había decidido abandonar a su marido y dejar aquella ciudad dominada por espías y denunciantes, y para conseguirlo sin llamar la atención cualquier medio le era lícito, incluso aquellos que fueran en contra de sus verdaderas creencias.

Nunca había querido a su marido, como máximo había cumplido con la doctrina de la Iglesia que nos ordena amar al prójimo como a nosotros mismos. El auténtico sentimiento del amor sólo lo había despertado Leberecht, ¿y cómo podía ser pecaminoso y reprobable el amor? ¿Por qué, si ese sentimiento era un pecado, lo había puesto el Creador en el alma de los hombres y las mujeres? De acuerdo con esas ideas Martha decidió dirigir su destino con sus propias manos y vivir de acuerdo con sus propios criterios morales. Y si con ello atentaba contra los mandamientos de la Iglesia, ¡la propia Iglesia podía irse al diablo!

Durante todo este tiempo había estado mirando a Leberecht en silencio, hasta que finalmente éste le preguntó:

—¿Me estás escuchando?

Se había dado cuenta de la inquietud en los ojos de Martha, que era como un reflejo de sus pensamientos.

Como si acabara de llegar de muy lejos, le respondió:

—Naturalmente que te escucho. —Y como si quisiera demostrarle que era cierto, añadió la siguiente pregunta—: Pero una monja sí puede acompañar en su viaje a dos benedictinos, ¿no es así?

—Quieres decir...

—Sí. ¿No me dijiste una vez que tenía el rostro de una santa? Entonces bastará para que me tomen por una monja. Estoy dispuesta a sacrificar mis cabellos y dejarlos con la largura de un dedo. En todo caso, eso siempre será mejor que además de cortarlos tener que hacerme una tonsura.

Leberecht no pudo evitar una sonrisa. Admiraba la decisión con que Martha se había puesto en situación; incluso tenía que reconocer que daba muestras de mayor valor que él mismo.

—Dudo —trató de calmar su entusiasmo— de que el hermano Luitger quiera colaborar con nosotros, por no hablar del abad. Además, necesitarías un hábito de la orden. ¿Pretendes atacar a una monja y despojarla de sus ropas?

—Para evitar la oposición de los benedictinos, podríamos encontrarnos en el camino, en Nuremberg o Regensburg, por ejemplo, como si fuera de modo casual. Mientras llega ese momento, podrás ir poniendo en antecedentes del plan a tu amigo y maestro.

—¿Y cómo pretendes llegar tú sola hasta Nuremberg o Regensburg?

—No debes preocuparte de ello. Con dinero suficiente en el saco todo es posible.

Leberecht no podía reconocer a Martha, y si hasta entonces había tenido alguna duda sobre su plan de fuga en común, ésta desapareció en el aire. Estaban obligados a hacerlo.

En su corto camino de regreso hasta su casa en el callejón de los Tintoreros, Leberecht tomó una difícil decisión y decidió guardarla en secreto. Ni Martha ni Luitger debían saberlo, pues eso los hubiese inquietado inútilmente.

Poco antes de llegar a Sand, al doblar la calle, vio a una pareja que mantenía una animada conversación delante de la casa de la viuda de Auerswald. La voz de la mujer le pareció conocida. Era Magdalene Pirckheimer. Sólo algo después pudo identificar al hombre: era el carretero Ortlieb.

Protegido en el portal de una casa, Leberecht trató inútilmente de escuchar la conversación; finalmente, Magdalene volvió a entrar en su nueva casa mientras que Ortlieb se encaminaba al puente de Arriba. Leberecht lo siguió hasta la orilla del río, pero cuando se dio cuenta de que el carretero tomaba el camino de casa, dio la vuelta.

La barcaza de Friederike, que estuvo atracada en la otra orilla, había desaparecido. El río se deslizaba perezoso como si murmurara suavemente para sí mismo. Leberecht se sintió poseído por una dolorosa tristeza, en primer lugar por no poder decirle adiós a Friederike y, después, porque la vista del puente le trajo a la memoria el recuerdo del trágico destino de su hermana Sophie.

Aquella noche el joven no pudo conciliar el sueño porque demasiados pensamientos cruzaron por su cerebro llevándole la duda sobre el resultado de su plan, de si Martha se iría con él a Italia. Las restantes horas de la noche las pasó mirando el techo de su habitación y escuchando los sonidos habituales de la ciudad durmiente. No dudaba de que el abad daría su autorización para que él pudiera acompañar al hermano Luitger. Y tomó la decisión de no comunicarle a nadie sus planes de fuga y menos aún los de Martha, ni a sus compañeros de la obra de la catedral, ni a Magdalene, cuyo comportamiento cada vez le parecía más extraño, y tampoco a la viuda Auerswald, en la que desde hacía ya algún tiempo había dejado de confiar.

En su pensamiento, se vio empacando su saco de viaje con las ropas necesarias, unos libros que le parecían importantes y algunos recuerdos de su juventud, entre ellos la pequeña mano de piedra arenisca de la estatua que había simbolizado el Porvenir.

Leberecht se levantó con los primeros ruidos de la mañana. Y con la intención de evitar el encuentro con la viuda y su prima abandonó la casa muy temprano. Lo primero que hizo fue dirigirse a la magistratura, donde dio la orden de que todo el importe de su herencia, 700 gulden, junto con sus escasos intereses, estuvieran listos para serle entregados aquella misma tarde en monedas de curso corriente; según dijo, tenía intención de adquirir una gran finca agrícola, Main abajo, en la zona de Würzburg.

En la hora sexta, en la que sabía que los monjes estaban reunidos en el coro para sus rezos cotidianos, Leberecht entró en la abadía por la puerta de atrás del jardín, como era su costumbre. Cruzó el patio interior y subió a la biblioteca que estaba vacía. Sobre una mesa seguían los numerosos mapas y las descripciones de viajes como los había dejado Luitger. Pero de momento no era aquello lo que le interesaba. Hizo girar la tercera arca, subió por la escalera de mano hasta llegar al techo, cogió el libro prohibido de Copérnico y lo hizo desaparecer debajo de su jubón.

Tan pronto bajó de la escalera, volvió a girar la estantería, apartó la escalera de aquel lugar y salió por el mismo camino por el que había llegado; anduvo hasta el jardín, donde oculto por la espesa vegetación de unas enredaderas sacó del muro una piedra, que ya había separado con anterioridad, escondió el libro en el hueco y volvió a colocarla en su lugar. Seguidamente regresó a la biblioteca.

Tal y como habían acordado, el hermano Luitger no tardó mucho en aparecer con la noticia de que el abad daba su aprobación a que Leberecht le acompañara en su viaje a Montecasino. El hermano encargado de los hábitos ya le tenía preparado un sayal de novicio con los bolsillos ocultos suficientes para que pudiera llevar en ellos los talegos necesarios para el viaje, si es que no había cambiado su intención de acompañarlo.

El joven confirmó su decisión y antes de que pudiera hacer alguna pregunta sobre el *procedere*, el modo de actuar, y el día de la partida, Luitger le informó de que se pondrían en camino al día siguiente, con la salida del sol, y de que tomarían el coche de posta en dirección a Nuremberg, la fortaleza del protestantismo, para pasar la noche en el convento de San Egidio que, pese a que la ciudad de los comerciantes era protestante, aún se mantenía en ella, como un oasis de fe en medio de un desierto de herejía, y «en el cual un peregrino puede pasar la noche en la gracia de Dios y sin peligro». Luitger dijo estas últimas palabras imitando el tono suave y ceremonioso por el que era conocido el abad Lucius, pero acompañando sus palabras con un guiño de picardía.

Por lo demás, subrayó Luitger, el viaje a Italia estaba preparado hasta el menor detalle. Los libros de viajes y los mapas más modernos, realizados por la pluma de los geógrafos más populares, les señalarían el camino. No deberían llevar mucho equipaje, pues en Italia un monje de la orden de los benedictinos no necesitaba nada más que el hábito que vestía; su verdadera carga la debía llevar consigo en su mente.

Mientras decía esto, sacó un papel doblado y lo pasó delante de la cara de Leberecht:

—¡Esto nos abrirá muchas puertas y todas las fronteras!

Leberecht tomó el documento, lo desdobló y leyó:

—«Nos, Lucius OSB, abad del convento de Michelsberg, certifico que los portadores de esta carta, hermano y novicio de la mencionada abadía, deben pasar a Italia, con una misión de la orden benedictina, donde está la meta de su viaje, Montecasino, la fundación de san Benedicto de Nursia; que su objetivo es abadía *nullius* (que no pertenece a ningún otro convento) y que los citados no llevan consigo nada contrario al orden y no harán nada que pueda atentar contra la ley y el orden. Lo que se certifica con este sello.»

—¿Y creéis que este documento es suficiente, fray Luitger?

—Como todos los monjes benedictinos no tengo experiencia en viajes, pero se ha dicho que un pase con su correspondiente sello quita todos los obstáculos del camino. La gente se vuelve loca cuando ve un sello y hasta se paran a rezar delante de él. Los sellos son las reliquias de nuestro tiempo.

Leberecht sacudió la cabeza. Le seguía preocupando la idea de si debía contar sus planes al hermano Luitger. Pero pensó en el riesgo que significaba poner en peligro en el último momento sus planes de fuga, los de Martha y los suyos, y decidió guardar silencio.

La última noche en la ciudad la pasó Leberecht con una febril impaciencia. Ya no había nada que pudiera impedirle salir de la ciudad. Se había despedido de Martha por un día, y si había tenido algunas dudas sobre la seriedad de sus intenciones de unirse a él en Nuremberg, la despedida las disipó por completo. Martha estaba excitada como un niño y se regocijaba ya pensando en su futuro en común. Le declaró una vez más su amor y, llena de orgullo, le enseñó su hábito de monja, aunque sin explicarle cómo había llegado a su poder. Martha tampoco le dijo cómo pensaba llegar a Nuremberg pero afirmó que ya tenía arreglado el transporte y que estaría allí antes que él. Lo único que parecía preocuparla era su cabello que, le gustara o no, tenía que sacrificar aquella noche para poder usar el hábito de monja. Leberecht trató de consolarla con la afirmación de que, con el pelo largo o corto, no dejaría de gustarle.

Mientras guardaba sus cosas en su saco de viaje y se cosía los ducados de oro de su herencia en las costuras interiores de su ropa, hizo mentalmente el camino desde la casa hasta el lugar de salida del coche de posta. Debía hacer un desvío en su camino, para evitar que le siguieran. Desde que la había visto hablando con Ortlieb, su principal preocupación era Magdalene. Dejó sobre la mesa el dinero del hospedaje que le debía a la viuda Auerswald. Para no dejar el menor indicio sobre su desaparición, Leberecht desistió de escribir una carta de despedida.

Antes de que clareara el día, se vistió su sayal de novicio. El pequeño espejo de plata junto a la cama, del que hasta entonces jamás se preocupó, sólo le dejaba ver pequeñas partes de su apariencia, pero pese a ello, casi sintió cierta admiración por su aspecto. Contrariamente a lo que había esperado, el hábito le quedaba estupendamente bien; aparentaba ser mayor y, sobre todo, un hombre devoto, de modo que sus capacidades de actor podrían soportar la prueba de las semanas o meses que le esperaban. Una capucha, amplia y triangular, que le tapaba hasta las orejas, le daba, además, cierta dignidad.

¿Qué pasará si disfrazado así me doy de cara con la viuda Auerswald mientras bajo las escaleras?, pensó. Sin duda eran los momentos más críticos del día. Por esa razón, escuchó atentamente con la puerta apenas entreabierta por si se oía en la casa algún ruido sospechoso. Cuando se sintió seguro se deslizó en silencio por la oscura escalera que llevaba a la salida posterior de la casa, que abandonó en dirección a San Esteban, precisamente la dirección opuesta a la que debía seguir para llegar al lugar de salida de la diligencia.

La huida resultó tal y como se había planeado. Cuando Leberecht llegó al lugar de partida del coche de posta, frente al mercado, fray Luitger tuvo que hacer un esfuerzo para contener la risa. Con ellos subieron a la diligencia tirada por cuatro caballos dos comerciantes de Sajonia, que habían pasado la noche en la ciudad. Antes de que el mercado adquiriera su vida habitual, el cochero soltó las riendas de sus caballos.

CAPÍTULO VII

CONSTELACIONES Y APARICIONES

El sol estaba ya muy bajo sobre la ciudad cuando llegaron a Nuremberg, y sus rayos transformaban las numerosas torres, campanarios y frontispicios en brillantes coronas de luz. Había llovido y el empedrado mojado hacía que los caballos tuvieran dificultades para mantener el paso sobre las calles resbaladizas. Jóvenes desarrapados y con los pies descalzos seguían al carruaje con la esperanza de que los viajeros solicitaran de ellos alguna información o servicio que recompensarían con una pequeña moneda.

En medio de la ciudad antigua, en el Mercado de los Señores, que recibía ese nombre por los señores comerciantes que allí ejercían su profesión, la diligencia postal terminaba su recorrido. Pero, al parecer, al término de ese día el comercio y los negocios pasaron a un segundo lugar. Los habitantes de Nuremberg, vestidos de fiesta, bailaban al son de las flautas y al ritmo marcado por los tambores en torno a la fuente; y, en las numerosas ventanas de las casas, adornadas con entramados y celosías, cuyas fachadas se apretaban alrededor de la plaza como los monjes cuando se reúnen en el coro, había cientos de espectadores que contemplaban la diversión.

Los caballos del coche de posta, más acostumbrados a la calma de los largos caminos que al ruidoso bullicio de una ciudad animada con el espíritu de sus fiestas, relinchaban y se movían inquietos, amenazando con seguir adelante. Pero el cochero consiguió saltar del carro y sujetar a los caballos por las bridas.

—¡Mirad, mirad, ahí van dos frailecitos de tierras devotas! —se burlaron dos mujeres con toscas túnicas, más propias de verduleras que de burguesas distinguidas—. Creo que pronto encontraréis a dos hombres con los que bailar junto a la fuente.

El aire decidido de los dos monjes forasteros provocó grandes carcajadas entre jóvenes y viejos. Los más jóvenes les señalaban con el dedo las mujeres del mercado y se reían maliciosamente. Los recién llegados entraron en conversación con algunas personas de Nuremberg y así se enteraron del motivo por el que se celebraba un baile a plena luz del día: Sebastian Ketzel, el hijo mayor de la familia patricia que llevaba el mismo apellido y que durante generaciones había traído al mundo más hembras que varones, se había casado con Katharina, la hija del jefe de aduanas Jorg Beheim, el día 8 de ese mes y, con ocasión de ello, celebraba una fiesta que terminaba precisamente hoy, el día 30. Los Ketzel, según supieron, se contaban entre los comerciantes más ricos de la ciudad, como los Holzschuher, los Welser, los Pfinzing, los Imhof y los Paumgartner. Eran tan ricos que uno de sus antepasados, acusado de poder hacer oro, fue encarcelado porque nadie pudo explicar cómo se habían enriquecido tanto y de modo tan rápido. En la actualidad, los Ketzel eran dueños de un número desconocido de colonias comerciales, muchas de las cuales sólo vendían el mineral de hierro y el plomo procedentes de minas en cuya propiedad también participaban.

Por si eso no fuera suficiente, disponían de feudos en las tierras próximas y un número incalculable de inmuebles, entre ellos una casa jardín, delante de la puerta del zoológico, otra casa junto al mercado del heno, una casa de vecindad detrás de Santa Catalina, otra en Wörther Türlein y una más en Glockenhaus, así como varios locales en Pfaffenbühl. En la localidad de Stein les pertenecían la casa municipal, con sus baños públicos, y los derechos de pesca y de las tierras de cultivo, lo que llevó al preboste de San Lorenzo a hacer la observación de que si a los Ketzel las cosas les iban bien todo el mundo estaba sano y de buen humor, pero que cuando los Ketzel estaban ausentes, las ratas aparecían en la ciudad.

—¿Y aquella casa impresionante de enfrente? —Leberecht señaló un edificio situado al otro lado del Mercado de los Señores.

Un joven de la nobleza campesina, que vestía unos ceñidos calzones rojos y sandalias de cuero, sonrió y les explicó que aquélla era la casa familiar de los Ketzel, que tenía dos pisos y encima de ellos tres buhardillas, y que en ella había pinturas de

Alberto Durero y esculturas de Adam Kraft. Este escultor que, junto con dos de sus ayudantes, se había inmortalizado en la iglesia de San Lorenzo con las figuras portadoras del tabernáculo, ese maestro, Adam, había realizado por encargo de uno de los antepasados de Ketzel una de sus obras más importantes, cuya historia es como sigue:

Hacía más de ochenta años, el bisabuelo de nuestro recién casado, ¿o fue su tatarabuelo?, peregrinó a Jerusalén y los santos lugares con el duque Albrecht de Sajonia. Allí, según se decía, midieron los pasos de las siete estaciones de nuestro señor Jesucristo, desde la casa de Pilatos hasta el lugar de la crucifixión, y dibujaron los planos necesarios para reproducir en su patria chica, en Nuremberg, un calvario que fuera exactamente igual. Sin embargo, tras su regreso se dio cuenta de que había perdido los dibujos, por lo que al año siguiente se trasladó por segunda vez a Tierra Santa, en esta ocasión en compañía del duque Otto de Baviera, y decidido a prestar más atención a sus planos y dibujos. Al año siguiente, Ketzel hizo que se midiera esa misma distancia entre la casa señorial en la puerta del Jardín Zoológico y el cementerio de la iglesia de San Juan, y confió a Adam Kraft el encargo de reproducir con toda exactitud las siete estaciones del calvario, que todavía hoy son el orgullo de la ciudad.

—¡Eres un muchacho listo! —lo alabó fray Luitger—. ¿Eres estudiante?

—Nada de eso —respondió—. He aprendido el oficio de cantero al servicio del maestro Gayar, que me ha enseñado lo que sé. Se dice que los canteros son los más listos de todos los artesanos —terminó riendo.

Luitger miró a su novicio, al que le costó trabajo no soltar también una carcajada.

—La Reforma, al menos, no te ha robado el entendimiento —reconoció Leberecht.

—Perdone, hermano, si le digo que fueron los monjes más inteligentes y no los más tontos los que se pusieron del lado de la Reforma. Yo, como la mayoría de los habitantes de esta ciudad, soy protestante por propio convencimiento.

—¿Y ese Ketzel? —quiso saber Luitger.

—Igualmente. En tiempos pasados era costumbre que todos los Ketzel peregrinaran a Jerusalén al menos una vez en su vida. Desde la Reforma ninguno de ellos ha hecho ese largo camino porque nuestro doctor Lutero opina que la tumba en la que en sus tiempos yació el Señor le importa a Dios tan poco como las vacas en Suiza. Un buen cristiano es mejor que emplee su tiempo en leer la Biblia en vez de perderlo en peregrinajes.

El benedictino tuvo la respuesta en la punta de la lengua pero se contuvo. En territorio protestante no creyó aconsejable que, siendo forasteros, se enfrentaran en una discusión religiosa con un protestante. Así que se limitó a decir:

—No, nosotros no somos peregrinos, aunque nos dirigimos a Italia en cumplimiento de una misión que nos ha encomendado nuestro abad.

—¡Ah, no importa! Nosotros los protestantes somos tolerantes con los forasteros. Todavía hay en la ciudad siete conventos y nadie hasta ahora ha tocado un solo pelo a ninguno de sus frailes.

—Entonces debes saber dónde está el convento de los benedictinos.

—¿San Egidio? Desde luego. Está cerca de la fortaleza.

—Queremos pasar la noche allí. ¿Querrías enseñarnos el camino? No saldrás perdiendo con ello.

—¡Por dinero hago cualquier cosa!

Tomó el pesado saco de viaje de Leberecht y les hizo señas de que lo siguieran.

El camino los llevó por calles estrechas con casas de orgullosas fachadas adornadas con anaqueles, torretas, miradores y galerías, que les daban un aspecto mucho más lujoso que a las de su ciudad natal. Carros cargados de mercancías pasaban con dificultad por las angostas vías. Apenas había una casa en cuyos bajos un comerciante o un artesano no hubiera instalado su comercio o su taller.

Entre San Sebaldus y el ayuntamiento, Leberecht le preguntó a su guía, procurando que Luitger no lo oyera, si dentro de los muros de la ciudad existía también algún convento de monjas.

No le interesaban mucho los conventos de monjas, respondió el cantero, realmente nada, pero por lo que sabía existía un convento de clarisas en el que antaño profesaban principalmente las hijas de las familias más distinguidas de la ciudad, las que no habían encontrado marido ni amante. ¿Por qué quería saberlo?

—Por nada, es sólo una pregunta como cualquier otra —mintió Leberecht.

La verdad era que durante todo el día no había dejado de preguntarse ni un solo momento dónde y cómo encontrar a Martha en una ciudad tan grande como aquélla.

Luitger y Leberecht pasaron la noche en un pequeño dormitorio, una de esas salas sencillas, con sacos de paja, que existen en todos los conventos para que puedan pernoctar en ellas los miembros de la orden que pasan en tránsito. Como el coche de posta en dirección a Regensburg, su siguiente etapa, no salía hasta eso de las diez de la mañana, Leberecht se levantó muy temprano y se puso en camino hacia el convento de Santa Clara. Nunca habría creído que se acostumbraría tan rápidamente a vestir el hábito.

La puerta del convento estaba cerrada y Leberecht tiró de una campanilla que resonó con ruido estridente, como un entrechocar de platos metálicos. Detrás de un pequeño ventanuco enrejado apareció el rostro arrugado de una anciana clarisa. Leberecht le preguntó si había pasado allí la noche una monja en tránsito.

—¡No! ¡Alabado sea Jesucristo!

La monja cerró la ventana. Leberecht intentó pensar qué podía justificar el extraño proceder de la monja, puesto que él, como novicio de los benedictinos debía estar por encima de toda sospecha. Sin poder hacer otra cosa, Leberecht puso todas sus esperanzas en que Martha tomara la misma diligencia que ellos para Regensburg. En todo caso, estaba decidido a no dejar la ciudad si no era en su compañía.

Con una sensación de angustia, Leberecht, junto a Luitger, recorrió el camino desde el convento benedictino hasta el Mercado de los Señores.

¿Cómo podría convencer a Luitger de que quería quedarse en la ciudad uno o dos días más? Estaba a punto de decirle la verdad cuando entraron en la gran plaza del mercado.

Allí, donde el día anterior hombres y mujeres bailaban y reían despreocupados, ahora se apreciaba un espectáculo totalmente distinto. Balas de mercancías y sacos se alineaban entre los carros; en cajas de madera brillaban el cristal de Bohemia y la alfarería de Polonia; en grandes cestas se ofrecían las más olorosas especias procedentes de Oriente; y entre los sacos y las cajas, las verduras y hortalizas de los campos cercanos a Nuremberg. Junto a los comerciantes vestidos con elegancia que subastaban carros enteros de las más diversas mercancías, que adjudicaban o compraban con un simple movimiento de la mano, se apretaban los pequeños comerciantes con sus carros de mano en busca de buenas ofertas.

En el otro extremo del mercado, donde se encontraba la parada de los coches de posta, la actividad comercial se hacía menor y, ya desde lejos, Leberecht vio a una monja junto a la diligencia que se disponía a salir. Su corazón empezó a latir con fuerza. ¿Era posible que Martha también hubiera conseguido salir de la ciudad?

El hermano Luitger también advirtió la presencia de la monja que esperaba y bromeó:

—Mira, amigo mío, qué compañía más adecuada.

Cuando llegaron al coche, ya habían tomado asiento cuatro comerciantes bulliciosos, y la monja se dio la vuelta. Era Martha. Se acercó al benedictino y a su novicio y los saludó amistosamente:

—*Laudetur Jesus Christus*, dignísimos hermanos.

—¡Por toda la eternidad, madre!

Leberecht no se atrevió a abrir la boca, tratando por todos los medios de evitar una sonora carcajada, y apretó los labios con fuerza. Ahora que tenía a Martha de pie frente a él desaparecieron su miedo y su angustia y se sintió como quien se ve de repente libre de una pesada carga. Aspiró profundamente y dijo por lo bajo:

—¡Gracias a Dios!

La hermana Martha, que así dijo llamarse, les explicó que procedía del convento de Santa Clara de aquella ciudad y que iba de camino a Asís, donde 350 años antes santa Clara había fundado la orden de las clarisas cuyo hábito vestía.

—Entonces nos espera un largo viaje juntos. Somos benedictinos de la abadía de Michelsberg y nos dirigimos a Montecasino —le contó Luitger contento, y añadió la pregunta—: ¿Viajáis sola, reverenda madre?

Martha sonrió, se sujetó la larga falda de su hábito para subir a la diligencia y respondió alegre:

—Dios nuestro señor me ha enviado a vos como compañía y protección.

Luitger sonrió también y Leberecht echó su saco de viaje, que había llevado al hombro, en el suelo del coche. Los comerciantes se habían sentado en la última fila de asientos e interrumpieron su animada conversación al advertir la presencia de la monja y los dos frailes. Luitger, que se dio cuenta de la situación, no quiso evitar la esperada observación y se dirigió a ellos:

—A sus señorías no les molesta nuestra presencia, ¿verdad?

—No, no —respondieron los comerciantes.

El mayor de los cuatro, un caballero distinguido con barba gris, que se tocaba con una gorra de terciopelo negro, alzó las cejas y añadió con voz aguda:

—Nosotros somos protestantes, es decir tolerantes.

Sus compañeros se echaron a reír.

—Antes de dar mi opinión prefiero esperar a estar en camino por el valle de Altmühl, donde sé que puedo contar con una mayoría de mis correligionarios; en el protestante Regensburg no tenemos nada que decir.

Las sensatas palabras del benedictino gustaron a los comerciantes y así reinó un ambiente alegre en aquella mañana de finales de verano mientras el coche de posta, saltando sobre el pavimento, dejaba atrás el hospital del Espíritu Santo con su triple ventanal y cruzaba el Pegnitz. Pasaron junto a San Lorenzo, donde se estaba levantando una nueva ciudad con rectas calles orientadas de este a oeste, y el cochero puso dirección sur.

La monja y los dos frailes se habían sentado en el banco delantero de la diligencia, inmediatamente detrás del cochero. Leberecht iba en el centro, entre Martha y Luitger. El coche, sobre el que se extendía una lona en forma de herradura para proteger a los viajeros de la lluvia y el sol, era relativamente estrecho, demasiado estrecho para tres religiosos con sus gruesos hábitos, lo cual le facilitó a Leberecht la oportunidad de apretarse contra Martha sin llamar la atención. Él sentía el movimiento de los muslos cada vez que el coche tomaba una curva y eso le producía un estremecimiento placentero.

Cuando el coche salió de los límites de la ciudad, se abrió el cielo. Sobre el suelo arenoso el carruaje corría en línea recta entre bosques de pinos silvestres. El cochero hizo que sus caballos emprendieran un trote rápido que provocó el miedo entre los viajeros. En el asiento de atrás pasaba de mano en mano una botella, cuyo contenido era el más adecuado para vencer ese miedo, que dio ánimos al de mayor edad para preguntar:

—¡Eh! ¿Vos no seréis comisarios encargados de vender bulas, que van y vienen de Roma a los Países Alemanes para hacerse con el dinero de los pobres, a cambio de la promesa de la salvación eterna, para enriquecer a la glotona Iglesia romana?

Asustado, Leberecht miró a Luitger, que estaba furioso pero que no quiso responder nada que pudiera sacar de sus casillas al comerciante, pues todavía estaban en tierras protestantes. Leberecht, por su parte, pensó que las palabras del anciano podían haber sido las suyas propias; nunca antes había oído a nadie expresar tan claramente una crítica tan áspera y, de repente, se dio cuenta de lo que significaba ser protestante. El comerciante parecía encontrarse en su elemento y, al ver que su pregunta no obtenía respuesta, volvió a gritar desde el asiento de atrás:

—¿Pertenecéis tal vez a la orden del siniestro Johannes Tetzel, cuyos sermones dieron motivo a nuestro doctor Lutero para sus tesis?

El ambiente parecía hacerse tenso y Luitger se volvió hacia atrás y respondió al que preguntaba:

—Johann Tetzel era dominico y nosotros somos de la orden de los benedictinos, tan distintos de ellos como vos los protestantes. Además, el Concilio ha prohibido la venta de bulas tal y como las predicaba Tetzel.

Los cuatro de atrás se rieron a coro. El más viejo no podía contener sus carcajadas, movía la cabeza de un lado a otro y no dejaba de repetir:

—Sí, sí, Roma está lejos, pero ¿vais a negarme que San Pedro fue construida con los céntimos de los creyentes? ¡Y eso aún continúa siendo así! Todavía quedan bastantes pequeños Tetzel en tierras alemanas.

La abierta discusión entre Luitger y el comerciante dio ocasión a Leberecht para apretarse aún más contra Martha, sentir sus senos y entregarse a sus lujuriosos pensamientos sin llamar la atención. Martha, por su parte, no dio muestras de la menor emoción y permaneció sentada erguida, con el cuerpo un poco echado hacia adelante y los ojos puestos en los lomos de los caballos. ¿Cuánto tiempo más podrían tener las fuerzas necesarias para seguir con aquel juego del escondite?

El traqueteo del coche de posta resultaba cansado e hizo que la discusión con los caballeros protestantes languideciera. Como los demás, Leberecht también se quedó adormecido; no se atrevía a mirar a Martha cara a cara, aunque le hubiera gustado hacerlo. Una sonrisa o un disimulado apretón de manos hubieran significado mucho para él en la situación en que se encontraba.

Durante un buen rato el camino continuó a lo largo del Altmühl, un pequeño río que se deslizaba perezoso entre la hierba como un reluciente reptil. Los prados se alternaban con bosquecillos de coníferas hasta que pasadas unas horas el suelo se hizo pedregoso y el coche empezó a subir una colina desde cuya cima se hicieron visibles en la inmensa lejanía las tierras del sur.

Luitger, que había seguido la ruta en un mapa del matemático Philipp Apian, que estaba adornado en sus bordes con los distintos escudos de las más importantes ciudades de Baviera, discutía con el cochero el nombre de las aldeas por las que pasaban o las que podían ver a distancia. Los nombres que mencionaba el cochero no coincidían en absoluto con los que figuraban en el mapa del sabio de Ingolstad, de modo que fray Luitger, un dechado de precisión en lo que se refería a la letra impresa, empezó a dudar seriamente de que pudieran llegar aquel mismo día a Regensburg. Finalmente el cochero lo tranquilizó: no era la primera vez que hacía aquella ruta y, pese a su desconocimiento del nombre de la mayoría de las aldeas, siempre había dejado a sus caballos en el establo de la parada de posta.

Por dos vados, cruzaron respectivamente el Laber y el Nab, dos pequeños ríos, que en el seco período del verano apenas si se merecían ese nombre y, para disipar toda duda sobre su paradero, en la distancia aparecieron las torres de las casas solariegas de las grandes familias de Regensburg, unas cincuenta en total, algunas de nueve pisos de altura, casi tan altas como los muñones de las torres de la catedral, cuyas obras se detuvieron cuarenta años antes. Sobre el famoso puente de piedra, una maravilla mundial de la arquitectura, a últimas horas de la tarde llegaron a la ciudad.

Regensburg también se había unido a la Reforma y también allí, como en Nuremberg, se permitió que continuaran funcionando algunos conventos. Había uno de los minoritas en el este; el convento de San Jacobo, fundado por los monjes irlandeses, y el convento de los dominicos en el oeste, mientras que en el sur de la ciudad estaban el Convento Imperial Obermünster y el convento de San Emmeran de los benedictinos. El hermano Luitger había elegido este último para pernoctar con Leberecht. En cuanto a la hermana Martha, le dio órdenes al cochero para que la dejara en el convento de las monjas benedictinas de Niedermünster, a un tiro de piedra de distancia de la catedral. Para continuar el viaje quedaron a la mañana siguiente, a la salida del sol, en la parada de posta que estaba frente al ayuntamiento.

Leberecht se había dado cuenta de que bien fuera debido al cansancio del viaje o a su enojosa discusión con los comerciantes protestantes, Luitger y Martha no habían cambiado ni una sola palabra durante el viaje. Mientras que con el equipaje a la espalda los dos monjes se dirigían a la puerta del convento que, en relación con el gran tamaño de la abadía imperial, causaba una impresión más bien modesta, Leberecht preguntó tímidamente, con la intención de llevar la conversación a Martha:

—¿No encontráis muy valerosa a esa monja? Viajar completamente sola desde Nuremberg hasta Asís...

—¿La clarisa? Hum...

—No la apreciáis demasiado, ¿verdad?

—Ni en el Antiguo ni en el Nuevo Testamento se dice una sola palabra sobre que un padre benedictino en viaje tenga que apreciar a una monja con la que coincide.

Leberecht se echó a reír y Luitger le mostró al hermano portero del convento de San Emmeran el *Testimonium* de su abad. El dormitorio para los frailes en tránsito estaba más dignamente instalado que la sala dormitorio de los benedictinos de Michelsberg. En una amplia habitación alargada había siete camas con dosel instaladas en pequeños cubículos individuales. Delante de las delgadas paredes que separaban los cubículos, unas taquillas de madera con repisas. Las ventanas situadas en el muro opuesto se abrían al jardín. Olía a madera y a cal fresca.

Luitger y Leberecht no eran los únicos huéspedes de aquella noche. Un fraile de aspecto juvenil venía de Cluny y otro de Bursfeld.

—Esa monja no me parece de fiar —dijo fray Luitger sin mirar a Leberecht mientras colocaba su equipaje en la taquilla.

—¿Que no es de fiar? ¿Qué queréis decir? —Estas palabras causaron un susto de muerte en Leberecht que, sin embargo, se esforzó en ocultar esa impresión—: Yo la encuentro una criatura encantadora.

—¡Exacto! —reafirmó Luitger seguro de sí mismo—. Demasiado encantadora. —Se acercó a Leberecht, cuyo lecho estaba cerca del suyo, y le habló en voz baja para que los otros dos frailes no pudieran oírlo—: Es un secreto a voces que las órdenes femeninas están formadas principalmente por mujeres vírgenes, que no encontraron marido. Esa madre Martha es demasiado guapa para ello. ¡Deja en la sombra a todas las vírgenes que he visto hasta ahora!

Leberecht estuvo a punto de atragantarse. Había esperado muchas cosas pero no ese entusiasmo por parte de su amigo. Por su mente pasaron una vez más todos sus encuentros con Martha; se preguntó si era posible que Luitger hubiera visto a Martha en alguna ocasión o si él mismo, Leberecht, le había hecho alguna alusión con respecto a sus relaciones con su madre adoptiva. No podía acordarse de ello.

—Pero hay algo más que me hace desconfiar... —Luitger se acarició el mentón con la mano derecha.

—¿Sí?

—Bien, es costumbre entre monjas que nunca salgan del convento solas. Nunca he visto a una monja por la calle que no fuera acompañada... y menos de viaje...

Leberecht fingió ocuparse de su equipaje de modo tan intenso como inadecuado y sacó algunas ropas que volvió a guardar seguidamente. Finalmente le preguntó:

—¿Queréis decir que es posible que no sea una monja? —Y añadió casi en un susurro—: ¿Lo mismo que yo no soy un novicio?

—De hecho así podría creerse —respondió el hermano Luitger—, aunque no le encuentro sentido a la aventura. Una monja que viaja sola no tiene más que inconvenientes y dificultades. ¿Cuál podría ser la razón de ese disfraz?

—¡Tal vez os equivocáis! —Leberecht alzó los hombros y bajó las comisuras de los labios.

La puerta del dormitorio se abrió desde fuera y entró el hermano portero, un monje anciano y cargado de espaldas. Llevaba en la mano una pequeña campanilla con la que emitía un sonido apagado para convocar a los frailes en tránsito a cenar en el refectorio y, después, a los servicios religiosos de finales del día.

Leberecht se alegró de con la interrupción pues, en otro caso, hubiera acabado por verse comprometido. Pero ¿cómo podía confesarle a fray Luitger la comedia del disfraz de Martha?, pensó, mientras los otros tres huéspedes seguía al anciano monje hasta el otro lado de claustro, donde una escalera de piedra llevaba al refectorio situado en el piso superior. Pero lo cierto era que, más tarde o más temprano, tendría que explicárselo.

—¡Por la santísima trinidad! —exclamó Luitger en mitad de la escalera.

Leberecht que, como es costumbre de los benedictinos, marchaba con las manos escondidas en las anchas mangas de su hábito, preguntó sorprendido:

—Hermano Luitger, ¿he oído un juramento de vuestros labios?

—He dicho «¡por la santísima trinidad!», lo que no es un juramento ni una maldición, sino una plegaria súbita, como las que san Benedicto exigía de sus hermanos varias veces al día.

—Vaya, vaya —replicó Leberecht—, la verdad es que sonaba como una maldición, si me permitís la observación.

Una vez en el piso de arriba, Luitger continuó su explicación:

—A decir verdad fue una exclamación más que una maldición. Cada vez que subía un escalón el santísimo *praeputium* me golpeaba en las espinillas.

—¿Y os quejáis de eso? —Leberecht hizo un gesto burlón—. Yo llevo encima todo mi capital en metálico. Me golpea, me pellizca y me pesa y es un verdadero estorbo para todo lo que hago. Poco a poco estoy empezando a comprender qué quieren decir los ricos cuando afirman que el dinero no trae la felicidad, sino que sólo es una carga.

—Pero al menos no le has prometido al abad, por la memoria de san Benedicto, no quitarte el hábito en ninguna circunstancia hasta haber cumplido tu misión.

—¡Ah, por eso dormís vestido...!

Con expresión burlona, el fraile alzó los ojos al cielo.

Llegaron al refectorio donde unos ochenta frailes benedictinos esperaban su cena, una especie de papilla salada elaborada con leche, pan duro y patatas hervidas.

La continuación del viaje a la mañana siguiente se retrasó porque el coche de posta, que debía estar allí a las siete, tardaba en llegar. En vez del vehículo con el que habían llegado la tarde anterior, una hora más tarde, después que se levantó la niebla que cubría el Danubio, apareció un emisario a caballo de la compañía de la posta que les comunicó que si bien el coche y los caballos, los más rápidos de su clase, estaban listos, el cochero que mejor conocía la ruta hasta Salzburgo y que hasta entonces siempre fue un dechado de puntualidad y confianza se había emborrachado tanto la noche anterior que no estaba en condiciones de conducir hasta Salzburgo.

Mientras que Luitger, Leberecht y Martha tomaron la noticia con calma, los demás viajeros comenzaron a protestar a voz en grito. Un profesor italiano vestido como correspondía a su profesión, que viajaba con una hija adolescente, empezó a maldecir en todos los idiomas, incluso en latín, del que apenas si podía entenderse una sola palabra; un comerciante de paños de Aquisgrán de camino para Viena, que parecía lleno de prisa, con una sonrisa malévola gritó repetidas veces:

—Y eso que los coches de posta están considerados como los más dignos de confianza y más rápidos de Europa, ¡ja, ja, ja!

Una hora más tarde llegó finalmente el coche de posta pintado de amarillo con un cochero de reserva. El rústico patán, un hombre de cráneo ancho y pelo largo y descuidado, usaba el látigo en exceso y dejó atrás a velocidad salvaje los muros romanos de la ciudad en dirección al sur. Los viajeros se aferraron a sus asientos y el tratante en paños de Aquisgrán, un caballero distinguido con equipaje de cuero, le gritó para decirle que no fuera tan de prisa.

El cochero volvió la cabeza e hizo restallar el látigo sobre los caballos:

—¡Corre, Itswan, más de prisa, vamos, corre!

El hombre parecía no entender el alemán, que hablaba con un horrible acento dialectal, y daba la impresión de haber recibido órdenes de recuperar las tres horas de retraso antes de que se hiciera de noche.

Con peligro de su vida, finalmente se consiguió que el italiano pasara desde su asiento en el banco de atrás del coche hasta el pescante. Con manos y pies y usando todos los idiomas posibles, le gritó al cochero, que parecía haberse vuelto loco, hasta que logró que frenara el coche. En el subsiguiente diálogo, si es que podía ser llamado así, el profesor logró saber que el hombre era de origen húngaro y no estaba seguro de conocer la ruta, sólo sabía el nombre del lugar de destino: Salzburgo.

Los mapas de Philipp Apian, que Luitger llevaba en su equipaje, les devolvieron la esperanza de que lograrían llegar a su destino. El paisaje del ducado de Baviera, era la zona al sur del Danubio la que estaban cruzando, no tenía un carácter claramente definido, al menos no en comparación con los paisajes del norte, y no era más que una sucesión de campos de cultivo, pequeñas colinas, bosques de coníferas y prados, que cambiaban constantemente sin una unidad.

Puesto que el carácter del ser humano suele ser un reflejo del carácter del paisaje en que se vive, también resultaba difícil de describir a los pobladores de aquella región. Agitando en su mano un libro de pequeño formato, Luitger dijo que uno de los que mejor supo mostrar el temperamento de los habitantes de aquella región fue Johannes Aventinus, en su *Crónica bávara*, historiador oficial de la corte del duque bávaro y hombre que había viajado mucho entre París y Cracovia. Con dificultad, debido al traqueteo del coche y con satisfacción de todos los compañeros de viaje, Luitger comenzó a leer unas citas del libro: los bávaros, se decía en él, eran al mismo tiempo espiritualmente malos y justos, les gustaban las peregrinaciones y le daban mayor valor a la agricultura y la ganadería que a las guerras, a las que no contribuían de modo especial; se quedaban gustosamente en casa y sólo a disgusto viajaban a países extranjeros, bebían mucho y solían tener muchos hijos. No eran amigos de regatear, no respetaban demasiado a los comerciantes que, por esta razón, no los visitaban casi nunca.

Esta última observación hizo que el comerciante en paños de Aquisgrán estallara en sonoras carcajadas y repitió varias veces:

—¿Por qué creen ustedes que viajo hasta Viena, eh?

De buen humor y bajo un cielo soleado, llegaron hasta las fecundas llanuras que dejó atrás el río Isar antes de quedar reducido casi a un riachuelo que se deslizaba lentamente por un cauce medio seco. Los campos de cereales, que se alineaban unos junto a otros en una estricta geometría en todo lo que alcanzaba la vista, ya habían sido segados pero aún quedaba sin recoger suficiente grano como para alimentar a faisanes, francolines, perdices, tordos y codornices, que alzaban el vuelo en grandes bandadas, asustados por el paso del coche.

El río tenía fama de arrastrar consigo una indecible riqueza y de haber convertido de la noche a la mañana a más de un pobre de solemnidad en un caballero de fortuna. El Isar, en su origen un río de montaña revuelto y agitado, arrastraba oro en sus aguas y muchos de los que lo habían buscado afirmaban que ya al primer golpe de pala sacaron a la luz del día al menos tres pequeñas pepitas brillantes. Como consecuencia de ello, en la región comprendida entre Moosburg y Plattling se había formado una sociedad y el duque, el entonces reinante era Ludwig el Rico, adquirió los derechos exclusivos de la explotación de sus riquezas auríferas.

Frente a Landshut, la antigua capital del ducado de Baviera, lo primero que apareció a la vista de los viajeros fue un puntiagudo campanario. Leberecht no había visto nunca una torre tan alta. La ciudad en sí estaba constituida principalmente por una calle que servía de mercado y que discurría de norte a sur, jalonada por casas con llamativas fachadas que se apretaban unas al lado de otras. En esa calle tenían su estación de llegada y salida los coches de posta. Noventa años antes, la ciudad fue muy famosa en todas las regiones alemanas y todavía seguía viviendo de esa fama desde que el duque Georg el Rico pretendió en matrimonio a una hija del rey de Polonia y su boda sirvió de pretexto para organizar la mayor de las fiestas que hasta entonces se habían conocido en Alemania.

Ya que en la ciudad sólo había un convento que además pertenecía a una orden que a Luitger no le gustaba y a la que Leberecht odiaba especialmente, decidieron, como los demás viajeros, pasar la noche en la posada de la estación, frente a aquella torre tan alta que producía vértigo de sólo pensar en subir a su ápice.

Era ya de noche cuando se alojaron y Leberecht le dijo en voz baja a Martha que debía quedarse en su habitación pues no era adecuado que una monja entrara en la sala de una taberna. Más tarde él mismo se encargaría de llevarle algo de comer.

La cena consistió en morcillas y salchichas de hígado con col ácida, un plato típico de la ciudad y famoso en la región, un verdadero manjar en comparación con el rancho de los conventos que se habían visto obligados a comer los días anteriores. Además, iba acompañado de un buen vino al estilo del borgoñés, producto de las excelentes viñas que crecían en abundancia en las faldas de las colinas que rodeaban la ciudad.

El profesor de Roma tuvo palabras de alabanza para la morcilla y las salchichas pero cuando probó el vino del Isar exclamó con ironía:

—¡Oh, país feliz, el vinagre que en otras partes cuesta trabajo preparar, aquí crece por sí solo!

Cuando Francesca, que así se llamaba la hija del italiano, probó el vino su rostro se contrajo en una mueca de asco y lo escupió. Hacer muecas y gesticular era, sin duda, una de las actividades preferidas de la muchacha, que realmente no había sido agraciada con el don de la belleza, pero sí con una boca libre y más propia de una verdulera que de la hija de un hombre de ciencia. Su única gracia, si es que puede llamársela así, era que, como su padre, la chica podía conversar en todos los idiomas imaginables.

En la mesa con sus compañeros de viaje Leberecht se sentía inquieto, porque se imaginaba a Martha sola en su dormitorio del piso de arriba, y nada deseaba con mayores ansias que hablar con ella. Por un lado, su corazón estaba lleno de alegría por haber conseguido huir, pero por otra parte le preocupaba saber cómo sería posible continuar con ella el viaje a través de las fronteras sin un salvoconducto. Leberecth tomó un plato con salchichas y se disponía a llevárselo a Martha cuando el hermano Luitger, que había hecho los honores al vino de la tierra, se levantó y le preguntó:

—¿Adónde vas con esas salchichas?

—Le llevo algo de comer a la monja —tartamudeó cortado—. Se lo he prometido.

Luitger tomó el plato de estaño de las manos de Leberecht:

—Deja que lo haga yo —dijo.

Y, antes de que el joven pudiera responder, el fraile desapareció por la puerta trasera de la taberna.

Leberecht quiso seguirlo temeroso de que se produjera un encuentro desagradable. Durante un momento no supo qué hacer, pero se quedó allí porque comprendió que realmente, si Martha debía seguir en su papel de monja, era el fraile y no el novicio quien debía llevarle la comida. Permanecer en la mesa le sirvió para ser testigo de una conversación entre el comerciante de Aquisgrán y el profesor italiano que lo llenó de inquietud: el profesor se llamaba Lorenzo Albani, enseñaba Matemáticas y Astronomía en la Universidad de Roma y, como se pudo establecer en el curso de la cena, era tan aficionado a las estrellas como al vino de la casa, que poco antes había condenado. Ese mismo vino tan fuerte fue por lo visto el que le soltó la lengua, pues, sin que nadie se lo pidiera, el profesor, un tanto achispado, comenzó a relatar su vida y el motivo de su viaje, sin ser interrumpido salvo por los comentarios y observaciones de su charlatana hija, que eran cortados de modo radical con un enérgico «*Silentio!*». Mientras Leberecht trataba de figurarse la conversación entre Luitger y Martha, oyó al mismo tiempo cómo el profesor contaba que regresaba de Utrecht, donde había intentado casar a su habladora hija. Pero ni el médico elegido, también de origen italiano y con una considerable fortuna, ni Francesca, huérfana a medias desde la muerte de su madre, se habían gustado mutuamente; o mejor dicho, desde el principio se llevaron como el perro y el gato. En vista de eso decidieron regresar. Francesca hizo una mueca jactanciosa digna del capitán Spaventa.

Mientras tanto, fray Luitger había llamado a la puerta de la habitación de Martha y ésta le abrió sin más, convencida de que sería Leberecht. Así, de repente y de modo inesperado, Luitger se encontró en presencia de una mujer vestida con un largo camisón blanco que, pese a su pelo corto, no la hacía parecer menos bella. Durante un interminable momento ambos se quedaron en silencio, mirándose fijamente.

Luitger, que fue el primero en recuperar el habla, murmuró una entrecortada frase de disculpa y se dispuso a marcharse andando hacia atrás con la mirada baja cuando Martha le dijo:

—Hermano, si las reglas de vuestra orden no os prohíben entrar en el dormitorio de una monja, os ruego que os quedéis y oigáis unas palabras.

Confuso, Luitger movió la cabeza negativamente y puso el plato de comida en una mesita cuadrada que había en el rincón izquierdo de la habitación.

Martha se echó sobre los hombros el abrigo de viaje para cubrir su camisón, se sentó en la cama y comenzó a hablar sin andarse por las ramas:

—Me he dado cuenta de que desde el principio vuestra reverencia dudó de mi estado religioso, tal vez porque valoré demasiado mis capacidades de actriz. Por lo tanto no quiero seguir haciéndome pasar ante vos por lo que no soy y voy a deciros la verdad. No, no soy una monja clarisa, como Leberecht tampoco es un novicio. Elegí este disfraz para poder huir sin ser descubierta.

Fray Luitger se apoyó contra el marco de la ventana y miró a Martha inquisitivamente:

—¿Conocíais ya a Leberecht?

Antes de responder, Martha se cerró el abrigo sobre el pecho como si tuviera frío.

—Lo conozco desde hace tanto tiempo como vos, hermano Luitger. Yo soy...

—¿Sí?

—Su madre adoptiva y...

—¿Y?

—... su amante.

Fray Luitger, un hombre fuerte y seguro, que causaba la impresión de que nada podía sacarlo de sus casillas, se sintió lleno de inquietud. Durante un momento se comportó como si no supiera qué hacer con sus manos, finalmente unió sus palmas como si fuera a hacer una plegaria y se las llevó al mentón.

—¿Entonces sois Martha Schlüssel, la esposa del mesonero del Sand?

Martha afirmó con la cabeza y dijo:

—Ahora podéis romper vuestro báculo sobre mí.

—¡Insensateces! Hasta Jesús perdonó a la pecadora Magdalena. Pero, ¿por qué razón no me informasteis de vuestros planes desde el primer momento? ¿No os dais cuenta del peligro que me habéis hecho correr? ¿Y ahora, qué pensáis hacer?

Martha no respondió a ninguna de las preguntas del fraile. Tenía la mirada avergonzada fija en el suelo y las manos apretadas contra las rodillas; comenzó a explicarle que su amor por Leberecht no era un fuego de paja, sino que duraba ya siete años y que el príncipe-obispo y sus esbirros no sólo le habían hecho chantaje a ella sino también a Leberecht, hasta el punto de que la única salida era la fuga si querían librarse de la hoguera. De acuerdo con las leyes de la Iglesia, al hombre se le perdonaba el adulterio incondicionalmente, mientras que la mujer era condenada por él con la misma pena que una asesina.

—Lo sé —replicó el monje, que comenzó a andar por la habitación con pasos cortos—. Una iglesia que castiga al fraile que visita un burdel con la menor de todas las penas pero le impone la mayor de todas si entierra en lugar santo a un excomulgado tampoco se corresponde con la idea que yo tengo del cristianismo.

—¿No condenáis, pues, mi conducta? —Martha se arrodilló ante el fraile y trató de besar su mano; pero antes de que pudiera hacerlo, fray Luitger retrocedió unos pasos y ella se quedó atrás, arrodillada en el centro del dormitorio.

—Naturalmente que condeno vuestra conducta —replicó Luitger— puesto que habéis roto los vínculos matrimoniales y ése es un grave pecado que en este caso aún resulta más difícil de calificar puesto que lo hicisteis con vuestro propio hijo adoptivo. Pero, como dijo el Señor, que sea aquel que esté limpio de pecado quien arroje la primera piedra.

Martha comenzó a sollozar.

—Hermano, mi marido Jakob me trataba como a una perra; es decir, peor aún, pues un animal recibe de vez en cuando una caricia o una palabra cariñosa y yo nunca la tuve. Una vida sin amor no es vida. Podéis figuraros lo que significó para mí que Leberecht, después de años de soledad, me estrechara entre sus brazos. Luché contra ello, no porque fuese algo contra la naturaleza sino porque era contrario a la ley, pero fue inútil. La epidemia que asoló nuestra ciudad nos separó cerca de medio año y aun después de que pasó la peste, estuvimos mucho tiempo evitándonos. Traté de dominar mis sentimientos con la oración y las mortificaciones pero, podéis creerme, durante todo ese tiempo no pude dejar de pensar en él. Lo amo.

Luitger guardó silencio.

—Naturalmente —continuó Martha su relato— no volveré a ponerme el hábito de monja. Y os pido perdón si he herido vuestra sensibilidad religiosa.

El fraile se rió con amargura y respondió:

—¡No os preocupéis por ello! Con hábitos como ése se han cometido muchos delitos más graves que vuestra falta. Además, como se suele decir, el hábito no hace al monje, ni tampoco es símbolo de la santidad, que sólo está en el alma. Creo, además, que puesto que habéis comenzado esta comedia debéis llevarla hasta el fin, o al menos hasta que hayamos alcanzado tierras italianas. Para vos es la única posibilidad de cruzar las fronteras sin problemas...

Mientras tanto, en la oscura taberna las cosas iban a más pues el profesor de Roma, a causa del fuerte vino, hablaba sin cesar de la Luna, y del efecto de sus rayos sobre la Tierra, de su influencia en el clima y sobre el cuerpo humano. Todo hombre de posición y cultura, opinó Albani, que se había colocado detrás del mostrador como si fuese el púlpito de un predicador y subrayaba cada una de sus palabras con un movimiento de manos, todo ser humano debía orientar su forma de vida, el tratamiento de sus enfermedades y la resolución de sus negocios importantes de acuerdo con los astros. Y él recomendaba que los pequeños sucesos del momento fueran resueltos cotidianamente como si se tratara de circunstancias durables e influyentes.

Los oyentes iban cerrando cada vez más el círculo que habían formado alrededor del catedrático, que sacó de su bolsillo su tabla de sangrías, de cuyos milagrosos efectos la mayoría de los presentes había oído hablar.

Casi todos los comerciantes viajeros utilizaban gustosamente esas tablas en las cuales figuraba la situación de la Luna con respecto a cada persona y las advertencias y consejos que en cada momento debía saber. Se consideraba peligroso hacerse sangrar mientras la Luna estuviera en un signo zodiacal al que estuviera supeditada la parte del cuerpo causante de la enfermedad. De acuerdo con los astrólogos, era peligroso tomar laxantes cuando el astro no estaba en posición favorable. Albani opinó, con la lengua pesada por el alcohol, que un médico que no tomara en cuenta la ayuda de los astros a la hora de hacer sus prescripciones, ponía en peligro la vida del enfermo pues, al fin y al cabo, más de la mitad de todas las enfermedades estaban regidas por el firmamento.

El número de clientes de la taberna que le hacían las más diversas preguntas fue creciendo sin cesar hasta que dejó su discurso y regresó a la mesa donde estaban sus compañeros de viaje.

Leberecht se contaba entre los que habían quedado más impresionados por las explicaciones del profesor y acabó preguntándole si en Roma tuvo la ocasión de encontrarse con el doctor Copérnico.

Albani se echó a reír abiertamente, se acercó a Leberecht y le dio un golpe cariñoso en la espalda tan fuerte que le dolió.

—Joven monje —le respondió mientras sacudía la cabeza—, en comparación con vos soy, ciertamente, un hombre viejo pero, cuando Copérnico residía en Roma y hablaba ante los hombres extasiados de la magia de los números, yo aún no había nacido y tampoco hubiera estado en condiciones de seguir sus complicadas ideas. Pero aún hoy los hombres de ciencia romanos alaban su inteligencia y saber y —se llevó la mano delante de la boca como si quisiera impedir que sus palabras fueran oídas por otros— la Iglesia quisiera más que nada poder borrar su nombre de todos sus libros y escritos.

—Pero ¿por qué razón? —preguntó Leberecht excitado y sin apartar la vista de la puerta por la que había desaparecido el hermano Luitger.

—Vos sabéis —respondió Albani, con toda la seriedad que su estado le permitía—, ésta es una larga historia y no precisamente la más apropiada para los oídos de un monje benedictino. ¡Hablemos de otra cosa!

Leberecht no se atrevió a contradecir al catedrático aunque su interés por conocer la opinión del astrónomo sobre Copérnico era enorme.

La hija de Albani, cuya boca había permanecido cerrada simplemente porque se había quedado dormida sentada en un rincón, despertó de pronto y, desde una distancia de dos mesas, le gritó a su padre para pedirle que les pronosticara a todos lo que estaba escrito en los astros respecto a lo que les ocurriría en los próximos días.

El profesor hizo desaparecer en el bolsillo del pecho de su toga la tabla de sangrías, que hasta entones había conservado en la mano, y sacó un astrolabio de metal, no mayor que la palma de la mano y de su mismo grosor. El misterioso instrumento estaba formado por varios círculos y anillos excéntricos, divididos en escalas y signos zodiacales, que podían girar y moverse independientemente unos de otros y así señalar el nacimiento y la puesta de los astros y, principalmente, las relaciones de los cuerpos celestes entre sí.

El brillante aparato despertó un gran interés entre los excitados clientes de la posada, cuando supieron que con ayuda de ese instrumento mecánico podía conocerse la forma de ser y el destino de las personas, siempre y cuando estuvieran en condiciones de decir la hora, el día, el mes y el año de su nacimiento, así como la latitud del lugar donde éste se produjo. De nuevo, el profesor se vio asediado con todo tipo de preguntas de los que querían saber su destino. En la mayoría de los casos el astrólogo no pudo dar respuesta. Ni siquiera uno entre los curiosos pudo decir el día de su nacimiento y muchos de ellos ignoraban el año. Sólo Leberecht tenía todos los datos en su memoria y, una vez que se los dijo a Albani, éste comenzó a hacer girar los anillos y placas del astrolabio. Al mismo tiempo iba mencionando una serie de cifras misteriosas, el nombre de Venus y Marte así como palabras en latín que Leberecht, que se había ocupado bastante con el estudio de la astrología, reconoció como los nombres de algunas constelaciones y de los signos del zodíaco.

Finalmente las circunferencias y anillos se detuvieron y Albani, con los ojos entornados, empezó a mirar alternativamente al aparato y al rostro lleno de tensión del consultante. En la sala de la posada se hizo el silencio.

—¡Vamos, dinos de una vez lo que los astros le profetizan al joven fraile! —gritó Francesca, que rompió el silencio y palmeó excitada.

Albani parecía inseguro. Volvió a manipular su instrumento, movió círculos y anillos y murmuró para sí mismo que una tarea como aquélla debían habérsela encomendado antes de la segunda jarra de vino.

Terminó sus cálculos por segunda vez y apretó los labios como si no estuviera dispuesto a decir una sola palabra de lo que el astrolabio le anunciaba.

Leberecht insistió con voz firme:

—¡Quiero saberlo!

La habladora hija del profesor saltó de una pierna a la otra, dio una vuelta sobre sí misma y animó a su padre:

—Vamos, habla. Ya ves que él quiere saberlo.

Albani alzó los hombros, puso el dedo índice sobre su misterioso instrumento y dijo en voz baja:

—¡Que Dios sea testigo de que digo la verdad! Si no os viera sentado junto a mí vestido con un hábito de fraile, os tomaría por un peligroso hereje, más peligroso aún que el mismísimo doctor Lutero de Wittenberg.

Leberecht enrojeció y los clientes de la taberna empezaron a hablar agitadamente entre ellos. La mayoría parecían indignados por las desvergonzadas palabras del astrólogo romano, que se atrevía a insultar de ese modo a un monje benedictino. Una muchacha delgada, que hasta entonces había estado sentada en una esquina de la mesa, dijo con voz aguda como el canto de un pájaro:

—Tal vez no es un fraile benedictino. Todo el mundo puede ponerse un hábito.

El posadero intervino y apoyado en el mostrador se burló de ella:

—Sí, sobre todo tú. —Después se volvió a Leberecht—. No le hagáis caso. No dice más que tonterías.

La fingida disputa entre ellos hizo reír a los clientes y desvió su atención de modo que pronto se olvidaron de las palabras del astrólogo, que atribuyeron a los efectos del vino. Pero en Leberecht el acierto del profesor despertó la curiosidad. Tratando de no llamar la atención de los demás, le preguntó a Albani:

—¿Y qué más dicen de mí las estrellas?

El astrolabio aún estaba sobre la mesa. Albani arrugó la frente y miró subrepticiamente a ambos lados, cuidando de que esta vez nadie oyera su respuesta:

—Como ya he dicho, si no estuvierais sentado junto a mí vestido de fraile, os tomaría por otra persona; veo una conjunción de Venus con Marte que será de gran importancia para ambos.

—¡Santa virgen María! —exclamó Leberecht, que preguntó a continuación—: ¿Sabéis algo más sobre ese encuentro?

Albani manipuló en el astrolabio moviéndolo en todas direcciones. Alzó los hombros y contestó:

—Nada, salvo que tendrá un triste final.

Leberecht quería hacer algunas preguntas más al astrólogo pero no tuvo ocasión de hacerlo. Por la puerta trasera entró en la taberna el hermano Luitger. Se acercó a la mesa donde aún estaba su jarra de vino y se sentó. Ni siquiera se dignó dirigir una mirada a Leberecht.

Éste se dio cuenta de inmediato de que algo había pasado e inútilmente buscó las palabras para dirigirse a su amigo. Finalmente, con voz vacilante preguntó:

—¿Le llevasteis la comida a la monja?

Luitger le contestó con un silencio. En vez de responderle, se puso a hablar de cosas insustanciales con el comerciante de paños de Aquisgrán. Leberecht escuchó durante un rato o, para ser más exactos, hizo como si escuchara, aunque en realidad sus pensamientos estaban en otra parte. ¿Sospechaba algo Luitger? ¿Se había traicionado Martha de algún modo? Y, si había ocurrido así, ¿tomaría Luitger su falta de confianza como pretexto para separarse de Martha y de él?

Con gusto Leberecht hubiera querido saber lo que había ocurrido entre los dos allá arriba, en el cuarto de Martha. Pero le faltaba el valor para preguntárselo al monje.

Finalmente, Leberecht se levantó y sin decir una palabra se dirigió a la habitación de Martha. Llamó a la puerta, primero suavemente y después con fuerza. Pero Martha no le abrió.

Se acostó y se durmió tan desesperado como hacía mucho tiempo que no lo estaba.

A la mañana siguiente, desde el río subían las primeras nieblas anunciando el otoño, Leberecht estaba preparado para lo peor, incluso para que Luitger se negara a que subiera a la misma diligencia que él.

Antes de que pudiera hablar con Martha, el benedictino le salió al encuentro en la escalera y le dijo:

—¿Por qué no me dijiste la verdad desde el principio? ¿Crees que te hubiera traicionado?

Leberecht se sintió avergonzado, pero al mismo tiempo estaba contento de que Luitger le volviera a hablar. Agradecido le apretó la mano y le contestó:

—Perdonadme, pero me faltó el valor para confesaros nuestros planes. Tuve miedo de que condenarais nuestra conducta y eso frustrara nuestros planes de fuga.

Luitger movió la cabeza como si quisiera dar a entender que ya hacía mucho tiempo que lo había perdonado y su rostro se embelleció con una sonrisa. En ese momento, Martha apareció en el descansillo superior de la escalera y Luitger desapareció escalones abajo.

—Le he contado todo a fray Luitger —explicó Martha, mientras se recogía el hábito para bajar cuidadosamente. En su voz había un tono de alivio—. Le dije que estaba dispuesta a no ponerme el hábito de la orden, pero el hermano opina que con él tengo mayores posibilidades de pasar las fronteras sin ser molestada. Seguiré con el disfraz un par de días más.

En el patio de donde salía la diligencia esperaban ya nuevos viajeros que se dirigían a Salzburgo. El cochero contó doce, es decir, dos más de los que cabían en el coche.

—Bueno, está bien —concedió, y les dio prisa comentando que Salzburgo quedaba muy lejos.

En la parte de atrás del coche, en el lugar destinado al equipaje, se tuvo que colocar un banco más, de modo que los bolsos y paquetes quedaron situados entre los asientos. Y para colmo comenzó a llover.

Aunque Luitger, Martha y Leberecht se sentaron juntos y muy apretados, no conversaron entre ellos. El silencio se debía sin duda a que cada uno de los tres pensaba en cómo iban a continuar las cosas de aquel momento en adelante. A Leberecht le remordía la conciencia por no haberle dicho toda la verdad a Luitger, su amigo, al que tanto tenía que agradecerle. Ciertamente ya estaba todo arreglado en lo que a Martha se refería, pero aún se guardaba el otro secreto, el contenido de su equipaje, sobre el cual todavía no había hablado con él. Tenía miedo de involucrar a Luitger porque sabía que trataría de hacerle desistir de su plan. Y él estaba plenamente decidido a llevarlo a cabo.

El suelo reblandecido por la lluvia de la estrecha carretera que ascendía y descendía las pequeñas colinas de Baviera exigía de los caballos todos sus esfuerzos y obligaba al cochero a usar su látigo con frecuencia. Así cruzaron el Vils y el Rott, dos ríos cuyos cauces discurrían bordeados a ambos lados por cañaverales nudosos, que se deslizaban enroscándose en el paisaje como si estuvieran enamorados de él y quisieran tardar el máximo de tiempo en abandonarlo.

En Ötting, donde dos ciudades situadas una muy cerca de la otra se disputaban el mismo nombre, cruzaron el río Inn y después vadearon otro pequeño. Llegaron a un cruce de caminos en el que había un mojón que señalaba las direcciones respectivas para Passau y Salzburgo. A partir de aquí, opinó Luitger después de consultar los mapas de Apian, nos espera un camino mejor.

Apenas había terminado de hablar cuando el coche fue sacudido por un fuerte golpe. Como un navío arrastrado por el viento, el vehículo se inclinó hacia el lado derecho por su parte posterior y los viajeros, en medio de un gran griterío, cayeron unos sobre otros hasta que, finalmente, el cochero logró detener los caballos.

Leberecht, Martha y Luitger, que iban en el banco delantero, sufrieron sólo el susto. Saltaron del coche y empezaron a ayudar a los otros viajeros que estaban en mala situación. Por suerte ninguno de ellos resultó herido.

—¡Se ha roto un eje! —determinó el fraile después de observar la avería—. Y la rueda derecha no se puede volver a utilizar.

La carretera estaba muy transitada, especialmente por carros descubiertos que transportaban sal. Un carretero que regresaba de Bohemia con su carro vacío se detuvo junto a ellos.

—¿Ha pasado algo?

El cochero de la diligencia agitó los brazos en el aire como si luchara contra un enjambre de avispas y sorprendió a los demás con un parloteo incomprensible.

—Nada importante —aclaró fray Luitger—, se ha roto el eje. ¿Puedes ayudarnos llevándonos hasta la ciudad más próxima?

Martha sacó una moneda y la puso en la mano del carretero. Eso alegró su rostro.

—¡Desde luego! —respondió, e hizo un intento de reverencia hacia la monja—. Hasta Burghausen son sólo tres millas. Si lo deseáis puedo llevaros hasta la parada de los coches de posta. ¡Suban sus reverencias! Irán un poco apretados pero es mejor ir incómodos en carro que hacer el viaje a pie.

Mientras trasladaban sus equipajes, dos carromatos, con las ruedas rojas y la carrocería pintada de azul y amarillo, los adelantaron procedentes del norte. El cochero del primero de los vehículos se tocaba con un sombrero negro de ala ancha. Había atado las riendas de los caballos que trotaban cansadamente y tocaba una flauta. Una muchacha, casi una niña, pues no tendría más de doce años, de pelo rojo y mojado, llevaba el ritmo con un tamboril y, pese a la lluvia, tarareaba alegremente una canción. Mientras los pasaban, una mujer de pelo largo y despeinado los miró por una de las ventanillas del carromato; oyeron el gruñir de los dos perros que marchaban junto al traqueteante vehículo; detrás del segundo carromato avanzaba un oso sujeto con una cadena y con el hocico cubierto por un bozal de cuero. La tropa circense desapareció tras la primera curva del camino que se adentraba en el bosque tan inadvertidamente como había llegado.

—¡Paisanos, quitad la ropa tendida, que llegan los titiriteros! —dijo uno de los carreteros que transportaban la sal, y los demás se echaron a reír.

Una vez se trasladó el equipaje y los viajeros se acomodaron en el polvoriento vehículo, se pusieron en marcha. Tardaron menos de media hora en llegar a los límites de la ciudad. Allí se dividía la carretera que pasaba directamente por las puertas de las murallas de la ciudad, mientras que a la izquierda había un camino adoquinado que ascendía en pronunciada cuesta. El cochero detuvo el carro y les dijo que era preferible que hicieran a pie el resto del camino hasta la ciudad, pues ni siquiera cuatro caballos y dos zapatas de freno bastaban para evitar que un carro tan cargado pudiera resbalar sobre los adoquines mojados por la lluvia.

Apenas cruzaron la entrada de la muralla se encontraron ante un paisaje que precisaría un gran dominio artístico del lenguaje para ser descrito. Casi sin darse cuenta llegaron a la orilla empinada de un río que había excavado un cauce profundo en el terreno arenoso en sus miles de años de existencia; sobre él transcurrían violentas sus aguas, que descendían formando una curva pronunciada, y sobre las que se deslizaban las barcazas de quilla plana que llevaban la sal hacia el norte.

Lo que el río de aguas verdes había dejado en la otra orilla había sido aprovechado con gran sentido artístico por los que allí vivían para servir de cimientos a una ciudad tan fantástica como aquellas que eran descritas por los cruzados o peregrinos de los santos lugares que viajaron al Oriente. De las casas con estrechas fachadas que, como juguetes de madera, se alineaban para formar una plaza que servía de mercado, los recién llegados sólo podían ver el zigzag que formaban sus tejados. Cuando uno se aproximaba a la ciudad desde arriba tenía la impresión de que estaba volando, lo que hacía que todos los recién llegados se sintieran bien recibidos y dichosos.

Había cesado la lluvia cuando llegaron a la plaza del mercado desde la parada de los coches de postas donde habían dejado sus equipajes.

—¡Fíjate! —dijo Leberecht a Martha, y le señaló la hilera de casas de la plaza que miraban hacia el río.

Sobre las fachadas de las más diversas formas y estilos se elevaban las torres, las almenas y los puentes de la fortaleza, que formaban por sí mismos como otra ciudad en las nubes que se extendía a lo largo de casi media milla.

Incluso el catedrático romano, que había visto mucho mundo, se quedó maravillado. Y su locuaz vástago no pudo decir otra cosa salvo repetir: «*Che miracolo!*» La belleza de la ciudad cautivó a todos los viajeros y ninguno de ellos, ni siquiera el comerciante de paños de Aquisgrán que parecía tener tanta prisa, lamentaron su involuntaria visita. La estación de los servicios postales se encontraba en medio de la plaza donde las casas señoriales llenas de colorido dejaban un hueco entre sus fachadas que conducía a un puente sobre el río. Allí había una torre de vigilancia junto a una puerta en las murallas que se cerraba llegada la noche para impedir la entrada de los visitantes no deseados que pudieran acercarse desde la otra orilla del río.

Tras haber llevado sus equipajes a la posada, Luitger y Leberecht buscaron al herrero, que tenía su taller sólo un par de casas más arriba, en el lugar donde la empinada calle desembocaba en la plaza del mercado, y que facilitaba el cambio de caballos y reparaba ruedas. Se llamaba Kaspar Brauner y ese apellido era el motivo por el cual la fachada de su casa, que se inclinaba peligrosamente hacia adelante, era la única de la ciudad que estaba pintada de color marrón (1). Brauner prometió ocuparse de inmediato de la reparación del coche.

Apenas aparecieron en el cielo las primeras señales de la mañana, cuando la ciudad despertó a su cotidiana actividad comercial. Los carros encargados del transporte de sal cruzaron en todas direcciones el empedrado de la plaza, cargados a tope los que iban hacia el norte, mientras que los que se dirigían hacia el sur estaban vacíos en su mayor parte. Desde el río llegaban las voces de los marineros cuyas pateras, así eran llamadas las barcazas planas que carecían de quilla y puntal, cargaban y descargaban en los embarcaderos. Toda la sal que llegaba río abajo desde Hallein tenía que ser desembarcada allí para continuar su transporte por tierra. Así lo ordenaba la ley.

En medio del intenso tráfico vieron también al grupo de titiriteros o bufones que encontraron el día anterior. Se habían detenido en la plaza de la iglesia, en el extremo sur del mercado, donde montaron una especie de escenario, bajando las paredes laterales de sus coloridos carromatos, y con tablas y vigas levantaron un pequeño teatro. A eso del mediodía, cuando la luz del sol iluminó la plaza del mercado como si fuera un decorado lleno de colorido, aparecieron los juglares: en cabeza, el oso caminaba erguido sobre sus patas traseras, mientras que las delanteras se ocultaban en unos ásperos guantes de esparto; detrás iba la muchacha del cabello rojo montada a caballo, seguida de un payaso con una máscara negra que sólo dejaba al descubierto su boca, y un pregonero que hacía sonar su tambor. Así recorrieron las calles de la ciudad anunciando su espectáculo sin que el pregonero escatimara superlativos para destacar las habilidades de sus artistas: el gran Roberto Aldini, de Milán, equilibrista de fama mundial, una sensación en el mundo del circo, y una ventrílocua única en el mundo. Al término de la representación, la *signora* Lachesis se pondría a disposición del distinguido público, para su *präkognition,* previo pago de dos kreuzers.

Aunque muy pocos sabían lo que se ocultaba bajo esa excitante promesa, la gente acudió en masa a la plaza de la iglesia. Mientras que Martha se mantuvo alejada de la representación, pues asistir a ella hubiera sido indigno de una monja, Leberecht no vio nada malo en presenciarla.

(1) *Braun* en alemán significa marrón, pardo. *(N. del t.)*

El supuesto novicio aplaudió entusiasmado cuando la pelirroja, que se ayudaba con una larga pértiga, caminó sobre una cuerda floja tendida entre los dos carromatos de la troupe, y cuando un ventrílocuo fingió que hacía hablar a un muñeco de madera se sintió maravillado; lo que estaba presenciando era todo nuevo para él. Y lo que ocurrió después, sencillamente inconcebible.

El presentador, elegantemente vestido de blanco y rojo, anunció en voz alta a «la mujer más fuerte del mundo» que, en presencia de los espectadores, levantaría un oso vivo a dos pies del suelo y lo trasladaría hasta una distancia de diez pies.

Por un lado del escenario entró el oso encadenado y por el otro un coloso en forma de mujer; ésta vestía un calzón amarillo que le llegaba a la rodilla y una especie de mantón de color verde. Sus muslos parecían dos columnas y estaban adornados con cintas de color verde claro; llevaba el pelo recogido en una trenza y su rostro duro dejaba ver la sombra de una barba incipiente. Pese a sus ropas, Leberecht no tuvo la menor duda: conocía a aquel monstruo. Y lo había conocido también cuando sólo era una muchacha fina y delicada.

—¡Violeta! —gritó hacia el escenario.

Por un instante, la giganta se quedó inmóvil y miró confusa al lugar de donde procedía el grito. Pareció irritada pero comenzó a hacer su representación. Abierta de piernas y dejando escapar gritos y exclamaciones de ánimo, abrazó al oso a la altura de la barriga, lo levantó en alto y después de dar tres o cuatro pasos con cierta dificultad dejó en el suelo al peludo animal. El público gritó y aplaudió entusiasmado.

Leberecht se abrió paso hasta el escenario y se cruzó en el camino de la monstruosa mujer cuando ésta iba a desaparecer en el interior de su carromato.

—Sophie —dijo Leberecht con ternura—, yo creía que tú...

—¿Qué?

—Bien, pensé que te habías quitado la vida voluntariamente.

—Vaya, con que eso fue lo que pensaste —respondió la mujer con una voz tan fría que era capaz de helar la sangre en las venas.

—Todos lo pensamos así —se disculpó Leberecht—. Si hubiera creído que seguías con vida no hubiera cesado de buscarte.

Sophie evitó mirar cara a cara a su hermano y volvió a un lado la cabeza.

—Fue mejor así, créeme —dijo con amargura—. Ahora me gano el sustento con estos cómicos. Aquí cada uno tiene que llevar su propia carga. —Con el mismo tono triste continuó—: ¿Y tú? ¿Has entrado voluntariamente en un convento?

Tomó el brazo de Sophie, o mejor dicho, asió con su mano un trozo de carne blanda y flácida, y la empujó en dirección a la iglesia. Entre la torre y la casa del sacristán había un pequeño callejón, y a mano derecha una tranquila casa de comidas y taberna que llevaba el nombre de El Oso junto a la Iglesia.

La tranquilidad del callejón, en el que todas las casas y las puertas e incluso los adoquines del pavimento parecían sólo la mitad de grandes que en la orgullosa plaza del mercado, fue aprovechada por Leberecht para informar a su hermana de lo que había ocurrido después de su repentina desaparición. Le habló de la siniestra Inquisición y de la horrible ofensa que habían hecho a su padre después de muerto; de la persecución de que era objeto por parte del príncipe-obispo que, conjuntamente con la curia, querían hacerse con un libro prohibido. Lleno de temor por su vida se vio obligado a huir y se decidió a hacerlo disfrazado de benedictino, acompañando al hermano Luitger en su viaje a Italia. No quiso mencionar, de momento, que la verdadera razón del chantaje del obispo eran sus relaciones con su madre adoptiva, porque estaba seguro de que Sophie se lo reprocharía.

Llegaron a un lugar de la calle donde de modo inesperado una parra nudosa nacía entre el empedrado y cubría con sus hojas, que ya empezaban a enrojecer con el otoño, la fachada de una casa angosta. Sophie no daba muestras de la menor emoción, como si el destino hubiera sido tan cruel con ella que la hiciera incapaz de mostrar sus sentimientos. Leberecht se detuvo. Miró a la cara a su hermana deforme y, sin pensar en las consecuencias, le dijo:

—Sophie, deja a los cómicos y vente con nosotros a Italia. Empecemos allí una nueva vida.

Sophie le devolvió la mirada de frente y, sin pararse a reflexionar, respondió con energía y decisión:

—No, hermano. Estoy contenta de que estos cómicos me acogieran entre ellos. Roberto, el jefe de la troupe, es una buena persona. Aquí, entre ellos, soy una rareza, una curiosidad entre otras muchas y no un ser anormal y ridículo del que todo el mundo se ríe; por el contrario, esta gente se muestra agradecida porque con mi apariencia colaboro a que todos nos ganemos el sustento. Entre gente normal no sería otra cosa sino un monstruo, al que todos miran y compadecen. No, yo pertenezco a esta gente y continuaré con ellos. Y tú debes seguir igualmente tu propio camino.

Sus palabras sonaban inexorables y Leberecht comenzó a dudar de la posibilidad de que sus relaciones con su hermana, a la que había llamado Violeta, pudieran volver a tener el tono de confianza de su juventud. Llevaban siete años sin verse y la violencia de los acontecimientos se había introducido entre ellos como una cuña invisible.

—¿Cuánto tiempo estarás en esta ciudad? —quiso informarse Leberecht.

—Dos o tres días —respondió Sophie.

—¿Y adónde irás después?

La mujer alzó los hombros y dibujó en su rostro un gesto de indiferencia.

—Allí donde nos acepten — dijo—. Bien, tengo que volver ya con mi gente. —Se dio la vuelta y lo dejó allí.

De regreso a la estación, Leberecht supo que la reparación del coche de posta estaría terminada por la tarde y que podrían continuar el viaje al día siguiente con la salida del sol. Indeciso, luchó consigo mismo tratando de decidir si contarle a Luitger, pero sobre todo a Martha, su inesperado encuentro. En ese confuso estado de ánimo se quedó en su habitación, junto a la ventana que daba a la plaza del mercado, contemplando las copas de los castaños, que la proximidad del otoño pintaba de brillantes colores y que servían de refugio a cientos de gorriones. A últimas horas de la tarde, cuando el tránsito de carros cesó casi por completo, el ruido y griterío de la gente en la taberna de la posada resonó en la casa como en la sala de un teatro. Leberecht no sabía adónde ir con sus pensamientos. Quería hablar con Martha, pero no se atrevió porque no sabía qué decirle. Y aquella noche no salió de su cuarto.

Como se había anunciado, a la mañana siguiente el coche estaba listo para recoger a los viajeros. Sólo quedaban seis: Luitger, Leberecht y Martha, así como el comerciante de Aquisgrán y el profesor romano con su hija, que a primera hora de la mañana parecía no haber recuperado su habitual locuacidad.

El primero en estar listo para continuar el viaje fue Leberecht. Quiso decirle adiós a su hermana y se dirigió a la plaza de la iglesia. Estaba vacía. Un montón de basura se amontonaba junto a la iglesia y en él Leberecht vio una de las cintas de color verde amarillento arrugada y medio rota, la recogió y se la guardó en el bolsillo.

El cochero pidió a los viajeros que se dieran prisa. Si querían coger la diligencia para Italia tenían que estar al mediodía en Salzburgo.

El viaje transcurrió sin que nadie hablara mucho, como si cada uno de ellos tuviera algo que ocultar a los demás.

—¿Qué te pasa? —le preguntó Martha a Leberecht en un momento en que nadie los observaba.

—Nada —respondió éste—. No es nada.

CAPÍTULO VIII

ARTISTAS Y PROFETAS

Habían transcurrido dos semanas desde que iniciaron el viaje; atravesaron los Alpes por el paso de Tauer y con la ayuda de sus hábitos cruzaro sin problemas todas las fronteras. Ahora, ya a punto de llegar a la República de Venecia, el novicio y la monja decidieron que podían prescindir de sus ropas clericales y comportarse como era natural en una pareja de enamorados.

Francesca, la hija de Albani, no comprendía la transformación de la pareja y aun después de pasados muchos días todavía se retorcía de risa cada vez que veía a Martha y a Leberecht. Una vez que dejaron atrás la barrera fronteriza de Venecia ambos se sintieron tan libres como nunca lo fueron antes.

Al igual que Alemania, Italia no era otra cosa que un conjunto de pequeños estados. La parte sur del país, el Reino de Nápoles y Sicilia, pertenecía a España. En el norte, la República de Venecia, que se adentraba desde los Alpes hasta las puertas de Milán, y el Estado de la Iglesia, que se extendía, retorciéndose como una serpiente desde la desembocadura del Po hasta Roma y un poco más; en el oeste se agrupaban numerosos ducados y repúblicas, más o menos pequeños.

A Leberecht le hubiera gustado quedarse algún tiempo en Venecia, la ciudad de las mil islas, sobre la que tanto había leído, ver al Dogo, del que se decía que por sus ropas y gobierno era un rey; por su poder, un alcalde; en la ciudad, un prisionero, y fuera de Venecia, un hombre como tú y como yo. Pero como el verano ya había pasado y no se iba a celebrar ninguno de aquellos magníficos espectáculos como las nupcias del Dogo con el mar Adriático en las que el gran señor a bordo de un lujoso navío se adentraba un poco en el mar y por un orificio de su trono dejaba caer un anillo de oro en el agua al tiempo que pronunciaba las palabras «*Desponsamus te mare in signun veri perpetuique, Dominu*» («Te desposamos, oh mar, en señal de perpetuo dominio») y porque Luitzer y el profesor Albani tenían prisa, pasaron de largo por la ciudad, que dejaron a la izquierda, para dirigirse a Padua, a ocho horas en coche de Venecia.

Viajar por Italia era vivir una aventura mucho más excitante que hacerlo al norte de los Alpes. Los enlaces eran malos y en forma alguna podía hablarse de puntualidad. Sin embargo, lo peor de todo era la inseguridad de los caminos, en los cuales los asaltos de los bandidos estaban a la orden del día. El profesor de Roma, un hombre de mundo y con mucha experiencia en viajes, les aconsejó que en vez de tomar los coches de postas que iban de una ciudad a otra y siempre estaban en el punto de mira de las bandas de salteadores de caminos, eligieran viajar en el coche de algún comerciante para desplazarse hasta Roma. Los comerciantes italianos solían ir armados y bien escoltados en sus desplazamientos.

En Padua, donde se cruzan las más importantes rutas comerciales, Albini localizó a un comerciante de especias que, al día siguiente y acompañado por dos caballeros armados, emprendía el viaje a Roma pasando por Florencia y que se mostró dispuesto a aceptar la compañía de nuestros viajeros a cambio de dos *scudi* por persona.

Mientras que Luitger pasó la noche en el convento de los benedictinos situado en Prato della Valle, un lugar sin pavimentar en el cual cada primer sábado de mes se celebraba el mercado de ganado, los otros viajeros pernoctaron en una hostería a apenas un tiro de piedra del convento, que se hallaba en un estrecho callejón y frecuentada, principalmente, por comerciantes y viajeros.

Leberecht y Martha tomaron juntos una habitación en el segundo piso, que si bien no ofrecía vista alguna, el muro de la casa de enfrente casi se podía tocar desde la ventana extendiendo el brazo, al menos les daba la certeza de que iban a estar solos. Llorando de alegría, cayeron uno en brazos de la otra, tan pronto como Leberecht cerró la puerta tras ellos. En esos momentos la tensión, la pasión y la incertidumbre en que habían vivido las semanas anteriores cayeron sobre ellos como una pesada carga.

—A partir de ahora todo irá bien —murmuró Leberecht mientras cubría de besos el rostro de Martha—. Ya no tienes nada que temer.

Martha apoyó su cara en el cuello del joven. Cerró los ojos y gozó de los besos del hombre amado.

—¡Cuánto eché de menos esta sensación! —musitó en voz baja y su rostro se distendió en una tierna sonrisa.

Leberecht no recordaba el tiempo que hacía que no veía sonreír a Martha. ¡Cuánto miedo e incertidumbre habían dejado atrás! Mientras sus cuerpos se estrechaban entre sí, cuidadosamente, como si de nuevo tuvieran que acostumbrarse el uno al otro, regresó poco a poco la salvaje pasión que desde el principio caracterizó sus relaciones.

Martha suspiró y Leberecht introdujo su rodilla entre sus muslos. Sujetó su cabeza entre las manos y su lengua acarició su cuello. Los débiles gritos de placer de Martha lo excitaron aún más. La mujer lo dejó hacer, se le entregó carente de voluntad. Él le quitó el vestido y después desnudó por completo el cuerpo blanco de la amada como se le quita la piel a un fruto maduro.

Los senos de ella encontraron a Leberecht, que los besó y los lamió. Se arrodilló ante la amada desnuda y puso la cabeza en su regazo como si quisiera olvidarse del mundo entero. Lentamente, como un árbol cortado, Martha cayó al suelo. La frialdad y la dureza de las losas del suelo no les preocupó en lo más mínimo y los dedos de Martha deshicieron el nudo de la cinta que sujetaba los calzones de Leberecht.

—¡Quiero verte! —suspiró la mujer.

—Y puedes hacerlo —respondió él con la misma pasión, y le ayudó a despojarlo de sus pantalones.

Finalmente, desnudo ya, se arrodilló ante ella y disfrutó de la mirada apasionada que Martha dejó sobre su cuerpo; su miembro estaba erguido y rígido como la rama de un árbol.

—¡Tómame! ¡Ven! —suspiró ella, y Leberecht no se hizo esperar mucho tiempo.

Aquella noche Padua podía haber sido conquistada por las tropas españolas sin que ni Martha ni Leberecht se hubieran dado cuenta de ello. Se amaron aún con mayor pasión que antes, porque el pasado juego del disfraz y el disimulo habían terminado y, por fin, podían expresar libremente sus sentimientos.

Era ya de mañana o al menos así lo anunció en la lejanía el

primer canto del gallo, cuando terminaron sus juegos amorosos y se abrazaron estrechamente como si tuvieran miedo de perderse el uno al otro. Y así se quedaron dormidos las siguientes dos horas.

Cuando se despertaron era domingo por la mañana y lo que eso significaba sólo puede comprenderlo aquel que haya oído repicar al mismo tiempo las campanas de las 26 iglesias parroquiales, los 23 conventos de monjas y los 22 de frailes, pues tantos eran los que había en Padua. Apenas cesó el ruido de los cientos de campanas cuando en las calles y plazas comenzó el ruidoso bullicio de la ciudad. De todos los rincones llegaron voces que gritaban «*Qui va li? Qui va li?*», que significaba, más o menos, «¿Quién anda por ahí?». Esas palabras eran como la señal de identidad de los estudiantes de Padua, famosos por su insolente altanería y su violencia, y que a causa de ese grito de guerra eran llamados los quivalistas.

Luitger ya había cumplido con sus deberes religiosos de los maitines y la misa, cuando, dispuestos a reemprender el viaje, se encontraron todos detrás de la iglesia de los franciscanos, donde se mostraban los restos mortales de san Antonio de Padua, sin lengua ni barbilla, a las que se atribuía un efecto especialmente milagroso y que eran guardadas aparte y bajo llave en la sacristía.

El viaje hacia Florencia transcurría por los Apeninos y la cordillera exigió a los coches esfuerzos similares a los que soportaron al cruzar los Alpes. El comerciante de especias, un hombre de aspecto juvenil, pese a estar ya entrado en años, conocía bien la ruta y condujo sus caballos con seguridad por las estrechas curvas y los empinados pasos de montaña.

Antes de continuar el viaje a Roma, explicó, necesitaba quedarse un día en Florencia a causa de sus negocios y, como le había gustado la compañía se citó con ellos para el día siguiente. A Leberecht le agradó verse obligado a quedarse un día para así tener ocasión, en compañía de Martha, de conocer Florencia, de la que tanto le había hablado su maestro Carvacchi. Incluso había llegado a pensar en la posibilidad de quedarse en la ciudad, aun cuando no hubiese hablado con Luitger de sus planes. El monje tampoco sabía que, desde el día de su llegada, Leberecht y Martha se habían puesto a buscar a Carvacchi.

Leberecht pensó, cómo no, que podría buscarlo en las obras de la catedral y salió de la hostería, que estaba en la orilla norte del Arno, cerca de Ponte Vecchio, para dirigirse allí. Los florentinos parecían gente orgullosa que incluso los días de trabajo solían ir mejor vestidos que todos los demás, lo que podía estar motivado por el lugar preeminente que ocupaba la ciudad que era la primera de Europa en el mercado de paños, pero no menos por el buen gusto que se le atribuía a sus habitantes.

No le resultó difícil dar con la catedral, a la que los florentinos no llamaban el *Duomo*, como hubiera sido lógico, sino *Santa María del Fiore*, porque apenas había un lugar en la ciudad desde el que no se pudieran ver su cúpula o su campanario. La cúpula, por sí sola, medía 154 varas, sin el complemento de la torre que se alzaba 36 varas más por encima de ella. Por su parte, el campanario no llegaba siquiera a alcanzar la altura de la cúpula y se quedaba en 144 varas.

Al visitante extranjero que entraba en la plaza de la catedral entre la iglesia de la Misericordia y la Loggia del Bigallo, la reunión de edificios separados que componían el conjunto de la catedral le causaba una impresión de confusión. A esto colaboraba también la diversidad de colores de los edificios, que en comparación con la monocromía de las iglesias situadas al norte de los Alpes parecía demasiado llamativa. Mármol blanco de Carrara, rojo de la Maremma y serpentín verde de las proximidades de Prato.

Por uno de los custodios de la catedral supo que el grupo de canteros que había trabajado en la obra hacía ya tiempo que se había disuelto y que él no conocía a un maestro de ese oficio llamado Carvacchi. Además, había cientos de artistas de la piedra en aquella ciudad. Si en Florencia trabajaba un maestro cantero de ese nombre tenía que estar registrado en las listas del consejo municipal de la ciudad.

Allí, en uno de los grandes edificios adornados con almenas güelfas cuadrangulares y que daban la impresión de querer competir en resistencia con el *palazzo* próximo, Leberecht supo por un joven secretario con pelo largo y casaca corta, que lucía en las piernas calzas de distintos colores, que un maestro cantero de nombre Carvacchi había trabajado a las órdenes de Bartolomeo Ammanati, en las fuentes de la Piazza della Signoria, pero pronto riñeron entre ellos y Carvacchi salió de Florencia.

—¿Decís que riñeron? —Leberecht se echó a reír—. Sí, eso es algo muy propio de ese viejo gallo de pelea.

Las instalaciones de la obra de la fuente estaban en una esquina del gran *palazzo*. Media docena de canteros marmolistas tallaban los bloques de mármol en bruto haciendo saltar pequeñas partículas de la piedra que en el aire volaban brillantes como chispas. En medio de ellos había un malhumorado anciano con corta perilla que daba sus últimas formas a una estatua de Neptuno. Era Ammanati.

El viejo no se mostró muy hablador ante las preguntas de Leberecht y sólo fue más comunicativo cuando Martha se acercó a él y le explicó que Carvacchi le debía dinero y por eso quería encontrarlo. El maestro echó hacia atrás su gorra redonda, se limpió con las mangas el polvo de la frente, observó a los extranjeros con los ojos entornados y dijo con voz profunda:

—Carvacchi era un buen tallista, incluso puede decirse que muy bueno, pero al mismo tiempo es un hombre imposible que siempre pretende saber todo mejor que los demás, como si de él tuviera que aprender hasta el propio Miguel Ángel —terminó con una risita afligida.

—¿Y no tenéis idea de dónde está ahora? —preguntó Martha precavidamente.

—¿Carvacchi? Sí, naturalmente que sé dónde está. Con mucha frecuencia hablaba de ello. Todos los canteros del mundo se dirigen a Roma para trabajar en la construcción de San Pedro. —Se acercó más a Leberecht y en voz baja, para que ninguno de sus obreros pudiera oírlo, le dijo—: Dicho sea en confianza, en su lugar yo también actuaría como él, si tuviera la posibilidad de elegir entre Buonarroti y Ammanati. El gran Miguel Ángel es posible que sea ya viejo como la piedra y sólo pueda andar con ayuda de un bastón, pero su gente oye cada una de sus palabras como si estuvieran sacadas de los evangelios... Todos menos Carvacchi. Lo más posible es que también se haya peleado con él.

Mientras hablaban se había acercado a la obra un grupo de mozalbetes gamberros, que gritaban a coro: *Ammanato, Ammanato, che bel marmo hai sciupato!* (Ammanato, Ammanato, cuánto bello mármol has estropeado).

El maestro cogió algunas piedras y se dirigió hacia el grupo, cuyos componentes empezaron a gritar y chocar entre ellos y a escapar haciendo más ruido que una bandada de gallinas asustadas.

—¡Malditos chavales! —comentó a continuación—. No tienen la menor idea del arte y creen que un Neptuno tiene que tener siempre el mismo aspecto que en tiempos de los antiguos griegos —terminó, y escupió en el suelo.

Leberecht se dio cuenta de que Ammanati en su concepto de las formas no le daba preferencia al estilo tradicional: estiraba los cuerpos de modo extraño y dejaba que las piernas y los brazos fueran más largos, y las cabezas más pequeñas de lo que señalaban los cánones de un todo armónico.

Al darse cuenta de la mirada crítica de Leberecht, Ammanati señaló con la cabeza en dirección al Palacio de la Signoria donde, junto a la entrada, estaba la monumental estatua de mármol de David que brillaba bajo los rayos del sol de la tarde, y dijo:

—¡Fijaos en esa obra de arte! ¿Qué puede ya crear un artista, después de haber visto el David de Miguel Ángel?

—Oh, Dios mío —exclamó Leberecht, que cogió a Martha de la mano—. No sabía que ésa fuera una obra del gran Miguel Ángel. ¡Se pueden ver tantas obras de arte en vuestra ciudad!

Ammanati hizo un guiño y con un tono despreciativo y lleno de altivez replicó:

—¿De dónde me habéis dicho que venís, joven amigo? ¿De tierras alemanas más allá de los Alpes donde viven los osos?

Desconcertado, Leberecht alzó los hombros y Martha, que halló poco correcta la observación del florentino, se acercó a su amante como para darle consuelo y le acarició la mano.

—He venido a Italia para aprender —respondió—. En lo que al arte se refiere, Alemania es un pobre país. Entre nosotros, los artistas siguen viviendo de la Iglesia. Yo mismo he trabajado diez años a sueldo de un obispo.

Ammanati señaló con el dedo en dirección de la estatua y explicó:

—Debes saber que esa que ves ahí no es una obra de arte cualquiera, como por ejemplo esta fuente, que sólo será una más entre las muchas de esta ciudad. Es la obra de arte por excelencia, un acontecimiento excepcional de la naturaleza. Y desde hace años los florentinos no cuentan los años desde el nacimiento de Cristo, sino desde la exposición del David.

—¿Y por qué razón especial esculpió Miguel Ángel un David de esas dimensiones? Quiero decir que, de creer en las escrituras, David era más bien un hombre pequeño.

—Eso es verdaderamente cierto —concedió Ammanati— y

en definitiva continuará siendo siempre el secreto de su creador. Lo cierto es, también, que Miguel Ángel fue el único artista que quiso trabajar en un bloque de mármol de Carrara de nueve varas de alto, que no tuvo aplicación alguna en la obra de la catedral, y desde que ésta terminó se llevaba de un lado a otro sin que nadie lo aprovechara. Incluso el gran Donatello, al que se le ofreció el bloque, lo rechazó con la observación de que sus medidas eran desproporcionadas y ni el mejor de los escultores podría sacar de él una forma armónica. Los cónsules del gremio de los tejedores de lana, finalmente, encargaron a Miguel Ángel que hiciera algo de aquel gran bloque de mármol. Podía emplear dos años y durante ese tiempo recibiría seis gulden de oro al mes...

—¡Lo que no es mucho para un artista de su categoría!

—Verdaderamente, no. Pero Buonarroti tenía entonces sólo veintiséis años y durante los dos que dedicó a esculpir el David pudo hacer otros trabajos. Además, para él el dinero nunca significó nada. Ni siquiera hoy día cuando puede jactarse de tener más del que se podría gastar en esta vida. En este sentido está en contradicción con nuestro otro genio, Leonardo. Mientras que Miguel Ángel afirma que le gustaría vivir como un pobre, Leonardo se rodea del mayor lujo y una especie de corte principesca. *Quid no mortalia pectora cogis aura sacra fames*? (¿Adónde conduces tú al corazón mortal, maldita hambre de oro?)

—Vos parecéis no apreciarlo mucho, ¿no es así, maestro Ammanati?

—Nadie quería a Leonardo y menos que nadie Miguel Ángel. Era arrogante y caprichoso y quería que todos bailaran al son de su música. ¡Bien, ahora debes perdonarme!

—Una palabra más —le rogó Leberecht—. ¿Podéis decirme dónde puede encontrar el mejor trabajo un cantero alemán, en Roma o en Florencia?

Ammanati dejó el cincel y observó al extranjero con mirada crítica. A continuación dijo:

—Joven amigo, los buenos tiempos de esta ciudad han pasado como la arena en el reloj. Todo el mundo se va a Roma, los campesinos descontentos, los mercenarios y la nobleza por su propia gracia. Hombres que se llaman a sí mismos sabios o artistas, entran en acción y destruyen lo que en anteriores generaciones se consideró sagrado. No pasará mucho tiempo antes de que en Roma viva más gente que en Florencia. Si me lo preguntáis, os diré que el porvenir ya no está en el Arno sino en el Tíber. Se dice que en las obras de San Pedro se da empleo a más de dos mil quinientos trabajadores. Cristianos piadosos procedentes de todas partes del mundo fomentan con el dinero de las bulas las ambiciones de poder y la codicia de los papas, y todos ellos, uno tras otro, pretenden construirse un monumento para la eternidad, el mejor entre los mejores, el mayor, el más bello, el más caro entre los caros. Un hombre joven como tú pertenece a Roma... Salvo que seas protestante.

—¡Que Dios me libre! —exclamó Leberecht con fingida indignación.

Llegó el momento de despedirse de Ammanati. Leberecht y Martha ya lo habían decidido. Viajarían a Roma y una vez allí, tratarían de encontrar a Carvacchi.

Al cabo de tres días, hacía ya treinta y siete desde que emprendieron su viaje, el grupo viajero llegó a Roma. Entraron en la ciudad por la Porta del Popolo, la situada más al norte de todas las puertas romanas, en medio de una cola interminable de coches y carros de todo tipo.

El último día de viaje los acompañó la lluvia, lo que no era raro en esa estación ya avanzada del año y que resultaba muy útil si se quería que los campos y prados entre las montañas y las murallas aurelianas no conocieran la sequía y perdieran sus cosechas. Con los extranjeros del norte llegaron numerosos pastores con sus rebaños de vacas o de cabras, procedentes de lugares tan lejanos como los Abrucios, y entraron por el gran portón detrás del cual había una plaza no fortificada con un obelisco en su centro. A la izquierda se elevaba el Pincio, una de las siete colinas sobre las que Roma se edificó. Donde antes se sentaron a la mesa Lúculo con sus ilustres huéspedes, aquellos días sólo había campos de vegetación silvestre a veces interrumpidos por tierras de labranza, huertas y cepas de viña que crecían salvajes. Y siempre, una y otra vez, restos de ruinas convertidas en pedregales.

Quien veía Roma por vez primera no podía más que sentirse defraudado ante tanto espíritu provinciano entre esporádicas reuniones hogareñas. Y el profesor Albani, para el que no pasó desapercibida la expresión de desengaño que se reflejó en los rostros de los forasteros, dijo como si se disculpara, dirigiéndose a los alemanes:

—¡Enseñadme una sola gran ciudad en el mundo cuyos arrabales sean bonitos! ¿No suele ocurrir que el centro de la ciudad vieja es más bello mientras más feos son los alrededores?

Leberecht afirmó con la cabeza desconcertado y también Luitger aprobó con una sonrisa. Así llegaron por el sur a la Strada del Popolo, una calle que se pavimentó con los ingresos de la *tassa delle putane*, un impuesto pagado por las prostitutas.

Delante de la iglesia de San Salvatore in Lauro, donde las cortesanas romanas gustaban de reunirse los domingos después de la misa mayor para ejercitar su amor al prójimo, el comerciante de especias detuvo su coche y sus compañeros de viaje se separaron de él después de haberle pagado el precio convenido. El comerciante se dirigió al Campo de' Fiori, el hermano Luitger buscó el convento de los benedictinos, en el Aventino, mientras que Lorenzo Albani con su hija Francesca, Martha y Leberecht se encaminaron a la cercana Vía Giulia donde el profesor poseía una casa a medio camino entre San Giovanni y el Palazzo Farnese.

Durante los últimos días de su viaje en común, Leberecht y Albani se habían hecho amigos, tal vez a causa de su común afición a la astronomía o a causa de Martha. En todo caso a Leberecht no le había pasado inadvertido que el viudo miraba con buenos ojos a su amante, al menos todo lo que se lo permitían sus párpados caídos. Martha supo disipar las reservas de Leberecht y le convenció de que un hombre como el profesor podía serles de utilidad.

La villa de Albani había pertenecido con anterioridad a la cortesana Cesarea, que en esa misma calle poseía otras tres más. La casa tenía dos pisos y el porche de entrada estaba rodeado de columnas. Detrás del edificio, en el lado que daba al río Tíber, se abría un pequeño jardín con enredaderas bastante parecido al de los monjes en Michelsberg, aunque mucho más pequeño. Había personal de servicio en la casa y Martha y Leberecht se encontraron en ella como el joven Jesús después del milagro de Caná.

Los amantes ocuparon una habitación del segundo piso desde la cual se ofrecía una vista panorámica sobre el Tíber que alcanzaba hasta el Janículo. La mayor preocupación de Leberecht era el libro de Copérnico, sobre el que hasta entonces había guardado silencio. Pensó que podía poner en peligro al profesor haciéndole saber su existencia. Por lo tanto, decidió esconderlo en el interior de uno de los altos jarrones que adornaban la habitación a cada lado de la chimenea, que por su aspecto no estaban destinados a servir de floreros.

Martha, que vio cómo Leberecht escondía el libro, levantó las cejas con gesto de interrogación. Aquello no le auguraba nada bueno. Había creído que el secretismo era ya agua pasada y había llegado a su fin. ¿Qué pretendía su amante con aquel juego del escondite?

Intencionadamente escondió el libro delante de Martha. Hubiese podido hacerlo igualmente en secreto, pero quería que ella se diera cuenta puesto que era su intención hacerla participar en sus planes.

—¿Sabes...? —comenzó a hablar Leberecht mientras desde la ventana miraba por encima del jardín—. Ya te he hablado del burdo chantaje a que me sometió el obispo y del libro que en cualquier circunstancia deseaba que llegara a su poder.

—Sí —respondió Martha, que de repente sintió que se abría para ella un poco de luz—. ¡Dios mío! ¿No habrás robado ese libro?

Leberecht afirmó con un movimiento de cabeza.

Martha lo cogió por los hombros y lo sacudió con fuerza, como si quisiera hacerle entrar en razón.

—¿Es que estás fuera de tus cabales? Mientras ese libro siga en tu poder jamás llegaremos a tener tranquilidad.

A la vez que se libraba del abrazo de Martha, Leberecht opinó tratando de suavizar la cuestión:

—Tú no tienes por qué temer nada. Aquí, en la misma cueva del león, es donde menos se les ocurrirá buscar el libro. De momento, todos creen, tanto el príncipe-obispo como los frailes de Michelsberg, que está en su biblioteca, a más de mil millas de aquí.

—¿Y el hermano Luitger? ¿Sabe algo del asunto?

—¡Por amor de Dios, claro que no! Luitger ya ha tenido que aguantar demasiadas cosas de mí en los últimos tiempos y no he querido complicarlo también en este asunto. Él nunca hubiera permitido que yo trajera a Italia el libro de Copérnico.

Mientras Leberecht decía esto, Martha vio en sus ojos un brillo de enojo y rabia que le resultaba totalmente extraño en él y que le hizo sentir miedo. No obstante, no se supo contener y le preguntó:

—¿Y qué planes persigues con ese libro?

Leberecht se llevó a Martha hasta el hueco de la ventana. Le estaba agradecido por la pregunta porque de ese modo no tenía que dar vueltas al asunto con demasiadas palabras.

—La Inquisición quemó a mi padre después de muerto —dijo entrecortadamente, como un pecador furioso en el confesonario.

Tenía la mirada fija en un imaginario punto del Janículo. Su rostro estaba rígido e inmóvil. En esos momentos, Martha tuvo la impresión de que aquél no era el hombre que conocía y amaba, sino un extraño, un demente a cuyos pensamientos jamás podría acceder.

—¡De eso hace ya mucho tiempo! —replicó valerosa a sabiendas de que él no aceptaría esa justificación—. La Inquisición es una institución dañina que perjudica más que beneficia a la propia Iglesia. ¡Tienes que olvidar lo ocurrido!

—¿Olvidar? —La voz de Leberecht se turbó—. Han quemado a mi padre por brujería después de muerto ¿y quieres que olvide ese asunto? No, yo no quiero perdonar, ¿lo oyes? No quiero que esa injusticia, que clama al cielo, cometida con mi padre quede sin castigo. Mi padre era un hombre justo, devoto y temeroso de Dios y, en todo caso, más honesto que todos los cardenales vestidos de púrpura y los frailes negros, que se hacen pasar por santos y llevan en sí mismos la marca del diablo.

—Lo sé, pero a pesar de todo debes olvidar. El tiempo cura todas las heridas y algún día dejarás atrás todo esto.

—¡No quiero! ¡No quiero! —gritó Leberecht, y golpeó la ventana con el puño cerrado—. No descansaré hasta haber reivindicado el honor de mi padre. ¡Los señores de la Inquisición tendrán que caer de rodillas y desear que nunca hubiera llegado el día en que fray Bartolomeo, ese asqueroso cerdo dominico, rompió su bastón sobre Adam Friedrich Hamman.

Lágrimas de rabia y excitación resbalaron sobre las mejillas de Leberecht. Martha lo estrechó entre sus brazos. No se atrevió a hacer más preguntas pues se había dado cuenta de que él se convertía en un hombre muy diferente cuando se hablaba de ese tema. Sin embargo lo habría dado todo por saber qué pasaba por la cabeza de Leberecht.

Asustado por los gritos, Albani subió al piso de arriba y, desde el otro lado de la puerta cerrada, preguntó si todo iba bien. Martha, con una explicación sacada de la manga, consiguió tranquilizar a su anfitrión, pero en su interior temía ya al futuro conflicto que no dudaba llegaría a producirse. La mirada de Leberecht y el tono de su voz no anunciaban nada bueno. ¿No fue el propio Leberecht el que una vez le aclaró que los hombres que están poseídos por un concepto determinado son capaces de llevar a cabo empresas sobrehumanas o inhumanas, hacer brotar la leche a su arbitrio, provocar truenos, mover armarios, hacer saltar vasos y levitar a las vírgenes? ¿Por qué no iba a poder hacer caer de rodillas ante él a un inquisidor?

La idea incluso podría haber sido divertida si Martha hubiera logrado controlar el escalofrío que hacía temblar su cuerpo.

Al día siguiente, Martha y Leberecht salieron para ir conociendo la ciudad que debía convertirse en su segunda patria.

Roma estaba lejos de ser una ciudad capaz de despertar la admiración de un forastero. Contaba con unos setenta mil habitantes y todavía no se había recuperado de aquel duro golpe que fue para ella el *sacco di Roma*, el saqueo de Roma cometido por los soldados de Carlos V, que tomaron la ciudad hacía ya treinta y cinco años. El desgraciado papa Clemente VII, de la estirpe de los Médicis, tras su elección como papa se inclinó demasiado abiertamente del lado de los franceses y provocó así la invasión de las tropas españolas y alemanas del emperador Carlos V, que durante ocho meses saquearon la ciudad como auténticos vándalos y dejaron la población de Roma reducida a treinta mil habitantes.

En lo que se refería a las personas que Leberecht y Martha encontraron en su camino entre Pincio y Aventino, el Vaticano y Esquilino, la mayor parte de ellas eran varones. Apenas se veían mujeres y sí un gran número de clérigos, cardenales, prelados, obispos y otros canónigos superiores, así como monjas y frailes con hábitos blancos, negros o pardos de buen paño y mejor corte. Uno de cada cuatro habitantes de Roma vivía en la fe y por la fe y tenía algún cargo o misión relacionado con el clero. Tal cantidad de hombres atrajo como un imán a las servidoras de aquel que con toda razón estaba considerado como el oficio más antiguo del mundo y no cabe duda de que en ninguna otra ciudad del mundo había tantas *puttane* como en Roma, posiblemente unas diez mil.

El nombre de *puttane* se aplicaba únicamente a las más baratas de las prostitutas, que ejercían su profesión en la Piazza del Pozzo Bianco o en el barrio de Santa María en Cosmedin o en la Piazza del Popolo. A las más caras se las llamaba *cortigiane*, es decir cortesanas, y alternar con ellas era símbolo de un alto estatus social. Éstas solían residir en el Borgo Santi Apostoli o en la Via Giulia y se las consideraba como las mayores pagadoras de impuestos de Roma. Su nivel profesional era tan productivo que la Camera Apostolica, durante el papado de Pablo III, llegó a exigir de ellas el pago de un impuesto especial para sufragar la construcción de un nuevo puente sobre el Tíber cuando uno de los antiguos quedó destruido; y Pío IV decretó que las cortesanas que compraran inmuebles en el nuevo barrio de Borgo Pio quedaran exentas del impuesto sobre la prostitución. Desde el papa al más pobre mendigo, los romanos querían a sus putas casi más que a la santa Virgen a la que estaba dedicada una de cada tres iglesias romanas.

Dejando a un lado las piadosas bellezas que vendían sus encantos y atestiguaban su devoción interrumpiendo el coito para rezar las oraciones de precepto si las campanas tocaban el Ángelus cuando estaban en pleno trabajo, y los sábados, los días de vigilia, la cuaresma y la Semana Santa, aunque no dejaban de pecar sí cumplían con el ayuno, y los domingos y fiestas de guardar acudían al templo de San Salvatore in Lauro, con unas vestimentas que le hubieran quitado el oído y la vista al propio san Francisco que, como se sabía, estaba por encima del sexo, el propio y el otro; la segunda fuente de ingresos del Estado Eclesiástico eran los peregrinos y, entre ellos, principalmente los alemanes. Así, la Roma de la era moderna fue levantada por prostitutas y alemanes.

Casi todas las tabernas, casas de comida y hosterías eran propiedad de alemanes o estaban dirigidas pòr ellos. Muchas llevaban nombres alemanes y en sus carteles figuraba el águila bicéfala, como en el mesón Zu Glocke (La Campana) o en Campo Santo, lo que llevó a Pío II a hacer la observación: «Donde no hay alemanes, no hay mesones.»

De la Roma antigua, la Roma de los viejos romanos, la ciudad del retórico Cicerón, de los césares, de las heroínas y del filósofo emperador Marco Aurelio, era bien poco lo que podía encontrarse, aparte de los puentes de piedra, que en verdad lo único que hacían era destruir el paisaje ciudadano, aunque dejaban suponer que bajo sus piedras, los zarzales y otros arbustos, se escondían los restos de la antigüedad clásica. El foro, o lo que se podía tomar por él, era una extensión de ruinas entre las que crecía la vegetación salvaje y hierbas y arbustos en los que pacían vacas y ovejas. Del arco de triunfo de Séptimo Severo sólo quedaba el tejado plano que se alzaba recto sobre la superficie de la tierra, formando como una especie de terraza desde la que se ofrecía una maravillosa vista; tampoco quedaba mucho más del arco de Tito, casi oculto en medio de un erial, restos desordenados y piedras raras que aún seguían allí porque no habían podido ser utilizadas para la construcción de edificios nuevos. Lo único que llamaba la atención y despertaba curiosidad era el Coliseo. Hasta finales de la Edad Media se había mantenido casi incólume, ofreció refugio al papa Alejandro III, en su huida de los partidarios de Barbarroja, y después fue reconstruido como templo; más tarde aún sirvió de cantera, a causa de sus grandes bloques de mármol y travertino, que fueron utilizados en nuevas construcciones. A partir de entonces no se permitió sacar materiales para otras obras.

En el segundo día de su exploración de la ciudad, mientras tanto el hermano Luitger, con su sagrado equipaje, había abandonado Roma en dirección a Nápoles, tras prometer visitarles a la vuelta, Martha y Leberecht cruzaron el puente Vaticano sobre el Tíber, y se encontraron súbitamente frente a la catedral de San Pedro, una obra colosal, que superaba todo lo previsto. En la extensa plaza sin fortificar, delante de la obra se amontonaban los grandes bloques de piedra, vigas y otros materiales como si un gigante con un solo ojo los hubiera abandonado allí en desorden. Sobre rodillos y carros, el material de construcción era llevado de un lado a otro, aparentemente sin planificación alguna; y con ayuda de poleas, grúas y otros aparatos era levantado hasta el tejado de una casa alargada. Tiros de mulas lo transportaban también hasta la cúpula de Miguel Ángel que en segundo plano parecía crecer hasta alcanzar el cielo y de la cual sólo podía reconocerse el capitel de una columna.

Leberecht se mostró sorprendido y desconcertado, y Martha no menos, al ver la diversidad de los hombres que se daban cita en aquella gran plaza: cientos de obreros, vestidos con viejas ropas polvorientas, peregrinos con sus atuendos de fiesta que llevaban banderitas de sus respectivos países, mendigos harapientos y dignatarios con sus hábitos rojos, trabajadores manuales y orgullosos catedráticos, pobres y artistas, formaban un ir y venir interminable, acompañado del ruido de los trabajos en la obra y de las voces en todos los idiomas de la Tierra.

No se habían puesto de acuerdo, pero Leberecht de pronto tomó la mano de Martha y la llevó hasta una de las casetas de trabajo de las obras de la catedral, que estaba situada a mano izquierda del edificio del Santo Oficio, para preguntar por Carvacchi.

Un joven con el cabello corto que llevaba debajo del brazo un manojo de planos enrollados salía por la puerta en ese mismo momento. Leberecht le describió al Cabezón lo mejor que pudo dentro de lo que le permitían sus conocimientos de italiano.

—No necesitáis describirme a Carvacchi —se echó a reír el aprendiz— porque aquí todo el mundo lo conoce. Es el niño mimado del maestro de obras. Se llama a sí mismo en broma «protestante», seguramente porque durante muchos años trabajó al otro lado de los Alpes, en Alemania. Él, ciertamente, habla el alemán, pero nadie quiere creerlo. ¿Qué cantero se iría voluntariamente hoy en día a trabajar a un país en el que todavía impera el estilo francés?

—Pero es cierto —le respondió Leberecht indignado—. Yo mismo he sido su discípulo.

Burlonamente, el muchacho frunció el entrecejo.

—Entonces ¿vos sois alemán y seguís rindiendo culto al arco puntiagudo?

Leberecht entendió el ataque sesgado al estilo arquitectónico alemán y se echó a reír pero no contestó. Se limitó a pedirle:

—Llevadme adonde esté Carvacchi, os lo ruego.

El joven hizo señas al extranjero de que lo siguiera y se puso en camino hacia Campo Santo. Tanto a Martha como a Leberecht les costó trabajo seguir al muchacho mientras sorteaba barreras y obstáculos, entraba por una puerta a la nave longitudinal de la catedral en construcción y sobre una serie de escaleras alcanzaba el tejado plano del templo, donde había más movimiento y actividad que en un mercado ciudadano.

Desde allí la mirada alcanzaba hasta el castillo de Sant'Angelo y al Tíber, que como un reptil serpenteaba perezoso por la ciudad. Entre la confusión de casas, palacios, iglesias y ruinas destacaba el panteón antiguo como una campana que enterrara un secreto bajo ella. Eran muy pocas las calles cuyo trazado seguía la línea recta o que se cruzaban verticalmente, sino que lo hacían de modo irregular para unirse y volver a separarse sin ningún orden. En conjunto dibujaban una muestra confusa, en un paisaje edificado sin seguir sistema alguno como el enrejado de un cuadro viejo.

Leberecht y Martha estaban embebidos en la contemplación del Moloch que se extendía a sus pies cuando oyeron detrás de ellos una voz profunda que les gritaba en su idioma:

—Lo sabía... Siempre lo supe... ¡Oh, qué alegría!

La pareja se dio la vuelta. Detrás de ellos estaba Carvacchi. En el primer momento Leberecht no pudo pronunciar palabra alguna ante la sorpresa de la aparición de su maestro. Martha dio un paso atrás. Pero Carvacchi se acercó a ambos, abrazó a Leberecht sin decir una palabra y saludó a Martha con excepcional cortesía, como si fuera una antigua amiga.

—¡Siempre lo supe! —repitió Carvacchi entre lágrimas—. Un día el muchacho volvería a estar frente a mí, me dije más de una vez. ¡Sabía que vendrías, lo sabía!

Leberecht, que también luchaba con las lágrimas, se soltó del abrazo y con la cabeza le señaló a Martha.

—Esta es Martha, es mi....

—Lo sé —respondió Carvacchi con una sonrisa amistosa—. No tienes que explicarme nada.

—¡Nos amamos! —Martha interrumpió la conversación entre los dos hombres. Esperó de Carvacchi una exclamación de asombro o, al menos, una mirada de sorpresa cuando explicó—: Me llamo Martha Schlüssel, si es que el nombre os dice algo.

—Ya os lo he dicho. No tenéis nada que explicarme.

—¿Lo sabías? —preguntó Leberecht incrédulo, y miró a Martha asombrado.

—Naturalmente, tengo ojos en la cara. Puedo ser un mediocre maestro cantero, pero de mujeres entiendo bastante, podéis creerme. —Carvacchi se rió abiertamente y con cierta altanería que Leberecht no estaba acostumbrado a oír en él, y continuó—: Solamente os vi juntos una vez; fue un domingo después de misa. Creíais que nadie os observaba pero Carvacchi estaba allí, en la torre nororiental de la catedral. Quien en la torre se sienta suele ver más que los demás.

Al oír ese comentario, Martha y Leberecht no tuvieron más remedio que reírse. El joven pasó su brazo por encima del hombro de Martha. Su pasado, que ahora de modo repentino traía a su memoria el encuentro con el tallista, le pareció muy lejano pese a que sólo hacía seis semanas que abandonaron su ciudad natal. Y por delante tenían Roma y su futuro en común.

El aprendiz que había presenciado desde alguna distancia el amistoso encuentro, sin entender una palabra de su conversación en alemán, le mostró a Carvacchi los planos y le preguntó adónde debía llevarlos.

Carvacchi gritó algo así como que hay cosas más importantes que los planos, se los arrebató de las manos y le dijo que podía marcharse. Seguidamente Martha y Leberecht le explicaron las razones por las que tuvieron que huir de Alemania, cómo habían llegado hasta allí y dónde se alojaban. Cuando oyó la historia del intercambio de reliquias y de los disfraces religiosos que facilitaron su huida, se rió con tanta fuerza que los planos se le cayeron al suelo. Sin poder tranquilizarse, comentó:

—Posiblemente ésta es la primera vez que una reliquia ayuda a un pecador, ¿no os parece? Por mi parte confío más en el viejo proverbio: «Ayúdate a ti mismo y después Dios te ayudará.»

Los maestros y oficiales de cantero que allí abundaban, saludaban respetuosamente a Carvacchi al pasar, como si quisieran ganarse su favor. A Leberecht le hubiera gustado saber qué categoría tenía su viejo maestro en aquella obra, pero no quiso preguntárselo y se dijo que antes o después acabaría por saberlo. Sin embargo sí quiso saber por qué había abandonado la ciudad de Florencia, por la que siempre sintió tanto entusiasmo, para venir a Roma.

—Debes saber —respondió el maestro— que en Florencia el arte ha superado ya su cenit. Hubo un tiempo en que uno podía encontrarse con los más grandes artistas del mundo en las orillas del Arno: pintores, escultores, escritores, sabios y filósofos. Ese tiempo ya ha pasado —Carvacchi hizo un amplio movimiento con su mano que abarcó Roma, desde Pincio hasta Caelius— y hoy todos aquellos que tienen un nombre se congregan en este espacio. Puedes creerme: Roma es la ciudad del futuro —miró a su alrededor como si quisiera asegurarse de que nadie lo escuchaba y añadió—: eso suponiendo que los papas no acaben con ella.

Entre los obreros, arquitectos y artistas que realizaban sus correspondientes actividades en el plano tejado de San Pedro, les llamó la atención un hombre ya anciano: era pequeño y se apoyaba en un bastón, tenía el cabello escaso y una barba oscura y estaba un poco apartado de todos, apoyado en la pared de la pequeña cúpula colateral del sur que se alzaba sobre el tejado como un edificio independiente. Al verlo, uno casi podía olvidarse de que se estaba a notable altura sobre el suelo. De vez en cuando, el anciano se ponía una mano sobre los ojos y miraba hacia arriba, donde se hallaba la gigantesca rotonda con sus columnas dobles y las altas ventanas que entre ellas crecían hasta el cielo; después cambió de situación, se fue al lado opuesto y continuó sus observaciones. Quienes lo veían daban un gran rodeo para no encontrarse con él. De repente el anciano desapareció.

Carvacchi, que había visto la mirada de curiosidad de Leberecht y la desaparición del viejo, reaccionó con una indulgente sonrisa de satisfacción.

—Es un viejo quisquilloso. La gente se aparta de su camino porque siempre tiene algo que criticar. Lo que más le afecta es que según él todo se hace demasiado despacio y teme, no sin razón, que no llegue a ver el día en que la cúpula acabe por cubrir la tumba de san Pedro. Por esa razón ha hecho una maqueta, un modelo de madera, con las medidas a escala exacta. En la caseta que le sirve de oficina se pasa horas y horas sentado delante del modelo sin poder apartar la vista de él...

Leberecht se quedó como si le hubiera alcanzado un rayo. Y, con la boca abierta y la sorpresa de un niño, dirigió la mirada en la dirección por la que el anciano había desaparecido y dijo con voz entrecortada:

—Dime, ese hombre no sería...

—Miguel Ángel, ciertamente. Sólo un genio como él puede permitirse esas chifladuras. Ha amenazado ya más de cien veces con no volver a poner un pie en la obra, pero otras tantas ha vuelto, pues Miguel Ángel sabe mejor que nadie que ésta será la más grande entre las obras hechas por las manos del hombre y dará a su nombre fama eterna.

Lleno de respeto, casi con adoración, había escuchado Leberecht las palabras de Carvacchi. Se volvió hacia Martha y le dijo:

—¿Has visto a ese anciano? ¡Era Miguel Ángel! ¡Miguel Ángel Buonarroti! ¡No puedo creerlo!

—En esta obra encontrarás a muchos otros hombres famosos —le informó Carvacchi apasionadamente—, si es que te muestras dispuesto a trabajar aquí.

—¿Me aceptaríais como cantero?

—Si estás conforme con el escaso salario que pagan los papas, inmediatamente.

—¡Para mí sería un honor trabajar en esta obra!

Carvacchi levantó los brazos en ademán defensivo.

—¡En nombre del cielo! Sólo los estúpidos, los frailes y las monjas trabajan por amor a Dios. Tú eres un artesano verdaderamente bueno. A la gente como tú se la necesita en todas partes.

La alegría causada por la oferta de trabajo se veía escrita en el rostro de Leberecht. Primero abrazó a Carvacchi y después hizo lo propio con Martha. Finalmente dijo:

—¡Daré lo mejor de mí, podéis creerme!

Y casi bailó de alegría saltando de una pierna a la otra.

Carvacchi se ofreció para buscar un alojamiento mejor a Leberecht y su amante. La cosa no sería fácil pues la ciudad, tras años de fracaso, empezaba a crecer como las setas después de la lluvia; pero él conocía a mucha gente y estaba convencido de que podría encontrar lo que necesitaban. Antes, opinó Carvacchi, debían celebrar el reencuentro y, si era posible, ese mismo día. Y podían traer con ellos a Albani, el estudioso de las estrellas, para que no se perdieran en la ciudad desconocida.

Se puso dos dedos en la boca y emitió un agudo silbido, como respuesta al cual apareció uno de aquellos aprendices que hacían de recaderos, de los que había un gran número en la obra. Carvacchi habló con él sin que Leberecht comprendiera una sola palabra, el recadero asintió con la cabeza y se alejó de allí.

Carvacchi vivía en una antigua villa en la Via dei Riari sobre el Janículo, no lejos de la casa del profesor. Albani, dado a todo tipo de diversiones, se mostró encantado con la idea de acompañar a sus huéspedes del otro lado de los Alpes en su visita al jefe de los maestros de canteros de la obra de la catedral, del que se contaban las cosas más fantásticas y maravillosas.

¿Cosas maravillosas?

La frase extrañó a Leberecht. El profesor se mostró precavido y se limitó a explicarle que los romanos atribuían a Carvacchi la posesión de poderes mágicos porque estaba en condiciones de partir en dos mitades exactamente iguales un bloque de piedra de la altura de un hombre en una sola noche. Y hasta el gran Miguel Ángel, del que los papas eran los únicos que no creían que estaba en tratos con el diablo, y eso por conveniencia propia, había expresado su asombro por el milagro varias veces repetido, y había alabado a Carvacchi diciendo que era el único digno de trabajar en su obra arquitectónica.

El banquete, pues de eso se trataba, como vieron con asombro Leberecht y Martha, comenzó con una sorpresa con respecto al anfitrión y otra más en relación con los invitados.

En la puerta de la casa salió a su encuentro, acompañando a Carvacchi, una bella joven a la que el dueño de la casa presentó como su esposa. Esto ya de por sí resultaba lo suficientemente raro porque el maestro había dicho con bastante frecuencia que contaba con muchos talentos pero que entre ellos no entraba el de ser un esposo temeroso de Dios. Además, la contemplación de la joven señora Carvacchi puso en apuros a Leberecht, que durante un instante pensó en abrazarla y mostrar su sorpresa con un ¿pero cómo? ¡Si eres tú, Friederike!

Pero decidió contener su impulso e hizo bien, pues la esposa de Carvacchi se llamaba Tullia y procedía de una rica familia de navieros de Ostia y, como pronto se puso de manifiesto, aparte de la lengua de Dante no hablaba ningún otro idioma. Y sin embargo se parecía a Friederike, la desgraciada joven de la barcaza que sirvió de modelo a Carvacchi, como una gota de agua a otra.

La sorpresa de Leberecht no fue menor al ver la categoría de los invitados, cuyo aspecto y ropas le causaban verdadero espanto.

Desde su involuntario encuentro con la Inquisición odiaba el color púrpura como a la peste. La simple visión de un hábito rojo visto a distancia le bastaba para sentirse poseído por la furia de tal modo que se veía obligado a apretar los puños. No fue, quizá, la mejor idea de Carvacchi la de invitar a la fiesta en honor de su amigo recién llegado de Alemania, a Lorenzo Carafa, un corpulento cardenal de hábito púrpura, capelo rojo, zapatos del mismo color y una cruz de oro sobre el pecho.

Martha, que conocía los sentimientos de Leberecht, tuvo la impresión de que no podía suceder nada bueno cuando Carvacchi, sonriente, les presentó al invitado, anunciando sus dignidades de cardenal de Tana, arzobispo titular de Bizerba, protosecretario de la Congregación para la Conversión de los Herejes en Oriente y titular de San Andrea della Valle, aunque hasta entonces no había visitado sus archidiócesis ni estaba dispuesto a ocupar prácticamente ninguno de sus cargos, porque le ocupaban todo su tiempo las obligaciones sociales propias de un hombre de su posición.

Como se puso en claro en el curso de la velada, Lorenzo, como todo el mundo lo llamaba, era encuadernador de profesión pero también era sobrino del papa Pablo, el cuarto de su nombre, al que llamaban «el de las hogueras» porque consideraba a la Inquisición como su juguete favorito. El tío Pablo, a quien el sobrino, como la mayoría de la gente, no podía ver, hacía tiempo ya que había dejado este mundo, pero Lorenzo, dicho sea de paso, conservó sus títulos y dignidad cardenalicia con sus buenos ingresos. O se es cardenal para toda la vida o no se es en absoluto.

Por su aspecto, Carafa era un cardenal de los pies a la cabeza y como tal se comportaba. Su hábito era de seda de las más diversas procedencias: mora la esclavina, francesa la sotana. Para quitarle las impertinentes arrugas, que implacables le recordaban lo perecedero de todo lo terrenal, tenía a su servicio una planchadora personal, un privilegio que sólo correspondía a su santidad. Los movimientos de Lorenzo eran dignos del mejor actor y tan llenos de dignidad y orgullo que sin duda eran muchos los que lo hubieran considerado como un seguro candidato a la silla de San Pedro si hubiese mantenido la boca cerrada. Pero no había nada que Lorenzo odiara más que el silencio, más aún que al pecado que por grave y despreciable que fuera si se entraba por la adecuada puerta de San Pedro, se podía conseguir una bula que lo anulara para toda la eternidad. Eso no ocurría con el silencio. Un silencio significaba algo que se perdía para siempre, que nunca más se podría incorporar a una conversación y, por lo tanto, imperdonable y despreciable. El silencio, solía decir Carafa, nos vuelve tontos; por eso no hay animales más tontos que los peces.

Esa opinión se contaba desde luego entre las expresiones inteligentes de su eminencia y por esa razón solía repetirla varias veces al día.

Generalmente Carafa utilizaba en sus conversaciones el dialecto callejero propio de las putas, los pordioseros y los vagos que frecuentaban la plaza del Popolo y sus alrededores. O el lenguaje lleno de tacos malolientes de los peones que trabajaban en la obra de la catedral.

Carvacchi tenía debilidad por este tipo de personajes llamativos y extraños. Entre ellos se contaba también el médico, cirujano y especialista en anatomía Marco Melzi que, en el curso de una vida ensangrentada, había perdido la mano izquierda, lo que no le impedía en modo alguno continuar en el ejercicio de su profesión; por el contrario el *dottore* era capaz de servirse con su mano derecha de dos instrumentos a la vez. Como especialista en anatomía no ocultaba su admiración de colega por el gran Leonardo. En sus años jóvenes conoció al sabio maestro de Vinci y se sintió fascinado por sus estudios anatómicos, en el curso de los cuales había descuartizado a muchos seres humanos cuyos miembros dibujó para provecho de sí mismo y de la posteridad.

Al igual que Leonardo, Melzi se sentía atraído por los adolescentes, pero su ayudante no se llamaba Giacommo como el de Leonardo sino Pietro y tampoco tenía diez años sino trece, lo que hacía que fuera más exigente con Melzi que Giacommo con el gran artista. Melzi no ocultaba su adoración por los cuerpos de los muchachos y cuando se hablaba del placer de los sentidos, una conversación que no era extraña en la casa de Carvacchi, solía citar a su ejemplo y modelo, Leonardo da Vinci, el cual opinaba que el procedimiento de la procreación y los miembros que tenían que utilizarse para ella eran tan repulsivamente feos que la naturaleza se vería privada de la especie humana si los rostros y los afectos de los que engendran y el placer de los sentidos que acompañan al acto no tuvieran en sí algo bello. El amor sexual era una fuerza de naturaleza que le repugnaba.

Con respecto a la pérdida de su mano izquierda, los romanos contaban sin dejarse contradecir que Melzi se la había amputado él mismo para satisfacer la curiosidad de saber qué sentían sus pacientes, y así superó incluso al propio Leonardo que, en los días de su vejez, en el exilio en Francia, adelgazó adrede para poder estudiar en su propio cuerpo la anatomía de todos los músculos, venas y huesos.

El último de los invitados con los que se encontraron Lebecht y Martha al llegar a la casa de Carvacchi se llamaba Paolo Soncino y era dibujante y matemático en la obra de la catedral de San Pedro y como tal responsable ante Miguel Ángel de la estadística y de los problemas de cálculo en las tres dimensiones. En lo que se refería a las cifras Soncino contaba con una memoria absoluta, es decir, era capaz de resolver problemas de cálculo, para cuya resolución los demás necesitaban reglas y la pizarra o grandes rollos de papel, sin más ayuda que su cerebro, en la mitad de tiempo que ellos y sin errores. Esta facultad, unida a sus conocimientos de alquimia, que había hecho suyos con sus estudios en Bolonia, así como el hecho de que jamás se hubiera derrumbado ni una sola de las columnas, bóvedas o cúpulas calculadas por él, le habían dado entre sus admiradores la fama de santidad, mientras que sus enemigos hablaban de que estaba en contacto con el diablo, con quien había firmado un pacto.

Su aspecto físico, determinado por su cabello negro y rizado que enmarcaba un rostro chato, difícilmente podía ser más deslucido, pero como todos los hombres feos, Soncino se adornaba con una mujer guapísima que, en contra de la costumbre de las romanas, llevaba su largo cabello rubio recogido sobre la nuca como las mujeres de Botticelli. Se llamaba Caterina y tenía una juventud encantadora, apenas la mitad de los años de su marido, que ya debía andar con el medio siglo a las espaldas.

Lorenzo, el cardenal, parecía no tener nada mejor que hacer que pasar sus miradas lujuriosas de Martha a Caterina, que con Leberecht entre ellas, se sentaban frente a él en la gran mesa del salón. En contra de su costumbre y para que sus miradas descaradas no llamaran la atención, el cardenal guardaba silencio. Se sirvió jabalí, cazado en las montañas Sabinas y preparado sabrosamente por Tullia según una receta campesina. Carvacchi se sentía tan seguro de sí mismo en su papel de anfitrión que causaba la impresión de que estaba acostumbrado a celebrar ese tipo de fiestas casi a diario. Leberecht casi no reconocía a su maestro.

Carvacchi se dio cuenta de la expresión de sorpresa que había en sus ojos y le dijo:

—¿Te extraña, verdad? Te sorprende que me haya vuelto tan honesto y burgués.

—No, maestro. ¡Os admiro! —contestó, y volviéndose hacia la señora de la casa continuó—: Vuestro esposo era lo que en Alemania llamamos un bohemio. Eso no quiere decir que fuera mala persona pero tampoco precisamente un hombre llamado a ser un buen marido. Los bohemios son gente inquieta, mariposas que vuelan de flor en flor, liban y después se arrepienten de haber obrado así. Tipos que se conforman con un modesto techo sobre la cabeza y lo prefieren a una casa lujosa y permanente, y que aman su independencia sobre todas las cosas. En otras palabras, todo lo contrario a lo que es vuestro esposo.

Carvacchi, que mientras hablaba Leberecht había tomado la mano de su mujer, se sacudía de risa al oír las acertadas palabras de su discípulo preferido. Y como vio que todas las miradas estaban fijas en él, se sintió obligado a responder.

—El joven tiene razón —asintió—, al fin y al cabo, me conoció más tiempo de lo que ninguno de vosotros me conocéis y, estoy seguro de ello, mejor. Creo inútil deciros a qué se debe el cambio —le dirigió a Tullia una mirada de enamorado, puso la mano cariñosamente sobre su vientre y dijo con solemnidad—: Estamos esperando un hijo.

La declaración de Carvacchi produjo distintas reacciones. Mientras que Leberecht, Martha, Soncino y su esposa Caterina expresaron con exclamaciones su alegría por el acontecimiento, los demás comenzaron a lamentar el futuro destino del niño o niña que aún no había nacido, un proceder que no tenía nada de extraordinario y que se correspondía al estado de ánimo propio de los tiempos.

Melzi fue el que más alzó la voz y opinó, por la santísima virgen, que la pobre criatura, apenas más que un gusano, se vería lanzado a un mundo lleno de guerras y de hostilidad entre países y ciudades, entre diversas religiones e incluso entre órdenes de una misma religión, en el seno de la santa Iglesia, donde los jesuitas y dominicos luchaban entre sí como los más enconados enemigos.

Estas palabras incluso sacaron de sus lascivos ensueños al cardenal Lorenzo, que no sólo apoyó las pesimistas palabras del médico sino que expresó pensamientos aún más lúgubres y se manifestó enemigo del papa Pío IV, al que calificó de anticristo y añadió que era un personaje, enviado por Satanás, en quien se concentraban todas las fuerzas del mal para ser empleadas contra la Iglesia.

Carvacchi que en el fondo de su alma no era partidario de la Iglesia ni del papado se rió:

—Me parece que aquí el deseo es el padre del pensamiento. Creo que Dios ha tenido en la tierra peores representantes que esos Médicis. El calificarlo de anticristo sólo porque es vuestro enemigo me parece un poco exagerado, querido cardenal Lorenzo.

—¡Anticristo! ¡Anticristo! —repitió Lorenzo, y sólo la severa mirada de Carvacchi evitó que expresara su asco de modo más gráfico escupiendo en el suelo.

El dueño de la casa entornó los ojos y dijo al tiempo que se volvía hacia Martha y Leberecht:

—Me parece que más que un cardenal católico es un protestante secreto, una garrapata en la piel de la Iglesia.

Los demás se echaron a reír maliciosamente mientras al largo Lorenzo el rostro se le puso tan rojo como la seda de su hábito y, ofendido, miró hacia otra parte.

El profesor Albani, que hasta entonces había seguido la discusión en silencio, aunque no sin interés, intervino:

—Todo el mundo habla del Anticristo, pero muy pocos conocen su verdadero significado.

—¿Lo sabéis vos? —preguntó Carvacchi provocativo.

—Bien, si creemos en las escrituras, lo cual me resulta difícil incluso a este respecto, el Anticristo significa la aparición de falsos profetas, apóstoles o mesías anunciando la llegada del juicio final. Se dice que el diablo en forma de serpiente entrará en el vientre de una virgen y la fecundará. Eso significa que el Anticristo deberá venir al mundo por partogénesis de una virgen. De los doscientos veintiún papas habidos hasta ahora, ninguno puede pretender ser protagonista de ese milagro, ni siquiera Silvestre II que celebraba misas negras y del cual se decía que tenía un pacto con el demonio; ni Juan XII que convirtió el Laterano en un burdel; ni Bonifacio VII que asesinó a dos de sus predecesores y cuyo cadáver mutilado fue arrastrado por las calles por la plebe enfurecida. Tampoco Benedicto IX que reinó como un sultán turco, entre el robo y el asesinato y, por ambición y amor al dinero, incluso llegó a vender la tiara papal; ni Alejando VI, el Borgia que tuvo nueve hijos e hijas de diversas cortesanas, entre ellas la corrupta y libertina Lucrecia.

—¡Todo eso son desatinos! —se enfureció Lorenzo, que dejó una costilla de jabalí de la que ya se había comido toda la carne—. En los padres de la Iglesia puede leerse que el Anticristo nacerá en una gran ciudad que se llamará Sodoma o Gomorra. Según uno de ellos tendrá el rostro cubierto de pelo como un hombre lobo, pero otros lo describen semejante a nuestro señor Jesucristo. Podrá mover montañas y transformar las piedras en pan.

—Tampoco hay ningún papa entre esos a los que se les quiere poner el manto del Anticristo que se haya atrevido a hacer esos juegos de manos —interrumpió Albani al cardenal—. Lo que sí me parece interesante es que en los últimos años la supuesta existencia de anticristos se ha multiplicado como si el fin del mundo estuviera próximo. ¿Qué ocurriría si detrás de una de esas numerosas máscaras falsas se ocultara el verdadero Anticristo, el heraldo anunciador del juicio final?

De repente se hizo el silencio en el salón. Leberecht, que había seguido con recelo las palabras del profesor, cogió la mano de Martha por debajo de la mesa. La mujer no supo interpretar este sencillo gesto. No tenía idea del enorme bloque de roca que pesaba sobre su alma. Leberecht, pese a que apreciaba a Albani, siempre tuvo dificultades desde su primer encuentro con él para entender las insinuaciones y dobles significados que se ocultaban en esa forma de hablar que tanto gustaba de utilizar.

Albani era el típico astrólogo; tenía la costumbre, quizá cultivaba adrede esa bajeza con toda intención, de describir realidades y sucesos de modo que planteaban más preguntas en vez de ofrecer respuestas, y sin duda hubiera estado en situación de resolver el problema matemático de cuánto es uno más uno de modo que podía crear dudas sobre si el resultado matemático era dos o sobre la necesidad de la tarea.

Consecuentemente, Leberecht se atrevió a hacer la pregunta:

—Maese Albani, vos sabéis calcular las órbitas de las estrellas y, si comprendo bien vuestra teoría, estáis en condiciones de conocer el destino de cada uno en el curso de los astros. Y como el destino del hombre está determinado por la existencia de la esfera terrestre, también debe ser posible profetizar su fin.

—Ciertamente —respondió Albani como si fuera la cosa más natural.

Leberecht tuvo la impresión de que saboreaba largamente el corto tiempo en el que todos lo miraban con los ojos llenos de expectación. Finalmente prosiguió:

—La mayor parte de las personas consideran la astrología como una inútil pérdida de tiempo. Piensan que esta ciencia no ayudará favorablemente a la salud del alma. Muchos incluso plantean seriamente la pregunta de qué utilidad puede tener la astrología después de la muerte, es decir en la vida eterna, donde el presente y el futuro son una sola cosa y Dios conoce el camino de los astros mejor que todos los astrónomos y los astrólogos juntos. Los papas han llegado a llamar a nuestra ciencia un semillero del diablo, al menos oficialmente, puesto que lo cierto es que muy gustosamente se sirven de nuestras investigaciones.

—Me estáis eludiendo, profesor. Yo pregunto por el final de

todas las cosas, el juicio final, o como vos queráis llamar al *finis mundi*.

—Y yo os respondo que es ciertamente posible calcular ese fin, pero que hasta ahora ningún astrónomo se ha ocupado de ello.

—¿Ninguno?

—Al menos nadie lo ha admitido.

—¿Y por qué no, maese Albani, qué pensáis vos?

—Suponed que los cálculos de las órbitas de los cuerpos celestes llevaran al resultado de que el fin del mundo está muy próximo, por ejemplo que fuera a producirse el próximo domingo, o el último día de este mes, o dentro de dos años. ¿Qué creéis vos que pasaría?

—¿Qué pasaría? —repitió Leberecht.

Albani miró con seriedad a todos los que le rodeaban.

—Los hombres serían presa del pánico. Reinaría el caos aun antes de llegar el juicio final, que cambiaría todas las leyes en el cielo y en la tierra. El mero conocimiento del fin de los tiempos llevaría *ad absurdum* a todos los profetas de las escrituras y despojaría a la Iglesia de su verdad.

El cardenal asintió con la cabeza.

—¡Cuánta razón tiene nuestro profesor! —Cuando siguió hablando lo hizo con la mano cerca de la boca como si quisiera impedir que alguien que estuviera fuera de la habitación pudiera oír sus palabras—. Muchas noches los dominicos salen de sus conventos y entran en las casas y las viviendas de los astrólogos y a la mañana siguiente estos hombres han desaparecido para siempre.

—Yo conozco algunos casos —añadió Albani.

Lorenzo alzó los hombros como si quisiera decir «es posible», y Carvacchi observó:

—Un proceso inquisitorial sumario, podría decirse.

Los demás asintieron.

Como es comprensible la intervención del cardenal fue la que más alarmó a Leberecht. Martha registró los intranquilos movimientos de sus manos, pero delante de todos los demás invitados no se atrevió a preguntarle a su amante cuál era la causa.

Leberecht se volvió al cardenal para preguntarle:

—¿Son los astrónomos los que de modo tan peligroso despiertan la desconfianza de la curia, o son los astrólogos?

—Teniendo en cuenta el hecho de que la lectura del mensaje de los astros se fundamenta en un conocimiento pagano...

Albani lo interrumpió:

—La astronomía y la astrología son una sola ciencia en lo que al saber se refiere; sólo son diferentes las consecuencias que sacan de ese saber los astrónomos y los astrólogos. La ciencia de las estrellas y la teología no están enfrentadas desde el principio. Alguna vez los astrónomos hasta llegaron a ser los siervos de la teología. El papa León X unció a teólogos y a astrónomos al *mismo* carro con el objetivo de modificar nuestro calendario.

Leberecht se sentía cada vez más inquieto.

—¿Y con qué resultado? —preguntó.

El cardenal Lorenzo se rió entre dientes y se adelantó a Albani en la respuesta:

—Hasta ahora todavía seguimos contando los días con un calendario que data de los tiempos de Julio César. Los teólogos y astrónomos encargados de la reforma no encontraron mejor solución que remitir el problema a Adriano, el cual lo pasó a Pablo, éste a Julio, Julio a Marcelo, que lo hizo llegar a tío Pablo y mi tío Pablo a Pío IV, que se interesaba más por los caballos y la literatura, Epíteto y los estoicos que por la solución de problemas matemáticos. La reforma del calendario es la mayor tarea de cálculo en la historia de la humanidad —se volvió a Paolo Soncino—. ¿No me da la razón, distinguido matemático?

Éste se alisó con la mano su pelo ondulado y respondió:

—Ciertamente, eminencia. Yo preferiría tener que hacer de nuevo todos los cálculos y la estadística de San Pedro que ordenar el calendario cristiano. En el transcurso del último milenio y medio los días de los santos y las fiestas de la Pascua de Pentecostés se han retrasado tanto que el cristiano devoto está empezando a preguntarse si Cristo ascendió a los cielos antes o después de su nacimiento. En este momento se han hecho cargo del problema dos cerebros matemáticos muy diestros en el manejo de las cifras, Luigi Liulio y Christoph Clavius, un joven jesuita llegado de Alemania.

Leberecht preguntó interesado:

—¿Cómo habéis dicho que se llama ese jesuita alemán?

—Clavius. Es un jesuita de corta estatura pero fuerte y con la cabeza ancha. Lo conocí hace un par de años en Bolonia; hoy enseña, cuando su tiempo se lo permite, en el Colegio Romano.

Entre tanto Martha comenzaba también a sentirse inquieta. Miró a Leberecht como si solicitara su ayuda. Su pregunta cayó inevitable y definitiva como el amén al final del padrenuestro.

—¿Conocéis más de cerca a ese Clavius? Quiero decir que Clavius es un nombre latino, como suelen usar con gusto los científicos. Traducido literalmente al alemán Clavius significa...

—Schlüssel (1).

—¿Schlüssel?

Carvacchi miró primero a Leberecht y después dirigió su mirada a Martha.

Martha se puso terriblemente pálida y fijó su mirada en el plato.

Se dio cuenta de que de un momento a otro el pasado la alcanzaba. Había pensado que con Leberecht podría huir de aquel pasado y empezar una nueva vida. Y ahora se enteraba de que su propio hijo, enemistado a muerte con su amante, vivía en aquella misma ciudad. A Carvacchi no se le escaparon las consecuencias pero creyó que lo más inteligente que podía hacer en tales desgraciadas circunstancias era callar.

—¡Brindemos por ello! —propuso—. ¡Porque el fin del mundo nunca llegue!

(1) El sustantivo alemán *Schlüssel* significa llave, aunque aquí sea usado como apellido. *(N. del T.)*

CAPÍTULO IX

GENIO Y LOCURA

Ese año el otoño se anunciaba lluvioso y frío, pero los trabajos de la catedral de San Pedro continuaron adelante sin ninguna restricción. Como la oscuridad caía ya sobre la ciudad cuando el sonido de las campanas anunciaban el Ángelus, Carvacchi ordenaba encender hogueras y antorchas que al mismo tiempo calentaban e iluminaban las obras durante la noche —se trabajaba en tres turnos—, y al mismo tiempo transformaban el lugar en una especie de escenario fantasmagórico. El dinero de las bulas llegado de Alemania y el de los peregrinos de la misma procedencia habían llenado las arcas del Vaticano de tal modo que el papa Pío IV, contrariamente a sus predecesores, no tenía que preocuparse del aspecto financiero de las obras de la catedral.

Carvacchi había dado empleo a Leberecht y le había convertido en su mano derecha, como capataz de los canteros de San Pedro, un nombramiento que causó mala sangre en muchos, sobre todo en los de más de edad que tenían la esperanza de conseguir ese puesto. Carvacchi tampoco había olvidado los cien gulden de Leberecht gracias a los cuales pudo huir de Alemania y llegar hasta Florencia, y pocos días después de la llegada a Roma de Leberecht se los devolvió con sus correspondientes intereses y los intereses de los intereses.

Leberecht, con la ayuda del maestro, consiguió alquilar una casa que se hallaba entre el Pantheon y Sapienza, y que antes perteneció a una hija del papa Julio II, aquel pontífice duro como el hierro que fue el mayor mecenas de Miguel Ángel, aunque no demasiado bien dispuesto a pagar. Después de su muerte terminaron los buenos tiempos de su hija en aquel distrito y, a partir de entonces, la casa cambió de dueño varias veces para pasar, finalmente, a ser propiedad del papa de la Inquisición, Pablo.

Martha y Leberecht no tuvieron nada que oponer a la insistencia del párroco de San Luiggi de que la casa fuera purificada con alcanfor, incienso y una retahíla de palabras devotas contra el Maligno, para liberarla de todas las impurezas, con excepción de algunos nidos de cucarachas y otros insectos que poblaban el sótano. Al final de todas esas bendiciones, el sacerdote hizo el signo de la cruz sobre la pareja y dijo estas palabras en latín:

—*Deus benedicat hunc mansionem. Libera nos, Domine, de morte aeterna in di illa tremenda, cuando coelli movendi sunt et terra* («Dios bendiga esta casa. Líbranos, Señor, de la muerte eterna en el terrible día en el que tiemblen el cielo y la tierra»).

La última mención trajo a la memoria de Leberecht el libro de Copérnico. Entre dos bovedillas, debajo del tejado de la casa, encontró un lugar secreto para el libro pero pronto aquel escondite no le pareció lo suficientemente seguro frente a los esbirros de la Inquisición y empezó a buscar un sitio mejor.

Leberecht y Martha empezaron a vivir como marido y mujer, más bien apartados de la vida social, y hubieran sido completamente felices si cada uno de ellos no hubiese llevado consigo la carga de su propio destino que pesaba sobre ellos.

En lo que a Martha se refería, lo que la atormentaba era la pregunta de si debía presentarse para aclarar las cosas ante su hijo Christoph, el jesuita Clavius, de cuya suerte ella se creía responsable hasta cierto punto. Esto, sin duda, significaba un gran peligro que podía hacerla caer en las garras de la Inquisición.

En cuanto a Leberecht, se hizo cargo de su trabajo en las obras de construcción de la catedral de San Pedro, al que se entregó con toda su capacidad. Tenía que vigilar a unos quinientos canteros, en su mayor parte italianos pero entre los que también había muchos alemanes, españoles del reino de Nápoles, florentinos y milaneses, así como peones del ducado de Saboya, a los que la crudeza de su invierno había empujado hacia el sur.

Aunque joven en años, Leberecht se ganó pronto el respeto de los obreros de la construcción. Las razones de esto fueron varias: en primer lugar sabía bastante del trabajo de cantero; además, su conocimiento de otros idiomas le fue muy útil pues le permitía entenderse con gentes en todas las lenguas posibles; y por último, estaba su buena apariencia y su estatura pues sobresalía casi una cabeza por encima de la mayoría de sus subordinados.

Nada deseaba más que encontrarse en su trabajo alguna vez con Miguel Ángel pero, desde que empezó a trabajar, el gran maestro no había aparecido en la obra. Carvacchi le informó de que el arquitecto y artista sufría de una fiebre rastrera que lo había dejado muy debilitado, hasta el punto de que casi no podía dar un paso después de otro; y, además, se hallaba en unas condiciones que le impedían poder emplear las palabras adecuadas para expresarse.

Con todo eso, era cada vez mayor el respeto que sentía Leberecht por los planos y esbozos procedentes de la mano del maestro, que cada día extendía sobre su mesa en la oficina de la obra. Con fuertes trazos de tiza roja el maestro había destacado perfiles y siluetas y no era raro que hubiera señalado pequeños detalles, no mayores que la palma de la mano, como si estuviera diseñando la lápida de una tumba y no se tratara de la mayor obra de la humanidad.

Las casetas donde estaban las oficinas de la obra estaban situadas cerca de la entrada de las grutas que había por detrás del palacio papal con vistas a la pared sur de la capilla del papa Sixto, en la que Miguel Ángel se había inmortalizado como pintor. Esas pinturas, sobre todo la representación del juicio final, despertaron en Leberecht especial interés. Ya con anterioridad, Carvacchi le había hablado mucho de la desnudez de los cuerpos y del simbolismo de las escenas representadas detrás del sencillo altar, que se alzaban casi hasta el techo, una obra de arte capaz de luchar por el primer puesto entre todas las del mundo.

Pero a un cristiano corriente, aunque fuera un obrero cualificado que trabajaba en la construcción de San Pedro, no se le ofrecía, sin más, la oportunidad de visitar la principal capilla del papa. La idea de poder verla ejercía en él una atracción mágica, hasta el punto de que estaba dispuesto a sacrificar su alma por ello, y por eso y porque el destino parecía haberle marcado aquel camino, Leberecht consiguió el día de la Consagración de la virgen María, la fecha quedaría grabada para siempre en su memoria, con la ayuda del cardenal Lorenzo, que aún podía contar con importantes amistades en el Vaticano, poner sus pies en la capilla Sixtina.

El cardenal y Carvacchi, que lo acompañaban y para los cuales la visión de las pinturas no era algo nuevo, parecieron bastante menos impresionados que Leberecht, quien se sentía como si el corazón fuera a escapársele por la garganta cuando entraron en la lóbrega penumbra de la elevada estancia. ¡Gran Dios! ¿Cómo era posible que un hombre hubiera podido crear todo aquello en sólo una vida?

Leberecht se quedó inmóvil durante varios minutos en el centro de la iglesia. Miguel Ángel no era un extraño para él. Ya mientras seguía sus estudios con los benedictinos en la abadía de Michelsberg, mucho antes de que se le encomendara la tarea de llevar a la dura piedra los planos y bocetos del maestro, ya conocía de oídas la leyenda de la inteligencia de Miguel Ángel, su formación universal y las ideas llenas del más profundo sentido que el artista introducía en su obra. Leberecht sabía que el saber del florentino era mayor que el de todos sus contemporáneos porque solía alternar con todos los espíritus elevados y los mayores cerebros de su época que confiaban en él. Con la mirada dirigida a las alturas, Leberecht se colocó entre sus acompañantes y preguntó:

—¿Por qué hizo todo esto?

Carvacchi y Lorenzo se miraron entre sí preguntándose cuál podía ser el sentido de la pregunta, que en realidad no comprendieron.

—¿Por qué hizo todo esto? —repitió Leberecht.

Inseguro, Carvacchi le preguntó:

—¿Por qué hizo qué?

—Lo que quiero decir es ¿por qué escogió Miguel Ángel este motivo? ¿Por qué eligió el juicio final? ¿Por qué no pintó la crucifixión, la resurrección, la ascensión de Jesús a los cielos, como generaciones de grandes pintores hicieron antes que él?

Los otros dos se miraron confusos. Hasta entonces nadie se había hecho esa pregunta. El cardenal, que era el que estaba mejor informado de los hechos de su tío Pablo, respondió finalmente:

—Ni Clemente VII ni Pablo III, bajo cuyo pontificado Miguel Ángel comenzó su trabajo, quisieron ese tema. Les molestaba aquella gran pared blanca y le encargaron que la transformara en un cuadro. Ninguno de los dos papas vio un boceto de la monumental obra, aparte de que tampoco el gran maestro se hubiera apartado de su idea por nadie, ni siquiera por su santidad en persona.

A medida que sus ojos se acostumbraban a la pálida luz de diciembre, más brillante, más luminoso y más amenazador le parecía el azul del cielo sobre el cual el juez del mundo, lleno de fuerza como un Hércules griego, alzaba la mano con un gesto amenazador. Pero no eran los colores ni la composición lo que inquietaba a Leberecht; lo que lo movía y hacía que su mirada se fijara en las figuras y los símbolos era la búsqueda de un indicio, de una indicación que descubriera que el maestro tenía conocimiento de la proximidad del fin del mundo.

El gigantesco fresco, según Miguel Ángel la única verdadera técnica pictórica de un hombre pues sólo las mujeres pintaban al óleo, estaba lleno de símbolos, indicaciones e insignias reflejadas en cristianos y paganos, santos y condenados e, incluso, mostraba algunos hombres que estaban todavía entre los vivos, como el odiado maestro de ceremonias Biagio da Cesina, que se había atrevido a criticar su obra.

También el mismo maestro representaba su rostro de modo especial, inconfundible, en la piel que le fue arrancada a san Bartolomé durante su martirio y que sostenía en sus manos. ¿Por qué Bartolomé y por qué ese espantoso espectáculo?

Nadie, ni siquiera el inquisitorial Pablo IV, el tío del cardenal Lorenzo, se había atrevido a preguntar a Miguel Ángel cuál era el sentido de su representación. De haberlo hecho, no sólo no hubiera obtenido respuesta sino que además se hubiese ganado su enemistad.

De ese modo el devoto observador recorría detalladamente el apocalipsis de Miguel Ángel, como el héroe en el laberinto del minotauro; algunos santos de la Iglesia como Gabriel encontraban a la virgen María o a Pedro al alcance del Señor. Pero ya Adán y Eva, detrás de él, suscitaban la pregunta de si Job y su mujer y ellos mismos no estaban fuera del Antiguo Testamento porque detrás de ellos estaba representada la reconciliación de Esaú y Jacob. Otros santos, como Simón el Cireneo, con la cruz al hombro, Sebastián con las flechas en la mano, Catalina de Alejandría con la rueda, o Simón el Zelote con la sierra en la mano, no planteaban pregunta alguna. Pero ¿qué hacía Eva desnuda junto a Virgilio? ¿Qué hacían algunos personajes de *La divina comedia* de Dante en *El juicio final*?

Leberecht tuvo que apartar su mirada del movimiento circular de los que caían a la derecha del mural y los que se esforzaban por ascender al cielo a la izquierda, que se trasladaban de arriba abajo y a la inversa como en una rueda de fuego. Finalmente, le dirigió esta pregunta al cardenal:

—¿No os parece a vos también que el juez del mundo se asemeja más al Apolo griego que se expone en el patio de las Estatuas del Belvedere, que a nuestro señor Jesucristo?

—No sé cuál es el aspecto físico de nuestro señor Jesucristo; soy cardenal y no pintor —respondió Lorenzo al tiempo que se alisaba la seda púrpura de su sotana.

Leberecht no se dejó convencer:

—Pero si en realidad se trata de un dios pagano, entonces este simbolismo tendría un mensaje devastador.

Carvacchi, más entendido en obras de arte que el cardenal, miró a Leberecht con aire reflexivo.

—En eso creo que tienes razón —dijo.

—Eso significaría que Miguel Ángel defiende el punto de vista de que no es Dios, nuestro señor, quien anuncia el juicio final y determina el fin del mundo, sino alguien distinto, un poder extraño...

—¿El diablo? —Confuso, el cardenal Lorenzo se rió entre dientes y volvió la mirada hacia el juez del mundo.

No sabía bien cómo interpretar las palabras del joven discípulo de Carvacchi; pero mientras más reflexionaba sobre ello, mayores se hacían sus dudas.

—No sería la primera jugarreta que Miguel Ángel le hace a la Iglesia —observó Carvacchi con sobriedad—. Sólo queda la pregunta de en qué saber se basa el maestro. Tú posees una mente clara e inteligente, Leberecht, tú deberías saberlo.

—¿Yo? ¿Qué es lo que yo debería saber? —Leberecht tartamudeó confuso—. Eso sólo lo sabe el propio Miguel Ángel.

—Y él calla.

—No se le puede censurar por ello. Quien se expresa tan claramente con los pinceles y los colores puede prescindir de la escritura y la palabra.

La idea de que Miguel Ángel en su fresco hubiera expresado en clave un conocimiento secreto y una indicación o advertencia oculta sobre el fin del mundo, que sólo podían ser reconocidos por los iniciados, embriagó al cardenal como su vino preferido de Nemisee. Con el dedo índice extendido comenzó a dibujar en el aire el contorno de las figuras, como si de ese modo pudiera hacerlas hablar, pero ni Charón ni Mino, ni el sabio poeta Virgilio, que aparecían como cuerpos extraños en toda su plenitud física, le dieron una respuesta.

En el centro del fresco, donde los ángeles, como sapos con los carrillos hinchados, soplan las trompetas para que la tierra, como anuncia Mateo, tiemble con el eco y los pueblos eleven sus gritos, en ese lugar, se fijó la mirada examinadora de Lorenzo, que dijo:

—Yo veo ahí dos libros abiertos.

Sus palabras sonaron como las de un profeta. Al principio, Carvacchi y Leberecht no quisieron darle crédito. Vacilantes se acercaron al muro.

—¡Realmente así es! —asintió Leberecht.

—Hasta ahora me habían pasado inadvertidos —comentó Carvacchi—. Que yo sepa nadie se había dado cuenta de ello hasta ahora.

El cardenal estaba atónito:

—¿Qué significado pueden tener? Quiero decir que se plantea la cuestión de cuál puede ser el segundo libro, pues uno de ellos tienen que ser las sagradas escrituras, de eso no cabe duda. Pero, ¿cuál es el otro libro?

Los tres doblaron la cabeza alternativamente tratando de descubrir si sobre los libros había algo escrito, algún signo que pudiera servir para su identificación. Pero mientras más fijamente miraban el fresco, más borrosos aparecían a sus ojos.

—Yo veo una estrella —dijo Leberecht.

¿Pronunció realmente las palabras o las formuló sólo en su espíritu? No lo sabía. Su cabeza le quemaba con un hierro al rojo en la fragua del herrero. Sus pensamientos giraban en torno a un único tema: el libro de Copérnico. ¿Podía suponerse que Miguel Ángel conocía la existencia del *Astrum minax*, el astro amenazador con el que la ciencia pagana anunciaba el fin del mundo? Pero si era así, si estaba enterado de ello, ¿qué objetivo pretendía con sus apócrifas insinuaciones? ¿Por qué calló si conocía la verdad?

Leberecht estaba tan absorto en sus pensamientos que no advirtió que el cardenal y Carvacchi se habían alejado sigilosamente y abandonaban la capilla Sixtina por una puerta lateral. Le pareció como si Carvacchi le hubiese dicho algo al oído, pero él parecía flotar entre el cielo y la tierra, demasiado extasiado para ocuparse de sí mismo para prestar atención a unas breves palabras. Un zumbido resonó en sus oídos y pasó por su mente la idea de que las trompetas de Miguel Ángel podrían simbolizar el rugido, el aullido que el *Astrum minax* produciría en las últimas mil millas antes de hacer que la tierra se saliera de su órbita. Fue un pensamiento horrible que hizo que un sudor frío le recorriera la nuca.

¡Y no faltaban siquiera veinte años para que se produjera la gran catástrofe que extinguiría toda la vida! Sería en el año de gracia de 1582. No, mejor sería no llamarlo año de gracia. La salvación por la intercesión de nuestro señor Jesucristo, el juicio final, la separación de los buenos y los malos, la fe y las promesas de dicha eterna, nada de esto tenía sentido ante la perspectiva de la catástrofe amenazadora. La estrella destructora lo atraería todo hasta su vórtice como un colosal remolino que haría chocar el sol contra una bola muerta de materia incandescente situada en el centro del universo, en la cual la propia tierra ardería hasta consumirse como un tronco seco y nudoso que puede ser transportado por un solo hombre y que una vez arrojado al fuego arde hasta consumirse y reducirse a la nada en una columna de humo.

¿Era el conocimiento del cercano fin el motivo de la vida llena de excesos de los papas? ¿Habían dejado de creer en su propia doctrina o en la de su Iglesia? ¿Bebían y comían con gula, practicaban la lujuria y la prostitución, pecaban con tanto entusiasmo porque conocían el fin que Copérnico había calculado? ¡Dios mío! ¿De qué otro modo podía explicarse que el papa cuyo nombre llevaba este templo hubiera organizado algunos burdeles que le producían ochenta mil ducados de oro, y que hubiera concedido a su sobrino, Pietro Riario, el encargado de ellos, juntamente con su bendición cuatro obispados y un patriarcado? ¿Que se hubiera proclamado papa a Baldassare Cosa, del que se sabía que se acostaba con la mujer de su hermano y que había fornicado con doscientas mujeres entre viudas y vírgenes? ¿O que su santidad Alejandro VI, el papa del que dijo Savonarola que se comportaba peor que el ganado, tuviera relaciones sexuales con su propia hija y organizara orgías en las que bailaban desnudas cincuenta *luparellae* que después debían arrastrarse a cuatro patas, como perras, para ser violadas por los camarlengos papales delante de los propios ojos del *Pontifex*? ¿Que Clemente V no retrocediera ante la tortura ni Pablo IV ante la crueldad? ¿Y que todo eso no fueran excepciones sino la regla, *pecata in coelum clamantia*, pecados que clamaban al cielo?

Dos fuertes brazos cogieron a Leberecht por detrás y le hicieron volver a la realidad presente. Y antes de que pudiera reaccionar un vigilante papal con larga casaca roja, bajo la cual se ocultaba un cuerpo poderoso y lleno de fuerza, le retorcía los brazos detrás de la espalda, mientras que otro de la misma estatura y aspecto le preguntaba despreciativamente:

—¿Qué buscas aquí, hijo de puta?

Leberecht tartamudeó unas palabras de disculpa y aclaró que había estado admirando el fresco de Miguel Ángel y que se le había pasado el tiempo sin darse cuenta, y trató de marcharse.

Pero sus palabras no encontraron oídos en los guardias. Mientras uno de ellos lo sujetaba, el otro lo cacheó por si llevaba oculta alguna arma. Después, lo arrastraron a empujones por un largo pasillo sin ventanas hasta una doble puerta que daba a una habitación casi sin muebles que fatalmente le recordó a Leberecht aquella otra en la que el inquisidor fray Bartolomeo condenó a la hoguera a su padre muerto. Junto a una de las paredes había una mesa larga y ancha y sobre ella dos velas. Detrás, tres sillas negras y duras; nada más. Un mundo silencioso, aislado, desconocido.

Los guardias desaparecieron sin decir una palabra y el único consuelo que le quedó a Leberecht fue el pensar que en su vida ya se había encontrado en situaciones que parecían sin salida y supo encontrarla. Estaba de pie en el centro de la estancia. Había dos ventanas que daban a un estrecho patio interior. A la puerta le faltaba el pestillo. Eso le dio miedo.

Tras un tiempo de espera que le pareció interminable y durante el cual Leberecht no se había atrevido a sentarse en una de las sillas, la puerta se abrió de improviso y apareció un obeso dignatario de la Iglesia, acompañado de un escribano que, por su aspecto, debía pertenecer a las órdenes menores y que se encargó de recoger por escrito todo lo que se habló en el interrogatorio que vino a continuación.

¿Cómo se llamaba el hermano en Cristo, cómo había entrado allí y con qué intención? El eclesiástico hizo sus preguntas de un tirón, mientras se esforzaba en colocar su pesada humanidad en una de aquellas incómodas sillas y sin dignarse dirigir a Leberecht una simple mirada.

Leberecht dijo su nombre y explicó que procedía de Alemania y que era capataz jefe de los canteros que trabajaban en las obras de la catedral de San Pedro. En compañía y gracias a la intervención de maese Carvacchi, su jefe y maestro, y del cardenal Lorenzo Carafa, amigo de éste, habían entrado en el Vaticano por una de las puertas laterales; no estaba en condiciones de aclarar cómo y por qué camino.

La mención del nombre de Carafa despertó en el obeso monseñor una inquietud fácilmente apreciable. Le dijo al escribano algo al oído y éste desapareció.

—Monseñor —comenzó Leberecht irritado—, no he hecho nada ilegal. Mi deseo era contemplar de cerca el fresco de Miguel Ángel. Nada más.

El hombre con el hábito ribeteado de rojo no mostró la menor emoción. Seguía mirando hacia adelante con rostro inexpresivo, como si su mirada pasara a través del cuerpo de Leberecht sin verlo siquiera. Cuando éste repitió sus palabras, que temió que el sacerdote no hubiera entendido, tampoco obtuvo la menor respuesta.

Sin embargo, mucho antes de lo que podía esperarse, la puerta se abrió desde fuera y aparecieron otros dos monseñores que encarnaban del modo más acertado el caprichoso estado de ánimo de Dios en el sexto día de la creación. Si el uno era un verdadero gigante, aún más alto que Leberecht, y al mismo tiempo delgado y casi ascético, el otro, con su baja estatura y su figura regordeta como contraída, pagaba ya en la tierra una parte de los tormentos reservados al purgatorio.

Sin embargo, el tono altivo de su voz no dejaba dudas de que él, por la gracia de Dios, tenía un rango superior al de los otros dos clérigos presentes, que se sentaron a su lado en torno a la mesa como ministrantes que tratan de complacer a Dios con un *Te deum*.

—Él es un miembro del partido del cardenal Carafa, ¿no es eso? —dijo el enano dirigiéndose a Leberecht en tercera persona, con desprecio como si no mereciera la pena hablar con él directamente—. ¡Y además se atreve a reconocerlo!

En ese momento Leberecht se dio cuenta de que había cometido un error al mencionar el nombre del cardenal. Lorenzo estaba considerado como adversario acérrimo del nuevo papa, el sucesor de su tío. Y en ese momento comprendió por qué el cardenal y Carvacchi se habían retirado tan precipitadamente.

—Monseñor —comenzó inquieto Leberecht—, yo...

—¡Que se calle! —le interrumpió el enano—. Es cómplice de ese granuja de Benedetto Accolti, que se ha atrevido a decir que Dios le ha revelado un importante secreto. Pero Dios, nuestro Señor, habla con su legado en la tierra y no con herejes que nadie sabe de dónde vienen.

—¡Yo no conozco a ese Benedetto Accolti —se defendió Leberecht—. Vengo de la región francona, donde mi maestro, maese Carvacchi, me enseñó el arte de la cantería. Sólo hace pocos meses que llegué a Roma con mi esposa y Carvacchi me ha dado trabajo como capataz de todos los canteros de San Pedro.

—¡Vaya, él se atreve a involucrar en el juego el buen nombre de Carvacchi, para salvar su cuello de la soga! —se indignó el pequeño monseñor—. Pero él puede estar seguro de que le sacaremos la verdad, ¡por todos los santos!

—¡Ésa es la verdad! Preguntad a mi maestro Carvacchi.

—Ya se ha hecho, miserable. Pronto estará aquí.

Carvacchi, en efecto, no tardó mucho en aparecer por la puerta lleno de excitación. Los clérigos lo saludaron amistosamente y, antes de que el enano levantara la voz, fue interrumpido por el maestro que profirió duros reproches contra los servidores de la Iglesia que trataban a patadas los deseos y la voluntad del gran Miguel Ángel. Leberecht, uno de los artistas más capaces de los que trabajaban en las obras de la catedral, había sido enviado a la capilla para que estudiara la anatomía de las figuras representadas en *El juicio final*. Acusarlo de ser culpable de herejía como partidario de un destacado hereje, era una infamia dirigida contra un ardiente defensor del papa Pío, contra alguien que emprendió el camino desde las tierras alemanas hasta Roma para poner su arte al servicio de la catedral de San Pedro.

La expresión de los dignatarios de la Iglesia se hacía menos sombría con cada una de las frases que Carvacchi, sin duda, había reflexionado bien antes de pronunciar. Leberecht se sorprendió; por lo que podía ver, el maestro gozaba de gran prestigio y consideración entre la curia.

Así ocurrió que el enano dignatario, que mientras Carvacchi hablaba no había apartado la mirada de Leberecht, como si lo estudiara de pies a cabeza, y pensara: «Espera, hombre, ¡ya te cogeremos!», de repente y sin más preámbulos hizo el signo de la cruz y con prontitud pronunció las palabras:

—*In nomine Domini*, sois libre. *Laudetur Jesus Christus*.

En silencio, como habían llegado, desaparecieron los tres y aparecieron los vigilantes vestidos de rojo que acompañaron a Leberecht y Carvacchi por el laberinto de los pasillos vaticanos hasta aquella puerta lateral por la que habían entrado. La oscuridad caía sobre San Pedro, los primeros fuegos se encendían delante de los pórticos. Leberecht respiró el frío aire invernal y le dijo a Carvacchi:

—¿Qué habéis hecho, maestro? ¡Ninguna de vuestras palabras se correspondía con la verdad!

Carvacchi se rió con cinismo y señaló con el dedo la dirección por la que habían venido:

—Detrás de esos muros la falta de verdad tiene su casa. Mentiras, palabras incumplidas, falsos juramentos, estafas, discordias y engaños celebran allí su triunfo. Sobre la tumba de San Pedro se han desplegado los demonios y sus compañeros de juego.

Escupió y su saliva describió un amplio arco antes de caer en la arena.

De hecho, Leberecht no estaba sorprendido por la libertad con que había hablado su maestro, pues ya sabía bien cuál era su posición. Lo que sí le sorprendía era el gran respeto que Carvacchi parecía tener entre la curia vaticana.

—¿Respeto? ¿Consideración? —respondió Carvacchi a la pregunta de Leberecht—. No, no se trata de eso. Los curas me necesitan más que la misa a las campanas. Desde que el pontífice Julio puso la primera piedra de esta gigantesca obra, en el año del Señor de 1506, todos los papas tuvieron la engañosa esperanza de terminar las obras de la catedral de San Pedro que de ese modo se convertiría en una especie de monumento a su memoria; pero ninguno de ellos vivió más de un par de años. Ahora, el papa Pío se cree más cerca de ese objetivo que sus predecesores. En lo que se refiere a la terminación de las obras de San Pedro es más ambicioso que un perro. Lo que más desea con todo el corazón es ver acabada la cúpula de Miguel Ángel. Creo que vendería su alma al diablo si yo pudiera prometerle la conclusión de esa cúpula.

—¿Conocéis al pontífice?

—Personalmente no. Pero cada día, al caer la tarde, puede vérsele de cerca.

Leberecht miró al maestro con ojos incrédulos. Éste se dio cuenta de su incredulidad, lo cogió del brazo y le dijo:

—¡Ven conmigo!

Al principio Leberecht pensó en soltarse y decirle que de momento ya estaba hasta las narices del Vaticano; pero cuando vio que Carvacchi dirigía sus pasos a la gran plaza de San Pedro, lo siguió sin protestar.

Como siempre, en la plaza reinaba una ruidosa actividad. Las grandes nubes de polvo ocasionadas por los colosales bloques de piedra que eran transportados sobre rodillos traían las lágrimas a los ojos. Las voces de mando resonaban sobre la plaza, en medio de los ladridos de los perros vagabundos, que buscaban algo que comer entre los desperdicios, los testarudos mulos y los asnos que tiraban de las poleas giratorias y los coches de caballos y los carros que pasaban saltando sobre el suelo lleno de baches.

—¡Allí!

Carvacchi le señalaba el palacio papal a la derecha.

En la segunda ventana del primer piso se alzó un cráneo calvo y reluciente que destacó sobre la oscuridad del fondo. Inmóvil como una estatua, el anciano miraba en dirección a la cúpula por terminar.

—Así puedes verlo cada noche. A veces se pasa ahí horas enteras. ¿Qué pasará por su mente?

—Reza.

—¿El papa?

Leberecht se encogió de hombros.

Mientras recorrían juntos el camino de vuelta a la caseta de la obra, Leberecht, que aún no había digerido el imprevisto acontecer en el Vaticano, preguntó:

—¿Quiénes eran aquellos tres siniestros curas?

—No lo sé —respondió Carvacchi—. No los había visto hasta entonces, pero eso no tiene nada de extraño. La curia tiene un dignatario que se ocupa de cada uno y de cada asunto. El concepto no debes tomarlo literalmente, pues no es cierto que esos hombres sean dignatarios, es decir, dignos de sus cargos, sino que más bien son sus cargos los que son dignos de ellos.

—¿Cómo debo entender eso?

—Bien, quien tiene un cargo en la curia, raramente tiene interés en la tarea que de él se espera, sino que su interés radica más en las ventajas que van unidas a ese cargo. Eso va desde los simples funcionarios a los cardenales y, como hemos podido ver en los últimos años, hasta el *Pontifex maximum*.

Antes de entrar en la caseta, Leberecht cogió del brazo a Carvacchi y le preguntó:

—Por otra parte, ¿quién es ese Benedetto Accolti?

—¿Accolti? ¿A qué viene hablar de él?

—El monseñor enano dijo durante mi interrogatorio algo sobre mi complicidad con ese Accolti...

La expresión del rostro de Carvacchi se iluminó y sus cejas oscuras dibujaron una media luna sobre su frente.

—¡Ahora empiezo a entender! ¡Te tomaron por un conjurado próximo a Benedetto Accolti!

—¿Qué sabéis de él? ¿Quién es ese hombre misterioso?

—Era, hijo mío, era. Era un hombre misterioso, la Inquisición lo ha llevado hoy mismo a la hoguera —el rostro de Carvacchi se contrajo en una mueca y jadeó en busca de aire como un perro cansado—. Este mediodía en el Campo de' Fiori, en la otra orilla del Tíber.

Las palabras del maestro de obras provocaron un escalofrío en Leberecht. Como si hablara consigo mismo, dijo en voz baja:

—¿Es que la Inquisición va a perseguirme hasta el último rincón de la tierra?

Carvacchi se rió.

—En primer lugar, no puede decirse que Roma sea el último rincón de la tierra; por otro lado, tienes que comprender la intranquilidad de la curia. Accolti era un religioso entusiasta y fanático. Podía caminar con los pies desnudos sobre carbones encendidos y presentaba eso como prueba de que Dios lo amaba. Decía que Dios le había encomendado la tarea de conseguir que la Iglesia católica se reconciliara con los apóstatas. Pío no era el indicado para esa misión y por esa causa quiso atentar contra su vida, pero fue traicionado por su hombre de máxima confianza, Antonio Canossa. Lo detuvieron y la Inquisición lo condenó a morir en la hoguera. Ahora los prelados y otros dignatarios en el Vaticano temen a cualquier rostro desconocido. Es comprensible. Hacía mucho tiempo que no se intentaba matar a un papa.

Leberecht guardó silencio. Le costaba trabajo conceder credulidad a las palabras de Carvacchi. Desconfiaba de él al no saber si decía la verdad o simplemente trataba de tranquilizarlo. ¿Fue su detención un simple error o estaba llamada a atraer nuevas desgracias sobre su cabeza?

En todo caso, Miguel Ángel y su fresco de la capilla Sixtina, que parecía la obra de un titán, dieron mayor fuerza a su idea de que eran muchos más de los que él había supuesto hasta entonces los que conocían la existencia de esa estrella que imparablemente se dirigía hacia la Tierra y en un tiempo ya calculado destruiría toda la vida adelantándose a las escrituras y las profecías. Si era así, ¿por qué había callado Miguel Ángel? ¿Por qué utilizaba aquella escena en clave, cuyo sentido sólo unos pocos comprendían? Pero lo que más le preocupaba era cómo había llegado a saberlo el gran genio.

Mientras más reflexionaba sobre ello, mayor era su convencimiento de que debía buscar un lugar más seguro para esconder el libro de Copérnico. Su escondite debajo del tejado no ofrecía seguridad. Al principio pensó en esconderlo en un muro de San Pedro, donde era seguro que a nadie se le ocurriría buscarlo. Pero teniendo en cuenta que cada día la incorporación de nuevos detalles obligaba a destruir lo que acababa de ser construido, le pareció aconsejable buscar una solución mejor. Y el azar vino en su ayuda.

Diomede Leoni, un discípulo del gran maestro Miguel Ángel, tenía encomendada la misión de hacer dos veces al día el camino desde las casetas de la obra, pasando por las grutas que rodeaban la capilla Sixtina y siguiendo la avenida de jardines hasta el archivo secreto del Vaticano y recoger allí los planos detallados que se necesitaban para el trabajo del día, planos que eran devueltos a últimas horas de la tarde. Este proceder se debía al deseo del arquitecto, que vivía con el miedo constante de que algún granuja camuflado entre los canteros o escultores pudiera copiar sus ideas, que él acostumbraba a esbozar detalladamente, en planos que bastarían para llenar un carro, para negociar con ellas o realizarlas en cualquier otra parte. Por esa razón, Leoni devolvía a los archivos los planos y dibujos que se utilizaban durante el día.

Debió ser el diablo quien trajo a la memoria de Leberecht una frase que el hermano Luitger le dijo hacía ya mucho tiempo en la biblioteca de los benedictinos en Michelsberg: «*¿Dónde puede estar más seguro un libro que entre otros libros?*» Estaba seguro de que si había un lugar en el mundo en el que los esbirros de la Inquisición no irían a buscar el libro de Copérnico, este lugar era el archivo secreto del Vaticano.

Leberecht pensó largo tiempo en cómo podría entrar el libro a escondidas y sin llamar la atención, en la *Sala degli Indici*, donde se guardaban los planos de Miguel Ángel bajo el epígrafe *Summarien, Indices* y *Buste* (Archivadores, carpetas, en italiano). Y debió de ser también el mismo diablo el que le sugirió el siguiente plan:

Bajo el pretexto bien fundado de que necesitaba de nuevo un determinado boceto para continuar con el trabajo de talla, un boceto que no existía, Leberecht acudió con Leoni al *Archivio Segreto* para ver las posibilidades de seguir adelante con su proyecto. Mientras Diomede Leoni, que estaba familiarizado como ningún otro con los planos de Miguel Ángel, buscaba el boceto inexistente, Leberecht sacó el libro de Copérnico, que llevaba escondido bajo el jubón, y lo hizo desaparecer dentro de una carpeta marcada con la inscripción *De prebendis vacaturis* (De las libertades garantizadas), no sin antes tomar nota del notable título y de la indicación: «*Hadr. VI., anno I*» que se refería al año primero del pontífice Adriano VI, es decir, al año del Señor de 1522.

Diomede Leoni reaccionó inquieto y excitado al no poder encontrar el buscado dibujo de su maestro e incluso expresó el temor de que lo pudieran haber robado, de modo que Leberecht tuvo que emplear toda su capacidad de convencimiento y excusarse de lo que podía ser un error suyo. A partir de entonces, Leoni lo trató siempre con cierta desconfianza.

Pero Leberecht se había quitado un gran peso de encima y pudo ir acumulando fuerzas para su gran proyecto.

Martha, que no se había dado cuenta de ninguna de estas maniobras ocultas de su amante, hizo buena amistad con Tullia, la joven esposa de Carvacchi, lo que realmente no resultó fácil dadas las dificultades idiomáticas de ambas que, a veces, llevaron a confusiones y a falsas interpretaciones. Tullia estaba enterada, como es natural, de la complicada situación de la pareja y Carvacchi le había explicado también que el hijo de Martha, Christoph, era jesuita y vivía en Roma, pero que las relaciones entre madre e hijo no eran buenas desde hacía varios años.

El deseo íntimo de Martha era encontrarse con su hijo y como Leberecht puso reparos, indicando que un encuentro entre ambos podía hacer sangrar viejas heridas y traerles nuevos problemas, Martha y Tullia, en una fría tarde de invierno, se dirigieron a la Piazza del Collegio Romano, donde el jesuita enseñaba matemáticas en la escuela de su orden.

Contrariamente a las demás órdenes, los jesuitas no vivían en comunidades conventuales sino mezclados con la gente. El hijo de Martha habitaba en una casa de fachada estrecha en el Viale de San Giorgio, una calle lateral a la plaza del mismo nombre y apenas a un tiro de piedra del *Collegio*. Desde que el jesuita se había instalado en aquella casa, así decía la gente, tenía siempre cerradas las persianas de sus ventanas, y creían saber el motivo de ello: en la calle solía lucir sus encantos una cortesana que había disfrutado de las preferencias de Pablo IV pero que, desde la muerte de éste, proclamaba que se había acostumbrado de tal modo a la tiara papal que ni siquiera el emperador, con su sencilla corona, tenía la menor posibilidad con ella. Y aun cuando la mujer ya no era joven, su aspecto, sus andares y la forma como se arreglaba, eran más que adecuados para llevar la confusión a los sentidos del piadoso jesuita, como en realidad había sucedido.

Cuando las dos mujeres cruzaron la oscura entrada de la casa, Martha estaba tan excitada que hubiera preferido dar la vuelta. Pero Tullia la empujó hacia adelante y le indicó una puerta negra en uno de los lados de la pared. Martha golpeó suavemente y como no obtuvo respuesta alguna volvió a llamar con más fuerza y, finalmente, bajó el pestillo y abrió la puerta.

En medio de la habitación, en la que apenas entraba la luz de la calle, había un hombre sentado delante de una mesa de grandes dimensiones. Frente a él tenía un astrolabio de gran tamaño, un aparato complicado, con ruedas de hierro, esferas y escalas, iluminado fantasmagóricamente por una vela que lanzaba al techo sus temblorosas sombras. El hombre tenía su ancha cabeza apoyada en ambas manos y miraba la oscilante llama de la vela como si quisiera encontrar en ella su iluminación espiritual. El hombre, Martha lo reconoció inmediatamente, era su hijo Christoph.

Pasó un buen rato antes de que éste levantara la cabeza y se volviera para mirar a las dos mujeres. Y puesto que Martha tuvo la impresión de que su hijo no la reconocía, se quitó el gran pañuelo que cubría su cabeza y dijo en voz baja:

—Soy yo, tu madre.

El jesuita se quedó de piedra. Parecía incapaz de moverse, miró en dirección adonde estaba Martha y la contempló como si fuera un cuerpo transparente, como si el encuentro no le afectara en modo alguno. Tampoco tomó la mano que su madre le tendió con un gesto vacilante.

Martha intentó una sonrisa amistosa:

—Te has convertido en un gran hombre inteligente, hijo. Creo que puedo estar orgullosa de ti.

Clavius no reaccionó. Se hubiese dicho que no había oído las palabras de su madre.

Por esta razón Martha cambió el tono de voz y con la mirada fija en su acompañante le dijo:

—Te presento a Tullia, la señora de Carvacchi. Quizá lo recuerdes de otros tiempos, era el maestro de oficio de Leberecht y ahora lo ha nombrado capataz de los canteros de la catedral de San Pedro...

Apenas pronunció Martha el nombre de Leberecht, Clavius saltó de su silla, que estaba en uno de los rincones de la parte de atrás de la habitación, donde había un viejo catre que con la silla y la mesa constituían el único mobiliario de la estancia, con la excepción de una burda estantería de madera con libros y manuscritos. Furioso adelantó el labio inferior, como un actor que se ve en la necesidad de demostrar la agitación de sus sentimientos lo más claramente posible. La figura baja y regordeta del profesor, con su hábito negro y su actitud predispuesta al ataque, parecieron tan amenazadoras que Tullia buscó y sostuvo firmemente la mano de Martha entre las suyas.

Pero Martha no se dejó impresionar por la actitud de su hijo.

—He huido con Leberecht —le aclaró—. Tuvimos que hacerlo. La Inquisición nos perseguía. En cuanto a mis sentimientos hacia Leberecht no han cambiado nada. Lo amo y él me ama.

Clavius alzó los brazos con la solemnidad de un profeta del Antiguo Testamento, le señaló la puerta y gritó con voz contenida:

—¡Fuera de aquí, puta, *persona non grata*!

Teniendo en cuenta su última discusión, Martha no había esperado otra reacción. Aunque interiormente temblaba, permaneció aparentemente tranquila.

—¿Y cómo calificarás tú, hijo mío, bendito de Dios, la conducta de tu padre?

—¡No me llames hijo! —replicó Christoph—. No tengo madre. Mi madre está muerta, murió ahogada por el pecado de la lujuria. *Nullum est iam dictum quod no dictum sit prius* (No hay nada más que decir que no haya sido dicho antes).

Martha no comprendió la frase en latín de su hijo, pero supuso lo que éste quería expresar con ella y sintió rabia y desesperación.

—Tratas a tu madre con más severidad que a los señores de la Iglesia que se comportan como cerdos. ¡Y quieres prohibir a tu madre las relaciones con el hombre que ama! La verdad, hijo mío, es que la vida sigue caminos extraños; pero cerrando las ventanas al mundo exterior y hablando en dos lenguas con la llama de una vela no es como lograrás ser dueño de tu vida.

—*Loquax loquacitas!* —exclamó el jesuita.

Estaba claro que hablar en latín le producía la sensación de estar por encima de su madre, sin necesidad de tener que responderle.

Pero su madre le dijo cara a cara:

—¿No es lamentable que huyas a refugiarte en una miserable habitación de estudiante para condenar todo aquello que condenan los libros de los jesuitas? Haz lo que quieras, pero déjame a mí hacer lo que considero correcto. Si crees que, por adúltera, me merezco la hoguera, denúnciame a la Inquisición. Ya sabes de sobra con cuánta aplicación esos señores cumplen su tarea. ¡Adiós, hijo mío!

Martha se envolvió en su chal. En el momento de marcharse vio que la pizarra que había en la pared estaba llena de cifras y signos matemáticos y, entre las cifras, rodeado por un círculo, se repetía varias veces el número 1582.

Durante mucho tiempo, Martha silenció su triste encuentro con su hijo. No quería aumentar las preocupaciones de Leberecht, pues tenía la sensación de que éste tenía alguna preocupación de la que no podía liberarse. No se atrevía a preguntarle porque sospechaba que su amante no le diría toda la verdad. En vista de eso decidió callar hasta que éste se decidiera a hablar.

La inquietud que se había apoderado de Leberecht desde que pudo contemplar de cerca y en detalle *El juicio final* de Miguel Ángel le hacía sentirse como un prisionero. Ciertamente no podía probarlo, pero ya no le cabía la menor duda de que en la pintura había referencias al libro de Copérnico. Lo que sí supo, con la ayuda de Diomede Leoni, fue que el maestro dedicó al fresco casi ocho años de su vida. La última pincelada la dio hacia finales de 1541, un año después de la aparición del libro de

Copérnico *De astro minante.* Leberecht quería, tenía, que hablar con el maestro Miguel Ángel, tenía que decirle que el libro estaba en su poder y preguntarle qué debía hacer.

Casi a diario Leberecht se informaba por Leoni del estado de salud del maestro. Las noticias eran cada vez más inquietantes. La verdad era, así se decía, que tres años antes perdió el conocimiento mientras se encontraba trabajando y que desde entonces aquellos ataques se repetían y, cuando recuperaba el conocimiento, hablaba como desorientado y confuso. Cuando tenía la mente clara sólo le preocupaban dos cosas: la cúpula de San Pedro y la muerte. En lo que a la cúpula se refería, le había exigido a Volterra, el segundo de sus discípulos preferidos, el sagrado juramento de que se seguiría ocupando de vigilar su conclusión y de que no permitiría la menor modificación de sus planos originales. Con respecto a su marcha de este mundo, hizo saber que le era igual donde lo enterraran pues, tras su muerte, todo habría terminado.

Para el día de la Candelaria, Leberecht emprendió el camino hacia Marcello dci Corvi, donde se encontraba la casa de Miguel Ángel en un viejo complejo de edificios en medio de unas casas aún más antiguas con una poderosa torre en el centro y otros edificios anexos a ambos lados, así como un frondoso jardín de laureles. No era un barrio distinguido y menos aún sus habitantes que, como Miguel Ángel se había quejado más de una vez, se habían tomado la libertad de cagarse delante de su puerta. Pero cuando estuvo delante de la casa del glorioso pintor, Leberecht sintió que le faltaba el valor y, sin intentar verlo, regresó a su casa.

A mediados de febrero, Diomede Leoni informó de que el maestro Miguel Ángel había vuelto a hablar de modo confuso y había pedido su bastón de paseo diciendo que tenía que emprender un largo viaje; seguidamente le hizo señas a Diomede de que se acercara y le dijo al oído que, fuera como fuera, tenía que conseguir detener por algún tiempo la marcha de la tierra.

Cuando Leberecht oyó esas palabras, dejó su trabajo y se apresuró a emprender el camino hacia la casa del pintor en Marcello dei Corvi, mientras pensaba cuáles serían las palabras adecuadas que debía decir al maestro. Buscó un atajo y se perdió, por lo que sólo pudo llegar a su destino cuando ya sonaban las campanas anunciando el Ángelus. Una gran muchedumbre se había congregado delante de la puerta del pintor, a ambos lados de la cual ardían sendas antorchas. Las mujeres se arrodillaban en las escaleras de acceso y lloraban a lágrima viva. En poco tiempo la plaza se llenó completamente de gente hasta el punto de que era imposible abrirse paso entre ella.

Con los mayores esfuerzos, Leberecht consiguió llegar a la puerta de la casa en el momento en que salía un hombre barbudo con una larga capa y un sombrero de tres picos, lo que denotaba su profesión de médico, que clavó un papel manuscrito en la puerta y desapareció de nuevo en el interior de la casa. Leberecht leyó el bien redactado informe escrito con la bella letra de un florentino: «Esta tarde nos ha dejado para pasar a mejor vida el distinguido maestro y verdadera maravilla de la naturaleza Miguel Ángel Buonarroti, a los noventa años de su existencia terrenal, y al que yo he tratado, conjuntamente con otros doctores, entre ellos el conocido médico Federigo Donati. Ambos supimos apreciar sus destacadas virtudes y aquí expreso su última voluntad de ser enterrado en Florencia donde deben descansar por toda la eternidad los restos del más grande de los hombres que ha conocido el mundo. Roma, 18 de febrero del año de gracia de 1564. Gherardo Fidelissimi de Pistoja, por la gracia y liberalidad de Su Excelencia el Duque de Florencia, Doctor en Medicina.»

Las letras desaparecieron de los ojos de Leberecht. Durante unos instantes tuvo la impresión de que efectivamente la Tierra se había detenido en su órbita. De las ventanas superiores de la torre cuadrada salía una luz matizada y suave. Las plañideras que se acercaban por la misma calle por la que él había llegado lanzaban sus gritos de dolor y duelo, y cada vez era mayor el número de personas que se unían a esas manifestaciones de pesar. Finalmente, fue tanta la gente en Marcello dei Corvi que Leberecht prefirió alejarse de allí.

Desde la muerte de su padre Adam, al que él había querido y respetado, ninguna otra le afectó tan de cerca. Aun cuando Leberecht no había cambiado con él ni una sola palabra, el florentino fue un ídolo para él, casi como un padre espiritual. Las palabras que el doctor Fidelissimi le había dedicado al gran genio no tenían para él nada de exageradas: Miguel Ángel había sido el más grande de los hombres que dio el mundo. Ahora, Leberecht se reprochaba no haber intentado antes ponerse en contacto y conversar con el maestro.

Leberecht regresó a su casa lleno de tristeza. Allí le esperaba la segunda sorpresa de aquel día tan lleno de acontecimientos importantes, aunque en esta ocasión se trató de una agradable. Fray Luitger se había detenido en Roma en su viaje de regreso de Montecasino.

Aunque no estaba de humor para bromas, Leberecht no pudo evitar hacerle la pregunta:

—Y bien, hermano Luitger, ¿habéis hecho entrega de vuestro santo prepucio?

El fraile alzó el dedo amenazador.

—Deberíais referiros con más respeto a las reliquias de la santa madre Iglesia. En otro caso os amenaza un grave castigo eclesiástico.

—¡Sí, señor gran inquisidor!

Se abrazaron y Leberecht le informó de la muerte del gran Miguel Ángel, lo que pareció no afectar demasiado al benedictino.

Martha trajo vino y Luitger informó de lo que le había ocurrido en el convento de Montecasino, que era mucho más grande de lo que cualquiera pudiera imaginar, hasta el punto de que uno podía perderse en su interior como un buscador de frutas silvestres en un bosque. De hecho, nadie sabía, ni siquiera el abad, cuántas celdas, habitaciones y salas había entre sus muros pues los intentos de contarlas realizados hasta entonces dieron resultados distintos. Y, mientras le hacía al vino los abundantes honores a que estaba acostumbrado, el monje informó con todo detalle de cómo el dedo pequeño del pie izquierdo le fue amputado al cadáver de san Benedicto que se conservaba en una vitrina de cristal, fue engarzado en oro y ahora estaba cosido en su hábito en el lugar donde antes estuvo el prepucio de nuestro señor Jesucristo.

Martha, asustada, miró el hábito del benedictino mientras que Leberecht estaba con sus pensamientos en otra parte. Luitger lo conocía lo suficientemente bien como para no darse cuenta de la ausencia mental de su amigo.

—Te ha afectado muy de cerca la muerte del maestro Miguel Ángel, ¿es eso?

Leberecht afirmó con la cabeza.

—No es sólo su muerte lo que me conmueve. Pero no quiero hablar de eso ahora.

Martha comprendió la observación y dio un pretexto para abandonar el salón.

Durante un rato, el monje y su antiguo discípulo estuvieron sentados en silencio uno frente al otro, intercambiando sus miradas, hasta que por fin Leberecht empezó a hablar:

—Vos conocéis el descubrimiento que Nicolás Copérnico hizo público en su libro *De astro minante*.

—Ciertamente. Y el día se acerca cada vez más —Luitger hizo el signo de la cruz—. Muchas veces me pregunto si tiene sentido seguir viviendo la vida terrenal.

—Habláis exactamente como teme la curia que ocurriría si los resultados de los cálculos de Copérnico fueran conocidos.

—¿Y eso te parece raro? Si no pudiera seguir creyendo en la Iglesia, en el clero y en el papa... bueno, al fin y al cabo, son hombres. Pero si dejara de creer en las sagradas escrituras, ¿a qué podría aferrarse un verdadero cristiano para seguir creyendo? Por suerte son pocos los que saben la amenaza de la estrella.

—Eso es lo que yo creía hasta hace pocos días, cuando hice un espantoso descubrimiento, que me lleva a sospechar que el conocimiento del próximo fin del mundo está bastante extendido entre los iniciados.

—Imposible. Un par de benedictinos y un puñado de astrónomos pueden conocer el secreto. *Sapiens sat* (los que saben saben). ¡Pero infórmame!

Leberecht tomó un buen trago de vino como si quisiera darse valor. Se acercó a Luitger, que estaba sentado frente a él lleno de curiosidad, y le preguntó en voz baja:

—Decidme con sinceridad, ¿consideráis posible que Miguel Ángel Buonarroti, que Dios se apiade de su alma, conociera la profecía?

—¿Miguel Ángel? Por lo que yo sé era escultor, pintor, arquitecto y escritor. Nunca se ocupó de la astrología ni de la teología. ¿Cómo podría tener idea de esas cosas?

Las palabras poco entusiastas de su maestro dejaban ver que no tenía en demasiada consideración la influencia de Miguel Ángel y eso puso furioso a Leberecht, que respondió indignado:

—Valoráis al maestro muy por debajo, hermano Luitger. Miguel Ángel no era un artista cualquiera que se limita a pintar un cuadro cualquiera, a esculpir una estatua cualquiera, a construir una iglesia cualquiera o a escribir un poema cualquiera. Pintaba como Leonardo, tallaba estatuas como Fidias, construía iglesias como el inmortal Brunelleschi y sus poemas son tan dignos como los de Dante. ¿Creéis vos que un genio como él no podría dejar el mensaje a la posteridad?

—Amigo mío, hablas con enigmas.

—Entonces seré más claro. Desde hace bastante, desde que estoy trabajando en San Pedro y por casualidad un día vi de lejos a Miguel Ángel, mis pensamientos incontrolados me hicieron desear conocer un lugar que generalmente está cerrado para el cristiano corriente. Se trata de esa capilla que fue construida por el papa Sixto, que le dio su nombre y a la que no le correspondería en justicia el nombre de capilla, pues supera en extensión a muchas de las iglesias parroquiales al norte de los Alpes. Para ser más exacto: lo que me atraía de modo tan mágico como el pecado al diablo, no era la capilla sino el fresco *El juicio final*, obra del maestro Miguel Ángel. Y no descansé hasta que con la ayuda de Carvacchi y de un cardenal amigo suyo, que más tarde resultó que podía ser más bien un obstáculo, conseguí entrar en aquel reino misterioso.

—¿Misterioso? ¿Qué hay de misterioso en esa iglesia? Bien, si lo tomas así, cada iglesia tiene un secreto: la reliquia de un santo bajo la piedra del altar mayor.

—Eso es cierto, fray Luitger; pero el fresco del juicio final contiene un mensaje desconocido para el observador superficial, escondido en la melancolía de sus apáticos colores. ¡Estoy seguro de que hasta ahora ningún *pontifex maximum* descubrió el mensaje pues de ser así hace ya tiempo que habrían obligado al pintor a retocarlo!

—¿Y con qué alegoría vistió Miguel Ángel al *Astrum minax?*

—Junto a los ángeles que con sus trompetas anuncian el juicio final, el pintor ha puesto dos libros. Uno de ellos es, sin duda, la sagrada escritura, en la que se habla de la creación del mundo, pero ¿de qué trata el segundo libro?

Luitger afirmó con la cabeza y dirigió la mirada al techo, como acostumbraba a hacer cuando reflexionaba. Pero Lebecht no pudo contener su excitación y dijo:

—En el segundo libro tiene que describirse el fin del mundo, como lo investigó Copérnico. Si Miguel Ángel hubiera creído en las sagradas escrituras sólo hubiera pintado un libro, puesto que la Biblia describe el origen y el fin del mundo en un solo libro.

—¿Pero con qué intención —preguntó el fraile— iba a inmortalizar Miguel Ángel ese libro en su fresco?

—No puede decirse que el pintor fuera precisamente amigo

de los papas que le hicieron sufrir y trataron de someterlo a sus caprichos.

—*De mortuis nil nisi bene!*

—¡Yo no estoy hablando mal de Miguel Ángel!

—¡Y yo hablaba de los papas!

Leberecht hizo un gesto despreciativo con las manos como si quisiera decir «¡Deja ya de hablar de los papas!».

Finalmente el hermano Luitger continuó:

—Sea lo que sea lo que Miguel Ángel llegó a saber, ahora se ha llevado su secreto a la tumba.

Leberecht apoyó su cabeza en ambas manos antes de responder con un tono lleno de dudas:

—Podéis creerme, me he roto la cabeza pensando y sufro los tormentos del infierno desde que conozco el saber apocalíptico del maestro.

—¡Pero tú ya estabas enterado antes de la existencia del *Astrum minax*!

—Sí, eso es cierto, pero yo pensaba como vos. Creía que yo era uno de los pocos que en la tierra teníamos conocimiento de ello. Eso me hubiera dado un enorme poder y grandes posibilidades, si entendéis lo que quiero decir.

—Lo siento pero no puedo seguir tu razonamiento.

Leberecht se levantó inquieto y dio la vuelta alrededor de la mesa para acabar sentándose en la silla que había al lado del benedictino. Lo miró con firmeza y le dijo:

—Hermano Luitger, no os dije toda la verdad cuando os comuniqué mi intención de acompañaros a Roma. Era cierto que Martha y yo teníamos que escapar a los esbirros del príncipe-obispo, pero por encima de eso yo buscaba otro objetivo...

El hermano Luitger escuchó las palabras de Leberecht con gran curiosidad; vio brillar una mirada de rabia en sus ojos y no esperó nada bueno.

—Quiero —continuó el capataz de los canteros— que el Santo Oficio revise la sentencia por brujería contra mi padre, que se le devuelva el honor que su forma de pensar se merece, ¿lo comprendéis? —su voz sonó aguda y chillona en el repentino silencio.

Dios mío, quiso responder Luitger, tu padre lleva ya diez años muerto y lo más seguro es que el Santo Oficio en Roma ni siquiera haya oído mencionar el nombre de Adam Hamann. Pero el monje se contuvo; vio que Leberecht estaba poseído, obsesionado, y que seguiría luchando por limpiar el nombre de su padre. Pero conocía igualmente bien la firmeza y desconsideración de la Inquisición papal, que en trescientos años no había rectificado una sola sentencia, y le respondió:

—Te comprendo, hijo mío. Sé que la Inquisición cometió una gran injusticia con tu padre, pero puedes creerme: antes veremos a un papa protestante que al Santo Oficio rectificar una de sus sentencias por brujería o herejía.

Leberecht se había levantado; causaba la impresión de estar trastornado y furioso como un niño que ve que el mundo no lo comprende en absoluto. Con los brazos cruzados sobre el pecho, comenzó a pasear de arriba abajo detrás de Luitger.

El monje siempre había considerado a Leberecht como un hombre de bien, sosegado y dotado de inteligencia y talento pero ahora, al oírlo hablar de ese modo y observar su comportamiento, no tenía más remedio que preguntarse qué cambios se habían podido producir en su antiguo discípulo para que se hubiera transformado en una persona tan distinta y que le costaba trabajo reconocer.

¿No sería, quizá, que desde un principio se equivocó al juzgar el noble espíritu que hasta entonces creyó era norma del carácter de Leberecht y que oculto tras esa falsa apariencia existía el carácter diabólico y sectario de alguien que se creía llamado a mejorar el mundo?

De repente, como quien acaba de tomar una dolorosa decisión, Leberecht se colocó delante del fraile:

—Tal vez me tomáis por un iluminado. Eso no me importa, aunque en el fondo de mi corazón nada me gustaría más que contar con vuestra aprobación. Pero voy a obligar a la curia romana a abrir de nuevo el proceso de la Inquisición contra mi padre.

—¿Y cómo piensas conseguirlo? —A Luitger le costaba trabajo no perder la compostura.

—Pues bien, para el príncipe-obispo el libro de Copérnico era de tan gran valor que no vaciló en saltar sobre sus propias decisiones e hizo que las cenizas de mi padre Adam fueran enterradas en lugar sagrado y, aunque fuera de manera anónima, le erigió una tumba. Y obraba por orden de la curia romana deseosa de conseguir el libro, aunque no pudo lograrlo. Yo sabía que una vez que el obispo y la curia tuvieran el libro en su poder olvidarían todas sus promesas y yo no habría conseguido nada salvo ponerme en una situación aún más comprometida.

—Leberecht, ¿qué es lo que pretendes? —El hermano Luitger se sentía verdaderamente inquieto.

—Si basta oír que un inofensivo cometa que vuelve cada cien años después de recorrer su órbita en el cielo se aproxima a la Tierra para hacer que el clero se tambalee, sólo porque arrastra tras de sí una enorme cola luminosa, y esa presencia lleva al papa y a sus cardenales a vivir como si estuviera a punto de llegar el fin del mundo, a beber y a comer en exceso y a hacer uso de la prostitución, sólo porque piensan que cualquier día puede ser el último, ¿os dais cuenta del enorme poder que se guarda en el libro de Copérnico, en el cual el astrónomo calcula con la mayor exactitud en qué momento el *Astrum minax* chocará con la Tierra?

—En eso te doy la razón, pero los cardenales de la curia y los Inquisidores no te tomarán en serio y te encerrarán. No tienes ninguna prueba de la maldición de Copérnico. La única está en la biblioteca de la abadía de Michelsberg.

Hubo una larga pausa y Luitger creyó haber convencido a Leberecht con sus palabras; pero cuando alzó la vista, vio que el rostro agradable y noble del joven se había transformado, en cuestión de segundos, en una faz contraída por una mueca sarcástica y en la que los ojos temblaban inquietos y peligrosos como iluminados por el fuego del infierno. Y oyó a Leberecht que le decía:

—Eso es lo que vos creéis y también vuestro prior, y el príncipe-obispo, el inquisidor, y las sotanas rojas de la curia. Pero la verdad es que el libro de Copérnico se encuentra aquí, en Roma. ¡Yo, Leberecht Hamann, hijo del difunto Adam Hamann, al que la santa madre Iglesia le negó los póstumos honores a que tenía derecho y le robó su piadosa memoria, lo ha traído hasta aquí!

Mientras hablaba, Leberecht danzaba saltando de una pierna a otra como un fauno enloquecido.

La declaración fue para Luitger como un golpe de maza.

—¡Eso no es verdad! —tartamudeó—. No lo creo porque eso significaría que durante nuestro viaje juntos llevabas el libro en tu equipaje y que yo te he ayudado a sacarlo fuera de las fronteras de nuestro país.

—¡Lo que yo os agradezco en sobremanera! —la risa de Leberecht fue como el graznido de un cuervo.

Como arrastrado por el viento salió del salón y desapareció en el interior de la casa.

Luitger creyó que a su regreso traería consigo el misterioso libro de Copérnico, pero cuando Leberecht reapareció traía en las manos el hábito de benedictino que de tanta utilidad le fue para la fuga.

—Transmitidle al abad mi agradecimiento. Vestido de fraile se viaja seguro por todas partes.

Mientras tanto el monje había recuperado el dominio de sí mismo y con voz enérgica le preguntó al que hasta entonces consideró un amigo:

—¿Dónde has escondido el libro?

Leberecht hizo un guiño.

—Donde ni siquiera los sabios señores de la curia podrían sospechar.

—Has abusado de mi confianza —le reprochó el fraile en voz baja—, cosa que jamás hubiese esperado de ti. Ahora yo soy el primero del que sospecharán.

—¡Nadie sospechará de vos! —replicó Leberecht—. No hay razón alguna para ello. Estoy seguro de que en Michelsberg nadie habrá notado la desaparición del libro.

El hermano Luitger sabía que sería inútil tratar de convencer al cantero de que debía devolver el libro, así que no lo intentó. ¿Qué más podía hacer? Tomó el hábito que le había devuelto Leberecht y se dispuso a marcharse. Quería pasar la noche en el convento del Aventino y a la mañana siguiente trataría de aprovechar la oportunidad para hacer una visita a la República de Siena o a Florencia.

Se levantó dispuesto a marcharse pero antes de hacerlo le preguntó a Leberecht:

—¿Y ahora qué piensas hacer?

Leberecht no le respondió nada.

Martha se acercó a él para despedirse. Le tendió ambas manos y al hacerlo quiso dejar en las del fraile una bolsa con dinero.

Con una última mirada a Leberecht, fray Luitger desapareció en la oscuridad. Pero antes de irse dejó caer al suelo la bolsa de dinero.

CAPÍTULO X

MUERTE Y CORRUPCIÓN

La tensa despedida de Luitger dejó en Leberecht una herida más profunda de lo que pudo parecerle al principio. Al fin y al cabo era mucho lo que él le debía al monje benedictino: en primer lugar una gran parte de su formación cultural y humanística y, finalmente, el éxito de su fuga con Martha. Por esa razón, a la mañana siguiente Leberecht emprendió el camino hacia el convento hacia el Aventino. Su deseo era reconciliarse con Luitger, pese a que no estaba dispuesto a descubrirle el lugar donde había escondido el libro de Copérnico. Caminando río arriba por la isla del Tíber, dejando atrás Santa Sabina y Santa María de Aventino, Leberecht llegó a la puerta del convento detrás de la cual montaba guardia un fraile barbudo.

Le manifestó su deseo de ver al hermano Luitger si es que aún estaba en el convento, que fue recibido en silencio por el portero que seguidamente apareció en la puerta y le hizo señas de que le siguiera.

Sin cambiar ni una sola palabra cruzaron el claustro hasta llegar a una puerta solitaria y apartada. Leberecht entró por ella.

La imagen que se le ofreció era la más apropiada para hacerle perder la razón. Dos monjes rezaban rodeados de grandes cirios encendidos delante de un lecho sobre el que yacía Luitger con el cráneo destrozado.

—¡Dios mío! —exclamó Leberecht en voz baja y se llevó ambas manos a la boca—. ¿Qué ha pasado?

Mientras un benedictino que no parecía impresionado en lo más mínimo por la pregunta de Leberecht movía sus labios en oración, el otro se volvió hacia el inesperado visitante y le preguntó:

—¿Quién sois vos y para qué queríais ver a nuestro hermano?

Leberecht explicó que había hecho el viaje hasta Roma con Luitger y que le unía a él una buena amistad de muchos años, desde que le enseñó las lenguas clásicas y los filósofos griegos. Después, con mayor insistencia que antes, volvió a preguntar:

—¿Qué ha ocurrido?

El benedictino que se dio a conocer como el abad Cosmas no respondió a la pregunta. Se acercó a una silla que había junto al muro desnudo de la celda sobre la que había un instrumento de cálculo construido en metal y manchado de sangre. El redondo instrumento estaba compuesto de varios círculos concéntricos y una enorme confusión de cifras y signos zodiacales, como un astrolabio. El abad puso en sus manos el ensangrentado aparato.

—¿Sabéis el significado o la utilidad de este instrumento?

Leberecht lo cogió con la punta de los dedos. Los signos de las estrellas, las fases de la luna y los símbolos solares no dejaban la menor duda sobre su utilidad.

—Sí, naturalmente —respondió—, con ayuda de este instrumento se puede calcular el curso de los astros. Pero vos aún no habéis contestado a mi pregunta.

El abad Cosmas le quitó de las manos el aparato y respondió tranquilo:

—La envoltura mortal de nuestro hermano fue encontrada esta mañana en la Via Sabina cerca de la entrada del convento. Fray Luitger ha sido víctima de un acto criminal. Tenía sujeto con la mano este aparato circular; y hay algo más que todavía es un misterio para nosotros: a su lado se encontraba un hábito de monje benedictino, demasiado estrecho y demasiado largo para que fuera suyo.

Leberecht conocía perfectamente el origen del hábito, aunque creyó más conveniente silenciar lo que sabía. Pero el astrolabio era también un misterio para él.

—Todos somos pecadores —observó el abad Cosmas impasible—. ¡Que Dios se apiade de su alma!

Con las manos unidas, Leberecht se puso a reflexionar qué querría decir el abad con sus palabras, pero estaba demasiado confuso como para poder pensar con claridad. Lo único que le vino al pensamiento, y eso resultaba cómico en cierto modo, teniendo en cuenta lo serio de la situación, era el dedo pequeño del pie izquierdo de san Benedicto, que Luitger debía llevar cosido en la parte interior de su hábito. El negocio con las reliquias era uno de los más productivos de la época. Por esa razón se informó de si habían buscado en el hábito del difunto hermano Luitger la reliquia procedente del convento de Montecasino que debía llevar cosida en el interior de su hábito.

Esto causó una visible confusión en el abad que no debía estar enterado de la misión de Luitger, y que se puso a registrar los calzones del hermano hasta que encontró algo a la altura de la rodilla y exclamó:

—¡Aquí hay algo, lo puedo tocar claramente!

Con la ayuda de sus dientes grises rompió una costura y sacó una pequeña cajita de oro que a Leberecht no le era desconocida, porque había servido de estuche al más sagrado de los prepucios y que ahora contenía la nueva reliquia.

Más que la pérdida de la vida de su hermano de orden, al abad parecía afectarle la inesperada aparición del dedo meñique del pie izquierdo del santo fundador. También el otro monje interrumpió su rezo, dobló la rodilla delante de la reliquia e hizo una inclinación de cabeza, tan profunda que casi llegó a rozar el suelo, mientras repetía una y otra vez:

—*Sancte Benedicte, ora pro nobis!* (San Benedicto, ora por nosotros.)

Mientras tanto, Leberecht tenía la mirada fija en la herida del cráneo de Luitger. Se sentía miserable y con necesidad de llorar; había perdido a un amigo, aun cuando en esos momentos su amistad pudiera haber sido puesta en duda. Pero Leberecht no encontró el consuelo de las lágrimas.

El abad estaba tan emocionado como el apóstol al que se le apareció el Señor, y comunicó que a la hora del *Ángelus* la reliquia sería expuesta en la iglesia del convento para su adoración. Leberecht le preguntó si podía llevarse el ensangrentado astrolabio y el abad, que no le dio la menor importancia, le contestó afirmativamente.

A paso ligero hizo Leberecht el camino de vuelta. Las casas desaparecían borrosas ante sus ojos pues ahora lloraba copiosamente y sin reparos, como un niño. Se reprochaba el haberse separado de Luitger enfadado y el no haber hecho que pasara la noche en su casa. Durante las horas de la oscuridad, en Roma pululaban los ladrones y los asesinos y cada mañana un carro de basura recogía los cadáveres que la noche dejaba en las calles.

La primera idea de Leberecht fue visitar al profesor Albani en busca de consejo, pero Albani acababa de salir de su casa en la Via Julia. Supo por Francesca que se había dirigido a la Sapienza, así que Leberecht continuó su camino hacia la universidad, un enorme edificio con interminables corredores que, como en todos aquellos edificios en los que el saber tiene su sede, emanaban un olor penetrante.

Como le correspondía a un astrónomo y astrólogo, el laboratorio de Albani estaba en el piso superior del edificio, directamente bajo el tejado y con una gran ventana orientada al norte. La habitación, casi una sala, era de grandes dimensiones, pero un centenar de instrumentos, modelos de órbitas planetarias, mapas y tablas y un globo celeste cuyo diámetro era el de la altura de un hombre, situado en el centro de la habitación, le conferían una aparente estrechez que aún se hacía más agobiante gracias al ambiente sofocante que imperaba en aquel misterioso reino de las estrellas.

Los catedráticos de Ciencias Naturales, de Cálculo y de Medicina, y para qué hablar de los de Teología, vigilaban el teatro celestial de Albani con recelo e incluso con preocupación; y sólo la amenaza que expresó el profesor de calcular el calendario de los próximos diez años de modo que la ascensión de María y la ascensión de Cristo coincidieran en el mismo día lo había salvado de la Inquisición durante el papado de Pablo IV.

Cuando Leberecht abrió la puerta, sus ojos tuvieron que acostumbrarse, antes que nada, al ilustrado caos que, como Albani solía decir, era una copia del complejo orden que reinaba en el universo y que, de modo maravilloso, dirigía el curso de las estrellas. Una vez lo consiguió, distinguió al profesor que se hallaba de pie detrás de un atril de lectura.

—¿Qué puedo hacer por vos? —le preguntó, asombrado por su visita cuando reconoció a Leberecht.

Éste le puso delante de los ojos el astrolabio manchado de sangre. El profesor se asustó.

—¿Dónde lo habéis conseguido?

—Fray Luitger ha muerto —le dijo sin responder a su pregunta.

—¿Luitger? ¿Nuestro compañero de viaje? No puedo creerlo.

Leberecht le informó de los sucesos ocurridos en el Aventino y que en su muerte el monje había mantenido sujeto en sus manos aquel astrolabio.

Albani se pasó la mano por la frente.

—¡Por los cuernos del diablo! ¿Qué tiene todo esto que ver con el hermano Luitger?

—¿Qué tiene que ver con él? ¡No os comprendo, profesor!

Albani tomó del brazo a Leberecht y lo llevó a una de las pequeñas capilletas del laboratorio. Sólo entonces este último se dio cuenta de que no estaban solos en medio de aquel caos sino que en el laboratorio había una media docena de estudiantes, ocupados con diversos objetos y tablas.

—Oídme —comenzó Albani cuando estuvieron lejos del alcance de los oídos de los estudiantes—, en los últimos años tres astrólogos han sido asesinados en Roma del modo más cruel: uno de ellos fue atado de pies y manos y arrojado desde las murallas del Castillo de Sant'Angelo; el segundo apareció con los pies para arriba en las aguas del Tíber porque su cabeza había sido atravesada con una lanza de hierro, y el tercero fue encontrado en el Pincio con el cuerpo seccionado por la mitad. Los tres tenían dos cosas en común: estudiaban el significado de las estrellas y junto a su cadáver apareció un astrolabio como éste.

—Yo sospechaba algo así —respondió Leberecht echando una mirada al instrumento—. Sólo que Luitger no era astrólogo, podéis creerme, profesor. En sus manos este astrolabio debe ser una advertencia o una indicación para dar con su asesino.

—No cabe duda de que es como vos decís. Pero ¿qué hacía al monje benedictino tan peligroso como para que cierta gente acabaran con su vida? Vos lo conocíais mejor, joven amigo, ¿tenéis alguna sospecha?

Leberecht mantuvo su mirada en el gran astrolabio, un instrumento hueco, compuesto de innumerables círculos, ruedas, bandas, escalas y anillos en los que había grabados misteriosos animales de fábula: una serpiente de mar con cabeza de hombre, marcada con la inscripción «Aquarius»; otro animal señalado como «Capricornus» con la parte delantera de un carnero y la trasera de un pez; había también un arquero denominado «Sagitarius» que parecía dirigir su flecha directamente a quien lo observaba.

—Lo conozco desde hace diez años —respondió Leberecht—, y aunque muchos dirían que esto es un largo tiempo, la verdad es que no resulta suficiente para intimar con un hombre.

Luitger era listo e inteligente y me transmitió una gran parte de su saber. Por otra parte, llevaba una especie de doble vida. Era un monje benedictino, devoto y temeroso de Dios, pero también era un humanista y valoraba el mundo de los filósofos antiguos por encima del Nuevo Testamento, del que decía que nuestro señor Jesucristo se reiría de corazón al leerlo, suponiendo que se lo tradujeran al arameo puesto que él no hablaba latín. Vivía al mismo tiempo una existencia conventual y otra profana fuera de los muros de la abadía, de la que nunca hablaba. Yo lo conocí, vestido con ropas de profesor, en una especie de taberna en la que la mayor parte de los clientes eran artistas. ¿Pero por qué le han hecho una cosa así?

—Por las noches, en Roma, los dominicos salen a recorrer las calles. Los señores inquisidores saben ya, desde hace bastante tiempo, que el beneficio que hacen a la Iglesia es menor que el daño que le causan con sus vergonzosas y horribles sentencias. Por esa razón han establecido una *Secunda potestas* (un segundo poder ejecutivo), un grupo secreto que ha declarado la guerra a los odiados críticos de la Iglesia, a los que ellos llaman herejes y a los que someten a los peores abusos, incluso les dan muerte, en la oscuridad de la noche.

—¿Pero qué motivo podía tener la *Secunda potestas* para asesinar a fray Luitger?

—Tal vez llevaba algo encima que molestaba a la Inquisición...

—Luitger venía en viaje de regreso de Montecasino y traía una reliquia oculta en su hábito, el dedo meñique del pie de san Benedicto, que acababa de adquirir en un cambio regular por otra reliquia.

—No, eso no puede ser lo que movió a la Inquisición a pronunciar su secreta sentencia de muerte —Albani se acarició la barbilla y reflexionó. Seguidamente volvió a preguntarle—: ¿Y vos estáis seguro de que el benedictino no se ocupaba de la ciencia de las estrellas?

—Completamente seguro. ¿Por qué lo preguntáis, profesor?

—La muerte de los tres astrónomos no es, naturalmente, un hecho casual. He reflexionado largamente sobre ello, principalmente en el significado de los astrolabios que se encontraron junto a las víctimas.

—¿Para qué sirve un astrolabio, quiero decir suponiendo que uno domine su manejo?

Albani hizo girar los círculos y ángulos manchados de sangre del instrumento que tomó en sus manos.

—Con ayuda de este instrumento es posible resolver tareas astronómicas y también astrológicas, calcular determinados datos y, como vos creéis, predecir el futuro. Vos creéis en la astrología, ¿no es cierto?

—Sí, desde luego —respondió Leberecht sin estar convencido de ello.

Pero necesitaba ganarse la confianza de Albani si quería seguir adelante y sabía que el profesor consideraba a la astrología como algo muy importante.

—Creo que no tengo que deciros que yo mismo soy uno de los que creen en la doctrina de que el destino de un hombre está determinado por la posición de la estrellas —dijo Albani—. Hago ese trabajo en secreto o, al menos, no lo anuncio con un redoble de campana como hicieron aquellos tres astrólogos que fueron eliminados por la Inquisición.

Leberecht miró a Albani con los ojos muy abiertos.

—Es posible que en eso se oculte el motivo de su asesinato.

El profesor movió la cabeza de un lado a otro como tratando de valorar la situación con justicia.

—He tomado en consideración todas las posibilidades, pero no he podido llegar a ningún resultado positivo. Si de veras existiera alguna relación entre los misteriosos asesinatos y la astrología, haría ya mucho tiempo que yo no seguiría con vida. Sin embargo yo continúo vivo ante vos como fácilmente podéis ver —Albani se rió pero su risa sonaba forzada y amarga. Finalmente opinó resignado—: Y ese nuevo caso con vuestro amigo el benedictino lo hace todo aún más confuso.

—Suponiendo... —Leberecht hizo una pausa, y comenzó de nuevo—: ¿Conocéis vos al astrónomo y astrólogo Nicolás Copérnico del ducado de Prusia?

Albani sonrió cortado.

—Por desgracia para mí, no. Pero su obra *De revolutionibus orbium coelestium*, se considera como algo trascendental para todos los astrónomos.

—¿Y también para los astrólogos asesinados?

—¡No comprendo!

—¿Conocían ellos a Copérnico?

—Oh, claro que sí. Por lo que yo sé los tres fueron amigos de Copérnico desde que estudiaron juntos en Padua y Ferrara. Uno de ellos incluso le ayudó en la instalación de un observatorio en la torre de la catedral de Frauenburg. Sí, ellos lo conocían. Pero, ¿qué puede eso tener que ver con su asesinato? Copérnico era un buen creyente, incluso doctor en Derecho Canónico y administrador diocesano. Ciertamente no podía ejercer una mala influencia en sus amigos.

Leberecht empezó a sentir cierta desazón con esa conversación porque conocía determinadas circunstancias que permanecían ocultas al profesor Albani. Lo más doloroso para él, en esa situación, era que el hermano Luitger había muerto víctima de un error de la Inquisición. Teniendo en consideración las circunstancias cabía suponer que de algún modo, bien fuera por casualidad o por la intervención del príncipe-obispo, se había descubierto la desaparición del libro de Copérnico en la biblioteca de la abadía de Michelsberg y las sospechas recayeron sobre Luitger. En cuanto a Leberecht, estaba claro que tenía que actuar rápidamente si no quería ser él también la próxima víctima de los dominicos.

La muerte de Miguel Ángel había sumido a la ciudad y a todo el país en un profundo pesar. Ahora, cuando el maestro ya no vivía, eran muchos los que reconocían su genio excepcional que iba a dar a la humanidad una de las obras más excepcionales de su época.

Los romanos se opusieron con gran decisión a la última voluntad testamentaria del florentino según la cual debía ser enterrado en su ciudad y los guardias en las puertas fueron avisados para que impidieran la salida de todo cortejo fúnebre con los restos de Miguel Ángel. Unos eran de la opinión de que se debía enterrar para siempre en el Panteón, mientras que otros consideraban más adecuado que sus restos descansaran en la catedral de San Pedro. En vista de todo eso, a Gherardo de Fidelissimi, el médico enviado desde Florencia, se le ocurrió un truco a última hora. Mientras los amigos y colaboradores de Miguel Ángel, artistas y profesores y una representación de la curia se reunían en la iglesia de los Santos Apóstoles para celebrar su funeral, el cadáver del genio, que seguía en su casa, fue envuelto en una pieza de tela que, con muchas otras, fue cargada en un carro y así, declarado como mercancía comercial, el cuerpo sin vida de Miguel Ángel pudo salir de Roma hacia Florencia, ciudad a la que llegó tres semanas después de su muerte y donde fue enterrado en la iglesia de la Santa Cruz.

El médico florentino tuvo buen cuidado de quitarse de en medio pues la rabia de los romanos al enterarse del engaño fue indescriptible. Cuando Carvacchi oyó hablar de ello pidió con toda seriedad que el papa, como soberano de los estados pontificios, le declarara la guerra al duque de Florencia, pues Miguel Ángel, que había vivido en Roma los treinta años más trascendentales de su vida, debía ser enterrado en la Ciudad Eterna. Al parecer, el supuesto deseo póstumo expresado por Miguel Ángel no se correspondía con la verdad, si se tenía en cuenta las muchas veces que el maestro expuso su deseo de ser enterrado en Roma.

Carvacchi se quedó solo con su petición. Sin embargo, el maestro consiguió los mayores honores como sucesor del florentino y recibió el título de arquitecto y maestro de obras de la catedral de San Pedro que le fue concedido por Pío IV, sobre todo porque el papa estaba convencido de que ningún otro podía terminar la cúpula de Miguel Ángel en todas sus dimensiones y en el tiempo previsto. El papa le dio su bendición personal y le concedió una indulgencia general de todos sus pecados en el más allá, que generalmente sólo se concedía a los que peregrinaban a los santos lugares. Frente a Leberecht el maestro dijo que si bien con ellas no se podía comprar nada, tales indulgencias sí podían ser el primer paso para la santidad.

La declaración del profesor Albani había confundido de tal modo a Leberecht que en los días siguientes tuvo que esforzarse en aclarar sus pensamientos y llegar a una decisión que se hacía necesaria dada la situación actual. Sabía que tenía que actuar antes de que él mismo se convirtiera en una víctima más de los grupos nocturnos de los dominicos.

Martha, a quien no le pasó desapercibida la conducta reservada de su amante, trató sin resultado de descubrir qué era lo que le atormentaba pero Leberecht guardó silencio... y lo hizo así hasta aquel día en que al llegar a su casa desde la obra se encontró a Martha hecha un mar de lágrimas en medio de un total desorden. Martha, sin dejar de llorar, le dijo que aquella mañana había salido de compras en compañía de Tullia y que a su vuelta se encontró con que alguien había forzado su puerta, había revuelto todo el mobiliario echando por el suelo el contenido de alacenas, cómodas y armarios... Y lo más extraño de todo era que no les habían robado, pues en la casa no faltaba nada.

Martha le preguntó:

—¿Tiene esto algo que ver con el misterioso libro?

Leberecht asintió con la cabeza.

—¡Maldito sea ese libro que parece sediento de sangre! Es como una maldición que nos sigue por todas partes. Mientras continúes teniendo ese libro en tu poder jamás podremos estar tranquilos.

Leberecht tomó a Martha en sus brazos, la estrechó contra sí y le dijo:

—No, Martha, es todo lo contrario. En tanto que el libro de Copérnico esté en nuestro poder no tenemos nada que temer, puesto que ellos lo que quieren es hacerse con el libro.

—¿Ya no está en casa?

—No —respondió Leberecht—. Y por favor no me preguntes dónde lo he escondido, pues el saberlo sólo sería una carga para ti.

Aquella noche, Leberecht le habló a Martha del contenido del libro sobre el fin del mundo, que Copérnico había calculado y que sería totalmente distinto del fin del mundo profetizado por las sagradas escrituras. Y le dijo, también, que lo único que pretendía era, con ayuda de ese libro, reivindicar el honor de su padre.

Amanecían ya las primeras luces del alba sobre el Quirinal cuando Leberecht terminó su relato.

Conmovida y cansada en exceso, Martha se dejó caer sobre unos cojines. Cruzó las manos pero no podía rezar; todo le parecía carente de sentido.

—Entonces... la construcción de San Pedro... —dijo Martha como si preguntara.

—El maestro Miguel Ángel sabía lo que le esperaba a la humanidad y decidió llevar a cabo la construcción de su gran obra; ¿por qué? En el ser humano hay una resistencia natural a aceptar su fin. Esto es aprovechado por todas las religiones y, sobre todo, por el cristianismo.

—¿Y ese Copérnico es digno de crédito? Quiero decir, ¿no puede haberse equivocado?

—Ése es el piadoso deseo y la esperanza de todos los que están enterados del asunto. Pero desde hace veinte años los más famosos matemáticos han venido ocupándose del problema, revisando los cálculos sin que hasta ahora ninguno de ellos haya conseguido desmentir a Copérnico. Si lo hubieran conseguido, la curia habría dejado de interesarse por el libro. La desgracia de la humanidad es nuestra suerte. ¿Lo comprendes?

Martha tenía los ojos fijos en el vacío. Lo que su amante le había explicado superaba su capacidad de entendimiento. Acabar con una vida era la cosa más fácil del mundo, como el pasado demostraba, pero acabar con el mundo entero... La idea de Leberecht de chantajear al Santo Oficio con ayuda del libro de Copérnico pudo ser al principio un sueño, la idea de un deseo que podía ser realizado, pero había terminado por convertirse en él en una obsesión. Ahora que tenía conciencia de lo serio de su situación, se daba cuenta de que, además, era su única posibilidad de seguir con vida.

Desde hacía ya bastante tiempo Leberecht venía tratando de establecer contacto con la Inquisición. En una ocasión, sin saberlo, se había encontrado con el gran inquisidor, fray Michele, un dominico con una calva reluciente, una gruesa barriga y grandes patillas rizadas como solía llevarlas Pío IV. Con gran sorpresa de Leberecht, el fraile se había interesado por los trabajos de la obra de San Pedro, algo poco corriente en un inquisidor. Contrariamente al *Pontifex maximus*, que casi a diario recorría Roma a caballo o a pie, y se detenía a hablar con cualquiera sobre el tiempo o los santos, fray Michele estaba considerado como un hombre frío y reservado al que no le agradaba entablar conversación con desconocidos. No puede sorprender a nadie que a Pío IV no le gustara fray Michele ni la Inquisición representada por él. El papa no participaba en ninguno de los actos de la Inquisición, pero tampoco se atrevía a actuar abiertamente contra ella y limitar sus poderes.

Como enemigo del papa, el cardenal Lorenzo Carafa tenía que estar forzosamente del lado de fray Michele. Lo cierto era que, al menos, el cardenal disponía de los necesarios contactos para poder conseguir que accediera a recibir, en el edificio del Santo Oficio, a aquel capataz de los canteros de la obra de San Pedro. Corrientemente todos evitaban visitar la sede de la Inquisición pues una invitación *in inquisitione haereticae pravitatis* (para investigar una posible corrupción herética) tenía graves consecuencias.

Fray Michele, un hombre devoto de origen humilde nacido en Bosco, cerca de Alejandría, odiaba a los alemanes, que habían traído a la Iglesia el protestantismo y muchas otras herejías y, por si eso fuera poco, habían traducido las sagradas escrituras a su propia lengua, un ejemplo que, según creía él, de ser seguido por otros países traería una confusión como la de la babilónica torre de Babel y el final de la santa madre Iglesia.

—¿Qué deseáis? Sed breve.

Leberecht no había esperado un recibimiento amistoso. El inquisidor estaba vestido de rojo y llevaba guantes de seda del mismo color, que le llegaban casi al codo. Estaba sentado detrás de una sencilla mesa negra de madera que, junto con tres sillas, constituía todo el mobiliario de la estancia.

—Estoy aquí —comenzó Leberecht utilizando su mejor latín ciceróníco (que se diferenciaba bastante del latín eclesiástico de los curas)— para poner al descubierto una injusticia, que clama al cielo, de la que fue víctima mi padre, Adam Friedrich Hamann, y que cometió el Santo Oficio en una ciudad alemana cuyo nombre no pronuncio desde entonces. Mi padre murió y fue enterrado en lugar sagrado, pero se presentaron unos testigos que afirmaron que habían visto su espíritu que vagaba por la ciudad como alma en pena. Los testigos fueron gente indigna de crédito, capaces de testificar cualquier cosa si se les paga por ello...

Fray Michele, que había seguido el relato de Leberecht con expresión indignada, saltó de su silla con toda la agilidad que le permitió su voluminosa humanidad y gritó con voz grave y furiosa:

—¿Queréis decir que la santa Inquisición sobornó a testigos para condenar a un hereje?

—Sí, eso es. Aunque no puedo decir si se les pagó con dinero o con promesas de indulgencias para librarlos del purgatorio. Pero lo cierto es que mi padre era un hombre piadoso y justo y no un brujo, pese a lo cual fue condenado como tal por la Inquisición.

El gran inquisidor hizo una mueca perversa, dejó caer con fuerza su corto brazo sobre la mesa y se echó adelante para acercar su rostro al de Leberecht:

—Habláis un excelente latín, lo que quiere decir que sois un cerebro inteligente. ¿Por qué os dejáis involucrar en tonterías como ésta?

—¿Llamáis tontería, fray Michele, a que luche por reivindicar el honor de mi padre? Vuestros servidores quemaron el cadáver de mi padre en la hoguera, porque le acusaron a modo póstumo de algo totalmente ajeno a la realidad. ¿Y llamáis tontería a mi protesta?

Fray Michele volvió a dejarse caer en la silla y respondió, ahora con una expresión de gran seriedad en el rostro:

—Vuestra intención, hermano en Cristo, es loable, pero un hombre de vuestra posición y conocimientos debe saber que el Santo Oficio nunca ha revisado una condena por brujería. Esto, como todo el mundo sabe, no es necesario porque la Inquisición, iluminada por el Espíritu Santo, no puede equivocarse nunca. *Non est posible, ex-officio!* (No es posible por razón de oficio).

—También el Espíritu Santo puede tener un mal día —se atrevió osadamente a comentar Leberecht.

Se sentía seguro de su poder y el inquisidor, acostumbrado a tratar con supuestos delincuentes que no hacían más que lamentarse y pedir piedad y cuya voluntad ya había sido vencida simplemente por el miedo al poder de la institución que él representaba, se dio cuenta de esta seguridad y reaccionó del modo conveniente:

—¿Creéis seriamente que el Santo Oficio en Roma rectificará una sentencia por brujería pronunciada en una provincia alemana? Me parece que sobreestimáis vuestra importancia y posibilidades.

Leberecht, que se había mantenido de pie durante toda la conversación, como es norma en la Inquisición, se acercó a la mesa, se inclinó hacia adelante, como antes hiciera fray Michele, y con el rostro enrojecido, le habló tranquilo pero con enérgica insistencia:

—Señor gran inquisidor, no esperaba de vos otra respuesta y, por lo tanto, estoy menos conmovido de lo que cabría esperar en esta situación. Hoy estamos en el día de la Anunciación del Señor y le doy a la Inquisición trescientos sesenta y cinco días, es decir un año, para que rectifique la sentencia por brujería contra mi padre. En caso contrario...

—¿En caso contrario...? —Fray Michele levantó las cejas amenazador.

—Me ocuparé de que se divulgue por todas partes el libro de Copérnico, tras el cual va la curia como el demonio tras el alma de un justo.

El dominico vestido de rojo sacudió involuntariamente la cabeza y el gesto que se dibujó en su rostro delató su excitación interna.

—No sé de qué libro habláis —dijo con voz ronca—. Y no conozco a ningún Copérnico.

—Yo tampoco lo conozco —respondió Leberecht con prontitud— pues murió cuando yo sólo tenía tres años y dejó a su muerte un manuscrito con veintidós capítulos, como el Apocalipsis de san Juan. Ese manuscrito llevaba el título de *De astro minante* y de él fueron impresas cien copias por un monje benedictino de la abadía de Bursfeld, una copia para cada una de las bibliotecas de la Unión Bursfelder. El contenido del libro es sobradamente conocido por los iniciados. A la Tierra, que según las escrituras fue creada por Dios, le queda poco tiempo de existencia y el día del juicio final, del que las escrituras hablan con tanto detalle, no tendrá lugar o, al menos, no será como anuncian los evangelios y profetiza la apoteosis secreta. Y lo que Juan describe con las palabras: «Mirad, él llega con las nubes y lo verán todos los ojos del mundo y los lamentos de queja de todas las razas del mundo», estas palabras no se referirán a Dios nuestro señor sino a una estrella extraña que inexorablemente se dirige a toda velocidad hacia la Tierra y que en su caída destruirá toda la vida. Son pocos los que están enterados de esto, ni siquiera lo supieron todos los papas, y aquellos que estaban enterados vivieron, con gran sorpresa del mundo, como las propias bestias en pleno desenfreno en espera de la destrucción que a todos nos amenaza.

La cabeza del grueso inquisidor parecía a punto de estallar, mientras Leberecht hablaba así.

—¿Cómo sabéis todo eso? —preguntó. Y con las manos unidas y la mirada fija en la mesa, oró—: *Libera me, Domine, de die illa tremenda quando coeli et terra sunt motui...*

—*... sunt movendi* —corrigió Leberecht—, si lo que queréis decir es que el Señor os libre de esos días de ira en los que el cielo y la tierra vacilarán. Pero para responder a vuestra pregunta: todo eso está escrito en el libro de Copérnico.

—No existe ese libro. Vos habéis oído eso de algún hereje. El mundo está lleno de historias falsas, sembradas por el Anticristo —golpeó la mesa con el puño—. Sólo lo creeré cuando tenga ese libro aquí, sobre la mesa. ¡No antes!

Leberecht se rió despreciativamente.

—Fray Michele, sin duda me tomáis por un estúpido. ¿De veras podéis creer que yo pondría sobre esta mesa ese libro de cuya existencia dudáis? Mi vida no valdría nada. Oh, no, en tanto yo viva ese libro estará guardado en un lugar seguro y si me ocurre algo, si fallezco de muerte no natural, ya he tomado las medidas oportunas para que sin mí, el libro sea publicado y difundido.

El dominico movió la cabeza de un lado a otro y golpeó con el puño sobre la mesa, como si quisiera acabar con un insecto que se hubiera posado sobre ella. Finalmente gritó:

—¡No, no lo creo! ¡No puede ser! *Absit, absit!*

De repente pareció tener una idea para examinar a Leberecht. Lo miró astutamente de arriba abajo y dijo:

—Si como vos afirmáis, tenéis en vuestro poder ese libro, tres veces sea maldito, y cualquiera que sea el modo como ha llegado a vuestras manos, entonces conoceréis sin duda las palabras con las que empieza la obra...

Leberecht disfrutó de ese momento en el que el Inquisidor se sintió superior, sabiendo que esa sensación de superioridad no iba a durarle mucho. En voz baja y tranquila y sin pararse a reflexionar, comenzó a recitar las palabras que se sabía de memoria tal y como las había escrito un médico y doctor en Derecho Canónico en una brillante redacción latina: *Aristotelis divini universum nec Iulii Caesaris calendarium protegere nos non possunt ab astro minante...*

—¡Basta! —gritó Michele furioso y desengañado—. ¡Os creo!

El dominico se dejó caer sobre la mesa, con los brazos estirados delante de él, como una presa a la que acaban de dar caza. Su cabeza, doblada a un lado, descansaba sobre la superficie de la mesa. Respiraba profundamente. En la habitación reinaba una calma especial. Por la ventana de la estancia orientada hacia el norte llegaba el bullicio de los trabajos de la obra de San Pedro.

Leberecht se encontraba tan bien como hacía mucho tiempo que no se había sentido. Su sensación de poder sobre el gordo inquisidor le daba una seguridad en sí mismo que antes nunca conoció. El miedo y la tensión de los días pasados habían desaparecido. Estaba claro para él que la maldad del hombre sólo podía combatirse con la maldad.

Vencido, desesperado y casi sin ganas de intervenir, preguntó el fraile:

—¿Y qué pensáis hacer?

—¿Yo? —Leberecht se rió impertinente—. No soy yo quien tiene que hacer nada, señor inquisidor. Es tarea del Santo Oficio levantar la condena por brujería contra mi padre. Tenéis trescientos sesenta y cinco días para hacerlo, más de lo que Miguel Ángel necesitó para terminar su Moisés... ¡y ya sabéis qué magnífica obra de arte consiguió!

Pocos días después de esa entrevista, Leberecht estaba en la caseta de la obra contemplando los planos del maestro por los que, ahora que Miguel Ángel había muerto, mostraba aún más respeto que antes.

Para su desgracia, Carvacchi, que ocupaba el cargo de arquitecto y maestro de obras de la catedral, obedecía a disgusto las disposiciones del fallecido maestro, que había ordenado que no se cambiara ni un ápice de sus proyectos originales, y se mostraba descuidado, por lo que con frecuencia se producían discusiones entre él y Leberecht. Mientras éste defendía el punto de vista de que Miguel Ángel había dibujado sus planos hasta el más mínimo detalle para que se realizara la obra precisamente con toda exactitud, Carvacchi opinaba que lo importante era conseguir la impresión de conjunto que Miguel Ángel había buscado y que los detalles no tenían prioridad. En realidad, lo que Carvacchi intentaba, al menos ésa era la impresión de Leberecht, era introducir cada vez más sus propios conceptos en la obra.

Cuando la puerta se abrió desde fuera, Leberecht pensó que sería Carvacchi y preguntó sin mirarlo:

—¿Qué puedo hacer por vos, maestro?

Como no obtuvo respuesta, cosa a la que no estaba acostumbrado, se dio la vuelta y alzó la mirada.

En la puerta había un hombre de baja estatura y constitución fuerte, con una perilla bien recortada y una tonsura que le daban un aspecto de fraile pese a que no llevaba hábito de ninguna orden sino una especie de toga negra más propia de un profesor. Tenía el aire envejecido de un anciano aunque la expresión de sus ojos y la falta de arrugas de su rostro mostraban claramente que no podía ser mucho mayor que Leberecht. Éste supo en seguida quién tenía delante: Christoph Schlüssel, llamado Clavius.

Había estado esperando ese encuentro o, al menos, estaba

preparado para él, pues sabía que tenía que llegar el día en que sus caminos se cruzaran. Pero lo inesperado del encuentro lo dejó sin habla.

Así, durante un buen rato se miraron en silencio como dos cónyuges enfadados, hasta que Leberecht, el primero en recuperar el habla, con tono más cínico que serio le dijo:

—*Laudetur Jesus Christus*.

Y como el otro no reaccionó a su saludo se dio a sí mismo la respuesta:

—*In aeternum, in aeternum*. ¿Qué es lo que quieres?

Azorado, Christoph escondió las manos en las anchas mangas de su sotana y con los ojos fijos en el bajo techo de madera de la caseta comenzó a hablar ceremoniosamente con el tono de un predicador:

—Es la insondable voluntad de Dios que nuestros caminos se crucen aquí, en el lugar más sagrado de la cristiandad, aunque sea en circunstancias que no podían ser menos alegres.

—¿Qué quieres, jesuita? —le interrumpió Leberecht—. No tienes por qué soltarme un sermón. Así que adelante con tus palabras.

—Te lo diré con la mayor brevedad. Vengo a prevenirte. Tu nombre figura en la lista de la *Secunda potestas* de los dominicos y ya sabes lo que eso significa. Si aprecias en algo tu vida debes desaparecer de Roma. La Inquisición persigue el *concubitum sacrilegum* (pecado mortal del concubinato sacrílego).

Leberecht se levantó despacio y amenazador.

—¿Quieres decir que has denunciado a tu propia madre?

—¿Eso es lo que piensas? ¿Yo?

—¿Quién otro que no seas tú puede haberlo hecho? Una virtud verdaderamente cristiana, traicionar a la propia madre.

—Yo no la he traicionado.

—Mientes. La falsedad está escrita en tu rostro, como en la de todos esos curas repulsivos que creen estar siempre en posesión de la verdad. Lo cierto es que tanto tú como tus iguales hace ya mucho tiempo que habéis caído en poder del demonio. Tú finges que has tomado el hábito de jesuita y has abandonado el mundo de los laicos como penitencia por la conducta reprochable de tu madre. Pero te diré algo: si tienes que hacer penitencia, es por mi hermana Sophie, a la que convertiste en una inválida monstruosa. Me la he encontrado convertida en un monstruo de barraca de feria que vive una existencia lamentable con un grupo de titiriteros ambulantes. ¡Eso tiene que agradecértelo a ti, al laudable Christoph Clavius!

—Yo no quise hacerle eso. ¡No soy culpable!

—Los curas nunca tienen la culpa de nada —gritó Leberecht—. Y si la hubieras tenido haría ya tiempo que la habrías eliminado con una indulgencia plena. Y si llevas a tu madre a la hoguera de la Inquisición, estoy seguro de que encontrarás algún mandamiento de la Iglesia que justifique ese acto.

—Yo no tengo nada que ver con lo que ocurre —se indignó Schlüssel—, pero mi mejor consejo es que te apartes de esa mujer y abandones la ciudad. Es un consejo de buena voluntad que no te mereces en absoluto.

Los ojos de Leberecht se cargaron de odio y lo reflejaron de tal modo que el jesuita involuntariamente dio un paso atrás. Clavius había evaluado por debajo de la realidad el odio que el joven Hamann sentía hacia él. Pero no pudo seguir reflexionando sobre eso pues Leberecht se lanzó contra él con rápido movimiento y le dio un fuerte golpe con la rodilla en su abultada barriga. El jesuita, cogido de improviso, soltó una exclamación de dolor y cayó hacia adelante con los ojos en blanco en los brazos de su agresor. En vez de sostenerlo, el cantero le golpeó brutalmente el rostro con los puños hasta que la sangre surgió a borbotones de la nariz rota. Clavius cayó y se quedó inmóvil sobre el suelo de piedra.

Para un tipo fuerte como era Leberecht, fortalecido aún más por los muchos años de duro trabajo y que encima superaba en altura al jesuita, no era un mérito vencer en una pelea a un hombre como Clavius, y sin embargo se sintió satisfecho de haberlo hecho. Tomó una jarra llena de agua fresca con la que apagaba su sed durante la jornada de trabajo y vertió el contenido sobre la cara ensangrentada del jesuita. Éste se estremeció, se sacudió el agua y se secó con la manga la sangre del rostro. Trató de ponerse de pie pero falló en su intento y volvió a dar con el cuerpo en tierra. Finalmente, Leberecht se acercó a él, lo cogió del amplio cuello de su toga de profesor y lo hizo salir fuera de la caseta.

Clavius no podía defenderse y tuvo que aguantar el humillante proceder del amante de su madre. Fuera ya de la caseta, volvió completamente en sí pero, antes de que pudiera decir nada, Leberecht, amenazador, le puso el puño cerrado delante de los ojos.

—Yo también tengo un consejo que darte, jesuita: ¡Déjanos en paz a tu madre y a mí! Si quieres puedes correr con el rabo entre las piernas y contarle lo ocurrido al inquisidor general.

Leberecht le señaló hacia el sur en dirección al Santo Oficio.

Después de que trabajosamente estuvo en condiciones de andar y de que se limpió la suciedad de sus ropas, Clavius, furioso, elevó los ojos para mirar a Leberecht. Si hubiera tenido un poco más de fuerza y la correspondiente porción de valor se hubiera lanzado al cuello de su enemigo. Pero así se conformó con hacer una mueca de rabia impotente y, como si quisiera decir «qué importa esto», hizo un gesto y escupió en el suelo despectivamente, tal vez porque la sangre de la nariz le había pasado a la boca, y desapareció cojeando en dirección al Tíber.

—*Laudetur Jesus Christus!* —le gritó Leberecht mientras se marchaba, hacía mucho tiempo que no se encontraba tan bien.

A Martha no le dijo nada del encuentro.

El papa Pío IV falleció de modo inesperado y rápido, posiblemente de debilidad senil, y no valdría la pena hablar de su muerte si no hubiera tenido un sucesor al que Leberecht conocía bien. Se llamaba Michele Ghislieri y había entrado en la orden de los dominicos cuando contaba catorce años de edad; bajo el papa anterior, llegó a ser obispo de Nepi, cardenal y gran inquisidor. Nos estamos refiriendo a fray Michele.

El nuevo *pontifex maximum* tomó el nombre de Pío V en recuerdo de su enfermizo antecesor, del que se decía que había llevado su papado de manera más piadosa y más justa que todos sus crueles e hipócritas predecesores. Como ex gran inquisidor, Ghislieri se inclinaba a respetar supuestas virtudes de castidad, recato, orden y ascetismo por encima de cualquier otra cosa, y a este respecto siempre trataba de ser el primero en dar ejemplo: se negó a subir a la *sedia gestatoria* o a usar las finas sotanas y zapatos de sus predecesores y a hacerse servir con el lujo al que éstos se habían acostumbrado.

Todo esto podía haber servido para que el papa se ganara el amor de sus súbditos, que le fue negado a los papas anteriores, de no haber sido porque tan pronto ocupó el poder mostró una severidad y malignidad propia del Anticristo. Prohibió que los médicos visitaran a los enfermos si éstos no se habían confesado previamente y castigaba con elevadas multas, que en el caso de los pobres que no podían pagarlas eran sustituidas por penas de flagelación o perforación de la lengua. A los frailes les prohibió confesar. A las monjas les ordenó la clausura absoluta.

Terminó además con la compra de los cargos eclesiásticos existente en el pasado. Con especial furia persiguió Pío V a las mujeres deshonestas de las que él, como dominico, no se podía servir y que habían dado a Roma la dudosa fama de ser *cauda mundi*, el rabo del mundo. El número de estas mujeres era de unas quince mil y abarcaba desde la simple puta de la calle hasta la *cortigiana*, que atendía a los altos señores de la curia y que, por lo tanto, estaba muy bien considerada. La decisión del *pontifex maximun* de desterrarlas de la capital le cosechó, además, burla y sarcasmo debido a la imposibilidad de llevar a cabo la medida por motivos económicos. El abandono de la capital por parte de esas «damas de alquiler» hubiera llevado al Estado eclesiástico al borde de la bancarrota, pues las prostitutas eran las primeras pagadoras de impuestos del país. Sin embargo el papa parecía dispuesto a seguir adelante con su proyecto, pese a las protestas, aquellos señores de la curia que por miedo al frío de sus camas y bajo la invocación del Espíritu Santo recurrieron al papa pidiéndole que reconsiderara la medida. El severo dominico amenazó con abandonar la ciudad si no lo hacían las prostitutas y con hacer gobernar la nave de Pedro desde un puente de mando menos pecador.

En esa situación el Espíritu Santo descendió, como antaño hizo sobre los doce apóstoles, entre los eminentísimos y reverendísimos cardenales, obispos titulares, monseñores y otros altos dignatarios eclesiásticos que, iluminados por su presencia, decidieron casar a sus pecadoras concubinas con sus criados y cocheros, con zapateros y menestrales, que aceptaron el matrimonio con plena renuncia a cualquier reclamación de los derechos conyugales a cambio de una modesta remuneración; de este modo hicieron una buena obra en favor de los más pobres de entre los pobres. El expulsar *ex-officio* a una honesta mujer casada no le era posible ni siquiera al severo papa dominico.

Deducir de lo dicho que en la Ciudad Eterna se había llevado a cabo una mejora de las costumbres y de las formas de vida sería equivocado o al menos sólo una verdad a medias, pues los bailes y las fiestas, los festines y las orgías clericales continuaron aunque con algo menos de frecuencia que antes y tras puertas mejor cerradas. En Roma creció la desconfianza general y la Inquisición recibió a un número cada vez mayor de denunciantes y chivatos calumniosos. Las invitaciones a las fiestas se hacían directamente, de persona a persona, para no dar a ningún mensajero la oportunidad de traicionar a su amo o ama. A veces, para tener acceso a una de esas orgías o festines bastaba una breve contraseña, por lo general una cita de las sagradas escrituras, tan abundantes en el Antiguo Testamento, entre las que eran especialmente apreciadas algunas como, por ejemplo: «Quiero hacer tan abundante tu semilla como las estrellas del cielo» (Génesis, 26.4).

Lorenzo Carafa, encuadernador y cardenal de Kana, arzobispo titular de Bizerba, protosecretario de la Congregación para la Conversión de los Paganos en el Levante y titular de San Andrea della Valle, era tan famoso por sus fiestas como el papa por su severidad. Lorenzo había sobrevivido ya a cinco papas y cada nuevo pontífice le traía a los labios la observación de que a aquél también le sobreviviría.

En lo que se refiere especialmente a Ghislieri, incluso ahora que era papa, el cardenal sólo le demostraba desprecio y al referirse a él solía comentar que, por suerte para él, nuestro señor Jesucristo descendió a la tierra un milenio y medio atrás y no en la actualidad, pues de otro modo haría ya tiempo que habría excomulgado al dominico por su forma de vida.

El ser invitado a las fiestas ofrecidas por el cardenal Carafa era un placer especial y también, no pocas veces, el inicio de una buena carrera, pues hacía tiempo ya que se había corrido la voz de que los cargos y dignidades de la curia que mayores beneficios producían no se negociaban tras los muros leoninos del Vaticano sino en los palacios de Pincio o del Quirinal.

El palacio Carafa, un regalo de su difunto tío el papa, estaba unido por medio de una columnata con la iglesia del Espíritu Santo, que tenía mala fama debido a las aglomeraciones que allí se producían una vez al año con ocasión de las fiestas de San Martín, y no precisamente por la devoción de las visitas al templo sino porque el cardenal en esos días solía arrojar desde el balcón de su palacio sus sotanas y mantos ya usados para que fueran aprovechados por el pueblo. Después, les seguían cerdos y pavos asados y las mejores frutas que caían fuera de la nave de la iglesia como un maná llovido del cielo.

Nadie podía sorprenderse de que el severo papa dominico

hubiera prohibido ese espectáculo *ex-officio* y tampoco era sorprendente que el pastor principal de la Iglesia se creara muchos enemigos entre los fieles de su rebaño. Sin tomar en cuenta la prohibición papal, el cardenal Lorenzo Carafa continuó a puertas cerradas sus festejos cortesanos, el más apreciado de los cuales era la Fiesta Púrpura porque, como el nombre hace suponer, a él asistían principalmente los altos dignatarios de la curia que por sus cargos vestían ropas de ese color, y que se celebraba con la mayor pompa.

Rechazar la invitación a una de esas fiestas púrpuras del cardenal Lorenzo no sólo era un pecado, sino además una solemne estupidez; puesto que Leberecht despreciaba la estupidez aún más que el pecado, no estaba dispuesto a darle calabazas al cardenal, al que tenía mucho que agradecer. Carafa había mencionado en su invitación de modo expreso a Martha a la que, desde su primer encuentro en casa de Carvacchi, no le quitaba los ojos de encima y le dedicaba sus miradas más lúbricas, ansiosas como las de un lobo hambriento.

¿Fue el diablo quien aconsejó a Leberecht o la seguridad de poder protegerla del acecho del orgulloso purpurado lo que le llevó a usar todo su poder de convicción para conseguir que Martha asistiera a la fiesta? El caso es que la mujer, aunque vacilando y sólo por complacer a su amante, acabó aceptando.

Por otras razones, además, a Leberecht la invitación le vino muy bien. Desde su encuentro con el gran inquisidor que después llegó al solio pontificio, no había tenido noticias suyas pese a que del ultimátum de trescientos sesenta y cinco días que le concedió entonces ya habían transcurrido la mitad. El chismoso cardenal y sus invitados, ansiosos de conocer cualquier novedad, le parecieron a Leberecht los más indicados para poner en circulación el rumor de que existía la amenaza de un relativamente cercano fin del mundo, sin tener que dar explicaciones más concretas sobre la fecha y el motivo del apocalíptico suceso.

Animada por las advertencias de Leberecht de no dejarse amilanar por la presencia de famosas cortesanas y animada por las afirmaciones de que podía competir en belleza y sensualidad con cualquiera de ellas, Martha se puso un largo vestido verde de terciopelo con un ribete ancho como la palma de la mano de brillante brocado de oro y un cuello del mismo material en forma de abanico, que permitía lucir sus hombros y un escote puntiagudo cuyo vértice penetraba profundamente entre sus senos. Se había peinado sus cabellos rojos con raya en medio y estirados hacia atrás, a la moda de la época, donde terminaban en un artístico moño sobre la cabeza que tenía la forma de un fruto exótico.

—Eres tan bella como la Madonna de Botticelli —le dijo Leberecht apretando su mano cuando llegaron frente al palacio del cardenal.

Allí golpeó la puerta del modo previamente convenido para que les fuera permitida la entrada, un golpe largo seguido de dos cortos y otro largo, cuyo ritmo se acomodaba al de las palabras de Horacio: «*Car - pe di - em* (Disfruta de este día).»

Si la entrada de la casa no delataba en modo alguno que estaba a punto de comenzar una fiesta hiperbólica, una vez en su interior tras las puertas cerradas se abría un paraíso iluminado con la luz de múltiples antorchas, un atrio enmarcado por columnas en cuyo centro se alzaba una fuente de mármol blanco, un jardín de las delicias que ni el exuberante pincel de Hieronymus Bosch, también conocido como el Bosco, hubiera sido capaz de reproducir de modo acertado.

Guardias suizos, lacayos, lanzadores de antorchas y otros cómicos enmascarados, muchachas de provocativas curvas vestidas con disfraces de brillantes colores y pajes de talle esbelto y rostros de muñeca en cuyos brazos se posaban palomas amaestradas y dóciles recibían a los invitados con sonrisas y gestos de bienvenida y los llevaban a las salas y habitaciones que les habían sido asignadas. Aunque Martha nunca había visto tantas personas bellas reunidas en tan reducido espacio, su llegada, que fue anunciada por un heraldo vestido de terciopelo negro que llevaba en la diestra un largo bastón de plata con el que golpeó el suelo tres veces, provocó por todas partes exclamaciones de admiración, «¡Ah!» y «¡Oh!», sobre todo entre los prebostes, prelados de la curia y lujuriosos cardenales, los que no se sentían atraídos por los jóvenes de su propio sexo, que con sus miradas parecían alabar al creador que con la costilla de Adán había sabido dar forma a tanta belleza. Mientras las cortesanas y amantes de los dignatarios religiosos eran ya lo suficientemente conocidas, con Martha aparecía un nuevo rostro que desató murmullos y preguntas sobre su origen y su nombre, y también los del amante que la acompañaba. Los comentarios de que Martha era una mujer honesta entregada en cuerpo y alma a su amante, ambos emigrantes procedentes de tierras alemanas, y que además lo superaba en edad la hicieron aparecer todavía más interesante a los ojos de los invitados.

Los guapos adolescentes, que hasta ese momento alternaban como de modo casual entre los asistentes, se reunieron para formar un quinteto de voces blancas que con sus delicados tonos suaves como la seda empezaron a entonar las varias estrofas de un madrigal que, al final, fue acompañado con un redoble de tambores, aplausos y vítores, y que gustó tanto que algunos de los eminentísimos cardenales dejaron escapar las lágrimas y se persignaron como si fueran testigos de un milagro. A las voces celestiales de los muchachos siguió un fuerte sonido de instrumentos de viento y timbales semejante al de una danza mora.

El cardenal Lorenzo fue el que inició la danza con un coqueto movimiento de su sotana y enseñó su rodilla enfundada en una media de seda roja, una visión grata a todos los presentes. Animadas por el ejemplo inicial del eminentísimo cardenal algunas parejas se cogieron de la mano y siguieron el ritmo de la música, un largo paso hacia adelante y dos cortos sin moverse del sitio, el último de los cuales iba acompañado de un salto cuya altura dependía de la destreza y entusiasmo del bailarín.

La marcha, los saltos, el roce de las faldas de los vestidos y sotanas y las risas de los bailarines dificultaban que los cinco músicos vestidos con ropas al estilo moro hicieran oír el sonido de sus instrumentos. Martha, que por primera vez participaba en una de estas fiestas, se alegró cuando terminó el baile pues Leberecht, tan poco diestro en el arte de la danza, dio una clara muestra de su incapacidad para acordar sus movimientos con el ritmo de la música. Finalmente, cuando Martha tomó asiento en una silla de tijera situada entre dos columnas, su eminencia el cardenal Lorenzo Carafa se acercó a ella con la cabeza inclinada a un lado y le ofreció el brazo doblado, lo que significaba una petición de baile.

Martha se ruborizó, aunque esto se debió principalmente a que cayó en la cuenta de que todos los ojos estaban fijos en ella y temió que el cardenal, como era propio de un hombre de su locuacidad, la agobiase con galanterías y piropos que podrían ser oídos por todos, pero no fue así. Lorenzo, cuyo odio por el silencio sólo era superado por el que sentía por el papa, no dijo ni una sola palabra y sonriendo condujo a Martha al centro del atrio, la cogió de las manos por detrás y se situó a su lado para empujarla suavemente y hacerla seguir el ritmo de la música. Las demás parejas que bailaban se olvidaron de su danza para contemplar el inesperado espectáculo llenas de admiración como si Martha y el cardenal fueran los intérpretes principales de una representación teatral. El que el bailarín vestido de púrpura lleno de vanidad siguiera perfectamente el ritmo de la música era mucho menos sorprendente que el talento de Martha para dejarse llevar por él y despertó en los demás invitados la impresión de que ambos habían ensayado muchas veces esa exhibición.

Pero eso era sólo apariencia. Hasta entonces Martha no había sentido gran simpatía por el culto cardenal. Desde niña tenía tan profundamente grabada en su alma la idea de que un cardenal bajo su hábito púrpura era un alma pura que no llevaba en sí la menor señal de masculinidad y que, de hecho, ni siquiera podía considerársele como varón, sino como un ser santo con apariencia de hombre. Lorenzo Carafa estaba dispuesto clara e intencionadamente a demostrarle a Martha que esta suposición era falsa cuando se colocó detrás de ella y, al seguir el ritmo de la música, entraron en contacto directo. Martha, a través del terciopelo de su vestido y de la seda de la sotana del cardenal, sintió una punzada que sólo podía ser producida por algo duro y romo o por un milagro del Espíritu Santo.

La estrecha proximidad de ambos, que no quedó oculta para nadie, no pareció preocupar demasiado a Leberecht y el desenfreno que el cardenal y Martha mostraban públicamente casi fue bien recibido por él; pues, desde que le había hablado a Martha del contenido del libro de Copérnico, ésta parecía frecuentemente impresionada y asustada y su desaliento había arrojado una sombra sobre sus relaciones que por lo demás siempre hasta entonces habían sido armónicas.

Excitada por la elegancia con que el cardenal la trataba y en un estado de suave embriaguez causada por el aroma del almizcle, el ámbar y la juncia que se extendía por toda la casa, Martha se sentía en un estado de euforia como hacía mucho tiempo que no vivía.

Dos toques de clarín anunciaron el banquete que se serviría en el salón púrpura, una amplia estancia alargada con las paredes adornadas de tapices de seda con los colores del cardenal y con espejos con marcos dorados a ambos lados que multiplicaban la luz de las velas y le daban a la sala una profundidad aparente, como la de las esferas celestiales.

Como cabía esperar, el cardenal, tan amante de la buena vida, había dispuesto el orden en que debían sentarse los invitados y Leberecht no se sorprendió al ver que había elegido a Martha para el papel de dama de honor y la había sentado a su lado. Para compensarlo y para que el tiempo no se le hiciera largo, sentó al lado de Leberecht a Panta, la más bella y famosa de las cortesanas romanas, que en primer lugar estaba liada con el cardenal Del Monte, pero que los domingos y los días de fiesta de guardar, en el Adviento y la Semana Santa estaba al servicio de Gasparo Biancho, el maestro de cámara del papa, del que se contaban cosas muy curiosas. Por lo visto amaba a Panta, un ejemplo vivo del pecado, al modo platónico, es decir, como Platón describía en su *Symposion*, sin sucumbir a sus propios instintos, en la silenciosa adoración de su desnudez.

El empaque llamativo de Panta, en especial sus pechos que casi escapaban por su escote y que a cada movimiento se movían como una pareja de insolentes hermanos gemelos, provocaba tal turbación en Leberecht que casi no le dejaba tiempo para preocuparse por la conversación y el trato de Martha con el cardenal. A esto hay que añadir que Panta le dedicaba su interesante conversación, que terminó en una pregunta imposible de contestar: quién era el mejor pintor el mundo, Miguel Ángel o Rafael.

En tanto que se lo permitían los ondulantes senos de Panta, los ojos de Leberecht estaban pendientes del servicio de la comida que parecía una verdadera escenificación teatral. Como partidario convencido de la tesis de que el placer de la comida depende en su mitad del paladar y en la otra mitad de los ojos, el cardenal hizo preparar y servir los distintos platos en forma de cuadros alegóricos, leyendas y escenas como *Numa Pompilus sobre su carro de guerra tirado por centauros* o *Afrodita y Ares* o *Ulises en presencia de las sirenas*. En una bandeja de plata, del tamaño de una rueda de carro, venía sentada una jovencita de aspecto delicado, cubierta de tiernas pechugas de pollo. Vestida con una capa de muslos de pato silvestre, apareció una Andrómeda de ojos ardientes con el pelo largo y negro, que sobre una roca de queso fundido era liberada por un alado Perseo por cuyas alas habían sacrificado la vida cincuenta faisanes.

Si la primera parte del banquete se sirvió con ropa de mesa de color púrpura y con platos y cubiertos de oro, la composición del juego de colores cambió de un instante a otro por obra y gracia de una docena de enanos a los que el creador les había dado cabezas del tamaño de las de los adultos pero miembros de niño, que sustituyeron platos y cubiertos dorados y manteles y servilletas púrpura por otros de plata y damasco blanco, respectivamente; una combinación que simulaba el agua, como fondo adecuado para los pescados y frutos de mar. En un brillante carro de color blanco, como si Miguel Ángel lo hubiera tallado en mármol, se transportó a un hombre joven y musculoso, del tipo de Lacan, que luchaba con las fabulosas serpientes de mar y cuya estatua fue encontrada sesenta años antes en la ruinosa casa de Nerón. Pero en este caso, en vez de monstruos, el joven tenía sobre él anguilas plateadas, crustáceos en conchas de plata y mariscos cuyas conchas eran tan grandes que en ellas hubiese cabido una cabeza humana.

Otro carro tirado por delfines falsos, bajo cuyo disfraz se ocultaban dos pequeños asnos, trajo a la reina de los mares, Anfitrita, la esposa de Poseidón, como compañera de viaje. Perlas relucientes adornaban su exterior y, en la parte central, la diosa de los mares envuelta en sutiles velos parecía jugar con una gran fuente de los más distintos animales comestibles de los mares, iluminada desde abajo con una luz azulada. Contrariamente a los demás invitados, los cardenales, obispos y camarlengos, las nobles damas y las concubinas, que no era la primera vez que asistían a una exhibición tal de lujo, Leberecht no salía de su sorpresa y llegó a olvidar que el motivo real de ese espectáculo era fomentar la ingestión de alimentos, de modo que llegó a los postres con tanta hambre como cuando se sentó a la mesa.

Hablando de postres, hay que decir que no eran menos blasfemos que ofrecer a nuestro señor Jesucristo cacao, o como quiera que se llamase aquella bebida espumosa que los españoles habían traído del Nuevo Mundo, pues consistían en verdaderas obras de arte comestibles compuestas de nueces, avellanas y almendras, crema helada y mazapán, con el que se daba forma a reproducciones de edificios como la catedral de Florencia, el palacio de los Dogos de Venecia o la cúpula de Miguel Ángel de la catedral de San Pedro ya terminada, cuando en realidad de ella no existían hasta entonces más que los planos y dibujos.

A continuación se sirvió el vino. No aquel vino áspero y resinoso de la Toscana, sino el dulce y fuerte de los Castelli y de la ciudad de Roma, tan rico en alcohol que era capaz de soltarle la lengua al más encarnizado de los prosecretarios de la más atrevida orden militar religiosa; así, sentados a la mesa, después de una corta pausa para la digestión, empezó una conversación inesperadamente animada sobre si los hombres de piel roja que había descubierto el navegante Cristóbal Colón en su búsqueda de un camino para las Indias eran dignos de la salvación por medio de nuestro señor Jesucristo cuando ni ellos habían oído hablar de él ni él de ellos, pero que en determinadas circunstancias parecían reunir las condiciones precisas para ser integrados en la raza humana.

La más fuerte oposición a esta teoría vino por parte de Daniele Rospigliosi, titular del Espíritu Santo e investigador de demonología en el Instituto per le Opere Diaboli que, después de diecinueve años de estudios en dicha institución, se remitía a la decisión tomada por escasa mayoría por la comisión designada por el papa en la que se les negaban a los pieles rojas las cualidades humanas porque no constaba que hubieran sido creados a su imagen y semejanza, es decir, a imagen y semejanza divina, como se establecía en la Biblia, sino contra natura y posiblemente por el diablo. El Dios supremo, el Todopoderoso no es, ciertamente, un indio.

—¿Qué es pues? —preguntó Leberecht, que se sentaba frente al titular del Espíritu Santo, con el mismo tono de aparente santidad que era propio de Rospigliosi, y añadió—: Quiero decir que nuestro señor Jesucristo tampoco era italiano y menos todavía alemán, así que el aspecto externo de cualquiera de nosotros tiene que diferenciarse claramente del suyo, y así surge la pregunta de si nosotros, los que aquí estamos reunidos, representamos su imagen.

El discurso del capataz de canteros de San Pedro motivó distintas reacciones. El cardenal Lorenzo aplaudió sonriendo y gritó:

—¡Muy acertado, muy acertado! He aquí un humanista con el que uno no debe dejarse arrastrar a una discusión.

Por el contrario, Rospigliosi y algunos jóvenes cuyas sotanas con bordes rojos los identificaban como funcionarios de la curia se miraron entre sí desorientados; el titular del Espíritu Santo trató de quitar importancia a la herética observación, que dicha en cualquier otra parte hubiera motivado la intervención del gran inquisidor, y alzó su vaso:

—*In vino veritas!* (En el vino está la verdad.)

—*In vino feritas!* (En el vino está la fiereza) —replicó el cardenal Lorenzo haciendo que todos pusieran cara de Pascua.

Leberecht, que vio llegada su ocasión, se volvió en diagonal hacia el otro lado de la mesa y gritó:

—¡Bebe, Martha, bebe! ¡Quién sabe cuántas veces aún podremos disfrutar de una ocasión como ésta!

Apenas había dejado de hablar cuando todas las miradas se dirigieron a él y de un instante a otro se hizo un ahogado silencio como si un fantasma flotara sobre la sala púrpura. El cardenal Lorenzo tomó la mano de Martha y le preguntó:

—¿Qué es lo que quiere decir con esa maliciosa observación?

Martha le dirigió a Leberecht una mirada como en petición de ayuda; éste se hizo cargo de la respuesta y dijo:

—¡Bueno, la verdad es que si creemos al sabio Copérnico, tan docto en teología como en medicina y astrología, tan sólo nos quedan seis mil quinientos días!

Rospigliosi, que oyó las palabras de Leberecht con la boca abierta, vació su copa de un trago y seguidamente preguntó con una sonrisa insegura:

—¿Qué queréis decir con esa indicación? ¿Qué significa eso de que sólo nos quedan seis mil quinientos días?

Leberecht alzó los hombros.

—Podéis llamarlo el juicio final, o el *finis mundi,* o el fin de la humanidad. Con ayuda de las matemáticas, Copérnico ha descubierto que una estrella se aproxima a la tierra a gran velocidad y que en el año del Señor 1582 el día ocho del mes décimo se producirá la colisión.

La cortesana Panta, que tenía la copa alzada para hacer un brindis, dejó escapar un grito agudo como si la hubiese alcanzado una bala; el vaso se le escapó de la mano y el blanco mantel se tiñó de un color rojo que parecía la sangre de un demonio invisible.

—Pero en las sagradas escrituras no se habla en absoluto de eso. Nos refieren al juicio final en el cual el bien se separará del mal. Si se probara que es verdad lo que decís vos, daría exactamente igual ser bueno o ser malo, pues a todos nos alcanzaría el mismo destino. No habría infierno para los condenados y los justos esperarían inútilmente que se les abrieran las puertas del cielo.

Un desconcierto sobrecogedor reinó en la mesa tras las palabras de Rospigliosi. Los invitados, unos tras otros, comenzaron a vaciar sus vasos y el primero de todos fue Rospigliosi. La mención de Copérnico parecía haberlo inquietado más que a los otros. A la pregunta de Lorenzo Carafa de si él tenía ya noticias de la amenazadora catástrofe respondió de modo elusivo y añadió que el papa había incluido en el *Index* los escritos de Copérnico sobre los movimientos de las estrellas, y que a los cristianos les estaba prohibido, bajo pena de excomunión, conocer su contenido o difundirlo. Lutero, del que nadie podía sospechar en ningún caso que fuera partidario del papa, había calificado a Copérnico de loco que quería transformar todo el arte de la astronomía. Como podía leerse en la Biblia, Josué había detenido al Sol en su camino y no a la Tierra. Los jóvenes que se sentaban junto a Rospigliosi afirmaron con la cabeza como si quisieran dar mayor fuerza a sus palabras. Por el contrario, Leberecht observó con sequedad:

—Cabe preguntarse quién se merece más crédito: Josué, el viejo guerrero de Canaán, o Copérnico, un sabio reconocido y experimentado en todas las ciencias.

Panta, que hasta entonces sólo había dedicado a Leberecht muy poca atención, le dirigió una mirada de admiración, que se debía menos a su saber e ilustración que al valor que mostraba un cantero de San Pedro capaz de enfrentarse con tan altos dignatarios, y en voz apenas perceptible le advirtió:

—Tened cuidado con vuestras expresiones, Lorenzo tiene la mala costumbre de, además de invitar a sus amigos, traer a su mesa también a sus enemigos, aunque sólo sea para humillarlos. Y esa gente toma nota de lo que aquí se dice. No me extrañaría que mañana toda Roma hable de la profecía de Copérnico.

—Eso —le respondió Leberecht, también en voz tan baja que apenas era más que un murmullo— es precisamente lo que quiero. Por otra parte debo deciros que no tenéis que preocuparos por mí. La Inquisición tiene más interés en proteger mi vida que en adelantar mi muerte.

Panta no comprendió el sentido de la observación de Leberecht y se apuntó al vino que los invitados consumían cada vez en mayor cantidad y que les era servido en grandes jarras de plata. En un extremo de la mesa, la bella acompañante de un monseñor poco conocido, que llevaba de cabeza a la mayor parte de los dignatarios y que por esa razón era para ellos como un maravilloso icono, comenzó a sollozar en su pañuelo, lo que a su vez hizo que a su pareja le brotaran las lágrimas y musitara una silenciosa oración.

En menos de nada, un buen número de personas medio borrachas rodearon a Leberecht y lo agobiaron con preguntas sobre la credibilidad de Copérnico, la fecha definitiva del fin y el libro en el que estaba escrita esa profecía. Una vez que hubo contestado a todas las preguntas menos a la que se refería a dónde era posible encontrar el libro de Copérnico, pareció como si los invitados se dividieran en dos bandos claramente diferenciados: unos empezaron a lamentarse y a invocar a todos los santos mientras que otros, al grito de *nunc est bibendum* (¡Ahora hay que beber!), se entregaron a la bebida, a la orgía, a la diversión, a la gula y a la lujuria como si estuvieran convencidos de que no llegarían al día siguiente. Los eructos, los gruñidos, el chasquear de las lenguas y los sollozos, los juramentos y maldiciones, las canciones y los vítores resonaban por todas partes y nadie parecía preocuparse por los demás.

Cuando el eminentísimo Rodrigo Torella, prefecto del consejo para la sustitución de la palabra hebrea «amen» por la latina «sic» y obispo titular de Pietrovalle, comenzó a maldecir en voz alta, con palabras que ofendían del modo más grave a uno de los sacramentos; cuando monseñor Frederico Pacioli, consejero y amigo íntimo del temido cardenal Del Monte, comenzó a cantar una cancioncilla altamente lasciva en la que, por lo que su esponjosa lengua de borracho permitía entender, el falo del dios Priapo jugaba un importante papel; y cuando un funcionario de la curia, cuyo aspecto externo sólo podía ser superado en seriedad por el propio Pío V, empezó a lanzar sus besos a las cortesanas presentes, acompañándolos con gestos obscenos, una escena que por su vulgaridad movía a risa, la fiesta amenazó con convertirse en una de aquellas orgías callejeras que en verano tenían lugar bajo los puentes del Tíber.

Sin ser advertidos por los demás invitados, el cardenal Lorenzo y Martha, su dama de honor, se alejaron para que él pudiera mostrarle las habitaciones y salones del palacio lujosamente amueblado. Martha quedó impresionada, principalmente por el lujo, las artísticas esculturas de mármol blanco, los cuadros de Rafael y Leonardo y el moderno mobiliario realizado con las maderas más exóticas. ¿Fue la pesadez del vino o lo desesperado del momento lo que hizo que Martha se dejara enredar por las adulaciones ingeniosas del cardenal como si fuera una jovencita sin experiencia?

La objeción de Martha de que el fin de la humanidad que los amenazaba debía moverlos al recogimiento fue apartada por Lorenzo con la observación de que si el fin era inevitable y no habría un juicio final, no eran necesarios ni el arrepentimiento ni la automortificación; al contrario, en un momento como aquél cada uno debía vivir el instante y dar rienda suelta a sus impulsos, como había predicado el poeta Horacio que, a diferencia de los grandes filósofos, fue el único feliz a la hora de la muerte.

Martha vaciló antes de entrar en el dormitorio púrpura del cardenal y éste se arrodilló delante de ella, tomó sus manos y las cubrió de besos mientras decía:

—Desde el instante en que os vi por primera vez, me acuerdo de ello perfectamente, os he seducido cientos de veces en mi pensamiento.

Martha trató inútilmente de librarse de los besos del cardenal, aunque no se tomó sus palabras tan en serio como él se las dedicaba en realidad, y replicó:

—Digníssimo señor cardenal, vos no sólo sois un hombre galante sino un soberbio adulador.

—¿Yo, un adulador? Noble señora, estoy tan lejos de ello como el Nuevo Mundo lo está del viejo. ¿Cuántos son ya los que os han dicho hasta qué punto sois bella y deseable? Todo un ejército de hombres, ¿no es eso?

La forma como el cardenal la envolvía con frases amables y piropos, las palabras lisonjeras con las que la describía hicieron ruborizar a Martha y la turbaron.

Lorenzo Carafa se dio cuenta de inmediato y supo enfrentarse a la situación con sentencias adecuadas y dijo:

—Si mis palabras os han ofendido, bella Donna Martha, si mi osadía ha pasado los límites del respeto debido, reprendedme, imponedme una penitencia. Me arrodillo ante vos dispuesto en todo momento a cumplir la penitencia. ¡Hablad, noble señora, pero no me dejéis regresar solo a mi adoración!

Martha, confusa por la forma culta y delicada con la que el cardenal expresaba su pasión, respiró profundamente.

—Os quedaría muy agradecida si cambiarais vuestra forma de hablar. Si os dirigierais a mí como le corresponde a una mujer de mi rango.

—Donna Martha —replicó el cardenal—, para seguir vuestro deseo tendría que hablaros en el latín más culto o en el francés más refinado y amable, como le corresponde a una reina. Pero evitadme esa tortura, permitid que hablemos entre nosotros como corresponde a los sentimientos de nuestros corazones. Yo, señora, os hablo con el mío, pero vos me respondéis sólo con la razón. ¿Por qué, hermosa mía, por qué?

Martha nunca hubiera pensado que las palabras de un hombre podían someterla a tal tensión. Se asustó de su propia voz; para poder responder al cardenal del modo adecuado se necesitaba mayor habilidad y un artificio de los que ella no disponía. Por esa razón decidió callar y se limitó a observarle con los ojos muy abiertos.

Esa mirada bastó para producir la mayor inquietud en el hombre que seguía arrodillado delante de ella.

—¡Oh, si yo conociera vuestras preferencias...! —Continuó—: ¡Si supiera cuáles son vuestras pasiones, lo que os gusta en especial! Si vos fuerais una de esas mujeres que aman la poesía, sin miedo a que vuestro corazón pudiera corromperse por la pasión ¡qué dulce sería poder deciros que mi nombre era Dante Alighieri o Horacio Flaccus! Si amarais los dulces tonos de la música, me presentaría ante vos como Palestrina o como Orlando di Lasso. Si fuera la pintura la que da alas a vuestra fantasía, me llamaría, ¡qué magnífico destino!, Botticelli o Rafael. Y si fuerais una mujer piadosa, me gastaría toda mi fortuna en sobornar a los cardenales para que en el próximo cónclave me eligieran papa. Y si, por el contrario, no os importara nada la santidad, estaría a dispuesto, por vos, a vender mi alma al diablo.

Martha se rió con libertad al darse cuenta de que el cardenal sabía cómo enredarla de un modo verdaderamente maravilloso y se preguntó si alguna vez hubo una mujer que se supo resistir a caballero tan galante. Estaba segura de que Carafa ya debía de haberle hablado así a más de una y, sin embargo, la hacía sentir como si ella fuera la primera y la única a la que perseguía con sus galanterías.

—¡Levantaos, eminencia, es desagradable veros en esa actitud!

Carafa se levantó, se alisó su sotana púrpura y opinó:

—¡No he pretendido ofenderos en nada, bella señora! Pero debéis saber que si bien el amor puro se deja dominar por el respeto, también ocurre a veces que ese mismo amor puro puede verse invadido en un instante por un irrefrenable deseo. Éste ha sido uno de esos instantes y os ruego indulgencia para mis incontrolados sentimientos.

—¿Sólo un instante? —preguntó Martha coqueta.

La forma en que el cardenal intentaba cortejarla, como hasta ahora nadie había hecho con ella, le producía placer pese a todos sus reparos. Y, ciertamente, las palabras de Carafa eran las más adecuadas para hacer olvidar, en aquel ambiente de fin del mundo, lo inexorable del destino.

—¡Oh, no —respondió el cardenal— y mil veces no! Ese instante no afecta sólo a mi irrefrenable pasión, a los pensamientos incontrolados que a veces me dominan. Pero nombradme a un hombre que os contemple, que admire vuestro hermoso rostro enmarcado por los rojos cabellos, ese bello cuerpo en su rítmica belleza, en la plenitud de su perfección, nombradme al hombre que en vuestra presencia no olvide el respeto que se debe a una santa como vos.

Flirteando y sin resistencia por parte de Martha, el cardenal la condujo a su *boudoir,* que estaba bañado por una suave luz procedente de cien velas. La cama, en el centro de la habitación, estaba cubierta por un fastuoso baldaquín de color verde azulado que, como una tienda de campaña oriental, se alzaba sobre un podio de mármol, y era lo bastante grande para que en ella pudiera dormir toda la servidumbre de palacio. Delante de la pared, a la derecha, había un diván de brocado amarillo, adornado con cojines de seda de colores brillantes. Martha aceptó gustosa la invitación del cardenal y se dejó caer entre ellos.

Un criado vestido con elegancia y que tenía un rostro imberbe y tan delicado que hubiese podido servir de modelo a Rafael les sirvió vino en unas espléndidas copas de cristal tallado que reflejaban la luz, y discretamente desapareció por una puerta invisible, como si se lo hubiera tragado la pared. Mientras tanto, Carafa había tomado asiento en un cojín a los pies de Martha, una visión cómica teniendo en cuenta el púrpura cardenalicio de su hábito de seda refulgente, y la contemplaba con amistoso encanto y un entusiasmo irreflexivo.

Ese comportamiento torpe y que en cierto modo causaba una impresión de inexperiencia fue algo que Martha no había esperado del cardenal, que tenía fama de conquistador; pero aumentó su seguridad en sí misma hasta el punto de que llegó a sentirse superior a él. Cuando contempló sus zapatos rojos con la cruz sobre el empeine y sus medias de seda, que en las proximidades de la pantorrilla apenas mostraban la redondez del músculo, incluso esbozó una sonrisa burlona dedicada a aquel hombre distinguido y petulante por quien, desde el tiempo que hacía que lo conocía, nunca sintió especial admiración y que ahora estaba allí, a sus pies, como un perro callejero.

Sin embargo sólo fue necesario un breve impulso de locura para que, animada por el efecto del vino, Martha se entregara a Lorenzo Carafa, desenfrenada y con incontrolados gritos de placer hasta que la abandonaron los sentidos. Cuando volvió en sí, estaba acostada en el suelo, medio desnuda, y fue como si despertara de un sueño insensato, poblado de acontecimientos absurdos. No comprendía qué hacía tumbada en aquel lugar y tampoco podía acordarse de lo que había ocurrido en aquel lujoso dormitorio.

Fue entonces cuando descubrió al cardenal, que se había despojado de su sotana púrpura y respiraba pesadamente echado sobre el sofá con aire de triunfo, con la ayuda de Dios lo había hecho ocho veces, y esa presencia le trajo el recuerdo. Martha se sintió invadida por una profunda sensación de desaliento, hasta el punto de que se golpeó en la frente con ambas manos. Se levantó, puso en orden su vestido y con paso vacilante buscó el camino de vuelta al comedor donde aún duraba la reunión.

Ni a Leberecht ni a los demás invitados les había llamado la atención la ausencia de Martha y del cardenal, pues la declaración de Leberecht había desatado en todos un estado de ánimo que, de acuerdo con los distintos caracteres de cada uno, condujo a las reacciones más diversas. Los guapos adolescentes y Daniele Rospigliosi se lamentaban como viejas plañideras y dieron libre curso a sus lágrimas. Sus cuerpos flexibles estaban abrazados unos a otros y en el centro se arrodillaba Rospigliosi como Laoconte delante de las serpientes. Monseñor Pacolis parecía tener una reserva inagotable de canciones y poemas lascivos. Se había quitado su hábito talar con los bordes rojos, el Espíritu Santo sabría por qué, y estaba en ropa interior clerical, calzoncillos hasta la rodilla y camiseta hasta el codo en los que las monjas habían bordado en rojo la señal de la cruz y los símbolos de los cuatro evangelistas: el león, el hombre, el toro y el águila. Se había trasladado al podio que el coro de los muchachos había utilizado como escenario y seguía cantando o recitando sus estrofas. Y aunque, pasado el interés inicial, ya casi nadie lo escuchaba, siguió cantando pero su lengua confusa a causa del vino casi no podía ser entendida por nadie.

Protegidas en parte por el mantel de damasco con el que estaba cubierta la mesa del comedor, una mujer de la vida y una mujer decente se entregaban a un gordo exorcista, sobre el que cabalgaba una de ellas, poseída de fiebre uterina, mientras que la otra apresaba su cabeza entre los firmes muslos, de modo que el clérigo había perdido la vista, el oído y la razón al mismo tiempo. El exorcista daba gritos de júbilo con los ojos al cielo, como si se le hubiera aparecido la santa Virgen, y en su éxtasis pronunciaba a gritos bajo el mantel las palabras de San Agustín: «*Aetas deseruit, vita deseruit, non cupiditas* (El tiempo pasa, la vida pasa, pero no la concupiscencia).»

—Parece como si quisiera recuperar en una noche lo que ha perdido en toda su vida —comentó Panta con un movimiento de manos despreciativo, y se volvió para mirar a Leberecht. La bella cortesana del cardenal Del Monte y de Gasparo Biancho fue la única entre los invitados a la que el anuncio del ocaso del mundo no pareció impresionar mucho—. En lo que a mí respecta —continuó con una mirada displicente que abarcaba a los muchos invitados que, borrachos, iban de un lado a otro lamentándose—, yo no tengo nada que recuperar. Yo no he vivido de acuerdo a las hipócritas ideas de la Iglesia, nunca fui devota, ni siquiera creyente. Yo he dado al César lo que era del César y al papa lo que me ha exigido. He vivido todas las pasiones, he rendido culto tanto al placer como al pecado. Mi dios es el dinero, mi cielo el lujo. Y ya tengo más que suficiente de ambos. Si ahora esa maldita estrella viene a precipitarse sobre nosotros, ¡que todo pase como tenga que pasar!

Leberecht sacudió la cabeza.

—De cualquier otro hubiera esperado esa reacción menos de vos. Mirad a vuestro alrededor esas criaturas pobres de espíritu con sus ropas que huelen a incienso. Si alguno de ellos todavía creyera en la doctrina de la Iglesia, se hubiese alzado para proclamar: «Los cálculos realizados por Copérnico no pueden ser ciertos porque es contrario a las escrituras y contrario a la palabra de Dios.» Pero ya no creen ni en sus propios sermones y desconfían hasta de sus propias enseñanzas. ¿Hay alguna prueba mejor de que Dios ha abandonado el mundo? La Iglesia tachó a los antiguos romanos de paganos, pero ahora sus propios miembros actúan como antaño lo hicieron ellos: matan al mensajero que trae una mala noticia en vez de escucharla y analizarla para tratar de enfrentarse a ella.

—¿Os referís, tal vez, a la muerte de los astrónomos?

—¿Cómo lo sabéis?

—Soy Panta, la cortesana, joven amigo, ¡y comparto la cama con el influyente cardenal Del Monte!

—Perdonad, había olvidado...

—Ya está perdonado. Pero si me permitís una observación debo deciros que me sorprende vuestra sinceridad; quiero decir que, tras las experiencias de los últimos tiempos, lo primero que debierais hacer es temer por vuestra vida. ¿De dónde sacáis el valor?

—Tras esa pregunta se oculta un gran secreto, noble Panta.

—¿Un secreto? ¿Cuál? ¡Vamos, hablad!

—Según creo sois la cortesana de un influyente cardenal, ¿es así? —preguntó Leberecht con un gesto pícaro.

—¡Ardo de curiosidad!

—¡Una curiosidad que no voy a satisfacer! Es mejor para vos y mejor para mí.

La cortesana era demasiado lista y, además, demasiado orgullosa para presionar a Leberecht. Y lo que era aún más interesante, disponía de las mejores relaciones en los más altos círculos y sólo le hacía falta hacer una señal para enterarse de qué iba la cosa. Además había algo que aún le interesaba más: el capataz de los canteros de San Pedro comenzaba a gustarle y no vaciló ni un momento en hacérselo notar con miradas ardientes.

—Espero veros a vos y vuestra esposa en una de las fiestas que suelo dar en el jardín de mi casa —dijo. Y añadió refiriéndose a Martha—: Deberíais prestar más atención a vuestra señora, si me permitís la observación. Es de una belleza extraordinaria y las mujeres tan bellas no pertenecen a un solo hombre... ¡sobre todo aquí, en Roma! —terminó con una sonrisa muy expresiva.

Leberecht no se tomó la observación demasiado en serio pero sí fue causa de que decidiera buscar a Martha. Se sentía asqueado por el caos con el que había terminado la fiesta púrpura, aunque él no era del todo inocente. Así, se levantó de la mesa y se puso a buscar a Martha por las distintas habitaciones del palacio.

En el vestíbulo se encontró con Lorenzo Carafa. El cardenal, visiblemente embriagado, se había cambiado la sotana púrpura y cuando llegó Leberecht comenzó a decirle una serie de galanterías destinadas a su esposa Martha: que era como una diosa griega y que el hombre al que perteneciera debería sentirse el más feliz sobre la tierra. Le preguntó si quería vendérsela o cambiarla por tierras en Pincio y un palacio en la ciudad, o por oro o por cualquier otra cosa que pidiera por aquella fantástica mujer.

Si ya costaba trabajo tomarse en serio al cardenal cuando estaba sobrio, ¡qué no diría en estado de embriaguez, cuando se atrevía a hacer esas inmorales ofertas, motivadas sin duda por el exceso de vino! Leberecht no quiso seguir con aquella conversación, se quedó cerca de él y le preguntó si había visto a Martha.

—Sí, está aquí omnipresente —se entusiasmó el cardenal en estado de embriaguez—, y quien la vio una vez la llevará siempre en su corazón.

Mientras hablaba apretó su mano abierta sobre el pecho.

En vista de que, como estaba claro, resultaba imposible hablar con Lorenzo, Leberecht comenzó a buscar a Martha. En la escalera se encontró con Rodolfo, el ayuda de cámara del cardenal que hablaba alemán, quien le dijo que la había visto con su eminencia en el atrio por última vez cuando pasó por allí con paso rápido como si alguien la persiguiera. Causaba la impresión, como todos los demás invitados, de estar un tanto trastornada o bebida.

¿La impresión de estar trastornada? ¿Qué podía, en todo el mundo, haberla puesto en esa situación? Ella ya había oído hablar a Leberecht de la profecía de Copérnico y esto la hacía diferente a todos los demás invitados que, al conocerla, reaccionaron confusos y sin capacidad de pensar.

Leberecht comenzó a preocuparse seriamente. Al no encontrar a Martha después de haberla buscado por todo el palacio, teniendo, en muchas ocasiones, que saltar sobre cuerpos embriagados que copulaban o se lamentaban, sin haber dado con ella, le vino a la mente que su estado de confusión y ofuscación podía tener alguna relación con su hijo Christoph, que cegado por las cifras y por los hombres de la curia, espiaba a su propia madre dispuesto incluso a delatarla.

De ese modo, la fiesta púrpura terminó para él con una fatalidad, al no poder encontrar ninguna pista de Martha. La esperanza de que pudiera haber regresado a casa tampoco se hizo realidad. Martha había desaparecido.

Ya de madrugada, Leberecht regresó al palacio del cardenal para seguir investigando sobre el paradero de su amante pero no pudo obtener la menor información. En el suelo dormían muchos de los dignatarios que habían vomitado sobre sus propias ropas. Rospigliosi, que yacía con la cabeza metida en un gran charco de vino, recitaba un poema sobre el rabo del diablo y no pudo obtener de él la menor información; tampoco de Lorenzo Carafa que, completamente borracho, se había ido a la cama ayudado por los sirvientes.

—¡Martha! —gritó entre sollozos una y otra vez, mientras emprendía el camino de vuelta a casa por calles frías y solitarias—. ¡Martha!

Repetidas veces luchó con la idea de visitar a Clavius pero siempre acabó por rechazarla, pues si la desaparición de su amada tenía alguna relación con su hijo, éste sería el último en ayudarle en su búsqueda.

Profundamente sumido en sus pensamientos, Leberecht recorrió a buen paso el camino hacia el Pantheon. Se reprochaba haber perdido de vista irresponsablemente a la mujer amada, sobre todo después de que, desde hacía ya mucho tiempo, le atormentara la sospecha de que le seguían y estaba bajo vigilancia continua.

La Inquisición, ciertamente, hacía desaparecer a las personas sin dejar rastro. A algunas las encontraban más tarde con la cabeza cortada en las aguas pardas del Tíber. Corrían rumores sobre la existencia de cárceles subterráneas entre el Castillo Sant'Angelo y el Vaticano, en las cuales permanecían cientos de personas, pero ninguno de los que hablaban de ello había puesto un pie en ninguna de esas prisiones.

Que Martha pudiera haberse convertido en una víctima más de la Inquisición, que hubiera sido secuestrada por esbirros del Santo Oficio, le parecía a Leberecht algo poco probable. ¿No temían los dominicos que él, Leberecht, en ese caso, publicase el libro de Copérnico? ¿No había hablado y descubierto demasiado en la fiesta del cardenal?

Capítulo XI

TEMOR Y DESLUMBRAMIENTO

Como el fuego del infierno, la noticia del anuncio del fin de los tiempos se extendió por toda la ciudad y al día siguiente, antes de que el pálido sol invernal alcanzara su cenit, las plazas y mentideros de Roma se llenaron de rumores, susurros en voz baja, y todo un hervidero de los más diversos comentarios que, como una enfermedad contagiosa, pasaban de boca en boca. Personas que no se conocían en absoluto al cruzarse en su camino se santiguaban con la mano izquierda, el signo del diablo y una clara burla de las ceremonias piadosas que ya no tenían el menor significado.

Leberecht no acudió al trabajo y recorrió toda la ciudad en busca de Martha. ¡Infructuosamente! A eso del mediodía, el cardenal Carafa volvió a estar en condiciones de hablar con él; sin indicarle a Leberecht lo que había ocurrido, creyó tener una pista. A uno de los pajes le parecía haber visto que en la tercera hora de la madrugada, todavía de noche, una bella mujer que abandonaba precipitadamente el palacio seguida por un hombre, al que no pudo reconocer porque con el pretexto del frío se protegía el rostro con una bufanda. En aquellos momentos no le prestó mucha atención al suceso y, por esa razón, no podía decir en qué dirección se fue la hermosa señora seguida por el hombre sin rostro.

Entre tanto, el rumor del fin del mundo había llegado hasta el Vaticano. En los andamios de la obra de la catedral de San Pedro se había colgado un cartel que decía: *El papa es un asno, se hace levantar un monumento para la eternidad que se vendrá abajo antes de ser terminado.* Los picapedreros, los más fuertes y también los más rudos y zafios entre los trabajadores de San Pedro, se negaron a seguir trabajando alegando que al fin y al cabo su actividad no iba a ser de utilidad para nadie. Dos docenas de ellos se vistieron con las coloridas ropas de los saltimbanquis y se colocaron sobre el rostro enormes narices que tenían la forma del miembro viril, y con una recua de burros y mulos cruzaron la plaza de San Pedro y llegaron hasta el portal del palacio del papa gritando burlonamente: «*Pius, Pius, finis, finis!*» Desde detrás de sus ventanas, el *Pontifex maximum* observaba el jaleo y mostró su impotencia ordenando que todas las campanas de Roma repicaran al mismo tiempo, un error de graves consecuencias porque los romanos tomaron el múltiple sonar de las campanas como la confirmación devota de que el rumor era reconocido, e incluso aquellos que hasta entonces no sabían nada de la profecía o no la daban por cierta la conocieron de ese modo y creyeron que era aceptada por la curia.

A los lamentos de dolor, que se oían principalmente en las calles de los barrios ricos de Pincio y Janículo, se sumaron los cómicos, bufones y gentes de la legua, que tanto abundaban en aquella ciudad, con sus inagotables cánticos, bailes y espectáculos diversos. Delante de la fuente de la Piazza Navona, un grupo de exhibicionistas napolitanos que habían llegado a Roma huyendo de la Inquisición española mostraron desvergonzadas imágenes vivientes que hasta entonces no se habían atrevido a presentar porque iban contra las buenas costumbres o la doctrina de la Iglesia. Ahora, entre los gritos de animación y los aplausos de los presentes, dejaron paso libre a su viciosa actividad y se sentaron, como si fueran a celebrar la última cena, en las mismas posturas y posiciones que Cristo y los apóstoles presentaban en el famoso cuadro de Leonardo da Vinci, aunque si bien los que hacían el papel de apóstoles tenían bastante parecido con ellos, el papel de Jesús lo hacía una joven desnuda, que atraía las miradas de todos. Bajo los ojos del público, los artistas disolvieron el grupo y formaron uno nuevo que no tenía nada que envidiar al anterior en obscenidad. Utilizaron como escenario la misma mesa que antes les sirvió para la última cena y sobre ella, en un poste de tortura se ataron un hombre y una mujer muy guapa, ambos con ropas de mujer. El vestido del hombre sólo dejaba ver su miembro viril mientras que el de ella mostraba todo lo que caracteriza a una mujer concupiscente. La escena recordaba un suceso ocurrido durante el papado de Alejandro VI: la cortesana Corsetta mantenía relaciones sexuales con un negro que siempre iba vestido de mujer y al que llamaban Bárbara la negra; cuando se descubrió el engaño, ambos fueron puestos en la picota del modo como ahora se les reproducía.

A pocos pasos de allí, los jóvenes bailaban danzas salvajes, más bestiales que durante el Sacco di Roma o cualquier otra guerra, en las que los jóvenes rozaban entre ellos sus cuerpos lujuriosos, imitando los movimientos que sólo les están permitidos al hombre y a la mujer para realizar el acto de la procreación. Contrariamente a los bailes de pasos y saltos, con los que el pueblo venía divirtiéndose desde hacía siglos, en estas nuevas danzas, los componentes de la pareja, hombre y mujer, no se ponían uno al lado de la otra, sino cara a cara y muy unidos, con lo que la ejecución y la contemplación de esos bailes inspiraba ideas pecadoras.

Ciudadanos honestos, cuyo aspecto dejaba adivinar que tenían dinero o bienes, eran atacados en pleno día por bandas de ladrones que los ataban, los golpeaban, les robaban sus ropas y su dinero y con las manos atadas a la espalda acababan colgados de un árbol o del quicio de una puerta. Después se encendía una pequeña hoguera bajo sus pies y sus verdugos se divertían viendo los movimientos que hacían para tratar de evitar las llamas.

En las calles más distinguidas, como la Via Giulia, los tejados fueron arrancados de las casas, se forzaron puertas y ventanas y los habitantes de las viviendas que intentaron resistirse fueron asesinados violentamente. Las autoridades, los vigilantes y los soldados no sólo veían lo que estaba ocurriendo sin hacer nada, sino que también ellos participaban en los saqueos. Los dominicos, que tenían cargos en la Inquisición, fueron los peor tratados por la plebe. Sus conventos fueron asaltados y se dio caza a los frailes por toda la ciudad hasta que, agotados, se entregaban y acababan con el cuello cortado. A aquellos que eran conocidos por sus condenas como inquisidores fueron asfixiados con medias de color carmesí y sus cuerpos quedaron abandonados en calles y plazas.

Por temor a los ladrones y asesinos, los romanos se encerraron a cal y canto en sus casas. El papa Pío dobló la guardia de su palacio y lo mismo hicieron los cardenales y sus cortesanas favoritas.

Las últimas dudas sobre el fin del mundo se disiparon aún

más al día siguiente cuando en distintos lugares de la ciudad apareció un gran número de serpientes, el animal del diablo. Las mujeres huyeron para salvar sus vidas y los hombres más valientes, armados de espadas y de guadañas, se lanzaron a la lucha y a despedazar o quemar a los repugnantes animales. Y si normalmente las serpientes tratan de evitar el fuego, allí donde eran quemadas aparecía seguidamente un número aún mayor de ellas; y las adivinas y agoreras manifestaron que esto significaba que el demonio ya se había apoderado de la ciudad de Roma.

En el convento de la Minerva ocurrió, además, otro milagro: un hermano de la Orden Tercera de Predicadores, un hombre pequeño y jorobado, murió a la provecta edad que ronda los cien años. Los predicadores lo metieron en un sencillo ataúd de madera y lo depositaron en la iglesia de su convento. Poco después el jorobado difunto comenzó a estirar la espalda y a alargarse, hasta el punto de que hizo saltar el ataúd, aunque sin mostrar ningún otro síntoma de haber recuperado la vida. Los monjes predicadores, lejos de la sospecha de la mentira, afirmaron que al difunto hermano le habían salido dos cuernos, uno a cada lado de la frente, como si fuera el mismísimo diablo. Seguidamente quemaron su cadáver y esparcieron sus cenizas en las aguas del Tíber.

Los guardianes de las catacumbas de la calle Appia vendieron pasadizos subterráneos secretos, a trescientos pies por debajo de la superficie terrestre, que tal vez ofrecían la única posibilidad de escapar con vida a la catástrofe final. Así sucedió que a esos guardas, que siempre estuvieron considerados como los más pobres entre los pobres, les cayó encima de repente la bendición de la riqueza y se encontraron en condiciones de disfrutar del descanso y las diversiones con los que siempre habían soñado.

Por todas partes, el comer y el beber se convirtió en lo más importante. Como si todos hubieran dejado atrás años de privaciones, los hombres comenzaron a frecuentar la buena mesa y comieron como nunca, se diría que pretendían atiborrarse al máximo en el menor tiempo posible, como siempre habían soñado. Carnes, mariscos, pescados, y las frutas más exóticas que con anterioridad apenas se servían en las mesas y que sólo se consumían en ocasiones especiales y en las casas de los más ricos, pasaron a tener gran demanda. Los pescadores y vendedores de Ostia y de Campana no daban abasto a la demanda de la ciudad.

A esto hay que añadir que, como los ánimos se hacían cada vez más incontrolables, más desagradables y más violentos, en lo que se refería a las buenas costumbres y a la honradez, la curia perdía influencia a ojos vistas y cada vez era menos respetada. Simples sacerdotes o cardenales con sus escoltas personales y sus servidores eran sorprendidos y atacados en plena calle y despojados de sus bienes y, cuando no llevaban nada, los ladrones les quitaban la ropa y se daban a la fuga con ella.

El pueblo llano perdió todo respeto por la autoridad y el odio llegó a ir tan lejos que quien en algún aspecto se consideraba superior a otro, bien por posición social, por fortuna o por influencia, temía continuamente por su vida. El pueblo vivía en un vértigo de desenfreno e incluso aquellos que por razones de fe religiosa, o porque miraban con desconfianza las afirmaciones de la ciencia, no creían en la maldición de Copérnico, se veían arrastrados por el estado de ánimo general.

Como era de esperar, la santa madre Iglesia era la que más sufría a causa de la profecía. Los curas se habían convertido en objetos de burla para la gente. Por miedo a los saqueos y al pillaje mantenían las iglesias cerradas; frailes y monjas se habían quitado sus hábitos; olvidaron sus votos de castidad y pobreza, abandonaron sus conventos y traicionando sus creencias cometieron sacrilegio al realizar actos carnales en los altares o burlarse de las imágenes y cuadros de los santos.

En Roma reinaba el caos y este caos dificultaba aún más la búsqueda de Martha. Llevaba ya tres días desaparecida y parecía que se la hubiera tragado la tierra. En todas partes donde Lebererecht preguntaba la respuesta siempre era la misma: nadie la había visto. Con ayuda de Carvacchi estableció contacto con la curia y la Inquisición pero allí sólo recibió respuestas insatisfactorias.

Cerca de su casa, a medio camino entre el Pantheon y la iglesia de Santa María sopra Minerva, en el tejado de una casa muy alta, vivía una anciana de pelo blanco que Leberecht había observado frecuentemente desde la calle. Su vivienda era una barraca de madera, levantada sobre el tejado plano, que muchos años antes, de la noche a la mañana, nació allí como una seta multicolor en el suelo del bosque. Se decía de Casandra, que así se llamaba la anciana, que tenía doble vista y dotes de adivina, así que, como no molestaba, a nadie, el dueño de la casa la dejó seguir viviendo allí.

Casandra vivía de lo que le daba la gente que acudía a consultarla sobre lo que el destino les reservaba. Pero ahora que el fin del mundo se avecinaba, casi nadie recurría a sus servicios.

En su desesperación y porque no sabía qué otra cosa podía hacer, al cuarto día de la desaparición de Martha, Leberecht acudió a ver a la adivina para consultarla sobre el destino de su amante. Sobre el tejado soplaba un gélido viento cuando abrió la puerta de la chabola medio destartalada. Casandra estaba en la cama, una especie de lecho semejante a esas grandes jaulas de madera en las que se encierra a las aves. En la barraca no había posibilidad de encender nada que pudiera darle calor y por esa razón la anciana se había puesto toda la ropa de la que podía disponer.

Una vez que Leberecht le expuso su deseo, Casandra le dijo que para saber el futuro necesitaba el hígado de una oveja recién sacrificada. En otras circunstancias Leberecht se habría reído de la vieja y se habría ido de allí para siempre; pero, tal y como estaban las cosas, se dirigió a un matadero próximo, compró un hígado de oveja y con el ensangrentado órgano regresó al lado de Casandra. El hígado, le explicó la anciana, mientras pasaba sus dedos secos y nudosos como sarmientos sobre su resbaladiza piel, era una copia exacta del cosmos, un universo en miniatura, así que en él podía reconocerse el pasado, el presente y el futuro, según su calidad y consistencia. La apófisis piramidal superior, *caput iocinineris,* cuando era grande y fuerte, anunciaba dicha; por el contrario, una apófisis débil y desarrollada por debajo de lo normal no hacía presagiar nada bueno.

Con desconfianza, Leberecht siguió el juego de los dedos de Casandra y cuando ésta guardó silencio repentinamente, le preguntó:

—¿Qué podéis conocer en esta apófisis? ¡Hablad!

La anciana balanceó la cabeza de un lado a otro y, finalmente, respondió:

—No podéis esperar felicidad. La fisura en el hígado anuncia grandes cambios en...

—¿Qué pasa con Martha? —gritó Leberecht impaciente— ¿Está...?

—¿Muerta...? ¡No, todavía está entre los vivos!

Con el índice ensangrentado, Casandra señaló las líneas claras y oscuras que se combinaban formando en el órgano una muestra misteriosa.

—La mujer que os es próxima vive oculta, pero...

—¿Dónde puedo encontrarla, dónde?

La anciana golpeó el hígado con la palma de la mano como si quisiera despertarlo a la vida.

—Esa pregunta va más allá de mis capacidades. Lo único que puedo decir es que esa mujer está más cerca de vos de lo que pensáis.

Habló así, arrojó el hígado dentro de un cazuela de barro y le tendió a Leberecht la mano en la que aún se pegaba la sangre.

—Tengo hambre —dijo inesperadamente.

Leberecht dejó dos monedas en la mano huesuda y se alejó de allí asqueado.

Pío V convocó un consistorio secreto que, de acuerdo con su voluntad, tenía que ser silenciado por todos y mantenerse en secreto, por lo que no aparece en ninguna crónica, que debía celebrarse el día de la Anunciación del Señor y al que asistieron cardenales, obispos y sacerdotes consejeros de la curia, así como auditores, procuradores, profesores y miembros destacados de algunas órdenes religiosas, con cuya discreción podía contar. El consistorio se reunió en la Capilla Sixtina, el lugar que le pareció más adecuado y digno para la ocasión, dada la seriedad del tema.

Delante del altar, a los pies del fresco de Miguel Ángel *El juicio final,* presidía Pío V sobre un trono consistorial algo más elevado que los demás asientos; a su lado estaba el sillón del chambelán, mientras que los demás, como es costumbre en los consistorios, se sentaban formando un semicírculo, mirando de frente al *Pontifex maximum*; en él, en primera fila, estaban los taburetes tapizados de púrpura de los cardenales; detrás, en la segunda, los asientos con fundas doradas y brillantes de los dignatarios eclesiásticos de inferior categoría y de los miembros laicos del consistorio.

Antes de que se discutiera el tema de la reunión, el *finis mundi*, en aquellos días ni aun siquiera los más habladores se habían atrevido a utilizar la frase «ocaso del mundo», los cardenales y Johannes Custo, el maestro de ceremonias del papa, empezaron a discutir en voz tan alta que el papa tuvo que pedirles moderación, porque sus gritos podían traicionar el secreto del consistorio.

El motivo de la discusión fue el sillón del chambelán, a la derecha del papa, que le correspondía al miembro de la curia de mayor rango y que fue reclamado por el eminentísimo señor Claudio Gambara, cardenal secretario y prefecto de la Congregación para la Defensa de la Doctrina de la Salvación, arzobispo titular de Nola y chambelán privado de su santidad. Acababa de besar la mano del pontífice, que con un mohín de los labios le animó a que lo besara en la boca, desde el pontificado de Pío V dejó de practicarse el beso del pie, y fue a tomar asiento en el sillón junto al papa. Pero el cardenal Frederico Capoccio, una desdicha tan larga como vieja, arzobispo titular de San Malo, protosecretario de la Congregación para la Investigación del *Finis mundi* y el más antiguo de los miembros de la curia, que había adivinado la intención de Gambara, y aspiraba al sillón para sí mismo, protestó en voz alta y en lengua latina, como debía hacerse en presencia del papa:

—Cede, cede!

Con toda la agilidad que su avanzada edad todavía le permitía, tomó la mano del papa para besarla, pero rechazó la muda invitación al beso en la boca que el papa le había insinuado, de modo que Pío V durante un momento esperó inútilmente y con los ojos cerrados este acto de intimidad, y se dejó caer en el sillón, antes de que Gambara con su trasero pudiera discutirle su rango y su derecho; lo que hizo que éste, a su vez, gritara: «*Cede, cede!*», al tiempo que se erguía provocativo en toda su estatura delante de Capoccio agitando su estola dorada, como si fuera un importante lucero de la mañana. Pronto se formaron dos bandos entre los miembros del consistorio que, con gran pasión y con olvido de la grave situación por la que estaban pasando, tomaron partido a gritos por uno u otro de los aspirantes.

Ni siquiera oyeron las palabras del papa pidiendo calma y su ruego: «*Quod deus vene vertat* (Lo que sea más del agrado de Dios)» fue como la voz del que clama en el desierto. Mientras su santidad se disponía a pronunciar el gran exorcismo, que se sabía de memoria, e intervenía entre los dos bandos en discusión agitando su cruz pectoral de oro, conjurándolos a que cesaran en su disputa, lo que sirvió de bien poco, el maestro de ceremonias Johannes Custo le ofreció, con la mayor desesperación, un humeante incensario, sin saber a ciencia cierta qué pensaba conseguir con ello.

En su desamparo, Pío hizo pendular el humeante artefacto entre los enemigos al tiempo que, lleno de excitación, pronunciaba estas palabras: «*Ab illo benedicariscuius honorem cremaveris* (Que seas bendecido por aquel en cuyo honor serás quemado).»

La energía que puso en la frase, aunque quizá también el humo sagrado que les entraba en los ojos a los enfrentados, hizo que los cardenales Gambara y Capoccio dejaran de pelear entre ellos y empezaran a toser con tal fuerza que parecía que el alma se les iba a escapar del cuerpo. El maestro de ceremonias aprovechó la ocasión para coger el sillón causa de la disputa, lo bajó del podio y lo colocó en medio del semicírculo.

Cuando se aclaró el humo del incienso, se levantó el papa para dar su bendición y anunciar la concesión de una indulgencia de cien años que fue leída en italiano por el secretario de Estado, cardenal Gambara, en francés por Johannes Custo, y en alemán por el padre Ganzer de los minoritas; a continuación el clero menor, en el que había especialistas en el problema motivo de la reunión, entonaron y cantaron hasta el final, *a capella* (sin acompañamiento instrumental), el cántico coral *Ecce sacerdos magnus (He aquí el sacerdote magno).*

A continuación, las lecturas evangélicas correspondientes al día de la Anunciación del Señor, determinadas por el propio Pío V en persona, fueron leídas por clérigos, siguiendo el orden ascendente de sus rangos en la curia: la primera, por un acólito; la segunda, por un auditor; la tercera, por un subdiácono papal; la cuarta, por monseñor Pacioli, como el más joven de los presbíteros; la quinta, por el cardenal Capoccio como portaespadas; la sexta, por Gambara que lo hizo con una sonrisa de triunfo porque se le había dado preferencia con relación a Capoccio; la séptima, por el canciller Rovere; la octava se la reservó su santidad para sí mismo. Cuando éste terminó, le dirigió a su maestro de ceremonias, Johannes Custo, una mirada en petición de ayuda, como si hubiera olvidado la verdadera razón de aquella asamblea secreta.

Custo salvó la situación y con la mirada fija en el santo padre y la mano sobre la boca, le dijo en voz baja: *Finis mundi! Finis mundi!*

Pero antes de que el papa tomara la palabra, con la impertinencia peculiar en él, se puso en pie el cardenal Domenico Isualgli de Monte Marano, del que nadie sabía por qué razón había recaído en él ese cargo, y se quejó del excesivo número de representantes del clero bajo y de los procuradores laicos que había entre los miembros del consistorio; en realidad los trece cardenales presentes estaban en minoría y uno de ellos hasta era sordomudo.

La última observación estaba fuera de lugar y era incluso maliciosa, puesto que todo el mundo en el colegio cardenalicio, incluyendo al papa, sabía que se estaba refiriendo al cardenal Francesco Varese, que en realidad no era sordomudo, sino que, después de que Isualgli lo arrojase por una ventana, durante una pelea entre ambos por la posesión de la cortesana Margherita de Lola, había perdido el habla aunque podía oír muy bien.

Pío V respondió que, debido a la índole del problema, el exceso de clero menor tenía que ser aceptado con paciencia, puesto que se trataba de personas muy capaces y célebres por su talento en sus respectivos campos, de los que sólo quería mencionar a unos pocos de ellos como, por ejemplo, al matemático Paolo Soncino, maestro de las artes, profesor contable y que en su calidad de encargado de los cálculos estructurales y financieros de San Pedro, tenía mucha práctica en la resolución de los grandes problemas matemáticos; o a Lorenzo Albani, profesor y magister de Astrología y Astronomía en la Sapienza, la universidad romana; tampoco había que olvidar a Luigi Lilio, doctor en Medicina, profesor de Astrología y experto en el cálculo de las órbitas planetarias; o a Christoph Clavius, de la orden de los jesuitas, matemático y profesor de Astrología en el Collegium Romanun. Estaban también entre los presentes Phillipp von Trapp, canónigo de Lüttich y especializado en el estudio del fin del tiempo; Stanislaus Ondorek, magister de las artes y profesor de Escatología, que estaba muy enterado de todos lo conocimientos al otro lado de los Alpes.

—¿Y dónde está ese profesor Copérnico, maldito de Dios? —graznó el cardenal Capoccio, que furioso agitó los brazos en el aire—. Quiero conocer al tipo que nos ha causado todos estos problemas. ¿Dónde se ha escondido ese cobarde?

Se hizo un gran silencio en el consistorio. El cardenal secretario de Estado alzó los ojos al cielo, como si buscara entre los profetas y las sibilas una respuesta a la pregunta; después aspiró una profunda bocanada de aire, pero antes de que pudiera decir palabra, se le adelantó el padre Ganzer, de los minoritas:

—Eminentísimo Frederico Capoccio, dignísimo señor cardenal, el doctor Copérnico, nacido en el ducado de Prusia y al que el Todopoderoso concedió la capacidad de poder calcular anticipadamente las órbitas de los astros ¡lleva ya veinte años muerto!

—¿Ah, sí? —Capoccio carraspeó—. ¡En ese caso todo va bien! ¿Por qué tenemos que ocuparnos en un consistorio secreto de sus artes de cálculo?

Soncino, por lo general una excelente persona, paciente y ajeno a toda explosión de mal humor o de genio, enrojeció tanto que su rostro tomó el color de las sotanas de los cardenales presentes y respondió, reservado y como si diera un acento propio a cada una de sus palabras:

—Porque las artes del cálculo, si se merecen de verdad esa denominación, nos anuncian un resultado absoluto. Eso significa que un resultado correcto sigue siendo acertado aun después de transcurridos diez mil años. Dicho con otras palabras: un problema matemático siempre continuará siendo un problema matemático, es decir que...

—Es decir ¿qué? —Gambara interrumpió su charla.

Pero todos los ojos siguieron fijos en Soncino, el maestro de cálculo en sus tres dimensiones y al que se le atribuía una memoria absoluta para las cifras. Consternado, casi disculpándose porque la respuesta sonara tan sorprendentemente sencilla, respondió Soncino:

—Que el problema matemático será resuelto. Y un problema resuelto pierde el derecho a ser llamado problema.

—¿Y con eso queda fuera del mundo?

Soncino se rió:

—Ciertamente —dijo.

—¡Vayamos al asunto! —recordó el *Pontifex maximus*, que no comprendió el razonamiento. Seguidamente pidió a todos los presentes que se comprometieran a guardar silencio eterno sobre todo lo que allí se tratara y continuó—: Todos, ilustrísimos señores —dedicó una reverencia a los cardenales—, conocéis el problema que nos lleva a reunirnos en consistorio secreto. El problema que el prusiano Copérnico planteó a la santa madre Iglesia con sus cálculos astronómicos no es simplemente la cercanía del fin del mundo en sí, sino que lo constituyen, principalmente, las circunstancias en las que se presentará ese momento final. Nadie sabía cómo sería ese fin cuando el gran cometa apareció en el cielo e incluso en el año 1533, en el que los expertos en las santas escrituras determinaron que sería el del fin, ninguno de esos sabios se formó una imagen de las circunstancias en que ocurriría, por lo que podía seguir siendo verdad el juicio final que el señor nos ha prometido. Ahora, ese médico y Doctor en Derecho Canónico, recurre a la ciencia astronómica y nos dice que no serán los clarines del juicio final los que nos anuncien el fin, sino una fuerte explosión que lo destruirá todo y Dios nuestro señor no tendrá tiempo de juzgar a santos y pecadores.

El anciano cardenal Capoccio hizo tres veces el signo de la cruz y Lorenzo Albani interrumpió:

—Perdone su santidad, pero esa última observación es vuestra propia interpretación y no una declaración del doctor Copérnico. Éste se ha limitado a calcular que un astro chocará con la Tierra, ¡pero no ha hablado para nada de cuáles serán las consecuencias!

El papa extendió la mano e hizo un gesto de afirmación con la cabeza.

—Los cálculos del prusiano no nos permiten llegar a otra conclusión que no sea la de que el juicio final no tendrá lugar. Y lo que esto significa no es necesario que lo explique a este consistorio secreto. Eminentísimos y reverendísimos señores, eso significa... Eso significa... ¡casi no me atrevo a pronunciar las palabras!

Al papa pareció faltarle el aire y trató de abrirse el botón del cuello sin conseguirlo, hasta que Gasparo Biancho, su maestro de cámara, llegó por detrás y con finos dedos solucionó el problema.

—Nada de eso es nuevo, Santidad —comenzó el profesor de Escatología Stanislaus Ondorek—. Quiero decir que todos los aquí reunidos estábamos enterados desde hace muchos años de la existencia del *Astrum minax*, cuya llegada, por lo que parece, Copérnico ha calculado de modo tan exacto. ¿De dónde viene, pues, esta repentina inquietud y excitación, el paroxismo de los hombres? Y, sobre todo, ¿cómo es que el pueblo ha llegado a enterarse de este asunto?

El papa, que ya se había recuperado de su ataque de debilidad, respondió:

—Hermanos en el Señor, ilustres profesores y maestros, la santa madre Iglesia está con el agua al cuello. Por lo tanto, lo adecuado es que todos los aquí presentes nos enfrentemos con la verdad y que no se nos sirva un vino adulterado. Todos conocéis la existencia de ese libro ominoso que los monjes benedictinos hicieron imprimir después de la muerte de su autor, Copérnico; y también debéis saber que nosotros conseguimos dar con todos los ejemplares del libro, menos uno. Y precisamente ése es el libro que ahora ha aparecido aquí en misteriosas circunstancias.

Apenas el papa terminó de dar esta información, comenzaron los murmullos y comentarios y, en poco tiempo, todos los presentes, cardenales, dignatarios, teólogos y profesores, excitados, empezaron a hablar entre ellos, hasta que el anciano cardenal Capocio que, en su calidad de protosecretario de la Congregación para la Investigación del *Finis mundi*, que estaba bien informado del tema, gritó furioso y con el rostro encendido:

—¿Por qué no se me ha informado de esto hasta ahora? Tengo derecho a ser el primero en saberlo. ¡Si Gambara tuvo conocimiento de ello antes que yo presentaré la dimisión de mi cargo *stante pede*! (en el acto).

El cardenal secretario de Estado, en voz alta y solemne y en contra de la verdad, en ciertas situaciones la santa Iglesia se permite una mentira necesaria, afirmó que él, como todos los demás participantes del consistorio secreto, acababa de enterarse de ello. Y ahora era asunto de todos encontrar una salida al dilema.

El gran inquisidor que, pese a su hábito rojo, estaba sentado en la segunda fila, donde destacaba de modo especial entre los monjes de las órdenes, los cleros de la curia y los profesores, todos vestidos de negro, se enfrentó a la ruidosa confusión y logró informar de que el Santo Oficio daría con el dañino libro o su propietario en el plazo más breve para poner fin al asunto según nuestro señor Jesucristo. Y subrayó el verdadero sentido de sus palabras con un expresivo gesto de su mano abierta rozando su propio cuello.

Como paralizados, monjes, maestros, profesores y, dicho sea en su honor, también los cardenales, fijaron sus ojos en el gran inquisidor. Éste, con rostro siniestro, les devolvió la mirada y cuando nadie le preguntó nada añadió amenazador:

—¡El Santo Oficio ya ha sabido acabar con otros herejes y brujos!

—¡Moderación! ¡Moderación! —intervino el papa y levantó las manos como si lo conjurara a ello—. La situación es ya demasiado complicada como para que a ella se sume la actuación irreflexiva de la Inquisición. Los días pasados han puesto de manifiesto el poder diabólico que encierra oculto ese libro. Parece como si el Anticristo hubiera emprendido ya su camino final. Los cristianos se han burlado de su propia fe; muchos creyentes han dejado de creer y sólo es cuestión de tiempo que incendien el Palacio Vaticano. *Discede diabolo, relinque Roman liberam, plebenque Christi fuge!* (Retírate, Satanás. Abandona la libre Roma y huye del pueblo cristiano.)

—Amén —los cardenales se miraron asustados, inseguros de que hubiera tanta unidad en sus filas.

Tan sólo el inquisidor seguía sin mostrar comprensión. Se puso en pie de un salto y le gritó al consistorio:

—Yo no creeré en la existencia de ese libro y menos aún en los cálculos de ese Copérnico hasta que no haya visto la obra con mis propios ojos y mi cerebro haya logrado comprender sus fórmulas.

Al terminar de hablar se dio una palmada en la frente.

El papa sonrió molesto.

—Habláis como el apóstol santo Tomás lo hizo de la resurrección del Señor y no tengo necesidad de recordaros cómo terminó el asunto. ¡Oh, no, señor inquisidor, sobre la existencia de ese libro y de lo peligroso de su contenido no hay la menor duda! La única duda que cabe es la exactitud del pronóstico. En mi opinión, ese Copérnico, que era un canónigo prusiano y no un matemático, pudo equivocarse, ¿no es así? ¿Qué opináis vos, maestro Lilio?

Luigi Lilio, un anciano de baja estatura y con escaso pelo, se levantó dificultosamente y respondió:

—Santidad, cuando Marcellus, uno de vuestros predecesores en la silla de Pedro, me encomendó que, con la ayuda de las matemáticas y la astronomía, las misma ciencias de que se había servido Copérnico, comprobara si estaba equivocado, estuve haciendo cálculos durante dos años sin conocer previamente cuál era el resultado obtenido por Copérnico. Cuando al cabo de setecientos días llegué a una conclusión, supe que era la misma a la que llegó Copérnico, es decir que la Tierra y el *Astrum minax* se encontrarán en una misma órbita el día ocho del mes décimo de 1582.

—¿Podéis aclararnos, profesor Albani, lo que eso significará para nuestro planeta? O, preguntado de otra forma, ¿conducirá eso a la inevitable destrucción de nuestro planeta? Quiero decir, ¿no podría la estrella chocar con la otra cara de nuestro planeta, en India o América, donde viven los paganos?

Albani tuvo grandes dificultades en evitar reírse a carcajadas, pero hizo el esfuerzo necesario y subrayó con el rostro serio:

—Unos meteoritos, que no son más que trozos pequeños de una estrella, Santidad, han bastado para transformar en desiertos países enteros. La estrella que se dirige hacia nosotros es...

—¡Vamos, hablad, profesor!

—... diez veces mayor que la Tierra...

El silencio se hizo en el consistorio. Sólo el cardenal Francesco Varese, que comprendía cada palabra, aunque el destino lo había marcado con la mudez, se levantó y dejó escapar unos sonidos guturales. Al mismo tiempo, mostró abiertos los cinco dedos de su mano izquierda y tres de la derecha y, furioso, los agitó en el aire hasta que el maestro de ceremonias, Johannes Custo, se acercó a él y con un comprensivo movimiento de cabeza lo acompañó de vuelta a su asiento.

—¿Está excluida absolutamente toda posibilidad de error? —se quiso informar el papa, con la mirada dirigida al techo de la capilla donde los pinceles de Miguel Ángel habían captado con estilo propio el comienzo de la humanidad.

—De acuerdo con el estado actual de la ciencia, sí —respondió Albani, que incomprensiblemente añadió—: ¡por desgracia!

El pontífice entrelazó las manos y dijo:

—¡Que Dios nuestro señor se apiade de nosotros!

En la fila de atrás del semicírculo, el padre Ganzer, apoyado por un subdiácono y lleno de entusiasmo, entonó el cántico *Ecce sacerdos magnum* pero su bienintencionada aportación fue interrumpida con un enérgico «¡chisss!» del pontífice.

El cardenal Domenicus Isualgli de Monte Marano tuvo una tos fingida que, como quedó demostrado al poco, no era más que una forma extraña de conducta para ocultar el ataque de risa del que traidoramente había sido presa. Pero cuando ya no pudo seguir ocultándolo y en medio de su hipo trató de respirar hondamente, dio rienda suelta a su risa y exclamó:

—¡Dios, el Señor! ¡Ja, ja! ¿Qué dios? ¿Qué señor? ¿Quizá ese que nos amenazó con el juicio final? ¿Ese juicio final que no va a suceder?

Al principio Isualgli recogió miradas furiosas pero, seguidamente, el cardenal secretario de Estado, Gambara; el titular de Santo Spirito, Daniele Rospigliosi; monseñor Pacioli y hasta el severo padre Ganzer, parecieron contagiarse hasta acabar retorciéndose de risa y Gambara gritó:

—Me parece ver lo que será de todos nosotros, si queda demostrado que ese Copérnico tiene razón.

—¡Ni pensarse puede! —apoyó Rospigliosi.

Isualgli añadió:

—Y lo que hará el pueblo creyente cuando se dé cuenta de que...

De modo tan repentino como habían comenzado, terminaron las penosas carcajadas. Asustados y hasta un poco avergonzados, los cardenales se arreglaron las sotanas; el padre Ganzer se estrechó un agujero más el cinturón y el maestro de ceremonias del papa rezó de modo ostentoso una muda oración.

Phillipp von Trapp, canónigo de Lüttich, uno de los más inteligentes miembros del consistorio, se levantó y empezó a hablar como si estuviera en clase explicando una lección:

—No me corresponde a mí dudar de los cálculos de Copérnico, ¡pero que puedan tener como consecuencia que toda la vida se apague de un golpe, en un solo instante, de modo que no sea posible que haya juicio ni juez, es decir: impedir que se realice algo que se nos promete en las sagradas escrituras, como son la dicha o la condenación eternas... ¡No! ¡Eso es algo que no puedo creer! No ha habido pueblo en la tierra, ni en los tiempos antiguos ni en los más nuevos, que no haya esperado que después del transcurso de esta vida terrenal encontraría un lugar de alegría o un lugar de dolor, de acuerdo con sus merecimientos. Caldeos, tracios, babilonios, asirios, persas, medos, partos, indios, fenicios, egipcios, garamantes, hiperbóreos, escitas y godos, incluso galos y alemanes, nunca dudaron de una vida futura. Y si vemos también a los pueblos recién descubiertos, chinos, japoneses, indios, mogoles, siameses, ceilaneses, lapones, tártaros, mogadicios y hotentotes, llegaremos al mismo resultado y encontraremos la más completa unanimidad a este respecto, en todos los pueblos de la tierra.

Desde las últimas filas, donde se sentaba el clero inferior, se produjeron aplausos. El cardenal secretario de Estado Claudio Gambara, por el contrario, opinó, abatido:

—¡Cuánto desearía que vos y esos pueblos tuvierais razón!

El canónigo de Lüttich afirmó con la cabeza y continuó:

—A los antiguos egipcios la muerte de los hombres importantes les servía de motivación para alegres fiestas en las que celebrar la nueva vida que les esperaba en el más allá. Los tracios lloraban cuando nacía un nuevo ser humano porque sabían las fatigas que le aguardaban, y se reían cuando moría porque le esperaba la dicha. Entre los indios, los brahamanes se esfuerzan en convencer a los creyentes de que la muerte es el nacimiento a la verdadera vida. Los habitantes de la isla de Socotora, en el océano Índico, buscan consejo en las tumbas de sus ancianos ya difuntos para sus negocios más complicados y los talagantes queman sus cadáveres sólo porque defienden el punto de vista de que el humo toma el camino directo al paraíso. De los chinos sabemos que ponen comida sobre las tumbas para que la encuentren los espíritus errantes. Si en Guinea muere un rey, se quema con él en la hoguera funeraria a sus esposas y a los más importantes de sus súbditos para que el monarca no esté solo en la nueva vida. Y los indios en el Nuevo Mundo le entregan a sus muertos armas y un caballo vivo, un esclavo y un perro para que durante su viaje al otro mundo no les falte compañía, comodidad, servicio y protección.

—¡Locas ocurrencias! —exclamó Gambara—. ¡Costumbres crueles!

—Cierto —respondió Phillipp von Trapp— pero todas tienen su origen en la creencia en la inmortalidad. Y por eso cada una de esas religiones no está tan lejos de la fe de nuestra santa madre Iglesia.

Jadeando de rabia, el gran inquisidor se puso de pie y mirando al papa dijo:

—No son más que paganos, herejes y deslumbrados, pueblos tontos que no participan, como nosotros, en la salvación por la intervención de nuestro señor Jesucristo. La sola mención de su nombre aquí, dentro de los muros leoninos es ya un grave pecado; pero considerar y presentar su ejemplo como prueba de la exactitud y la justicia de la doctrina de la Iglesia es una blasfemia.

Con esas palabras, el gran inquisidor presentó al canónigo de Lütich su cruz pectoral alzada en el aire y murmuró en voz baja unas palabras incomprensibles.

Esto, a su vez, indignó tanto al profesor polaco Stanislaus Ondorek que prescindió del uso del excelente latín que se venía hablando hasta entonces y lanzó sobre el inquisidor un diluvio de palabras en polaco que, si bien es cierto que no las entendió ninguno de los presentes, nadie dudó de cuál era su contenido. La advertencia del cardenal secretario de Estado de que debía hablar un idioma que todos comprendieran no fue tomada en cuenta por Ondorek y hubo de pasar un buen rato hasta que volvió a guardar silencio y se mostró dispuesto a escuchar las aclaraciones del canónigo de Lüttich, al que le correspondía hablar del tema en razón de su cargo de doctor del Decreto Contra el Fin del Mundo.

—Al mismo tiempo —pudo continuar finalmente Phillipp von Trapp— no son solamente los santos y los sacerdotes los que predican la vida eterna, sino que también lo hacen los poetas y filósofos más notables: Musäus Orfeo, Hesiodo e incluso Platón, que es considerado por muchos como el más sabio de todos ellos, están convencidos de la realidad del premio o el castigo futuros. E igualmente Horacio, Ovidio y Virgilio. No es necesario que mencione a Dante. Y en lo que respecta a sabios y filósofos, el número de los que profetizan la salvación eterna es tan elevado como el firmamento: Zoroastro entre los caldeos, Confucio entre los chinos, Athas entre los mauritanos, Orfeo y Zamlolis entre los tracios, Anarkasis entre los escitas, Ferecides entre los egipcios. A éstos hay que sumar los sabios de Tebas y Menfis, los gimnosofistas y brahmanes de los indios, los brahamines de los malabos, los druidas entre los británicos... Todos ellos aceptan que existe otra vida después de la vida. ¡Con cuánto ardor y convencimiento habló de la inmortalidad el sabio Sócrates antes de tomar el veneno! Y cuando Platón escribió un diálogo sobre ello conmovió el ánimo de sus oyentes hasta el punto de que uno de ellos, de nombre Kleombrutus, impulsado por el afán de conocer la vida futura, acabó arrojándose al mar. Y Cicerón dijo: «Si me equivoco en considerar que el alma del hombre es inmortal, mi equivocación la cometo con gusto y no me dejaré sacar de este agradable error mientras viva.»

—¡Palabras herejes, palabras herejes! —exclamó el gran inquisidor mientras se tapaba los oídos con las manos como si no quisiera oír la expresión de esos pensamientos pecadores—. Me pregunto cómo es posible que vos, señor canónigo, toméis las palabras de esos paganos como testimonio en defensa del juicio final. Si hubierais pronunciado esas palabras en público me vería obligado a citaros ante el Santo Oficio.

Eso desató una violenta discusión entre los cardenales y de nuevo se formaron dos bandos. La mayoría de los portadores de la púrpura se puso de parte del gran inquisidor y llamó diabólicos a los antiguos filósofos, aun cuando sus palabras estuvieran de acuerdo con las de la Iglesia, mientras que la minoría, entre ellos y de modo destacado el cardenal secretario de Estado Gambara, insistía en citarlos como testigos de la verdad de la doctrina cristiana.

La discusión parecía la más apropiada para suplantar el verdadero motivo de la reunión del consistorio secreto y, a medida que se iba haciendo más desenfrenada, los eminentísimos señores empezaron a utilizar expresiones que nunca deberían ser utilizadas por un cristiano devoto en el confesionario por lo que Pío V *ex-officio* expresó la idea de que los filósofos paganos no debían ser admitidos en la discusión porque eso podía llevar a que la moral de la santa madre Iglesia quedara enterrada bajo el manto de la aceptación de su doctrina.

El cardenal Frederico Capoccio, junto con Gambara y otros tres cardenales más del bando de los perdedores, comenzó a llorar y se puso las manos delante del rostro para que ninguno de los presentes notara su desgracia, pero su intención fracasó porque el cardenal secretario de Estado, movido por el deseo de venganza, reclamó *coram publico* (delante de todo el mundo) la disciplina clerical. Un cardenal no debe derramar lágrimas nunca por ningún motivo. El papa dio mayor fuerza a su advertencia con un movimiento de cabeza afirmativo.

—¿Por qué no debo llorar —sollozó Capoccio— si hasta nuestro señor Jesucristo no se avergonzó de derramar sus lágrimas?

—Nuestro señor Jesucristo no lloró —replicó Gambara secamente—, y el llorar no es cosa de hombres. Sólo las mujeres han nacido para llorar, como ya dijo Eurípides; y, entre los espartanos, los hombres que querían llorar tenían que ponerse ropas de mujer. «*Licet lachrymari plebe*, dijo san Jerónimo, *Regi honeste non licte*» («La plebe puede llorar pero no el rey»). ¿Y no es un cardenal más que un rey?

—Y sin embargo Jesucristo lloró —insistió Capoccio—. Cuando resucitó a Lázaro derramó sus lágrimas. ¿O es que pretendéis decir que el Nuevo Testamento no dice la verdad?

—Eso es ajeno a mí —insistió el cardenal secretario de Estado—, pero nuestro Señor no lloró porque Lázaro había muerto sino porque él debía sacarlo de la muerte y devolverlo a la vida, hacer que el desdichado abandonara el lugar tranquilo en el que se encontraba para devolverlo a las miserias y trabajos de la vida humana.

El padre Ganzer, de los minoritas, dirigió una mirada atormentada al grupo de altos dignatarios que dejaban ver que no estaban de acuerdo con lo que allí se decía y finalmente opinó con timidez:

—San Epifanio dijo: «*achrymatus est Dominus propter hominum obstinatam duritiam*» («El Señor lloró por la obstinación y la dureza del hombre»), con lo que quería decir que nuestro señor Jesucristo vertió sus lágrimas por culpa de los judíos sin dios e incorregibles que, a pesar del milagro de la resurrección de Lázaro, se mantenían firmes en su maldad y no se convertían.

—¡Falso, falso, falso! —se indignó Danielle Rospigliosi, investigador del diablo y titular del Santo Spirito—. San Ambrosio escribió que el Señor lloró antes de haber resucitado a Lázaro para lavar con sus lágrimas los pecados del difunto. Y san Bernardo llegó a afirmar que, al hacerlo así, el Señor lloró para limpiar los pecados de todos los hombres.

El gran inquisidor intervino con voz cortante:

—Eso no puede ser, eminentísimos y reverendísimos señores. Los santos no pueden interpretar las santas escrituras cada uno a su manera.

Se volvió al papa, que estaba sentado en su trono casi sin intervenir en la discusión, como si todo aquello no fuera con él, y le dijo:

—Santidad, sois vos quien debe decidir qué santos son los más competentes en la cuestión del derramamiento de lágrimas.

Por miedo a que el papa utilizara la petición del dominico como motivo para una disertación sobre el nivel de rango en que se suceden los santos, el maestro de ceremonias, Johannes Custo, recordó cuál era la razón de aquella reunión secreta y le dijo al papa casi en un siseo:

—*Finis mundi*, Santidad, *finis mundi*.

Al oírlo el papa se irguió en su sillón, extendió el brazo y con la mano señaló al anciano Capoccio y le pidió:

—*Noli fleres!* (¡No llores!)

Capoccio obedeció.

En la discusión que vino a continuación Stanislaus Odorek,

profesor de Escatología de Cracau, sacó a relucir el Apocalipsis secreto de san Juan, según el cual siete trompetas sonarán para anunciar el fin del mundo. La tercera trompeta mostraba un paralelismo sorprendente con el *Astrum minax* de Copérnico. San Juan profetizaba que cuando el tercer ángel hiciera sonar su trompeta, una gran estrella caería del cielo, ardería como una antorcha y cubriría la tercera parte de todas las aguas de la Tierra. El nombre de esa estrella era Amargura y muchos hombres y mujeres morirían a causa de las aguas que se volverían amargas.

—Según eso —intervino el científico de las cifras Paolo Soncino—, Juan, el santo, y Copérnico, el astrólogo, sólo se diferencian en su apreciación de la extensión y alcance de la catástrofe que nos espera.

—¡Vuestra afirmación es correcta y falsa al mismo tiempo! —tomó la palabra Christoph Clavius, que hasta entonces había callado—. En san Juan, la estrella o el cometa no es más que un anuncio del juicio final y no afecta en nada a la credibilidad de la doctrina cristiana. En Copérnico, por el contrario, la llegada de la estrella significa el fin de toda la humanidad, tanto de los buenos como de los malos, y no deja lugar para el juicio final.

Soncino hizo un gesto despectivo:

—Sólo cabe preguntarse, distinguido colega de la Sociedad de Jesús, a quién hay que prestar mayor crédito, si a un viejo profeta o a un científico moderno.

La observación del matemático llevó la inquietud a los cardenales y clérigos. El papa respiró profundamente. El gran inquisidor levantó amenazador su mano enguantada de rojo. Monseñor Paccioli tosió. El investigador del diablo, Rospigliosi, sacó su frasco de agua de olor. El cardenal Capoccio estaba medio dormido.

—¡Deberías saber que vuestra pérfida pregunta cae de hecho en la herejía! —advirtió el gran inquisidor.

—Y vos sabéis que todo lo que se dice en un consistorio secreto es como si no se hubiera dicho —replicó Soncino.

—¡Hereje! —insultó el gran inquisidor.

—¡Hipócrita! —contraatacó Soncino.

El gran inquisidor añadió:

—¡Que la maldición caiga sobre vos y todos los defensores de las cifras paganas!

—¡Maldita sea la gentuza dominica! ¡Que os lleve el diablo!

Esas últimas palabras silenciaron todos los murmullos como si, verdaderamente, el diablo se hubiera escondido en medio de ellos, y se miraron unos a otros de los pies a la cabeza de la forma como se solía mirar a las putas en el Trastevere.

La sucia observación con respecto al gran inquisidor parecía la más adecuada para que Soncino cayera en manos de la Inquisición, pero el matemático sabía que el papa seguiría tendiendo sobre él su mano protectora. Si Pío V quería ver terminada en vida la catedral de San Pedro, tenía que contar con sus conocimientos y su dominio de los números.

Por esa razón el papa reaccionó, en respuesta a su mirada de petición de ayuda, con un forzado movimiento de mano en dirección al gran inquisidor y dijo con tono pacificador:

—*Irascimino, nolite peccare!* (Irrítate pero no peques.)

Cuando finalmente volvió la calma, tomó la palabra un anciano con el cabello blanco. Era Luigi Lilio, un sabio en el campo de la medicina y un genio de la ciencia de interpretar las estrellas. Lilio, que estaba enamorado del tiempo como de una mujer excitante, vivía desde hacía mucho en la Torre de los Vientos en el Vaticano y, por encargo del papa, estaba realizando los cálculos necesarios para la reforma del calendario. Tenía ideas muy raras sobre las fechas y los acontecimientos sucedidos desde Adán, el primer hombre, hasta Pío V. Solía discutir preferentemente, con un ser invisible que en conocimientos e ilustración no le iba a la zaga, por lo que se decía que su invisible interlocutor no era sino su *alter ego* o su demonio, con quien estaba en tratos. Cuando Lilio, poco después de que surgió la profecía de Copérnico, recibió del papa Pablo III el encargo de calcular la trascendental órbita del *Astrum minax* y confirmó los cálculos de Copérnico, el propio papa le ordenó que guardara absoluto silencio sobre ello bajo advertencia de excomunión además de todos los inimaginables tormentos del infierno. Sus conocimientos hicieron que el pelo se le pusiera blanco y el corazón lleno de pesadumbre; ahora se hacía la pregunta de cómo era que ya toda Roma, y pronto el mundo entero, habían entrado en ese estado febril. Por su parte, afirmaba que él no había contribuido en absoluto a la divulgación del secreto del apocalíptico acontecimiento.

—¡Eso es algo que nadie ha afirmado! —El papa salió al paso de los reparos del astrónomo—. Estáis libre de toda culpa.

El cardenal secretario de Estado, Claudio Gambara, entrecerró los ojos y volviéndose al *Pontifex maximum* planteó la siguiente pregunta:

—Santidad, ¿quién trajo a escena este rumor?

—¿Habláis de un rumor, eminencia? —Pío V se rió amargamente—. Como todo el mundo sabe no se trata de un rumor sino de una terrible verdad.

—Bien, en ese caso, ¿quién extendió esa verdad? ¿Es alguien que está en esta sala? ¿Se oculta un Judas entre nosotros?

El santo padre movió la cabeza.

—El gran inquisidor puede responder —dijo.

Inseguro, como si quisiera ganar tiempo, el gran inquisidor se puso de pie, alisó su esclavina roja y explicó:

—Al principio el Santo Oficio creyó que se trataba del acto de una persona sola con el intento insensato de chantajearnos. Posteriormente tenemos la sospecha de que detrás de todo esto existe un complot bien tramado cuyo único objetivo es perjudicar gravemente a la santa madre Iglesia. No estamos en condiciones de decir quién está detrás de todo esto. Tal vez se trata de una conjura del sultán turco o de los protestantes alemanes.

—¿Qué fin perseguían los chantajistas? —preguntó Ganzer, el minorita.

—Un objetivo ridículo —respondió el responsable de la Inquisición— y por esa razón me pareció que sólo era un pretexto. El hombre que afirmó tener en su poder el libro de Copérnico, y todos los detalles parecían confirmar sus palabras, quería que el Santo Oficio rectificara una sentencia por brujería.

Christoph Clavius le miró preocupado.

—¿Conoce el Santo Oficio el nombre de ese hombre?

—Ciertamente.

—¿Queréis nombrarlo?

El gran inquisidor miró al papa y, cuando éste asintió con la cabeza, dijo:

—Su nombre es Leberecht Hamann, capataz de los canteros de la obra de la catedral de San Pedro.

Clavius se puso en pie de un salto como si Satanás hubiera encendido bajo su silla el fuego del infierno.

—¿Lo conocéis?

En silencio, el jesuita hizo un ademán afirmativo.

—Como vos mismo, es un alemán del otro lado de los Alpes. ¿De qué lo conocéis, padre Clavius?

Christoph torció el gesto como si se le hubiera atragantado

una comida excesivamente pesada y tardó un rato en responder. Finalmente lo hizo con claras muestras de que la respuesta le resultaba dolorosa.

—Hamann perdió a sus padres siendo aún muy joven. Nosotros vivíamos en la misma ciudad y mi padre Jakob Schlüssel se hizo cargo de su tutela, con lo que pasó a ser una especie de hermanastro mío.

La declaración del jesuita desató de nuevo una gran inquietud. Isualgli, el cardenal de Monte Marano, gritó con más fuerza que los demás y le preguntó al jesuita cómo era que no había intentado hacerle rendir cuentas a su hermanastro. El cardenal Claudio Gambara le dio las gracias por el inesperado milagro que haría que las cosas cambiaran a mejor: Clavius pondría el libro de Copérnico a disposición de la curia y su santidad haría pública una bula desmintiendo el insensato rumor y amenazando a todos los que propagaran o difundieran la noticia del próximo fin del mundo con ser perseguidos por la Inquisición.

Mientras se pronunciaban estas palabras y todas las miradas estaban fijas en él, el rostro ancho del jesuita enrojeció y cuando la alegre excitación se calmó un poco Clavius se adelantó:

—Las cosas no son como vos pensáis, Santidad. Eminentísimos señores, mi hermanastro y yo somos..., no encuentro otra forma de decirlo, enemigos mortales. ¡Que el Señor me perdone!

—¿Enemigos mortales?

—*¿Enemigos mortales?*

Uno tras otro los reunidos repitieron la terrible frase del inquisidor quien en su furia se quitó uno de sus guantes rojos como si quisiera amenazar a la curia y hacer que se postrara de rodillas.

—¿Qué significa eso de que sois enemigos mortales? ¡Tal vez podríais aclarárnoslo!

—Yo sé —comenzó Clavius vacilante— que un cristiano devoto vive en pecado si declara a otro su enemigo mortal. Pero en este caso, ¿de qué serviría que yo, por mi parte, enterrara ese odio, si el otro no está dispuesto a hacer lo mismo? Cuando nos vimos por primera vez después de diez años de separación, casi me mató de una paliza. Hablando con sinceridad, tengo miedo a volver a encontrarme con él.

El gran inquisidor puso el rostro serio para preguntar:

—¿Y cómo llegasteis a sentir esa mutua enemistad?

Clavius guardó silencio, con la mirada baja fija en el suelo.

—No tenéis que explicármelo delante de todos. Decídmelo al oído si os parece mejor.

El jesuita obedeció. Se colocó detrás del gran inquisidor y le hizo una confesión al oído, al final de la cual el dominico, lleno de la mayor excitación, acabó por desgarrar su guante de seda roja que durante todo el tiempo en que Clavius le hablaba estuvo estrujando y estirando entre sus dedos. Su expresión era indignada y confusa.

Ese secretismo aumentó aún más la desconfianza mutua entre los miembros del consistorio que, sin embargo, guardaron silencio. Sólo el cardenal Capoccio, al que el inesperado silencio despertó de su sueño y no sabía de qué iba la escena entre el gran inquisidor y el jesuita, preguntó excitado mirando a unos y a otros.

—¿Qué ha dicho? ¿Qué es lo que ha dicho?

La actitud del anciano cardenal no despertó la menor atención. El dominico, refiriéndose a Leberecht, comentó:

—El Todopoderoso nos mostrará el camino para que podamos vencer a ese individuo, podéis creerme, hermanos en el Señor.

El papa Pío intervino en la discusión y gritó dirigiéndose al gran inquisidor:

—Hablad cuando tengáis una idea de cómo conseguir que el libro pase a nuestro poder para que podamos discutir el asunto. Entretanto callad. Por mi parte considero a ese Hamann como un hombre extraordinariamente inteligente y peligroso y ésa es la razón por la que habéis mencionado una conspiración y a sus jefes. ¿Qué podemos hacer para no seguir cayendo en el ridículo, para que el dinero de las bulas e indulgencias vuelva a fluir y podamos continuar con las obras de San Pedro, para que la curia y la santa madre Iglesia vuelvan a recuperar su antiguo poder? ¡Hablad, dignísimos señores!

Soncino, al que toda esa charlatanería inútil hacía tiempo ya que empezaba a atacarle los nervios, hizo que su respuesta agitara aún más aquel nido de avispas.

—Yo no sé nada de teología, y quizá por eso me pregunto por qué no accede la Inquisición al deseo de Hamann. Con eso el problema quedaría resuelto; Hamann nos daría el libro y todos saldríamos ganando.

—El tipo es demasiado listo, para no haber encargado hacer una copia manuscrita —replicó Pío V.

El gran inquisidor continuó las palabras de su pastor:

—¿Que el Santo Oficio revoque una sentencia? ¡Nunca! Antes giraría la Tierra en torno al Sol o, por lo que a mí respecta, alrededor de la Luna. Nunca lo hizo, no lo hace y jamás lo hará.

—Es una honra vuestra perseverancia —replicó Pío V— pero ¿no veis el caos por doquier? ¿La desobediencia contra la Iglesia, la burla de la doctrina? Cristianos que durante toda su vida siguieron los mandamientos de la Iglesia faltan a ellos en los propios sagrados lugares, dignatarios del clero que vivieron pacientemente bajo el signo de la cruz, se vuelven en contra de su propia fe. Los piadosos dudan y los agnósticos se ven confirmados en sus dudas; los enemigos crecen día tras día. ¿Cuánto tiempo tendrá que pasar antes de que ardan las primeras iglesias y sean asesinados los primeros curas? ¿Y qué me espera a mí, vuestro papa?

Hubo un penoso silencio cargado de emoción.

Finalmente, el cardenal secretario de Estado comenzó en voz baja:

—Hermanos en Cristo: está en juego la salvación del alma de toda la humanidad. Hasta el último de todos los días, tienen que transcurrir, si es que el canónigo prusiano tiene razón, seis mil quinientas salidas de sol y otras tantas puestas. No creáis que estoy asustado como una mujer, pero me falta la voz cuando pienso en ese futuro... Incluso si transcurrido ese tiempo, la profecía de Copérnico se mostrara falsa y las santas escrituras reafirmaran su verdad, la santa Iglesia nunca más sería la misma. Habría perdido mucho en credibilidad y en autoridad, y el pensamiento de duda que Copérnico plantó en nosotros seguiría viviendo.

—¿Y qué consecuencias sacáis vos de eso? —La que habló fue la voz del doctor del Decreto Contra el Final de los Tiempos y cardenal de Lüttich, Phillipp von Trapp, que añadió a su pregunta la afirmación—: Al fin y al cabo no hemos avanzado en la discusión ni un solo paso.

—Entonces, ¡dadnos vos una salida, señor canónigo! —reaccionó Gambara malintencionado.

Von Trapp calló.

A continuación el *Pontifex maximum* llamó por su nombre a cada uno de los trece cardenales presentes para preguntarles su opinión sobre cómo la Iglesia podía salir del dilema en que se encontraba.

Doce veces, la respuesta hallada por el papa fue el silencio, temblorosos sollozos y, sólo una vez, la palabra: «*Nescio*» (No lo sé).

El último en ser preguntado fue el mudo cardenal Francesco Varese, que entregó al papa una pizarra que siempre solía llevar consigo. Pío V la pasó al maestro de ceremonias Johannes Custo, para que leyera lo que estaba escrito en ella. Custo tartamudeó al leerlo. El texto era el siguiente: «*VIII X AD MDLXXXII deleatur.*»

Gambara arrebató la pizarra de las manos de Custo pero tampoco él pudo descifrar el mensaje y se lo pasó al cardenal Isualgli. Finalmente la pizarra llegó a manos de Paolo Soncino, que leyó sin dificultad:

—«Hay que borrar el día octavo del décimo mes del año del Señor 1582.»

Soncino sacudió la cabeza y devolvió la pizarra.

El papa quiso volver al orden del día, pero Gambara intervino para enfrentarse al cardenal Varese y dijo:

—¿Queréis decir, hermano en Cristo, que debemos borrar del calendario el día que Copérnico ha predicho como el del *Finis mundi*?

Varese afirmó satisfecho con una inclinación de cabeza y señaló al papa.

—Lo entiendo —asintió Gambara—. El santo padre debe anunciar que el día octavo del mes décimo no existirá en el nuevo calendario; consecuentemente el anuncio de Copérnico carecerá de base, pues lo que anuncia un papa es la verdad absoluta, dado que está iluminado por la sabiduría de Dios nuestro señor.

Los eminentísimos y reverendísimos cardenales, los profesores y los magísteres se miraron sorprendidos como si el Espíritu Santo hubiese descendido entre ellos. Incluso Pío V se sintió perplejo ante la sencilla solución del problema teológico y expresó su alegría en latín:

—*Vide ut timidus ille, caritate suscitante, leoni quovis animosior evadat* (Ve como el temeroso, animado por el amor, ataca como el león).

Únicamente Christoph Clavius, el profesor jesuita, apoyado por el profesor Luigi Lilio, puso sobre el tapete la cuestión de que de ese modo un problema teológico se transformaba en un problema matemático, es decir que lo único que se hacía era pasarlo de una rama de la ciencia a otra, y que sería más fácil fundar una nueva escuela de la teología que una nueva escuela de las matemáticas porque a la sombra de la teología se mueve la fe, mientras que a la sombra de las matemáticas descansa la ciencia.

Pío V no tuvo oídos para ese reparo. Casi furioso se volvió a ambos objetores:

—¿Cuánto tiempo hace ya que os ocupáis de la reforma del calendario?

—Siete años, cuatro meses y veintitrés días —respondió el profesor Luigi Lilio.

Y Clavius añadió, por su parte:

—Dos años y diecisiete días.

—Bien, eso es lo que habéis hecho —concedió el papa— ¿y hasta dónde habéis avanzado?

—Utilizando el ejemplo del Apocalipsis podríamos decir que todavía no hemos superado el segundo toque de trompeta.

—Está bien. En el día de hoy os ordeno *ex-officio* que en vuestros cálculos del nuevo calendario católico borréis ese terrible día de Copérnico, para que no signifique una amenaza para los cristianos devotos. O mejor dicho, borrad al menos una semana en torno a ese día, para que así queden eliminadas las posibles dudas.

Clavius y Lilio intercambiaron miradas disimuladamente. La petición del papa les parecía casi imposible de realizar. Sin embargo, ambos respondieron conjuntamente:

—Si ése es vuestro deseo, Santidad.

El inesperado curso que había tomado la discusión excitó de modo extraordinario al conciso profesor de cuentas Paolo Soncino. Se puso de pie, se colocó a la izquierda del astrónomo y habló con las manos levantadas:

—¿Cómo es posible que vos, unos señores tan sabios, podáis llegar a pensar que el orden del universo puede ser alterado con un truco teológico? Podríais borrar cien mil veces ese día trascendental del fin del mundo del calendario y de la memoria de los hombres, pero cuando llegue el momento el *Astrum minax* aniquilará toda la vida. Vuestro plan no tiene la menor importancia para la naturaleza, sólo es producto de la imaginación humana...

—¡Callad! —intervino el papa con su poderosa voz—. No he oído vuestras palabras. Pero tened por cierto que en tiempos difíciles la imaginación puede hacer las cosas más soportables. Muchos llaman a eso ilusión, otros fe.

Sólo una minoría de los cardenales que se sentaban en torno al papa comprendieron la trascendencia de sus ideas. Sólo Gambara y el mudo Francesco Varese, que había leído cada una de sus palabras en los labios del santo padre, se estremecieron levemente sin que los demás lo advirtieran y trataron de disimular alisando unas supuestas arrugas de sus sotanas rojas. Pero ninguno de los dos se atrevió a hacer al papa la pregunta de hasta qué punto se tomaba en serio la doctrina de la Iglesia. De todos modos, la pregunta hubiera sido superflua pues a continuación el *Pontifex maximum* alzó de nuevo su voz y con el tono de un poseso del diablo declaró jadeante:

—Nos, Pío, por la gracia de Dios el doscientos vigésimo segundo vicario del Todopoderoso, se siente atormentado por el pensamiento de que nuestro nombre podría quedar unido para toda la eternidad con la desesperación y el caos, como el nombre de Alejandro VI lo estuvo con el vicio y la perdición. Elevad vuestros ojos y contemplad el techo y las paredes de esta estancia. Aquí se han eternizado los mejores artistas y, tanto si nos gusta o no, lo que vemos está para siempre unido con el nombre de Julio II. Sobre mí pesa la carga y el reproche de no haber conseguido terminar algo semejante; y si no se realiza la profecía de Copérnico, nos, Pío V, seremos olvidado antes que las cortesanas de algunos señores cardenales. Cuando fui fraile, pensaba como un fraile; cuando fui gran inquisidor, mi único pensamiento era la Inquisición. Ahora, como vicario de Dios me abruman las ideas divinas: ¿Es este palacio Vaticano una residencia digna del representante de Dios en la Tierra, del príncipe supremo de la Iglesia y sucesor de Pedro? ¿No vivís la mayoría de vosotros, señores cardenales, con mayor lujo y boato que vuestro papa? ¿O sois de otra opinión, vos cardenal Del Monte, vos cardenal Capoccio o vos señor cardenal secretario de Estado?

Los aludidos se limitaron a responder al papa con un incómodo silencio. Gambara, azorado, se encogió de hombros.

—Por lo tanto —continuó el santo padre— es nuestro deseo y orden papal que San Pedro sea terminada en el menor tiempo posible y que sea la mayor y más suntuosa de todas las iglesias de la cristiandad, y que todo aquel que dude de que la Tierra seguirá existiendo y abandone el trabajo sea sustituido por otro. Doblaremos el número de trabajadores, hagamos trabajar a judíos y paganos. Nadie distinguirá la obra de sus manos una vez que la catedral esté terminada.

—Santidad —intervino Gambara—, eso es sólo una cuestión de dinero. Vos habéis sido quien prohibió la venta de cargos, las subastas de parroquias, obispados, patriarcados y de la dignidad cardenalicia y hasta de las indulgencias. ¡Y esas disposiciones vuestras han llevado a la ruina a la santa madre Iglesia.

—Como ya he dicho, entonces pensaba como un monje —respondió el papa a disgusto—, hoy pienso como papa. Un fraile puede errar, un papa es infalible. Volvamos a poner en vigor las antiguas leyes y disposiciones con respecto a los cargos eclesiásticos.

Así terminó el consistorio secreto, tras una sesión que duró cinco horas. Concluyó como había comenzado, con la invocación de la presencia del Espíritu Santo, con la siempre repetida concesión de una indulgencia plenaria para todos los asistentes y la advertencia renovada una vez más de que todo lo que allí se dijo no había sido dicho y de que todos los acuerdos tomados no habían sido acordados. El doctor en medicina y profesor de astrología Luigi Lilio y el matemático y profesor de astrología Christoph Clavius fueron encargados *specialissimo modo* de calcular el nuevo calendario de modo que el día de Copérnico, es decir el día octavo del mes décimo del año del Señor de 1582 no apareciera en el nuevo calendario que sería declarado oficial por la Iglesia.

Por su parte, el cardenal secretario de Estado, Claudio Gambara, recibió instrucciones para comunicar públicamente el error del astrónomo Nicolás Copérnico que calculó el fin del mundo para un día que ni siquiera existía.

El gran inquisidor debía perseguir con la mayor severidad y dureza a los que propagaran la herejía de Copérnico.

Más tarde, cuando la Capilla Sixtina se quedó desierta, el anciano cardenal Capoccio permaneció sentado en su silla y lloró. Aunque se había tratado nada menos que del *Finis mundi*, nadie le había preguntado su opinión. ¡Nadie!

CAPÍTULO XII

ALFA Y OMEGA

Donde primero buscó Leberecht fue en la zona del Vaticano y del Castillo del Ángel, después en el Borgo, situado entre ellos, el único barrio de Roma en el que podía vivir una mujer sola. Se sorprendió al ver que siempre que le preguntaba a algún extraño si sabía algo del paradero de Martha, se dejaba llevar por el entusiasmo a la hora de describirla. Finalmente, cuando ya no le quedaba más remedio que creer lo peor, llegó con sus averiguaciones a los arrabales que se extendían al norte y al sur de la ciudad, donde peinó las viejas ruinas, sin otro resultado que dar con algunos cadáveres de animales, y gatos y perros que se disputaban las presas.

Habían pasado diecisiete días desde la desaparición de Martha. Diecisiete atormentados días con sus respectivas noches durante los cuales Leberecht registró todos los rincones de la ciudad. En su ir y venir por el laberinto ciudadano, no podía evitar preguntarse si Martha no se habría convertido en víctima de la Inquisición. La respuesta negativa del Santo Oficio no significaba nada. Como le enseñaba su experiencia, la mentira y el engaño, incluso el asesinato, eran prácticas usuales entre los hombres del hábito rojo así que, ¿por qué no iba a ser el chantaje? Pero cuando pasaron tres semanas y no le plantearon ninguna exigencia, Leberecht acabó por abandonar esa idea.

De modo inexplicable para él, el ambiente y el estado de ánimo empezaron a cambiar en Roma. Nadie estaba en condiciones de decir de dónde procedía el rumor, pero en los mercados y en las calles, en las disipadas fiestas, las gentes parecían estar convencidas de que el fin del mundo no iba a ocurrir en la fecha prevista por el doctor Copérnico, que éste se había equivocado en sus cálculos y que había fijado la fecha del fin del mundo en un día que ni siquiera existía.

Tras esos rumores estaba el cardenal secretario de Estado Gambara, que sabía perfectamente que un rumor sólo puede ser desplazado por otro nuevo y que el cristiano ordinario concedía mayor credulidad a las habladurías que a cualquier bula del papa. Así, los saqueos y asesinatos, la prostitución y la inmoralidad volvieron por sí mismos a su nivel normal. Los curas recuperaron el poder de sus cargos; los frailes, sus virtudes esenciales; y el cristiano corriente, su anterior devoción. Los picapedreros, que habían sido los primeros en abandonar su trabajo, fueron también los primeros en volver a la obra de la catedral de San Pedro. Y los esbirros de la Inquisición, que en las semanas en que reinó el temor del fin del mundo fueron apaleados y expulsados de la ciudad, se dirigieron al Santo Oficio sin ser molestados por nadie y volvieron a ocupar sus antiguos cargos.

Leberecht conocía mejor que nadie las causas del anterior caos apocalíptico y se sorprendió de que terminara de manera tan repentina, aunque ya el asunto no le importaba demasiado. Su único interés estaba en el destino de María.

Más de una vez había maldecido el libro de Copérnico que, todavía creía, era el culpable de la desaparición de su amante aunque no pudiera explicarse cómo, y estaba dispuesto a entregárselo al gran inquisidor sin imponer condición alguna, aunque se daba cuenta de que si lo hacía, su propia vida no valdría un comino. Pero, sin Martha, ¿qué significaba para él la vida?

La casa en la que vivieron su dicha común le parecía fría y casi le inspiraba miedo, porque cada objeto y cada rincón le recordaban a la mujer amada. Cuando volvía a la casa, Leberecht sentía escalofríos, así que pronto decidió quedarse a dormir en la barraca de la obra, en la plaza de San Pedro. Apenas hablaba con nadie, casi no comía, no hacía más que pensar qué podía haber ocurrido y tratar de encontrar una explicación a la desaparición de su amada.

Las noches en las que no tenía sueño, se levantaba, se vestía y se ponía a recorrer las calles oscuras y solitarias. Como un malhechor, seguía a toda mujer sola que tuviera la figura o el paso de Martha y se pasaba horas vigilando desde lejos su propia casa, cerca del Pantheon, sin atreverse a entrar en ella, con la esperanza de que ella volviera en secreto... ¡Pero todo fue inútil!

Durante esas excursiones nocturnas, Leberecht descubrió cosas de cuya existencia no tenía idea: encontró un convento de frailes y monjas apóstatas; no lejos de Santa Maria Maggiore halló un palacio casi en ruinas cuya entrada estaba prohibida al sexo viril porque, como se decía, se practicaba el amor homosexual a semejanza de la poetisa Safo; detrás de la iglesia Il Gesu, hombres honestos, incluso miembros de algunas órdenes religiosas, se reunían con mujeres de vida alegre que sin en el menor pudor se les entregaban sobre los altares de piedra en los que se celebraban misas negras; había cocinas y tabernas en las que en vez de comidas, en las grandes fuentes, se servían muchachas, casi niñas; y un buen número de casas de orates en las que los perturbados mentales, atados con correas y cadenas, se adormecían sumidos en sí mismos como animales privados de libertad. Pero en ninguna de esas extrañas instituciones pudo descubrir la menor pista de Martha.

En un último intento desesperado, Leberecht se decidió a visitar a su enemigo Christoph Clavius. Pensó que, al fin y al cabo, Martha era su madre y su suerte no podía serle indiferente. Leberecht estaba dispuesto incluso a pedirle perdón pero, igualmente, a recurrir a los puños en caso necesario. De todos modos entró, con pensamientos inseguros, en la fúnebre casa del Viale San Giorgio donde vivía Clavius, en un laboratorio lleno de misteriosos secretos.

Clavius se cubría la cabeza con un birrete que subrayaba la importancia de su trabajo y apenas alzó los ojos de un montón de documentos y otros papeles y pergaminos cuando, de modo inesperado, Leberecht entró en la estancia de bajo techo sostenido por gruesas vigas, un verdadero laboratorio de alquimia, cuyos aparatos e instrumentos eran los más adecuados para infundir terror a cualquier extraño que se atreviera a entrar allí.

Leberecht no tuvo la menor duda de que Clavius le había reconocido, pero siguió callado y continuó su trabajo con aparente indiferencia.

Sin molestarse en saludarlo, Leberecht comenzó:

—Vengo a causa de tu madre.

—Yo no tengo madre —respondió Clavius con dureza y sin levantar la vista.

—Martha ha desaparecido hace ya tres semanas.

—¿Habláis de esa puta?

—Llámala como quieras pero dime lo que sepas de ella.

—Nada. No sé nada y me es totalmente indiferente. Más tarde o más temprano todo pecador recibe el castigo que se merece.

—¿Has delatado a tu madre ante la Inquisición? ¡Tengo que saberlo!

Clavius dejó a un lado el portaplumas y respondió como si no fuera con él:

—No, aunque hubiera debido hacerlo.

—¿Qué quieres decir con eso, repugnante jesuita?

Leberecht dio un paso hacia adelante y puso su puño amenazador delante del rostro de su hermano de adopción.

El religioso se inquietó, asustado ante su adversario, que le llevaba ventaja. Agazapado detrás de su mesa, como dispuesto a saltar sobre su presa, miró a Leberecht desde abajo.

—Es obligación de todo clérigo comunicar a la Inquisición las faltas de los cristianos.

—¿Incluso las de la propia madre?

—Incluso las de ella.

—Creo que hasta te alegrarías de ver arder en la hoguera de la Inquisición a tu propia madre.

Clavius calló.

Mientras tanto los ojos de Leberecht se habían acostumbrado a la penunbra de la habitación, cuyas contraventanas estaban cerradas. Sobre la mesa brillaba una esmeralda tallada, como las que suelen llevar muchos frailes, porque las enseñanzas de los alquimistas atribuían a esa piedra preciosa poderes especiales para controlar los deseos lujuriosos. Leberecht suspiró despectivamente.

Al ver que su adversario conocía el significado de la esmeralda, reaccionó con violencia:

—Hubiera deseado que tu puta hubiese llevado consigo una piedra como ésa. Nos hubiera ahorrado a todos muchos problemas.

Leberecht quiso responderle pero en ese mismo momento vio una cifra escrita en la pared, yeso rojo sobre cal blanca: 1582. Clavius se dio cuenta e hizo un guiño de burla:

—Fue una tontería por tu parte y un golpe en el agua tu intento de chantajear a la Inquisición, ¿no te parece? —Señaló la fecha en la pared—: El día ocho del mes décimo no tendrá lugar. Copérnico se ha equivocado. Ése es el deseo del papa.

—¿El deseo del papa?

—Sí. Su santidad me ha encomendado la tarea de establecer un nuevo calendario, que se ajuste a los nuevos tiempos. Y puedes estar seguro de que el día destinado por Copérnico a ser el *finis mundi* no existirá en ese nuevo calendario.

—Pero con ello no puede evitarse el hecho...

—Eso es lo que creéis tú y tus iguales. Pero la mayoría de los cristianos siguen creyendo todavía lo que prescribe la Iglesia, porque ésta está iluminada por el Espíritu Santo. No, ese Copérnico no fue más que un falso profeta y no te seguirá siendo de utilidad. Ya puedes quemar su libro.

—¿Quemarlo? Un acto criminal como ése sólo puede hacerlo la Iglesia. Al menos yo no he oído hablar de otra organización que haya quemado un libro.

Clavius revolvió en sus papeles y pergaminos.

—La mayoría de los libros son obra del diablo y deben ser quemados. Los que se guardan en las bibliotecas de los conventos bastarían para alimentar el fuego del infierno durante mil años. ¡Maldito sea ese insensato de Maguncia que inventó la imprenta! ¡Los libros no han traído más que desgracias sobre la humanidad!

—La han hecho más sabia e inteligente y eso significa un gran inconveniente para la Iglesia. El saber es el mayor enemigo de la fe.

El jesuita se quitó el birrete de la cabeza y, furioso, lo arrojó al suelo mientras extendía el dedo señalando a Leberecht.

—Un día caerás en manos de la Inquisición y no puedo decir que sentiría verte arder en la hoguera. Dios no deja sin castigo a los hombres como tú. Puedes ser grande y fuerte pero eres débil en comparación con el Santo Oficio. ¿Creíste seriamente que podías chantajear a la Inquisición, sacar al mundo de su quicio? Muchos, más grandes y poderosos que tú, ya fracasaron en el intento. Tu padre fue quemado como brujo y tú, Hamann, seguirás su misma suerte...

Clavius aún no había terminado de hablar cuando Leberecht se acercó hacia la mesa, cogió a su archienemigo por el cuello de la sotana con ambas manos y le apretó tanto que estuvo a punto de dejarlo sin respiración. Pareció que los ojos del jesuita iban a salirse de sus órbitas, como los de un toro furioso, pero por lo demás no dio ninguna otra muestra de excitación. Pero cuando le faltó el aire y sintió que estaba a punto de asfixiarse, trató de soltarse de las manos de su enemigo. Presa de un pánico mortal, comenzó a golpear a diestro y siniestro; su mano derecha alcanzó la vela que había sobre la mesa y ésta cayó sobre los papeles y pergaminos, que ardieron casi de inmediato. Pero no por eso Leberecht lo soltó.

—¡Te gustan las llamas, ¿verdad?! —gritó con una carcajada diabólica—. ¡Así que ver esto debe ser un placer para ti!

Con sus últimas fuerzas, Clavius logró librarse de las manos de su enemigo que estaban a punto de estrangularlo. Tiró al suelo la mesa que le cerraba el paso y corrió hacia la puerta. Cuando la abrió, la corriente de aire que penetró en la habitación hizo que el fuego prendiera de golpe en las paredes y en el suelo de madera.

Leberecht se salvó de un salto y por la puerta abierta logró salir al aire libre. Sus ropas y su pelo estaban chamuscados por las llamas. Tosió, escupió y se limpió el rostro con las mangas de su jubón.

Mientras tanto, había empezado a llegar gente por todas partes para contemplar el espectáculo de la casa en llamas. El fuego se consideraba un castigo de Dios y por esa razón nadie sentía compasión por la víctima de un incendio. Los espectadores daban gritos de alegría, algunas viejas incluso empezaron a bailar a la luz de las llamas y nadie hizo el menor intento de apagar el fuego. Aunque Leberecht había visto con sus propios ojos cómo Clavius salía de la casa, no pudo descubrirlo entre los curiosos. Cuando abandonó el lugar del incendio y regresó a la caseta de la obra, una gran sensación de agobio le oprimió el corazón.

A la noche siguiente, por vez primera desde hacía mucho tiempo, Leberecht pudo dormir profundamente y, posiblemente, a la mañana siguiente hubiera dormido hasta tarde de no haberle despertado a primeras horas unos violentos golpes en la puerta. Abrió. Carvacchi estaba junto a la puerta y había llegado para comunicarle que su esposa Tullia había traído un hijo al mundo. El Cabezón estaba alegre y contento como un niño y agitó ambas manos en el aire para señalar la altura del recién nacido que, de ser cierta, sería la de un gigante. Tullia se encontraba bien, explicó Carvacchi, e incluso más bella que antes, como si el parto la hubiera favorecido, y había expresado el deseo de que Leberecht fuera el padrino del niño, cosa que él aceptó.

A Leberecht le costó trabajo apartar a Carvacchi de su plan original, que era dar el día libre a todos los trabajadores de la obra, albañiles, canteros y carreteros, para celebrar con todos ellos una gran fiesta, convenciéndole de que el papa no mostraría mucha comprensión por tanto festejo y lo tacharía de vanidoso. Finalmente, los dos se pusieron de acuerdo para tomar juntos unos tragos una vez terminada la jornada de trabajo.

Ese día Leberecht trabajó como de costumbre pero sus pensamientos giraban no sólo en torno a Martha sino también a Clavius. Aunque lo odiaba como a nadie en este mundo, le preocupaba no saber qué había sido de él después del incendio.

A eso del mediodía, inesperadamente, llegó un mensajero del Vaticano con el recado de que el cardenal Gambara, secretario de Estado, quería hablar con él. Leberecht no esperaba nada bueno. No tenía la menor duda de que la cita estaba relacionada con Clavius.

—¿Cuándo? —se limitó a preguntar al mensajero.

Éste, un muchacho de aspecto devoto, respondió:

—Inmediatamente, si a vos os viene bien.

Leberecht observó su ropa de trabajo llena de polvo y se preguntó si su aspecto sería adecuado para acudir a una llamada del Vaticano; pero decidió que sí y enojado dijo:

—Sí, está bien. ¡Vamos!

Por su cerebro pasaron miles de ideas y pensamientos mientras seguía al distinguido paje hasta el palacio papal. En medio de los gigantescos edificios en construcción de la plaza de San Pedro, el rudo edificio del palacio Vaticano no causaba impresión alguna. No era bello ni tampoco inspiraba el respeto que hubiera deseado Pío V. Tan pronto se entraba en él por su portal principal su aspecto cambiaba radicalmente. En los interminables pasillos, vestíbulos y corredores se alternaban mármoles blancos, rojos y verdes con frescos y cuadros con marcos dorados. Como ninguna de las innumerables puertas que daban a los corredores y cuyos picaportes estaban situados a la altura de la cabeza de un hombre tenía un número o una indicación de cualquier clase, aquel santo laberinto era el más adecuado para extraviarse. Monseñores vestidos de púrpura y dignatarios con sotanas negras pasaban por los pasillos, generalmente de dos en dos, con el espíritu ausente, como pobres almas, con sus manos pecadoras ocultas en las amplias mangas de sus hábitos y sin dirigir ni una mirada piadosa al extraño.

Durante el largo camino en el que le pareció haber doblado varias esquinas y girado en torno a su propio eje, Leberecht tuvo la impresión de que su cuerpo, de respetable estatura, se encogía hasta convertirse en el de un enano.

Finalmente, el silencioso paje se detuvo ante un portal con puerta de dos alas que conducía a un vestíbulo con las paredes cubiertas de brocado rojo que llamaba la atención por su total falta de todo tipo de mobiliario. Una vez que se cerró la puerta con el sonido metálico de su pestillo, Leberecht se encontró solo, de pie en medio de la habitación. Y aunque nunca antes se había visto en medio de tal suntuosidad, se sintió como un prisionero.

La pérdida de Martha lo había dejado indiferente frente a su propio destino. Estaba dispuesto a renunciar a la rehabilitación de su padre con tal de que le devolvieran a Martha. Estaba convencido de que la cita no podía tener otro objeto.

Se abrió una puerta delante de él que hasta entonces no había visto. Un dignatario vestido de púrpura hizo un silencioso movimiento de manos que lo invitaba a seguirlo.

La sala en la que entró Leberecht llevaba el nombre de Stanza della Segnatura y la reconoció por su mural, una obra maestra de Rafael, que mostraba una escena del dios Apolo en el Parnaso, rodeado de musas sonrientes más que apropiadas para despertar pensamientos pecaminosos incluso en un cardenal, por grande que fuera la esmeralda que guardara en el bolsillo.

El cardenal secretario de Estado, Claudio Gambara, estaba sentado a los pies de las musas. El trono en que se hallaba carecía de adornos y a su lado se situaban otros dos personajes bien alimentados que vestían hábitos que mostraban la dignidad de sus cargos. Su aspecto era tan severo como sus ropas. En lo que a su obesidad se refiere, Gambara sólo les iba un poco por detrás. Su rostro, pálido e hinchado, expresaba, no obstante, cierta afabilidad.

Leberecht se quedó de pie a la distancia que se le había indicado. En medio de todo aquel lujo y magnificencia, sus ropas de trabajo sucias y arrugadas le hacían parecer aún más pobre, una sensación que le era tan desagradable como la pompa y la altanería.

A Gambara no pareció molestarle su apariencia y, antes de que pudiera tomar la palabra, envió fuera de la estancia a los dos personajes que se sentaban a su lado con un inconfundible movimiento de cabeza.

El sorprendido visitante miró uno tras otro a los dos dignatarios que en su uniformidad y humillante obediencia se parecían tanto entre sí como los dos bulldogs que hasta entonces y para regocijo de los romanos tenía la cortesana Panta en su casa de la Via Giulia. Leberecht se preguntó si la salida de los dos funcionarios no escondería algún truco pues la experiencia le decía que las paredes de una habitación con puertas invisibles también podían tener oídos invisibles.

Apenas salieron de la sala los secretarios, el cardenal comenzó a hablar con tono amistoso:

—Es posible que os sorprenda que os haya hecho venir.

Leberecht se encogió de hombros con gesto ambiguo.

—Vos sois —le hablaba con la cortesía un tanto despectiva que utilizaba la alta curia para hablar con quienes consideraba inferiores en rango— no sólo un excelente artesano, sino que se os atribuye gran inteligencia, aun cuando mostréis cierta actitud crítica hacia la santa madre Iglesia, lo cual no es del todo sorprendente, puesto que venís del país de los protestantes, los pedantes y los filósofos.

Leberecht arrugó la nariz pero se guardó bien de dar una respuesta impulsiva. En vez de ello replicó:

—¡Si vos lo veis así, eminencia! Pero no me habréis hecho venir para aclararme esas cosas. Hablad conmigo como me corresponde, como al hombre sencillo que soy, que está acostumbrado a encomiar a lo encomiable pero también a llamar vil a la vileza e indigna a la indignidad.

—En ese caso, no me iré por las ramas. Vuestro plan de conseguir que el Santo Oficio revocara una sentencia por brujería contra vuestro padre, y eso es algo que no necesito aclararos, ha fracasado lamentablemente, aunque vos, no tengo más remedio que concedéroslo, habíais tramado inteligentemente el asunto.

—Adam, mi padre, era un hombre justo y recto y estaba lejos de todo pacto con el diablo. Desenterrar su ataúd para quemar sus restos mortales en la hoguera fue una gran injusticia e incluso un pecado contra las leyes de la Iglesia.

—Lo sé —concedió el cardenal.

Esa respuesta fue para Leberecht como un golpe en el estómago. Le costó trabajo mantenerse bajo control y no decirle a Gambara, cara a cara, cuál era su opinión. Pero el pensamiento de que con ello no conseguiría nada más que destruirlo todo, hizo que se contuviera. Sólo le interesaba obtener respuesta a una pregunta:

—Decidme, eminencia, ¿dónde está Martha?

Gambara se detuvo sorprendido.

—¿Vuestra esposa ilegítima?

—Eminentísimo señor cardenal, dejemos a un lado la discusión sobre legitimidad e ilegitimidad. O si queremos discutir sobre el asunto, empecemos por las concubinas del papa; sometamos a un examen más riguroso a los cardenales Del Monte, Carafa y Rovere. Y para qué hablar de los clérigos y frailes a éste y al otro lado de los Alpes. Yo sólo quiero saber una cosa: ¿Dónde está Martha?

Estaba claro que la objeción de Leberecht se apartaba visiblemente del concepto del cardenal; jugó con la botonadura de su sotana y respondió apresuradamente:

—No lo sé, por Dios y todos los santos. Tenéis que creerme. Ni la Inquisición ni la curia tienen nada que ver con la desaparición de esa mujer. ¿Qué motivo podríamos tener para retenerla?

Leberecht había dejado de entender el mundo.

—¿Sabéis lo que sucedió ayer? —comenzó Gambara cambiando de tema.

Leberecht asintió con la cabeza. No esperaba nada bueno.

—La casa en la que el jesuita Clavius trabajaba en sus cálculos astronómicos ardió hasta los cimientos... ¡Un descuido del profesor!

—¿Quién lo dice?

—Él mismo ha reconocido que no tuvo el cuidado necesario con las velas.

—¿Se salvó del fuego?

—Así es. Aparte de unos cabellos chamuscados, a ese hombre no le ha ocurrido nada. Pero...

—¿Pero...?

Leberecht dio un paso adelante para acercarse a Gambara.

—Todos los cálculos y dibujos del nuevo calendario fueron pasto de las llamas. Eso quiere decir que se ha perdido el trabajo de varios años. ¿Sabéis vos lo que eso significa?

Leberecht miró al cardenal con mirada inquisitiva.

—Eso significa —continuó el secretario de Estado— que pueden pasar años antes de que Lilio y Clavius calculen de nuevo el calendario y se pueda borrar la trascendente fecha del apocalipsis de Copérnico. Pero creo que vos sois demasiado inteligente como para empezar de nuevo con vuestro diabólico juego. Y si decidierais mostraros reconocido con la Iglesia, podéis estar seguro de que esto no os perjudicaría. La Iglesia tiene muchos cargos y empleos vitalicios que repartir. Desde párrocos sin parroquia hasta obispos titulares sin obispado...

—Y cardenales de la curia sin ninguna misión en la curia —añadió con cinismo Leberecht.

—Veo que lo que os digo no es nuevo para vos.

—No, ciertamente que no. ¿Y vos queréis decir...?

Leberecht miró sus ropas polvorientas. Tuvo que echarse a reír, conteniéndose al principio; después con más fuerza cada vez hasta que se vio a sí mismo, Leberecht Hamann, elegantemente vestido con la sotana roja de arzobispo titular; venció los últimos reparos y estalló en ruidosas carcajadas. Entre toses y risas trató de respirar hondo y acabó estornudando.

—Perdonad, eminencia, pero a veces la vida resulta demasiado cómica.

Unas carcajadas tan ordinarias e irrespetuosas jamás se habían oído en la Stanza della Signatura y atrajeron a un buen número de secretarios, vigilantes y clérigos que con aire temeroso y preocupado se precipitaron en la sala y se colocaron a ambos lados del cardenal secretario de Estado dispuestos a defenderlo de los ataques del Maligno.

Preocupado por el prestigio de su autoridad y verdaderamente sin saber qué hacer, en sus veintinueve años de cardenal nadie en el Vaticano había sido capaz de reírse a carcajadas y menos con esa fuerza y sonoridad, Gambara extendió el brazo y dijo en voz alta:

—¡Llevadlo a la puerta!

Leberecht hizo un ligera inclinación y se alejó de allí escoltado por una falange de dignatarios eclesiásticos.

Leberecht estaba ya en la puerta cuando el cardenal lo llamó de nuevo:

—¡Y vos debéis reflexionar sobre lo que os he dicho y decidir lo que pensáis de ello!

La conversación con el cardenal secretario de Estado había reafirmado el convencimiento de Leberecht de que ni la curia ni la Inquisición tenían nada que ver con la desaparición de Martha. En caso de que hubiera sido así, Gambara se hubiera comportado de modo distinto.

Cuando abandonó el Vaticano, Leberecht tuvo de nuevo la idea de seguir investigando la desaparición de Martha a través de los invitados que habían asistido a la fiesta del cardenal Carafa.

Leberecht sólo se había vuelto a encontrar a Lorenzo una vez más después de aquella memorable noche que destruyó la felicidad de su vida: al día siguiente, cuando tuvo la seguridad de que el cardenal volvía a ser dueño de sus facultades. En aquella ocasión, Carafa, en contra de lo que en él era costumbre, se mostró cerrado y reservado, y Leberecht tuvo la impresión de que el cardenal estaba deseando que se fuera y de que se alegró de su marcha.

Leberecht no acertaba a comprender a aquel cardenal tan lleno de ganas de vivir pero que, por otra parte, escondía algo que impedía entrar en sus pensamientos íntimos. Sin embargo era precisamente lo contradictorio de su carácter lo que le fascinaba de él... ¿Se podía confiar en Carafa? Cuando recibió la invitación a la fiesta que incluía a Martha se sintió sorprendido, pues al fin y al cabo ni él ni Martha formaban parte de la buena sociedad romana. Ahora recordaba que Carafa en su invitación había indicado expresamente su deseo de que Martha acudiera a la fiesta para poder conocerla. En vista de todas esas circunstancias, decidió presentarse de nuevo en casa del cardenal tan pronto tuviera ocasión de hacerlo.

En su barraca de trabajo de la obra, que en los últimos tiempos se había convertido en su segundo hogar porque evitaba vivir en la casa donde fue tan feliz con Martha, un mensajero aguardaba a Leberecht con el recado de que Carvacchi lo esperaba en la gran rotonda sobre el tejado de la catedral.

—¿Qué es lo que quiere? —preguntó Leberecht con sequedad.

El mensajero se encogió de hombros y le explicó:

—Maese Carvacchi está del mejor humor. Su mujer le ha dado un hijo varón.

—Ya lo sé —replicó Leberecht, que levantó la vista a la vertiginosa altura.

Era uno de esos horribles días de mal tiempo en los que en Roma el aire es tan húmedo como el de un lavadero y los tejados y los árboles gotean como si hubiera llovido.

Subir al tejado y sobre todo a la gran rotonda que se había montado para la construcción de la cúpula por las escaleras de madera y las escalas de mano situadas en la parte exterior exigía no pocos esfuerzos y por lo general Leberecht evitaba subir a ella más de dos veces al día.

Una vez en el tejado, dirigió sus pasos hacia el oeste, donde se estaba construyendo la cúpula, de la que sólo podía verse una confusión de vigas, estacas, tablones, cuerdas, alambres, cadenas, andamios y escaleras de mano.

—¡Leberecht! —la voz le llegó desde la plataforma más elevada—. ¡Sube aquí arriba!

A Leberecht le pareció insensata la petición de su maestro pero le obedeció y con dificultad realizó la subida por las escaleras de mano, vigas y tablones hasta llegar al lugar en el que Carvacchi lo esperaba, sentado sobre una tabla. A su lado había una serie de pequeños jarros de barro, de los que los picapedreros acostumbraban a llevar colgados del cinturón para enjuagarse las gargantas polvorientas. Pero si normalmente esos jarros llevan agua, Carvacchi los había hecho llenar de vino.

—¡Vamos, bebe a la salud de mi primogénito!

Le ofreció uno de los jarros, que Leberecht aceptó sólo para no estropear el buen humor de su maestro.

—Soy feliz —dijo Carvacchi con la lengua esponjosa a causa del vino—. Creo que nunca fui tan feliz como hoy.

La dicha de su maestro afectaba a Leberecht de modo especial, porque él mismo se encontraba en la situación opuesta y se sentía tan desgraciado como nunca antes. Calló y en silencio dirigió la mirada sobre la Ciudad Eterna.

Carvacchi, consciente del mal momento que atravesaba su amigo, se dirigió a él con su voz poderosa:

—Ya sé cómo te sientes, muchacho, pero la vida sigue. ¡Vamos, toma otro trago!

Leberecht apartó a un lado el brazo de Carvacchi que le ofrecía el jarro.

—Me han ofrecido un alto cargo —explicó con la mirada perdida a lo lejos—. Querían ofrecerme una prebenda, nombrarme dignatario oficial o arzobispo titular, a cambio de lo cual lo único que tendría que hacer es cerrar la boca. Hoy se les ha quemado la totalidad de su trabajo en la preparación del nuevo calendario.

—¡Estás de broma!

—Es la verdad, aunque suena como una broma. Me acabo de enterar por Gambara.

Carvacchi agitó la cabeza y se echó a reír.

—Ya puedo verte con una sotana de seda roja: el cardenal Leberecht Hamann. ¡Tendría gracia! ¿Has aceptado?

—¡Naturalmente que no! —lo tranquilizó Leberecht—. Querían corromperme y comprar mi silencio. ¡No lo comprendo! —mientras hablaba le temblaba la voz.

—¿Y ahora, qué piensas hacer? —se interesó Carvacchi, que seguía dándole bien al vino.

—En lo que se refiere al libro de Copérnico y a la rehabilitación de Adam, mi padre, tengo que reconocer que es tarea imposible para un hombre solo luchar contra la Inquisición. Estoy convencido de que las máximas autoridades de la curia, todos esos ilustrísimos, reverendísimos y eminentísimos señores, serían capaces incluso de negar que la Tierra gira alrededor del Sol, aun cuando es algo que está claro a los ojos de cualquiera. Ahora, todo mi interés está en aclarar lo que ha sido de Martha.

—Necesitas diversión, un cambio. Debes pensar en otras cosas. ¿Para qué le sive a nadie, y menos a ti mismo, que te pases semanas sin abandonar la obra? ¡Vayamos al Trastevere! Allí está el mejor vino y las muchachas más bellas. ¡Yo tengo algo que celebrar! Hoy es el día más feliz de mi vida.

Leberecht se levantó.

—No me tomes a mal que no pueda compartir contigo esa satisfacción llena de orgullo. No quiero aguarte la fiesta. Quizá en otra ocasión.

Leberecht comenzó el peligroso descenso.

En el momento en que Leberecht terminaba su descenso y ponía los pies en tierra firme, los albañiles, picapedreros y peones que trabajaban en el tejado de San Pedro tenían la mirada fija arriba; en aquel lugar donde la rotonda se unía a la cúpula, Carvacchi bailaba orgulloso como un fauno; con un jarro de vino en cada mano y los brazos abiertos se dirigió al andamio.

Desde arriba les gritó algo a los espectadores que lo miraban con la cabeza levantada y que nadie entendió. En vista de eso, dejó los jarros a un lado, se llevó las manos a la boca como para hacer una bocina y dio un paso adelante para repetir lo que había dicho antes. En esos momentos se resbaló, vaciló unos instantes tratando de recuperar el equilibrio, pero no pudo hacerlo y cayó al vacío revolviéndose varias veces en el aire como un ave que ha sido alcanzada en su vuelo pero que pretende seguir volando.

Un grito procedente de cientos de gargantas resonó sobre la extensa y plana superficie del tejado cuando el cuerpo de Carvacchi golpeó contra la dura superficie. Después, el silencio.

Pasaron varias semanas desde la muerte de Carvacchi. Leberecht se hizo cargo del penoso deber de informar a Tullia de la muerte de su marido. Contrariamente a lo que él había esperado, Tullia tomó la noticia con resignación y dijo que si el destino lo había querido así, así era como ella quería soportarlo.

Esa reacción no dejó de causar efecto en Leberecht. Desde ese día su tristeza fue distinta. No era que hubiera cesado de sentir la desaparición de Martha sino que se mostró, él también, dispuesto a aceptar su destino. Leberecht cuidó de Tullia y su hijo y hasta pareció dispuesto a olvidar sus propios sufrimientos a medida que pasaba el tiempo.

De un día para otro, al invierno, largo y húmedo, le sucedió una primavera brillante y templada. En uno de esos días de primavera que parecen llamados a sacar de sus casas incluso a los más reticentes, Leberecht hizo lo propio y decidió dirigirse a visitar el Coliseo, el antiguo anfiteatro flaviano que derrumbado a medias se había convertido en cantera de cuyas ruinas los romanos obtenían las piedras para edificar sus casas y palacios.

Leberecht eligió el camino, más descuidado e incómodo pero también el más corto, que pasaba por el Campo Vaccino, el Prado de las Vacas, un paisaje de ruinas cubiertas a medias por la hierba, bajo el cual estaba oculto el Foro Romano. Una vez a la semana se celebraba allí el mercado de ganado y se podían ver bueyes y búfalos paciendo entre los muñones de las antiguas columnas y piaras de cerdos descansando al sol, entre lápidas de mármol llenas de inscripciones latinas. Del arco del triunfo del emperador Tito quedaba sólo una de sus torres, restos de la fortaleza de la temida familia Frangipani. Cerca de allí se levantaba una taberna bastante descuidada que se edificó con aquellas piedras históricas y que ahora era frecuentada principalmente por mozos de labranza y tratantes de ganado.

A eso del mediodía, cuando los visitantes del mercado ganadero se tomaban un breve descanso dispuestos a divertirse, un grupo de artistas de la legua ofrecía su representación delante de la posada. Vestían ropas llamativas de alegres colores y tocaban una música movida y salvaje que trajo a la mente de Leberecht el recuerdo de su pobre hermana Sophie, que se había unido a otro grupo de bufones semejante a aquél. Eso le hizo acercarse a ellos.

Se abrió paso entre los curiosos hasta situarse en primera fila. No, aquel grupo no exhibía ninguna monstruosidad. Una orgullosa jovencita de cabello rojo, con un vestido verde, tocaba un pequeño tambor que llevaba sobre la cabeza y atraía con su belleza las miradas de todos. Era muy joven, apenas tendría unos dieciocho años. Pero no fue ni su juventud ni su belleza las que hicieron que los ojos de Leberecht se fijaran en ella con insistencia, sino el vestido verde que lucía la joven y que, mientras más lo contemplaba, más convencido estaba de que pertenecía a Martha. Era el mismo vestido que llevó puesto la noche que asistió a la fiesta del cardenal Carafa.

Durante un rato, Leberecht se quedó inmóvil, como hechizado y sin saber qué hacer. Mientras los espectadores aplaudían la actuación de la muchacha, Leberecht se adelantó de un salto y cogió por el cabello a la bailarina al tiempo que gritaba:

—¿Qué haces tú con ese vestido?

La jovencita gritó y trató de librarse. Sus compañeros de troupe se acercaron de todos lados dispuestos a salvarla de lo que ellos creyeron era una agresión personal. Antes de que se organizara una pelea intervino un hombre alto y fuerte con largos cabellos negros que le preguntó a Leberecht:

—Maese, ¿qué queréis de mi hija? Somos cómicos procedentes de la República de Génova, pero eso no os da a vos el derecho a atacar a mi hija.

Leberecht contempló a la joven con los ojos apretados.

—No pretendo hacerle nada a la muchacha. Sólo quiero que me diga cómo ha llegado ese vestido a su poder.

—¡No lo ha robado, si es eso lo que queréis decir! —continuó el jefe de la troupe—. Los cómicos de la legua podemos ser pobres, pero no ladrones. Somos gente honrada.

Leberecht suspiró.

—Lo sé —dijo calmado. Y como de repente y sin saber porqué le pareció importante, añadió—: Mi propia hermana es miembro de la troupe de Roberto Aldini, de Milán. Él la recogió cuando todo el mundo la rechazaba.

El genovés dio un paso atrás:

—¿Qué pasa con el vestido? —preguntó ahora sin que en su voz hubiera el menor tono de amenaza.

—Es de mi esposa.

La muchacha del cabello rojo se llevó las manos a la cara e intentó escapar, pero Leberecht la retuvo.

—Yo puedo explicarlo todo —intervino el padre—. Venid conmigo.

Hizo una seña a los cómicos para que continuara la música y el baile y se apartó a un lado con Leberecht.

Mientras la pelirroja con el vestido verde seguía tocando el tamborín sobre su cabeza y bailaba con pasos cortos y sensuales, el jefe de la troupe le contó que habían encontrado el vestido en el puente de Millvisch en la puerta de entrada del norte de la ciudad donde, a ambas orillas del Tíber, se extienden extensas dehesas y tierras de pastos. El vestido estaba junto a la orilla, como si alguien lo hubiera tendido a secar. Y no se hubieran atrevido a cogerlo si dos días más tarde, cuando acampaban en las cercanías, vieron que aún seguía allí, como el primer día. Creyeron que el vestido había sido olvidado y que se estropearía con las primeras lluvias, por eso lo cogieron y se quedaron con él. Ésa era la pura verdad.

El cómico se dio cuenta de que Leberecht lo miraba como si no le diera crédito, así que lo hizo pasar por las filas de espectadores hasta un carromato aparcado en un lugar un poco apartado y le hizo entrar en él. Buscó entre montones de ropa, cajas y bolsas hasta que finalmente encontró una cosa blanca que de repente desvaneció todas las dudas de Leberecht.

—Sobre el vestido —explicó— estaba esta mano de piedra. No sé si eso tendrá para vos algún significado.

Leberecht tomó la piedra en sus manos y fue como si de repente se le abriera el pasado. Era la mano de estatua del Porvenir. Y comprendió el mensaje de Martha aunque no quiso saber por qué ésta había creído que debía dejar la vida. Tuvo la sensación de que entre el bullicio de Campo Vaccino oía la voz de Martha: ¡Leberecht, mira hacia el futuro! ¡No vuelvas la vista atrás!

—¡Ah, sí!—le dijo Leberecht al trotamundos—. Esta mano tiene un gran significado.

Mientras aún seguía sentado en el carromato, contemplando la delicada mano de la estatua, el hombre le dijo:

—Maese, Roberto Aldini es primo lejano mío. Vos me habéis dicho que una hermana vuestra va en su troupe. El destino debe haberla herido muy duramente.

—Mi hermana es la giganta que lucha con los osos —Leberecht se oyó decir a sí mismo.

—La giganta —exclamó sorprendido—. ¿Ella es vuestra hermana? Sólo he oído hablar bien de ella. Sus compañeros la quieren y la adoran. Creo que ha encontrado la paz interior, si es que aún os preocupáis por ella.

Leberecht se lo quedó mirando y no supo qué decir. Permaneció de pie, en silencio, dispuesto a alejarse de allí, pero el cómico errante lo retuvo.

—Maese, perdonad pero no podíamos suponer... ¡Debemos devolver el vestido a su dueña!

—Está bien así —afirmó con la cabeza—. Vuestra hija puede quedarse con el vestido. No conozco a nadie a quien le quede mejor.

El jefe de los cómicos le besó la mano y Leberecht continuó su camino sin dirigir una última mirada a la muchacha que llevaba el vestido verde de Martha.

Pasó la primavera y también el verano. Leberecht no aceptó la oferta de la prebenda que le hizo el cardenal secretario de Estado, ni tampoco la oferta del papa de sustituir a Carvacchi en la dirección de las obras de San Pedro hasta que la catedral estuviera terminada. Abandonó Roma ese mismo año en compañía de Tullia y su hijo. Juntos los tres, querían comenzar una nueva vida en Alemania.

Cuando su carro bien cargado cruzó el puente Milvisch, Leberecht ordenó que se detuviera. Se acercó a la barandilla del puente y del bolsillo interior de su abrigo sacó algo que dejó caer a las aguas del Tíber. Durante un momento más siguió mirando las aguas turbias, único testigo de su maldito saber.

Fray Andreas, el bibliotecario de los monjes de Michelsberg, le dijo en cierta ocasión, hacía ya muchos años, que no servía de nada quemar los libros pues las llamas creadas por la quema de un libro siguen ardiendo para siempre en la memoria de los hombres. Sólo había una forma de librarse de un libro no deseado: el agua. En el agua los libros se disuelven en la nada. Y así termina esta historia en ese río que desde siglos arrastra al mar las inmundicias de los justos y de los pecadores.

POSTSCRIPTUM

No es necesario decir que no llegó el fin del mundo en la fecha en que había sido anunciado. Siempre seguirá siendo un enigma si eso no ocurrió porque durante el siguiente papado de Gregorio XIII se implantó el nuevo calendario y en él se borró el fatídico día o porque Copérnico se equivocó en sus cálculos.

Tras la desaparición del último ejemplar del libro de Copérnico, todas sus cifras y cálculos cayeron en el olvido. Los acontecimientos del año 1582 o, mejor dicho, lo que no pudo ocurrir entre el 5 y el 15 de octubre de ese año, porque esos diez días no existieron según el nuevo calendario, es descrito por unos como milagro y prueba de la verdad de su fe que dice que un papa no se equivoca en asuntos graves cuando habla ex cátedra; para otros será la prueba siempre repetida de que la ciencia y el progreso ya han traído algunas desgracias a la humanidad.

Índice